U0943127

屠夫俱乐部

—

The Master Butchers Singing Club

[美] 路易丝·厄德里克 著

陈嘉宁 译

FIDELIS WALKED home from the great war in twelve days and slept thirty-eight hours once he crawled into his childhood bed. When he woke in Germany in late November of the year 1918, he was only a few centimeters away from becoming French on Clemenceau and Wilson's redrawn map, a fact that mattered nothing compared to what there might be to eat. He pushed aside the white eiderdown that his mother had aired and restuffed every spring since he was six years old.

Although she had tried with repeated scrubbings to remove from its cover the stains of a bloody nose he'd suffered at thirteen, the faint spot was still there, faded to a pale tea-brown and shaped like a jagged nest. He smelled food cooking—just a paltry steam but enough to inspire optimism. Potatoes maybe. A bit of soft cheese. An egg?

中信出版集团 | 北京

图书在版编目（CIP）数据

屠夫俱乐部 / (美) 路易丝·厄德里克著 ; 陈嘉宁译. -- 北京 : 中信出版社, 2020.6

（真相四部曲）

书名原文: The Master Butchers Singing Club

ISBN 978-7-5217-1659-7

Ⅰ. ①屠… Ⅱ. ①路… ②陈… Ⅲ. ①长篇小说－美国－现代 Ⅳ. ①I712.45

中国版本图书馆CIP数据核字(2020)第039115号

屠夫俱乐部

著　　者：［美］路易丝·厄德里克

译　　者：陈嘉宁

出版发行：中信出版集团股份有限公司

（北京市朝阳区惠新东街甲4号富盛大厦2座　邮编　100029）

承 印 者：北京诚信伟业印刷有限公司

开　　本：880mm × 1230mm　1/32　　印　　张：13.75　　字　　数：289千字

版　　次：2020年6月第1版　　印　　次：2020年6月第1次印刷

京权图字：01-2020-0262　　广告经营许可证：京朝工商广字第8087号

书　　号：ISBN 978-7-5217-1659-7

定　　价：198.00元（全四册）

服务热线：400-600-8099

投稿邮箱：author@citicpub.com

献给曾唱歌给我听的父亲

思想是自由的
有谁可以捕捉到它
它飞一般掠过
就如黑夜的影子
没人能了解它
没有猎人能击中它
它永远是这样
思想是自由的

——《思想是自由的》(德国民歌)

目 录

Chapter 1

最后一根香肠

菲德利斯从一战的战场上下来，足足徒步了 12 天，才回到家。他缓缓爬上儿时的床铺，一睡就是 38 小时。1918 年 11 月末，当他在德国的地界上再次睁开眼，差点儿就变成了法国人——克列孟梭和威尔逊重新划分了德国疆界，法国不过一步之遥。但和眼前有什么食物可以充饥相比，这件事压根儿不值一提。他把白色羽绒被推到一旁。从他六岁时起，每年一到春天，母亲都会把这床被子拿出去晾晒，再填充上新的绒毛。被面上有一块血渍，是他十三岁那年滴落的鼻血，虽然母亲用力擦洗过多次，依然留有一块淡淡的斑痕，渐渐褪成暗淡的茶棕色，看上去像个边缘参差不齐的鸟窝。这时，一缕饭菜的香味飘来，虽然气息微弱，却足以让人打起精神。可能是在烧土豆吧，还加了点软奶酪，抑或是鸡蛋？他渴望吃个鸡蛋。他的床宽敞柔软，过去三年里，他睡了太多稀奇古怪、让人痛苦不堪的床，所以一躺上去，那种久违的舒适让他禁不住浑身颤抖。他听着母亲安静克制却又饱含深情和喜悦的啜泣声，沉沉睡去，以为此刻耳边回荡的依然是她的声音，却发现是窗外的阳光。阳光透过窗帘倾泻进来，流水般潺潺，就像一个女人如歌如泣的声音拂过乳白色的墙面。

片刻过后，他觉得可以听到阳光的声音，是因为身子清净了。

这种清净让他无所适从。两天前，他还未踏进屋门半步，便央求到家中狭小的院子里的葡萄架下，在浴盆里洗个澡。他们生了火，烧好热水。妹妹玛丽亚·特雷莎为他择去头发里的虱子，父亲拿来干净的衣衫。为了忍受战争中迫不得已要承受的一切，包括自己满身的污垢，他封闭了所有的感官。当感官苏醒，再去感受这个世界，周遭的一切都带来强烈的冲击，让人不安，万事万物都有了情感，生动而鲜活，仿若一场震撼人心的梦境。

寂静在他脑中回荡。就连寻常的声响、街上路人的动静，在他听来都像罕见的猴子在叽叽直叫，让人惊叹。他的内心涌起一阵喜悦。穿上没有寄生虫的干净衣服也成为一种意味深长的仪式，扣上爷爷留下的金质野猪头袖扣时，他差点儿哭了出来。他缓缓呼吸了几下，让自己镇静下来，迅速平心静气，止住了眼眶中打转的泪珠。从孩提时起，每当悲伤袭来，他都会屏息静气。成为一个年轻士兵后，他从一开始就心知肚明，这个天赋是能让他活命的关键。果不其然，他这个毛头小兵初上战场，在枪林弹雨中穿梭后依旧安然无恙，还很快发现只要自己潜伏在狙击点，就可以射穿百米开外敌人的眼睛，能做到五发三中。现在他平安无事地重返家园，心里很清楚依然不能放松警惕。往日的回忆会悄然造访，情感会阻挠他的理智。从命悬一线的战场上捡了条命回来，在他看来，并不意味着就彻底脱离了危险。日后的万千感慨注定接踵而至，他决定不放任自己去不断感受，浅尝辄止。现在的他还在慢慢适应，即便是重温这个童年时便了如指掌的房间，也只能慎之又慎。

他在床边坐下。墙上嵌着一个厚实的架子，上面整齐摆放着一排排书，有的还保持着他走之前的原状，摞在一起，用小纸条做了标记。他一度憧憬成为一个诗人，即便他服兵役的消息已经确定，也未改初心。书架上堆满了他崇拜的偶像们——歌德、海涅、里尔克的诗集，甚至还有特拉克尔的作品，藏在其他书卷之后。现在再望过去，却已意兴阑珊。他怎会在乎过这些人说的话？他们的话有何值得在意之处？他的童年点滴也在这里，玩具兵就摆放在窗台上。少年时的荣耀——各类证书和奖状都镶着框，挂在墙上。这些才是要紧的物件，让他的未来有所保障，可以谋口饭吃。衣柜里挂着已经漂白、上浆和熨烫好的白衬衫，等待着朝他敞开衣襟。下面的鞋架上端放着擦得锃亮的鞋子，等着他塞进双脚。他小心翼翼地试着将脚塞进那双硬挺的鞋子的敞口里，却是徒劳。他双脚肿胀，长了冻疮还脱了皮，一触碰就钻心般地痛。只有他那双钉了平头钉的大头靴还合脚，可内里已经发绿，散发着腐烂般的恶臭。

他慢慢将目光移向窗外。卧室的窗户呈细长的矩形，有着金色的窗框。他站起身，拧动羊角状的把手，打开窗，向外望去，目光掠过从路德维希鲁村中缓缓流淌而过的褐色河流，越过河对岸的屋顶和晚秋荒芜的花园，穿过一块块拼接在一起的灰色柔软田地，望向远方渺小的一片屋顶和烟囱。就在那里，在邻近村庄中曲径小巷的某个角落，住着一个他素未谋面却承诺造访的姑娘。他发现自己一想起她，内心便涌起一股复杂而强烈的情感，冒出一个接一个的疑问——她此刻在做什么？家中可有花园？是否正从小径旁一块开垦过的撒满稻草的土地里挖出这一季最后几颗沾着泥土的土豆？或是正将刚洗好的衣服挂到冰冷的绳索上？还是边喝着茶，边和姐妹、母亲谈天？她在唱歌给自己听吗？他还会想到自己的存在和他之前承诺会对她说的话。他如何才能做得到，又怎么可以做不到？

猫头鹰街 17 号——伊娃·卡尔布的家。菲德利斯站在浅黄色的砖铺走道前，望着门口破旧不堪的铸铁藤架，皱了皱眉。结实的蔷薇枝茎缠绕着铁架攀缘而上，久未修剪，叶子已经落光，除了粗大的刺尖发白，望过去几乎黑压压的一片。走道没有清扫，门前散落着凌乱的纸屑。整个街区的其他地方却干净利落，虽然依然处于战败后的混乱之中，却整洁得不可思议。伊娃·卡尔布家门前的疏于打理让菲德利斯心烦意乱，也许这本身就意味着家中有人逝去。他双眼噙泪，捏了捏鼻梁——即便在公众场合，情绪依然控制不住，这让他有些惊慌。这时，房子前窗的纱帘后有些动静，菲德利斯知道已经有人看到了他。于是，他深深吸了口气，缩进更加坚硬的外壳中，武装好自己，往前迈上砖铺的走道。

敲门声刚落下，她就开了门。他由此明白，方才窗后的一定是她。他认出眼前的人正是伊娃。他一直保存的盒式吊坠里有她的照片，那是铁哥们交给他的。即便现在，那个廉价的镀金信物也依然塞在身上这件夹克窄小的暗袋里，在胸前鼓起椭圆的一块，炽热滚烫。吊坠小小的相框里是一张手工上色的女人肖像，上面的她看起来既能干又脆弱，嘴巴敏感地抿成一条线，嘴角透出机灵和性感。她那双马扎尔人的墨绿色眸子神秘而深邃，此刻睁得很大，敏锐地望着他，让他震撼不已。当她直视他的双眼，过去几年中使他得以保全性命的训练有素的沉着镇定顷刻间彻底坍塌。“快，跟我说实话。”她的主动出击让他马上败下阵来，只得服从她的命令，将他前来的目的和盘托出：约翰尼斯——她的爱人、那个和她有婚约在身的未婚夫、和菲德利斯一起出生入死过的兄弟离开了人世。

菲德利斯也无法确定这到底是他脑子里的想法，还是已经脱口而出的话语，但那些声音的确是从他的嘴里发出来的。虽然他没有听进耳朵，伊娃却已经明白了——她深深吸了口气，仿佛将那些声音传达的消息一同吸进了身体。在这残酷而痛苦的气氛中，她似乎感到眩晕和窒息，聪慧的面庞神情恍惚，表情仿佛瞬间被抽空，于是在这一刻，菲德利斯看到了一个生命正在经受痛苦、毫无防备的真实状态。紧接着，伊娃·卡尔布面色平静地朝他倒了下去，双手还紧紧攥在一起，做着祈祷的姿势。他扶住她，小心翼翼地将她抱在怀里，这才出于直觉，惊讶地发现她怀孕了。后来，菲德利斯独自回顾起这个时刻时，相信她腹中的胎儿一定是踢了她一下，他的手掌在伸出去扶她时感受到了这个动静。

菲德利斯就这样站在门口，抱着挚友的未婚妻，毫不费力，就像抱着一个熟睡的婴儿。他可以保持这个姿势，一连站上数小时。就他的力气来讲，支撑她的身体几乎不费吹灰之力。他是那种生来就力大无穷的人。这股力量一直存在于他的身体中，而且日益见长。

据说，有些人在母亲腹中时，会吸收另一个孪生胎儿的精华。菲德利斯大概就是这种人。也许他就属于日耳曼神话中的古老种族，以森林为家，他们的神曾把自己倒吊在生命之树上。在德国的一些地区，还有一种说法，认为一个人在把他人杀死的那一瞬间，死去的人的灵魂就进入了他的身体。如果确实如此，那就解释清了菲德利斯的身轻力大。他曾在扣动扳机、击碎远方的一张脸前的一瞬间，透过望远镜看到一丝微笑在那张脸上闪过。他也曾利落地开枪擦过一个人的喉咙，看到血液从他捂住脖子的指缝间喷涌而出。他曾在用沙袋搭建和加固的炮塔里精准地射杀法军和英军，逼得他们紧盯他的换哨时间。他们恨透了他，早就计划好该如何把他慢慢折磨死，想方设法活捉他，差点就成功了。在他们之间，战争变成了一场私人恩怨。他很清楚，却依然从未撂过挑子，只是继续像猛禽般锲而不舍，把一个个猎物从地面上那个过于浅窄的壕沟里轻松除去。

为了躲避他，他们把战壕挖得更深，但无论怎么做，不管是在他掉以轻心、筋疲力尽还是集中精力的瞬间，他们都躲不过他的子弹。也许那些逝去的灵魂确实准确无误地飞跃尸横遍野的泥潭，在他身体里安了家，因为菲德利斯体内的沉静已经深化为一种无声的暴力，丝毫不受重型武器在夜间轰鸣的干扰。就连他的战友也开始害怕，然后转而憎恶他，他们因他的存在而变得更加危险。他吸引了敌军的火力，却毫发无伤。他一直睡，一直睡。炮弹在不远处落下，尖叫声不绝于耳。菲德利斯却只是皱了皱眉，像孩子般恼怒地叹口气，转身继续睡了过去。他坠入黑暗的梦境，醒来却毫无记忆。他会一丝不苟地擦拭来复枪的每个部件，抹上润滑油。他吃的是德式面包、香肠和从家里带来的小包苹果干和桃果干。每天清晨，他用扣动扳机的那根手指在一小罐母亲酿造的蜂蜜里蘸一下，然后舔一舔，伴着森林中的苦涩品尝蜂蜜的香甜。那是一种童年的味道，是从隐匿在茂密的银杉丛林深处的花朵中吮吸到的味道。他从不将蜂蜜舔得一干二净，但在扣动扳机时，手指却从没打过滑。

此刻，菲德利斯依然站在门口，直到伊娃的母亲走上前来一探究竟。他搀着伊娃走进屋里，扶她躺在一张褪色的玫瑰粉色沙发上，然后决心按照早就想好的打算，履行向那个在战场返回家园的路上丧生的朋友约翰尼斯许下的承诺——和伊娃成婚。后来，当她表示同意，亲吻了他时，他从她的舌尖和口腔里体味到了层次丰富的味道。他感受到了约翰尼斯——他在约翰尼斯奄奄一息时亲吻了他的额头，就像和一个小弟弟道了声晚安，那是一种辛酸的悲伤。伊娃的味道不同，却很熟悉，就像在森林里品尝过蜂蜜的香甜后嘴边残留的苦涩；当他从她脸旁抬起头，感到她的芳香就像黑松树上开出的隐秘花朵，坚韧而持久，花瓣渐渐枯萎，芬芳却挥之不去。

他们的婚礼是临时张罗起来的，简单而仓促。她大腹便便，怀着在这场战争孤注一掷的疯狂尾声中孕育的婴孩。神父对此一清二楚，却依然为他们祈神赐福。他们的新婚之夜就在菲德利斯狭窄的卧室里度过，他的铅制小兵依然在窗台上巡逻。那一夜，在闪烁的烛光里，她赤裸着身体躺在床上，身上盖着那条留有他儿时血渍的法兰绒被面的羽绒被。她的金发和他一样，闪烁着红色的光芒，在枕头上散落开来。她的乳房呈现蓝色火焰般的脉络，黑色的乳头上有裂纹。他在她双腿间屈下膝来，双手放在她身上，感受着胎儿的剧烈悸动。回归家园后的强烈情感终于渐渐平息，只余下幸存下来的愧疚。现在的他不知该如何看待自己的生命，但在进入伊娃的身体后，当他紧紧握住她的臀，将她的双腿缠绕在自己背后时，他从死一般的寂静中走了出来，意识到一个让他难以接受的事实——虽然他背负着在他手中葬送了生命的诸多灵魂，虽然在过去三年中，他学会为了生存而变得残忍，还了解到自己在射击方面颇有天赋，但他命中注定是为爱而生的。

菲德利斯还很快发现，他命中注定要离开家园。他相信自己应该去美国，只因看到了来自那里的一片面包。这一邂逅发生在路德维希鲁村的公共广场上。就在和伊娃新婚后不久，一天他路过那里，发现人们团团围住一个和父母相熟的老街坊。那人手里拿着一个正方形的白色物件，起初菲德利斯以为是张图画之类的东西，但上面空白无物。待他发现那是片面包，而且形状方方正正，切割十分精准，只能出自追求完美的偏执狂之手时，菲德利斯钻进人群，决定去看个究竟。面包是一个住在遥远的海滨城市的远房亲戚寄来的，充分证明在富有创造力的人手中，连面包这种再普通不过的日常吃食也会化腐朽为神奇。大概是机器完成了揉面、烘烤和切割的步骤吧，或者只是美国普通面包师的杰作？大家对此争持不下。面包片在众人手中传看，传到菲德利斯这里时，他细细观察着它细密的纹理，纳闷它是如何发酵的，它切口利落，外面有一层美妙的棕色甚至金色表皮。在他看来，这简直是件不可思议的艺术品，它的诞生之处一定遵守着一套一丝不苟的严格工序。当天晚些时候，他专程造访了那位街坊，问来寄出面包的城市的名字，记在一张纸片上，后来几个月里都带在身上，直到它从一个传说中奇迹的诞生地变成了现实中的目的地。

菲德利斯拎着一只行李箱，从皇家邮轮“毛里塔尼亚号”上走下来，踏入嘈杂纷乱的纽约海港。行李箱里装满了父亲制作的烟熏香肠，味道让人拍案叫绝。心中的沉静引领他径直穿越刚刚下船的旅客汇集而成的汹涌人潮。那时已是 1922 年，伊娃的宝宝已经三岁了。他处变不惊的天赋支撑他平安度过了战后物资稀缺的艰难时节，生活的困苦迫使他进入暗流涌动的黑市。现在，菲德利斯的手提箱里拎的东西已掏空他所有家底。家里所剩无几的不值钱的小饰品，包括袖扣和质量上乘的毛料织物，给他换来了船票，让他免于出售刀具。他悄悄藏起的子弹和来复枪让他得以偷猎野猪，这才做出能让他有资本穿越这个新国家的香肠。他只会说一些在船上现学的英语，都和他的目标息息相关——火车、火车站、西方、最好的香肠、屠夫、工作、钱、土地。养家的重任现在完全落在他的肩头，在他看来，则纯粹要靠他沉静默然又不失警醒的能力。

的确，他的安稳中蕴含着一股力量。可双眼却不肯安稳，一刻不停地扫视四周。他的湛蓝色双眸清澈得近乎透明，仿佛头颅透过它们散发光亮。他戴了顶父亲的战前风格的大礼帽，把略带红棕色的浓密金发压得扁扁的，已经需要修剪。不过，胡须却刮得很干净，穿的内衣也很干净。身上那件西装也是父亲的，内袋中装着他需要的所有东西。西装和帽子的材质一样，都是优良的巴伐利亚质地。但他们家族不是巴伐利亚人，其实是生性多疑的南方人，总觉得他们的毛织品做工都没他们自己粗劣。

虽然家里都是手工艺人，是屠宰能手，他们最引以为傲的却是强大的学习能力和家族男性与生俱来的出众嗓音，虽代代相传但并无规律。比方说，菲德利斯的哥哥就没遗传这一天赋，而菲德利斯则具有优美的男高音，自然纯净、清新动听，让人不禁怀疑他的姓氏“沃尔德沃格尔”[①]是专为他量身打造的。在他们镇上，这个姓氏屡见不鲜，他从未多想过它的含义。但在这个全新的国度，无论老家在德国哪个地区，德国人就只是德国人而已。自打他来到这儿，已经不止一人注意到他名字的含义，还要点评一番，认为对于一个从事屠宰业的人来说，“丛林鸟”这个姓氏着实文雅得有些别扭。

他们家自然不这么看，严谨精准的屠宰也是一门艺术。这个行当必须从年纪轻轻起就下苦功夫钻研揣摩，在精准度和时机的把握上都有极高的要求。要拿到“屠夫大师”这一资格认证，就要有能力运用人类叫得上名字的所有香料，掌握数百种香肠的神秘复杂配方，能够凭借只可意会不可言传的直觉，让手中的刀刃在牲畜的身躯和纹理之间游刃有余地穿梭。父亲已将这门手艺练了一辈子，当他刀下的动物进入越来越开化的阶层，变成意料之中的形状，他的双手却几乎纹丝不动。在菲德利斯看来，在他面前那块砧板上，它们的动物本性消失了，变幻为一种更加高级和理想的存在形态。

菲德利斯站在队伍里，回忆着父亲工作时的魅力和风度，排了好几小时，默默忍受着各种检查、盖章、文书流程、丧失耐心的人

---

① 沃尔德沃格尔，Waldvogel 的音译，原文在德语中意为“丛林鸟”。——译者注

群的推搡和饥肠辘辘的折磨。他依然靠射击时练就的屏息凝神的本事扛了过去。行李箱里的香肠不是给他果腹的，而是用来换取西行的车票。

菲德利斯穿过乱哄哄的人群，朝火车站走去。那些人都已在此找到了立足之处，而他只能任由无边的寂寞吞噬自己。在路人眼中，他身材笔挺强壮，高颧骨，金头发，鼻梁挺拔，嘴形完美，熟悉他的人还知道，那张嘴巴发出的声音也一样完美。当然了，人群中注意到他的人也看不出，他刚刚被一股意料之外的汹涌的爱潮淹没，正感到困扰。他轻轻拍了拍心口，心脏在西装翻领后焦虑不安地跳动。那枚吊坠也在那里，是当初伊娃送给约翰尼斯的，后来由菲德利斯暗自保存着。虽然他娶伊娃为妻是为了兑现向故友许下的承诺，后来却兴奋而惊恐地发现，他犹如从一道暗门坠入黑暗之中——就像细枝投下的漆黑的阴影逐渐扩大为午夜的爱情，爱上了婴儿毫无防备的美，爱上了伊娃小辣椒一样的可爱脾气，爱上了她的刚毅、勇气以及她倔强、直率和执拗的魅力。

火车站一扇扇镶着黄铜边的沉重大门将菲德利斯和其他人一起吞没。他轻而易举就随着人流涌到了售票台的窗口。他再次开始排队，一直排到一个尖嘴姑娘面前，她有节奏地咀嚼着，好像是这座城市的人特有的节奏。菲德利斯对口香糖还很陌生，嘴巴频繁地嚼动让他感到很不舒服。但当他出现在她面前时，她双眼一亮，流露着自然的欲望，嘴巴也静止了。

“我想西雅图，”他说，努力寻找着想说的词语，“想去。”

她把票价告诉了他。他听不懂她嘴里噼里啪啦说出来的数字，便用手势示意她写下来。她照做了，然后迅速往旁边瞥了一眼，在后面加上了自己的名字，和“来了就找我”这句话。她用涂着指甲油的指尖夹着纸条递给他，故意让他稍稍用力扯了一下才拿到手。他用德语感谢了她，她用佯装沮丧的噘嘴回复了他，但他实在太累了，根本没有注意到。不过他的确看清了纸条上的数字。他明白那是多少，也知道他兜里那点可怜巴巴的盘缠还差多少才能凑够。他把纸条塞进兜里，然后找到一根柱子，倚靠着站在一旁。

他就这样站着，头上那顶父亲的帽子，帽檐刚好碰到身后凹凸不平的石头。他双手抬起行李箱，打开上面的盖子，把它举到刚好不会遮住视线的高度。接下来的时间里，他就这样一直站着，直到黄昏降临。这一天当中，烟雾般朦胧的光辉透过高高的窗户照进来，先是越来越亮，而后逐渐变弱，最后褪为微弱的灰色。他依然站在原地，一动不动，与其说像脚下生了根，倒不如说更像被绳子悬挂在那里，才能保持同一个姿势。大概这就是饥肠辘辘外在的视觉效果吧！饥饿已经侵入他的身体，让他变得轻飘飘，它们用无数利爪撕扯着他的内脏，五脏六腑仿佛都已支离破碎。然而他还是站在黑暗中，面无表情，无动于衷，而且不知怎的，仿佛飘在空中一样。在来时的轮船上，他就想好了香肠要卖多少钱，但这次一下子就卖出了七根，可能并非香肠卖相诱人的缘故，而是即便在这样一个出现任何场景都不稀奇的城市，一个男人不知疲倦地举着一只敞着口的行李箱，里面还装满沉甸甸的香肠，这样的情景还是俘获了不少人的眼球。不时会有一道昏暗的光射下来，在黑暗中显出他平静而完美的面容。正如他之前就信心满满所预计的那样，他可以凭借自己沉稳的静默、手中捧着的美味，以及他塑造的始终如一的戏剧性场面，成功打开销路，而且他坚信，父亲做的香肠毫无疑问就是世界上最好的。

也许确实如此。第二天早上，就有买过一根的顾客又来买了两根。当天下午，又来了更多回头客。菲德利斯自始至终未合上箱子，放在腿上，躺在月台的长椅上睡一觉，也没有去厕所，更没有喝这里出乎意料、又凉又甜的自来水，而是一直待在原地。那些注意到他的人和川流不息的人潮都很好奇他能坚持多久。他是怎么做到一刻不停地用胳膊举着敞开的行李箱的？其实，箱子里还放着他最为爱惜的刀具，比看起来更沉，但他依然举重若轻。随着时间一分一秒地过去，他的屹立不动似乎注定是一种自我折磨。但对于菲德利斯而言，其实远不及外人眼中那样痛苦，站在那儿没那么难。在经历过一路颠簸的漂洋过海之后，这简直是一种解脱。虽然饥饿使他的力量打了折扣，但举着行李箱站着不动对他来说依然易如反掌。

饥饿似乎如影随形，一直没有离开。自从上次在下船前随便对付几口之后，他还粒米未进。他很了解它的习性，很明白站到第二天，若再不吃点东西就肯定吃不消了。无论他有多不情愿花钱，性命攸关的时刻还是来临了。菲德利斯合上箱子，里面的香肠已经明显变少。他直行穿过车站，耳中还伴随着饥饿过度引发的熟悉的嗡鸣声。他来到墙边一个小餐馆，在凳子上坐下，用双脚紧紧夹住行李箱，点了三碗最便宜的炖菜——浇了肉汁的硬牛肉、土豆和胡萝卜，他像以往慢慢释放积累已久的饥饿时那样，专注而耐心地细嚼慢咽。女侍者又给他续了份面包，当他表明无法支付这份面包的费用后，她却执意让他留下。他惊讶地倒吸了一口冷气，向她表示了感谢。这里多数人的善意让他惊讶不已，但他随后也提醒自己，他们基本上没挨过饿，近期也没有在本国缩小的国土之外的地区遭受溃败和憎恶。所以他断定，出于这个原因，他们才不介意在日常生活中表现善意，才会把面包当作礼物送给他。

他付完饭钱，重新计算了一下离目标金额又稍微远了点的损失，然后走进公共洗手间，进行晨间的刮脸。他解开包着的一小片偷来的肥皂，已经用得几乎透明了，拿两块手帕中的一块偷偷摸摸地把脸清洗了一番。若是有机会，他还想把塞在裤子后兜里的换洗内裤也冲洗一下，但洗手间里有其他人，他有些不好意思。他又从胸前口袋里掏出一支牙雕牙刷，上面的猪鬃毛由于长期使用已经又软又秃，缠绕成一团。打仗时他就一直把它带在身上，一把剃须刀，因为长年的打磨已经变得很薄，还有一把小梳子和好用的银质挖耳勺。他收拾完毕后，又把它们重新装回身上。然后他提起箱子，回到了原位。

当黄昏再次在窗户上跃动，他已经完成了一多半目标。他数着钱，突然萌生一个想法——为何不先用挣到的这些钱，买一张最远的车票，在火车上把香肠卖给待在车厢里无处可去的乘客呢？于是，他又回到售票口，买了一张大概能把他带到刚刚进入中西部地区的车票，这次遇到的售票员是一位毫无耐性、上了年纪的老先生。然后他回到老地方，又卖了一根香肠，合上箱子，走到对应编号的站台，把车票放在上衣胸前的内兜里。他挤在准备上车的人流中，他们要么沉浸在绵长的告别里，要么有同行的伙伴在侧。他走进车厢，安顿好，耐心等着火车开始晃动，驶离了让人厌恶的海洋，驶离了纽约。

他依靠卖香肠赚来的钱穿越了明尼阿波利斯和地势起伏、崎岖不平的乡村草原。而后，一马平川的平原和浩瀚的天空突然就出现在眼前，他就这样来到了北达科他州。在这里，他卖掉了最后一根香肠。然后，他走下火车，沿着小镇车站的月台边缘缓缓前行。

彼时，他并不知道自己再也没有离开。他原本只是打算先在这里待上一阵，找个工作，将带来的工具派上用场，等挣够路费，再继续前行，到达他因为那片匠心打造的面包而专门挑选的目的地。而在眼前这样一个镇上，他很好奇面包能在哪里做出来，啤酒在哪里酿造，牛奶和黄油在哪里冷藏，灌香肠、切割猪排、宰杀牲畜的地方又在哪里。举目四望，完全摸不着头脑，于是，他整理了一下头上那顶父亲的帽子，把卷起的裤脚翻下，提起了行李箱。

Chapter 2

平衡大师

在密西西比河上游的一个小镇上，在一间纯粹为了做爱租来的房间里，一个男人和一个女人正赤身裸体地躺在床上，各怀心事。此前数月里，他们彼此已很熟稔，甚至称得上是朋友。两人是在北达科他州阿格斯小镇的剧场里认识的。那时他们都禁不住好奇外面还有什么新鲜的表演，于是便一起动身了。他们能通过巡回演出谋生吗？他们算是恋人吗？男人伸出一只手，这个叫戴尔芬·瓦茨卡的女人像要有所指责一般，耸起用眉笔描过的眉毛。他的手突然转变了方向。“你的腹肌，”他说，“真的很结实。”他先用手指的关节，然后是指尖，轻轻划过她的躯体。戴尔芬“砰”的一声翻了个身，把身上的毯子掀到一边，拍了拍自己的肚子说：“我的胳膊很强壮，我的腿也是，肚子也很结实，不行吗？我就是在该死的农场长大的，没什么可丢人的。我全身都很结实，好像我知道该拿它怎么办似的……”

“我有个主意。”男人说。

这个叫西普里安·拉扎尔的男人具有超强的柔韧性。戴尔芬思索片刻，不知他是否会立即将想法付诸行动。她希望他的决心能够战胜怯弱，但她的愿望还是落了空。虽然他为脑子里这个计划激动不已，但并未热情高涨地翻到她身上，而是跪在下陷的床垫上，挺上，挺直上身，若有所思地打量着她。一大片缝合过的疤痕累累的皮肤覆盖着他的双肩。他三十二岁的身体如岩石般结实，因为练习体操，有着完美的肌肉线条。她觉得他就像一具从特洛伊古城遗址中挖出的古希腊雕塑，虽然经历过岁月和战乱的洗礼，依然完美无瑕。

西普里安曾和一个表兄、一个朋友一起入伍，加入了美国海军陆战队，顺利完成训练，挺过了也许是战争中最危险的那段时期——西班牙大流感迅速蔓延；在贝洛森林发起的第四轮进攻中冲锋陷阵；在那里的麦地里被烧伤。一战最后一年，他还差点因为吸入毒气而失明，差点因为机关枪枪管炸裂失去一只手，他因为痢疾变得怯懦，丧失了幽默感，并为自己当初的热忱后悔不已。直到返回家园，他才意识到，作为一个奥吉布瓦人，他甚至连美国公民都算不上。在度日如年的健康恢复期，连投票权都没有。

他在床垫上轻轻弹了一下，站了起来，然后跳下床。这间狭窄的房间里有一把椅子。他双眼中闪烁着迫切展现自我的火花，握住弓形的椅背，双脚脚趾发力，紧紧抓住木地板，然后倒立了起来。椅子稍微摇晃了一下，随后就稳住了。“好样的！”他轻声自言自语道。他头朝下，背对着她，裸露着雕塑般紧致的臀部和绷直的脚趾，真是一幅完美展现男人气概的画面。戴尔芬庆幸自己看不到他身体的前面，也暗自希望这间寄宿公寓窗外的大街上不会有人恰好抬头，瞥见二楼没挂窗帘的窗户。紧接着，她就听到外面传来一声尖叫。西普里安未加理睬。

“压轴的收尾动作会是这样，”他说，“我在离地面十英尺[①]的空

① 1英尺≈0.3米。——编者注

中，而你用腹部肌肉支撑住我的身体！”

外面又响起一声尖叫，然后楼下的大街上传来颤抖的交谈声。

“噢，是吗？”

戴尔芬的声音裹在衬衫的衣领里。她最擅长的事情之一就是快速穿衣，是在话剧团换戏服时练就的本领，那时他们都要在一部剧中同时扮演两三个角色。西普里安还未来得及理会外面的动静到底是怎么回事，她就已经穿戴完毕，甚至还套上了长袜和鞋，铺好了床上的床罩。其实，他在练习这个倒立时还在念叨着自己的计划，而她则悄悄溜出门，急匆匆下了楼。在走下最后一级台阶后，她站住脚，冷静了一下，整理了一下思绪，然后从容自若地走出门，径直走向脸色发紫的房东太太。

“瓦茨卡太太！”

“我懂的，”戴尔芬叹了口气，脸上表现出一种无可奈何的镇静，“他以前打仗的时候，你知道吧，中过毒。”她望着嘴巴张成了O形的房东太太，轻轻敲了敲自己的太阳穴，然后走向街上聚拢在一起的人群：“求你们啦！求求你们啦！就不能尊重一下和德国佬打过仗的英雄吗？”她像赶鸡一样，快速挥舞着手臂，拍拍手掌，驱赶着人群。方才还直挺着脖子往上瞅的人突然都低下头，佯装查看采购的物品。其中有位女士双眼圆睁，脸颊上有些细微的皱纹，长着一张像鸟喙一样的樱桃小嘴。她朝戴尔芬俯过身去，凑近她的耳朵说：“亲爱的，你最好劝他休息一下！你看他现在把‘国旗升起来’了！”

虽然戴尔芬此刻只想立刻回到屋里，但她忍住没有转身去看窗口，表现了良好的自我约束力和敏捷的思维。“唉，太太啊，”她用一种无可奈何的妻子的口吻说，“你想想看，他只有倒立起来才有感觉，就算是这样，我们都想法子有了两个宝贝孩子啦！”

她又若无其事地转向人群，似乎任何异样都未发生，似乎她的话不会让他们大吃一惊、浮想联翩，最后她温柔地说：“可别忘了，演出时间是今天晚上五点哦！在露天剧场的二号舞台！”

她从身后的鸦雀无声判断，届时一定座无虚席。

当天晚上，西普里安表演了“转碟”。他用竿子顶着碟底，晃动旋转，保持着平衡，每只手转两个，每侧肩膀上各一个，额头上一个，嘴里还咬着一个。他就这样转动着一长排竿子和碟子，跑前跑后，而戴尔芬则鼓动观众押注，赌他能坚持多久。他们大部分的收入就是这么来的。无论观众提议什么东西，他都可以摞在头顶上——鸡笼子、更多餐碟。但洗衣机他还是拒绝了。头顶上的物件越摞越高，他轻快地跳着舞。除此以外，他还在剧场里架起的钢丝上表演了骑自行车。由于此夜无风，他的压轴节目是爬上旗杆，握住杆顶的小球表演倒立。他在现场塑造出的那幅场景——远处渺小而无可挑剔的身躯矗立在明尼苏达州广袤的天空下，让戴尔芬的心中涌起无限同情。在那个瞬间，她原谅了他，原谅了他对她缺乏火热的激情，心中暗下决定，他这么离不开她，也就够了。

按理说，一个从农村出来的身材健壮的波兰裔姑娘不会轻易获得男性的青睐，但戴尔芬却是个让人难以忽略的存在。她脑子转得很快——也许有些太快了。从她嘴里说出的话经常把她自己都吓一跳，不过她以前在生活中常常被迫应付喜怒无常的醉汉，自然也就练就了敏捷的反应能力。她有一口小巧、整齐、雪白的牙齿，一侧嘴边有一个让她显得聪明伶俐的酒窝，细长的棕色眼睛明亮有神，在阳光下会呈现金蜜色，在棕褐色的脸庞上十分醒目。她的鼻梁笔直高耸，但两只耳朵却俏皮地一高一低。她经常把头发梳成自己想象中的西班牙女伯爵的样子——一缕卷发垂在额头正中，每只偏离了中心的耳朵前面各留一缕，剩下的梳成一个精致的圆髻。若她向哪个男人投去热烈的目光，直视他的双眼，他立刻就会心神不宁地移开视线，却又禁不住再看回去。不过她的生活并未因她的魅力而变得好过。

只有三四个月大时，她就失去了母亲。她寄托在嗜酒如命的父亲身上的款款深情并未得到珍惜，甚至被白白辜负，但在面对他毫不遮掩、彻头彻尾的自怜自伤时，她依然不知所措。多年前，家中的一亩三分薄田和房宅原本就该保不住了，但租种父亲土地的那个农民拒绝一次性买断，并通过签订合同把这件事敲定。所以每个月，他们都会有一笔微薄的收入入账，若她没有行窃，这笔钱就会毫无例外地被父亲用来买醉。为了逃避这种苦不堪言的家庭生活，她缝制了艳丽的服装，练习了悲剧女主角们的经典桥段，全身心投入当地的戏剧表演中。她就是在镇上的剧团里认识了西普里安，那时他正跟着剧团打磨自己的节目。她跟着他离开了北达科他州，回到了明尼苏达的青山绿水中，那里城镇之间关系更紧密，经济上也没有那么依赖粗鲁贫困的农夫。他说，他们日后的生活定会惊喜连连，而这惊喜则以窗前一丝不挂的倒立开幕。他还说，他们会挣大钱，但迄今为止还没见着多少。戴尔芬也加入了表演，她原本希望自己会迷恋上西普里安——这个演出时唯一的搭档，更何况他相貌英俊，不过这一点只是意外的收获罢了。

西普里安自称“平衡大师”。没过多久戴尔芬就发现，他果然只会“保持平衡”这一件事。毫不夸张，只此一件，其他一概不行——他不会洗袜子，不会从事寻常稳定的工作，不会缝缝补补，不会卷烟卷，不会唱歌，甚至不会喝酒。他也做不到安安稳稳坐上一会儿，完整地看完报纸上一篇文章。他也不太会聊天，除了说个笑话以外，讲不了什么故事。他甚至懒得和谁打上一架。他玩不了“克里比奇”“皮纳克尔”这种用时较长的纸牌游戏。就算他们能长久定居在某个地方，他大概连棵绿植也种不活。不过，她确实开始爱他了，出于三个原因：其一，他说他爱她爱得无法自拔；其二，虽然还没和他体验过激情四射的鱼水之欢，但他一直表现得温柔体贴；最后一点，他的感情很容易受到伤害。戴尔芬无法承受伤害一个男人的感情，因为她对父亲罗伊·瓦茨卡过于依恋。虽然他酩酊大醉时总会做出极具破坏力的愚蠢行为，但她对他依然怀有永恒不变的爱意，而且很不幸的是，她已被树立为人人称道的模范。

比方说，她对西普里安没什么期望，除却一点，就是不要从椅子上摔下来。至于西普里安，刚过去一周，他就爱上了依附戴尔芬的感觉。他蜷缩在廉价出租房里的床上，盖着应戴尔芬要求重新洗过的床单，因为她受不了上面的虫子。他精心照料着自己酸痛的肌肉，戴尔芬则在为他们的生计忙活。她修补好表演时撕裂的道具，规划好在每个落脚点逗留的时间和下一个要造访的城镇，如果有钱可数的话就数数钱，给报社寄信和广告，想好要吃点什么。

在旗杆上倒立后的第二天清晨，她宣布他们有足够的钱吃香肠了，还配了点鸡蛋和燕麦粥。毕竟他们已决心接下来在一个养牛场里进行长期训练，提前强身健体还是很有必要的。他们用伤痕累累的厚碟子用餐，细嚼慢咽，颇为享受。现在咖啡馆的老板已经认识他们，送来了糖和吃剩的薄煎饼。西普里安画了个草图，上面有一个火柴人，在一把椅子上倒立，下面则是一摞看起来摆放随意实则精心布置过的椅子，最下面那把矗立在一个女人的肚子上，她那四根火柴棒一样的胳膊和腿支撑着地面，气球状的脸在一片残破的节目单上微笑着。

“这个能让我们发大财。”西普里安郑重地说。

戴尔芬望着那一摞高高的椅子，看了看下面那条代表她肚子的线，用叉子又叉起一根香肠。

养牛场里并没有牛，地面上都是已经风干的圆饼状牛粪。她像扔碟子一样把它们扔到一边，拉伸了一下筋骨，做了两组弯腰触碰脚趾的运动，热好了身。万事总是开头难，她的腹肌很快就会非同小可。西普里安向她演示了一遍通过一系列科学训练来锻炼腹肌的方法。鉴于他要摔倒数百次，才能把一个技巧练到得心应手，所以每次戴尔芬腹部承受的重量变轻时，她只是平静地打个哈欠。片刻过后，他又跌落在她身边，直至所有椅子纷纷倒下，砸在他身上，她都纹丝未动。他不断调整着椅子的排列，以确保只要她在下面保持一个姿势不动，就不会受伤。就这样试了一遍又一遍，他摔了一次又一次，用身体努力记忆每一次可以吸取的教训。她感受着腹部顶起的高楼大厦倒塌，撞击着她身边的地面。自始至终她都没有动弹。有那么几次，有条椅子腿离她很近，弄乱了她的头发，但除此之外，什么都没碰到过她。

他们亮相当天，盛况空前。戴尔芬穿了条红色长裙，美丽优雅，在人前走动时会打着旋儿。她先在台上翻了四个筋斗，然后坐在一张低矮宽大的桌子上。她盘起腿，闭上眼，双手交叉在一起，故作沉思状，制造悬念。正当观众们开始坐立不安，变得不耐烦时，她突然翻了个身，用四肢支撑身体，变成了一张桌子。这时，西普里安走上前来，端着一个大大的木质托盘，上面摆放着数件茶具，头和肩膀上则顶着六把椅子，然后他耸耸肩，一把接一把地将它们抖落在地。他坐在最后落下的那把椅子上，将托盘放在戴尔芬身上，冲她愉快地点了点头。然后他从袖子里抽出一把叉子、一把餐刀、一条餐巾和一条鲱鱼，紧接着摆好餐碟，开始用餐。他将那条鲱鱼切成小块，快速咀嚼。吃完后，他轻轻擦拭了一下嘴巴，伸了个懒腰，看样子打算享受餐后的休闲时光，抽根烟，读本好书。

这时他皱了皱眉，好像不太舒服。他在每把椅子上都坐了坐，眉头皱得越来越紧，直到走到最后一把椅子旁。“你会介意吗？”他礼貌地询问戴尔芬。“我想不会吧！”她回答。于是他将她腹部托盘上的茶具清空，在上面放上第一把椅子。然后他们会请一位观众上台帮忙，往上面递椅子。就这样，西普里安一把接一把地将每把椅子的腿摞在另一把的木质椅面上，保持着平衡，爬得越来越高，越来越高。最后，他将第六把椅子也平稳放好，坐在了上面，从兜里掏出一支烟。

总是到了这个时候，他才会发现把火柴忘在了下面的桌子上，或者更确切地说，是戴尔芬肚子上。（观众里总有人大声点破这一点，为这一发现感到得意）也总会有人想主动帮忙把火柴扔上去，但西普里安会彬彬有礼地谢绝他们，因为他已经从衬衣领子里掏出一个小小的可折叠渔竿，并放下了渔线。渔线的尽头装着一个浮子、一个夸张的大鱼钩和一个铅锤。那个铅锤实际上是块磁铁，很容易就能吸住事先改造好的火柴盒。

西普里安把火柴弄到手后，会悠闲自得地缓缓点燃香烟，紧接着做出一系列戏剧性的手势，最后掏出一本书，摆出一副要通过朗读书的内容取悦观众的架势——或多或少有些低俗的笑话，他自己也会笑得前仰后合，甚至忘情地手舞足蹈，导致下面的椅子开始颤颤巍巍地摇晃，让人惊恐，在人群中引发一阵意料之中的惊呼。西普里安当然没有摔下来。他把书翻完后就丢了下来，在最高的椅子上做了个倒立。接下来就是节目最精彩的部分，从这里直至结束，观众席都掌声不息，也正是在此处，戴尔芬希望还能有个搭档敲出一串长长的鼓声——他头冲下，开始扶着椅子往下走，然后将椅子撑在自己的脚掌上，用每一把钩住下一把，直至来到最底下，在脚掌上撑起所有椅子，在戴尔芬的腹部倒立起来。

不过可别忘了，从头到尾，她都一直在下面撑起所有重量，扭着手腕，抻着脖子，腹部紧绷，双腿在优雅的红色长裙下稳稳地撑着地面！

西普里安在她的腹部稳住后，双脚托举着椅子，伸出脖子，直至双唇碰到她的唇。他的吻佯装火热而激情，在观众席激起一阵欢呼，让戴尔芬的心中慢慢升腾起一股怨气。椅子依然平稳地矗立在他们的上空，他们注视着彼此的双眼。起初戴尔芬觉得这个动作很迷人，但在一个用脚撑着六把椅子倒立着的男人眼里，你又能看到些什么呢？只能看到他害怕椅子会跌落的担忧罢了。

在北达科他州边界的肖特韦尔小镇上，他们和一个来自伊利诺伊的巡回表演歌舞杂耍的马戏团搭上了关系。“这样的地方更合我的心意。”戴尔芬对西普里安说。放眼四周，开阔的视野让她感到心旷神怡，每一条街道尽头都能看到天地相接的地平线。之前去过的城镇都被茂密的树林所包围，这里广阔的天空让她感受到家乡般的亲切。他们在这里也结识了一群可以一起痛饮狂欢的朋友，有几个是西普里安在剧场和其他一些演出上认识的。到了那里的第一天夜里，他带她去了当地一个酒馆，是个低矮阴冷潮湿的肮脏场所。他们坐在角落一个小隔间，和另外三对男女挤在一起。烈酒很快就端了上来。在此之前，虽然戴尔芬不时会从西普里安呼出的口气中闻到酒气，却从未亲眼看过他喝酒。他们每个人面前都放着一个装满烈酒的小酒杯和一杯啤酒，他本想将那一小杯烈酒一饮而尽，却呛住了。戴尔芬一言未发，只是慢慢地喝着啤酒，默默将那杯烈酒倒在了地上。她几乎要为自己对酒精的强烈厌恶感到羞愧了。

喝完第一轮，有两对情侣站了起来，出去跳舞。这样就只剩下戴尔芬、西普里安和另外一对。不过，两个男人已经聊起了一些高深的话题，戴尔芬和另外那个姑娘都坐在自己男人的左侧，不能完全加入对话之中，也不方便和彼此交谈。戴尔芬假装看其他人跳舞，看了一会儿，觉得无趣，便去化妆间看了看，发现那里只不过是个可以补妆的地方，便走到户外，去观赏日落。天空中云海翻滚，云朵边缘呈现一种令人惊讶的绿色，而云朵中心却是一种让人惊恐、危机四伏的黄色。一个从路边经过的男人说，这天气看起来就像该死的暴风雨要来了。

“这和你有什么关系？”戴尔芬笑着说。她会笑，仅仅因为她对任何一个男人都会笑，仅仅因为这样的天空让她想起了家乡，她很开心。

“我是个看天吃饭的农民，就这关系。”

“那你应该来看我们的表演，”戴尔芬说，“应该带上全家来看。”

“会有人脱衣服吗？”

“当然了！”戴尔芬说，“我们每个人都脱！”

“我的妈呀！”男人说。

戴尔芬再回到酒馆里时，隔间里只剩下那姑娘一个人在气急败坏地抽烟，两个男人已经不见了踪影。

“他们去哪儿了？”戴尔芬问。

“我他妈的怎么知道。”姑娘说。她的嘴唇神经质地蠕动着，像两条柔软无力的绳子，又是吸烟又是喝酒。她那涂成了光亮紫红色的双唇让戴尔芬的脊背不禁打了个冷战。她断定，这个姑娘脾气这么差，是因为长得丑。后来，她又点了两杯酒，戴尔芬起初以为有一杯是给她的，但那个姑娘当着她的面，把两杯都喝了。

“你这是怎么了？”戴尔芬问。

“我他妈的怎么知道。”姑娘说。

戴尔芬走出酒馆，回到刚才那条路上。天空瞬息万变，就像她以前演戏时换装那样快。自从离开父亲，这也不是她第一次感到孤独寂寞和闷闷不乐了。也许是眼前这片空旷让她想家，也许是酒精在作祟，但肯定和西普里安的无故消失有些关系。他很在乎她的情绪，每当她心情低落，都会向他倾诉。他通常都会想些点子，哄她开心。比方说，平时她总会在上衣方便解开的兜里放些零钱，上次赶上她每个月心情不佳的那几天，他就从她兜里摸走了一点，给她买了一束温室里培育的红玫瑰。玫瑰，她以前从没收到过这样的东西。她把它们做成干花，把花瓣包在一条手帕里，留作纪念。还有一次，他给她买了一小罐花生酱，让她用勺子挖着吃。这些都是生活中的惊喜。他还给她买过一根冰棍，给她做过一些不需要花钱的小事。他在湖边捡了很多漂亮石头，里面有一小块箭头状的黑色石头。他说以前齐佩瓦人很有可能用它打过鸟。她用一根细绳系着它，至今还在脖子上戴着。此时此刻，戴尔芬断定，他很有可能是去什么地方给她买礼物了。她发现兜里少了两块钱，便开心起来。

他们这次住的是帐篷。她回到帐篷里的小床上，紧紧裹住毯子，睡了过去，但还没等到天亮就醒了，因为暴风雨的确来了，吹透了未涂蜡的帆布，把她浑身浇湿了。幸好，帐篷里的东西基本没有淋到，她在两棵树之间拉了条绳子，把东西都挂在上面晾干。西普里安一夜未归，一股怒火从她颈后蹿了起来。但等他露了面，却又让人恨不起来——他对她百般温柔，拼命讨好她，祈求她的喜爱。而且，他确实给她带回了礼物，是用巧克力精雕细琢的雏菊，让她的恼火顷刻间熄灭。她看着他的脸笑了，他将她拥入怀中，他的胸膛就像盔甲一样结实。

“我爱你。”她说。这不是她第一次说出这三个字了，此刻却仿佛打开了心中的闸门，一股悲伤宣泄而出。泪水刺痛了脸颊，她挺直脊背，精神又好了起来。

“你死到哪儿去了?!”

“没去哪儿。”他说。

他说这话时既不自然，也不刻意，而是充满痛苦，就好像他的确哪儿也没去。他将她的头发从脸庞上拨开，亲吻了她的额头，就在头发分缝的下方。她的头发从中间分开，梳向两侧。她看起来像个孩子，她感觉自己就像个孩子。西普里安的声音里透露的悲伤让人诧异，让她把自己的问题抛之脑后，紧紧抱住他，融化在了同情中。他把她抱得更紧了，让她有些喘不过气，只能短促地呼吸。但这并不打紧。他们坐在一棵树下，戴尔芬会永远记得这一幕。她还没弄清楚到底发生了什么，他们就紧紧依偎在了一起，紧到她可以感受到他对她的爱毋庸置疑，感受到这份爱的每一丝每一毫欢腾地划过他的肌肤和心思。她感到无比踏实和安心，希望这个姿势可以一直保持下去。他睡着了，就在这棵树下，但他的胳膊依然紧紧搂着她。戴尔芬心满意足地看着整个世界在他们身边苏醒，大地变得明亮起来，一片又一片绿油油的麦田望不到头，在魔镜般的天空下像波浪般涌动。

她还未弄清楚他说的“没去哪儿”到底是哪儿，为什么他启齿时如此痛苦，他们就一路来到了加拿大曼尼托巴省的戈尔菲尔德。

这回住的是一家豪华酒店的蜜月套房，里面的家具设计繁丽，满目皆是纺锤形和卷轴形的立柱，椅套像从博物馆里拿来的挂毯，地毯很宽大，可能是波斯地毯吧，但戴尔芬又怎么会清楚呢！她舍得在这个房间上下血本，是想利用这次机会，第一次也是最后一次弄清楚，他们到底能不能坠入爱河。从某个方面来说，算是吧，但起初并非如此。他们拥抱在一起滚动时，他一直紧闭双眼，仿佛陷入一种聚精会神的状态。虽然他的一举一动都令人感觉呆板生硬，她也没想打断他。她对周遭还留着神，觉得有些无聊。他的手会在碰到她的乳房时弹开，或是用一种没头没脑甚至用力过猛的方式捏她的乳头。她想朝他的头敲过去，正要打算放弃，这时伴随着一声愉悦的呻吟，他达到了高潮，或起码假装达到了高潮。

紧接着，他就像只小狗一样，盯着她，寻求赞许。

她轻轻拍了拍他的脑袋。过了一会儿，她将他翻过身来，面对着她。当他们注视着彼此的眼睛时，才开始产生一种奇妙的联结，这是戴尔芬之前和世间任何一个人从未产生过的一种感觉。他们脱离了时空，只存在于彼此眼神里那股安静的力量之中。他们没有就此结束。戴尔芬感到爱的力量在体内升腾，西普里安毫不费力地勃起了。她翻身压住了他，和他再次融为一体。他们越是深情对望，就越是渴望对方的身体，就越是相爱。就这样一直继续着，直至他们筋疲力尽。然而，每一次他们望向对方的眼睛，就会再次开始缠绵，感受到新的体验，进入新的领域。这是一次难以解释的神奇经历，后来他们谁都没再提起，或者说，不幸的是，没有再重演。

两天后，戴尔芬去河边散步。演出结束后，西普里安就背着她溜了出去，不知去向。这就只剩她自娱自乐。鉴于这是她的强项，她没有闷闷不乐，也不会无所事事，而是去了镇上一个景点。戴尔芬坐在河边一条低矮的长椅上，望着河水从眼前流过。河水奔流向北，可以听到水流拍打着河岸，卷走岸上一些小树枝，同泥土、树叶和鱼儿一道前行。

这是个宁静的夜晚。河对岸闪耀着点点灯光，足以照亮前方几英尺的地方。忽然响起一阵交谈声和脚步声，她有些心烦，便躲进了长凳旁高高的灌木丛中。她想待会儿再坐回长凳上，这样也不必和任何人交谈。没过一会儿，就有两个男人走到了空地上。他们刚走到长凳边，便不再说话，其中一个坐下来，另一个在他面前跪了下去。戴尔芬就躲在长凳后不远的地方。虽然她的好奇心一下子就被激发起来，却无法看清发生了什么。等她反应过来是怎么回事时，这才意识到没有马上看清楚，也许是件好事，那样带来的冲击未免过于强烈，她还不知道男人之间还能如此相处。

"啊……我的天哪……"坐在长凳上的男人气喘吁吁地说。他一字一顿地从嘴里挤出每个字，最后伴随着一声呻吟，他的双手扑通一声重重跌落在凳子上，双腿向两侧摊开。而跪着的那个男人自始至终没发出任何声响。这时说话的男人转过身来，弯下腰去，扶住长凳的靠背，戴尔芬这才看清他穿着一身西装。而跪着的男人在他身后站了起来，身上的白衬衣雪白发亮，那闪亮的白色光芒似曾相识。戴尔芬透过灰蒙蒙的空气费力地盯着，却发现那件衬衣突然不见了，两个人都半裸着身体，一个急不可耐地伏在另一个身上，动作流畅地移动着。

两人不断变换着动作和节奏，像两条滑溜溜的鱼儿在彼此身上翻滚。他们就像小巧的动物般灵活敏捷，爆发狂热的激情，然后又缓缓进入更轻柔的节奏。现在，戴尔芬完全没有办法离开她的藏身之处了，但她也没迫切地想要离开。她看不太清他们做爱的细节，却好奇得很。她将各个动作在脑海中理顺，每有所发现便恍然大悟般点点头。突然，她发现那个脱去雪白衬衫的不是别人，正是西普里安。然后她像平日那样，做了件把自己也吓了一跳的事。她从灌木丛中走了出去，和他们欢快地打了声招呼。

两个人都惊慌失措地从彼此身上弹开。亲眼见到这一切的震惊让她麻木，也让她变得邪恶。她在长凳上坐下来，开口说话。

“亲爱的，我正到处找你呢！”她说。

“戴尔芬，我不知道该说什么……”

“我的老天！”另一个男人一边喊，一边慌慌张张地找衣服。

戴尔芬交叉起双腿，点燃一支烟，轻柔地吐出烟雾。她继续和他们说着话，诱出礼貌的回答，制造些不痛不痒的话题，被一种毫不真实的荒唐感紧紧裹住。她开了个小小的玩笑，两个男人笑起来时，整个现实世界都扭曲了。她的问题没一个合乎情理，脑子里像一团乱麻，思绪纷飞。层层好奇心神秘而沉重。但她依然没有直面方才被打断的情景，而是肆意发挥着逗人开心的本领，继续东拉西扯。三个人慢慢走着，开着没什么恶意的玩笑，离开了河边。两个男人握了握手便告别了。戴尔芬和西普里安并排向住处走去，两人都神情严肃，心事重重。

戴尔芬心想，等我们进了屋，会发生什么呢？她故意天真地想象，既然这个秘密已经不是秘密，她和西普里安终于可以成为彼此的真爱。但她残存的理智依然明白，这只是一种头脑简单的想法。其实他们进屋后，什么都没有发生。似乎刚才发生的一切已将他们消耗殆尽，再无气力去思忖一分一毫。他们脱去衣服，只剩内衣，盖着被子躺在床上，像两个守丧的人那样，握着彼此的手，警惕而茫然，默默无语。

到了深夜，在黑暗之中，戴尔芬脑子里突然闪过的一个念头将她惊醒。她任由激荡的情绪和澎湃的感受扑面而来，侵袭着自己，然后开始摇晃西普里安，直到他发出低沉的哼哼声。她本想恶狠狠地质问他的背叛，问他难道不记得他们当初互相凝视的情景了？她本想问他，为什么他从未向她坦承过自己是这个样子，想把他臭骂一顿或只是痛哭一番。但在这些话就要离开嘴唇的前一秒，其他语句脱口而出。

“你是怎么保持平衡的？”

她声音平静，充满好奇。一旦问出这个问题，她发现自己确实很想知道答案。西普里安也很清醒，一直没有全然睡着。他用手掌捂住脸庞，透过指缝发出呼吸的声音。

这个问题不好回答。他在保持平衡时，整个身体都紧绷而专注。他还未曾用语言描述过这种状态，但也许是因为身处黑暗之中，也许是因为她已经知道了他的秘密，也许是因为她的声音中没有愤怒，他开了口，起初有些犹豫。

“有人觉得保持平衡的关键是要找到一个点，但其实不是这样。根本没有平衡点。”

她点燃一支烟，吐出的烟雾在他们头顶聚拢成一团白色的云雾：“那是什么？”

虽然西普里安在其他方面都灵活机敏，却有些笨嘴拙舌。努力描述平衡的感觉几乎引发了他肉体的不适，但他依旧沿着自己的思路深入下去，绞尽脑汁。

“比方说你做了个梦，”他郑重地说，“在那个梦里，你知道自己正在做梦。但你若是太清醒地意识到这一点，你就醒了。不过，你的意识若是刚刚好，却能反过来影响梦境。”

“所以平衡也是这样？”

“差不多吧！”

他呼了口气，如释重负，没了气力。她沉吟了片刻。

“那你倒下的时候，”她终于又开了口，“是怎么回事？”

西普里安屏住呼吸，几近绝望。不过，出于同样的原因——不管真实的他是什么样，他都爱着戴尔芬，他还是搜肠刮肚，希望可以找到答案。他想了很久，戴尔芬都快睡着了，他依然在苦思冥想，大脑飞速地疯狂运转着，迸出蓝色的火花。

“倒下的时候，”他突然说，把她惊醒，“必须忘记自己的存在，就像一个影子一样跌落在地，轻如鸿毛。”

“我觉得，我要离开你了。”戴尔芬说。

“求你了，不要离开我。”西普里安说。

两人就这样躺在那张宽大舒适的床上，保持着平衡。

Chapter 3

肉骨头

阿格斯小镇因铁路应运而生，而那条铁路本不该出现在那里。然而，一旦它跨越了河流，便势不可当地深入空旷的荒野中。被拖运进阿格斯牌起卸机的货物留在了火车上，运往远方，或东或西，留在原处的便成了小镇。最初诞生的是商铺，能让农民买到农具和食物。还有银行，可以存钱。后来又出现了别的商店，让银行职员和商店店主也可以购物。随后，小镇居民的居所也建了起来，有了教堂，后来还有了第二座。学校也出现了，紧接着，老师、铁路工人和房屋建筑工人的住所也拔地而起。这样一来，就有了酒馆可以纵容他们的恶习，有了药店缓解他们的病痛，诸如此类，不一而足。直到后来，阿格斯成为县政府驻地。待政府大楼竣工后，阿格斯看起来已和北达科他州其他地方别无二致，前景一片大好。

菲德利斯很快就在当地屠夫科兹卡那里谋了份工，同时也为周边小镇上几家肉铺干些零活。除此之外，只要得空，他还会去别人家的农场，上门屠宰牲畜。起初，他自然是没有车的，后来却接二连三地有了好几辆运货卡车。科兹卡自从雇了他，生意越发红火起来，因为菲德利斯遗传了父亲做香肠的天赋，也掌握了他的秘诀。其实，在离开家乡的前夕，父亲才传授给他。父亲说，这个秘诀其实没什么神秘之处，只不过是每种原料都要选用最优质顶级的种类，就连盐的品质都不能忽略。大蒜一定要用最新鲜的，有一点点变干缩水都不行。肉就更不用说了，连用羊肠表层的透明薄膜制作的肠衣都要绝对干净，同时要制作精良，保持新鲜。菲德利斯用北欧手艺制作首批瑞典香肠时，就严格遵守父亲的金科玉律，肉馅里用的土豆都不是普通土豆，而是在当地寻觅到的最好品种。从此他声名鹊起。每周一到周四是他制作香肠的日子，顾客们会涌上门来，等着购买刚出锅的香肠，未等腌制就收入囊中。这让科兹卡喜上心头，因为此时的香肠分量更重些。至于菲德利斯本人，则靠食用卖剩下的香肠、不新鲜的水果、饼干和边角料为生。他自己酿啤酒，自己洗衬衣和围裙，省吃俭用，直至攒够了钱去租一个更宽敞的住处。然后他用剩下的积蓄和父母提供的一笔意外之财，让伊娃得以漂洋过海，来到了这片广阔的天地。

她在一个春日抵达，身边是儿子弗朗兹。从火车上下来时，他帮母亲拎着手提包，一脸骄傲。自菲德利斯从战场上重返家园，听到了阳光倾泻而下的动人旋律后，就再也没有受到过感官错乱的类似困扰。然而，由于同时应对两份甚至三份工作，颇为艰辛繁重，严重缺乏睡眠的他发现，有时他以为自己只是在默默思考，实则大声说出了口。菲德利斯沉浸在夫妻团聚的喜悦中，把头埋在伊娃的发卷里，情不自禁地喃喃低语："都有了，都有了。"伊娃明白他的意思，却依然对初来乍到的新环境感到震惊不已，忍不住心想："什么'都有了'？这里有什么？"虽然有房屋和商铺，土地依然如月球表面般贫瘠荒凉。在来阿格斯的路上，在坐火车横穿整个国家时，她眼睁睁地看着人烟逐渐稀少，恐惧和悲伤交杂着涌上心头。日近黄昏，从车窗向外望去，她甚至觉得看到了狼群消散在低矮树林的婆娑树影中。她说不准，但她觉得丈夫对于"都有了"的判断的确有些荒唐可笑。即便在终于盼来的重逢时刻——这个原本应该喜形于色的重大时刻，她依然难以置信地撇了撇嘴。当时她确实没明白他的意思。

菲德利斯一见到她，就感到体内的炽烈情感像一头庞大粗暴的惊人野兽咆哮而过。这股情感迸发出来，将他们双双裹挟其中。无法动弹的他彻底屈服了，为了怀抱中的这个女人，交出了自己的过往和未来的一切可能。当他这样一个铁骨铮铮的男儿心甘情愿地屈服，他生命的躯壳都在颤抖。他太孤独了。若他当时鼓起勇气稍加解释，伊娃大概就能更准确地理解他的心意，但他没有，于是她只是对他笑着，亲吻着他，坚定地故作勇敢并暗下决心，虽然现在目及之处没有任何有趣味或有价值的玩意儿，但早晚会有的。把这一切都交给她——伊娃·沃尔德沃格尔就好。

菲德利斯·沃尔德沃格尔最初的老板变成了他在阿格斯的主要竞争对手，再后来就成了唯一的对手。皮特·科兹卡本性温厚，却不苟言笑，身边永远人手短缺，因为他给的佣金低廉，所以总有帮工离开。曾经有一场龙卷风席卷过他的店铺，零钱抽屉里的硬币都被齐整地吹进了灰泥墙的墙缝里。人们都专程赶来，围观这一奇观。虽说是竞争对手，两人也算得上和平相处，平日只不过开开彼此的玩笑，各自吹吹牛皮罢了。不过，事态偶尔也会变得严重。实际上，若是玩笑开过了头，就足以让两人的关系恶化。这都是菲德利斯另立门户之后的事了。他离开科兹卡的肉铺，在小镇另一头开了自己的店。不过，鉴于菲德利斯从未对这个人生目标遮遮掩掩，所以等到这一天终于到来时，科兹卡只是很坦然地耸了耸肩。也正是从那个时候开始，阿格斯似乎会不断发展扩大下去，只要土地买卖的市场依然繁荣，甚至有可能会摇身一变，成为大城市。虽然事实并非如此，不过菲德利斯开始单干时，经济形势还是一片大好。

菲德利斯从银行贷了款，再加上家里人卖掉老家路德维希鲁村的一处房产后，分给了他的那份钱，他在镇上另一头买下一所旧农庄，在尽可能远离科兹卡的同时，又没有离开阿格斯的地界。这一细致周到的考虑也大大消除了滋生任何不愉快的可能性，不过也只是最初起了点作用而已。为了减缓拥挤不堪的主街的交通压力，镇上的干线公路重新规划了路线，恰好就从菲德利斯在牢固的农舍旁草草搭起的新门面的门口经过。这当然是菲德利斯事先预料不到的。但让事态恶化的却并非他的生意自此无意间变好，引发了科兹卡的嫉妒，而是另一种截然不同的嫉妒，甚至比金钱还要来得重要。

在狗的主人看来，狗的情感或多或少有些复杂难懂。比方说，菲德利斯就有点瞧不上犬类的情感，认为那主要是由它们的胃口而非心意而定。而皮特·科兹卡却深情款款地认为，狗是一种无比忠诚的动物，尤其是他养的那些，而且它们的忠诚就是对主人本身的爱。皮特和妻子弗丽齐养了几只纯种松狮狗，长着煤黑色的舌头，脾气暴躁。它们的血统起源，也就是共同的父亲，是一只叫霍屯督的深褐色冠军犬，它们就是它先后和第一任妻子南希及第二位伴侣吉吉生育的。吉吉是“吉卜赛”的昵称，是根据它对音乐的热情起的名——它就在弗丽齐的钢琴边睡觉，随便哪个孩子用小调哼的儿歌都能唤起它富有音乐节奏的狂吠。

自从菲德利斯搬走后，这一原本无足轻重的意见分歧却彻底变了味儿，因为霍屯督开始在沃尔德沃格尔家的肉铺后频繁现身，因为那里偶尔会有些残羹冷炙。撇开狗的情感动机这种分歧不说，皮特和菲德利斯对于屠宰行当里很重要的一部分碎骨烂肉、杂碎下水——堪称屠宰业内的关键一环的处理方式也存在根本区别。皮特会将哪怕是尾巴尖这种鸡零狗碎都专门存在一只桶里，锁在冷柜中，每个月让专收内脏的小贩收走。而菲德利斯的方式则是将那些余腥残秽广为散发出去，故而惹得门庭若市，从众甚广，都是些存活成本很低的生命——狗、流浪汉和当地穷困潦倒的人。这些店铺后面的常客，刚刚已经提到了，就包括霍屯督。

霍屯督是一只嘴馋多疑、性情凶狠的种狗，这让菲德利斯觉得很有意思，因为它的特性恰恰证实了他认为狗是冷漠无情的投机主义者的观点。霍屯督会对任何手里握有肉骨头或可能拥有美味珍馐的人摇尾乞怜，而对于其他不会给它喂食的人类，则流露出俗套的鄙夷神色。它可以随时露出凶相，咬得牙齿咯吱作响，甚至直接把人咬伤。那些可以感受到它的牙齿上闪烁着寒光的人都很厌恶它。它原本可能被人下药毒死，这是阿格斯有攻击性的狗经常落得的下场。但好在皮特和弗丽齐还算与人为善，虽说未到交口称赞的程度，连熬汤棒骨也要额外算钱，但并不惹人厌，也没有树敌。

虽然备受科兹卡家人宠爱，这只狗依然会长途跋涉地穿过整个小镇，专程来到菲德利斯这儿，这让他颇为欣喜。一天，它又出现在沃尔德沃格尔肉铺的屠宰槽里，乌黑机灵的眼球嵌在根根耸立的深褐色毛发中，毛茸茸的鼻孔哼哧哼哧地喷着热气。霍屯督被菲德利斯授予了尽情地狼吞虎咽碎肉骨屑的权利，他又赏给它一根巨大的牛骨头，就打发它走了。假如菲德利斯就此收手，也不会惹出什么事端。偏偏他喜欢逗趣，不会见好就收。日复一日，这条狗每天都来报到，菲德利斯给它的骨头也越来越吓人——头盖骨、大腿骨、肋骨，以此来自娱自乐。压倒科兹卡的耐心的最后一根稻草，是一头小母牛的脊椎骨，它们被小心细致地剔了个干净，以确保韧带不断裂，成了霍屯督当天的主菜。当它趾高气扬地拽着它的大餐穿过阿格斯一条又一条街道，不时驻足啃一啃，或换一个更好的姿势拖拽时，镇上每一个人都嗅到了火药味。骨头已处理得易于食用，霍屯督把它拖到科兹卡的肉铺门口，在温暖的阳光下啃了大半个上午。美好时光在皮特发现的那一刻戛然而止。

他一边骂骂咧咧，一边弯下腰，从狗嘴里夺走了它的奖品。霍屯督恶狠狠地狂吠，皮特却一把抓住它的耳朵，把它的头猛地向后拽去。“你要是再敢这样，”他警告说，“就等着我把你的皮扒下来挂墙上吧！”

“放开它，”弗丽齐交叉着双臂站在门口说，“我知道该怎么办了，先把狗拴起来。”

霍屯督被他们用绳子拴在了系晾衣绳的杆子上，但老奸巨猾的它可不是这么简单就能控制得住的。到了下午，它就咬断了绳子，回到菲德利斯那里，乞求一份晚餐。天黑时，它就叼着一捆用美味肉筋捆着的猪蹄回到了家。皮特又用链子锁上它，它却不断缠绞链条，直到它断开为止，第二天一早又回到了沃尔德沃格尔肉铺。当皮特又在门前台阶上发现他的狗正口水淋漓地叼着一块血淋淋的野猪头骨时，他出离愤怒，丧失了理智。他伸手去夺头骨，胳膊却完全暴露在霍屯督的利齿之下。他被撕咬得伤势十分惨重，希奇大夫只得上门出诊，在他深长的伤口上缝了十多针。希奇大夫还建议他干脆开枪把它就地处决算了。换成一般人，也许早就照办了。但皮特·科兹卡却丝毫没有责怪霍屯督的意思，他觉得问题并非出在狗身上，而是菲德利斯腐化了狗的忠心。

“等着瞧吧，这事不算完。”那天晚上他自言自语道，咬牙切齿地想着那个他当初从大街上收留还赏了口饭吃的人，暗自盘算着该如何找他算账。现在他终于判定，他已经背叛了他，甚至还窃走了狗对他的感情。

菲德利斯没什么信仰，但在对待他的刀具时极为虔诚。每天早上，他喝完伊娃递过来的浓咖啡，吃过奶酪、面包和煮李子这些早餐后，要做的第一件事就是去查看插着刀具的木制刀架。他会小心翼翼地把它们一把一把抽出，然后按照特定顺序在一块法兰绒布上一字排开。这就是他当初千里迢迢从德国用手提箱连同香肠一起带来的那些刀，品质上乘，工艺精湛——从刀身到刀柄，从模具中整体锻造出炉，再从刀背到刀刃，精心抛光打磨，最终打造出一把称手的好刀。菲德利斯会将每把刀都擦拭得一尘不染，并细细察看，不放过一丝一毫生锈的迹象。然后，他会做出一天当中最重要的抉择——哪些刀口只需在磨刀棒上轻轻滑动一下，又是否出现需要出动磨刀石的严重情况。但通常来说，只用磨刀棒就够了。

菲德利斯那根长长的磨刀棒，此刻就在墙上的铁钩上挂着。在他掌握了这门家族手艺后，父母请来路德维希鲁当地最好的摄影师给他拍了张工作肖像。在那张照片里，他腰间挂着的磨刀棒就是这一根。对于只需消除细微毛刺的刀刃，他会凭借自己敏锐的听觉，将其在磨刀棒上滑动，再放回刀架。菲德利斯在这方面保守而谨慎，不会一味追求锋利，从不过度打磨，白白浪费好的钢材。但刀刃若已变钝，就会磨碎肌肉纤维，在手中打滑，引发危险。所以若是哪把刀确实需要光亮的新刃，他也不会犹豫。他会从刀架下方的抽屉里取出整套磨刀石，然后在法兰绒布上的待磨刀具旁边井然有序地摆好。摆出的第一个是粗糙的黑石头，用来确保打磨角度端正，后面的石头质地越发细密，共六块，最后一块轻薄如纸。等菲德利斯打磨完毕，刀刃锋利到足以削铁如泥。

每天一早，等儿子们去上学了，他也完成了每天固定的开刀仪式，伊娃就会准备开店迎客，并按照惯例把里外检查一遍。这个时候，菲德利斯就回到屋后的卫生间，像做外科手术般精准地把头发偏分，然后梳向脑后，一丝不苟地刮去胡子，顺从煮李子的催促去蹲会儿马桶，最后再喝一杯热咖啡。他将这间卫生间，或者说浴室进行了扩建，按照德式风格收拾得舒服妥帖。在他老家，家家户户总会在马桶附近摆放柔软的小毛毯和赏心悦目的绿植，还会在触手可及的架子上放上香烟、烟灰缸、书和报纸。浴缸上方会挂一排清洁工具——一把用来擦背的毛刷，配着抛光的枫木把手；一把更轻便的小刷子，用来刷手指；一大块用来磨去脚部死皮的浮石；一把发丝般柔软、有蓝色把手的迷你刷，用来洗脸。屋里还囤放了不少肥皂，从最粗糙的碱性肥皂到伊娃用的丁香紫色的椭圆形法式研压皂，种类繁多。这些肥皂都存放在一个方形的雪松木盒里，盒底是板条状的，可以沥水，这样用得长久。浴缸旁还有个木架子，挂着结实的条纹棉布帘子，里面存放着毛巾——虽然已经用薄了，却洗得干净整洁，呈现一种温暖的白色。房间四壁都刷成宜人的黄色，再加上面朝东南的宽阔玻璃窗，可以让清晨的阳光洒进来。这种舒适敞亮会让人误以为沃尔德沃格尔家家境殷实。但事实并非如此，这完全是伊娃的功劳，她就是有这样的本事，勤俭持家的同时，还能将家徒四壁打造成丰衣足食的效果。

一个夏日清晨，菲德利斯在完成所有细小琐碎却又不可或缺的常规事宜后，开始动手为当天最重大的活动做准备——宰一头梅克伦伯格家养的得过奖的母猪，并将其分解，加工为肋排、里脊肉、火腿肉、腌猪蹄、腌用背膘、熏猪肉和香肠。这头母猪已经在待宰圈里待了一整夜，这时已饥肠辘辘。生平头一次，清晨它的尖叫声没像往常那样，呼唤来一桶泔水。原因自然是它死到临头了。这头猪比霍屯督那条狗可聪明多了，狗只知道在猪圈外翘首以待，等人将它大卸八块后，抢些剩下的碎骨肉屑。接下来的这场交战自然会让猪长些记性，但它们却只有这一次机会感受人类的背信弃义，而且这次背叛是如此猝不及防和彻底。当出乎意料的命运降临在每一头猪的身上时，都仿佛以前从未有同类经历过如此悲惨的遭遇。尽管如此，这头猪或许比多数同类都更为聪明机智，它可以很清楚地感觉到一切都不对劲。也许在它之前丧命的母猪和公猪们通过气味留下了遗言，也许是它读懂了霍屯督热切渴望的神情，又或许是清晨前所未有的经历让它感到不安，它变得比往常更加好斗。总之不论出于哪种原因，当菲德利斯端着他的 32-20 式来复枪走进猪圈后，本想直接对准它的头颅，一枪毙命，它却仓皇地跑开了，纤细的四条腿支撑着庞大的身躯，却惊人地敏捷，一眨眼就跑到了猪圈的另一头。

它站在那里，冷眼打量着眼前这个没有带来食物的人。菲德利斯气急败坏地咒骂了一声，呼喊弗朗兹来帮他把猪赶到狭栏里，这样就可以把它困住，然后宰杀，再用绞车吊到一个池子里，浸烫、剥皮、冷却、开膛解体、切除内脏。霍屯督早已对接下来的步骤了如指掌，于是开始兴奋而癫狂地嗥叫，更是引得圈里的猪惊恐万状，慌乱奔逃。它被弗朗兹从圈外捅进来的棍子戳中，哆嗦着往前趔趄了几小步。菲德利斯跳到它身后，发出一声可怕的吼叫，本想把它赶进狭栏的狭窄空间里。它却没让他如愿，而是狡猾地围着围栏转了一圈，跑到一个棍子从外面捅进来也戳不着的死角。它在那里坚守着阵地，浑身颤抖，已经十分清楚现在的局势对它极其不利。此前它享受过的舒适生活并未让它准备好直面今日的异常，但让它获过奖的与众不同的基因注定它是个难缠的对手。菲德利斯把枪朝它捅了过去，但它悲愤地朝他呻吟着，躲开了他的枪。他气喘吁吁地在淤泥中追赶着它，滑了一跤，摔得浑身是泥，恶狠狠地咒骂着，又站了起来。他挥动着身上的围裙，朝它扑了过去。它受到了惊吓，转身溜到一边。他继续挥舞着手里那块布，迷惑住了它，由此占了上风，将它朝他期望的方向赶去。终于，它突然走到狭栏里，他赶快"砰"的一声拉下了门。

然后，菲德利斯犯了个天大的错误。他爬上了狭栏的一侧，端起手中的来复枪，却栽进了下面的狭窄空间里，和猪关在了一起。他倒在另一头，摔得并不厉害。他转过身，面朝着猪，本来只想走近些，了结它的性命，这个步骤他已经重复了无数次。它却朝他冲了过来，一边尖声嗥叫着，一边沿着狭窄的斜坡猛冲了上去，歪斜着脑门儿撞伤了他的膝盖骨，用牙齿咬住上面的肉，死死咬着不放，咬穿了菲德利斯的帆布裤子，从皮肤深入骨头，菲德利斯痛苦不堪地吼叫起来，再加上猪发动攻击时尖厉而激动的叫声，把弗朗兹引到了狭栏的这头。有那么漫长的一刻，他看到父亲用来复枪的枪托砸向它的脑袋，它咬紧的牙关已经松开，他本以为会再合上，再咬父亲一口。现在的形势依然对它有利，它的确做得到。菲德利斯向后一个趔趄，想把枪头掉转过来射击，母猪却再次发起攻击，又撕扯着咬了下去，让他本就血迹斑斑的膝盖雪上加霜。然后它退回方才的角落里，红着眼睛呜咽着，被仇恨折磨得疲惫不堪。而在整个过程中，饥饿的霍屯督一直急切地吼叫，一声声地挑衅和怂恿着它，好像在向它传输一种扭曲的宿命论，让它听天由命。它试图再次发动攻击，但这次弗朗兹设法在他们之间塞上了一块木板，堵住了它的去路。一时挫败的它向后退了一步，就在这犹豫的一瞬间，菲德利斯把枪管推到它的双眼之间，扣动了扳机。

紧接着迸发一阵激烈的挣扎，霍屯督欣喜若狂，弗朗兹目瞪口呆，母猪发出微弱的哀鸣，倒了下去。菲德利斯立刻一瘸一拐地走上前，将它用链条拴到绞车上，吊进一个铁池子里。他忙乱的时候，内心突然涌起一股异样的感受，和他肉体的疼痛无关，难以名状。这种异样是心理上的，是一种悲伤，让他想躺在淤泥中，痛快地哭上一场。热泪决堤般从他的眼眶中涌出，沿着脸颊滑落。他硬生生支走了弗朗兹。他想不明白，自童年时起，他就没再掉过眼泪，就算在战场上，他也从没像现在这样崩溃过。虽然他努力克制着自己，却徒劳无功，他为自己无助的悲伤感到气愤。当他意识到自己是为了那头母猪流泪时，他更是惊恐。怎么会这样？他可是连人都杀过啊！他亲眼见过他们死去，就连他最好的兄弟在他身边咽气，他都没有掉过一滴眼泪。而现在，他怎么会泪流满面，还是为了一头猪？这天接下来的时间里，他都气愤难平，没有离开那头牲口半步，悉心处理着每个步骤。虽然膝盖上撕裂的伤口痛苦难忍，他也很清楚日后一定会留下后遗症，却还是没停下手中的活。他觉得若是停下来，任凭膝盖变得僵硬，他这条腿就瘸了。于是，他一直忙到傍晚，一直忙到伊娃强迫他停下来。在动身前往希奇大夫的诊所前，他做的最后一件事是把猪的胃和一大团肠子丢给霍屯督。它显然无法一口气吃完，便都拖回了家。

菲德利斯坐在诊疗室里铺了床单的长凳上，心不在焉地哼着歌自嘲，好让自己的注意力从膝盖的剧痛上移开。“我是艾森巴特医生。”希奇用德语自我介绍道，然后扬起光滑柔亮的眉毛，眉头一皱，说："这首歌我也会。"便唱道："瘸子能复明，瞎子能走路。"菲德利斯想笑，却只能喘口气。他之前用一条围裙紧紧裹住了膝盖，然后用绳子绑牢了这条临时凑合的绷带，简易包扎了一下。

"现在我们来看看你都经历了什么。"希奇大夫喃喃说着，剪断了打结的绳子。菲德利斯差点儿就开口请求希奇大夫能保全那条围裙，随即意识到他大概不会搭理他，甚至会认为这个请求很无礼。大夫的手稳稳解开了那团破烂不堪的布料，在掀开最后一层时，看到上面粘着菲德利斯一片厚厚的皮肉，不禁叹了口气："真是人体力学的奇迹！"他摇着头，很想教育他一番。"完蛋了"是他的口头禅。希奇神情专注，皱着眉头，开始仔细查看伤口。他有一头漂亮的头发，他本人对此多少有些得意。浓密亮泽的发卷垂在前额上，随着他的移动上下轻颤。他痴迷解剖学，墙上满是精心绘制的肌肉、骨骼、消化和生殖系统的水彩画，都是他亲手一笔一笔画上去的。他看着菲德利斯皮开肉绽的膝盖和已经撕裂、勉强将膝盖骨维持在原位的肌肉，一边估摸着伤势，一边盘算着如何修复，就像一位母亲看着儿子扔过来的一条千疮百孔的裤子。菲德利斯也低头望着自己的膝盖，但他脑子里想的完全是另外一回事，是在用屠夫的眼光冷眼旁观。这里，他会切掉；那边，他会用刀刃剥皮。无须多久，他就能有一块肉排，留有恰到好处的脂肪以增添香味，能吃上像样的一餐。菲德利斯用手拍拍脑袋，希望能清醒过来，结果差点儿晕了过去。他哼给自己听的那首歌此刻正在脑海中尖叫。希奇扶着他，在长凳上躺下。

"呼吸，"希奇说，"不过可别给我昏倒。"然后在他脸上放了一只橡胶杯。

菲德利斯坠入一个干燥冰冷、天旋地转、火花飞溅的遥远的地方，他在那里也可以知道、听到甚至感受到针在希奇手中的一举一动。虽然他很清楚，希奇的每个动作都让他痛苦难耐，却并无困扰。不过当他开始缝针时，他哼起了歌，让人有些心烦，菲德利斯开始难受，但他的临床态度就是如此难以捉摸，这在镇上街知巷闻。他有时会骂骂咧咧，有时会潸然泪下，还有些时候，比如现在，他似乎很享受手中的工作，好像自己并不是个医生。他边缝合，边唱起让人伤感的《欧拉·李》。菲德利斯对这首歌的旋律越来越感兴趣，跟着唱了起来。他和希奇先齐声哼了遍旋律，然后希奇再从头开始，让菲德利斯学会歌词。菲德利斯一旦开口唱歌，所有烦恼就会烟消云散。虽然照现在的形势看，他很有可能无法再正常行走，但他也不怎么恼怒，因为他已经把让他尴尬和悲伤的怒火发泄在了那头母猪身上，用近乎残忍的精确将它大卸八块。不过这首歌的确让他愉悦，就像希奇一样。他们唱到最后一句，缝到最后一针，一直都相处融洽。希奇还多留了他一刻钟，为他草草做出一个矫形支架，能让他在保证膝盖不错位的同时又有一定的活动空间，直至痊愈。

“真是够了！”弗丽齐看到霍屯督在自家店门口严防死守着一堆腌臜物件，不禁大喊道。这一幕很倒人胃口，吓走了一些潜在顾客，让他们走到门口又掉头离开。而且基本可以肯定的是，科兹卡一家又会成为镇上的笑柄。

她把丈夫推到血淋淋的骨堆旁，把那些骨头塞进一只麻布袋里，一把推给他，并给他下达了下一步行动的指令。紧接着，皮特便拿着骨头，扔进汽车后备厢里，然后开着车直奔沃尔德沃格尔肉铺。他原本只想把那些骨头扔在肉铺前的门廊上就走，结果到了之后，惊讶地发现店门口挂着“暂停营业”的招牌，屋里空无一人。他立刻断定，他这个竞争对手的生意已经红火到可以偶尔休个小假了。这个想法深深刺激了他。他心中涌起的怒火和嫉妒，再加上菲德利斯的背叛给自以为是的他带来的痛苦，刺激着他做出了一件完全不符合报仇套路的事情。他拿起烂乎乎、脏兮兮的骨头，臭烘烘的骨髓，令人作呕的鸡零狗碎，绕到店铺后面，走进了屋里。在阿格斯，家家户户都不锁门（不过此后一段时间，伊娃每晚都会气呼呼地把门锁上，甚至还买来一套从屋里反锁的门闩）。皮特·科兹卡可以随便选择把骨头放在哪里，但他的选择自然高明不到哪里去。他加大了赌注，让这场恶作剧扭曲成了一场复仇。他走进了菲德利斯和伊娃的卧室，扯下床上洁白无瑕的羽绒被和上过厚厚的浆粉、有着精致刺绣的床单——这些都是伊娃的家传古董嫁妆箱里的嫁妆，把骨头扔在了床上，又把被单盖了上去。骨头上的血肉碎屑浸湿了床褥，渗入了被子的布料和里面填充的绒毛中。

打那以后，伊娃对科兹卡一家再无半点怜悯。如果她能在生意场上把他们彻底打败，她发誓她一定不留情面，不会让他们有好日子过。她不是那种随随便便就能握手言欢、一笑泯恩仇的人。对她而言，科兹卡家的所作所为已经越界，不再只是她丈夫胡闹的较劲那么简单，此后的日子里，她也有了正儿八经的理由好好盘算下这个想法。伊娃一向将住处和肉铺严格隔离开，里面干净整洁，弥漫着浓郁的烘焙香味，颇具生活气息。而现在，死亡的腐朽恶臭却玷污了那里。虽然她挖空心思，把自己知道的小窍门都试了个遍——漂白、碱性肥皂、醋、阳光和薰衣草、橙子精华、柠檬汁，却怎样都洗不干净，不管用什么方法，床单上依然残留着隐约的肉腥味，挥之不去。

虽然和科兹卡家的玩笑已经激化为矛盾，菲德利斯并没有就此收手。他对这个恶作剧具有不屈不挠的忠诚，好像在对待一件艺术品或一个故事，无论怎样都要精心打磨完成。他还将母猪的发狂归咎于狗的歇斯底里，大概是想逼迫科兹卡给它弄一个防逃脱围栏。霍屯督再一次挣脱绳索，眼巴巴地等在肉铺后门时，菲德利斯扔了一串鸡爪给它，这是他在过去一个月里专门积攒起来的。狗自然叼起来，直接拖回了家。它得意扬扬地昂着头，轻快地小跑着经过萨尔・伯迪家的药店门口，店里坐在木板隔间和柜台后的人都目睹了这份大礼，好奇这串皱皱巴巴、臭气熏天的东西这次又会出现在沃尔德沃格尔家什么地方。皮特・科兹卡被下一步的应对难住了。他本以为上次能一次性终止这场闹剧，彻底扭转局面，但菲德利斯一方却像个没事儿人一样，形势并未升级，反将科兹卡一家逼到了一种被动的局面，只得沮丧接受。最终，他们还是做了个铁丝围栏，狗可以成功逃脱的机会变得微乎其微。

不过，霍屯督每一次成功越狱后，依然会去沃尔德沃格尔那里拖一些碎肉烂骨回家，皮特・科兹卡依然会咒骂着发誓要采取些手段，找他算账。这只狗已经让伊娃・沃尔德沃格尔不厌其烦，还曾威胁过要诉诸法律手段。她已经跟至少十多个女人说过，她认为正是这只狗导致她丈夫的膝盖不得不戴矫形护具，要忍受痛苦的整形理疗。有段时间，两家肉铺就像天主教堂和路德教堂一样，把小镇分成了泾渭分明的两派，井水不犯河水。

在这段形同陌路的日子里，菲德利斯着手创办了一个社团，后来发展成为镇上一个公共活动机构。他很想念以前在老家参加的合唱团，虽然那个合唱团的成员全都是屠夫大师，但和希奇大夫二重唱不久后，他才恍然大悟，到了美国，没有必要再根据职业去严格划分合唱团的种类。

合唱团的第一次活动定在了沃尔德沃格尔肉铺的屠宰间，那里有高耸的天花板和四面水泥墙，歌声会有回音，音效让人颇为满意。银行的贷款主管带着一个职员来了，私酒小贩、镇上的治安官、偶尔露面的希奇大夫，还有酒鬼全都来了——真是完美的混搭。银行主管兹布鲁格和职员波特兰·查弗斯从私酒小贩纽霍尔那里买来啤酒，治安官霍克也很乐意暂时不和小贩计较。虽然希奇大夫本人并不赞同，还是不情愿地负责控制他们摄入的酒量，不过若他们恰好说服了他本人也来上几口，他敏锐的目光也会有些游离。而镇上的酒鬼，也就是戴尔芬·瓦茨卡的父亲罗伊，会接二连三地续杯。菲德利斯则为所有人提供饼干、奶酪、夏令熏香肠和张口就来的幽默，因为只要一开口唱歌，阴郁和忧愁便会离他远去，他就是个快乐的男人，完全沉浸在音乐之中，轻盈而欢快。头一次聚会的这个夜晚，在惊喜连连的气氛中，男人们喝着啤酒，一直唱到天亮。他们给彼此唱自己最爱的歌，互相教着歌词。他们的声音轮流响起，到第二段副歌时，便热情奔放地齐声高歌，响彻夜空。唱到大家都熟悉的曲子时，众人便颇有默契地唱起和声。治安官霍克可以唱出令人心碎的假音，兹布鲁格的男中音则具有大提琴般低沉的音色，让人不敢相信是出自一个发起过诸多冷酷无情的没收抵押品法律程序的人之口。而罗伊·瓦茨卡只要手中握杯杜松子酒，就能以同样的信心参与各个环节的演唱，但他发现自己的声音和查弗斯很相近，所以他们俩有时候会不自觉地较劲，而不是和声。伊娃伴着男人们的歌声睡着了，从那以后这个情景每周都会上演一次。合唱团成了镇上最受欢迎的聚会，吸引来了不少听众，那些嗓音不优美或五音不全的人就坐在合唱主力的周边，静静地听。

让人悲伤的是，在阿格斯所有居民当中，觉得合唱团最有吸引力的大概莫过于皮特·科兹卡了。他也是个酷爱唱歌的人，觉得自己受到了众人冷落，默默生着弗丽齐的闷气，也想成立个合唱团，可惜镇上嗓子好的人全都去了菲德利斯那里。于是，这个合唱团便成了两位屠夫冰释前嫌、重归于好的原因之一。过了段时间，皮特实在经受不住诱惑，在一天夜里，干脆若无其事地露面了，仿佛什么事情都未发生。菲德利斯也神色自若。一旦两位屠夫一起唱起歌，曾经的风起云涌便几乎完全沉寂，归于风平浪静。

人们的嘴巴还是闲不下来，试图让两个人饶有趣味的较劲继续下去，但两位屠夫的旧怨逐渐成为老掉牙的话题，人们讨论的内容开始转向更加新鲜、离奇或悲惨的故事。不用说，镇上从不缺少八卦题材，不时就会爆发些大新闻。每当人们似乎吃了定心丸一样，觉得可以安心下来，比方说相信他们的祈祷奏了效，已经远离不幸，或以其他方式劲头十足地自鸣得意，来庆祝生活的祥和，就会有大事发生——有人暴尸街头；有孩子在谷堆里窒息身亡；一个孕妇有天肚子突然变平了，大家都确信她杀死了自己的孩子，却没有证据证明；一个可能喝醉了的年轻人被别人出于嫉妒射杀；发生了一起恶性强奸案，受害的女孩被送进精神病院，作恶的男人却依然在街头逍遥法外，后来突然失踪了；银行发生了抢劫案；车祸；一次打谷机事故中，一个小男孩被绞成了碎片；孩子们在学校最喜爱的老师开枪自尽……每一次意外都能提醒小镇居民，虽然聚居在这里的是一群正直善良的人，虽然大部分人认为自己是虔诚的教徒，虽然阿格斯一直以高度的公民参与而自豪，却依然无法对天灾人祸免疫。施特鲁布殡仪服务公司一直顾客盈门，实实在在地证明着阿格斯和其他地方一样，并未得到死神的特别优待。而恶行虽然不会得到市政厅的纵容，却在隐秘偏僻的地方，以出乎意料的方式层出不穷，刺激着人们的神经。

Chapter 4
地窖

戴尔芬和西普里安在路上颠簸了三个月，演出所经之处皆为破落残败的村镇，但还是挣了一笔数目惊人的钱财。戴尔芬说，这也说明，即便在多灾多难的 1934 年夏天，即便人们的生活窘迫不堪，还是愿意掏钱，让自己暂且不必面对生活的苦难和悲惨。不过，虽然他们现在正处在红火的时候，戴尔芬还是决定回一趟家。在回去之前，她先去一家二流珠宝店给自己和西普里安买了一对便宜的戒指。她不可能连结了婚的样子都不假装一下，就回到阿格斯去。

"这可没什么别的意思。"她把戒指套在手指上，用猜疑的目光瞟了他一眼，晃了晃手指。

"对于你来说没有。"他反驳道。

"对你也一样。"她告诫他。手指上的戒指似乎已经开始发紧。虽然它手感光滑，但她早就听说过机器或汽车车门挂住戒指，拽掉或折断手指的新闻。她以前从没戴过戒指。"什么也别多想，"她又警告他一番，"我不会做早餐的，我还没准备好当家庭主妇，至少现在没有。"

"知道啦，"西普里安说，"我来做饭。"

戴尔芬忍不住大笑起来。他当着她的面，连给面包上涂黄油这种事都没干过。在小餐馆用餐时，她会给他的面包涂好黄油，因为她觉得这是个颇具女人味的优雅的小动作。但她现在考虑过后，觉得或许不该再这样无微不至地对待他，让他认为这一切都是理所当然。她将手指上的戒指拧了一圈又一圈，这是她的一件小盔甲，用来抵御路德教会里那些会密切关注她一举一动的妇女们。戒指会起一些作用，不过无法彻底堵上人们的嘴。她父亲就总给他们制造话题。当然了，好在她长大成人的那栋农舍远离镇中心，孤零零地矗立在乱糟糟的梣叶枫林里。这样唯一的好处就是她父亲的悲惨境遇，也就是她的不幸，不必总在众目睽睽下暴露无遗。

她担心自己迫切回家的冲动是个错误，不仅仅是因为自己的婚姻是个幌子。父亲会不会把西普里安发展成自己的酒友？杜松子酒，他可应付不来。一沾上那玩意儿，他的平衡技能可就毁了。不过，她确实别无选择，她太想念罗伊·瓦茨卡了，而且有一种令人不安的直觉在困扰着她。一连串情节夸张的画面在她脑海中不断上演——他性命垂危，就像《美女与野兽》那个童话故事中的父亲一样，渴望临终前见她一面；或是他醉醺醺地一头扎进屋后那条河里，溺水身亡。

戴尔芬和西普里安一路向南，驶向阿格斯。苍穹之下，生命力惊人的高茎草曾经举目皆是，现在已为数不多，但依然可见，在朝气蓬勃地起伏摇摆——在田埂上，在他们经过的泥潭边，在让人愉悦的河岸，但这条河有时从上游至下游的河水都会泛滥，毁坏半个小镇。田地里长着营养不良的小麦，因为遭受了灾害，露出一块块光秃秃的泥土，不断映入眼帘，漫无止境，望不到边。树上黏虫密集，巢穴就像灰色的网一样挂在树上。他们不时会经过一些废弃的房屋，有些没了窗户，有些在上了锁的前门上泼溅着一道勇敢而绝望的油漆。偶尔会看到加油站，油泵装在摇摇欲坠的小店门前。路边随处可见房屋的茅草顶和被雷击中的棉白杨。自始至终陪伴着他们的，还有亲切友好的单调乏味和耐得住性子的天空。天空像防水布一样，苍白无色，滴不下一滴雨水。

在临近镇子的时候，他们从沃尔德沃格尔肉铺门前经过——在两块田地间，一座粉刷成白色的牢固房子前，有两个人在奔跑。一个是穿着件耐洗的印花裙、围着围裙、脚踏女式高跟鞋的女人，另一个是大概十五六岁的男孩子，有着运动员般的体魄，一头乌油油的头发在空中飘动。两人从田地那头跑来，冲着肉铺前满是尘土的停车场后不远处的终点线奋力奔跑。他们几乎齐头并进，一边拼命甩着胳膊，一边大笑。突然，那个女人猛地向前冲刺，不过这样一来，她的步幅就变小了。她踮起脚尖，跳跃着奔向终点。车经过他们时，戴尔芬转头望了过去。女人的几缕头发从辫子里散开，在她脑后飘动，突然跃入视线的一条红金色相间的条幅宣告了她的胜利。她最先碰到了停车场尽头的围栏，把男孩击败了。戴尔芬转回头，给西普里安指路。

“你真应该看看那个女人，她可真能跑啊！前面拐弯。”

他们拐进一条杂草丛生的小路。

“慢点开。”戴尔芬说。

这是条破烂不堪、崎岖不平的小道，有几处已被雨水冲毁，搅和过的泥泞晒干后留下不少泥坑和干痕。他们径直开向了饱受摧残的那座农舍——由三间昏暗的房间和一个突出的门廊组成，这里就是戴尔芬从小到大和父亲罗伊一起生活的地方。

开到门口时，他们恰好碰到罗伊正往门外走。他是个面色苍白、矮小佝偻的小老头，面相凶恶，长着小丑般的扁胖鼻子。他看到戴尔芬后，摘下了头上的宽檐软帽，捂住脸哭了起来，全身都随着啜泣声颤抖。他时不时拿下帽子，露出歪斜着抖动的嘴巴，再迅速用力盖回脸上。这是一段技艺堪称精湛的表演。西普里安从未见过一个男人如此哭泣，即便在战场上。他吓坏了，掏出手帕，塞进了罗伊的手里，然后和这个老头一起坐在了门廊上。戴尔芬挺直肩膀，给自己壮胆般深深吸了口气，走进了屋里。

很快她就跑了出来，大口喘着气，一言未发。两个男人正投入地进行一场抽抽搭搭、语无伦次的交谈。她又跑回屋里，用最快的速度把窗户一扇扇推开，然后回到了车里。她从行李箱里掏出一条围巾，用“夜巴黎”香水浸湿，然后捂住口鼻，系在脑后。屋里深刻而恐怖的气味让她相信，也是第一次意识到，她的父亲已远非“酒鬼”二字可以概括，他的生活已经彻底颓丧。她从他身边经过时，朝他屁股下的椅子腿狠狠踢了过去。

“不要这样！”西普里安说。

“你给我闭嘴。”戴尔芬一边透过嘴上的围巾说，一边再次勇敢地踏进房门。

屋里的恶臭让她怒不可遏，仿佛受到了侮辱和冒犯。她以前也收拾过父亲的烂摊子，但眼前却是另一番乌七八糟的狼藉。她觉得他一定是故意弄成这样，好让她看看，没有她在身边时，他有多么绝望无助。地上蒙着一层霉菌，疏松发黑，食物、衣服、呕吐物和尿液都混在一起，再加上猪蹄的脚趾骨和细软的鸡骨头，都已腐烂发霉。搞不好还有生命垂危的狗爬进来过，死在了里面。屋里还有一层叠一层的昆虫外壳、发臭的老鼠屎堆和大概一蒲式耳[①]已经发

---

① 蒲式耳在英国等于 36.368 升，在美国等于 35.238 升。——译者注

芽烂掉的土豆，可能是街坊邻居怕罗伊饿死才送来的。在所有这一切的表层，密布着生机勃勃、奇臭无比的霉菌，看起来像是神秘的涂鸦。戴尔芬感到一阵恶心，有气无力、摇摇晃晃地走出屋子，回到了门廊上。

"我得找把铲子。"她说着，用双手捂住脸，哭了起来，比她父亲哭得还要悲伤。西普里安彻底惊呆了，在此之前，她行事向来沉着冷静、谨慎而友善，他完全没想到她也会感受到如此强烈的悲伤。西普里安过往的一举一动，包括在马尼托巴的戈尔菲尔德那次，和五金店老板亲热时被她现场撞破，都没能让她的眼眶湿润过。而现在，她的哭泣摧残着她的身心，让她几近崩溃，就像一场暴风雨，上下颠簸，声势越发猛烈，然后渐渐平息，随后再次袭来。她父亲就坐在那里，听着汹涌的波涛，头埋得很低，一副虔诚的模样，就像在专心致志地听一场布道。西普里安无法承受如此直白的情感流露。他坐在门廊的台阶上，挨着戴尔芬，小心翼翼又无限温柔地用两只手臂搂住了她的肩膀。直到那一刻，他才意识到自己有多么尊重她——她崩溃的模样让他深受触动。他之前只有在战场上偶尔目睹过这种场景，最顽强的战士离开人世时，才会让人如此悲伤。他开始轻轻地摇晃她，前前后后，低声安慰着她。

"别哭了，妹子。"他说。戴尔芬听到这个亲密的称呼，哭得更厉害了。虽然她明白，这意味着他对她的感情更像兄妹之情，而非情侣之爱，但恶心难受的她还是立刻开心起来。

"我不会有事的。"她听到自己脱口而出。虽然现在这么说很违心，而且她还想继续感受一下这种陌生却温暖的男性关怀，她还是没有忍住。

“我知道你会没事的，”西普里安说，“但你一个人搞不定。”

这是他说过的最动人的一句话了。不过，迄今为止，根据她对他的了解，他除了保持平衡，简直屁也不会。她心想，若是完全依赖他，注定会失望，但一想到独自一人清理那个垃圾堆，她哭得更凶了。

“我一个人确实搞不定。”她号啕大哭着说。

西普里安很欣慰，内心涌动着激烈的情感，他温柔而热烈地亲吻了她左侧红彤彤的太阳穴，那里滚烫地跳动着。他独自从战场归来后，一直孑然一身，一门心思锤炼平衡技术。他的兄弟们全都搬去了遥远的北方，住在克里人聚居的地方。父母都是酒徒，祖父母对此厌恶至极，选择了离开，去寻觅一处安度晚年的地方。所有表亲都各自过着自己的生活，是那种他一点儿都不想了解的生活。他现在确实，或者说一直以来都孤苦伶仃，直到此时此刻。这一刻，一切都超越了男女之爱，更加刻骨铭心。现在，他有了戴尔芬·瓦茨卡、戴尔芬的父亲，还有那股臭烘烘的气味。

那股臭味从房子里散发出来，无处不在。它就这样真实存在着，像邪恶的妖怪，阴魂不散。说不清为什么，这股味道放过了罗伊·瓦茨卡，他身上毫无异味。戴尔芬和西普里安把他扶到车里，开回了镇上。他们在主街一家旅店里开了间房，把罗伊留在了那里。他抱着一品脱最爱的杜松子酒，心满意足地蜷着身子。戴尔芬已经知会过西普里安，把酒夺走是没什么用的。他早晚还会找到，而且在寻找的过程中，他会陷入更糟糕的境地，惹上更大的麻烦或危险，总是难以脱身。他们两人买了两把铲子、一加仑煤油，又折了回去，开始铲除那些不堪入目的破烂，脸上都系了条浸透了香水的围巾。

“我一直不喜欢这个香水的味道。”西普里安铲出第三铲沉甸甸的难以名状的垃圾后，喘着粗气说。

“我再也不会喷了，亲爱的。”戴尔芬说。她现在可以毫无顾忌地使用这些爱称，因为他们二人都心知肚明，他们之间的似火激情不过是个深情的玩笑罢了。他们的感情是另外一回事——不完全是却又不只是家人。他们就这样，臭烘烘地待在一起。这股味道被惊扰后大发雷霆，向他们猛扑过来，和他们的胃展开殊死搏斗。时不时就有个人作呕，搞得另外那个也坚持不下去。戴尔芬是个意志极其坚定的人，西普里安也见识过战场上的血肉横飞，但在那一瞬间，揭开了一层恶心至极的污垢后，他们都冲出屋外，产生了同一个想法。

“我们能不能干脆一把火把整个屋子烧了？”西普里安说，眼神中流露着对那一加仑煤油的渴望。

“也许可以。”戴尔芬说。

他们把两三个装啤酒的板条箱拽进院子，吸了很久的烟。但最终，他们还是决定继续挖下去。虽然目前的气息让人头昏脑涨，戴尔芬还是为见识到西普里安挖铲拖拽的能力而感慨。他们把铲出的破烂儿在院子里摞成高高一堆，点燃后马上烧了起来。火堆散发出一股呛人的烟雾，最后留下一堆臭气冲天的灰烬。但这把火却洗涤了他们的灵魂。这下他们重新开始时更加愉快了，一边拖、运、扔、烧，一边不停地呕吐。到黄昏时分，他们举步维艰地处理完了一堆如同地层般层层堆积的浸透了尿液的商品册子和报纸。看起来罗伊·瓦茨卡曾经呼朋唤友到家中，一帮人把厨房旁的食品储藏室当成了小便池。一个人是不会祸害成这样的，西普里安说，但戴尔芬并不认同。

"我父亲就可以。"在火堆前休息时，她这么说。不幸中的万幸，这股气息似乎最终摧毁了他们的嗅觉。他们不再有任何不适——不渴也不饿，不疼也不痛，已经战无不胜，所向披靡。房子基本清理完毕了——但这只是第一步。

第二步却要复杂得多。他们本以为恶臭的源头已在大火中化为黑色的焦油碎片，臭味却依然顽固地滞留在木板、墙纸和家具中。到底用什么东西才能把它彻底消除，而不是与其融为一体？他们不得不暂时放弃。火堆熄灭后，他们回到旅店，偷偷溜回房间，因为他们知道自己浑身上下一定散发着令人作呕的恶臭。回去一看，罗伊已经醉得不省人事。

幸好他们有先见之明，事先已奢侈地订好另一间有专属浴缸的房间。西普里安颇具绅士风度地说："你先洗吧！"

"我做不到。"戴尔芬说。

"那我们一起泡个热水澡如何？"西普里安说。他们对彼此感觉都很亲近。于是戴尔芬放了洗澡水，还倒进去一小瓶芳香的洗发水。他们一起坐进去，互相擦洗身体，洗净头发。西普里安靠在身后的靠背上，叹了口气，戴尔芬坐在他双腿之间。他们就这样一起浸泡着。戴尔芬的脚趾不时会泼出些水，就再加些热水进来。那幅画面很性感，但并不色情，纯粹是肉体的融洽相处。两人都很享受这种赤裸相对的安逸，从中得到宽慰。虽然那股味道仍然萦绕在脑海中，他们却很感激可以清洗干净身体。他们依然感受得到它的存在，都很担心会丧失嗅觉的判断力。也许它已经或多或少地进入了他们的身体，也许他们明天一早会被赶出吃早餐的餐馆，也许在大街上会遭到排斥。他们把罗伊完全抛在了脑后。等到擦干身体，隔壁房间突然传来尖厉刺耳的声音，把西普里安吓了一跳。

“他睡觉打鼾。”戴尔芬说。

“这也是吗？”

“嗯。”戴尔芬说。她有些担忧地看着他，一丝不挂地站在他面前，没有半点难为情。西普里安也回过头看着她，她的身体紧实健壮、形态优美，一对乳房完美无瑕。西普里安心想，她就像奶奶以前给他讲的古老传说里的女人，像狐仙一样。她金黄色的乳房呈现完美的圆锥形，小巧的乳头是蜜色的。不过他没有要做什么的冲动，只是单纯地欣赏着她。

“我真希望自己是个画家，”他说，“这样就能把你画下来。”他拿起一条粗糙发硬的毛巾给她擦身体，“老天，你爸的动静真是太大了，我可能得去屋外头睡了。”

“听多了就习惯了，”戴尔芬说，“等习惯了，你也会觉得不可思议。把它当作大自然里的什么声音就好了。”

“是说他的呼噜吗？”

“就像暴风雨来了，有很大的湖，还有树。”

西普里安此刻听到的气急败坏的叫喊和翻来覆去的声响，完全和大自然扯不上任何关系，便深刻怀疑戴尔芬这一建议的可行性。然而，一旦躺下，在她身边蜷成一团，他就立刻被吸入睡眠的黑洞，做起了感官上可以清晰感知的梦。他梦到一棵棵树的枝干在狂风中嘎吱作响，发出噼里啪啦的断裂声；梦到自己身处咆哮怒号的湍急水流中，在大片浮冰间跳来跳去；梦到自己每次想开口说话，总会有个埋伏好的炸弹爆炸。

在梦里，他伴随着震耳欲聋的轰鸣向戴尔芬畅所欲言。

再次被卷入潜意识的暗流前，他的意识稍稍清醒了些，很好奇自己说了些什么——我对她说了什么？她知道了什么？他还未斗胆提起在马尼托巴那条河边发生的事，不敢问她看到了什么，没看到什么。还有这件事发生前不久的那个夜晚——他们也从未谈起过那一夜，他们注视着彼此的双眼，身体以一种远超彼此期待的方式缠绵。他们现在算相爱了吗？他们的关系发生了翻天覆地的变化吗？她真成了他妹妹吗？那么隔壁吵闹的酒鬼成了他的新爸爸？也许是那股气味在作怪，他心想，离天亮还早，它就已经蠢蠢欲动，让所有人都晕头转向。也许他们都受到了它强大的射程和火力的影响。他们会明白是怎么回事，第二天一早，就要跟它当面对峙。

他们沿着公路缓缓前行，就已感受到它扑面而来。它似乎已在房子周边安营扎寨。他们冲进屋里和它交战，却立刻败下阵来，撤退到屋外。仿佛他们从未触碰过这里，或者更糟糕的是，仿佛只是成功揭开了遮盖气味源头的盖子。西普里安觉得，恶臭依然是已被清理一空的地板散发出来的。

“或者是从地窖里。”戴尔芬像孩子般打了个哆嗦。

所谓的地窖，只不过是地底的一个大坑，就在食品储藏间下面。里面的地面上挖了个洞，安装了带合页的门，上面有个圆环，转动后就能锁上。不过，不到万不得已，戴尔芬是绝对不会打开的。她和罗伊基本不会有富余的食物需要储藏进去。不过罗伊在里面的泥土墙上胡乱挖了个储物架，经常在上面存些酒。她记得，以前里面还有个大箱子，装些土豆或萝卜。除此以外，那里就是个可怕的蜘蛛窝。虫子和老鼠屎的源头大概也是那里。

“我不想看。”戴尔芬说。

“我也不想。”西普里安说。

"现在确实需要把这里烧了。"她下定决心。

"我们先抽根烟吧！"

他们回到啤酒箱那里，点燃了烟。房子从背面看去，那么低矮穷酸，似乎不可能容纳敌意如此强烈的凶猛气味。很久以前，戴尔芬曾把门框和窗框都刷成蓝色，因为她曾经听说，有些部落相信这种蓝色可以吓跑鬼怪。其实，她最期待的是一种可以吓跑酒鬼的颜色，但这种颜色并不存在。他们还是来了，贯穿她整个童年，一直持续到她展现聪慧的青春期。那时她参加了全州的拼词比赛，靠拼写 syzygy（朔望）这个词获得冠军。她是单凭直觉拼对的，赛后还专门去查了它的意思。

说实话，戴尔芬确实天资聪颖——其实算得上全校最聪明的姑娘。她本可以获得去天主教学院就读的奖学金，但她很早就辍学了。一定是天上的行星，就像她拼出的那个单词一样，排成一条直线，不偏不倚地在各处投下阴影。真是不吉利的天象。见识了太多父亲的狐朋狗友后，她逐渐确信，在宇宙中心，主宰万物的力量并不是上帝，而是一种深深的死寂，是酩酊大醉的上帝不省人事后的静默无声。

她就是在这座门框和窗框涂成了蓝色的房子里明白了这一切。酒鬼们会大摇大摆地破门而入，毫不理会驱鬼降魔的符咒和让人目眩神迷的靛蓝色门框。就在这座房子里，她经历了一些事。她没有被强奸或抢劫，也没有比其他人遭到更多上帝的冷遇；没人威胁或强迫她违背自我意愿去伤害任何人；也没人打过她，让她丧失声音或语言能力。确切地说，在这座房子里，她听到别人哭诉了太多悲伤的故事，她见证了太多别人身上的不幸和灾难。更让她悲伤的是，她无力改变他们的命运。在她的一生中，灾难就像跌落在她身边的椅子一样，离她那么近，近到会打乱她的头发，却不曾触碰过她。

也许是由于母亲的早逝让她经历了一段异常敏感的时期。虽然那些不幸是发生在客人、朋友、熟人或陌生人身上，但戴尔芬对这些灾祸感同身受。曾有个小孩在大街上被殴打失明，从那以后连续几周，戴尔芬每晚都会做噩梦，梦到自己也瞎了，在黑暗中摸索着走路。或是可怜的性格开朗的瓦逊太太被丈夫抛弃后，想到要独自抚养九个孩子，选择轻生却自杀未遂，从此脖子上永远留下了一圈绳子的黑色勒痕。或是她的中学挚友克拉丽丝·施特鲁布突然害上了一种神秘的疾病。这些事情层出不穷，戴尔芬的脑子已经进化出了神经的自动开关，具备了下意识里拒绝光明与希望的本能反应。

她没有因此埋怨过上帝。从她明白上帝不会把母亲还给她的那一刻起，她就知道一切都是徒劳。在学校，每天她都要忍受被灌输二三十个谎言，厌恶透了，于是最后一年便退学了。“上帝是全善的。”骗人！“上帝是全能的。”好吧，有可能。但即便如此，显然不是永远都善良，因为他让她的母亲死了。永远仁慈？骗人！公平？骗人！眼观万物？他晚上真能抽空去看看她的手在床单下做什么吗？上帝真能进入她的头脑，为她不洁的思想感到悲伤？就算可以，他为什么只关注这些鸡毛蒜皮，而不是治愈母亲的病痛？这是哪门子的选择？戴尔芬数着谎言的数目，甚至记录在课本和图书馆藏书的空白处。说谎！又在说谎！她奋笔疾书，留下了太多笔迹，以至于在后来的五年中，修女们都告诫学生，若是看到有手写注释的书，都不要细看，立刻上报给她们。

她父亲却乐见其成。从他得知她放弃学业的那一刻起，他就放弃了生活。戴尔芬开始打工挣钱，他继续正儿八经地追求自己的醉梦人生。没错，也许她本不该如此聪慧，她承认这一点。也许，和那时干不了几天就要离开的各行各业的工作相比，还不如去忍受谎言的折磨。她在奥格乳业包过黄油；她负责过打鸡蛋，看到对已腐坏的臭鸡蛋进行硫化处理时目瞪口呆；有一阵子，她负责给饼干分类，放进铁槽里，靠饼干的碎屑果腹；她还在服装店开过扣眼儿，熨过衣服，洗过被单，双手被漂白剂腐蚀得起了水泡。这些活儿都枯燥无趣，且薪水微薄。更何况，她还住在家里，一半收入都要被父亲挪为己用。

她第一次把薪水分给父亲后，他悄悄出门买醉。到了下一次，他就把酒友们带回了家。刚在砖厂搬完砖的她浑身酸痛、灰头土脸，疲惫不堪地走进家门，看到他们正痛饮一箱奎宁水。虽然她已尽量不理睬他们，他们却闹得天翻地覆，把家里本就寥寥无几的食物塞进肚子，连最后一块火腿都没放过，还醉醺醺、跌跌撞撞地闯进她的卧室，而那里是她唯一的避难所。她抄起一把扫帚去打他们的腿，却打断了扫帚的把手。他们哄堂大笑，毫无离开之意，她感到一阵眩晕，眼前仿佛飘过片片雪花。最后，她终于下定决心把他们轰走。她走出屋门，来到柴堆前，拔起插在木桩上的斧头，气势汹汹地冲进了厨房。

"哎哟，罗伊家娃儿……"有个人嘲笑她。

她把斧头高高举过头顶，挥了下去，劈断了刚打出的方片 A，然后又把斧头从木头桌上拔出来，再次挥向空中。她父亲尖叫起来。她举着斧头，也冲他大喊一声，吓得他醉醺醺地向后一跳，碰翻了牌桌，断定她一定是发了疯。吓破了胆的他仓皇地冲出房门，上气不接下气。牌友们紧跟着也四散而逃。在夜色中，他不知在哪里踩破了脚下薄薄的冰层，掉进水里，浑身湿透了，还得了肺炎，差点丧命。戴尔芬不得不辞去砖厂的工作，在家照顾他。举起斧头是她头一次对他暴力相向，让他久久无法释怀。在看到她穿着破旧的白色睡袍，气势汹汹地走进屋子后，他昔日所有的叫嚣都瞬间瓦解，"大叫着要杀死我"，他每次提起来，都虚弱而慌张地这样说。这件事成了戴尔芬人生中浓墨重彩的一笔，还有其他类似的事。就算这样，她依然狠不下心烧掉房子。她在这里长大，而且根据罗伊前后不一的各种说法，她母亲也是在这里生下了她。他说，就在厨房里，火炉旁边，那里暖和。

"我觉得我们还是得清理地窖。"她叹了口气。

"我正希望你不会这么说呢！"西普里安说，语气却很愉悦。他掐灭烟，双手拍了拍裤子，顿时扬起呛人的灰尘，不禁苦笑起来。戴尔芬想告诉他，她很欣赏他干体力活的劲头。这是这个镇上的人都很重视的一点，而她本人则为自己的忍受力自豪。不过，若是她能吐露心声，她会亲口承认自己曾把他视为一个连棵植物都养不活的百无一用的废物吗？也许吧！他们朝房子走去，她在脑子里纠正着这个想法，意识到自己从一开始就弄错了。他是个艺术家，一个擅长平衡的艺术家。也许在表演时，他整个人会全身心地集中在那一件事上；也许他现在不必如此，才有机会展现日常生活中的其他才能。

若要找到地板上的圆环，他们先要铲去一层把地窖门口封死的混合物——里面有桃子罐头碎片、流浪狗的粪便以及和桃汁莫名黏在一起的散落的红珠子。撬去这层污物后，再用锤子敲打卡住的圆环。天色渐渐晚了，他们不得不先停手，找来个灯笼，花了些时间装入煤油，喘了口气。西普里安还煞有介事地修剪了半天灯芯，灯笼最终亮了起来。事到如今，他们也决心不半途而废，一鼓作气干完。最后，他们用一根铁棍和开罐器撬开了地板上那个装着合页的地窖门。

后来，当戴尔芬回想起当时的情景，总觉得那扇门是轰然炸开的，这当然不可能。只不过他们之前大大低估了要抗争的这股恶臭，原来之前那些气息不过是其在嗅觉上的烟幕弹罢了，这时现身的才是幕后真正的劲敌，是气味的真正源头。两个人不约而同地立刻冲出后门，头晕眼花地倒在后院贫瘠的草地上，挣扎着打滚。

“苍天啊，那到底是什么啊？”他们缓缓移步到啤酒箱前，用戴着橡胶手套的手点燃香烟后，西普里安马上说。他们像是被恶作剧的鬼怪扔到了屋外，甚至已记不清到底有没有掀开地窖的盖子。

“我觉得掀开了。”戴尔芬说。

“我觉得也是。”西普里安说。

“下面有人。”戴尔芬长长吁出一口烟。

“什么人啊？”

“死人。”

她说对了。下面的确有人，而且不止一个，甚至可能有三个。到底有几个，其实很难说得清。后来经过观察，西普里安觉得他们像是掺和在了一起。他们不知道把治安官叫来会有什么后果——罗伊到底干了什么？于是便重新打起已经千疮百孔的精神，壮着胆子回到屋里。他们憋了口气，急匆匆地进去，抓起灯笼，朝着敞开的地窖俯下身去，看了看，紧接着飞快跑出来，整个过程中都没喘一口气，一直跑到离屋子很远的地方才站住脚，直喘粗气。

“你看清楚了吗？”

“嗯。”

“是具尸体，对吗？”

“是一堆怪物。”

那些可怜的尸体确实变成了那样——舌头肥大，双眼圆睁，脑袋崩裂，浑身苍白肿胀，表面布满活跃的真菌，看起来花花绿绿，还有密密麻麻的各种生物繁忙地栖居其中，那一幕绝对让人过目不忘。它们被直立着塞在地窖里，周围有很多空酒瓶。

罗伊到底干过什么？

“这下该烧掉屋子了吧？”戴尔芬惊慌失措地问。

“不行。我们要这么干了，就会有谋杀嫌疑。就算我们烧了房子，治安官还是会来调查，或是直接把消防队给招过来。而且地窖也不可能烧个精光，我是说，如果下面的东西用火都烧不掉怎么办？那我们的麻烦可就大了。”

即便在这样一个非同寻常的时刻，戴尔芬还是被他不经意间说出的“我们”两个字打动了。他原本可以直接抛下她，让她独自应付她的父亲、臭气熏天的房子和地窖里那些会影响人生走向的尸体。但他还是陪着她，面对这堆烂摊子，连一句愤怒的话都没有。除了新发现的生活能力以外，他甚至可以称得上“忠诚”，戴尔芬心想，若他不和其他男人发生那档子事，我一定会嫁给他。也许，这种时候去衡量他成为自己丈夫的潜质确实很奇怪，但当西普里安站在她身边，皱着眉头，严肃地思考着，和她一起面对这个重大挑战时，戴尔芬发现他从未像此刻这样英俊过。他雕像般的脸颊是憔悴的，眼神是暗淡的，她却喜欢他此刻展露的沉重、认真和深思熟虑，喜欢他对待这件事的耐心。

“我们必须回去，把发现尸体的事告诉罗伊，”他郑重地说，“我们得先问问是怎么回事，戴尔芬。”

罗伊看到他们回来后，立刻怒不可遏地冲他们咆哮起来。他在床上翻滚时，无意中把自己紧紧裹在了床单里，以为是他们给他穿上了简陋的约束衣。以前他在一家疗养院戒酒时，经历过震颤性谵妄，治疗手段之一就是用一条又凉又湿的床单把他紧紧裹起来，还用别针把边边角角别好，然后就不再过问，任凭他独自承受一切，自生自灭。一个人在一间装了隔音板的房间里，像条蛇一样蜿蜒爬行，承受孤独。更何况还有蜘蛛从墙缝里钻出来，有大个的虱子在皮肤上爬来爬去。他说，正是那次治疗让他重回酒精的怀抱，而且再也没冒出过戒掉的念头。他的大脑做不了自己的主。

“那这个事你能接受吗？”戴尔芬说着，把他从床单里摊开，“你的地窖里有死人。”

“把我放了吧，我求你了！”罗伊哀求道。他的言行还是像往常那样惺惺作态、低声下气又颇为浮夸，“我要喝个痛快。能让我喝个痛快吗？”

戴尔芬露出顺从的样子，示意西普里安让他喝一小口来时路上给他买的威士忌。

“我们不能让你一下子喝醉，爸爸，”她说，“我们得跟你谈谈。你的地窖里有死人。”她又重复了一遍。

“会是谁呢？”他气鼓鼓地问。

“啊，我们不知道啊！”

“也许你可以描述一下他们的外貌。”罗伊看到那一品脱威士忌，眼睛里闪现着炽烈的火焰，立刻狡猾地温顺起来，“我可以问问，他们的样子吗？”

“很难形容，”西普里安说，他无助地望向戴尔芬，“有一个戴着平顶礼帽，我觉得像。还系着蝴蝶领结，也有可能是别的什么东西……这么细想一下，应该是穿了套西服。”

“是黑西服吗？”罗伊突然警觉起来。

“戴尔芬，你觉得是不是有一个穿了黑西服？”

戴尔芬闭上眼睛，踱着步子，在脑海中回忆那惨不忍睹的一幕。“我觉得是，是黑西服。”她不太确定地表示赞同。

罗伊突然一个激灵跳了起来。还未等西普里安反应过来，他就从他手里抓走威士忌，往嘴里猛灌。戴尔芬和西普里安经过一番纠缠，赶紧又抢了回来。

“老天爷啊，老天爷啊！”罗伊用袖子抹了把嘴，绕着屋子踉踉跄跄地转了两圈，然后站在他们面前，摊开双手，“那是多丽丝和波基，还有他们的孩子！”

“什么？你说什么？”戴尔芬抓住他的肩膀，用力摇晃着，他的头也跟着前后晃动。

“走开！”罗伊重重瘫坐在床上，伸手去抓威士忌，西普里安却把瓶口对准了自己的嘴唇。罗伊猛地起身，想要抓住瓶身，西普里安却高高举到他够不着的地方，炫耀般挥舞着。

“多丽丝和波基是谁？”

“还有他们的孩……是……儿子？”戴尔芬补充道。她认识这家人，但没那么熟。她的好朋友克拉丽丝是他们的亲戚。其实，戴尔芬这才记起来，克拉丽丝以前还给她讲过“波基”——也就是波特兰·查弗斯的一些事，一些龌龊事，起码不会让她为他的死感到遗憾。

“他们是客人，”罗伊恍惚地说，“是去参加葬礼的。”

“谁的葬礼？”

“你那个小姐妹克拉丽丝她爸爸的。当然了，也是我哥们。他生前希望死后不要办葬礼，想办个派对，毕竟是施特鲁布家的人嘛！只有我愿意给他开派对，那些一成不变的俗套葬礼，他都看了一辈子啦！只有我一个人愿意。”罗伊顿了顿，紧接着颇为骄傲地说，“可以说，我这样做是慈悲为怀。”

“也就你自己这么想。”戴尔芬说。

“我这个主人可热情大方得不得了，我们喝了一桶又一桶的啤酒。”罗伊的语气中带着热望和忏悔，说完后陷入了沉默。

“用租金买的。”戴尔芬怒气冲冲地说。

“啤酒的事不重要，”西普里安说，“给我们说说多丽丝和波基吧！”

罗伊像吓坏了的本分孩子一样，倒吸了口气，点点头，继续说了下去。

“过了几个星期，我们的确发现他们失踪了。”

“你们是谁？你那些整天烂醉如泥的流浪汉朋友吗？”

罗伊假惺惺地朝戴尔芬投去温和的责备目光，但他受到的惊吓太大，无法继续发挥细腻的演技。

“还有科兹卡、沃尔德沃格尔、曼海姆和兹布鲁格，我们所有人都发现了。当然了，我们也想知道他们去了哪儿。波基没再去过合唱团，他们什么东西都没带走，房子就空在那儿，一切都在原地，就连他们家的狗都是……还回来找过他们，死活都不肯离开储藏室。我的天啊！我可算明白是怎么回事了！”

罗伊弯下身，哭了起来，不过哭得并不凶，因为此刻他不需要观众。“我们还以为他们去亚利桑那州了呢！”他轻声翻来覆去地说。

戴尔芬和西普里安感到身体像僵直的木头一样，重重瘫倒在床上，就连最后一丝气力也离开了身体。他们想恢复些知觉，但还为时尚早，神经就像中了弹，完全麻木不觉。西普里安走进浴室，放上洗澡水，示意戴尔芬过去。他把威士忌酒瓶扔给罗伊，然后就关上了门，把他关在了门外。

“我们什么都不要想。”戴尔芬提议。

西普里安一言未发。他把洗澡水调得特别特别热，还加了些打折店买来的草莓味泡泡浴盐。浴缸中的水渐渐满了，水温也渐渐合适，他脱去戴尔芬所有的衣服，然后脱下自己的。他把所有衣服抱起来，堆在了房间的角落里，然后说：“这些都要烧掉。”他们一起坐进浴缸，在无限的呵护和无言的温柔中为彼此擦洗身体，然后互相依偎着泡在水中，以求安慰。他们不断放些水，再加些水。他们的皮肤越来越柔软，然后像海绵一样泡得发白，像蟾蜍皮一样皱了起来。其间罗伊来敲过一次门，但只是含糊不清地道了个歉，就走了。

“我想永远待在这个浴缸里。”戴尔芬说。

西普里安又加了些草莓味的泡泡浴盐，放了些热水。他们就这样坐着，一直坐着，坐到浴缸里的水都流光了，还在里面逗留了些时间。

现在他们需要考虑的是告诉谁和做什么的问题——他们还有家人，多丽丝和波基，以及令人不忍想起的孩子，他们一定还有家人在世。还要逼着罗伊把前因后果交代清楚，一想起来就生气。第二天一早，他们就审问了他。他东拉西扯，说了些支离破碎的片段。比方说，他们从他口中得知，在葬礼后的守灵期间，他走失了，在一个废弃的鸡笼里睡着了，戴尔芬曾在里面养过黑色矮脚鸡。由于对克拉丽丝的父亲科尼利厄斯·施特鲁布的离世感到悲伤，他去了火车轨道旁的流浪汉聚集地生活。他觉得自己是在那里过了几个星期后，回到家里，他醉得神志不清，产生了幻觉。所以他可能确实听到了从房子的墙壁和地板传出的敲击声，甚至可能还有其他可怕的声音，但与此同时，他在视觉上也深受盘踞在电灯上和挂在墙壁上的一条条蛇的困扰，于是没去理会那些声音。

“那些响声最终消失了，”他小声说，语气平静，声音逐渐低弱，“不管什么声音都会这样……我告诉自己，之前一定是精神错乱了。”

“我们必须去报警。”西普里安沉着脸说。

“他们会逮捕爸爸吗？”

“只要不是他把人锁进去的……你没把他们锁进地窖里吧？啊？”

罗伊笔直而僵硬地坐着。他不知不觉张开了嘴巴，一副茫然若失的样子，让戴尔芬一度以为他要发病。他突然“啪”的一声闭上了嘴巴，然后义正词严地声明，他非常确定自己没有做出这种事。

“我觉得他们不会起诉他的。不管怎么说，我感觉整件事就是个意外。可能多丽丝和波基只是出于好奇，才下去把那种老式的地窖给他们的……”西普里安闭上眼睛才说出了后面的话，“……小儿子看。然后有人碰倒了架子上那些罐头，砸到了地板上的圆环。就是在开追思会的时候，他们被关在里面了。”

“我可没在那下面喝酒，”罗伊说，“一滴都没喝。”

“算了吧，谁知道呢！”

三人在紧张阴郁的氛围中吃了顿早餐，然后就朝警局走去。

治安官艾伯特·霍克是一种精致与粗犷的惊人结合。他精致的五官挤在一堆大块的松软肉球之间，鼓起的地方便是脸颊和下颏。头顶只有薄薄一层浅棕色头发，脸上的毛发却茂盛得很。胡须刮完不久，很快又会冒出新的胡茬儿。他的嘴巴就像小孩子一样脏兮兮的，经常黏着果汁或巧克力的污渍，但他在归整东西方面却很有一套。罗伊·瓦茨卡的歇斯底里让人头晕，他不得不踮起脚尖，轻轻将屁股下的转椅从桌前踢开，同时坐在上面纹丝不动。虽然他在眯着眼睛看戴尔芬时，就像个情场老手一样目光温柔，但在平日里，他冷漠的脸庞只是一张用来遮掩容忍和轻蔑的面具。

“快把那些尸体从我家弄走！”罗伊气鼓鼓地说。

若单看他的态度，外人会以为他家地窖里那些可怜的尸骨是成心闯了进去，死在那里，就为了存心伤害他。他怒视着霍克，活像霍克本人应该对此事负责。西普里安心想，这是很不高明的一招。

“来，还是坐下吧，”西普里安对罗伊说，并在他耳边轻声建议他闭嘴，“我们最好从头把这事捋一遍。”

“确实如此。”霍克治安官说着，把自己拉回到面前那张小木桌前。他抽出一张棕色的吸墨纸铺好，然后用修长的手指握起一支钢笔，还用左手抚了下苔绿色布面的笔记本，里面粗略记录着镇上的人给他提供的各种信息，“你可以开始了。”他点点头，翻开笔记本。

戴尔芬从头开始讲起，和西普里安交替着阐述了实际情况，将他们能回忆起的细节都尽可能叙述清楚，在治安官记录的过程中不时礼貌地停顿一下。在他们设法用最准确、最合适的语言来描述经历的每一步时，他似乎已经准备好要记录下每一个微妙之处。他的手时而悬在半空中，一动不动，浓密的眉毛像两条浅黄色的毛毛虫伏在额头，表情呈深思状，静静聆听。他的专注使他们把了解的一切和盘托出——具体时间、光源、那股恶臭的强烈程度、他们自己的看法、他们对罗伊的担忧等。等到他们终于把治安官的思路带领到当下这个时刻，戴尔芬和西普里安感觉仿佛加入了一项艰巨的任务，疲惫不堪，前路却依然漫长。

随着霍克治安官沉闷而威严地站起身，戴尔芬这才想到，在成功竞聘到治安官这个职位前，他曾因为成功扮演亨利八世国王和福斯塔夫而名扬全镇。她看待他的心情很复杂，尊重中夹杂着怜悯。他曾无可救药地深深迷恋过克拉丽丝·施特鲁布，知道这件事的人也都知道克拉丽丝对他充满了愤怒和鄙夷。他追求了她很多年，写了不少自哀自怜的情诗。他的单相思已成为镇上老掉牙的笑柄，只不过碍于他治安官的身份，没人敢在他面前提起。

“我们现在就展开调查。”他正式宣布，然后走向办公室的里侧。那里有个小房间，存放着很多和他的特殊身份相匹配的工具——手枪、卷尺、拦截交通的示警红旗、一沓沓笔记本和文件、摆着好几把来复枪的架子。他仔细挑选了需要的几件，给副手留下一张密密麻麻的字条，便带着他们离开。

“罗伊坐我的车。”他明确指示。罗伊顿时感到荣幸和畏惧一齐袭来，赶快钻进车，坐在了副驾驶座位上。西普里安和戴尔芬则开车跟在后面，隔着一段郁郁寡欢的距离。等开到房门前，从车里出来后，戴尔芬特别注意到治安官准备的装备中有一只隔离口罩，他在往屋里走时戴上了它。他没有浪费气力和他们交谈，硕大的身躯在狭窄的房屋之间迅速而步态优雅地穿梭，很快就到了食品储藏室门前。霍克治安官打开了地板上的盖子。只见他撑着盖子，匆匆做了些笔记，然后从后门走进院子。

他在那里站了很久很久，可能是在平复翻江倒海的胃，或是镇定一下情绪。其他人都在不远处站着，默默等待。

"我现在还不能准许你回家住，"他终于开口对罗伊说，"我要先询问一下事发当晚来过你家的其他人。鉴于你们二人的付出抱有可以理解的极大热忱，"他又对戴尔芬和西普里安说，"你们大概都看到了，也毁坏了一些谋杀证据。你们都是重要证人，我必须要求你们留在镇上。"

他们都答应了，治安官便开车离去。罗伊说，他需要找个地方，一个人静一静，便朝河岸走去。戴尔芬竖起拇指，朝嘴唇做了一个倾倒的动作，暗示他在河岸边的树底下总藏着几瓶酒。她和西普里安卸下他们那辆"迪索托"车上的东西，在离屋子尽可能远的地方搭起帐篷。然后戴尔芬嘱咐西普里安去看着罗伊，好确保他不会酩酊大醉，然后一时心血来潮跳进河里游泳。她自己开车去镇上，买些日用品。

有一种似非而是的事实难以解释，那就是一个人曾经体验过的快乐日后也会将其置于死地。虽然罗伊·瓦茨卡的一举一动都透露了他不过是个每天都醉醺醺的酒鬼，但他确实不只如此。他是个浪漫得一塌糊涂的人。这辈子，他曾经深深爱过，甚至可以说无私地爱过，耗尽了他这个非同寻常的波兰人心中的无限柔情。所有人都理所当然地认为，他爱过的那个女人就是戴尔芬的母亲——明妮。但除了罗伊手中的照片，没人亲眼见过她本人；除了罗伊讲述的故事，也没人对她有更多了解。然而那些故事却让她鲜活地存在于小镇人们的记忆中。也许她有个隐秘的自我是同样热烈地爱着罗伊的，但在她模糊不清的几张照片里，却几乎没有任何彰显爱情的迹象。有张照片里，她斜侧着身体，背对着镜头，双唇紧闭，眉头像是有所戒备地皱了起来，或只是直射的阳光投下的暗影。另一张抓拍到了动态的她，所以很不清楚，整张脸笼罩在一抹朦胧的灰色光线中。而在第三张照片里，有只鸡扇动着翅膀，腾空而起，她迅速伸出手去抓鸡，所以五官都被鸡翅膀和她的头发遮住了。

然而，在她离世后，罗伊却深陷对这些照片的迷恋中无法自拔。有些夜里，他会在梳妆台上点燃一排许愿蜡烛，不急不缓地喝着酒，和她说着话，一直喝到可以从酒杯底听到她的声音。烛光闪烁，照亮了他视若珍宝的老照片，他可以从中清晰地看到明妮的脸，想起曾经她一听到他的话，眼神就会变得柔情似水。但罗伊该如何面对这记忆中的欢喜？既然再也无法亲身感受，又该将它如何安放？明妮刚离开的头几年，戴尔芬还不过是个襁褓中的婴儿，罗伊沉浸在无法言说的悲痛中，不停游走于酒精的麻痹与现实的清醒之间，那时的他还有健康的肝脏，酒后还有恢复能力。他不断让自己醉得一塌糊涂，即便在实施禁酒令的那些年也不例外，方法就是改变宗教信仰，加入普世教会合一运动。无论是护发素、橘花水，还是各类止咳糖浆，甚至女人每个月都喝的红糖姜水，都会加剧他的悲痛，让他摸起酒杯。日复一日，他渐渐搞坏了健康的肝，却以为麻痹的是自己的心。

随着父亲喝酒的原因越来越多是出于对酒精的渴求而非对母亲的怀念，戴尔芬长到了十岁。从那以后，父亲留给她的印象基本定格为烂醉如泥、形容枯槁的醉汉，而母亲却一直在梳妆台上的照片中保持着青春和神秘。模糊的动作，朦胧的鸡，都让她看起来如此生动鲜活。她到底是怎么死的，罗伊永远不会透露一字半句。镇上也从没有人把她拉到一边，为在她耳旁悄悄吐露了这个秘密而心满意足，这让戴尔芬一直难以置信。不过既然从没有人这么做，她也就此断定确实没人知道。既然解不开这个谜，她的心思便飞快跑开，构造自己的白日梦去了——她通过日常物品编写母亲的故事，在树叶的阴影和云朵的轮廓中勾勒她的模样。

不过有些事戴尔芬还是可以确定的，比方说，虽然罗伊从未亲口印证过她的猜测，但她相信自己房间里那个小壁橱里的东西一定是明妮留下的——漆面的五斗橱、一张海浪冲击岩石的照片。她最珍视的是个木头的雪茄盒，里面有颗白色石头，用薄绵围巾上撕下的一块布头包着。有时候，如果太想念母亲，她就会打开盒子，一股淡淡的雪茄和雪松木混合的芳香转瞬飘散。通常在傍晚时分，当阳光斜斜地照进她那间狭窄卧室的西窗，戴尔芬会隆重地将围巾缠绕在手腕上，将白石头放进嘴里。她躺下来，吮吸着石头，用舌尖熟悉它圆滑的边沿，将围巾从手腕上反复解开系上，在白色的薄雾中得到安慰。

等到了十二岁，她把石头放回盒子，戒掉了这个习惯。取而代之的是一种更为成熟的意识，意识到自己缺失的是什么。有时看到别的女孩和妈妈在一起，她会觉得头昏颈痛，但她忍了过来。每当她想接触一位年长的女性——老师或朋友的妈妈，她总是固执和害羞到不愿行动。但这种需求一直都在，有时被她藏在心底，有时却很迫切，尤其是日子艰难的时候。现在，戴尔芬开着车向镇上驶去，庆幸她和西普里安与恶臭经过一番殊死搏斗之后并未把房子烧为灰烬，因为她很想念罗伊留存的母亲的照片，就在黑色漆面五斗橱最上层的抽屉里。她很想再看一看，再感受一下那种熟悉的神秘。她还抑制不住突然想打开雪茄盒、拿出白石头的冲动，这种几乎是生理上的需求困扰着她。她盯着前方的路，许下了一个无法实现的儿时单纯的梦想：希望有那么一瞬间，她可以拥有超能力，能够清晰看到母亲的面容，只要一次就好。戴尔芬就在这种突如其来的渴望之中，走进沃尔德沃格尔肉铺，见到了伊娃·沃尔德沃格尔。

Chapter 5

屠夫之妻

两个心灵的初次相遇是因为猪油。戴尔芬站在沃尔德沃格尔肉铺门口，和其他顾客挤在一起，毫不起眼。她深深吸了一口混合着冷杉木屑、芫荽、胡椒和苹果木熏猪肉味道的气息，这气息丰富浓郁，让人感觉干净、新鲜又美味。她热切地往前走了走，将有力的手指撑在柜台上。

“来四分之一磅[①]熏猪肉，我想用猪油煎点鱼。”

“什么鱼？”伊娃亲切地问。她说起话来口音很重，却很流畅。见到面生的顾客，她会主动和对方攀谈一番。眼前这个年轻姑娘虽然好像在哪儿见过，但不是店里的常客，也确实不认识。她站在光洁如新的展示冷柜前，里面摆满了颜色深浅不一的各种红肉——二三十块分割肉、夏令熏香肠、肝泥肠、啤酒肠、小牛肉、血块、瑞典肠、意式肠、熏胡椒肠、水汪汪的心脏、肝脏、灰白色的小牛胸腺、胰脏，还有一大箱精心调味、未加熏制的煮熟香肠，每到新鲜出炉的日子，大家都来排队抢购。

“不知道，”戴尔芬说，“还在河里游着呢！”她马上认出柜台后这个女人就是前两天在泥地停车场里赛跑赢了的那个。她顿时备感

① 1磅≈454克。——编者注

亲切，说话的底气也比平日更足了："想用一条肉当鱼饵。如果钓不到，起码还有剩下的熏肉可以吃。"

"这个想法很聪明。"伊娃说着，从脂肪较少的熏瘦肉里挑出上好的几片。在服务新顾客时，她总会特别注重品质，还会额外送些小礼物，好吸引他们再来光顾。

"尝尝这个猪油，"她坚持道，"做鱼，这个好。很便宜，要省着用的话，先把油渣沉淀下来，再把上面的油倒出来。熏猪肉留到明天吃吧！好，这是猪油，这也是猪油。"

伊娃说着，把手伸进正用电风扇降温的玻璃柜里。"我丈夫以前在德国是屠宰师傅，比科兹卡强多了，那人不过是打仗时在部队当过厨子。我家菲德利斯有熬猪油的秘诀。尝尝，"她下命令一样说，然后说了句德语，"味道好极了。"

"纯得像黄油！"

"基本没放盐，"伊娃小声说，仿佛这是个不能让旁人随便听到的秘密，"不过最好放到冷柜里冷藏。"

"我没有冷柜，"戴尔芬坦白说，"嗯，以前有，但我不在家的时候，我爸给卖了。"

"我这里见了你，那里见过你，"伊娃说，"但还是不认识你。如果你不介意，能告诉我令尊的名字吗？"

戴尔芬很喜欢伊娃这种直率却礼貌的说话风格，也很欣赏她将浓密的金红色头发绑在脑后的圆圆发髻，上面还插着两根黄色铅笔。伊娃的眼睛呈炽热的绿色，闪耀着银色光泽。一只眼中有一丝奇特的微光，失去生命力后就会暗淡下来，就像从门上一道裂缝中射出的灯光缓缓熄灭。此刻，这双眼睛眯了起来，因为她正在脑子里梳理着"猪油、冰柜、卖了冰柜的父亲……"这些线索，想努力拼凑出一幅清晰的画面，但她还需要更多信息。

“罗伊·瓦茨卡。”戴尔芬缓缓回答。

伊娃点点头，手法专业而娴熟地把所有东西包在一起并扎紧，然后接过戴尔芬的钱。她数出找零，放在戴尔芬手里。她只需听到这个名字，就足以明白一切。“跟我来，”伊娃在柜台后挥动着胳膊，招呼她过去，“我教你做最好吃的肉末甜馅饼，都要靠该死的板油。”

“你是怎么学会说英语的？”戴尔芬问。

“仔细听屠夫们说话。”伊娃说。

戴尔芬绕到柜台后，跟着伊娃穿过门厅，偷偷瞥了眼文件和账单堆积如山的办公室，几个放着男式服装和不知道什么东西的小橱柜，嵌在墙里的博物架——上面摆着几只德国瓷像，都是小孩子的形象，有个在摘玫瑰花，还有个牵了只白色小山羊。她们走进厨房，阳光透过水槽上方坚实墙壁上的大窗户照进来，洒满了整个房间。来到这里，戴尔芬感觉时间都静止了，仿佛整个人都已融化。

屋里有个架子，上面放着大号的黏土面包碗和一只抽拉式面粉箱。木质橱柜漆成了亮眼的绿色，和油毡地板相映成趣。台面上装了台沉重的绞肉机，擦得锃亮。圆餐桌上铺着一层格子花纹的油布，每个红方格子里都印着一串蓝葡萄、一只果肉饱满的玫瑰金色桃子、一只苹果或一只鲜美的青梨。窗户上没挂窗帘，窗台上一盆盆天竺葵正在怒放，红艳艳的，生机勃勃。整个房间里弥漫着新鲜出炉的面包的扑鼻香气。

走进伊娃的厨房，戴尔芬发生了奇妙而深刻的变化。她感到生命被拓宽了，这感觉妙不可言。目眩神迷的她先是感到排山倒海般的震撼，而后心静如水，仿佛一只飞翔已久的鸟儿终于安定了下来。她坐在一张扎实的椅子上，椅背方正，是西普里安练平衡时最喜欢的那种。伊娃用勺子从一只红翼瓦罐里舀出些咖啡豆，放进磨豆机，转动一旁小小的铁质手摇柄，带动着环环相扣的齿轮，把烘烤过的豆子磨碎。磨豆机研磨起来声音很大，所以伊娃只是抬起眉头，目光掠过那只小红木盒子，注视着戴尔芬。一股美妙的芳香飘散出来，戴尔芬深深吸了口气。伊娃又快又稳地抽出底下的小木头抽拉盒，将里面刚磨好的满满的咖啡粉倒进点缀着黑白斑点的灰色搪瓷咖啡壶里。然后她拉开水槽龙头的把手，水就流了出来，根本没用到水泵。她将咖啡壶灌满水后放在炉子上，点燃燃气灶的灶头，燃气灶一尘不染，上面装饰着铬合金铸造的“魔法厨师”几个字。

“我的天啊！”戴尔芬呼了口气，不知说什么好。但这不打紧，伊娃已经从头发里拔出一支铅笔，拿起便笺本，开始写馅饼的食谱。她写的是德国旧式的花体字，而且拼写糟透了，至少写英文时如此。她最后暴露的这个小短处让戴尔芬心怀感激——可以说对她大有裨益，因为像伊娃这样一个人，各种生活技能样样精通，好像无所不能，还是四个健康聪明的儿子的母亲（是她不久后得知的）、屠宰大师的妻子。本来，这样一个尽善尽美的人，对于戴尔芬来说是遥不可及的。再看看戴尔芬——从小没见过母亲，在家给父亲收拾见不得人的烂摊子，靠寒冷和饥饿变得坚强，有个在她肚子上撑起自己和六把椅子来表演平衡的恋人。这在阿格斯上流社会人士的眼里，就是个让人不屑一顾的无名小卒，但她却擅长拼写，这让她从那张错字连篇的食谱中偷偷获得了一点自信，也就是在这一瞬间，她悄悄做出一个重大决定。

既然眼前的伊娃早晚都会听说罗伊·瓦茨卡的房子里发生的事，而她已热切希望能和她成为朋友，戴尔芬决定干脆主动告诉她事实真相。的确，伊娃听完后，会立刻将她和肮脏污秽的垃圾堆联系起来，但这个新闻要传到这位比她年长些的女性的耳朵里，也就是眨眼间的事。此外，戴尔芬明白，她手里握着一件有价值的筹码——这样一个故事、一则八卦，甚至可能会成为小镇传奇的情报就在她手里，会由她来亲口告诉伊娃，这样她在告诉别人时，就总能这样开头："一大早那姑娘就愁眉苦脸地来找我，可怜的姑娘啊，她跟我说……"于是，虽然她既疲惫又沮丧，而且依然为过去三天经历的一切感到恶心，却还是对伊娃倾诉了整件事的来龙去脉。最后，鉴于这是要在镇上流传的绝佳题材，她轻描淡写地补充了一句："你是第一个知道的。"

伊娃在听这个故事时，一直像个牧师一样，平静无畏地凝望着戴尔芬。虽然戴尔芬并未像在教堂做忏悔那样请求她的赦免，她却递给她一杯新鲜咖啡和一块精心制作的撒了葡萄干和糖粉、涂着黄油的肉桂面包，主动表达了这层意思。恐惧刚刚开始渗入戴尔芬的头脑，所以能得到这种善解人意的寻常对待，她的内心充满了感激。直到伊娃的小儿子——一个小圆脸、棕卷发、身体结实的五六岁男孩跑进厨房，向她索要了一个小面包后，又跑了出去，戴尔芬这才放声大哭起来。事发之后，她原本一直将自己的意识屏蔽起来，不去想地窖里那个孩子的真实存在。她真希望他们也灌醉了那个孩子，或是通过某种方式让他在生命尽头因为有父母的陪伴而得到些许安慰。戴尔芬一想到这难以想象的结局，就立刻重温了儿时那种深刻的无力和绝望。那栋她长大成人的小房子，似乎决意要让她看到生活有多么残酷，却又总能让她免遭伤害，好有所思悟。

这也太丢脸了，她用双手捂着脸，呜咽着心想，跑到人家家里来，还哭得稀里哗啦！但伊娃好像习惯了看到别人在她的餐桌前哭泣。若非如此，那就是她没太听懂戴尔芬叙述的经过。伊娃轻轻地说着“嘘”，不时把手放在她肩膀上，或再给她倒点咖啡。

“你很少流泪。”她说，这让戴尔芬感到莫名的坚强和勇敢。

“确实。”戴尔芬说，虽然这已经是她回到镇上以后第二次哭了。这下好了，从此在这个镇子里，再有人提到她父亲，就是那个众所周知天天醉得一塌糊涂，竟听不到有三个人在他家地窖里丧命的人。

戴尔芬拿着一大包包好的猪油、腌猪肉、三个橙子、六个洋葱、面包和一根夏令香肠，离开了肉铺。她感觉大概又可以面对父亲了。她开着车向家中驶去，一路上为了避开坑坑洼洼，只能笨拙地颠簸前进。见到伊娃，让她有一种如梦似幻的感觉——很像坠入爱河，但又有天壤之别。伊娃留意到了她，还把她带进了厨房；伊娃明显表露了想了解她的意愿，这些快乐都发生得如此突然。等戴尔芬拐进那条漫长而破败的小径，那栋房子开始映入眼帘，她决定相信这件事只是个偶然，只是伊娃在表达善意罢了，即使不是这样，她的眼泪肯定也把她吓退了。但她依然感激伊娃能邀请她进厨房做客。

“总有一天，我也要有个那样的厨房。”她大声说。

当她看到治安官的车、他那个青涩的瘦高个副手、殡仪馆的灵车和几个好奇围观的邻居，还有在远处一个角落里闷闷不乐地玩杂耍的西普里安，她这才意识到，这一天并不会很快到来。

镇上专门承办丧事的奥里利厄斯·施特鲁布负责将地窖里的尸体拖出，协助他的是妻子本塔和年轻的侄女，也就是戴尔芬的朋友克拉丽丝，她正跟着叔叔做学徒，担任太平间助理。克拉丽丝早就注定要继承家族产业——施特鲁布殡仪服务公司，这是州内这片地区业内公认的最高端专业的殡仪机构。从中学时起，她一目了然的未来就让她的人际关系变得复杂，因为她的同学们一个接一个地意识到，如果他们这辈子都要留在阿格斯生活，那么他们的生命最终都会终结在克拉丽丝·施特鲁布戴着橡胶手套的手里。漂亮的克拉丽丝曾在解剖扁形虫的试验里拿了最高分；擅长调情的克拉丽丝掌握的化妆术不仅有用于今生的，还有针对来世的；但克拉丽丝风情万种的明亮眼神却暗淡了好一阵子，因为她感染上一种让人触目惊心的神秘疾病，原因一直不明。病毒很有可能源于一具不知是否感染了梅毒的尸体，因为那时她就开始在婶婶的指导下，偶尔到尸体防腐处理间里打下手。为了治病，克拉丽丝进行了长期的复杂治疗。整个治疗过程由希奇大夫负责和监督，他坚持认为已没有生命迹象的尸体不可能传播疾病，故而始终用十分清醒冷静的眼光审视她的病情。他的治疗手段包括静脉注射砷凡纳明和深层组织水银注射，都十分痛苦。克拉丽丝已经锻炼得极为坚强，可以忍受得住，但她扎针时，戴尔芬还是不忍直视。尽管如此，她依然从头至尾都紧握住好朋友的手。唯一毫无痛苦的一天就是克拉丽丝的牙龈因为治疗出血了，希奇大夫便在上面抹了些可卡因。除了希奇大夫，戴尔芬是唯一一个了解治疗细节的人，也是除了施特鲁布家庭成员外，唯一一个被准许进入过施特鲁布家私密地下室的人。

克拉丽丝全副武装，穿着个布袋一样的白袍子，戴着烟色墨镜、绿口罩和橡胶手套，但她的黑色卷发还是出卖了她。她所从事的这一职业的严肃冷酷依然无法遮掩她脸上夺目的光彩。一看到戴尔芬，她就扯掉口罩和手套，在重遇老友的兴奋和所处气氛的肃穆之间纠结摇摆，最终还是伸出双手，朝她走过去。她环顾四周，希望没人注意到她，因为施特鲁布家族规定，在死者面前必须保持绝对的肃穆和敬意，她绝不能和朋友嬉笑打闹。当克拉丽丝发现没人注意她俩，马上扭曲五官，扮了一个可怕的鬼脸。她们曾一起在镇上的剧院出演《麦克白》，扮演三个女巫中的两个。

“何时姊妹再相逢，”她向她“嘘”了一声，“雷电轰轰雨蒙蒙？”

“且等烽烟静四陲，败军高奏凯歌回。”戴尔芬接道。

两个人可以一直这样继续下去，她们几乎记得住整部剧的所有台词，因为她们排演过剧中包括麦克白夫人在内的所有角色，以便随时当替角。但这时奥里利厄斯拿着一套让人望而生畏的行头出现了，克拉丽丝便示意待会儿再聊，戴尔芬默默用手势表示了同情。她俩单靠面部表情就可以毫无障碍地顺畅交流。最后，克拉丽丝瘪起嘴皱起眉，用低沉沙哑的声音从一边嘴角挤出：“亚赛秃秃无尾鼠。去乎！去乎！去乎！”

在回去工作前，她突然闪现的好奇心提醒了她，朝着戴尔芬住的帐篷指去。越过一片空地望去，西普里安正裸着上身，在一把从厨房拖出来的椅子上练体操和平衡。克拉丽丝戴着绿色的卫生口罩眨了眨眼，转身继续她的艰巨任务去了。戴尔芬看到他们只能在院子里当场把尸体装进大桶。房门前已经架起一个三面的帆布围屏，屏障后传出福尔马林和医用酒精的味道。草地上整齐摆放着一排罐装的蒸馏水。每当施特鲁布家的人出现，开始处理尸体，所有人都会松一口气。虽然克拉丽丝依然略显庄重不足、活泼有余，但施特鲁布家的人基本都已养成干这一行所需的得体气质，也懂得该如何不带感情地表达不掺杂任何虚情假意、油腔滑调和花言巧语的同情。整个镇上的人都仰仗着他们。逝者的身后事千头万绪，本就让人不知所措，也让他们身边的每一个人都无能为力，但施特鲁布家的人除外。

戴尔芬拎着大包小包，向帐篷走去，发现西普里安用石块堆了个小火炉。她发现，他已经在一些出人意料的方面，以不可思议的方式，展示了心灵手巧的一面。以这个火炉为例，他不只是用石块随便围成个圈而已，而是用灰浆把石头一块块仔细黏合起来，上面还弄了个烟囱和炉架，灰浆里还嵌了个挂钩。现在，他正在修缮鸡棚。当然了，他还很英俊。

西普里安朝她转过身来，歪着头温柔地瞥了她一眼，他侧面的轮廓让她心动不已——眼睛嵌在深深的眼窝里，深邃的眸子像树脂碳一样漆黑，鼻子呈经典的自然弧线，鼻孔是完美的泪珠状。他笑起来，嘴唇微微弯起，牙齿完美得让人不安。她当下断定，大概正是最后一点，也就是编贝般的皓齿让他的面孔过于俊美，才无法让人感到赏心悦目。她这样猜想着，开始用更加挑剔的眼光注视他，觉得多少是出于这个原因。有些瑕疵才能让一张脸的美貌更加让人信服，让人产生兴趣。还是说我这么想只是出于嫉妒？是为了保护自己的心灵？

她递出手里的东西。他接了过来，并像平日那样玩起了抛接杂耍——在身前，在身后，在空中，愉快地抛起再接住，时而像芭蕾舞演员那样绷着脚尖抬起腿，把东西从腿下抛过，时而像正在撒尿的狗那样弯着腿抬到一侧。

像这样一个可以把杂耍玩得如此灵巧的男人，谁能不爱呢？当治安官带着副手和殡葬人员一起忙着从你父亲的地窖里清理出三具尸体时，这样一个自始至终陪在你身边的男人，谁又能不爱呢？她将自己挑剔的眼光抛诸脑后，决定只是单纯地欣赏西普里安。毫无疑问，为了让她感到舒适，他已经尽了最大努力——不光扎好了他们独住的帐篷，还专门用防水布和毛毯给她父亲搭起一个简单利落的小房子。它离河边很近，方便罗伊·瓦茨卡随时取出藏在树下的存货，但又离他们够远，这样睡觉时就不必为他的鼾声困扰。

三具尸体终于被拉走了，戴尔芬和西普里安感到一种痛苦的疲倦向他们袭来。他们坐了很久，木然而恍惚地盯着炉火出神，直到炉火燃尽，木块烧成了炭。雪花在黑夜中轻柔地飘落在他们身上，夜空没有月亮。他们在漫漫长夜中，小口喝着新鲜的水，吃着夏令香肠，用面包配猪油，把橙子作为饭后甜点，因为西普里安终究还是没抓到鱼。满天繁星散发着柔和的星光，没有月亮的陪衬，显得更为清晰。四下一片寂静，可以听到河水流淌。在轻柔的潺潺声中，戴尔芬终于卸下一丝恐惧，感到难得的一分惬意。

想要说的心里话如鲠在喉，不吐不快。此刻，她的脸笼罩在黑夜里，她父亲正在灌木丛中喝酒，西普里安就坐在她身边。她决定开口问一问。

“河边那个男人是怎么回事？你知道我什么意思。”

西普里安的心咯噔一沉，脑袋“嗡”的一声，感觉肾上腺素飙升。他一直在等待这个时刻的到来，又希望它永远不会来。很久之前，他就想好了自己的答案。

“你就是我生命的全部。”他说。

戴尔芬思忖良久。这一刻可以说是她从年幼时起就翘首以盼的时刻，那时她躲在自己的房间，无处可去，酒鬼们在厨房和院子里大吼大叫。眼前这个英俊而健壮的男人，可以靠表演平衡这种貌似不是什么正经职业的技艺来解决生计的男人，这样一个多才多艺的男人，一个将她视为生命的全部的男人——这种话通常代表他想娶她为妻。然而，她现在才明白，这个男人还有被他称为苦恼的东西。这个说法只是种委婉的表达，除此以外，整件事彻头彻尾就是个谜。

“你为什么那么做？”她说。

“我不知道。”

“我必须知道。”

西普里安早就知道会这样，她和平日一样，绝不会接受一个随随便便的答案，甚至不会接受能让他保留些尊严的答案，哪怕是能保证他们幸福的借口都不行。他们之间的这种爱让他感受到的真情实意，使他所有的欲望都显得微不足道。不过，在那些时候，他感受到的只是最纯粹的欢愉罢了。他一直希望永远不必解释，尤其是对着一个女人。但当他望着戴尔芬映着火光的红宝石色的脸庞，他心想，如果必须告诉一个女人的话，他很庆幸这个女人是她。他对戴尔芬·瓦茨卡的感情完全让他始料未及，从未想过会在自己的生命中出现。他喜欢她说的话，喜欢她有趣的直率，还有她过人的力量——之前从未被她放在心上，却在他的引导下被挖掘了出来，还有现在她对那个叫花子一样的老浑蛋父亲表现的善意，甚至连她坚持让他坦承自己不为人知的一面都是她最真实的魅力。

但他依然不知该如何表达，而她则一门心思要问个水落石出。

“你不是个会姓拉扎尔这种姓的波兰人。”她转移了一下话题。

“确实不是。”他承认。

“那你是哪里人？”

“法国人。”

“还有什么其他血统？”

西普里安沉默了片刻。“嗯，”他最终开了口，“我是齐佩瓦人，也就是奥吉布瓦人。我爷爷会说我们是阿尼西纳比人，是‘人类’的意思。都是一回事。”

“那你是印第安人。”

现在他们二人以已婚夫妇的名义，毫不避嫌地一起住在这个镇上，承认这一点并不是件小事，但他还是承认了。

“可你的肤色并不深。”

“我爸爸有一半法国血统，我妈妈也有一些。你听说过梅蒂斯人吗？”西普里安凝视着她，然后耸了耸肩，看向了别处，“我猜没有，但只要你听说过，就一定知道我们伟大的祖先——路易斯·瑞尔。他为了实现自己的伟大愿景，壮烈牺牲了。他一直希望梅蒂斯人群体能成立一个独立政府，而不只是个松散的群体或一伙猎人，能有一个占据马尼托巴大部分面积的地方，有自己的边界和真正的政府。我们有很多人还在梦想着能有这么个地方！戴尔芬，我是英雄的后代。你想啊，瑞尔，那可是写进历史书里的人物。”

“他也很擅长平衡吗？”

西普里安把头歪向一边，笑了：“非常擅长，但还是被绞死了。虽然我也正儿八经地上过战场，不过我猜我遗传的并不是英勇的一面，而是浅色皮肤。但我所有表亲，还有两个哥哥，他们的皮肤都是棕色的。”

“不过我现在有点看出来了，”戴尔芬在倾听他对昔日荣耀、英雄祖先的神往时，语气也变得柔和起来，“你的眼睛，还有其他地方，好像头发也是。”但她依然没有被西普里安突然吐露的秘密分神，“跟我说说河边那个男人吧！”

她的语气平静而沉着，西普里安放弃了转移她的注意力。他的呼吸急促起来，努力想找到合适的语言去形容他很清楚自己会和一个男人发生亲密的肢体接触时的感觉，却是徒劳。最终她抛给他一个问题，让他如释重负。

“是从打仗时开始的吗？”

“确实是打仗时开始的！”

这个说法让他重新燃起了希望，他从未想过还能这样解释。的确所言非虚，他冒出的各种念头迅速交织在一起。这大概就是战争滋生的又一畸形产物，是和其他男人生活过于亲密的后果，是受到毒气、败血性感染、战壕传染病、恐惧中传播的细菌等外界侵害的意外症状。他在脑海中仓促地拼凑起这些解释，但心里很清楚，光有这些原因完全不够。其实，他在战场上曾经深深爱过一个男人，至今还为他的死感到悲痛，而且爱上他并未让自己感到惊讶，因为他一直都明白自己的心意。一个男人从小到大，通常都是先对女孩子，而后对女人产生情感，而他对男人也有同样的感觉，他对这一点一直心知肚明。还有什么更显而易见的事吗？不，战争无法决定他爱或不爱谁，战争的暴行要比这件事罪恶得多。

即便只是想一想就已经让他筋疲力尽。

“你看，”他终于有气无力地开了口，“你也可以问自己同样的问题。你为什么喜欢和男人亲热？你的答案就是我的答案。”

戴尔芬小口啃着面包，把炉火拨旺了些，陷入了沉思。过了一会儿，她觉得此刻在他身上感受到的，更像是女性之间的亲近，而非男女之间的亲密，好像可以毫无保留地和他分享女人才有的心思，而他完全理解是怎么回事，可以感同身受。她很满意他这个回答，虽然这意味着他们永远无法成为爱人。她甚至不知道他们会不会接着走下去，去别的地方演出，毕竟他们向霍克治安官承诺过不会离开，也就暂时被困在了这里。他们需要考虑一下生计问题，更何况还迫不得已地在旅店、罗伊的杜松子酒、清洁用品、新毯子上花了笔钱。他们要想想怎么找份工作。

再一次去肉铺，戴尔芬是步行去的，大概走了四英里[①]路。她和西普里安决定省些油费，而且她也想锻炼下腿部肌肉，万一需要重操旧业，开始演出——没准儿可以在这里演上一两周，这样就有钱给罗伊买个新床垫了，而且还需要买去污用品，祛除屋里地板和墙壁上依然残留的恶臭。戴尔芬走进沃尔德沃格尔肉铺后，就听到一串叮咚悦耳的铃声，心想如果是从里屋听到门口的铃声响起，该有多么愉悦。

戴尔芬像上次那样，确定了要购买的东西；伊娃也像上次那样，请她进屋喝了杯咖啡。在伊娃家放日常清洁用品的架子上，没有哪样东西清洁力能强大到足以胜任戴尔芬要干的活儿，于是伊娃想自己动手调个配方出来。

"相信我，我有经验，"她说，"这种臭味最伤脑筋了，非常难对付。首先，要用上好的醋和水冲洗。然后，我给你订些工业氨水，不过要注意它的烟气很浓烈。如果效果还是不够好，再用纯碱液。不过最开始，戴尔芬，我建议把那个地窖填平，不只是撒上石灰粉了事，而是把木灰和泥土好好混合一下，把里面填满。你再也不会用了吧？"

戴尔芬把头摇得像拨浪鼓一样。

"那就好，把它填平。"伊娃呷了口咖啡。今天，她把两侧的头发卷成自然顺滑的发卷，剩下的在脑后打了个结，拧成数字 8 状的发髻，戴尔芬知道这在古代是代表永恒的一种标志。伊娃站起来，转过身，走过地板上的绿格子油毡布，开始揉捏发好的面团，揉完后用毛巾盖上。戴尔芬看着眼前的一切，脑子里突然冒出一个奇怪

① 1 英里≈ 1.6 千米。——编者注

的念头：也许那些给你带来强烈感受的瞬间，比如当伊娃转身，阳光照在她的头发上，就在那一瞬间，她脑后那个永恒的象征亮得耀眼——这些特别的瞬间就可以定格为永恒。它们有具体的归处，被收集在一个超越时间而存在的资料柜里，就连上帝都无法偷走。

戴尔芬固执地继续想，是谁创造了时间，创造了万物的尽头，是上帝吧，不是吗？告诉我，戴尔芬很想对她的新朋友说，为什么我们明知道无法亲身经历永恒，我们的生命如此有限，却如被诅咒了一般幻想着永恒？她想问一问，却突然羞于启齿，而就是在这样专注地出神时，她见到了伊娃的丈夫——屠宰大师菲德利斯·沃尔德沃格尔。

还未见其人，她就感受到了他的存在，就像天空中乌云密布，闪电劈向大地时，可以感受到空气中涌动着电流。她觉得身体很沉重，就像被地心引力带着往下坠。她想站起来，摆脱这股力量，这时他突然出现在门口，遮住了整扇门，然后走了进来，填满了整个房间。

这和他的体形无关。他并非人高马大，身材也不算魁梧，但他从头到脚都散发着力量，仿佛一个体格更大的人挤进了他的身体。难道是因为里面容纳了太多牲畜的嗥叫？大概是他肩膀厚实的缘故，或是他不失警觉的沉默。一块鲜红厚实的后尖肉像挂钩一样垂在他的一侧肩头，另一侧则稳稳放着另一大块肉。这块母牛的腰腿肉大概有一百甚至二百磅。虽然他的脖子像公牛一样胀成深红色，暴露的青筋有力地跳动着，他却显得极为轻松。他望着戴尔芬，眼睛是浅蓝色的。他们四目相对时，戴尔芬的脸颊顿时滚烫起来，主动挪开了目光。云朵从太阳前面飘过，阳光从房间里进进出出，窗台上天竺葵的红色花冠打着哈欠。他的凝视吓得她拿起一根伊娃的烟，将它点燃，他也移开目光，和妻子交谈起来。

然后他就走了，并未要求介绍认识。

这样的唐突固然无礼，戴尔芬却毫不在意。她原本也没有想要结识他的意思，甚而希望可以避开他。只要她还能继续和伊娃做朋友，只要能保住接下来伊娃要提供给她的工作，认不认识他并不重要。

“什么时候开始？”

一想到可以每天来店里工作，坐在伊娃的厨房里休息，戴尔芬立刻喜形于色。

“明天就开始。”

“我会在开门前到。”戴尔芬说。

“六点开门。”

从第二天起，戴尔芬开始从肉铺后门走进去，先后经过火炉、洗衣盆、工具架、一排搁物架和挂钩，几件漂白过的围裙挂在上面慢慢风干。离开杂物间，她穿过堆满文件和设备的走廊，从店铺门旁的挂钩上取下伊娃那件蓝底白花的围裙。从现在起，她就可以从柜台里侧听到门口的铃声响起。她会熟悉屠宰间、浸烫池、挂着一扇扇猪肉和整条牛腿肉的挂钩和架子，还有冷藏箱，拉起钢杆和气阀，厚重的门就会冒着寒气打开。她贪婪地呼吸着香料和奶酪的味道。而冷柜中的气息则更为阴冷，里面配置了很多钩子、箱子和架子。屠宰间和店铺之间有一间狭小的烟熏室，旁边堆着山胡桃木、苹果木柴和一桶桶盐水。烟熏室旁边是繁忙的加工间，里面有分解牛腿的厚案板和宽矮的桌子。锯床周围有薄钢板台面，用来切分肉排和烤肉片。地板上每天清晨都要撒上干净的木屑，以接住血水、锯肉时溅落的骨粉，以及用沉甸甸的长方形钢毛刷清洁砧板时甩落的零碎软骨和板油。血渍斑斑的围裙挂在门后。

戴尔芬的工作就是帮忙清洗衣物。每天，她把用脏的围裙、抹布收起来，拿到铺着混凝土地面的洗衣房里。伊娃还让她把自己要洗的东西也拿来。虽然伊娃从未说过，但无论戴尔芬怎么用力洗，都觉得罗伊房子里的味道依然纠缠着她——也许还残留在她裙子的针脚里，在灰绿相间的格子里，在印花的葡萄藤上，在缝过边的下摆上。过了很久，那股味道才逐渐被店里的气息掩盖——血腥味、凝固的动物油块味、浓烈的胡椒味、木屑味。戴尔芬几乎每天都换一件干净衣服，但晚上用河水洗头发时，却依然隐隐闻得到肉腥味，她一直深受其扰，直到后来终于习惯了它的存在，就再也闻不到了。

来这里工作后的第二天，戴尔芬正在整理冷藏柜里的熏肉肠，突然听到门口的铃铛响起，紧接着又响了一下，然后就剧烈地晃动起来。究竟是谁连等上几秒钟的耐心都没有，怒气冲冲地上了门呢？戴尔芬恼怒地走出冷藏柜，发现来者是被镇上人称为“一步半”的女人。她过着丧家犬般的生活，又瘦又高，大概还很年轻——看起来三十来岁，举手投足间却流露着年老的悲苦愤懑。“一步半”总是独自一人四处游荡，若是在阿格斯现身，就会用破烂衣服换取生活用品。有时罗伊会和她聊上两句。戴尔芬还记得小时候，“一步半”会突然把一个棒棒糖或一枚硬币塞到她手里。那时，若这个女人不知从何处突然出现在她家，酒鬼们就像钻进了地缝一样，立即消失得无影无踪。大家都很怕她。“一步半”这个诨号的由来是她走路的步幅大于常人。她喜欢夜间出没，竹竿儿一样的身影如梦游般晃晃悠悠，沿着镇上的街道边走边查看各家后院的门廊上有没有留下旧裙子、各式各样的男女衬衫，甚至可能是件大衣。她不光搜集镇上的废旧物品，还以残茶剩饭为食，所以会来这里讨些动物内脏，或是猪头肉，不过伊娃主要用后者来拌凉菜，觉得男孩子吃了会很有营养。今天“一步半”还能收获些肉骨头，戴尔芬看到伊娃专门挑了些出来。

那些骨头没怎么剔，切成了大块，上面还挂着不少肉，放在一个盘子里，盖着块毛巾。戴尔芬把它们倒在一张白色蜡纸上，包起来，又从挂在屋顶上的线团上扯下细绳捆好。她不耐烦地把包好的骨头往柜台对面一推，希望“一步半”会一把抓走。但她只是挺直了瘦骨嶙峋的双肩，昂首站立着，在怪异的沉默中瞪着眼睛，俯视着包裹。她小心翼翼地把它拆开，一言未发，在她们面前展开白纸，露出油乎乎、白花花的骨头。“一步半”细细查看着每一根骨头，仿佛它们可以预知未来。

“这根狗屁不如，”她把一根带球形关节的腿骨推到一边，“而且我不要脖子。”

“一步半”又把剩下的检视一番，看到牛尾骨时满意地笑了，就像银行家的妻子挑剔地比较昂贵的牛排上的脂肪纹路那样，细致谨慎地辨识那些碎肉。检查完毕后，她挥了挥手，示意戴尔芬把骨头包起来。戴尔芬郑重其事地重新捆好，毕恭毕敬地递给了眼前这个女人。她明白这样才是伊娃的做事风格。“一步半”对自己受到的待遇颇为满意，把手伸进身上那件肥大的男式风衣内兜，掏出一叠裁剪整齐的抹布。

“把这些给伊娃。”她下达命令般说道，仿佛怀疑戴尔芬会私自藏起来。她的眼睛乌黑发亮，目光敏锐。她的凝视起初散发着一股强烈而隐秘的怨恨，现在却突然透露一种难以理解的忧愁。

“你还需要什么吗？”戴尔芬犹豫不决地问。但“一步半”只是继续盯着她，仔细打量着她。戴尔芬也迎上她的目光，盯着她。这下她才把她看得更清楚了些，虽然她脸上的皮肤粗糙，五官却生得出众，若不是嘴角因为怀疑而用力下扯，在下巴上留下了深刻的皱纹，原本应该美丽动人。她那双乌溜溜的黑眼睛总是眯成一条缝。突然，她用手迅速拍了下柜台，另一只手抓起包裹，没有致谢，也没有表示起码的礼貌，就突然转过身，昂首离去。门关上后，铃铛叮当作响，就像她进来时一样急促。

这只是不计其数的顾客之一罢了，还有很多各种各样的人。一些人会付钱，也有些人，就像"一步半"这样，靠碎肉烂骨过活。这家店和所有在此丧生的牲畜养活了形形色色的生命——从每晚面前都摆放着精心烹制的上好牛排的银行家，到那些购买香肠和最便宜的肉的平民百姓；还有一家苏族人，肤色比西普里安要深，穿着老式的印花布衣，戴着粉红色、蓝色、桃红色和黄色珠子穿成的珠串，用野味或浆果换取面粉和茶；还有"一步半"、辛皮·本森、希米克一家人，以及那些以经济大萧条为借口待业在家的父亲；还有那些啃着"一步半"拒收的骨头的狗，甚至还包括那些在连狗都咬不碎的骨头上茂盛生长的植物。

还有些顾客，并非每次都为消费而来，他们经常会进来聊天或计划合唱团的活动——有私酒贩格斯·纽霍尔；身无分文却温文尔雅、干净利落的坦西德·比恩，他永远打着领带，穿着大衣，在"阳光烘焙食品公司"专架的饼干前逗留很久，然后儒雅地品尝一点，每次都会买一两片火腿，偶尔买一个橙子、一点饼干、一小块最硬的牛肉、一颗大头菜或一小片奶酪皮；曼海姆兄弟中的"噘嘴曼海姆"，胖乎乎的，总是摆出一副富家子弟的架子，还有他万年不变、糊里糊涂的女朋友默纳，以及总想挑逗她的切斯特·兹布鲁格；再就是斯卡特·威尔科姆和梅塞德丝·福克斯、老希奇大夫和他儿子小希奇大夫，但小希奇其实并不是大夫，是个牙医，而且最让人感到不可思议的是，他还是个素食者。不过，在所有人当中，戴尔芬真正害怕见到的只有一个人，那就是伊娃被宠坏了的小姑子。大家都叫她“小姑”，否则就得按照她的要求叫她的教名——玛丽亚·特雷莎，没人愿意再给她冠以这个女王一样的称呼来衬托她的高傲自大。

不过戴尔芬并不这么称呼她，她对她什么称呼都没有。她神气十足地冲进来，门铃只响了一下，好像连它都屈服于这个女人对自身优雅和地位的欣赏之下。戴尔芬小心翼翼地没有招呼她。她来这儿上班的第一天，“小姑”就径直走到储存香肠的柜子前，“哐啷”一声拉开了滑动门，从里面掏出一圈大红肠，放进了自己包里。戴尔芬往后站了站，看着玛丽亚·特雷莎——更确切地说，她是往后站了站，羡慕地看着这个女人的鞋子。那双鞋是用轻薄柔软的意大利皮革做的，纽扣的设计也很精妙，很适合她细长的脚型，仿佛专为她量身定制，很是迷人。不过小姑的脸却称不上迷人，她和菲德利斯长得很像，和他最硬朗的外貌特征相仿——强壮的脖子、冷漠鲁莽的举止、棱角分明的下巴、薄嘴唇，眼睛泛着蓝幽幽的光，让戴尔芬不寒而栗。尽管如此，小姑还是有一双细长漂亮的脚，她以此为豪，所有鞋都采用最昂贵的皮质和最精美的做工。

“你是谁啊？”小姑问，昂着头往后瞅了一眼，然后迅速把头扭开，毫无屈尊倾听回答之意。这个问题本来就很无礼，因为伊娃已经介绍她们认识过，于是这个问题便悬在空中，没有回应。“你是谁”这个问题的答案可长可短。小姑把这个问题抛在两人之间，让它从地上弹起来却没有再接住它，只留下戴尔芬一个人，一边擦拭着肉食柜台，准备拖地，一边独自琢磨着它背后更丰富的含义。

戴尔芬·瓦茨卡，你这个酒鬼的孩子，同性恋的婊子，你这个无家可归的流浪汉，肚子硬如铁、情欲熏心的没娘养的家伙，你是谁？你这个在波兰佬家的垃圾堆里出生的下流坯，你是谁，你是谁？你这个家里地窖塞满腐烂尸体，帐篷里还有个和其他男人做过不可描述之事的男人，你是谁？你这个父亲像坐在自己大便中的婴儿一样吮吸酒瓶子的人，你是谁？你是谁，你凭什么认为自己可以靠近这座房子、这家店铺，尤其是我哥哥菲德利斯——这个行业中的翘楚半步？

戴尔芬沉浸在这样的自我怀疑中，无法不去憎恨那个让她产生这种想法的人。从见到小姑的那天起，她就厌恶她，幻想着有一天她会摔个大跟头。她至少会找上一次机会，毫不留情地让她成为自己的手下败将，好好挫挫她的锐气。小姑甚至还想对伊娃作威作福，所以在戴尔芬思绪万千又忠心耿耿的内心中，她恨透了她。小姑又风风火火地冲了回来，胳膊底下夹着一条她嫂子刚烤好的面包，连句客套话都没有，就拿起旁边一瓶牛奶，戴尔芬在一张纸条上默默记下：小姑拿走了一瓶牛奶、一圈红肠、一条面包，记完就算了事。当时她绝不会想到这么一条微不足道的记录也会产生后果，但确实如此，因为小姑不会“拿”东西。在她看来，这些东西都是欠她的。她是祖母生前最疼爱的孩子，曾从祖母留给她的遗产中，拿出五百美元给哥哥，让他用来购买设备。虽然他已经还清了这笔钱，但她依然堂而皇之地变相提取着利息，以提醒所有人不要忘记她昔日对兄长的慷慨解囊。

家里的孩子们，尤其是马库斯和弗朗兹也都不喜欢小姑。戴尔芬之所以看得出来，并不是因为她有多么了解孩子。她和孩子接触的机会很少，对他们几乎一无所知。但现在不一样了，这些孩子是伊娃的孩子，她自然想了解他们。她最早注意到的是大儿子弗朗兹。

弗朗兹今年十五岁，拥有运动员般的健壮体格和典型的美国人性格，既真诚坦率又有所保留。他的内心要么没有想法和情绪，要么就隐藏得很深，她看不出来。他总是冲她笑，总是用几乎察觉不出的德国口音和她打招呼。他永远乐呵呵的，永远彬彬有礼。认识的时间久了，她发现他拥有跟菲德利斯一样无可匹敌的耐心和有所克制的愤怒。他的力量加上遗传自母亲的那股韧劲儿，让他具备了卓越不凡的运动天赋。他会打橄榄球、篮球和棒球，力量强大，动作优美，其实已经是镇上的运动明星了。

老二马库斯则更为内敛一些。他刚满九岁，虽然平日也会无拘无束地玩耍，却已经显现了哲学方面的天赋和超凡脱俗的性情。他的成绩可以前一年还名列前茅，后一年便一塌糊涂，全看他的兴趣所在。他遗传了母亲修长的双手、细软的红金色头发、消瘦的脸颊和有时会流露悲伤的好奇和欢乐的眼睛，仿佛在说：真是傻里傻气的场面。虽然他的性格更为拘谨，但也很懂礼貌。他会迫不及待地完成父亲交代的差事，但显然最受母亲宠爱。他的名字就取自她敬爱的父亲。母亲经常轻抚他的头发，那头发像极了她自己的，只是剪去了发卷。母亲还经常把他拉到身边亲吻一番，他也会像其他男孩子那样挣脱开，但动作会更轻柔，让母亲知道自己不想伤害她的感情。

最小的两个男孩埃里克和埃米尔是一对五岁的双胞胎，像小牛犊一样结实，肚子饿了就大哭大闹，一吃饱就眉开眼笑，天真单纯，一门心思摆弄他们的木棍手枪和用黏土、小树枝自制的士兵，永远在奋勇厮杀，屋后密室的地板就是战场。这支军队也包括菲德利斯童年的玩具兵，以及用珍贵的硬币买来的几个现代玩具兵，基本上是家中可见的唯一玩具。戴尔芬曾很好奇男孩们都玩些什么，伊娃告诉她，不管身边有什么，他们都可以抓起来玩，或鼓捣成别的东西。

“一根木棍，可以变成一把枪。我们放肉的托盘，他们拿去坐着滑下山坡。有时会玩球棒，有时玩球，总是让人意想不到。戴尔芬，我干脆不去关心他们摆弄什么。”

戴尔芬留心观察着，发现他们的确总能发明些出人意料的东西——用废旧弹簧、车轮、板条箱组装一个让狗拉的小马车；在树下搭起一个堪称“死亡秋千”的东西，会把他们从离路边很近的树下荡起一道弧线，甩到泥地上空，这样就很有可能被路过的汽车撞到；还在河边用废旧木料做了个木筏；还有车床做出的剑、包装箱的木料搭建的碉堡、发射碎石子的枪，将牛的膀胱注满水后当炸弹。不过，无论在外面玩得有多热闹，他们进店后却都安静听话，在父亲身边时尤其如此。到了杀猪宰羊的日子，每个人都卖力干活。若是店里人手不够，就连最小的两个小家伙也会上阵，负责掏鸡胗，洗去里面的碎石砾。到了一定年纪，几个儿子都学会了在不伤到手的前提下使用刀具。菲德利斯决定把他们全都领进门，学习这门手艺。

说到这个行当。戴尔芬并不介意卖卖杂货，甚至可以切切猪头肉冻，但对屠宰实在不感冒。她不仅痛恨杀戮给人带来的残忍的兴奋，还很反感漫长琐碎的后期工作。做香肠的肠衣要一遍又一遍地洗，鸡胗要翻个面，清理干净后再翻回去。每种产品都有个没完没了的过程，虽然伊娃坚持要按部就班，她却认为有些步骤完全可以省去。戴尔芬想，也许她乐意把各种香料和碎肉馅搅拌好，做成香肠。但那是菲德利斯的工作，他对自己动手的每一步都严加戒备。有些环节更是绝对机密。他就像个炼金士一样，每一批产品出炉前都惴惴不安，不敢大意。

戴尔芬更希望待在舞台上，哪怕后台也行，去设计和缝补戏装。她还喜欢搭布景。只要是和戏剧相关的活儿，她都很拿手，而且她最喜欢的是可以穿戴各种用来做造型的饰物——羽毛、花环、长袍、维多利亚时代的衬衫式连衣裙。戴尔芬打小就对编排节目充满热情，至今丝毫未减。其实，当初正是由于对装扮的共同热爱，还在上小学的戴尔芬和克拉丽丝成了好朋友。她们在克拉丽丝家的后院里，用挂在晾衣绳上的床单当幕布，一起上演过不少剧情复杂的戏剧。两个人承包了剧中所有的角色，需要反复换装，并按照台本不断调整舞台布景。她们甚至还用一盏老船长的灯打光，夜幕降临后，光束可以直射到草地上，营造聚光灯的效果。这些稀奇古怪的发明，和其他孩子对她们的嘲笑和畏惧交织在一起，使两人的友情坚不可摧，并成为孩子堆里最具辨识度的存在。她们对彼此的忠诚拯救了她们。久而久之，在他人的戏弄和取笑面前，她们变得无懈可击，从而赢得众人某种说不清道不明的尊敬。在这样的小镇上，当大家发现他们完全伤害不了最特立独行的成员，当举止怪异的人表现强大的承受力，他们最终就会接受甚至爱护他们。于是，大家开始用“那俩姑娘”称呼她们，以表示对她们的奇装异服的接受和娱乐大众的价值的欣赏。

尽管如此，在克拉丽丝和戴尔芬共同的白日梦里，她们总是离开了阿格斯，去了模糊的远方，那里有大城市和陌生人，甚至还有真正的剧院。虽然戴尔芬确实离开了一阵子，算是从某种程度上实现了她们曾经的梦想，但她很沮丧，因为她只是充当了一张人肉桌子、一件道具，只是西普里安在舞台上炫技时的底座。至于克拉丽丝，她从来就没走出过这个小镇。高中一毕业，她就应父亲和叔叔的要求直接入行了。待在镇上，在死者入土为安前的短暂路途上搭一把手就是她的命运。她一直明白自己会继承父业，不过一旦踏入这一行，也就永别了学校和演戏的乐趣。更何况，婶婶本塔说她在尸体的防腐处理方面颇有天分。这是一门可以追溯到古埃及的艺术，但现在只有达科他州一带还在广泛应用。奥里利厄斯·施特鲁布是从最早一批游走到达科他的尸体防腐者那里学习的技术，还拿到了文凭。从那以后，他就不断进行技术革新。最早找施特鲁布帮忙的是很远的小镇上的人，是那些看过经施特鲁布处理后陈列出的尸体，并从其安详的遗容中得到了宽慰的人。

自从戴尔芬来到沃尔德沃格尔肉铺工作，克拉丽丝就不再去科兹卡那里购买日常所需，转而来投奔她。她继承了父母的房子，常常忙碌一天后，会在母亲的厨房里做一顿丰盛佳肴来放松身心。她对饮食极为讲究，戴尔芬就把最精瘦的肉留给她。一天下午，店里只有她们两个人，一起望着一块戴尔芬刚刚放在蜡纸上的猪肉排，它的色泽介于淡紫色和粉色之间。

“把肥肉去了吧，好不好？”克拉丽丝问。

“哪有什么肥肉。”戴尔芬说。

“就是那一角。”克拉丽丝指了指。

戴尔芬择去了那点还不如指甲大的半透明的肉。

克拉丽丝冲她的朋友点了点头，示意可以包起来了。她穿着一套腰身纤细的棕色西装，用适合夏季的轻质毛料制作而成，加上挺括的白衬衫和轻便的白皮鞋，是很得体的外出装束。她已经跟戴尔芬念叨过她的人生哲学，那就是不仅要在装扮逝者时将其视为一场宴会的贵宾，还要让自己穿戴精致，和隆重的告别仪式相匹配。她刚参加完一个溺水身亡的三十四岁男子的葬礼。虽然她只是暗示了他的死因，悄悄低声使用了“浮尸”这个不太适宜的词，但她很得意自己设法袪除干净了他脸上难看的红紫斑点，并且止住了这种情况下通常止不住的快速腐烂。

“我绝对不会让他像法戈那个淹死的男孩那样出现在人前，那孩子就是在教堂里清洗的，”她说，“太马虎了。他父母真可怜。他们是我……哦，你不认识，他们搬来镇上没多久。反正他老婆告诉我，我们的工作效果出乎她的意料，还感谢了我们。家里人还想多给本塔付些钱，不过我们是不会收的。你喜欢这件外套吗？”

两人穿衣的尺码相同，克拉丽丝又一向大方，从不吝啬与好友共享，所以戴尔芬在浏览她的衣柜时也毫不客气，就像在看自己的一样。就算现在，克拉丽丝还会愉快地说：“你穿这件一定美翻了。”

“我实在想不出穿它的场合。”戴尔芬说。

“你和西普里安也要出门啊，对不对？”

“我们现在住的可是个帐篷，克拉丽丝。”戴尔芬说完后笑了，克拉丽丝也笑了起来。她甜美清澈的笑声欢快地盖过了屋后发电机的轰鸣和绞肉机的咔嚓作响。她们笑得正开心时，伊娃走了进来，拿着一卷新线团，换下了挂在收银机上方的空线轴。她冲克拉丽丝笑了一下，戴尔芬看得出这是她出于礼节的笑容，是在面对不太熟悉或不太喜欢的顾客时露出的笑容。戴尔芬不确定她的朋友属于哪一种，但突然感到一阵焦虑，纠结于想要同时忠于和取悦双方的矛盾之中。但伊娃很快就离开了，而克拉丽丝似乎并未意识到伊娃的礼节，或者单纯以为她只是太忙了。她皱着眉头，认真地盯着自己的手指甲，戴尔芬明白这意味着她正考虑要透露一些可疑的消息。

“快说呀，”戴尔芬对她的朋友说，不过已经为自己在工作时间聊天感到内疚了，“现在没什么生意，我正好有空，说来听听。”

“其实，也不是你没听过的新鲜事儿。”克拉丽丝气恼地噘着嘴说。

“快说吧！”戴尔芬坚持道。

克拉丽丝轻轻低下头，耸起眉毛，几乎是愤怒地看着她的朋友。

“霍克昨天晚上来我家了，已经很晚了。他站在走廊上，东拉西扯的，好像我们在分享什么秘密，后来我实在受不了了，想大声尖叫。我把他关在了门外，自己站在门后。他一定是趴在了门上，因为我听到了他小声说话的声音，就像在我耳边一样，他说‘我要吹啊吹，把你的房子吹倒’。”

克拉丽丝很擅长表现痛苦不堪的表情。她脸上的线条忽然松弛下来，好像一下子老了十岁。她紧张不安地咬着嘴唇，把口红都咬掉了，粘在牙齿上。她抬起一只戴着手套的手，握着包好的猪排，眯起眼睛看了看，然后“啪”的一声把猪排按在了脑门儿上。

“我不管说什么，做什么，都他妈的没什么用！”她激动地说，“他总是能扭转局面，听到他想听的话。”

“他把你当成什么了，又肥又嫩的小猪吗？”

“哈！”她伸出胳膊，把猪排举远了些，看着它。

“我老是抱怨霍克，我猜你一定听烦了。可我自己也受够了。如果我能搬走的话，我早就走了，就是厌烦到了这种地步。但我在这里还有沉甸甸的责任，不仅如此，我干这些事还很在行。希奇说，我的解剖知识已经赶上他了，而且我最近正试验一种新泵……嗨，我就不跟你说细节了。这个工作给我带来了尊严和成就感，不能只是因为他就给毁了。”

“我跟你说，这样，”戴尔芬说，“咱们俩联手，把这个大块头打晕，然后把他干掉。”

“噢，”克拉丽丝一脸向往地说，“那可就太好了！”

被热浪侵袭的北达科他一片萎靡。戴尔芬走上新岗位后的第二周，这个夏天就从燥热变成炎热，再到酷热难耐。对于她来说，这意味着挥之不去的恶臭会充斥整个夏天。屠宰间自然开始散发血腥味。废料堆开始发霉，随处可以闻到肉类腐烂的臭味。当然了，就算下班回到家，她也躲不过去。天气已经暑气逼人时，他们才刚把地窖填平，把地板擦干净，买来新床垫、干净的毯子和床单，把墙壁喷上醋，然后用力擦洗，房子才能重新住人。但出于种种原因，她和西普里安还是决定住在帐篷里，在火炉般闷热的夜晚尽量多睡一会儿。

夜里三点左右，一丝微风拂过日渐干涸的河水，西普里安调整了帐篷的门帘，好通通风。但微风也吹来了淤泥的腐臭味儿和嗡嗡作响的成群蚊虫。它们带着对鲜血的热望，丧心病狂地冲撞着帐篷的帆布。哼哼唧唧的哀鸣高低起伏了一整夜，有时甚至像空袭警报一样响亮，有时又连续低鸣，但一刻都不曾停歇。

西普里安买来蚊帐，罩住了行军床，这样好歹能休息一会儿，不至于第二天睁不开眼。然而，蚊虫全都聚集在蚊帐外层，足有一堵墙那么厚，而蚊帐里的他们透过微小的网眼，散发着温热的鲜血气息，吊着它们的胃口。起初，他们觉得单是听着它们的叫声就足以崩溃。过了一个星期，他们去药店买来脱脂棉球，堵住耳朵。可还未解决蚊子的问题，就又遭到泛滥成灾的黏虫的骚扰。如果单看一只黏虫，似乎没那么可怕……黄褐色的身躯布满错综盘结的环状蓝色斑点。但让人恐惧的是它们的数量，它们密密麻麻地在树上缓慢蠕动，把树干裹得密不透风，看上去仿佛树皮在挪动。成千上万条黏虫慢慢爬过帐篷顶，无论戴尔芬和西普里安把底部扎得有多严密，都无法阻止它们爬上地垫，甚至毯子。她习惯了踩着它们行走，就像走在一张可怕的地毯上，走进店铺后总会在地面上留下黏湿的脚印。至于罗伊，有些夜里，他会把半个身子泡在河里睡觉，有时则睡在星光照耀的河岸或草丛里，而各种昆虫都不近其身。戴尔芬说，这大概是他血液中的酒精能高达 80 度的缘故。

“怎么着也得有蚊子叮他吧，我是说至少那些想喝醉的会有这想法。罗伊就是个行走的酒吧台。”一天夜里，她看到父亲可以在蚊虫肆虐的溽暑中安然入睡，恼怒极了，这样抱怨道。而她和西普里安则要躲在蚊帐里，性命无忧地大汗淋漓。他们并排躺着，在一致决定入睡前，他们用手指捻动着棉球，讨论西普里安能否用他们那辆迪索托从加拿大偷运些酒过来。用这种方式躲避政府强收的销售税不仅屡见不鲜，倘若你是德国人或是专门把酒卖给德国人的话，甚至可以称得上他们的民族英雄。最痛恨禁酒令的莫过于德国人了，他们坚信这项法令是对他们传统的饮酒艺术的直接批判。虽然禁酒期已经结束，但对酒征收的重税又成了他们诟病的新对象，而德国人最享受跟政府对着干的乐趣。就连小姑最近北上归来时，都在热水袋里灌满了威士忌，塞在裙子的胸口处，一边冲海关人员雍容华贵地笑着，一边步态优雅地走过边境线。

“我不喜欢干违法的事，”西普里安说，“不过这个主意不错。”

“这样每周我都有一天要步行上班。”

“你最怕的不是这个。”

“没错。”

“我不会……我说真的，”西普里安说着，撑着一只胳膊坐了起来，目不转睛地看着她，“不会被抓起来的。”

“光是想到这个，我就心惊胆战。”戴尔芬说。

“真的吗？”

“也没什么用。”

即便在这样一个时刻，西普里安也没有亲吻她的欲望，但此时他对她浓浓的爱意几乎可以克服这种勉强。在他看来，自从他们的巡回演出结束后，自从这座房子清理完、消完毒，日子就渐渐恢复了常态。他想念表演平衡的日子，想念东奔西跑的岁月，但并不想念要操心去哪儿演和怎么演的不确定性。他希望一切尽在掌握之中，却又不满足于此。他听说，从战场回来的人都会有这样的问题，已经无法满足于平凡，总要把风平浪静的日子折腾些浪花出来，总要制造些危险。也许他就是这样，但也有可能是在嫉妒戴尔芬的新工作，不光因为她和克拉丽丝以及伊娃交往甚密，而且现在所有东西都是她出钱买的——食物、衣服、罗伊的威士忌。他确实觉得挣钱养家的应该是男人。

“我要干这个事。”

“哦，天哪！”戴尔芬说。

“鼓捣引擎我还是挺在行的，”西普里安想要安抚她，“我打仗时学过很多这方面的知识。跟你说，等我干完这事，我就去找个活儿干，没准儿改行去修汽车呢！”

“那我该怎么跟治安官说呢？”

“还没等他发现，我就回来了……”

他宽慰她的话突然被罗伊急切的叫喊声打断，两人赶快拉开蚊帐，跳下了床。他们小心翼翼地匆匆走过一条布满车辙的小径，朝着罗伊驻扎在河边的饮酒营地进发。戴尔芬举着一盏小煤油灯，在他们面前投下一小片光亮，所以当他们抵达惊慌失措的哀号声的源头时，戴尔芬最先看到了罗伊歇斯底里叫喊的原因——他最终还是被黏虫发现了。原来醉酒后的他沉沉地睡了过去，黏虫们无意中发现了他，便在他身上安了家，大概要以他的衣物为食，或只是在朝绿叶盛宴前进的途中稍做休息。虫子爬满了他的头发，连耳朵里都是。罗伊身上已经没有一寸裸露的肌肤，完全是一幅让人毛骨悚然的模样。但他一听到戴尔芬的声音，立刻可怜兮兮地安静下来，着实让人惊讶。

“请给我一杯解宿醉的酒吧，”他透过满脸虫子结成的面罩，眨着眼睛说，“我浑身发抖，宝贝女儿，肯定是又精神错乱了。我得来点儿威士忌。我知道这不是真的，但我敢保证我觉得全身都是虫子。”

“你不会有事的，爸爸，站着别动就好。”戴尔芬说着，从他的胳膊和肩膀上把虫子一大片一大片地拍掉，然后把他往前拽了拽。西普里安则用手抓掉他身上的虫子，用手指梳理掉他头发里的虫子，抖落他裤子上的虫子，轻轻拨出他耳朵里的虫子。

“就站着别动，会有威士忌的。”他也配合戴尔芬说。

“这都是你的幻觉，”她告诉他，“不要动，只是你脑子里想出来的。”

西普里安所言不虚，他确实在捣鼓发动机上有一手。事到如今，戴尔芬已经完全改变了对他的看法，开始在伊娃面前吹嘘他杰出的动手能力了。虽然修车并不像表演平衡那样让他心满意足，但他在摆弄机械方面确实有自己的窍门。他像对待孩子一样细心照料着迪索托，让它行驶起来极其顺畅，发出嗡嗡声，用他的话说，听着就像舔黄油碟子的猫咪一样满足。出发的前一天，为了让戴尔芬放心，他给伊娃引以为豪的棕色送货车免费进行了全面检查。这辆车车身锃亮，一侧写着：沃尔德沃格尔肉铺——选料考究，制作精良，来自旧世界的品质。

旧世界的品质。伊娃对这点最为骄傲，因为在这个新世界，确实买不到德国街头寻常可见的香肠，它们用最质朴的方式做成，却美味得无可挑剔。她很怀念这一点。她说，还有一些东西是在这里找不到的，比如杏仁蛋白糖、鲱鱼和调味恰到好处的泡菜，也没有很柔软的小圆面包、很厚实的羽绒被褥、很有光泽的毛皮和很黏稠的奶油。她这么说的时候，口气和小姑有点像。

不过，她也经常承认，他们不是无所不能的，不是什么都会做。他们只会做香肠。她经常和菲德利斯开玩笑，说为面包感到悲哀。他万里迢迢地来到这个国家，就是因为看到了一片面包，一片机器制作的面包，一片被漂洋过海寄过去以彰显美国令人惊叹的日常生活的面包。当然了，他也没有机会品尝那片被重点保护的面包。伊娃很看不上那东西——又薄又咸，还很容易碎，很难买到新鲜出炉的，就算碰巧买到了，放到中午就变硬了。这不是真正的面包——外皮软塌，内里坚硬。伊娃说，这种面包从里到外都是一种倒退，所以她总是自己做。如果做多了，就成条售卖，有时也会做些蛋糕和油酥点心，放在一个大玻璃罩下，罩子用一张浸透了醋的报纸擦得干净透亮。

无论命运让伊娃遭遇怎样的境况，她都能克服困难，并为此自豪，但无论她有多么神通广大，都无法保证肉铺在酷暑中依然按照以往的效率运转。热浪和干旱没有丝毫退去的意思，玻璃上蒙着水汽，柜台和地板上都黏着融化的油脂，滑腻腻的。对于戴尔芬来说，不管干什么都变得更困难了。晚上独自待在帐篷里，没有西普里安的陪伴，会有些孤独难熬。眼睁睁看着罗伊在河边自我毁灭的滋味则更加难受，现在还来了两个哥们陪他一起睡。戴尔芬觉得自己在户外很不安全，不敢堵住耳朵，怕有哪个酒鬼偷偷靠过来。于是她默默忍受着蚊虫的疯狂嗡鸣，直至睡意袭来，但就算睡过去，也总会不安地醒来。她觉得西普里安离开她，就是为了让她想念他。如果真是这样，那这一招的确奏效了，她很想他。他们就像一对老夫老妻，只不过青春的浪漫和激情持续了大概六个小时就结束了。为了能睡上一会儿，好在这种困难时期帮得上忙，戴尔芬每隔两三天就会在伊娃家的沙发上睡一晚。第二天她会早早醒来，趁气温还没升高，花两三个小时把屋里清洁一番。

这样从一大清早，戴尔芬就陪在她的好朋友身边，也得以目睹了伊娃忍受的痛苦。伊娃由于终日劳累，面色苍白，有时也不得不明确表示要躺一躺，休息一下，就躺一分钟。戴尔芬去查看她的情况时，发现她睡得很沉，好像昏了过去，让人不忍心把她叫醒。

不过，一两个小时后，她就会醒过来，又变得生龙活虎，重新开始忙碌。

每天，她们都要用漂白剂擦洗屠宰间的地板。冰箱的温度已经调到最低，但里面却依然温热，需要不时检查一下肉有没有腐烂。冷藏柜连上了一台轰鸣的发电机来供电，墙壁厚实的储藏室里满满当当都是他们最怕失去的东西。他们只购入极少的牛奶在店里出售，因为有时还没运到店里就变馊了。奶油也会变质，但伊娃会尽量培养好发酵的酸菌，在烹饪时用上。他们基本没存放黄油和猪油。天气依然无情地升温，到了酷热难耐的地步。男孩们晚上都只穿个裤衩，躺在屋顶上睡。伊娃也把床垫和床单拽了上去，和他们一起睡，菲德利斯则睡在楼下。

也许是想要做出和解的姿态，科兹卡家送给菲德利斯一只狗，但不是松狮犬，他们对那个品种早已失望透顶——霍屯督已经完全失控，到处胡作非为，它的后代也无一例外，不把主人放在眼里，诞下的幼犬全都要把买家咬上一口。科兹卡一家已经把兴趣转移到血统更为纯正的狗身上，送给菲德利斯的是一只精力旺盛的德国牧羊犬。这只狗整夜都在楼下的门厅和走廊里踱来踱去，白天都在满足地咀嚼大块的肉骨头。它一见到伊娃，就像见到了亲姐姐一样，立刻爱上了她。虽然大部分时间它都被拴在门外，但只要听到她从屋里走过，它就会把耳朵竖起来。伊娃一解开它的绳子，它就兴奋地跳来跳去，要么撒欢儿奔跑，要么跳跃出惊人的弧度。等它释放完幼犬活泼的天性后，就会庄重地走向伊娃，站在她身边。它不会为了残羹冷炙讨好她或热切地注视她，它是一只很有尊严的狗，将伊娃视为自己的同类。显然，它觉得伊娃是与它共同作战的战友和伙伴，一起负责保护缺心眼儿的绵羊和男人，让他们免于陷入危险。伊娃从不心不在焉地拍拍它就敷衍了事，而是会给它挠一挠它自己够不到的地方，甚至还会用旧毛刷梳开它身上打结的毛。戴尔芬望着伊娃注视狗的双眸的样子，听她轻轻给它哼歌，不禁对她心生敬佩。她之前从没见过谁会如此尊重一只狗。伊娃对这只动物的感情，还有她对待来店里的流浪汉和奇葩怪人，包括“一步半”在内的方式，都让戴尔芬确信伊娃身上具有不可多得的品质，也就越发爱她了。

每一天，等到天色暗下来，叶子被烈日炙干了水分，变得枯黄，四下里一片寂静，雨滴痛苦地悬挂在罩住整个天空的铁灰色幕布上，却纹丝不动。闷热无风，令人喘不过气。有些清晨，戴尔芬从罗伊家走去肉铺，等走进后门时，她已经汗流浃背。她会先洗把脸，再穿上无力地垂在门边的围裙。屋里的空气是停滞的，有股金属的腥味。清晨的露珠一瞬间就蒸发了。天气可能还会更热。如果天气突变，一定会是惊天动地的变化，戴尔芬用水桶接水时想，她不在乎到底怎么变——龙卷风也好，火山爆发也罢，哪怕飓风携着骤雨袭来，只要别再这样下去了就行。

她动手刮去地板上的腊，好再涂上一层新的。等她弄完，正打算开店，大汗涔涔的治安官霍克从湿热的空气中走了进来。

戴尔芬拧了下浸透氨水的抹布，把它搭在木桶一侧，心想，他要么带来了案子的新进展，要么就是想聊聊克拉丽丝。

"我们到屋外说是不是更好？"

店里暂时还是安静的。

"这里没人，"戴尔芬说，"你说吧！"

她说这话时，完全忘了伊娃的儿子马库斯也热得睡不着，早早就起来了。他正在柜台那头过账。他一声不吭，手里的铅笔在借款和赊欠下面的两列数字间来回移动。虽然他还很小，伊娃却已经让他帮着检查她做的账目，他也非常乐意。治安官的出现并未让戴尔芬感到不安，否则她一定会想到马库斯能听到他们交谈的所有内容。也许是因为天气太热，也许是因为并不慌张，她的头脑也迟钝起来，希望赶快说完了事。

霍克迅速点了点头，五官都挤在厚实的脂肪中。他从兜里的盒子里掏出一支削好的铅笔，把硬皮记事本翻过去一页。他的嘴唇像伺候权贵的高级妓女那样精致，像一朵含苞待放的花蕾。他说话时，让人很难将目光从他的嘴唇上移开，就像在看一朵会说话的玫瑰。他告诉戴尔芬，自己有几个问题，她表示愿意回答，于是他根据列好的问题挨个询问。这些问题都在意料之中，也算不上冒犯，主要跟她与罗伊、西普里安的生活有关。显然他们之间的回答没什么出入，因为他并未对她表示怀疑，直到问起黏在食品储藏室地板上的红珠子。

“你还记得吗？就在储藏室里？”

“当然记得。”封住地窖口的那层东西的质地让人很难忘怀，戴尔芬一直好奇是什么。

“那层东西太难铲了，我怀疑并不是什么胶。”

“我也这么想，”霍克特别严肃地说，“我已经送去国家实验室化验了。”

送去了哪门子的国家实验室？戴尔芬心想，但还是愿意迁就他一下。

“红珠子，是衣服上掉下来的？守灵时用的红珠子？”她尽职尽责地露出一脸迷惑的表情。

“就是这样。”

“你问过我爸爸吗？”

“他记不清了。”

“他……状态不太好。”戴尔芬说，小心地咳嗽了一下。

霍克治安官合起记事本，夹到胳膊底下，从玻璃罩里拿出一个伊娃做的甜甜圈。他庞大肥硕的身躯在酷热中显得更为笨重了，挪动起来都很累，衬衫也被后背和腋下的汗水打湿。他小口咬着甜甜圈，迷失于身体的不适和抽象的思考之中，然后问：“你父亲的威士忌是从哪儿弄来的？”

“我给他买的。”戴尔芬说。

“我说的不是你买的那些酒，”治安官说，“是他在地窖里存的那些。"

"我不清楚。"

"戴尔芬，你这就是在包庇他了，"霍克摇了摇头说，"我怀疑这个悲剧的关键就在于地窖里散落的那些空酒瓶。"

"我想是吧，"戴尔芬看到自己的诡计并未得逞，说道，"那可能是给'一步半'留的酒。她会拿去换家酿啤酒。"

治安官精明地点了点头，问："你父亲是查弗斯家的朋友吗？"

"嗯，你知道他是啊，和我一样清楚。"戴尔芬说。

"请正式回答一下。"治安官说。

"好吧，是的，他是。"

"他受到惊吓了吗？有没有很震惊？"

听到这个问题，戴尔芬一下子精神了，大概是因为可以好好回答一下了："你觉得呢？他得知死的是查弗斯一家人后，就像疯了一样。你真该瞧瞧他当时的样子。他把头上所剩无几的几撮可怜的头发都揪了下来，像个小孩一样在地上滚来滚去。哎，你也了解罗伊，他一直嚷嚷着以为这家人都去亚利桑那州了。我以为他们是，你懂的，去过冬了。"说到最后，戴尔芬的声音也变柔和了。

"他们被关在里面的时候，冬天都快过去了。"

菲德利斯低沉洪亮的声音突然从走廊里传来，将霍克治安官的注意力从戴尔芬身上引开，让她如释重负。方才，她突然为父亲感到焦虑，生怕他确实做了什么事，直接导致了地窖里命案的发生。虽然她已经问过他红珠子的事情，还不顾一切地逼他说出对三位死者的所有了解和能回忆起的一切，但她依然满腹狐疑。罗伊·瓦茨卡似乎和所有人一样，对于他们的死一头雾水，完全提供不出任何有价值的信息。

菲德利斯和治安官一起哼着歌，用和声丰富着它的旋律，往后院走去，大概是去喝一扎菲德利斯自酿的沁凉的黑啤酒了。戴尔芬也渴望痛饮一番。正当她弯下身去拧拖把时，她听到角落里传来纸页翻动的沙沙声和写字台旁椅子的嘎吱声。她直起身，刚好看到马库斯静静地放下账本，从桌前起身。

“你都听到了？”

马库斯扭过头，看着戴尔芬。他瘦削的脸颊最近被毒辣的阳光晒伤了，依然红彤彤的。他望着她，却一言不发。在这长久的沉默里，戴尔芬注视着马库斯，从他脸上清晰地看到了和伊娃如出一辙的刚毅。他是不会说的。后来戴尔芬回想起这一刻，才发现这孩子不知怎的，早已知道日后要发生的一切。他懂得未来，明白她为何而来，清楚她在他生命中的地位为何将发生翻天覆地的变化。他洞悉了一切，于是向她关上了心门，封闭了自己。

“你一定很聪明，”戴尔芬说，“才八岁，你妈妈就信任你帮她盘账。”

“我九岁了，账是她算的。”马库斯面无表情地说。

“但你确实聪明。”戴尔芬坚持道。他的冷漠对她来说是个挑战，但她希望他至少能承认听到了刚才的对话，只有这样，她才能让伊娃对他可能会问的问题有所准备，“你是个聪明孩子，一定明白治安官问我问题，只是为了调查真相。”

这时马库斯低头看向地板。

“我可什么都没干！”戴尔芬不假思索地脱口而出，把自己也吓了一跳。直到马库斯抬起头，用他那双完美融合了父母特征的蓝绿色眼睛盯着她，她才意识到地窖里的男孩正是他这个年纪，他们一定认识。

“你那个小伙伴，”戴尔芬朝他走了过去，放低了声音，轻柔地问，“叫什么名字？”

小家伙晒得通红的脸一下子变得煞白。他的反应也让戴尔芬吃了一惊。他的脸像一张白纸，眼神灼热。他挤了挤眼，激动而痛苦地开了口。

“露茜，”他用低沉沙哑的声音说，“露茜·查弗斯。”

然后他猛一转身，沿着长长的走廊飞快跑开了，伴着咚咚的脚步声消失在了院子里炙热的暑气中。戴尔芬呆立在原地，目瞪口呆。露茜！这是个女孩的名字。目前为止，她还未对这个新发现产生任何感受。为了回避脑子里的念头，她拿起刮刀，轻轻将地板上变黄或结块的旧蜡刮去，等她把白色方格擦得更白了，她感到一种麻木的满足，彩色方格上的污痕擦去后，则回归原本纯净的绿色。她更加专注地忙碌着，女孩的名字在她脑海中时隐时现。露茜。露茜。露茜的含义是“仁慈”，戴尔芬知道。但她的人生却没被赋予丝毫的仁慈。地窖里的孩子原来是个女孩，戴尔芬原本以为这一发现会给她带来重重一击，让她想象中的痛苦画面变得更加难以承受。但事实证明并非如此，这让她自己也很诧异。还没等她心中找到答案，地板就干了。

接下来，内心的推理让她惊讶，让她困惑，而后让她沮丧。她发现自己一直怀有一种信念，那就是女孩比男孩更加强大，更能承受痛苦，在遭遇如此猝不及防的天灾人祸时，也会更加坚强，也就无须那么多同情。小女孩面对这样的不幸，一定也会顺从命运的安排，会接受人生的终点悄然而至，就像睡过去了一样，只是再也无法睁开眼。奇怪的是，戴尔芬越是深入感受女孩的痛苦，越是左思右想，她为露茜·查弗斯感到的悲伤就越少。实际上，她更像是做了一场梦，梦到自己坐在那个地窖里，忍受着饥饿，而后是口渴的折磨，虚弱到神志昏迷，肢体僵硬。

最后，在母亲的怀抱中死去，她心想，母亲的怀抱啊！这时开始有顾客登门，戴尔芬换上了一件干净围裙。

一天的营业结束后，戴尔芬把挂在窗上的纸板翻了过来，从"营业中"变成了"暂停营业"。她又拖了遍地板，拖去了白天留下的脚印。她等待地板自然风干，然后专门用一只桶搅拌好地板蜡，用一把长刷子把地板刷了一遍，从后往前，刷得均匀而整齐。她一直刷到柜台旁，最后在门口放了个箱子，提醒孩子们不要去踩还没干透的蜡面。然后她从屋里退了出来，挂好围裙，匆匆告别，回到家里闷热的帐篷里，独自一人。第二天一早，在店铺开门前，她会回去再涂一层。等待地板风干的时候，她会和伊娃一起喝咖啡。然后在接待顾客的间隙，再用抹布进行最后的抛光和擦拭，为地板的清洁画上完美的句号。不过，这只是她原本的打算而已，最终也的确实现了，只不过花了几周的时间，在截然不同的情形下完成。

第二天上午，戴尔芬坐在厨房里，等待第二层蜡风干，屋外的滚滚热浪不断扑向墙壁。伊娃看了看地板，觉得已经焕然一新，这让她很开心。浓烈的土耳其咖啡下肚，戴尔芬满头大汗。她拿起伊娃放在桌上的水罐咕咚咕咚喝了起来，水顺着脖子流下来，她拿起干毛巾擦了擦。

"这里不太舒服，"伊娃几乎一整夜没合眼，正趁着清晨一丝凉爽的微风，做出一周要吃的面包，"我感觉不太好。"

她漫不经心地嘟囔了两句，戴尔芬也就没怎么留意，只是发出一声同情的叹息，仿佛也在可怜大热天给地板上蜡的自己。但伊娃又用同样的语气重复了一遍，好像不记得自己刚刚说过什么。"我感觉不太好。”伊娃低声说。她将胳膊肘撑在桌上，双手握住一只瓷杯。她一声不响，好像在从四周寻常的动静中辨别更轻微的声音或话语。这种沉默让戴尔芬担忧起来，警觉地望着伊娃。伊娃的眼睛直直地盯着杯子深处的油状液体。

“你说感觉不太好，是什么意思？”

“我的肚子，很胀很堵，”伊娃的上嘴唇上有汗珠在抖动，“一阵阵地疼。”

“是抽筋了吗？”戴尔芬问。

“不是那种疼，也有可能吧！”伊娃深深吸了一口气，然后憋了一会儿，缓缓呼出，好了些。她拿起戴尔芬的干毛巾，捂在了脸上，缓慢而用力地往下拽，好像要抹平所有的表情。她呼吸艰难地说：“和抽筋一样，我的月经没完全消失……时有时无。”

“也许你只是提前完经了？”

“我觉得是，”伊娃说，“我母亲……”接着她摇了摇头，挤出个夸张的笑脸，用一种尖厉的反常声音说：“我在这儿绝对不能哭，也不能抱怨！”

伊娃跳了起来，很不雅观地把身体往台面上撞了过去，然后快步走向烤箱，在厨房里急匆匆地走来走去，好像一直动下去就能战胜折磨她的病痛。有那么一会儿，她似乎又变回了那个镇定自若、无所不能的伊娃。她从烤箱里取出两大盘小圆面包，用一把刮铲利落地把它们从烤盘里全都铲出来。然后她将生面团挤进拇指和食指围成的圈里，把两个烤盘再次摆满，迅速塞回烤箱里继续烘烤。戴尔芬忧虑地看着她，然后放下了心。这一系列利落的动作没有透露任何虚弱的迹象。

“我去前边了，抛光地板，”戴尔芬说，“照现在这个气温看，肯定已经干了。”

“很好。”伊娃说。但当戴尔芬经过她身边，把咖啡杯放进灰色的皂石水槽里时，这位屠夫的妻子握住了戴尔芬的一只手。她轻轻说了句话，也许有些过于云淡风轻，让她的朋友在大热天里打了个寒战。

“带我去找医生。”

然后伊娃笑了笑，好像开了个天大的玩笑，紧接着就倒在了地板上，紧闭着双眼，一动不动。

菲德利斯早已出门，跟着一个农夫去看牲口了。戴尔芬从希奇大夫家回来了，也没有看到他。那时，她已经把伊娃安置在送货车的后座上，给她用过了吗啡，手里拿着一沓写着联系方式和可以做什么的医嘱。希奇大夫怒不可遏又痛心不已，打电话联系了诊所，和一位熟识的外科医生通了话，让他准备给一个名叫伊娃·沃尔德沃格尔的病人动手术。这位病人体内有一个直接压迫重要器官的肿瘤，如果不切除，不出几日就会死亡。

菲德利斯不在家，弗朗兹和两个最小的弟弟都去看球赛了，家里只有马库斯可以捎口信。

“我给你写张字条，”戴尔芬对他说，脚下放着他母亲的行李箱，“一定要保证交给你父亲。我现在带你母亲去医生那里。”

马库斯递给她一张纸，一不小心掉在地上，又捡了起来，他年幼柔软的手指第一次因为恐惧而变得笨拙。他冲着屋外的汽车跑去。戴尔芬后来在后座上发现了他，看到他在轻轻抚摸伊娃的头发。伊娃注射药物后，痛苦得到了很大缓解，正在轻轻喘息。她的表情平和放松，马库斯也就放了心。戴尔芬轻手轻脚地把他带走，担心伊娃会在孩子面前突然醒过来，再次感受到肉体的痛苦。从她现在掌握的情况来看，伊娃一直默默忍受着巨大的痛苦，已经长达几个月了。她的病情恶化得很快，命悬一线。希奇照看着伊娃的同时也忧心忡忡，因为他很喜欢她。他对自己的无能为力感到愤怒和绝望，只能不停责备她。

"你不该这么没脑子，早该来找我，"他一遍又一遍地说，"你早该来找我的。"

戴尔芬带着马库斯走进屋子，想去轻抚他的头发。这种生疏的温情让他退缩，猛地躲开了。当然了，对于他来说，这个动作也意味着母亲的状况已经十分严重。戴尔芬的手很快缩了回来，尽可能轻松平静地和他说话。马库斯的脸和脖子都涨得通红，没有看她，咕哝了几句她没听清的话就走开了。

戴尔芬写好了给菲德利斯的字条：

> 我已把伊娃送去城南的梅约诊所，希奇说那里有急诊。她今天早上晕倒了，是得了癌症。等店里的事安排好了，你可以找希奇问问情况，打听过去的路。如果能找到西普里安·拉扎尔的话，可以去找他，他可能在我爸爸屋外的帐篷里。拉扎尔人很好，可以帮上忙。

在开车驶向梅约诊所的路上，戴尔芬第一次听到了屠夫的歌声，但只是在自己的脑子里。她就像听留声机上的唱片那样，反复播放着安慰自己，同时把脚沉稳地放在油门上，冷静地看着时速表，把车速控制在 100 迈上下。眼前的世界变得模糊不清——田地像车轮的轮辐一样向后转去，房屋、奶牛、马和谷仓从眼前一闪而过。进城后，就是漫长的走走停停。一路上，她都一直在脑子里循环播放那首歌，那是前一天上午，菲德利斯在屠宰间唱的歌，歌声在污渍斑斑的混凝土墙壁间回响。当时她正被暑热折磨得奄奄一息，顾不上赞叹他令人振奋的男高音，所以他的演唱几乎没给她留下什么印象，现在她却听得真切而清晰。“思想是自由的。”他唱道，每个音符在墙壁间旋转，变得更为高昂，就像在一座雄伟教堂的美丽穹顶下回荡。谁能想到一个屠宰间也能拥有大教堂里那样神圣庄严的音响效果呢？菲德利斯正在练习男声合唱中他要唱的部分，是他之前在德国学会的，那时他还是屠夫大师合唱团的一员。

这首歌在戴尔芬的脑子里盘旋。她用自己掌握的那点下层社会用的德语，弄清楚了歌词：“思想是自由的，有谁可以捕捉到它，它飞一般掠过，如同黑夜的影子。”思想是自由的……如同黑夜的影子……田地里枯萎的庄稼一排排向后闪过，排气孔把炎热的空气吹得更热，风从摇下的车窗呼呼地灌进来。后来，雨点终于落了下来，戴尔芬依旧没有关车窗。她们飞速前进着，雨点像BB弹一样落在她一侧脸颊，打得她生疼。前方密集的雨点让她保持着警惕，她知道，身后的伊娃会不时发出声响。也许吗啡不仅缓和了她的疼痛，还让她松下了自我控制的那根弦儿，在裹着雨点噼里啪啦砸来的狂风中，戴尔芬听到了一声冰冷而凄厉的呻吟，大概就是伊娃喊出来的。那是一种像刹车时轮胎发出的摩擦声一样刺耳的尖叫，是一种她与痛苦搏斗、将其像动物一样摔到地上的低吼。

Chapter 6
花园月夜

去年夏季的旱灾中，有不少昆虫丧了命或被晒干，但它们在咽气前就已产下不计其数的卵，注定将在今年六月孵化出新生命。戴尔芬和伊娃一起坐在花园里破旧的椅子上，各自用双脚紧紧夹着一瓶菲德利斯自酿的黑土色啤酒。戴尔芬穿着件耐洗的连衣裙，系着围裙，伊娃则穿着睡裙，披着件轻薄的羊毛披肩。鼻涕虫都赤身裸体，黏糊糊的胶状身躯上伸出两对触角，和许多幼虫一起住在地上一层厚厚的覆盖物中，这些干草和碎报纸的混杂物，是伊娃盖在土上护根用的。但它们已把最柔嫩的枝叶和吐出的新苗从上到下基本全吃光了。伊娃发誓一定要把它们消灭干净。

“最后一顿大餐啦，”伊娃往馅饼盘里滴了几滴啤酒，指着她种的豆苗说，“这下它们的大限到了。”

啤酒刚从玻璃冷藏柜里拿出来，冰爽可口。冷藏柜是店里新装的，因为菲德利斯成了阿格斯首批获得酒水销售资格的商户。叮叮当当的门铃声不时从屋前传来，不断有零星的顾客来买一两样东西。现在是晚饭时间，没有专门来采购的顾客，弗朗兹就接待得了。伊娃又打开一瓶啤酒，咕咚咕咚喝了四分之一，然后往馅饼盘里又倒了些。盘子是她之前放平了埋在土里的。把啤酒的冰爽浪费在虫子身上，似乎太可惜了。

阳光透过牲畜围栏，斜斜照了过来，两个女人慢慢抿着瓶里浓烈苦涩的饮料。冷藏柜的锡制外壳散发着热气，她们能闻到去年蓝葡萄下架后被晒成褐色的葡萄藤的味道。

"我们干脆在这些东西身上撒点盐，杀死它们算了。"戴尔芬说，但转念一想，伊娃在世的日子已为数不多，还是可以让这些手无寸铁的生命死得轻松一些。她没再说什么，只是摸了摸伊娃的手。自从伊娃的病发作以来，菲德利斯为了支付医生的账单，每周都要屠宰两次牲口，夜以继日地勤苦劳作。因而围栏里的土壤富含粪便和恐惧，十分肥沃，被旺盛的生命力翻拱着，边缘已经钻出茂密的杂草，长势惊人，看起来就像要拽起裙摆那样，拔起自己的根，跳到围栏外去。而在这儿，戴尔芬呷着啤酒心想，生存空间就没有那么广阔。

戴尔芬断定，虽然伊娃做事一向井井有条，她的花园却反映了她这一天赋的对立面。和伊娃干净整洁的家中相比，这里完全是狂野杂乱的一片狼藉，堆满垃圾杂物。锅里刮下的残渣、茶叶渣、削下的黄瓜皮都倒在土里，草草掩埋一下，或只是随意堆在上面。在北达科他毒辣的阳光下，没什么东西不会腐烂。剩菜中的黄瓜、南瓜皮，甚至烂番茄的种子都分散在四处，自告奋勇地野蛮生长。她的应对方法就是不去应对，让一切顺其自然。有几棵苹果树就是从苹果核长起来的。在宰杀公牛后放血的水沟附近，繁茂的玫瑰从蓬勃滋蔓，开满过于饱满热烈的花朵，看起来有些凶险。伊娃最喜欢的花是金盏花，秋天时她会剪下花冠，把种子随意撒到花园的各个角落。现在空气中弥漫着金盏花叶子的浓烈气息。这里还有鸟，她喂燕麦给它们吃。

迄今为止，戴尔芬从没做过园艺，从未费心去吸引鸟类，也从未关注过已成为她朋友日常生活惯例的那套安排。自从她认识了伊娃·沃尔德沃格尔，再加上以前和西普里安东奔西走过，她开始明白女人只要多加用心，就能理顺男人视而不见的乱摊子。但即便如此，女人依然需要一片只属于自己的无拘无束的天地。而伊娃的天地就是这个花园，在这里，她可以恣意妄为。花园和杂草丛生的庭院会逐渐达到杂乱的巅峰，直至满坑满谷都是狂放不羁的葡萄藤和供鸟戏水的水盆，水盆都是火腿罐头的罐子做的，已经生了锈。伊娃的狗沙茨——那只白色牧羊犬会把其他狗以前埋在这儿的旧骨头挖出来，却拒绝重新埋好。戴尔芬觉得，等到秋天，地上的落叶枯萎，放眼望去，萧瑟的院子里四处散落着大腿骨、锁骨和骨关节，那幅景象一定阴森惊悚，就仿佛审判日即将来临，支离破碎的尸骨们全从地里钻出来，更换或交换下更合身的身体部件。在此之前，茂密的落叶会暂时掩盖住那只狗肆意创造的杰作。

戴尔芬原本就容易思忖命运，伊娃的病痛更是无时无刻不刺激着她的神经。死亡一直如影随形，让她忍不住惊叹，无论生命长短，任何人似乎都无法留下生活过的痕迹。人生是一场弥足珍贵的英勇壮举，在她看来，就像西普里安表演平衡一样奇异，像一场鼻涕虫盛宴一样怪诞。

伊娃弯下身，用小铲子挖出一个坑，然后把还剩四分之一酒液的酒瓶塞进去填紧，设置成诱捕鼻涕虫的陷阱。“死得痛快些吧！”她怂恿道。戴尔芬也把她那瓶喝完四分之三的啤酒递给她。伊娃把它插在一个南瓜坡下，到了秋天，南瓜就会称霸整座花园，但那时她就看不到了。笨重矮胖的大南瓜会从大片绿叶下咕噜噜地滚出来。戴尔芬会把这些疙疙瘩瘩、参差不齐的圆滚滚的家伙收割下来，堆在后门旁，用干草捆扎好。此刻，伊娃坐在用帆布带子交叉编织的椅子上，又用叉子打开一瓶酒。今天是个好日子，对她来说，是个非常好的日子。

太阳的余晖很温暖，微风足以吹得鹿虻和蚊子无法近身。戴尔芬感觉头在脖子上方开始膨胀，晕乎乎，却又轻飘飘，就像只气球。花茎草叶绿油油的，整个花园一片勃勃生机。在戴尔芬勤劳的浇灌下，一丈红的花蕾膨大粗壮，轻柔地碰撞着伊娃家的墙壁。她种的耧斗菜也蔓生出结构复杂的穗状花序，花丛茂盛浓密。空气中弥漫着黄色金盏花的浓烈气息。戴尔芬默默地想，为什么生活就不能像植物一样欣欣向荣，渐入佳境？

“没什么希望了，”伊娃说，就像听到了好友方才的想法，“真该死，实在太多了，还都那么笨，连酒瓶都找不到。”

行迹隐秘的幼虫悄无声息地爬上叶子，几乎是半透明的，不太像有生命的活物，而像点点滴滴的胶状液体。它们胃口惊人。一些叶子只剩下坚韧的叶脉，呈现网状轮廓。伊娃的花园没在它们嘴下全军覆没，仅仅因为物种过于丰富，任凭它们狼吞虎咽都无法吞噬殆尽。不过，眼前在草地边缘、石块和排水管底下、排水瓦筒里都有蛇在蠕动。它们的身躯宛若黑丝带，缠绕着一圈圈亮橙色和透绿色花纹，腹部就像融化的黄油，呈浅金色。戴尔芬感觉自己听到过它们在炙热的大地缝隙中钻进钻出，也知道它们在闷热的麦秆和干草堆下伸展身体。它们随处可见，以小鼻涕虫为食。一只癞蛤蟆忽然跳入逐渐暗淡的日光下，眨着老妇人一样四周布满皱纹的眼睛。

“我该走了。”戴尔芬说，但她还是坐在伊娃身边，直到黄昏过后，夜色慢慢升起。两人似乎都很清楚，在接下来的几周，她们的生活都不会平静，而在担惊受怕的夜里，她们不会忘记今天的情景，不会忘记四周如何融为一片蓝色，不会忘记几乎让人看不见也看不见人的飞蛾，在院子另一头振翅拍打着灯罩。桶里燃烧的香茅和插在头发里的罗勒枝叶保护她们免受蚊虫骚扰，罗勒是伊娃在院子里掐下来的。她穿着一双很薄的皮凉鞋，脚很凉爽，戴尔芬的脚则紧紧抓着潮湿发臭的地面。

在宁静的夜里，戴尔芬通常在下班后，会先安顿好伊娃，再回到和西普里安、罗伊一起住的房子里。她会心无旁骛地看本书，或做些美食来放松放松，或捣鼓一下屋里需要修补的物件。但今晚，她好像换了个人，丝毫没有动弹。夜色越来越深，越来越浓，将两人紧紧包裹，她静静等待着酒意缓缓退去。她们都一声不响，没发生什么事需要讨论。等到最后，所有酒瓶都埋入了地下。她们也未等待什么特别的事发生。时间一分一秒过去，她们依然没有离开。除了戴尔芬想象了一下尸骨在土地上蹒跚前行的情景外，她们的脑子都空空如也。狗在伊娃脚下酣睡，发出低沉的鼾声。戴尔芬闭上了眼。

她闭着眼，头脑却很警觉，开启了所有感官。她感觉身边万事万物的诞生和毁灭都在弹指一挥间，而在她目不能至也力不能及的世界里，又该有多少被忽略的感受？就像她听不到，也看不到，血液正悄无声息地流经她的手和脚，让她像一艘抛锚的船在此地停泊一样。她为此感到开心，此刻的光线那么微弱，夜色那么浓重，她可以像一艘赤裸的小船，悄然漂远，再也不会回来，只留下条皱巴巴的裙子。

“我希望我读到的是真的，说人的精神可以留在原地，会用眼睛看，用大脑理解。”

她听到了伊娃的声音。

戴尔芬有时觉得，其实她这位朋友并不在乎自己是否会变成什么动物或植物，不在乎她的心脏是否会在大自然的生物链中循环往复，也不在乎她曾经的所思所想、在杀的猪和宰的羊身上花费的心血是否会付诸东流。伊娃在面对死亡时，一直表现了一种漫不经心的轻蔑和嘲弄，但刚才那句话却实实在在流露了她从未表现过的恐惧，或是一种渴望。她的话让戴尔芬的心立刻被深切的悲伤击中了。

“你的精神不会消失，”戴尔芬尽量轻描淡写地说，“所以你也是，会在那里轻轻弹着竖琴，俯视着人间愚蠢的人类。”

“我是不可能弹竖琴的，”伊娃说，“我觉得他们会给我一支该死的卡祖笛。”

“给我留朵云彩，等我去和你合奏一曲。”戴尔芬说。

“就这么说定了，”伊娃说，“记得带上你英俊的丈夫。你觉得你能说服他吗？”

她们捧腹大笑起来，笑得流出了眼泪，然后倒吸一口气，又一下子安静了。很久以来，她们都假装相信，有那么个荒唐可笑的天堂存在，并向彼此承诺，要在那里绿草茵茵的山坡上重逢。

罗伊·瓦茨卡是个让人难以忍受的酒鬼，这一点千真万确，镇上却没人讨厌他，主要有那么几个原因：其一，他“破罐子破摔”是由于痛失爱妻。他反复声称，自己爱她爱到自我毁灭的地步，触发了不少女性心中的某种本能反应，使他在家里揭不开锅时总能轻易获得施舍和同情，有的甚至还专门给他做午饭——猪肉三明治或凉豆子，小心包好给他，欣慰地看着他狼吞虎咽的模样；其二，罗伊·瓦茨卡在难得清醒的稀有时间里，是个干体力活儿的好把式。他会竭尽全力，把农活儿干得利落漂亮，还乐在其中。他会挤奶、扎畜栏、摞干草，纯粹出于精神上的愧疚，有时给别人免费帮忙是为了让下顿酒有保障，但也是为了让他们意识到他自有其慷慨大方的方式。而且无论他清醒与否，好故事随时都能脱口而出，大家也很爱听。再加上他并不是个自私刻薄或乱发脾气的酒鬼，虽然大家都很清楚他让戴尔芬承受了一个女儿本不该承受的很多东西，但他确实很爱她。

伊娃就很喜欢他，至少说是同情他。她是那种每次看到罗伊出现在厨房门口，都会给他一顿饱饭吃的人。现在她遇上了麻烦，罗伊在肉铺露面的原因也不同了。他几乎每天下午都来，有时流着杜松子味的汗水，臭烘烘的，但只要人一到，就什么活儿都干，拼了命地干。他会把户外厕所挪到他新挖的坑上，会铲埋牲口内脏，走之前还会陪伊娃坐一会儿，给她讲些年轻时采金矿的疯狂故事，或描述他是怎么训练宠物猪看书、他认识的一个真狼人、把人变成狼人的咒语、花朵的拉丁语名字和起源地、一些美酒佳酿的制作方法，以及法国人怎么处理酒糟等。有时看着他眉飞色舞地滔滔不绝，可以如此娴熟地从酒精上分神，戴尔芬既欣慰又恼怒。她知道他肚子里有取之不尽的奇闻逸事，但是从哪里来的呢？他自称是在酒吧听来的，再就是从家里那本破旧不堪的词典上看来的，那曾是家里唯一一本书，后来戴尔芬长大后才自己买其他书看。然而，虽然她从小到大都跟在他屁股后头，收拾他闯下的烂摊子，他却从没像这样坐下来和她说说话。这样的他端庄而亲切，真诚友善地想让对方分分心，高兴一下。最可怕的是，这样的他差点儿就让戴尔芬相信，他并非无药可救。

嘅嘴曼海姆最近深深迷恋上了飞行。他买了一架“詹妮”飞机，是战后的军用剩余物资，一有空就摆弄它的发动机，或者练习翻转、俯冲和花式特技。他喜欢低空掠过肉铺，冲底下的男孩们招手。菲德利斯已准许他在屋后的平坦空地上降落。每次他一落地，弗朗兹都会把围裙一扔，像支离弦的箭一样冲到屋外，趁着曼海姆走下飞机，进屋和大家打招呼的工夫，爬进驾驶员座舱。当曼海姆和他父亲交谈时，他也不会做什么特别的事，只是用手抚摸一遍飞机的操纵装置，翻看一下看起来很正式的飞行日志，曼海姆在上面记录了航程、燃料情况和飞行时间等。等曼海姆回来后，弗朗兹就急不可耐又兴致勃勃地按照自己的想象，扮作地勤人员，转动螺旋桨，大喊“请勿靠近”。飞机滑跑加速后晃晃悠悠的样子让弗朗兹心潮澎湃，连他自己都无法理解这种激动。他是个矜持的男孩，但每次飞机开始滑行，他都会跟在后面奔跑，一边跑一边喊，等飞机离开地面，就把帽子朝它的方向扔去。当他望着飞机似乎不太稳固的轮子颤颤巍巍地离开地面，跟他之间的距离越拉越远，这样的瞬间总有一种魔力，让他目眩神迷。那是一种说不清道不明的感觉，用父亲、母亲或同学的语言都无法描述得清；那是一种身体难以承受的压力的尽情释放，惊人得难以言表，让他几乎热泪盈眶。

曼海姆在空中消失后，弗朗兹会在原地呆呆站上一会儿，默默平复情绪，鼓起勇气去面对他人。他觉得自己看到飞机离地时的那种感受，母亲是唯一一个能稍微理解一点的人。自从生病后，她变成了一个心怀感恩的倾听者。有时曼海姆飞走后，他会在她身边坐很久，滔滔不绝地讲述和飞机有关的一切，和其他人就不会如此，他会和她念叨飞机的种类和型号，它们之间的差别、各自的优缺点、从报纸和杂志上收集来的各种细节。他有一摞报纸，从上面小心剪下插图，贴在床四周的墙壁上。其中有一架“福克 E 型单翼战斗机”精细而优美的特写，机翼和机尾上都有黑色十字标志；有“里尔之鹰”殷麦曼和“王牌中的王牌”里肯巴克模糊不清的照片；有最近的新闻报道中出现的查尔斯·林白和英国皇家空军的徽章、勋章的照片。墙上还挂着他自制的横幅，写着“小心阳光下的德国兵”，还有他煞费苦心抄写的诗歌——《年轻的飞行员》。他还画了架时兴的法国“纽波特”11战斗机，飞行员头顶上方安装着机关枪，机身上画着尖叫的印第安酋长。他的最爱是德国“信天翁”系列战斗机，有一个大红鼻子、一颗桃心和固定的黑十字标志。他还用纸板和别针做了个“索普威思骆驼”战斗机的模型，用从学校偷偷拿回来的蜡笔在机身上小心翼翼地涂上红白蓝三色靶心。伊娃给过他一本很大的剪贴簿，他在里面贴着和花式飞行表演有关的新闻和图片，都是从报纸或传单上剪下来的。他会在她坐立难安时，把上面描述的绝活和特技念给她听。一天下午，他坐在她身边，她忽然问他：“你觉得那是种什么感觉，我是说，俯视着云海？”

“噢，这个我可以告诉你，”弗朗兹说，“就像可以踩上去，还能弹起来。”

她用怀疑的目光注视着他，却又为他这个独特的想法感到骄傲。也就是在这时，他忽然萌生一个念头——一定要带母亲去天上看看。

“我要带你飞上天空。”他立刻向她宣布。她听到后，脸上闪过一种惊讶的喜悦，让他更加确信要把这个愿望实现。

他已经打算好了，虽然菲德利斯禁止曼海姆带他上天，但只能让他来驾驶。这次情况特殊，背负着神圣的使命，带母亲飞上蓝天的冲动很快就转化为一个迫切而庄重的承诺，他凝望着伊娃，心想，有些事情就是无论如何都要实现。她必须飞上蓝天，他必须陪伴在侧，只不过不会俯视云海罢了。他怀揣着这个坚定的信念进入梦乡。第二天，在父亲身边干活时，他满脑子想的只有如何说服曼海姆同意他的请求。

平时，曼海姆都把飞机停放在镇北一个谷仓里，从弗朗兹家过去要走很长一段路。弗朗兹不知道他下次什么时候才会碰巧路过，必须找个理由马上去找他。他之所以觉得这件事刻不容缓，不过是出于一种直觉，而不是预料母亲很快就会奄奄一息。虽然玛兹琳·希梅克的自行车是女式的，他只能把脚蹬蹬得飞快，但还是借了过来。他向曼海姆表明自己的打算时，感受到一种强迫式的坚定，忍不住用手比画着，说话的声调也不自觉地升高，甚至在曼海姆缓缓走进谷仓取一件要用的工具时，都在不断地纠缠和恳求他。

"她病了。"曼海姆终于开口说，用手摩挲着他红苹果般又圆又亮的下巴。

"所以才要这么做。"弗朗兹说。

"菲德利斯不会同意的。"曼海姆说。

"所以你不能告诉他。"弗朗兹说。

虽然曼海姆不是个多么体贴周到的人，甚至眼中只有自己，对其他大部分人都漠不关心，对自己的母亲也鲜有深情，但还是被弗朗兹打动了。他一边仔细考虑着，一边检查着操控装置，拧紧设备螺母，补好机身上一块油漆，然后就答应了他。

等到菲德利斯出门送货那天，曼海姆早早把飞机停在了肉铺后的空地上。屋外已经升温，天空格外蓝，却又不是那种预示着沙尘暴即将来临的带有金属质感的沉重蓝色。今天算最近一段时间里天气温和的一天，草地和树叶上仍存留着一丝转瞬即逝的清新，那是清晨露珠的味道。弗朗兹跑进母亲的房间，平复了一下心情，碰了碰她的胳膊。她早就醒了，还专门为今日的旅行换了件衣服，是件轻薄的白色便服，上面缀满盛放的玫瑰，有些是粉色，有些花瓣的折痕是更深的红色。衣服的褶层布满精美的绿叶，笼罩着柔和的绿光。接受治疗以来，她的头发脱落了很多，只剩下些细短蓬松的发卷。他注意到，她用手颤抖着涂了层薄薄的唇膏，还用香甜的紫丁香花水漱了漱口。有时她呼出的气息让人悲伤，像是地窖里的腐烂味道，她说那是身体内部的变化所致，让她很是烦恼，她是个那么爱干净的人。弗朗兹望着她，心想，她的眼睛真漂亮，在瘦削苍白的脸庞上闪烁着绿色的光彩。

“妈妈，”他有些害羞却又自豪地说，“你的飞机到了。”

“快帮帮我。”她用德语说，热切地朝他转过身。他帮她把腿伸直，扶她在床边坐起来。她往脑后理了理头发，无力地站起来，将双脚依次踩进有系带的棕色皮鞋里。她深深吸了口气，好让自己更有力量，也按捺下激动的心情。另外几个孩子都在屋前的店铺里，和戴尔芬在一起。他已说服戴尔芬加入这个计划，让她答应负责转移孩子们的注意力，好让他们俩有足够时间从屋里走出来，坐上曼海姆的飞机。伊娃站在弗朗兹身边，想要正常迈步，脚步却踉踉跄跄。他们刚刚走到侧院，他就让她停住了。

他把胳膊一挥，直接把她抱了起来，走到屋外的空地。她惊讶地笑起来，搂住他的脖子，心想，我的儿子啊，我的宝贝儿子。登上飞机后，他小心翼翼地把她放在飞行员身后的座位上。她想到了他的亲生父亲约翰尼斯，意识到他们相识时，他也不过是弗朗兹现在这个年纪。一想到那个曾经从她生命中经过的男孩，悲伤立刻穿透心底，再想到他去世后发生的这一切，一定会让他大吃一惊。由此，她不禁又想到天堂，如果她的牧师承诺的一切都是真的，那会是怎样一番景象？约翰尼斯真的会站在天堂，在另一个世界，和她过世的亲人一起迎接她的到来吗？那时他会是什么年纪？见到他后，她会说些什么？等以后菲德利斯也来了，又会发生些什么？那时她应该和谁在一起？

这个问题确实把克拉伦斯神父难住了，伊娃很享受这种动摇他信心的感觉。曼海姆爬上前排驾驶座时，伊娃正开心地笑着，任由阳光洒满整张脸。弗朗兹用力旋转起螺旋桨，等发动机开始轰鸣，飞机像一只落水狗一样抖动了几下，他赶紧跳进伊娃身边的座位，搂住她的腰。

“你扶好她了吗？”曼海姆大喊。

“扶好了！”

这个庞然大物猛地向前冲去，仓促地颠簸了几下，经过一阵急切的加速后，跃入空中。弗朗兹张着嘴巴，里面灌满了风，任由这个瞬间在心里渐渐膨胀。然后，他飞了起来——生平第一次，还搂着母亲的腰。经过一个坡度大得貌似不可能实现的爬升后，他们升入了空中，忘记了呼吸。曼海姆把飞机稳定下来，开始朝正西方水平飞行，将太阳甩在身后。他打算沿着河边飞，也许能惊扰出几只苍鹭和鱼鹰，让伊娃看看。昨晚在盘算这趟旅程时，他就想好了，若能给一位濒临人生终点的母亲带来快乐，也就让他从某种意义上成了个英雄。日后，在面对菲德利斯时，他会将其解释为某种使命。虽然他还没想清楚具体该怎么说，但他想象了一下落地后伊娃脸上的红晕和显著改善的精神，就确信菲德利斯一定也会很开心。其实，曼海姆的思绪飘得更远，甚至想象这趟飞行还有可能让伊娃痊愈。这样的奇迹并非没有先例，他对飞行的力量就是有这样强大的信念。

也许弗朗兹也有类似的信念。当他们一路轰鸣着从闪闪发光的像条灰蛇一样的河流上空掠过，他搂着身边的母亲，风拍打着脸上的肌肤，尽情想象着这阵风将他们冲刷干净，拂去所有尘埃。他们又升得更高，河流就变成一条水银般的细线，两岸布满灰尘的绿树冒着白雾，公路变成道道黑线，交叉穿过久旱干裂的土地。他们在热气流间颠簸着，到河流转弯的地方便慢慢掉头，拐了个U形弯，然后俯冲到一个农场上空，曼海姆认识那里的人。他们看了能看的一切，一直飞啊飞，直到曼海姆大喊燃料不多了，必须返回空地着陆。伊娃一直期盼着这次飞行，希望飞上天后的兴奋和激动可以驱散她的痛楚。然而，她这个希望落空了——从某些方面说，她的痛苦更强烈了，但那也是因为她的喜悦更强烈了。就像她后来告诉戴尔芬的那样，那种喜悦并不只是身体在天空中的喜悦，还有精神上的喜悦。

他们落地后，弗朗兹把她抱回床上，伊娃仿佛看到整个人生如电影般从眼前掠过。她倚着枕头，半靠半躺着，小口喝着水，因强烈的喜悦和痛苦而浑身颤抖。

“在天上时，我的脑子贪婪地呼吸新鲜空气，”她告诉戴尔芬，“许多激烈的念头很快闪过，我看到了一些东西。”

“看到了什么？”

“打个比方，”伊娃说，“阿格斯这个地方只是一个点，我们也都是一个个点，是散布在大点上的小点。这不重要。总之，我们这些渺小的尘埃都在靠自己的力量飞行，而不是被风吹上去的！这能让你明白什么？”

她抓住戴尔芬的胳膊，手掌依然很有劲儿。戴尔芬摇了摇头，问：“什么？”

“有个计划，很大的计划，比所有该死的规则都要大。我一直有这种感觉。它超越了教堂里的蜡烛，超越了忏悔室，超越了‘神圣的主’，”她在胸前画了个十字，“我不知道是什么，但是很大，比这一切都大得多。”

紧接着，她让戴尔芬把所有孩子都叫进房间，也告诉他们自己目睹到一些让人非常欣慰的东西，不见得一定和教堂有关，也不一定和领受圣餐或得到主教的认可有关。

“你们现在可以做这些事，这都无关紧要，”她急切地说，“如果你们需要做，那就去做。但我告诉你们，那个计划要更加宏大，包括那一切背后的奥秘，而这些事都渺小得不值一提，还不如小指甲盖那么大。”伊娃伸出小指，举在他们眼前。她的眼神有些呆滞，闪烁着危险的翠绿色光彩。“如果我死了，不要太放在心上，”她劝告他们，“死亡只是我们无法想象的那个宏大概念的一部分。我们的头脑才刚刚开始探索伟大，去了解飞行这样的事。那接下来呢？你们会看到的，你们会发现母亲也是这个整体的一部分。我由其他事物构成，其他事物也由我构成。没有什么能让我消失，因为我已经包含在这个整体中了。”

此刻，她的脸颊呈现玫瑰粉色，正是曼海姆想象他的飞行会激发出的那种色泽。她喝了一大口水，咳了几下，突然闭上了眼。片刻过后，弗朗兹惊恐而好奇地走上前，摸了摸她的脸。“她睡着了。”弗朗兹说，手指触碰着她的嘴唇。他轻手轻脚地带着弟弟们走了出去。戴尔芬站在门口，心想：如果刚才她就那样死去，那真是戏剧设计里完美的一幕。也许，连伊娃自己也这么想，但她控制住了自己，明白如果自己刚下飞机就离开人间，会让弗朗兹惹上麻烦。

“孩子们都在果园里玩呢，男人们都有点醉了。”戴尔芬向伊娃汇报。伊娃虚弱地笑了笑，挣扎着想用手肘撑起身体。戴尔芬扶她坐起来，望向窗外。然后她仿佛已耗尽所有力气般向后倒去，点了点头。两个女人可以听到窗外男人们的歌声，正磕磕绊绊地唱一组爱国歌曲，一首接一首。霍克治安官尤其擅长演唱《星条旗永不落》的高音部分。他的声音就像又薄又尖的玻璃碎片，怪异地划破明亮而热烈的空气，让戴尔芬不寒而栗。

“男人都太傻了，”伊娃轻轻地说，“他们以为把‘艾维克利尔’谷物酒藏在醋栗丛里，我们就看不到了，还觉得这招很聪明。”

虽然伊娃在人间逗留的最后时光如梦魇般可怕，她却拒绝在疾病的折磨下死去，甚至更情愿以一种莫名滑稽的方式承受痛苦。有时她会用一种异常的声音嘲笑自己的痛苦，拿她的状况开玩笑，而且随着人生终点越来越临近，这种情况就越频繁。后来戴尔芬回想起来，才觉得买毛丝鼠这个行为就是她的状况急转直下的征兆。一天她突然下床，偷偷开着送货的卡车去了一个神经质的古怪老太婆的农场，带着这堆动物回来了。现在往窗外看去，越过在晾衣绳下喝酒的男人，就能看到这些皮毛丰厚的小东西在做工粗糙的笼子里气喘吁吁，缓缓散发着臭味。

戴尔芬坐在她朋友身边。这是厨房旁的一间小屋，储存了大量密封罐头，是伊娃向菲德利斯提出把她的床安置在这里的。这个房间有一扇大小适中的窗户，正对着后院，这就是她希望在这个逼仄的地方死去的原因。从这里向外望，她可以看到儿子们实施她开启的“毛丝鼠养殖致富计划”。他们回收利用别人废弃的鸡笼子，用铁丝网重新打造了鼠笼，还把废木材敲敲打打，做成巢箱。现在戴尔芬突然明白，这是转移注意力的一种方式。她看着她的朋友不知不觉地打着盹儿，这才意识到，那些长得像兔子的古怪东西是把孩子们的注意力从他们奄奄一息的母亲身上转移开的明智选择。

国庆节那天，他们中午就闭店了。整个镇上的人都在庆祝节日。菲德利斯把旧桌椅搬出去，摆上啤酒肠、夏令香肠、西瓜和几碗饼干。瓶装啤酒在番茄架下的冰桶里冒着汗珠，这是他们喝完高度酒后的饮料。伊娃早就知道他们把酒藏在哪里，所以看着他们偷偷摸摸地把胳膊伸进醋栗丛，猛地拔出酒瓶，鬼鬼祟祟地冲屋里看一眼，再把酒瓶对准嘴唇，会觉得很有趣。就连菲德利斯这样强大沉稳的人都表现得像个犯了错的小孩。

戴尔芬望着西普里安慢悠悠地穿过摇摇欲坠的后门。他笑容满面，把带来的礼物放在了香肠旁边。那是一瓶陈年威士忌，大概是最近一次跨国之行带回来的。之前菲德利斯和戴尔芬在梅约诊所看医生时，西普里安帮着照看了一周店铺。打那以后，他就偶尔过来坐一坐。他把店里照看得不错，也没有遗失任何东西，所以菲德利斯想雇他为正式员工，但西普里安拒绝了，说屠宰业不适合自己，他在战场上看过太多血腥和尸体。无论原因为何，他都更擅长贩点私酒，而且他告诉戴尔芬，那样挣得也更多，何乐而不为呢？不过，既然那辆车他有一半所有权，再加上他毕竟是个成年人了，她又能拿他怎么样呢？

虽然他嗓音平平，是略带嘶哑的男中音，但也加入了合唱团。他把自己正儿八经地打扮成一个经常外出的销售员的形象，甚至还有假装兜售的商品的样品——梳子、地板刷、长柄刷、土豆刷，都藏在车里，以应付边境督查员的检查和邻居们的询问。有时，他们还真会找他买些刷子。但他主要从犯人那里挣钱，那都是些明尼阿波利斯市界外的危险人物。戴尔芬不太喜欢他这样冒险，更受不了他兜售酒这种让她深恶痛绝的东西。不过，他本人并不怎么喝，怕影响自己的平衡技能，而且依然间或在旅途之间坚持练习平衡，她也就由他去了。更何况，她还忙着照顾伊娃，已经自顾不暇。

伊娃已经没救了，他们早就接受了这一点。她做完手术后的首次治疗，就是往她的子宫里插入数个中空的金属弹壳，由镍合金铸造，里面放着镭。伊娃住院的那几周，那些金属管就不断被拿出来，重新填满后再放回去。等出院回到家，她闻起来就像烧焦了的红烧肉。

“我身上有烧煳的味道，”她说，“就像做饭把锅烧煳了。去药店买些丁香吧！”戴尔芬还买来一大瓶紫丁香花水给她擦洗身体，却起不了多大作用。接连很多天，她都排泄出木炭一样的血块，但那股烧焦的味道依然没有散去。治疗也没起什么作用，癌细胞还是扩散了。现在，希奇大夫每个月都给她进行镭锭治疗，用的是24克拉重的长金针，针尖裹着铱合金。他会用一把医用镊子夹着针，插进新的肿瘤里，以免烫伤手指。这些治疗都是周日在他的办公室里进行。他们会用带子把伊娃的手脚绑在治疗床上，在插针前先用乙醚将她麻醉，等她醒来后，再用吗啡进行皮下注射。希奇大夫给她治疗时，总在生自己的气，生怕没有效果，会低声咒骂着离开房间。戴尔芬会留在她身边，因为那些针必须在她身体里放置六个小时。它们的针孔里都穿着上过蜡的黑绳子，就像轮辐式的车轮，在她胃里翻滚。

“我现在成了个该死的针垫了。”一次伊娃这样说着，缓缓醒了过来，然后又跌入焦躁不安的梦境。戴尔芬时而看书，时而打盹，时而织毛衣，毕竟无法一直看书。这一切仿佛昨日重现，就像又看到了儿时那些酒鬼和邻居。她再次目睹沉甸甸的苦难，却爱莫能助。这一次，她的身体依然想去分担这份痛苦——针插进去时，她的腹部也一阵阵刺痛，甚至在注射吗啡时流出同情的汗水。当伊娃排泄出木炭一样的血肉时，她的身体也伴随着一种冷酷的沉重。她有时实在受不了这样单调乏味、没完没了的疼痛，想要永远躺下，一了百了。但她还是咬咬牙坚持了下去，从没放弃过，从没表露让人悲伤的痛苦。现在，她正朝屋里走去，说着每天都向上帝祈祷的话，每一句都最符合当下的心情。

“我要把口水啐到你眼里。”

她的咒骂并不严重，完全无法将她的深刻感受表达千万分之一，但至少她不虚伪。她为什么还要假装祈祷？那是小姑才会干的事——她已经召集起一帮虔诚的路德会女教徒，每隔几天都会找个下午现身，用她们那一套折磨一个天主教徒。伊娃已经虚弱到无力把她们赶走，戴尔芬试过，但她的地位要低小姑一等，难度就很大，只能使用其他的迂回策略，千方百计地阻止她们像一群土耳其秃鹰一样挤在床边，围成一圈，将瘦骨嶙峋的爪子按压在一起，幸灾乐祸地祈祷，仿佛在吸食伊娃的膏血。即便现在伊娃正在睡觉，戴尔芬也忍不住考虑，是否应该烤一个糖蛋糕，以防那帮装腔作势的人不请自来。其实她最有效的策略就是用食物塞住她们的嘴，因为她们一旦得知厨房里有吃的，很快就会鱼贯而出。她们吞食了伊娃的痛苦和她最拿手的林茨果酱夹心大圆蛋糕之后，嘴上还沾着蛋糕碎屑的小姑，就会带着她们浩浩荡荡地离开。现在这个蛋糕只能由伊娃指导着戴尔芬进行，一次完成一小步。

戴尔芬看了看窗外，今天风和日丽，一定能吸引小姑出门，不过戴尔芬倒是希望她和她的帮凶们能把她们的伪善和假虔诚用在别处，哪怕去大街上分发土豆沙拉，或去一些公共机构切西瓜都行。男人们的交谈声此起彼伏，他们不断说着大话，其间夹杂着笑声，在争论政府犯下的暴行时不苟言笑，有时又陷入一片沉默，甚至神情恍惚，盯着伊娃花园里乱糟糟的灌木丛出神，陷入沉思般一脸茫然。菲德利斯一如既往地主导着聚会，轻轻刺激着男人们讲出更冒险的故事，或向他们发起挑战，展现各自的力量。

阳光透过窗户静静洒进厨房。戴尔芬切了块冻黄油，放进面粉里，准备揉成油酥面团。她决定为国庆节的晚餐准备些馅饼，男人们喝酒时肯定需要搭配点吃食。锅里正煮着土豆，她还做了一瓦罐豆子，加了芥末酱、红糖和赤糖浆，当然还有吃不完的香肠。戴尔芬捏了一撮盐，放进面团里，在油棉布上揉好，放进冷藏柜。然后开始准备水果，把黄绿色的食用大黄切成月牙状的薄片，再切去最硬的玫瑰色外皮。时间快到了，她心想，快到了。她一直惦记着伊娃。现在她计量时间的单位变成了一剂鸦片酒起效的长度，也就是一杯加了丁香和肉桂调味的鸦片酒，或是一剂力度更强的吗啡，希奇大夫已经教会她如何给伊娃注射，但要掌握好用量，不能太多，否则到了最后，他说，就算吗啡也会失效。

他还教她如何调配马让迪配方的药水，以防止真菌感染。这会儿，她听到伊娃搅拌杯子的声音，立刻放下手里的活儿，开始烧水，准备消毒皮下注射器。前天晚上，她准备好了一个小药瓶，放在冷藏柜里，好按照 1:30 的比例稀释成溶液。希奇说她给伊娃注射的技术，已经比任何一位护士都要好。其实她很讨厌打针，甚至称得上深恶痛绝，所以这个夸奖更是让她自豪。她灌满注射器，给伊娃打针时，感觉针尖插入的仿佛是自己的身体，浑身难受，整个身体都被掏空。她无须问，就知道何时该注射。判断依据并非时间间隔的长短，而是伊娃神志清醒时眼神中流露的痛苦。她会皱紧眉头，半张着嘴巴。很快，她就会需要她，等炉子上的水一开，时间就到了。戴尔芬打算先给她按摩一下疼痛的双手，转移一下她的注意力。

“啊……”随着戴尔芬用指关节揉按着凹陷处，伊娃的眉头也逐渐舒展开，她慢慢合上半透明的眼睑，呼吸也平静下来，有气无力地说：“那帮该死的傻瓜怎么样了？”

戴尔芬往窗外瞥了一眼，发现外面一片喧嚣，吵吵闹闹。霍克治安官正高谈阔论，菲德利斯则站立着，比着手势，嘲笑这个大块头的肚子。“我们完败了！”她听到他愉快地大喊。然后他们纷纷开始互相比较。西普里安的最平坦，戴尔芬很了解他的腹部，和她的一样，肌肉线条清晰，甚至还有人鱼线。在午后拉长的阳光下，他的脸上隐约有些生疏和惊讶，还不太熟悉这种和其他男人一起喝酒聚会的氛围。他已经习惯和罗伊孤零零地待在农场，或独自一人开车上路。晾衣绳上挂着床单，男人们的肚皮在它的阴影下，望过去一片白花花的松垂的肉。

“他们都在外面炫耀自己的大肚腩呢！”戴尔芬说。

“幸好不是下面那个东西。”伊娃用低沉沙哑的声音说。

“噢！那就太不害臊了！”戴尔芬笑着说，“没有，裤子拉链都还拉着。不过还有其他节目，来，我扶你坐起来，比滑稽表演还好看。”

她从架子上取来几个枕头和棉被，把床推到窗边，扶伊娃坐起来，这样她就能看到院子里的动静。然后回到厨房，往沸水中放入一个注射器，把馅饼做完，放进烤箱，最后拿去一小杯温水给伊娃喝。她乖乖喝了，感觉不错，气色变好了，眼睛也更加明亮。

“快来，”伊娃说，“坐这儿。”她用手拍了拍床边，“我看他们干不出什么好事来。”

他们挥舞着手里的纸币，互相取笑着，看样子正在打赌和下注。虽然还没醉到趔趔趄趄的程度，但已经开始大声喧哗，大喊大叫地开着玩笑。孩子们也被吸引过来，爬上围栏的横杆围观。

“伊娃，你看到了吗？”戴尔芬指着他们说。伊娃点了点头，露出一脸无奈的表情。看这些男人啊！多么生动典型的例子！突然，一阵丁零当啷的响声过后，他们清空桌上所有杯子、瓶子、饼干、香肠、零碎的切达干酪和盘子，在一阵欢呼和闹腾中，霍克治安官躺了上去，面朝天空。桌子还不到他身体长，他就像一艘笨重的船，在无水的干船坞里努力保持着平衡，脚上的靴子直挺挺地耸向天空，另一侧头也伸出了桌子，抻着脖子，肚子像座小山丘，高高耸立着。而菲德利斯就站在桌子另一侧，正对伊娃面前的窗户。他解开白衬衫上方的扣子，将袖口卷起，堆在壮实的小臂上，还解下了吊裤带。他咧嘴笑着，说了句戏弄的话。

突然，菲德利斯像举重运动员那样蹲下，朝霍克治安官俯下身去，将伸直的胳膊猛地甩向两边，像舞台上的演员那样亮了个相。然后他用嘴巴灵巧而稳固地咬起霍克腰间厚实的皮带上的一个圆环，此刻在女士们看来，这个环仿佛就是为这个环节专门设计的。

有那么一瞬间，一切都静止了，什么事都没发生。紧接着却惊天动地。菲德利斯开始发力了，整个大地仿佛流动起来，向上穿过他的身体，曲曲折折。他的脸和脖子涨得通红，凝聚着一股兽性的黑暗。他咬住腰带环，露出泛白的牙龈，绷直的胳膊架在空中，脖子和肩膀都鼓胀到不可思议的程度。就这样，他把霍克治安官从桌上吊了起来。他只靠牙齿咬着圆环上不过一英寸的部分，就把这个镇上的治安官给撬动了。然后，女人们看到菲德利斯暂时在原地静止了。他整个身体在一种遍布全身的轻率的从容中摇晃着，然后，他把治安官吊得更高，从半蹲的姿势站起来一些，稳住了身体。

在他使出九牛二虎之力的那一瞬，戴尔芬见识了这位屠夫的真实面孔——一张野兽般的脸，耳朵如着火般又红又热，脖子上青筋暴起，双眼圆睁，像要从眼窝里蹦出来一样，朝窗户这边翻动着，观察伊娃有没有看到。戴尔芬的心头被深切的同情重重一击。原来，他这么做是为了伊娃，是想分散她的注意力。戴尔芬由此明白，菲德利斯爱她爱得热烈而绝望，就像狗对主人一样忠诚，才会做出这种看似愚蠢的行为。用牙齿咬住一个成年男人的腰带，把他给吊起来。真是傻透了！这也明显透露了他纵是力大无穷，都是无用。在折磨她的病魔面前，他就像个孩子一样柔弱。

菲德利斯向前迈出两大步，把治安官放在地上，人群中爆发一阵大笑，又开始放声高歌。只不过这会儿他们的醉意更浓，劲头更大，音调也就更加粗放随意。他们的声音越来越大，沙哑刺耳，气焰嚣张地互相挑衅。死亡正注视着他们——透过伊娃的眼睛，透过储藏室的窗户，注视着他们。他们唱完“吉米掰玉米”“沃巴什炮弹”“我永远在吹泡泡”，就唱德国的饮酒歌。然后是一首悲伤的抒情民谣，唱的是一个水手妻子的渴望。戴尔芬回到厨房，去给伊娃拿药。她打开冷藏柜的门，先看了一眼，没有看到，然后把手放进去摸索。那瓶吗啡，那瓶菲德利斯没日没夜拼命干活才买得起的吗啡，那瓶戴尔芬严加看管的吗啡，不见了。她又仔细找了一遍——小药瓶、药粉、另一支注射器。她不敢相信，又找了一遍，还是没有找到，而隔壁的伊娃已经坐卧难安。

戴尔芬冲到屋外，把菲德利斯招呼到一边。他正从上往下抹去脸和脖子上的汗水，却依然汗流如注。

“伊娃的药不见了。”

“不见了？”

他没她想象中醉得那么厉害，也有可能是因为刚才要费劲把治安官吊起来，已经清醒了过来。

“不见了。我已经找过了，到处都没有。有人偷走了。”

“上帝保佑……”他猛地转过身来，他不过刚张嘴，还未等他继续，戴尔芬就走了。她回到伊娃身边，把剩下的鸦片酒喂给她喝。这东西她一直难以下咽。戴尔芬一勺一勺地喂下去，她立刻又吐出来。“真是一团糟，”伊娃虚弱地说，“连吐奶的婴儿都不如。”她想笑一笑，却只能挤出一声轻轻的叹息。紧接着，她倒吸一口气，像平日忍住不大声尖叫那样，开始轻而浅地急促喘息。

“请……”她翻着眼珠，弓着背从床上坐起来。她嘶哑地尖叫着，用动作示意要一块卷起的毛巾，好用牙齿咬住。它袭来了，如狂风骤雨般袭来，没有任何力量能阻止它的暴发。无论希奇大夫正在哪里欢度节日，要想找到他开出药方，再去药剂师那里拿到新的药，都至少要花好几小时。戴尔芬从花园门口朝菲德利斯大喊，并大声叫西普里安去把烤箱里的馅饼拿出来。她自己则朝另一边飞快跑去，同时一个想法在脑子里缓缓冒了出来，她决定立刻行动。于是，她没有开车直奔希奇家，而是加大油门，中途经过小姑家时停下了，那里离路德会教堂只隔两个路口，她每周日都会去那里祈祷，希望她哥哥娶的那个可悲的天主教徒放弃崇拜邪神和基督圣徒，让他们的儿子回归路德教会的怀抱。

“你想干吗？”

小姑开了门。她脸上没有一丝疑惑，戴尔芬立刻明白自己的猜测是对的。戴尔芬记得，她和她的祈祷团曾一边用手指捏起柠檬磅蛋糕的碎屑往嘴里塞，一边叽叽咕咕地小声讨论伊娃的药量。

“她的药在哪里？”戴尔芬用德语问，起初声调正常，只不过稍微有些惊慌。但看到小姑冷冷地挤出扭曲的笑容后，便开始冲她嘶吼：“伊娃的药在哪里？”

“我不知道。”

小姑假模假式地用刺耳的声音说着高地德语，佯装听不懂她的话。戴尔芬走进房门，把她撞到一边，径直走向冰箱。火冒三丈的小姑立刻跟了过去。她从一张桌子旁经过时，看到上面放着一个用手绢包着的细长的东西。戴尔芬凭借直觉一把抓了起来，展开手绢，差点把失而复得的注射器摔在地上。

“在哪里？”戴尔芬的声音透露出要和她拼个你死我活的劲头。她转过身，一把将针头戳在小姑身上，发现自己仿佛正出演一部舞台剧，带着威胁的气势朝对方走去。那种感觉就像在一出戏中，忽然有权说出自己认为最符合当下场景的台词。

“快点儿，你这个粗野的贱女人，你可糊弄不了我。你真是个积习难改、偷偷摸摸的恶棍！”

当然，戴尔芬并非真的这么想，不过是想激怒小姑，让她说出吗啡的下落罢了。她的目的只是拿到东西，带回去找伊娃。伊娃眼睛里空洞的痛苦在她心中打下了深深的烙印。小姑目瞪口呆，完全不像以往那样能言善辩。戴尔芬像疯了一样，冲到小姑的小冰箱前，在里面乱翻起来。怒火攻心的她把里面所有食物都扔了出来，甚至把鸡蛋都摔碎了，然后转过身，和小姑当面对峙，大脑被绝望淹没。

“听我说，你必须告诉我，到底在哪儿呢？”

这回换小姑占了上风，她甚至开始说起英语来。

“你得赔我这些鸡蛋。”

“可以，”戴尔芬说，“你就说吧！”

然而，掌握了主动权的小姑很享受当下这个时刻。

“他们说她对那个东西上瘾了。我哥哥的妻子，绝不能这样，会成为我们家的耻辱。”

戴尔芬这才发现，自己刚才和她激烈对抗简直愚不可及，毕竟她是唯一一个可以立刻提供吗啡的人，只需要把它交出来而已。她已经泄了自己的底，再想让小姑配合已经基本不可能。她为自己方才的任性懊悔不已，渐渐温顺下来，希望能隐藏起慌张和骄傲。她想，如果放下姿态，低声下气地讨好一下，也许就能安抚她，让她卸下防备。

“我求你了，”她悲哀地低沉叹息着，“算了吧，你不了解真实情况。我们的伊娃非常痛苦，你看到的都是她平静时的样子，你怎么可能知道她痛苦起来拼命挣扎的感受？小姑，可怜可怜你嫂子吧！缓解她的痛苦没什么好羞耻的，小姑，医生就是这么说的。”

“我觉得，”小姑说，表情阴沉刻板，“医生并不像我那么了解伊娃。他对她同情过头了，她就上瘾了，肯定是这样。我的好朋友奥林·索文夫人也这么认为。”

“小姑，看在上帝的分儿上，行行好吧……”此时此刻，戴尔芬由衷地恳求着她，甚至都想给她跪下。小姑冰冷的樱桃小嘴抽动了一下，双眼中闪耀着胜利的光芒。

“不过也无所谓了，我已经倒进下水道了。”

戴尔芬转过身，看到瓷制水槽边放着一个冲干净的小药瓶，装吗啡的瓶子正在太阳的怒火下暴晒。看到这些，她已经出离愤怒，再也无法控制自己的力量。当然，她很强壮，惊人地强壮。她一把抓住小姑的上衣，猛地往前一拽，直视着她的面孔说：“好，你跟我来，来照顾照顾她，你就知道了。”小姑发现自己竟然无力抗拒，她的挣扎在戴尔芬瞬间爆发的力量面前显得如此微弱。这个比她年纪小的女人一直把她拽到车前，塞进去，然后驾车离开，中途把她扔在了肉铺门口。

“我现在顾不上进去，你去照顾她，守在她身边，你！”戴尔芬在发动机的轰鸣声中尖声叫喊着，然后扬长而去，而小姑面带着至少被授权来接管工作的自命不凡的冷酷，走进房子的后门。

这一出门，的确就是好几个小时。在这几个小时中，戴尔芬祈祷过，咒骂过，乞求过魔鬼、和他讨价还价，在被指路前往一个地方，到了却发现不对的沮丧时刻泪流满面。似乎根本不可能找到希奇或药店店主萨尔·伯迪的踪影。她知道菲德利斯也正在外面到处寻找，但从没碰到过他。她只得两手空空地开车返回，一拳砸在仪表盘上，无泪可流地啜泣着，突然看到父亲正在前方，沿着路边跌跌撞撞地走着。

他的裤子松垂下来，宽松的衬衫吧嗒吧嗒地扑打着他弓起的瘦骨嶙峋的肩膀。她把车开得离他更近了些，一股怒火在心中升起。她环顾四周，想看看有没有人，因为她突然有一股令人窒息的冲动，想开车从他身上碾过去。她挂上低速挡，慢悠悠地悄悄跟在他身后，心想这不过是一脚油门那么简单的事。你看他，肯定又喝醉了——甚至都没发现她！那样她的生活就轻松多了。但当她把车开到他旁边，和他并排前行，而不是把他当场撞死时，她和他四目相对，却惊讶地发现他竟然是清醒的。她意识到他没有喝醉，或是尚未喝醉，要么就是醉得没那么厉害。他正努力朝同一个方向踉踉跄跄地跑着，也要去肉铺。他焦急地拖着步子走向车的侧门，她充满鄙夷地心想，他一定又像平时那样，犯了酒瘾，在今天这样的好日子出门给自己弄了点烈酒……只不过他手里的瓶子并非平时见到的杜松子酒或家酿酒。罗伊小心翼翼地用两只手护着瓶子，用力塞给了她。那是个方形的棕色瓶子，瓶身的标签上写着“盐酸吗啡注射液”。原来，为了拿到这个东西，他破门进了药店，找到萨尔专门存放法律规定需要严密保管的药物的柜子，锯开了上面的锁。

戴尔芬拉上手刹，从卡车上跳下来，拿着瓶子冲进屋里。大老远她就听到了那个声音——撕心裂肺的尖声呼喊，痛不欲生的呜咽。从架子上掉下来的罐头散落在地，她经过时打了个滑，然后走进厨房。进去后一眼就看到了小姑，她吓得脸色苍白，蜷缩在厨房的角落里，像个废物一样瘫坐在地板上。马库斯和弗朗兹则一边哭泣，一边拼命拽着他们的母亲，而她此刻正在抽屉里翻找一把刀。她整个人完全陷在这一迫切的需求之中，就连强壮的弗朗兹都阻止不了她。

“好了，好了。”戴尔芬说着，走进眼前的场景之中。她进入过太多混乱不堪的场景，早已驾轻就熟。此刻就和以往一样，一股冷静的强大力量注入她的身体。她敏捷地迈出一大步，挡在伊娃前面。“我的朋友，”她夺走刀，对她说，“现在还不行，但很快了，我已经拿到了药，你不能就这样撇下孩子们。”

汹涌的痛苦还在伊娃的体内冲击和翻滚，她依然沉浸在激烈的情绪之中无法自拔，嘴上还在小声嘟囔着，但在他们的搀扶下，顺从地躺在地板上。

“拿个毯子和枕头来。”戴尔芬温和地对弗朗兹说。现在有事可做，他才安心下来，不再流泪。“还有你，”她对马库斯说，“我配药的时候，你就握着她的手，不断对她重复说‘妈妈，她在弄药呢！很快就好了，很快就好了’。”

Chapter 7

红心纸

马库斯从枕头上一个小洞里掏出几个卷起的小纸条、一枚被火车碾成了扁平亮片的一角硬币、商店买来的清脆作响的小红心纸片、涂成蟋蟀模样的锡铁响片，全都是露茜·查弗斯送给他的礼物。他早就暗自决定，不去想她已离开人世，而是去了远方，安然无恙，只是失去了联系。掏出这些东西时，几根鸭毛也打着旋儿飞了出来，他把它们塞回去，把外面的布料捏紧。一束金色阳光透过西面的窗户，斜斜照在他床上。他小心翼翼地展开第一张字条，它以前缠绕在一根铅笔上，现在还保持着原状。上面写着：嗨，马库斯，我收到你的信了。署名：露茜。另一张字条上写着她放学后会做什么，署名处写着：爱。然后是第三张，也是他觉得最有爱意的一张，她说很喜欢他给她写的信。再就是那张情人节卡片。他仔细捋平那张亮晶晶的红纸，盯着它微微发光的表面，上面涂了层在阳光下会五彩斑斓的小亮片，他以前从未注意过。这是个新发现，他将纸片从一边倾斜到另一边，以看清整体效果。把它反过来，后面也写着那个字：爱。他挨个把每件物品都重温一遍——像往常那样，把锡铁响片按六下，搓了搓硬币，就把露茜留下的这些东西放回枕头里，用别针把洞口别好。最后把枕头拍得鼓鼓的，放回床头，离开房间。

有时在夜里，若他以某个姿势翻身，会压到响片，把自己吵醒。他觉得那个声音总是十分响亮，但从未惊扰熟睡的兄弟们。每次他都要再花很长时间才能睡着，其实至多半个小时。他等待着睡意再次袭来，静静听着门口的狗轻微的呼吸声。有时，沙茨会在睡梦中呜咽，或是像被什么东西激发了兴趣般嗅一嗅。有时，兄弟们会叽里咕噜说梦话，甚至突然坐起来，和空气中并不存在的对方争吵一番或对其下达命令。有那么一次，弗朗兹就指着马库斯，用一种低沉的滑稽声调说："你忘了修燃油表了。"就因为响片的声响会把他吵醒，他得以了解一些兄弟们毫不知情的秘密。他知道，有时父亲会在母亲身边待到半夜，还唱歌给她听。

头一次注意到走廊尽头的光亮，听到低沉的细语时，他怕极了，不敢上前探个究竟。到了第二次，他发现沙茨在酣睡，甚至没有丝毫抽搐，于是分析认为周围若有窃贼或杀手，它早就冲他们的喉咙扑过去了，更何况，如果他要起床查看灯光和声响，它也一定会保护他。这回他感觉非去看看不可。沙茨果然像他预料的那样，在他经过它身边时站了起来，悄悄跟在他身后，爪子轻轻踏在绿色的油毡地板上。他穿着洗薄的条纹睡衣，有些发抖，蹑手蹑脚地慢慢前进。他不想被发现，也不想惹怒父亲，因为直到他走到母亲睡着的小储藏室门口时，才听出那是父亲的声音。

马库斯大气都不敢出，示意沙茨在他身后坐下。他们躲在阴影里，恰好避开门口射出的一道宁静的光辉。他偷偷瞥进去，被屋里的情景惊呆了。眼前正是父亲，他握着母亲的一只脚，跪在她床边。她的脚瘦长而苍白，在电灯的冷光下白得耀眼。父亲将额头抵在脚面和脚踝之间的曲线处，后背在颤抖。等马库斯反应过来父亲是在哭泣后，大为震惊。他哭得很剧烈，却静悄悄的，既没有声音，也没有眼泪，这就更是恐怖。他从没见父亲哭过，一次都没有。最让他困惑的是，父亲肩膀的耸动像极了笑到抽搐时的动作。于是，马库斯心想，也许他是在笑吧，也许风趣的母亲刚给父亲讲了个笑话。但她的表情很安详，他听得到她的呼吸，是一种带有杂音的深沉叹息。他又看了会儿，突然父亲抬起头，朝他这边看过来，似乎正直视着他。马库斯吓得打了个激灵，一动都不敢动。但父亲只是茫然地望着昏暗的墙壁，没有看到他。

父亲缓缓直起背，但依然跪着，用毯子轻柔地裹住母亲的脚。他这么做时，马库斯生怕会被他发现，很想偷偷溜走，却挪不开半步。母亲已经睁开眼，深情地望着父亲，冲他笑了。那是个无比灿烂的笑，充满安详和喜悦，是脸颊温柔地战栗，让马库斯永远难以忘怀。父亲坐在狭窄的小床边的椅子上，握住她的手。未等她开口，他就唱起她最爱的那首歌。马库斯知道这首歌，是唱河边洗衣少女的德语歌。他的声音温暖而纯净。马库斯闭上眼睛，父亲的歌声仿佛让他品尝到了柔滑的棕色焦糖。在歌声的掩护下，他迅速回到自己的房间，蹑手蹑脚爬上床，将手指从别针没有别严的缝隙中塞进枕头。就这样，伴随着父亲起伏的歌声，指尖触碰着红心卡片，他内心安宁，很快进入梦乡。

戴尔芬漂白了血迹斑斑的围裙，搓洗了脏兮兮的袜子，还有他们的脏衬裤和单肩带工装裤。她拿出他们轻易不穿的品质上乘的套装，通风熨平，然后在菲德利斯厚厚的白衬衫上撒上淀粉浆，卷起来，放在冷藏柜里。每天早上，她都给他熨一件，就像伊娃以前那样。她还清洗了床单，上面浸透汗水，沾染着粪便和血迹，总少不了血迹，还有一堆毛巾和桌布。洗衣这个工作量本身就需要有人专职从事，戴尔芬无法想象伊娃以前是如何在洗衣物的同时，还兼顾那么多繁杂家务的。但这次大清洗算是某种告别礼物。一旦伊娃离开人世，戴尔芬也会离开这里。她早就想好了，没有伊娃，她不可能再接着干下去。不只是因为旁人会说闲话，不过他们已经开始说三道四了。还有其他原因，是她私底下对自己都无法开口的事。不行，她不能这么做。更何况，还有一个人正摩拳擦掌，迫不及待想接管这里。对于小姑来说，接过手照顾哥哥和侄子正是展示她重视亲情的绝佳机会。

在伊娃可以庆祝的最后一个生日那天，小姑也来了，恰好在吃蛋糕的时间露面。所有前来祝贺的人都赠送了各种派不上用场的礼物并举杯祝酒，欢快得有些过了头。一阵喧闹和混乱过后，大家全都冲着大大的蛋糕卷伸长了脖子，这时小姑像往常那样穿着一袭黑衣，突然现身，带着鼻音冷冰冰地对戴尔芬说："这个蛋糕很好。你照顾伊娃，我哥哥额外付了你多少钱？"

当时小姑没意识到，菲德利斯已经站在她身后。于是他听到了戴尔芬的回答。

"一分钱都没有，你这头虚伪的母猪。"

小姑的脸上红一块白一块，像被打了一记耳光。至于菲德利斯，她敢肯定，他脸上闪过一丝诧异的微笑。戴尔芬还没告诉他，偷走伊娃吗啡的人就是小姑。和酒鬼打了多年交道，她收获的经验之一就是要把关键情报握在手里，在其可以换取几倍价值的回报之前，绝不松手。戴尔芬暗自心想，总有那么一天，一定会有那么一天，无论用什么方法，她都要让小姑为伊娃曾经遭受的痛苦付出代价。

屋后曾有条涓细的溪流，是穿过田野的春季径流，现在已干涸成一条坚硬的小径。男孩们会沿着它走进森林玩耍，把分配的家务干完后，他们大部分时间都待在那里，寻找箭头、坑坑洼洼的灰瓦片和小白贝壳，那些都是他们目及之处曾是一片浩瀚海洋的证据。马库斯是在学校得知这一点的。他有时会幻想一下那片海。脚下这片土地曾是海底，这一点让他深深着迷。有时他还会想象海洋从地面升起，一直升高，就像此刻四周的空气，将他淹没，水生动物在他周围漂浮和游动。马库斯和两个弟弟站住脚，从口袋里掏出几颗沾满绒毛的苦薄荷硬糖，是小姑总拿给他们吃的。他们用嘴吸起表面的线头再吐出来，专心致志，直到糖果表面干净为止。它有一种阴郁的药草味，但很甜。吃到嘴里，他们的小脸都明亮起来。

“这里以前是海底。”马库斯说着，把从地上捡的一枚又硬又脆的白色小贝壳给埃米尔看，只有他的小指甲那么大。他弟弟看了一眼，兴趣不大。

“给我看看。”埃里克说，仔细看了看后还给马库斯。“她快死了吗？”他问。

马库斯说：“我想是的。”

那一周的每天早上，他们起床后，戴尔芬都随便给他们弄点吃的——隔夜面包或浓稠的燕麦粥，也想不起检查他们有没有做完家务，就放任他们出门四处玩耍。在两个并行存在的世界中，她沉浸在另一个世界里。一个是会继续生存下去的世界，另一个则围着将死之人打转。一般来说，孩子们一整天都待在外面玩。吃过晚饭后，他们就到母亲床前，和她吻别，道声晚安。她面色苍白，脸颊凹陷，就像猎取首级的刽子手获得的干瘪的战利品；她的脸仿佛一夜之间布满皱纹和褶痕，嘴巴四周的皮肤也皱了起来；她的呼吸极其缓慢，好像停滞一样，双眼圆睁，但孩子们并不害怕，他们早已习惯了她的模样。马库斯发现，每次亲吻她时，自己没有任何感觉，只是觉得她身上的味道很奇怪，像泥土，又像发了霉，不再是人的气息。他从母亲身边离开后，爬进被窝，躺在枕头上，耳朵里就会响起一种麻木的嗡嗡声，马上就能睡着。有些夜里，就算埃米尔爬上他的床，躺在他身边，都不会把他吵醒。第二天早上，他会感觉昏昏沉沉，头晕眼花，甚至无力将弟弟推下床。

“我的脚又犯困了。”埃米尔打了个哈欠说。

马库斯注意到，弟弟们也是如此。如果他们安静地坐太久，就会抱怨手脚刺痛。他看到他们都耷拉着眼皮，即便是现在，虽然还是大白天，是宝贵的玩耍时间，他们依然昏昏欲睡。马库斯伸出手，指向前面的树林。

“我们去那儿吧！”他说。他想象着桦树和枫树下的落叶堆积成软绵绵的垫子，躺上去休息一会儿该有多惬意啊！他们每人又掏出一颗硬糖，一边往树林里走，一边用嘴吐着线头。在厚厚一堆噼啪作响、有尘土味道的落叶上坐下后，他们向后靠去，望着枝干上摇曳的绿叶，眼皮变得沉重。埃里克开始打鼾，像在轻轻呜咽，空气朦胧而闷热。蚂蚁爬上马库斯的手，被他轻轻弹掉了。变幻莫测的日光透过树林变成绿色，洒在他们身上，就像躺在水里。如果此刻他们正在海底呢？马库斯幻想头上高高的海面上刮起巨大的风暴和海浪，而他们躺在平静的海底，远离大风大浪，不受任何烦扰。

埃米尔四仰八叉地躺在他身边，半睡半醒。马库斯感到弟弟慢慢朝他靠近了些。他立刻把他推开，然后又迁就他靠了过来。很快，他像个大人一样，无奈地叹了口气，任凭埃米尔紧紧抓住他衬衫的一角，吮吸着大拇指睡着了。马库斯又清醒着待了一会儿，甚至还像抚摸狗的脑袋那样，心不在焉地揉搓了下弟弟的头发。他很想念家里那只狗。但这段时间，沙茨不再像以前那样，每天跟着他们东跑西颠，到田野和树林里玩耍。它现在更愿意离母亲近一些，总守在她的门外。它正守护着她，耐心等待着将她拖过黑夜，拖过黑暗，去往另一个世界。

日子不再有先后，融为了一体，没有过去，也没有未来。伊娃的临终岁月就像土地和空气一样漫长。过去的一周，她粒米未进，只能喝几小口温水。她的头发在一顶鸭舌帽里耸立着，戴尔芬想用梳子给她梳下来，却是徒劳。她的胳膊肘和膝盖处的圆骨头凸显出来，浑身瘦骨嶙峋。虽然像喝水一样在吸取吗啡，但依然毫无起色。她的身体没有死去，也没有一丝活力。眼神仿佛已不属于尘世，像看透了一切，又像是什么都看不到。她让戴尔芬直视她的眼睛时，戴尔芬觉得整个世界都在渐渐消失，她们之间涌动着一股让人惊讶的奇异电流。这种凝视是一股力量，让人欣慰又让人恐慌。戴尔芬好像被猛地一下拽出自己的躯体，卷去了别处。她们四目相对，飞速穿越时空，心脏也随着跌宕起伏，兴奋而狂喜。

伊娃最终离开的那天夜里，戴尔芬被碰撞声惊醒，立刻意识到时候到了。她从伊娃的床脚坐起来，把裹在身上的被子扔到一边。伊娃就像在仰泳一样，拼命地胡乱挥舞着双臂，拳头砰砰地砸在床头板上。戴尔芬握紧床柱，腿一软，睡眼惺忪地跌倒在床边。她有很多天没连续睡过两个小时以上了。当她试图去抓伊娃的胳膊时，都不知道自己是清醒的还是在睡梦中。但伊娃正在床上做着跑步的动作，踢着皮包骨的双腿，双手在身体两侧前后摆动。她正穿着高跟鞋和弗朗兹赛跑，呼吸越发急促，喘息声粗重而刺耳，仿佛终点近在眼前。她咬紧牙关，竭尽全力向并不存在的终点线冲刺。她脖子紧绷，面部扭曲，开始深呼吸，胸腔中传出一种类似于木棍滚动的咕噜声。最后双臂落在身体两侧，呼吸消失了，没有回来的迹象。

“能听到我说话吗？”戴尔芬说，“你能听到吗？”

伊娃睁开眼，轻轻吸了口气。她一言未发，直直地盯着戴尔芬。她的脸又重新焕发了美丽。过了一会儿，她低声让戴尔芬打开台灯。

戴尔芬开了灯，握住伊娃的拳头。她的头向前垂，眼睛在眩晕和沉重中合起，然后猛一抬头，醒了过来，从床边小架子上拿下一个琥珀色的圆瓶子，里面装着杏仁油。她往左手掌上倒了一点，睡眼惺忪地抹在伊娃的手上，开始按摩，直到她慢慢放松，松开拳头。

“弗朗兹完全不知情，”伊娃突然喘着气说，“他的亲生父亲不是菲德利斯，叫约翰尼斯·格伦伯格，是犹太人，文质彬彬，高大英俊，在战场上牺牲了。”她的嘴唇颤抖着。最终，她歇了口气，继续说：“菲德利斯知道，但他从没提过。”

戴尔芬又倒了些油，接着按揉伊娃小臂处松弛干燥的皮肤。这已经是伊娃第四次吃力地告诉她这件事了。照前几次来看，在透露过这个秘密后，她就会嘱咐戴尔芬，什么时候嫁给菲德利斯，又如何照顾孩子们。但这次，她却说了些别的，是之前从未提过的。她的话简明扼要。

“我想让你，只能是你，来搬运我的遗体。还有，请给我妈妈写封信，告诉她你照顾了我。对她说：我爱你。”

戴尔芬望着伊娃的眼睛，希望能像以前那样被她的眼神催眠，但这次有些东西坍塌了，她能感觉得到。她们的心神一起冲破一道隐形屏障，冲出一个磁场，突然周身轻盈，被卷入一股宁静的旋涡，眼花缭乱。后来，戴尔芬才想起来，她当时应该把菲德利斯和孩子们叫过去，但此刻完全没有想到。戴尔芬的目光始终没离开伊娃的脸庞，一刻都没有，她知道伊娃很害怕；她也没有松开伊娃的手，她知道伊娃想让她握着，就像一个孩子即将踏入一个全新的陌生世界那样；她的胸腔又前后三次出现了鸣音，越来越响，戴尔芬也没有去挪动她的朋友；当伊娃的呼吸停止，她也没有去按压她的胸腔。伊娃依然望着戴尔芬的眼睛，直到她可能喘不上下一口气也没有移开。然后，戴尔芬看到，她眼睛里那道银线后的光熄灭了，就像门缝里透出的光那样消失了。

“施特鲁布殡仪服务公司，有什么可以帮您？”

本塔的声音听起来睡意未消，但戴尔芬明白，他们一直关注着伊娃的病情，在等待这个电话的到来。

“我本来该联系克拉丽丝，但那样我会崩溃。”戴尔芬说。

“她是你的朋友，起初你会觉得这样更难受。”本塔说，此刻她的声音听起来更加清醒和坚定，“但你会发现克拉丽丝能给你带来莫大的安慰。我们可以一起过去吗？”

“可以。”戴尔芬说，然后坐在伊娃的厨房里，听着菲德利斯和孩子们在隔壁一起悲伤地呜咽，一个安慰着另一个，刚控制住情绪，又有一个会失控痛哭。戴尔芬需要听到他们的声音，此刻她十分孤独。但她不能和他们在一起，这个时候她并不适合走进那个房间。她已经用丁香花香皂给伊娃清洗了身体，在她双腿间夹了条毛巾，合上她的眼睛，抚平她的表情，使她看起来更加安详，然后才把菲德利斯叫了过去。她想到伊娃临终前的要求，也许她应该陪着一起将遗体送到施特鲁布家。但眼前发生的一切似乎都失去了控制，超出她能承受的范围，而且莫名有些别扭，好像伊娃离开之后，她也不再属于这里。等待施特鲁布家的人出现的过程好像极为漫长。当他们的珍珠灰色灵车终于停在后门口，敲门声响起，戴尔芬立刻开了门，克拉丽丝走进来，拥抱住她，透露着真诚的善意。施特鲁布家的人毫不费力就扶她来到伊娃的房间，菲德利斯和孩子们正坐在伊娃身边。看到众人进来后，菲德利斯弯下身，将伊娃抱了起来。他看起来不知所措，抱着妻子停在半空中，不知道该去哪里。大家都一动不动，直到奥里利厄斯将手放在他的肩头。

“把她放下吧，菲德利斯，我们会照顾好她的。”

菲德利斯轻轻将伊娃放回床垫上。随着一声沙哑的号啕大哭，马库斯从人群中跑出来，倒在母亲身边。他俯下身去，像父亲之前那样，深情亲吻了母亲的脚踝。他轻柔地抱着她的脚，闭上双眼，将前额放在自己亲吻过的地方。弗朗兹跟了过去，有些难为情，想把马库斯拉开，但戴尔芬制止了他。就在她碰到弗朗兹的那一瞬，有种声音响了起来。那是一种悲伤的哭号，一种哀恸的叫喊，响彻整个房间。它似乎来自所有人，又似乎不来自任何人，又像是从房间的墙壁里发出的，戴尔芬不得而知。这个声音好像将所有人从一个咒语中解放了出来，他们纷纷离开伊娃，让她留在原地。

罗伊·瓦茨卡破天荒地坚持了许久滴酒未沾，先是数天，然后是数周。他能取得这样的成果，是因为感受到了伊娃死亡的残酷。而且地窖里发生过的事开始纠缠他，让他终于尝到惶恐不安的滋味。在他不时精神错乱的那段时间，死去的灵魂也曾找上门来。查弗斯一家出现在他眼前，身上爬着甲虫，覆盖着嫩绿的墓地苔藓，浑身咔嚓作响。他们拼命把双手向前划动，把他拖进了地下温暖的虫洞里。自从发现他们的尸体，这一幕总是浮现在眼前，挥之不去。伊娃死后，这种痛苦更是难以承受。他有生以来头一次萌生了戒酒的念头，与这些画面带来的恐惧相比，戒酒似乎也不再那么可怕。

他还破例没用自己萎缩的肌肉去为别家充当劳力，而是关照自家的房屋。一次北上归来后，西普里安大吃一惊。他没看到在河边畅快痛饮的罗伊，而是一个苍老、憔悴、沉默的罗伊，在安安静静地用明黄色的油漆粉刷墙壁。房子看起来明亮欢快，让人心生愉悦，门框和窗框原本的蓝色也刷复一新。他甚至还用砂纸打磨了地板，涂上了清漆，又仔细认真地填充了地窖，用黑漆刷了遍炉子。伊娃去世后，戴尔芬忙着照顾沃尔德沃格尔家的孩子们，忙得团团转，罗伊却从方方面面把她的生活照顾得很好，让她极为震惊。有时，他还会亲手给她做早餐。从和西普里安同住的房间一出来，她就看到早餐已经摆好，这样的家庭生活堪称奇迹。会有一碗热气腾腾的燕麦粥，一两块红糖嵌在融化的黄油里，还有奶油。有时有鸡蛋或烤面包片，是他用叉子叉着面包片稳稳地在煤气炉上烤出来的。戴尔芬通过分期付款的方式买了个煤气炉，西普里安订购了个小冰箱。在所有灾难和风波过后，这样的早餐似乎是一种惊喜的补偿。美食都摆放在光洁如新的餐桌上，布丁在母亲的小雕花玻璃碗中微微晃动，戴尔芬本以为那只小碗肯定早被典当或摔碎了。父亲的早餐让她有力量扛过了伊娃去世前后的天翻地覆。她反倒希望罗伊故态复萌，这样她就能辞去肉铺的工作，但他健康的状态却一直持续了下去。他恢复了曾在伊娃病榻前施展的魅力，唱着在河边的流浪汉聚集地学会的歌——《蓝尾苍蝇》《乔·希尔》《巨石糖果山》。没过多久，屋外空着的鸡笼里又有了鸡，是大个头的罗德岛红鸡。屋后门廊前的台阶又钉了回去，而不是散落在院子里。

“故人的力量要比我们想象中强大。”夏末的一个夜里，戴尔芬坐在屋后钉好的台阶上，对西普里安说。

西普里安摇了摇头，不知她这番话指的是伊娃，还是酒醉梦醒后的罗伊。不管说的是谁，西普里安对罗伊的变化也备感欣慰，甚至开始考虑是不是转行，放弃现在这个偷偷摸摸的行当，去从事些光明正大的职业。这会儿，罗伊正在养鸡场的围栏外设置捕捉黄鼠狼的陷阱。前一天，他刚在围栏顶端钉上了阻隔鸡鹰的细钢丝网。不过，为改善居住环境而努力的不止罗伊一个人。在过去半个月里，戴尔芬也把屋内打造成了一个窗明几净的宜居之所。她把墙壁都刷成蛋壳般的淡黄色，用马蹄胶、麻线和C型夹将旧家具重新修整好，买来几把新椅子，还接受了“一步半”送她的一盏带流苏灯罩的花哨台灯，那是她在伊娃死后，貌似在一种迷惑不解的状态下一时冲动给她的。在他们的卧室里，她将梳妆台重新上了油，买了个全新的床垫，但并不是为了充分利用它弹簧的弹力。本来她告诉自己，日子已经如此悲伤，生活舒适些就可以知足了，但事实并非如此。如果西普里安能带着热切的欲望扑向她的怀抱，那么拥有的舒适还能多得多。但他们通常只是碰着彼此的手睡着，这样也还不错。他像搂着妹妹那样搂着她，两人经常畅谈到深夜。

罗伊放下手里的活儿，不再捣鼓陷阱，朝他们走了过来。戴尔芬突发奇想，想做一道伊娃教给她的匈牙利风味炖菜，是一道用红辣椒汁炖肉的汤汁浓郁的菜肴，炖好后舀出来浇在鸡蛋面疙瘩上，表面再倒些酸奶油。正当她转身朝厨房走去时，当下这个画面给她带来一种稍纵即逝的愉悦。这就像伊娃留在世间的礼物——所有会持续下去的美好。爸爸行为端正，西普里安体贴周到，陪着老人下棋或打牌，好让他远离酒瓶。虽然她无比想念伊娃，但同时也如释重负，彻底告别了面对死亡的深刻恐惧和手忙脚乱、日复一日的枯燥乏味和惴惴不安、长久以来的身心煎熬和悲伤，也不必再忍受在晾衣绳下喝酒的男人和小姑刻薄的嘲笑。现在她可以闻到枫树、松树的芬芳和河里的淤泥味，而不是母牛被解体后血腥的原始气息。她也很享受在这样一个凉爽日子的余晖中，去为家人烹饪美食，而新冰箱里有肉和黄油，苹果箱里有苹果，洋葱箱里有洋葱。所以，到底是为什么，当她感受到当下这些美好时，心中还是涌起一股担忧和悲伤？为什么会突然想起俯视地窖时的那个情景，尸体仿佛嚅动着嘴巴，一字一句在闪烁的绿光中朝她袭来。

大概是因为，即便那时，她也早已清楚，一切尚未结束。她一定早已明白，苦难永远没个头，他们永远得不到清净。哪怕是现在，就在她心神不定地走向厨房时，就有个鼻青脸肿、浑身疼痛的孩子从家里的后门悄悄溜了出去。他决定跑去找她。她往面疙瘩里又加了些面粉，多打了个鸡蛋，往菜里多切了两个洋葱。还炖上了所有的肉。她就这样毫无缘由地多做了一个人的饭，好像她早就知道，等他认清乡间小径，穿过玉米地、道道沟渠和牧场，他一定会很累。他一定饿坏了，那个马库斯。

第二天上午，戴尔芬一边听小姑抱怨着马库斯，一边仔细端详她的脸，从上面找出了和菲德利斯相像的每一处。菲德利斯的五官就像是按照水准仪和尺子精准排列的，而她脸部的轮廓则是草草勾勒的，每一个五官都偏离了标准位置——冰冷的蓝色眼球在头颅上相隔太远，鼻子更粗短，上嘴唇比下嘴唇薄很多，嘴巴很小，以至于戴尔芬很好奇它是如何做到滔滔不绝，又是如何一口吃下不止一粒豌豆的。她只有这样一寸寸查看这张正在叽叽喳喳埋怨的脸，才能将注意力从她的话上移开。如果这些话钻进我的耳朵，我一定对准她的下巴狠狠抡上一拳，她心想。于是她平静地望着这堆血肉和骨头的奇怪组合，然后耸了耸肩，说："我没见到他。"

"你撒谎！"小姑说，但还是没离开门前的小门廊。戴尔芬交叉着双手，站在门口。小姑沮丧地明白，她不会请她进去，吃一块喷香扑鼻的肉桂蛋糕。她眼睁睁地看着戴尔芬将沾在上衣上的面粉弹去，拼命往肚里咽着口水。也有可能是糖粉吧，小姑心想。她咬紧牙关，把饿意生生咽了回去。

戴尔芬如愿以偿地没听进去她谩骂的琐碎细节，但她知道一定都是她为自己开罪的长篇大论，大概可以解释他为何遍体鳞伤。她肯定在处心积虑诋毁他的清白，因为她不厌其烦地反复提到，别看他外表瘦弱，实则顽劣不堪。她迫不得已才鞭打了他，教训了他，然后他不知为何就跑了。戴尔芬打了个哈欠，又重复了一遍："没见过他。"

"如果菲德利斯在的话……"小姑喃喃地说。但菲德利斯开着装满香肠的货车出门了，去给方圆数里内的多家杂货店送货。

"那个孩子又不傻，"戴尔芬说，"他会找个藏身处躲一阵子的，至少等他爸爸回来才肯出来。不用担心他。"

"哦，我担心的不是他，"小姑说，"但等他爸爸回到家，发现孩子不见了，他会怎么样呢？"

"什么？"戴尔芬说，"难道你怕菲德利斯把牛鞭取下来，把你痛揍一顿吗？"

小姑的身体猛地往后一仰，不确定该对戴尔芬这个玩笑做何反应，是暴跳如雷还是捧腹大笑。她不打算大笑，但像往常那样，从樱桃小嘴抿起的嘴角挤出一丝冷笑。牛鞭是菲德利斯自制的鞭子，是风干的牛的阴茎，就挂在店门后。伊娃曾告诉戴尔芬，菲德利斯很少用它教训孩子——打过两次弗朗兹，因为他动用了收银机里的钱；打过两个小的，因为他们把屋外厕所点着了火，但从没打过马库斯。牛鞭的存在本身就是一种日常警示，这就够了。

"我该走了，"小姑说，"要去把埃里克和埃米尔喂饱，这两个家伙吃起饭来就像两头小猪。"她穿着已经褪色的黑衣服，猛地转过了身。仿佛她的离去是对她的侮辱，而非祝福，戴尔芬心想。她心满意足地回到屋里，看着小姑的车颠簸着从小路尽头拐弯离开。

“出来吧！”她冲卧室门说。

马库斯溜了出来，跑到窗前。

“她还会回来吗？”

“我表示怀疑。”

不知为何，他昨晚来找她时，穿的是他最像样的衣服，今天上午也只能这么穿。他在葬礼上也是这一身，是从商店买来的衬衫，胸前有口袋，凹口翻领，配了条棕色短裤，穿在身上发痒，他很讨厌穿它。脚上是没有破洞的上好羊毛袜和弗朗兹正式下放给他的系带皮鞋，依然很大，但锃亮耀眼。

“我们得给你换条背带裤。”戴尔芬说，然后指示西普里安去镇上买条回来。

“现在，”她指着厨房说，“给你弄点早餐吃。”她给他做的早餐和其他人一样，是一沓薄煎饼，点缀着家里最后几粒香甜的蓝黑色野生桤叶棠棣果，顶端是一点黄油，还洒了点枫糖浆，是西普里安上次北上时和一个齐佩瓦人交换来的。她小心翼翼把锡罐放回冰箱，然后倒了杯热咖啡，坐下来看着马库斯吃饭。她说话时，他嘴巴里塞得满满的，也就没打算听到他的回答。昨晚，他就那么出现了，一声不响地吃了饭，嘴巴里嚼着东西，耷拉着眼皮。他走起路来一瘸一拐，被他们抱上床睡觉时也没有拒绝。她没有忍心盘问他任何事。

“你就跟我们在一起，待在这儿就好，等你爸爸回来。”她对他说。他转了转眼球，拼命点了点头，如释重负。戴尔芬继续说了下去。

“我不会问你为什么离开家，不过你要想告诉我的话，尽可以说，告诉西普里安也行。不过不要告诉我爸爸罗伊，他是个大嘴巴。但我确实想知道，你为什么会来找我？”

他正在咀嚼的嘴巴瞬间停住了，想努力把食物咽下去，举着刀叉的手停在半空中，望着她。他苍白的脸上，雀斑更加清晰可见。他咬住嘴唇，有些迟疑，他的眼睛……仿佛容纳了全世界的悲伤，戴尔芬心想，最深切的悲伤也不过如此。有那么一瞬，就好像看到了伊娃的眼睛，像是伊娃出现在里面。然后他开了口，虽然声音很低，但很清晰。

“你照顾了她。”

他又开始吃起来，面色凝重，变得又红又烫。戴尔芬眨了眨眼，搅拌着杯里的咖啡。所以，他这么说的意思是戴尔芬也可以照顾他吗？还是他在用这种方式表示，既然戴尔芬爱着他们的母亲，她也会爱她的儿子并保护他们？她颇为满足地看着他吃。他狼吞虎咽的样子，就像一星期没见过食物了。没过多久，戴尔芬就起身又给他煎了几个煎饼。

于是，马库斯留了下来，帮罗伊在院子里割草，给树苗翻土，把一小块土地上的野生牵牛花拔掉，希望清理干净后可以改造成个小牧场。罗伊现在热切渴望有头奶牛。之后马库斯也开始和罗伊下棋，还很快学会了他玩“克里比奇”的技巧，一些念头开始从他脑袋瓜里冒了出来。起初，他担心毛丝鼠，想知道弗朗兹有没有按照妈妈以前嘱咐的那样，给它们换了水，或只是给它们添点旧料。然后他开始惦记双胞胎会把棍子伸进笼子里折磨它们，或追着它们到处跑，那样它们的皮毛就会受损。没过多久，他又摇摇头，担心小姑对混拌它们的食物一无所知。她对食物就是一窍不通。

“那你吃什么？”戴尔芬故作轻松地问，尽量掩饰明知故问的欢快。

“她会做饼干。”马库斯说。

“噢，直接从袋子里做出来吗？”

他眼睛一亮，一本正经地点了点头。

“她是不是也会做奶酪？”

“直接从蜡壳里做出来！”他欢快地喊道，“她大部分时间都在打扫卫生，”他突然严肃起来，“她总在清理房间，然后就大吼大叫，然后再继续收拾。我们很饿，吃了很多青苹果。”

“那埃里克和埃米尔还有大便吗？”

“噢，多得很呢！”

“那她又有的洗了。”

“我也给她加大了工作量。”

戴尔芬只是点了点头，她很清楚他说的是怎么回事。马库斯坚持睡在地板上，身上只盖条毯子。每天早上，他总会早于他们起床。她起来后，就会看到他洗澡的那条毛巾已经在河里冲洗过，晾在绳子上，短裤也洗完后穿了回去，洗得干干净净，还湿乎乎的。在伊娃去世前，从未出现过这样的情况，所以戴尔芬明白是什么原因，也明白他为什么挨打。此刻，她比以往任何时候都更加渴望，能像拧住小鸡脖子那样把小姑的脖子扭断，或一脚把她踢飞。但除了把马库斯藏在这里，她还能做些什么呢？更何况，若让治安官知道了，她还有可能面临指控。还是那句话，她能做些什么呢？

“顺便说一句，”她说，“如果看到治安官开车过来，你就藏起来。如果你在屋外，最好先躲到树丛里，再溜到河边去。还有就是，如果能让你放心些，”她捋了下他额头上一绺金褐色垂发，这是她第二次触碰他，“我会去看望一下你养殖的‘皮草大衣’。”

她这么说，是希望他不要忘了，它们最终还是要被杀掉。不过，他比她更清楚这一点。他听后面露喜色，雀跃起来。

“以后会下六个崽，而且它们的食物确实得拌些骨粉进去。我估摸，等到今年秋天卖了，就能挣300多块钱。然后我们把幼崽放在有暖气的棚屋里过冬，等到明年就能挣两千块钱了！”

“谁会买这些东西？”戴尔芬问。

“有个商贩会买，是贩皮毛的。”

“好吧，”戴尔芬心不在焉地开玩笑，“这下我也成专家了。”

但她当然没有，等她赶到那里时，那些动物当然也没水喝，她只能用滴管喂水，让它们恢复活力。小姑则很奇怪她为什么这样多管闲事。

“这是伊娃的兔子，”小姑说，“不是你的。”

“它们不是兔子，”戴尔芬说，“是老鼠。弗朗兹在哪儿？”

“还能在哪儿，只能是一个地方，”小姑说，“和飞机在一起。”

自从小姑开始负责他们的饮食，弗朗兹就决定待在新机场，和飞行员一起吃饭了。他一干完店里的活儿，就跑去那里，关注他身边的英雄们。他对飞机的热情有增无减，对林白痴迷到模仿他的装扮。他时刻关注他的动态，一提起林白跨越大西洋时驾驶的那架“圣路易斯精神号”就滔滔不绝——头部、机翼、尾部储气罐的放置、柳条编织的飞行员座椅、能让林白保持清醒的灵敏转向装置。现在他的剪贴簿有一本专属于林白，里面贴满关于他的剪报和图片。弗朗兹的狂热不只浮于表面，还会用于实践。若能让他动手装配飞机，他什么都愿意干。他就像摆弄牲畜围栏边那辆废弃的老式T型车那样，去捣鼓发动机。

“你得让两个小子这样搅拌食物。”戴尔芬对小姑说，后者趾高气扬地回到屋里，把埃里克和埃米尔叫出来跟她学习。他们出现了，像两头小牛犊一样结实，穿着短裤和撕破的汗衫。在过去几个星期，他们上学前总是光着脚。戴尔芬理了理他们乱蓬蓬的头发，捋向两边，然后蹲下身，和他们一般高。

“把这些动物养好，你们就可以挣钱。”她告诉他们。

两个孩子点了点头，对于他们来说，这已经是老生常谈了。

“你们挣了钱打算干什么？”戴尔芬问。

他们用顽皮而戏谑的眼神互相看了看，好像她偷偷跟他们说了什么滑稽好笑的事。

“马库斯觉得一只可以卖 100 块钱，可能还会更多。你们的小兵人多少钱一个？”

这个他们很清楚，毫厘不差。他们还知道战场上需要的每件装备的价格，如果可以的话，他们希望能买到每匹马和每台大炮。军衔不同的军官定价也不同，他们把这些都念叨给戴尔芬听。时至今日，他们的军队浴血奋战的战场还是二十世纪的，他们买的军官还是骑在鞍辔齐备、抬起前蹄仰天长啸的战马身上的英勇形象，而不是在泥地里匍匐前进。等戴尔芬终于让他们明白，毛丝鼠就等于钱，也就等于小兵人，或柠檬糖，或甘草奶油甜点，或镇中心伯迪药店里售卖的冰激凌，而且只要他们能保证不让小姑接管它们的清洁和喂养工作，他们就能和马库斯一起平分收益，他们才开始认真对待起来，脸上表情坚定，洋溢着心中有数后的斗志。

半夜时分，戴尔芬听到外面的野狗又开始狂吠，便把西普里安晃醒。一群走失的流浪狗从镇上富人家的庭院里、穷人家的棚屋下和中产阶级在主街上的商铺中溜出来，在一起扎了堆。戴尔芬经常看到它们在肉铺后院远远的地方晃悠。伊娃曾指给她看它们的灰色身影，体型各异，有些是瘦高的大狗，有些像小灵狗那么小，还有群惹人嫌的恶霸狗，看不出任何品种和血统。它们四处游荡，以那只凶猛的种狗霍屯督为首，经常鬼鬼祟祟地蹲守在肉铺周围，以菲德利斯偶尔扔给它们的一团内脏为食，或去高茎草丛里寻觅被遗忘在那里又无人愿意费心清理的一堆乱糟糟的鸡头。它们在肉铺附近时，从未出过声，好像等待着天上掉下馅饼，谁也不愿泄露自己的行踪。

一旦到了城外，等夜幕降临，它们便开始狂欢，追逐着月亮，做出狼的姿态，仰天长啸。它们叫起来像婴儿在咯咯地笑，很是惊悚，不像她听过的真正的狼嚎，融合了急切的欢乐和理智的思考。那时她和西普里安还在北方，当时身无分文，在一个偏僻的小镇外扎起帐篷，在演出就要开场前听到了狼的嗥叫。她还是把他晃醒了，这个声音让她感到孤独，还有点浪漫，让她想起他们的过去，想起他们唯一一次合二为一的美妙插曲。现在他清醒过来，他一贯如此，只要她有需要，不管是想吃东西还是想玩牌，他都随时待命，做好陪伴的准备。这也是西普里安身上最让人喜爱和愉悦之处。他从不会表现丝毫不耐烦，即便在刚睁开眼的几分钟里，也温柔体贴，但也并非事事温顺。此刻，听着外面狗的嗥叫，她很需要他，声音也显得沙哑刺耳："和我做爱吧！"

西普里安猛吸了口气。他担心这个时刻的到来已经很久了，很清楚终有一天，她会厌倦他像只屠夫的狗一样躺在她身边。这个说法是他从别人那里听来的，指的是和女人同床共枕，却从不触碰她的妩媚，共享鱼水之欢。这就像屠夫的狗看到一块令人垂涎的肥嫩的腰腿肉，却不靠近半步，只是训练有素、无动于衷地守在一边。他明白这一刻早晚都会到来，于是暗自决定做一件有些违背良心的事——想象男人的模样，甚至列出几个能让他最快进入状态的人。此刻，他在脑海中聚集起珍藏在内心深处的人，召唤着他们，逐渐浮现让人血脉偾张的脖子、胸膛和所有能起效果的身体部位。虽然会碰到乳房这样的障碍，会听到她喘息的声音，还有其他违和之处，他还是继续想象着那个画面，移动着身体。他绝望地做着每个动作，没有任何技巧可言，只是确保完成，草草就结束了。但接下来，他又竭尽全力去补偿她，努力保持清醒，不断移动着手和嘴，直到她在他身下弓起背，大声喊了出来，然后陷入死一般的沉寂。

“戴尔芬，”过了一会儿，他轻声说，“你饿不饿？”

她没有作声。他确信，她一定是假装睡着了，但他却睡不着。方才的整个过程让他清醒地意识到了自己的困境——他以此来称呼自己生命中最真实的欲望。但它确实是个困境，因为他不知道该怎么办，也不知道会有怎样的结局。毫无疑问，和男人同居毫无未来可言，更不可能安家。他从没听说曾发生过这种事，在大城市里除外，但他猜想他们和他不一样，和一般男人无法融洽相处。撇开这些不说，他还有戴尔芬。和男人在一起时，他从未跟他们像和戴尔芬这样畅谈过，也不会生活得那么愉快，或产生这种保护她的甜蜜冲动。然而在他的梦境中，他的双手在男人身上才会游刃有余，他会抚摸他们坚实的臂膀、他们的脸，天啊，还有他们的味道和声音。在他方才想象的那个深红色的世界里，还有太多让人回味无穷的地方。他禁不住又回顾一遍，为自己的无情和兴奋感到愧疚。他将戴尔芬翻过身来，放弃理智，纵情其中，让她颤抖，让她在他耳边轻声说着污言秽语，让她感受到他内心的创伤，让她默不作声，让他身体里有些懊恼她是个女人的那个声音销声匿迹。随后，她开始反击，占据了上风，经过一番悄无声息的扭动后，把他按住无法动弹，咬住他的嘴唇，西普里安这才毫无顾虑地躺了下去，快活地沉浸其中。

野狗靠近房子，似乎就在窗外嗥叫着。他不再去想她的性别，不再去想男人和女人，只在短暂的时间里感受单纯而深沉的欲望。他轻轻抚摸着她的头发，触碰着她包裹着他的嘴巴，大脑一片空白。等她停下来，他摸着她的脸，拂过她的颧骨，擦了擦她的嘴巴，莫名地喃喃低语："你这个可怜的小东西，你这个小可怜。"直到她开始嘲笑他。

于是，就这样在半夜时分，他们起来煎家里最后一块猪排，争论着如何分成两份。这时马库斯穿着儿童内裤，跌跌撞撞地走了出来。

"这下我们要把这块该死的东西分成三份了。"西普里安笑着说。刚才卧室里发生的一切让他有些眩晕，好像喝醉了一样，让他自己都感到陌生。她是怎么做到的，让他在一瞬间忘记她的性别？她原本可能是匹狼吧！此刻，小男孩有些难为情，直到西普里安说："快坐吧，遮在桌子下面。"马库斯这才咧嘴一笑，坐了下来。

戴尔芬光着脚，披着件中式睡袍，耀眼的红色在她身上流动，背后绣着一朵苹果花，在一根细长的枝茎上绽放。起初，她用一只手裹住前襟，后来还是别了起来，这样就能用两只手切土豆。

"我们不妨直接吃吧！"她说着，又炒了些洋葱，然后开始烧水，打算泡些甘菊茶，"吃完后，我要喝点助眠茶，是草药茶。明天要去找工作，今天得睡好美容觉。"

野狗都已离开。屋里的灯光一亮，它们的嗥叫就停止了。罗伊在鸡笼旁一个消暑小棚屋里给自己搭了张床，是块嵌在墙里的小硬板，还铺了个床垫，从屋里抱过去一套旧床罩和一个枕头，那个枕头是伊娃很久以前送给戴尔芬的，还建议她把屋里所有东西都烧掉。他收拾好后就一直睡在那里，自称是为了不打扰他们休息。他们也没有阻拦他。

“听，”马库斯说，眼睛睁得很大，“外面有声音。”

除了平底锅嘶嘶作响，他们也听到了一些动静——有节奏的低鸣，会突然掺杂着鼻息声和尖厉的呜咽。

“那是罗伊在打鼾。”

虽然老头儿独自一人待在小屋里，和他们隔着整个院子，却依然滴酒不沾。戴尔芬颠了颠平底锅。不过等冬天到了，天气变冷，他们该怎么办呢？她是听着这个声音长大的，早就对它免疫，就像住在铁轨旁的人习惯了火车鸣笛一样。但可怜的西普里安会一整夜都翻来覆去睡不着。她把锅里的棕色硬皮土豆翻了个面，脑子里冒出个想法，是长久以来第一次——她想象了一下未来和西普里安共同生活的情景。而她这样做，仅仅是因为今夜和他共度了春宵。咳，这也太蠢了！他一直紧闭双眼，她当然明白是怎么回事。他在脑海中看到的是怎样的画面？她又把土豆翻回来，用锅铲往每个盘子里都盛了一点。她把盘子端到他面前，用手背碰了碰他的脸颊，希望知道答案，但保护自己的念头已经冒了出来。毕竟，再过八个月甚至一年，今夜都不会重演。再说了，他北上这么多次，谁知道究竟发生过什么？

戴尔芬正在屋后的土豆苗床上铺新秸秆，菲德利斯开着送货的卡车来了。她直起身，把额头上被汗水浸湿的棕色卷发撩到脑后。虽然她觉得他们不会发生什么口角，但还是眯起眼睛。她早就料到他回来后，会来这里找马库斯，开学的日子就要到了。他朝她走过来，胳膊就像挂在身体两侧，毫不摆动，脸上表情平静。他穿着件皱皱巴巴的格子衬衫，她从未见他这样穿过。大腿两侧的裤子上污渍斑斑，他一定是在那里蹭掉手上的血迹。菲德利斯一向穿得干干净净，当然这之前要归功于伊娃，后来是她。小姑洗衣服的速度自然比不上她，她朝他走去时，在心里为自己默默添上这条可以得意的资本。在相距大概三英尺的地方，他们站住了，相顾无言。戴尔芬的脑袋轻轻歪向一侧。太阳在她身后，照亮了他的脸，白晃晃的，变得模糊，像被抹去了所有五官。

"你去哪儿了？"她问。

"就像灯笼里的屁——四处乱窜，"他说，"我来找马库斯，他在哪儿？"

"灯笼里的屁，哈！"戴尔芬说，"这可不是借口！"她心口一紧，脾气就上来了。她突然很想念伊娃，这种孤独的怀念和悲痛化成怒气发泄出来。"他当然在这儿了。你以为我会让你那个狠毒的妹妹把他打得青一块紫一块吗？"

菲德利斯看起来并不惊讶，但面色凝重起来。他低头看着脚上那双坚硬的钢头靴子，是在屠宰场里穿的。他用力皱着眉，引得戴尔芬也朝它看了过去，但确实没什么可看的，只有一块裂开的皮插在了土里。

"我是来接他的。"菲德利斯低声说。戴尔芬还等待他再说些别的。"谢谢你"自然是可以的，她想。但他默不作声，让她很是恼火，便问了个唐突的问题。

"你会用鞭子打他一顿吗？"

"怎么会呢？"菲德利斯说着，抬起头，直视着戴尔芬。虽然眼前的阳光很刺眼，但她依然可以感受到他目光的力量。就像第一次见到他那样，她猛然感到一阵陌生。那不是一种恐惧，只是一种直觉，觉得那一瞬风平浪静的背后还有汹涌波涛，是她远远无法领会的。他压抑着一股力量，里面有危险，也有承诺。在他身上，哪怕再微小的动作，背后都有千钧之力，他的面如止水让她想起一座稳如泰山的水坝。

“进来歇会儿吧，我给你倒点冰茶喝。罗伊和马库斯在河边呢，不过我觉得天气那么热，不会有什么鱼上钩，应该很快就回来了。”

她在拖延时间，想迂回一下，不让他把马库斯带走。菲德利斯进了屋，之前戴尔芬一直关着窗户，将户外逐渐升温的热气挡在外面，所以屋里依然阴暗凉爽。她打开窗户，感觉潜伏在地窖里的腐烂气息又悄悄溜了进来，散发着绝望。屋外有六棵绿色的白蜡树，到傍晚会改善周围的空气，房间里会很凉快。屋里很干净，已经彻底清理完毕。她事先切了个柠檬，放进盛着清澈红茶的水壶里，还加了糖，搅拌后紧挨冰块放好。这会儿，她将茶倒进玻璃的啤酒杯，杯壁立刻蒙上一层水雾，渗出水珠。菲德利斯看着茶，表情有些难过。

“家里没有啤酒。”戴尔芬说。

菲德利斯咕咚咕咚喝下去，戴尔芬又给他斟满。然后他放下杯子，问她：“你什么时候回来？”

她仔细考虑了一下，心想，讨价还价的机会来了。“真是个好问题！”她说。

菲德利斯向前探过身，耸起肩，像要说些什么，但说出口的只是：“小姑一个人应付不来。”

戴尔芬意识到，对他来说，对亲妹妹哪怕有最轻微的批评，都是一种背叛，那些传统的德国家庭就是如此。小姑是他在这里唯一的亲人，她总是没完没了地写信，事无巨细地记录着他的一举一动，每次都是拿着一摞信件，寄往国外。大家都说，她想回到家乡——那个美丽的德国小镇路德维希鲁，但为了菲德利斯还是留了下来。她不忍心把他一个人孤零零地抛在这里，尤其是现在，还有孩子们需要照顾。但他忧愁的蹙眉和显而易见的不安还是让戴尔芬觉得心烦。

“我觉得我可以考虑回去帮忙——但前提是，你得让她收拾东西，打包走人。”

菲德利斯看起来好像挨了当头一棒。他肯定从未动过这个念头，这让戴尔芬忍俊不禁。

“她不会做饭，对顾客态度很差，让你的客源在流失。你现在穿得也乱七八糟的，孩子们无人管束。只要她在那里，我是绝不会回去的。我敢跟你打赌！”

菲德利斯冷静地点了点头，便闭口不言。戴尔芬看得出，这个话题他不会再深入探讨下去。这要放以前，也许她会惊叹，他这样一个大男人在自己的妹妹面前，竟然变成胆小鬼，但她现在对他的了解要加深了许多。

“你看，”她假装态度有所松动，“我知道，这样一定让你很为难。我很喜欢孩子们，所以我会好好考虑。先让马库斯再跟我们过几个星期吧，他可以从这里去上学，西普里安能开车送他。小姑觉得他是个大麻烦，但对于我们来说却是个好帮手。”

菲德利斯同意了。马库斯回来后，戴尔芬一直仔细观察他在父亲面前的反应，看他是否急不可耐地想回家。但马库斯看到院子里停着父亲的卡车后，立刻变得警觉起来，又在得知会继续跟着戴尔芬生活后，貌似松了口气。她端出一个柠檬蛋糕放在桌子上，屋里的紧张气氛很快就缓和下来。菲德利斯吃蛋糕时十分专注。他知道，这是伊娃的配方。当他把蛋糕的碎屑捏到一起时，内心的情绪也在剧烈波动，最后他颇具仪式感地把叉子缓缓放在桌上。戴尔芬可以感受到他的悲伤，像一股能量在涌动。菲德利斯离开时，看到儿子在炎热的天气里钓上来一条大鱼，赞许地点了点头，并接受了这个礼物。是的，他必须留下来，这一点毋庸置疑。在让他回去面对小姑前，她必须教他几招，而且她已经想好该怎么办。

戴尔芬偶尔还会幻想一下能组织一场表演，一场盛大的戏剧演出，或在某个情节里加上平衡表演。不过这个想法只能在路上实现，因为这样一个小镇是凑不齐专业的演员阵容的。但戴尔芬再也不想离开，至少在罗伊还守规矩、马库斯还在身边时不会。失去伊娃也让她失去了一部分自己，而且她和克拉丽丝相处的时间更多了，这是她留在阿格斯的另一个理由。除此以外，还有个问题悬而未决，那就是她和西普里安对于案件的调查是否还有什么作用。治安官在破解查弗斯一家死亡的谜团上还没什么进展，至少她尚未听说。她对此很好奇，突然想到可以去治安官那里问一问。于是，一天下午，趁罗伊在树荫下打盹儿，西普里安又出了门，她步行去了镇上。

等到了那边，她已经被不合时节的高温折磨得痛苦不堪。往年这个时候，天气都会骤然变冷，但今年没有。她腋下已被汗水浸湿，脖子又湿又黏，用发卡别住的几缕湿漉漉的头发也翘了起来。镇上宽阔敞亮的大街和羸弱的树木让人觉得阳光更加毒辣。不过，治安官阴暗的办公室让人舒服很多。天花板上有个吊扇在转，桌上还有个貌似官方配置的小巧的黑色台扇，也在嗡嗡转动。砖墙是隔热的，办公室里凉爽而宁静。她进去时，他正埋头处理文件，看到她进来，大概是因为可以分分心，看起来很高兴。

“那么，”在两人互相抱怨一番天气的炎热之后，戴尔芬开口问，

“查弗斯一家的事，你有什么新发现吗？我和罗伊都想知道。”她没有提西普里安，担心霍克治安官可能会问他经常开车去哪里，而她又不愿编造他是个毛刷销售员这样的说辞。但霍克似乎对西普里安的行踪完全不感兴趣，他说很想和她聊聊。他还说，最近刚好一直想问问他们演出服的事。

“演出服？”

“你和西普里安表演时，做那些平衡动作，都会穿什么样的衣服？你会穿什么衣服？”

“就穿平时的衣服。西普里安觉得，我们的特别之处就是，外表越是寻常，就会显得我们的表演越非同寻常。再就是，起初我们也买不起华丽的衣服，不会有那些闪亮的金属片。”

“也没有红珠子？”霍克说。

戴尔芬这下明白了，立刻想到储藏室的地板：“噢，我明白你的意思了，你是说我们也有嫌疑吗？”

“呃，”霍克说，“你知道那些珠子，它们的存在还是很奇怪。你爸爸说，在他印象中，参加追思会的人都没穿点缀着亮片、珠子之类东西的花哨衣服。”

“他都醉成那样了，就算有他也注意不到啊！”

“有这个可能，”霍克治安官说，“所以我去咱们镇上剧团的道具组翻找了一下。你大概想不到我还记得吧！”他冲她晃动着一根手指，眼睛里闪烁着一种她不想在一个治安官的脸上看到的狡黠，“我知道你和克拉丽丝很喜欢演女巫那场戏，我觉得你们俩都可以把麦克白夫人这个角色演得很精彩。”

“我们只是练习过那个角色。”戴尔芬谨慎地说，不知道霍克的话背后是否隐藏着什么指控。她想缓和一下此刻的气氛，于是提议道："要不然我们重新上演……"她小心翼翼地避开戏剧的名字，怕给自己招来晦气："这部苏格兰戏剧吧！"

"很可惜，我受职业所限，没有空闲时间。而且不管怎样，你觉得镇上的居民会希望看到他们的治安官，比如说，和这个作品同名的杀人犯的形象出现吗？我会失信于他们的。"

"大家不会这么想……而且你随时可以扮演班柯啊！"

"不，不，不，对于很多人来说，艺术就是生活。而我是治安官，这是我一天24小时都必须扮演的角色。只要我还佩戴着警徽，以其他形象出现只会给人们带来困扰。"霍克治安官皱着眉头，用手紧紧捏住下巴，然后低声问道，"克拉丽丝最近怎么样？"

"她很忙。"戴尔芬草草回答，以掩饰听到这个问题后突然感到的不安。

"真的吗？"霍克用威胁的语气轻轻说，"很忙？还是在逃避她的命运？我觉得我可是她命中注定无法逃避的。"

他狡诈的自信引爆了戴尔芬的脾气。"无法逃避！"她大喊，"你真是个神经病，她烦透你了。我不管你是不是治安官，你都不该再去骚扰她了。"

"吃糖吗？"霍克从一摞文件底下拉出一只盘子。他剥开外面那层蜡纸，缓缓把糖放进嘴里。

戴尔芬摇了摇头，转身离开。她已经开始后悔冲他发了脾气，侮辱霍克可没什么好果子吃。路过药店时，她买了杯磷酸果汁，咕咚咕咚喝了下去，好平复一下心情，然后径直向殡仪馆走去。

施特鲁布家宅子的每个角落都彰显着独特的品位——墙壁刷成灰色，暗栗色镶边，就连窗户上的遮阳篷都用条纹帆布统一制成。门廊外有一圈弯弯曲曲的铸铁栏杆，柔美的绿色草坪完美得无可挑剔，夏日花园里的花朵是让人安宁的丁香花、淡紫色蜀葵、白色牵牛花和优雅的蓝色矢车菊，没有过于鲜艳浓烈的色彩。后门也漆成柔和的灰色，安装了现代化的电铃。戴尔芬按了一下，就听到里面响起一阵美妙的音乐。她紧张地环顾四周，确定没人跟踪。克拉丽丝来开门时，戴尔芬示意赶快让她进去。

“是罗伊吗？”克拉丽丝用一种两人都心照不宣的焦虑语气问道，让戴尔芬焦躁起来。

“不是！”她大喊。

“对不起，”克拉丽丝说，“我想什么呢？进来，快进来。我太傻了。”她搂住戴尔芬，带她走进屋后一个舒适的小房间里。

“我们现在就得谈谈，哪里比较方便？”戴尔芬问。

“我可以带你去下面，”克拉丽丝说，“我正为普莱塞顿先生服务。”

戴尔芬点了点头。地下室经过精心设计，冬暖夏凉，但永远保持着最适合工作的温度。克拉丽丝就是在那里，和叔叔、婶子专心致志为镇上每一位逝者进行最后的仪容整理。戴尔芬明白，能获准进到那里是一种殊荣。除了希奇大夫和治安官曾因一起涉嫌谋杀的案子进去过，其他人都禁止入内。虽然戴尔芬以前对屠宰间后的冷库没什么特别的感觉，但在走进施特鲁布家的尸体防腐室后，她才感到那个冷库多么让人厌烦。当然，她们在这里交谈的所有内容都不会传到第三者的耳朵里。于是，她跟在好朋友身后，沿着楼梯往下走去。克拉丽丝穿着件洁净的白大褂，正剥除手上的橡胶手套，噼啪作响。

“我本来要和南达科他州一个小伙子约会，但他放了我鸽子。”克拉丽丝的声音在屋里回荡。看来，她的职业还和中学时一样，会让她潜在的恋爱对象打退堂鼓。那个男孩早已提前声明，若两人想要约会，她必须改行。她们像往常那样，先聊了会儿天，交流了一下各自的情感状况。克拉丽丝觉得，一个惧怕她职业的男人，绝不可能赢得她的尊重。

“他叫我殡仪员，戴尔芬，你知道我有多讨厌这个称呼！他和别人没什么两样。就算我邀请他们，肯定也没一个敢下来，就是一群胆小鬼。”她突然做出一副令人惊悚的表情，弓起背，用低沉而沙哑的声音说，“他们怕会被我做成干尸。”

虽然在地下室这种环境里，克拉丽丝瞬间的表情转换有点吓人，但戴尔芬还是被逗笑了。屋里一个角落正播放唱片，是歌剧音乐，宛如身临现场一样动听。克拉丽丝放音乐不只是为了给自己听，她认为优美的旋律对正在处理的尸体上的骨肉也会起到镇定舒缓的作用，会使其更平稳而均匀地吸收注入的液体。她发誓确实如此，不过她今天服务的这位客户大概欣赏不了歌剧。克拉丽丝将他推回冷库之前，停住脚步，审视了一下他的脸。整个地下室灯光明亮，普莱塞顿先生却面色苍白，毫无生气，也许克拉丽丝还没找到适合他的染剂。她一直不断试验，想调配出适合每具遗体的万能动脉注射溶液。“他们之间天差地别。”克拉丽丝把他收起来时，冷静地在他胳膊上拍了拍，发出一声轻微的咔嚓声。她皱了皱眉，喃喃地说，“尸检肺气肿。”

“他给我带来很多困难，戴尔芬。他死于食物中毒，在法戈餐厅，”她的声音里微微夹杂着痛苦，“组织排气。”

北边那面墙上安装着玻璃橱柜，最顶层整齐摆放着小桶的唇部和眼部黏合剂、绷带和胶水。还有一小盒没分发完的名片，本塔留着它们，蘸上石蜡，用来代替药棉，放在牙龈和嘴唇之间，作为持久的隔离，更加耐用。还有用来清洁牙齿的“宝纳米”牌去污剂、按摩膏、柠檬汁、醋和肥皂。一沓沓干净毛巾，手刷、梳子、指甲锉和清漆。下面更加宽敞的几层则存放着一瓶瓶一加仑的甲醇或木醇、乙醇、砷溶液、福尔马林，还有小瓶的丁香油、黄樟、冬青油、苯甲醛、橙花油、薰衣草油和迷迭香油。奥里利厄斯·施特鲁布当初学习防腐处理的证书原件镶嵌在精致的相框里，挂在墙上，是明尼阿波利斯市西部和斯波坎市东部地区获颁的第一张。虽然地下室里一直很凉爽，常温还是会给尸体带来巨大的损坏。就在这样的环境中，克拉丽丝一直保持着愉快的笑容和优雅的美貌。这让戴尔芬突然想起一句马尔科姆的台词：“虽然小人全都貌似忠良，但忠良的人一定仍然不失其本色。”她赶快把这句话从脑子里赶走。

角落里有两把漂亮舒适的椅子，甚至还有个小电炉和咖啡壶。

“好吧，”克拉丽丝说，“我洗耳恭听。你说吧，到底什么事？”

在大白天的下午突然上门造访，自然表示有些紧急状况，不是自己的就是别人的，戴尔芬立刻直奔主题。

“你以前演《淑女与老虎》里的淑女时，穿的戏服是什么样的？”戴尔芬问。

“是件很漂亮精致的小衣服，从上到下……”

“有红色、粉色、桃红色的珠子，泛着珠光的那种。”

“我在上面缝满了不计其数的珠子，记得吗？简直就是件艺术品。”

克拉丽丝确实是个心灵手巧的裁缝。她可以用各种手法，将给客户缝合后的缝线完美隐藏好，有时甚至同时用两根针交叉缝合为十字状，把打的结隐藏起来。即便在没人会看到的衣服下面，她的手艺也完美得无可挑剔，而且她很看不上双线连锁缝和桥形缝合法。“那只是缝起来而已。”她会这样说。

“那衣服在哪儿呢？”

“我觉得在我衣柜里某个地方，”她淡定地说，“怎么了？”

“快扔掉。”戴尔芬说。

“扔掉我费了那么多心血做的东西？”克拉丽丝张大嘴巴，故作愤怒地说。

“听我说，我觉察出霍克在琢磨什么了。你知道我家的地窖门之前被一层黏糊糊的恶心东西封住了吧，粘在里面的珠子就和你衣服上的一样。”

克拉丽丝目瞪口呆，紧接着一种惊慌和痛苦的表情在她脸上弥漫开来。她用手捂住自己漂亮的脸颊，小巧的椭圆形指甲在指尖的用力按压下变成白色。“啊，天啊，戴尔芬！我跟你说过，那天晚上，霍克简直是把那条裙子从我身上扯掉的。”

“我有预感，霍克热血沸腾的油头肥脑一定在策划什么见不得人的事。”

“霍克在引我上钩，”克拉丽丝说，“他简直……不可理喻。我没法跟他讲道理。他会利用这种巧合——裙子、可怜的露茜和多丽丝……他怎么能这样？那下面可有个小姑娘啊！”她沮丧的泪水夺眶而出，但过了一会儿，她把手放下来，说：“不，不行，我绝不能向他认输。我不能违背专业精神，五点前必须完成普莱塞顿先生的工作，他可很棘手。”她突然垂下头，一脸疲倦的样子，皱着眉头望着戴尔芬，然后晃动了一下发卷：“嘿，你能不能帮好姐妹个忙，去我衣柜里拿走那条裙子？直接带回家，把那该死的裙子扔进火里烧掉吧！”

在当下密谋的紧张氛围里，戴尔芬立刻答应了，神情恍惚地走上楼梯。等走出地下室，打开后门，她才意识到自己正在犯傻。若霍克治安官发现是她从衣柜里拿走裙子，或只要发现她和那条裙子有任何关联，就等于惹祸上身。更何况，她要把它作何处理？这些珠子也许会熔化，但看起来不会燃尽，彻底消失。她心事重重地快步上楼，来到那个经常和好友一起过夜的房间。她很珍惜那些夜晚，吃顿寻常的家庭晚餐，感受下温情自在的家庭生活，那都是她不曾拥有过的。怪不得施特鲁布家的人都那么热爱本行工作——虽然戴尔芬再清楚不过，死人经常会带来麻烦，但至少不会出其不意。奥里利厄斯·施特鲁布曾允许自己开过的唯一一个玩笑，也很有可能只是他筋疲力尽时犯下的错误，就是在提到一个被玉米收割机吞噬的男孩时，说他是个严峻的挑战。

戴尔芬走进克拉丽丝的房间，放眼望去，一片孩子气的凌乱——毕竟她的好朋友需要有个可以放松自我、不拘小节的私人空间。该如何处理那条裙子，那条她凭借胸口不踏实的空洞感，就知道上面缀满的珠子和记忆中粘在地窖门上那些杏黄色、粉红色和红色珠子完全相同的裙子？戴尔芬纠结许久，最终还是用袋子拎着它，大步流星地走出房门，到屋后偷偷摸摸地转悠了几圈。她决定，不能完全按照克拉丽丝的指示去做。若她把裙子带回家，那么这件物证——现实点，还是如此称呼为好，就在她手里。那样一来就百口莫辩。她也可以把它丢进户外的壁炉，看着珠子在灰烬中闪闪发光，但她还是从旁边的棚屋里拿出把铲子，假装干起园艺，差不多忙活了半小时。万一有人看到她，最好能看到她给鸢尾花床疏了疏苗，以为她想带几株这种多年生植物回家去种。与此同时，她挖了个很深的坑，迅速把裙子塞了进去，使劲晃了晃袋子，确保所有珠子都埋在了土里，又往袋子里放了几株鸢尾花苗和栽得很密的萱草，最后将铲子放回原处，走回了家。

一回到家，戴尔芬就迅速在室外火炉里生起火，烧出一层完美的木炭。又往还有余火的木块中放了些土豆，在上方支起烤架，在余烬上用熏肉的油脂煎了些鱼。她又把冰箱里的豆子筛选一遍，是她提前放在里面腌制的，已经在卤汁里泡了一天，冰爽酸甜。在屋外清凉的夜里，蚊子都被烟熏走了，她和罗伊、马库斯一起坐下进餐。戴尔芬拿出镇上买的奶油和马库斯捡来的树莓，能享用那个奶油是件很奢侈的事。她不得不承认，她很喜欢西普里安带回来的钱——他把挣来的大部分收入都交给她，这样他们就能吃得像国王一样丰盛，也得以把房子修缮完毕。但当晚餐进入尾声，他开着车出现时，她如释重负的内心依然感到一阵恼怒。虽然她尽量将他抛在脑后，但他出门在外时，她无时无刻不为他担忧。她很不愿承认，看到他平安归来，她有多么开心。她抓住他，拥抱他，摇晃他，所有动作都在一瞬间完成。

“你不准走了。”她说。

他吻了她的手，轻轻抬起含情脉脉的黑色眼睛望向她。他可以和她打情骂俏，还可以翻云覆雨，都让人毫不怀疑他的真诚——他是为了保守自己的秘密才习得这些技巧，还是生来就有的天赋？

煎的鱼肉剩了不少，她又用熏肉的油脂热了热青豆，从炭火边叉起一个烫手的烤土豆，在双手间不停抛接，最后放在他的盘子里，用叉子切开。土豆立即喷出一股热气，她用勺子舀了些熏肉滴落的油脂，浇在软糯的土豆上。他立即发出感激和满足的赞叹。

“明天，”她告诉他，“我打算去找个电话接线员的工作。你觉得我的声音好听吗？”

“你什么都好。”西普里安心满意足地感慨道。在渐暗的夜色中，伴着温暖的炉火，享用完这顿美餐，他觉得惬意极了。这是他的肺腑之言，他很喜欢回来的感觉。屋外炉火噼啪作响，哀鸽发出柔和悠扬的低鸣。一只灰猫嘲鸫开始轮番上演自己的保留曲目，一首接一首地唱着曲调复杂的歌，仿佛画笔画过的几抹云彩零星地挂在绿色的天空中。现在滴酒不沾的罗伊只能拥有普通人的精力和生活习惯，没过多久，就拖着沉重的步子回小屋睡觉去了。马库斯的精神也逐渐萎靡，最终身子一歪，沉沉睡去，西普里安把他抱进屋里。等他回来后，戴尔芬问了他一个问题。

“你对男人的感觉，”她说，“对小男孩也一样吗？”

他透过火光，目瞪口呆地注视着戴尔芬，做出一副觉得荒唐可笑的表情：“当然不是！”

“不要那么震惊，”戴尔芬说，“我得先问好。是你冷不丁让我开了眼界，我怎么可能明白呢？不管怎样，我有个想法需要你帮忙，是马库斯，你得教他怎么撒尿。”

西普里安刚刚连续开了12小时的车，不敢相信自己的耳朵，以为幻听了。

“我说真的，”戴尔芬说，“他不会。”

“他当然会了！”西普里安说。

“还不太会，”戴尔芬态度坚决，“你必须教他怎么控制自己，还有那些可以用小鸡鸡做的花样，比如在沙地上写名字。你还要教他怎样不拧龙头，就把水关上之类的这种事，否则我不能把他送回他姑姑那里。”

西普里安这才明白她的用意，他也明白了这孩子总在地板上睡觉和每天起个大早是怎么回事。随着戴尔芬的目的更加明确，他慢慢点着头，望着她，对她又增添了几分敬意。有几个女人能想到这一点？全世界只有她一个，这也是他爱她的原因。这样做也许有用，于是他同意了。第二天一早，戴尔芬就准备好两大壶柠檬水，他俩每人一壶，然后就让他们带着柠檬水到鸡舍后面去。从那以后，每天早上都是如此。他们日复一日地勤学苦练，一个星期过后，马库斯早上起床时，床铺都是干燥的。但她觉得，需要教给他的生存技巧还有很多，这只是个开始。

不过戴尔芬的教学计划已经来不及进行下一阶段——如何应对勃然大怒的小姑玛丽亚·特雷莎，她原本的想法是教马库斯假装癫痫发作，让他学习翻白眼和口吐唾沫泡泡，做出逼真而吓人的模样。这一招可以制住小姑。但还没等她开始上课，送肉的货车就又停在院子里。菲德利斯又像上次那样，穿着皱皱巴巴的衬衫出现了。这次，他穿的裤子缩了水，缩得奇形怪状，连袜子都没穿，浑身上下都透露着一股疲倦的消沉——他默不作声，双眼下皮肤松弛，有些瘀青。他身体里的力量似乎有一部分已经抽离了他的身体，就是这种感觉，他看着就像个泄了气的皮球。紧接着戴尔芬还意识到，他竟然消瘦了许多，骨骼开始显露，手腕和指关节处的球形骨头突出，双颊轻微凹陷。这次他站在门外，连进屋喝杯水都不愿意，显然有话要说。

“求你了。”

他不是个会说这句话的人，对任何人都不会，无论男人还是女人。她听到他声音里流露的痛苦，更不敢相信这句话是从他的嘴里说出来的。戴尔芬立即怀疑，是否还会再听到一次，再从菲德利斯的嘴里听到一次，于是她任凭它孤零零地矗立在他们之间，像一座小小的丰碑。

“我已经让我妹妹走了。”

戴尔芬拱起手背，握住脖子，注视着他，然后放下手，撑在屁股上。她的眼睛掠过鸡笼，掠过田野，望向远方。这真是件惊天动地的大事，菲德利斯在她和亲妹妹之间选择了她。她深深吸了口气，心里默默承认，这样一来，小姑跟她从此定将不共戴天。之前她只是嘴皮子上逞逞强，表现强硬和不友好罢了，这下小姑会把新怨旧仇一并清算。为了让戴尔芬回到他的生活，甩掉亲妹妹是他必须做出的牺牲。作为回击，小姑定会鼓动家人和他反目。戴尔芬不禁怀疑，也许他会觉得她欠了他一个人情，但他的眼神中只有疲倦。

“她不会回来了？”戴尔芬确认了一下。

菲德利斯轻轻点点头，蓝色的眸子疲倦无神，有些充血。

“你看啊，菲德利斯，”她说着，有些犹豫，其实她也不知道自己是否真想回去，“我不会比你妹妹好到哪里去。”

菲德利斯一脸惊讶，看起来对这一点深表怀疑。戴尔芬转过身去，陷入沉思。她现在的世界有序而安宁，是她有生以来头一次有这样的感受。若去做电话接线员，她就可以接电话、报时间、报数字、每晚准时回家，生活中更多的是平静和规律，也许收入也会更多。但她又想到孩子们，想到伊娃如何教她处理事务，如何一边管理店铺一边把家里收拾得井井有条。伊娃把自己的小窍门、小捷径、处理细节的耐心、在走过的弯路和犯过的错误中吸取的所有生活经验和教训都毫无保留地教给了她，把煞费苦心积累的毕生所学通通传授给了她，她接受了，因为她爱她——很简单，只是因为她爱伊娃。她清晰地记得，伊娃每一次嘱咐她要照顾好菲德利斯和孩子们的情景。临近人生尽头时，她甚至任性地自作主张，让戴尔芬取代她的位置。那时她一心交代戴尔芬记住他们的生活习惯和饮食上的小怪癖，也缓解了一些自身的痛苦。伊娃又是怎样交代了菲德利斯？他做过什么承诺？他又有什么想法？戴尔芬很想问一问，但未等开口，这些话就哽在了喉间。

于是她只是说："好吧，但我们要先说好。每天早上我八点到，我会在店里最忙的时间帮忙，负责做午饭和晚饭，每天晚上六点回来。"她开出了条件，用坚定而冷静的语气制定了规矩。她等待他点头同意，然后像个男人那样，伸出手去，和他握手为定。

Chapter 8

野狗的焚烧

一个依然被悲伤笼罩的家庭难免跌跌撞撞，小乱不断。有人脚趾刚结了痂，眼神中的恐惧刚刚散去，就又有人从屋顶上摔下来，或骑自行车时跌倒，或在屠宰间地板上的锯末里摔一跤。悲伤还为各种大病小恙开道——莫名其妙发高烧，当地暴发的每一种痘疹都中招，就算身体最结实的也会得白喉、百日咳，更不必说严重的肠胃感冒和常见的拉肚子、流鼻涕、眼睛发炎、耳朵感染、生虱子了。一旦天气变冷，似乎所有小毛病都接踵而至，让戴尔芬忙得团团转，很难按照她向菲德利斯要求的时间上下班。有时她还需要照顾他们一整夜，不得不在他们的床脚边过夜。她成了烹饪鸡汤的高手，每天跟在鸡屁股后面找鸡蛋和虱卵也成了她的日常。即便他们都健康无恙，夜里睡得香甜，她也会守在卧室门口，忧心忡忡。他们让她发生这样的变化，就好像开启了她体内某个原始的开关，她自己却关不上。有时离开前，她还会迷信地数一遍他们的呼吸，以确保他们呼吸规律。她会给每个人数十下，数到十时，强迫自己转身离开，一下不多，一下不少。

烦惹烦，愁生愁，她越发坐立难安。有时躺在西普里安身边夜不能寐，她会发现大脑违背了自己的意愿，私自储存了过去许多让她羞耻难当的画面，或很久以前女朋友们的辜负和男朋友们的背叛，还有父亲酗酒给这座房子带来的灾难，每一帧都在脑海中栩栩如生。她经常把西普里安叫醒，让他陪着说话，但她从没对他说过，自他们做爱后的一个月里，她一直好奇而勇敢地等待着，希望又不盼望，会孕育一个孩子。他也从没对她说过，其实他的想法也一样。有马库斯在身边时，他就禁不住会产生这个想法，而且他一直觉得自己有一天会当爸爸。他想象会有一个儿子、一个女儿，会教他们算术、平衡，给他们讲自己的故乡和知道的所有故事。所以夜里和戴尔芬说话时，他很想问问她怀孕没有，但还是没有开口，因为那样就难免重提做爱的话题，而他不愿面对其中牵涉的复杂情绪。那样他就要事先做好准备，需要颇费一番心力。他更情愿不动声色、充满爱意地轻抚她的脸颊，握住她的手，给她讲他和兄弟们一起养过的一匹倔强的老马，让她再次进入梦乡，这样要容易得多。当她的哥哥会更轻松，但他还是想要孩子，想和戴尔芬一起生活。随着日子久了，他也就知道她没有怀上他的孩子，于是在一天夜里，一个没有月光的夜里，他举头凝视着天空中似乎投射向外太空的无尽黑暗，拿着一枚纯金的结婚戒指，认真地请求她嫁给他。

那夜的夜色如此浓重，在他们周围打着绿色的旋涡。她沉默很久，没有回答，但她并非在考虑如何回答，而是在考虑如何拒绝。思来想去，只有一个办法。

“不。”

这个字孤零零地飘浮在他们之间。

不过，这样的日子也有好的一面。一旦掌管起店铺，戴尔芬的心情几乎是雀跃的，干起活来忙碌而利落。现在担负起部分职责后，她才发现原来自己能这么喜欢这份工作。她不介意每天大量洗洗涮涮的苦差事，会分派孩子们扫地、撒新锯末、擦展示柜和地板，忙不过来时就让弗朗兹放学后看店。她开始从售卖货物里获得几乎让她羞愧的乐趣——在大西洋彼岸卖出一圈品质最佳的肝泥香肠，或一片不是哪里都能随便买到的科尔比氏干酪，或一箱刚敲破的鲱鱼干，还渗着卤水，散发着烟熏味。伊娃早已在戴尔芬心中种下一个神奇的信念，那就是从菲德利斯手里出品的一切必属精品，店里出售的都是只有自家老客才值得拥有的珍馐美馔。

这种信念对生意自然有利。对于什么单品会热卖和最佳打折时机，戴尔芬也有独到敏锐的眼光和精准的判断。她开创每周推出一种一元单品的项目，吸引来不少顾客。那时，只有银行家和屈指可数的几个富人住在峭壁上的奢华豪宅里，四周绿草如茵，峭壁下是河水从未上涨过的难以捉摸的河流。其他人的生活则经常捉襟见肘，很多人一贫如洗，生活困窘到完全吃不起肉。戴尔芬很擅长从富人手里挣钱，也悉心与穷人打交道。她储存起一桶桶干豆和豌豆，精明地和农场进行交易，像马贩子那样换来她确定有销路的货物。她还和一个经营范围遍及周边许多城市的能干的批发商建立往来，收来形形色色的新鲜玩意儿，足以激发大家强烈的好奇心，吸引他们前来一瞥。有她亲自试用并推荐的香皂、粉状保健品、成盒的粗切燕麦碎粒、苹果醋、核桃油、成罐的芥末酱。她还紧贴墙面安装了一个乳蛋类柜台，而之前都是从屋后冷藏柜里的坛子里取牛奶，现在她在柜台里还存放了奶油、当日鲜奶、三种级别的黄油和罗伊养的鸡新下的蛋。

罗伊依然没碰酒精，这反倒让戴尔芬开始担心。即便如此，看着他在屋里屋外默默付出的一切，她又有何可抱怨和挑剔的呢？他从没闲着过，甚至还不时跟着西普里安一起出远门，从边境线外偷运来私货后也不顺手牵羊，立刻转手卖掉。有时，他也会给她讲些胡编乱造的故事，表述清晰，娓娓动听——都类似于他曾给伊娃讲的故事，讲他怎样参与表演了一场意大利戏剧，或杀死一头熊，还跟着纳瓦霍人学习编织毛毯，会用希伯来语做很长的祷告。每当这时，戴尔芬总会心想，她从未真正认识他，或者说她不知道，当他清醒时，到底是怎样一个人？父亲对于她来说是个陌生人，她对他一无所知，也不太明白该如何接近。这要放在以前可简单得很，他们的关系仅限于他颤颤巍巍地走向她，求她给些钱，然后遭到她的拒绝。现在他还在合唱团和其他男人往来，罗伊会和他们围在桌前坐几个小时，把菲德利斯的香肠切成圆片，放在方饼干上，几个小时后就到店里来，西普里安也会一同前来。等她收拾完厨房，他们就会开车带她回家。她后来才意识到，那就是一种日常生活，当时她还不懂珍惜。一种没有惊吓也没有惊喜的平淡生活，但也没有停滞不前，就是那种彼时身在福中并不知福的生活。

每天，马库斯都会去查看毛丝鼠，收购皮毛的小贩随时会登门，他希望它们的皮毛能保持最佳状态。戴尔芬不知道马库斯如何做到叫得上每一只的名字，如此精心照料它们，不去惊吓它们，甚至似乎还很喜爱它们，同时对于将它们推向迫在眉睫的死亡之门却也没有表现一丝一毫的愧疚和不安。戴尔芬觉得，也许这就是一个成长在屠夫家庭里的孩子的天性——看着动物们来来往往。唯一可以逃脱这一命运的生物就是沙茨，以前它总躺在伊娃的床脚下，现在每晚都守护在孩子们的卧室门前。这只白色的德国牧羊犬安宁而睿智，但在听到突如其来的声响时，会出于保家护院的本能耸起周身毛发。戴尔芬曾经目睹过它在看到一个陌生的送货员进门后，立刻挺直身躯，颇具威严地狂吠。有时，它那双清澈的琥珀色眼睛会警觉而机敏地望着她，让她感到如此熟悉，不禁不寒而栗。毫无疑问，那些一旦离开养殖场，命运很快就会终结的动物，那些出于贩卖皮毛的目的而被养殖的动物，和这只狗自然是不能相提并论的。

马库斯对于毛丝鼠会带来的收益一直得意扬扬，两个弟弟也一起用胖乎乎的小手握着铅笔，咬着嘴唇，跟着把数字算了一遍又一遍。弗朗兹从一开始就已明确宣布，他已经过了参与这种项目的年纪，所以三个小家伙就能把所有利润收入囊中，一门心思讨论各种各样分享收益的方法，为这笔资金的去向争论不休——是把它们投入扩大再生产还是平均分配，或够不够给每人添置一辆新自行车。与此同时，那些值钱的小灰球则毫不知情地在不太结实的钢丝网笼子里蹿来蹿去，在它们粗陋的巢箱里钻进钻出，默默生长着皮毛，直到一个周五夜晚的到来。

野狗们用羊杂碎开了开胃后，就纵身跃过或挤过屋后的围栏，来到院子里。沙莰在店铺前拼命吠叫，菲德利斯还在循声寻找窃贼，检查门锁之时，野狗们已经开始大快朵颐。它们将一长排笼子翻倒在地，把毛丝鼠一个接一个从里面抓出来，狼吞虎咽地吞了下去，或撕扯得粉身碎骨，然后就偷偷溜走了，像之前在附近转悠时那样毫不声张，却留下了一片狼藉的作案现场。

“戴尔芬！”是马库斯在喊。后来她有些不好意思地认为，第二天一早她刚进门，他做的第一件事就是跑去找她，这是对她的认可和赞许。他脸上露出崩溃的表情，泪水已把胸口全都打湿，手里捏着一片破碎的皮毛。“它们把毛丝鼠抓走了，全杀死了！”

她跟着两个小的向后院跑去，发现果真如此。笼子全都打翻在地，像购物袋一样被撕扯开来，里面所有的毛丝鼠都不见了踪影。那片残破的皮毛是野狗留下的唯一证据，现在正被他难以置信地握在手里。他往前靠近一点，对自己遭受的损失大为震惊。原本这只是伊娃给他们画的挣大钱的大饼，但此刻戴尔芬也看得出来，从某种意义上来说，它们也是伊娃给孩子们留下的非同寻常的遗产，是她发起的项目。无论他们是否清楚，又是否承认，这些小东西是她创造出来的，野狗不应据为己有。戴尔芬还看得出，菲德利斯在查看现场的残骸时，也产生了同样的感受。一股无名的怒火在他心头悄然而生，像一件厚重的披肩渐渐覆盖上他的肩头。他轻轻点了点头，然后蹙起眉望向天空，做了个决定。

"安静下来！"他用德语对儿子们说，一反常态地把手放在他们肩头。然后他一言未发，朝戴尔芬这边转过身来，大踏步走回屠宰间。他从冰箱里拿出些放了很久已被冻伤变硬的肉和冷藏柜里一些变质的肉，又从为银行家腌制的一扇牛肉上割了些发霉的肉片，最后用平底锅端着，来到屋外的田野边，倒在地上。孩子们目不转睛地看着他，戴尔芬也注视着他，看他又走进屠宰间旁的小屋里，拿出存放在里面的步枪。他给两把枪都上了膛，又在口袋里装了些子弹，肩上扛起一把椅子，放在一棵树下。然后他好像又想起什么事，回到冷藏柜前，从里面拿出三瓶冒着冷气的啤酒，又拿了一条面包、一些熏肠、奶酪和苹果。他回到树荫下，坐在看得见被扔到田野边的肉块的位置。孩子们和戴尔芬从院子里可以看到，他将两把枪都立在膝盖上。最后，他打开一瓶黑啤酒。

戴尔芬回到屋里。门口的门铃响了，来者是"一步半"，像平时那样来拿平底锅里存放的碎肉，但菲德利斯刚刚把那些肉都倒在外面引诱野狗了。戴尔芬在玻璃展示柜里细细看了一番，在那些有大理石般纹理、切割完美、价格不菲的厚肉片里，挑选了一块不错的牛排。她用白纸包起来，又用绳子捆好，未做任何解释就递给了她。

“一步半”向戴尔芬投出诧异而空洞的眼神，审视了一下这包肉，在手里掂了掂。

“拿走吧。”戴尔芬说，有些不耐烦。

这个更为年长的女人精致的五官上露出未加掩饰的怀疑，问道：“多少钱？”

“你就拿走吧！”面对她莫名其妙的顾虑和不安，失去耐心的戴尔芬发了脾气。

“我看不行。”“一步半”最终决定。戴尔芬明白，这一举动在傲气的她看来，有些太接近于施舍，太贵重了。“一步半”粗野地翻遍了一层层衣服和口袋，最后在柜台上放下5分钱。据戴尔芬所知，这是她第一次付钱。戴尔芬拿起那枚硬币，又找出3枚1分钱硬币，想找给她。

“不用找该死的零钱了。”她好像受到侮辱般气鼓鼓地喊道，然后转身，大踏步离开，嘴里嘟嘟囔囔，抱怨着现在可怕的物价。

此刻，孩子们都爬上牲畜围栏里最高的木料，蹲在太阳底下。戴尔芬从厨房的窗户望过去，看到他们正嚼着草根，默默观察着父亲。她惊讶地发现，自己也跟着莫名兴奋起来，但看到尽忠职守的沙茨警惕地坐在阴凉处，又感到一阵愧疚。焦虑不安的她不时悄悄走到窗前，张望那些野狗有没有现身。随着秋日的太阳越升越高，直到头顶，孩子们进屋来吃东西。她在小圆面包上抹了些淡黄油，又在里面夹了几片昨天炖的老母鸡的鸡肉。他们把三明治带给父亲，把自己的也带到屋外，坐下继续等待。谁也想不到，这一坐，又是几个小时。事实往往就是这样，你不去寻找那些野狗时，它们总潜伏在附近，等你真的等待它们出现，它们又迟迟不现身。也许菲德利斯发怒的部分原因是他以前还会可怜这群邋里邋遢的家伙，给它们喂食，现在它们却转而占他的便宜，欺负到了他头上来，这是他绝对无法忍受的。

等到傍晚时分，孩子们都在葡萄藤下打上了盹儿，戴尔芬听到了第一声枪响。之前菲德利斯一直在默默等待，直到看见野狗们聚在一起，这才开始不慌不忙地稳稳开枪。戴尔芬从后门跑出去，爬上围栏里的斜坡，坐在孩子们旁边，望着野狗一只接一只地倒下。先是只高大结实的棕狗中了弹，像陀螺一样旋转了几圈。另一枪则利落地击中一只灰狗的头，它打了个滑，困惑地站住了，随后慢慢向前跌了下去。还有两只不大不小的狗，身上的长毛乱蓬蓬地结成一团，中弹后便嗥叫着跑开，但没等跑到小树林就死了。一只红狗狂吠着，咬牙切齿，一枚子弹穿透了它的颈静脉。一只脏兮兮的白狗肚皮贴着地，在草丛中缓缓爬行，一枚子弹擦破了它的脊柱，它不再动弹。又有六只也接连倒下了。最后是只敏捷的灰狗，它仓皇奔逃，菲德利斯谨慎地瞄准它上下起伏的后背，让它倒在了地上。最后一声枪响在空旷的原野上回荡许久。菲德利斯转过身，朝孩子们打了个手势。

“堆起来。”他只说了这么一句。孩子们立刻照做了，跑到每只狗旁边，把它们拖回来，然后像一摞毯子一样堆了起来。戴尔芬不安地注意到，其中一只正是科兹卡家管束不了的棕色大松狮。最好毁尸灭证，她心想，但她什么也没说。菲德利斯拎着两罐煤油，从店里走了出来。他先把一罐浇在狗身上，又在上面放了些木块、凋落的枝叶和一些垃圾。等摞到与他齐肩高的时候，他又往上面浇了一罐煤油。最后，他将一根卷起的长纸筒点燃，像根火炬一样，小心翼翼地扔在浸透煤油的木头上。

眼前顿时发出“砰”的一声沉闷的爆裂声，整个火堆都燃烧起来。火烧啊烧，一直烧到天黑，孩子们不断往里面添加废料。起初的味道和寻常的篝火并无不同，后来就散发出烤肉的气息，最后这种气息也消失了。烈火吞噬了一切，天色暗了下来，孩子们和戴尔芬还在出神地望着火堆，就连他们自己也无法理解这种热情。他们无法将视线挪开，眼前的情景让人目眩神迷。木料烧成了木炭，木炭过于灼热，又引燃了新木料。就连野狗的骨头都化为灰烬，什么也不会留下。火一直烧，他们一直添柴，直到夜已深，戴尔芬必须送孩子们回去睡觉。

菲德利斯就睡在他们卧室对面的房间，但他总是睡得很沉，从不半夜醒来。所以每天晚上，她都会让狗，而不是菲德利斯守卫院子。她从没和菲德利斯道过晚安，甚至从未和他单独相处过。现在他正在加班，以弥补白天端着来复枪坐在梣叶枫树下消耗的时光。她来到孩子们的卧室，数完他们的呼吸，然后抚摸了一下沙茨，沙茨也抬头望着她，好像默契地达成了一致。疲惫不堪的她多盯了一会儿它的双眼，突然无法将目光移开。她呆立在原地，双眼噙泪，感觉看着她的仿佛是伊娃的眼睛，饱含无限的同情和沉静。

戴尔芬背脊一凉。“见鬼，我一定是疯了！”她大声咕哝出来，好打破此刻诡异的气氛。这一招似乎奏效了，但她再也不敢和沙茨对视。她转身离开它，走进院子里，经过花园，那里白天刚刚收获过粗笨的南瓜，依然乱糟糟的。她一直走到田野边，独自站在那里。周遭的黑暗充斥着秋日蚊虫的嗡鸣，高低起伏，嗡嗡作响，像一首尚未定型的曲调，将她包围。她用力呼吸着刺鼻的烟雾掩盖下的杂草的芳香。“真要命啊，伊娃！”她听到自己说。然后，她就像平日那样和她聊天，没说什么特别的，不过是嘲笑一下孩子们、男人们和客人们，猜测一下大家各式各样行为的原因和动机。自从伊娃离开后，她没流过一滴眼泪，坚定地把和伊娃有关的一切念头在脑海中捻灭，希望可以悄无声息地习惯这种悲痛。而今夜，她站在黑暗中喃喃自语，一种陌生的悲伤袭来，裹挟着让人绝望的抚慰。她任凭自己放声痛哭起来，尽情发出嘶哑刺耳的声音，直到最后几块木炭燃尽，化为黯淡的红色灰尘，夜色悄悄覆盖了一切。

就像这样吧，她开车回家的路上心想，念头阴郁而激动。等到我也要经历生命的尽头，也会是这样吧，那时，炭火的余光也会熄灭、消亡，黑暗渐渐蔓延到她视野中的各个角落。她拐弯时，发现路上有个身影，一双眼睛在汽车头灯的照耀下反射着红光，像鬼魂一样一闪而过。是只狗。她“扑哧”一声笑了起来，好吧，就算是菲德利斯也无法将世界上的野狗赶尽杀绝，也许它们依然在她屋后徘徊，在黑夜里嗥叫，也许它们还会来偷罗伊养的鸡。说不清为什么，一想到至少有一只狗没有在菲德利斯百发百中的子弹下丧命，她就无缘无故地开心许多，驶进家门前的院子里时，甚至还莫名雀跃起来。下车后，她就听到父亲震天撼地、隆隆作响的鼾声。厨房里还亮着盏灯，大概是西普里安一个人在玩牌，或看他最爱的杂货店买来的犯罪和悬疑类低俗小说，甚至可能在例行每日训练，为自己编排的节目锻炼一些超群的小技艺。

戴尔芬走进屋门，发现她的猜测一个都没中。西普里安正趴在桌上，在一盏台灯的昏暗灯光下，等她回来。他穿着件贴身汗衫，裸露着战争留下的伤疤，呈现球状闪电般的辐射状纹理。他健壮的肌肉清晰可见，皮肤散发着柔和的金色光泽。他趴着睡着了，半张脸映照着黯淡的柔光，让人心动不已。他的五官比例完美，就像从一幅美轮美奂的油画里走出来的人，是从古代坠落到凡间的英雄。戴尔芬把手放在他的后背上，轻轻把他唤醒。他醒过来，牵起她的手，贴在自己的脸颊上。他把这个姿势保持了很久，才开口说话，告诉她如果嫁给他，就再也不会有其他方面的担忧。他再不会和男人交往，会以最深情的方式忠诚于她。那些驱使他寻觅男人的念头和感受，他会统统放弃。他会终止那些想法，他会改变。他说，他愿意这么做，全都出于对她的爱，如果她也爱他，他们会生活得很幸福。

戴尔芬坐在他身边，而不是对面，这样就可以搂住他的肩膀，而不必和他对视。面对他的信任，她其实无言以对——若没有亲眼看到他和别的男人在一起，也许她会相信他的话。但她看到了，那样的他——虽然她不可名状，虽然她只能模糊地概括为——那个人才是他自己。那是一个真实的西普里安。如果每个人都有最本真的自我，那么最本真的西普里安就存在于那两个男人之间的律动里，在他们的激情和乐趣里，就连窝藏在草丛中的她都能远远感受到他的快乐。当她迈出步子出现后，她也能看出他瞬间发生的转变。

她没有回答他的问题，而是给他讲述了白天的经历，讲述了上午发生的事，讲述了菲德利斯设置的陷阱。当她说到来复枪安稳地端放在菲德利斯的膝盖上时，她发现他的兴趣变得更加强烈，于是说得更加起劲儿，好转移他的注意力。她讲他如何等待了漫长的一天，然后才开枪射击。她讲他如何弹无虚发，又如何百步穿杨。在最激烈的瞬间，她紧张得没有多想，事后才惊讶地意识到，菲德利斯射中每只狗时都如此轻松而精准。她告诉西普里安，她也是后来回想时才发现，他射击的声音均匀而规律，每发之间几乎无缝衔接，好像从头到尾只听到了一声枪响。

西普里安点了点头，默默迫使自己听进去她描述的每个细节——篝火的样子和堆起的方法、中了埋伏后慌不择路的野狗的静默无声。他明白那种平静如水的表面下隐藏的怒火。当他聆听戴尔芬的讲述时，她完全无法察觉，他自始至终考虑的内容实际远远超乎了她的想象。

这么说，菲德利斯是个狙击手了，这就是他的想法，一个德国的狙击手。不知道他有没有瞄准过没戴头盔、背对着他的我；不知道是不是他击爆了希斯金斯基的头，打掉了马拉代赫的手，射中了我深爱的他的心。

对于他们共同参与过的那场战争，菲德利斯·沃尔德沃格尔和西普里安·拉扎尔始终都只字未提，它就像曾经横亘在他们之间的比利时沼泽地一样，过去泥泞不堪，现在却绿草如茵。战壕已填埋，隧道已坍塌，曾经不顾一切想要活命的士兵如今却散落在层层泥土下。有时一起喝酒时，他们当中会有一人突然想起那场战争，因为两人都一样，每一天，甚至每隔几个小时，脑海中都会不自觉地重现和战争相关的细节——一个画面、一个声音或一句话。它突如其来，那个人就会沉默下来，稍稍进行一番思想斗争后再继续下去。另一个则会感受到它的降临，就像感应到远距离炮击后的余波，然后心满意足或如释重负地开个玩笑，或长饮一阵啤酒。

只有那么一次，在一个寂静的夜晚，西普里安和菲德利斯一起坐在厨房的餐桌边，等待戴尔芬忙完手里的活儿时，两人才第一次公开交流了各自私下里掌握的共同知识。

“你被火烧伤过。”菲德利斯一边说，一边审视着西普里安喉咙处稍稍向上发散开的伤疤，其中一条疤痕延伸到他耳朵后面，消失在他乌黑发亮的发丛中。

“你，这里擦伤了。”西普里安在自己下巴上指出他受过伤的地方，是个稍大于一英寸的小坑，子弹从那里穿过，往下穿透了菲德利斯的下颌。他们都到此为止，已深感疲倦，没再继续。其实菲德利斯原本可以给他看看那枚子弹，从肩膀上挖出来后就镶嵌在表链上。他还可以给他看看从他的胳膊和背上划过的军刀刀痕，还有他屁股上一块让人震惊的皮肉，是弹药车从他身上碾过后留下的，那次别人都误以为他已阵亡。两个男人都经受过比外表显而易见的伤痕要严重得多的伤痛，都隐藏在他们的衣服下，也隐藏在他们现在生活中的角色背后。他们的经历都不是那种可以在酒桌上和其他老兵一起反复回味的故事，那种故事应该发生在后方而非前线，发生在女人和其他男人身上，若有战斗或杀害情节，通常都简短而荣耀。但菲德利斯和西普里安都从未体会过荣耀的滋味，对于他们来说，血雨腥风的感受才刻骨铭心，却都难以启齿。

小姑现在就像热锅上的蚂蚁。戴尔芬可以感受得到，就像在街边闻到镇上阴沟里飘出的一股馊臭味儿那样清晰。自从亲哥哥把她从这座房子里撵了出去，还请回戴尔芬，她就在镇上和路德教会里失去了声望。而戴尔芬这个女人，小姑轻而易举就能摸清底细——镇上酒鬼的女儿、有谋杀嫌疑、天主教徒，更何况是个波兰人后裔，跟一个和她同居、相貌过于英俊又有异域风情的男人结了婚（只是有可能，据传闻实际上并没有），以前是舞台上的女演员——总之，用她的话说，不过是个下贱胚子。除此以外，这个戴尔芬还趁伊娃重病缠身时搬了进来，和她走得很近，她不过是不想错失一次良机——一个让人中意的鳏夫，有自家生意和四个聪明儿子。她看得出她想要什么，小姑邪恶地点着头说，千真万确，她很清楚她想要什么，那个戴尔芬。

小姑接二连三地写了一沓沓信，满纸怨气，慌慌张张寄去德国，很快就收到了回复。她故意立起来放在收银机上，量菲德利斯不敢忽略。他确实看了那些信，板着个脸，一言未发。他显得心烦意乱。在他放衣服的抽屉里，有个雪茄盒，里面有一堆奖章，包括一枚铁十字勋章。当初他只身一人，拎着一只行李箱，漂洋过海来到这个国家，卖掉箱子里的香肠，留下里面的刀具，没日没夜地辛勤工作。他费尽千辛万苦来到这里，却发现身边的情形和德国相比，并没好到哪儿去，经济一样萎靡不振。德国物价飞涨，有次母亲曾在信中提及，就连去面包房买面包，都要推着一手推车的德国马克。他换了个地方生活，却还是没能躲过经济大萧条。后来，他的父母出乎意料地交了好运。在经济最不景气的时候，他们设法收回战前曾属于他们的一处房产，是栋仓库。然后他们按照他占的份额，给他寄了笔钱。

他用这笔钱买了北达科他的这栋农庄，自立了门户。每天有 18 个小时，他都在剥牛皮、杀猪宰羊，才得以把伊娃、弗朗兹和后来的小姑接来，和他一起生活。他那仁慈善良的母亲和严厉冷漠的父亲，他都十分想念，现在，弟弟也开始参与料理家族生意。但他手头总有干不完的活儿，干完了还有别的，总有必须要做的事等待着他。现在他更不可能撇下这里，回去看望家人。他看完他们写来的信，未等字里行间的感受渗入他沉静的内心，就搁置一旁，否则会感到孤独。

小姑拿起信，塞回包里，露出不满的表情。她改变策略，想让他了解自己总结的那些关于戴尔芬的惊人真相，但他挥挥手，把她打发走了。看到他如此维护那个波兰女人，她咬住嘴唇，灰心丧气。对其他人，她可以毫无顾忌地横加指责，但她哥哥不行，她不能影响他的生意，让他流失顾客，便宜了镇那头那个屠夫。所以她要强压住心中的怒火和怨气，但这就和炖菜一样，越闷越浓。她对自己在哥哥那里遭遇的严重不公耿耿于怀，开始幻想回到路德维希鲁的情景。那些想象随着时日增长越加具体和丰满，穿插着各种荒谬画面，例如她带着孩子们荣归故里——嗯，也许马库斯不干，那就另外三个，或者只是双胞胎。那就够了。

她是这么盘算的，在这片男性数量未受战争太大影响的新大陆上，她都没嫁出去，她绝不会形单影只地回到德国。她得带点什么回去，失去母亲的孩子就可以。作为侄子们伟大无私的监护人，她就可以以他们姑妈的身份重新融入故乡的生活。这样一来，她就不再是老处女姑妈，而是赡养人姑妈，她就能取得一定的社会地位。要不然，回去又有什么好处呢?

有时她独自坐在自己的小房子里，客厅被她买来的一个二手教师讲台占据得满满当当，她的思维就像笼子里的老鼠一样不断跳跃。她不能一直像现在这样，只是记记账，日渐衰老下去——随着她记满的纸页翻过，心灵越发脆弱；随着数字加加减减，肢体越发僵硬。不过话说回来，说实在的，结婚到底有什么好，哪有那么重要？她那些朋友都有丈夫，但她们每天坐在一起都会抱怨他们言语污秽、生活习惯粗陋、人不着家，或吹嘘他们的饮食和食量。她并没发现找个丈夫究竟有什么实际用处，除非他很有钱。然而并没有有钱的丈夫，她只有三家在困境中艰难维持的店铺的账目待结算——克罗恩五金店、奥尔森咖啡馆和肉铺，更何况他们就连她要求的微薄报酬都付不起。所以，要想走出这个简陋的房间的唯一方法，似乎就是钓个金龟婿，或者想办法赶走戴尔芬，趁埃米尔和埃里克依然年幼，还能获得众人的喜爱但又没到给她惹麻烦的年纪，把他们从父亲身边哄骗走。

当然了，还有一个办法，她也可以自己挣钱。她开始苦思冥想，挣钱……毫无头绪。她沉浸在这个想法中，更加坚定地认为这是她唯一的希望。对金钱的渴望开始在她脑海中疯狂翻腾，让她无法自拔。她梦到了钞票，梦到了大海，梦到自己穿着件毛皮大衣，从轮船上走下来，荣归故里。夜里，钞票在铁栏杆后面跳舞，近在眼前却触摸不到。一天下午，她吃着单调乏味的午餐——面包和一根白色牛肉香肠，脑子里突然冒出一个疯狂的念头，如此荒谬，她决定置之不理。但它再次冒了出来，她发现已经无法将其忽略。

第二天早上醒来，小姑决定把奶奶留给她的最后一件首饰卖掉。那是一块很大的贝壳浮雕，雕刻精美，是一位既端庄又性感的女郎的侧面轮廓，那张脸庞机敏中带有一丝狂野，乳黄色的头发飘垂下来，融入粉色的贝壳中。她对这枚浮雕心仪已久，自儿时起便充满向往。她还记得把它从隐蔽之处——梳妆台后墙上的小洞里偷偷拿出来；她还记得一个艳阳天，他们在花园里野餐，它就别在奶奶颈前的饰带上，她轻轻抚摸过它。那样的时光一去不复返。对于她来说，它象征着战前在德国生活时的所有踏实和舒适，所有无可挑剔和无忧无虑的时光。她经常佩戴它，以提醒自己它们的存在。要放弃它，是个重大的决定，但她心意已决。她把浮雕放在一只短袜里，然后装进包里。她会把它卖掉，再用那笔钱购置一套时尚的新套装。她会穿上那身衣服去银行，得不到一份工作就绝不离开。毕竟那里离巨额钱财最近，坐拥整个镇上的财富，而那里的工作最终会让她腰缠万贯的梦想成真。

几天后，戴尔芬再见到小姑时，几乎大跌眼镜。她脱下了以前像皮肤一样长在她身上的黑色连衣裙，换了一套新衣服，用一种罕见的闪耀着金属光泽的布料制成，紧绷而僵硬，就像一件经过切割和打磨后焊接起来的盔甲。小姑穿上后，看起来战无不胜，而这正是她的目的。她雄赳赳气昂昂地向银行走去，据她了解，那里的所有人和管理者是镇上唯一一个每晚都吃得起牛排的人，她感觉自己改变人生的契机即将来临，而身上这件战袍就能助她一臂之力，她对此确信无疑。当她坐在他的办公室外等待，甚至当她看到所有银行职员和柜员都是比她更为年轻的男性时，她对战袍的面料依然信心十足。即便后来遭到拒绝，没有得到银行的任何一个职位，这件衣服也没让她丧失信念。她决定沿着镇上的大街走一遍，东南西北，各个角落，不找到可以发财的工作就决不罢休——什么工作都行，谁愿意雇她都可以。这件战袍会指引她走向正确的方向，这件战袍会帮她找到那个地方。

也许，就像后来戴尔芬对西普里安说的那样，那件衣服是有磁性的，至少看起来确实如此。所以，当小姑穿着一件貌似和汽车同种材质的衣服时，除了被车撞倒，还能发生什么呢？小姑拖着沉重的步子，正为钱包里只剩一枚一角硬币而忧心忡忡，过马路时一不留神，就被格斯·纽霍尔开车撞了。格斯就是以前贩私酒的那个家伙，现在销售专利药品，刚在银行里存了一大笔钱出来。小姑起身站稳后，推开旁边惊恐的目击者们朝她伸出的胳膊。要不是看在格斯·纽霍尔是菲德利斯的忠实顾客的分儿上，她早就把他骂得狗血淋头了。她会告诉他，他是个鲁莽的蠢货，是个讨厌的下流坯，是个该死的狗杂种。但她咬了咬牙，闭上了嘴，一瘸一拐地离开，已经开始浑身作痛。她好不容易走到家，在客厅里一张厚厚的椭圆形碎呢地毯上躺下，冷静地运用把自己也吓一跳的德国式效率和严谨，把当天遇到的所有人都骂了一遍，从早上不愿意收购和最终买走她心爱的贝壳浮雕的珠宝商开始，而且她很确信，他肯定不愿让她用这身背叛了她的衣服再把它换回来。

弗朗兹骑着玛兹琳·希梅克的自行车，玛兹琳则坐在前面的车把上，张开双臂保持着平衡。她屁股的曲线刚好贴合车把的U型杆，弗朗兹则紧紧握住两边的橡胶把手。他努力想越过她的肩头，或是透过她微微出汗的胳膊下面，瞥见前面的路，尽量不去看她身上那件丁香印花裙是怎样裹住她坐在车把上的身体部位的。她的双脚和双膝并拢在一起，白嫩的脚踝和沉重的男式系带鞋都小心翼翼地靠着前轮的挡泥板。她有一头浅棕色长发，用颜色不再鲜艳的旧丝带系在脑后，打着卷儿。在他们骑向飞机场的路上，当一阵轻柔的微风吹过，会有几缕秀发拂过弗朗兹的鼻尖，碰到他的上唇，擦过他的脸颊。

玛兹琳也很喜欢飞机，至少她声称如此。她会为弗朗兹的剪贴簿收集飞行员和飞行竞赛的图片，她还会跟他一起去看飞机，如果有哪个在谷仓停放飞机或只是恰巧降落在那里的飞行员准许弗朗兹摆弄它的发动机，她就一个人坐在谷仓的阴凉处。弗朗兹和飞行员忙活时，她就取下绑在自行车后座的书，做做算术题或地理作业。有时若实在无聊，她会替弗朗兹把作业也做了。等到都做完了，她就站起来，围着谷仓走了一圈又一圈，用批判的眼光盯着飞机，直到弗朗兹终于决定回家。但他们不会马上回去，已经公开恋爱好几个月的两人会在拐向肉铺的岔道前停下。弗朗兹会把玛兹琳的自行车偷偷放在杂草丛里，然后一起牵着手走到一棵松树下，它茂密的枝叶会垂下来，挡在他们四周。

“这里很快就冷了，”玛兹琳说着，坐在地上柔软的铁锈色松针上，“那时该怎么办呢？”她把弗朗兹放在她膝盖上的手推开。他往后坐了坐，等待着她下一个动作。有一次，她曾经小心握起他的手，放在她左侧的乳房上，对他说：“转着圈揉揉。”他照做了，但她很快就皱起眉头，把他的手甩到一边，说："感觉一点都不舒服。"他的手没有挪开，免得她还想让他再试一次。她的上嘴唇很薄，弯成一条颇为挑逗的弧线，他很喜欢它弯起的样子，左侧比右侧稍高，在牙齿上方微微翘起一道缝。下嘴唇却很丰满，如樱桃般红嫩。弗朗兹很熟悉她的嘴唇，还有耳朵。她总让他亲吻她的耳朵，然后沿着前颈，一直亲到锁骨下方隆起的优美曲线处。她的睫毛又长又密，会投下阴影，她说别的姑娘都很嫉妒她这一点。它们和她的眼睛一样，是棕色的，比她浓密的秀发要深得多，她的秀发在阳光下闪耀着一道道光泽，在她的肩膀上摇晃。

他抚摸着她的头发，甚至还斗胆轻轻拉了拉，离她更近了些。她也挪到他身边，躺在他的臂弯里。他们都背靠着松树，所以总会注意在天黑前离开，这样他们就能趁着天光帮彼此把背上的松针和树皮拍掉。他的脸朝她俯过去，她像个孩子一样顺从地闭上了眼。当他的嘴唇终于离开她的嘴，她才睁开眼。她舔了舔嘴唇，嘲弄地看着他，然后把手从他衬衫上纽扣的缝隙里伸进去，向上抚摸他的胸膛，沿着每一根肋骨用指甲轻轻挠着。玛兹琳有几条明确的规定，弗朗兹只能做她允许的几件事，而她则可以对他为所欲为，他只能站着不动，不能去抓她。关于这一点，弗朗兹发现，当她的所作所为让他难以忍受时，他是很难做到的。

霍克治安官伴着银行家台灯的祖母绿灯罩下那耀眼的灯光，工作到深夜，把文件分门别类地整理好。他处理的大部分案件都是小偷小摸、妨碍社会治安、酒馆闹事或家庭纠纷，其他则过于重大，超出了他的职责范围。后者包括天灾人祸、交通事故，其中最让他发愁的就是农场拍卖和取消抵押品赎回权。虽然兰格镇长已经叫停，命令银行终止这一活动，但兹布鲁格还是会设法每年发起一两次，而每次维护现场秩序就是他的职责。霍克已经参与过好几次原本会把罗伊的农庄没收的拍卖，但每次在银行即将走完法律程序的最后关头，罗伊都会出现，如数交上贷款。没人知道他的钱从哪儿来，但他总会把钱交上，然后继续酩酊大醉，直到下次欠款到期，再次重演之前的步骤。

不过这么多年来，罗伊头一次按时还上了贷款。霍克盯着灯光下的棕色纸板文件夹，心想，当然了，他按时付款肯定和戴尔芬回来有关。他迫切想要结案，将这个事件定性为一个严重的失误——毕竟，追思会混乱无章，确实有人被锁在了地窖里。但这件事还有让人捉摸不透的诡异之处，死者的惨状过于惊骇，还有封住地窖口的胶状物，混杂着桃汁、装饰用的珠子和狗屎，真是奇怪。该死的珠子。啊，克拉丽丝！他用双手捂住脸庞，回忆起往日蒙受的羞辱和戴尔芬对他所受痛苦的嗤之以鼻。这样的回忆让他不知所措，他缩在椅子上，想要转移注意力。但不管想什么，最终都会回到克拉丽丝身上。他无时无刻不在思念她，即便不在想她时也是如此。她是他每时每刻和一举一动的背景画面。他阻止自己想她的最有效方法，就是想象把她锁在一个柜子里——把她塞进去，温柔地吻她，然后转动钥匙锁上门。她总要花好几个小时才能出来，所以在她拼命挣扎的这段时间里，他就能把注意力放在其他事情上。

还有一点让人纳闷儿，就是罗伊竟然听不到自己家地下的响动。霍克希望镇上能有人确信无疑地感到罗伊·瓦茨卡有罪。但据他判断，如果罗伊多半时间都醉得不省人事，那他确实没有撒谎，而且基本上和他女儿坚称的那样，是清白的。霍克喜欢把自己视为直觉敏锐的人，但他的直觉还是漏掉了一些东西，他不能确定这些东西肯定和罗伊有关，但在他面前，在另一份打开的卷宗中，他发现了一个机会，可以立刻采取行动，当个引子，没准儿就能牵扯一两个线索出来。他将面前的一份文件抹平，仔细看了一遍，边看边点头。下定决心后，他将手掌在纸张上拍了一下，然后折叠整齐，塞进胸前的口袋。他弯腰去关台灯时，纸张在口袋里发出窸窣的声音。

霍克治安官以偷窃吗啡的罪名逮捕罗伊·瓦茨卡时，是个寒冷而清新的午后。金色阳光照耀着，落叶打着旋儿在空中飞舞。虽然这起案子时日已久，菲德利斯闻讯后也立刻赶过去，解释了前因后果，但霍克却表现出刚开始着手调查的样子。现在，菲德利斯每个月都会偿还给萨尔·伯迪一笔药费，萨尔也欣然接受了这种方式。但霍克还是实施了逮捕，罗伊顺从地跟他走了，似乎面对即将到来的监狱时光已选择听天由命。他又回到以前时常光顾的牢房里，只不过那时烂醉如泥的他对周遭环境完全无感，只会打鼾入睡，毫不在意破烂不堪的毯子、污迹斑斑的墙壁和隐隐散发着臊气的小便桶。他像往常那样走进去，关上身后的门。这次的情形却截然不同，已完全清醒的他出乎意料地变得挑剔起来。让霍克吃惊的是，他做的第一件事竟然是要求给他一种有松木气息的氨水，以前他曾用来清理鸡舍，还要来一个拖把、一只桶、一些水、一把刷子和一块抹布。他将破旧的毯子塞进铁栏杆之间，想把床垫里的虫子用力拍出来。他埋头于大扫除之中，都没顾上询问女儿是否得知他的处境。霍克决定主动承担这一责任，亲自去肉铺通知她，但在此之前，他专门做了些准备，好保证在告诉她这一消息后，能暗中监视她接下来的行动。

在霍克走进店门的那一刻，戴尔芬就痛苦地意识到，一定是罗伊遇上麻烦了。她明白，自己一直都担心现在的日子太过美好而不会持久，这种担心最终应验了，果然没有保持下去。它们结束了。但除此以外，这个消息还会让她颜面尽失，因为小姑此刻也在店里，正在不远处和菲德利斯交谈。戴尔芬祈祷他们的谈话会演变成一场漫长的争吵，这样就不会走到店里来。当然，如果他们住口，就可以一清二楚地听到霍克要说的话。

霍克带来的肯定不是什么好消息，因为他已经像要上台演出那样，起了舞台范儿。这就是他最爱扮演的角色——传播坏消息的信使。他脸上的戏就和舞台妆一样厚重。戴尔芬突然产生一种脱离现实的感受，感觉自己仿佛也在扮演一个角色，就像手里拿着针头和小姑对峙的那一幕一样，她很清楚他要说的每一句台词，也知道自己要说的话。这一刻仿佛一直存在，已经排练过无数次。

霍克一开口，门后的交谈声就消失了。小姑当然听得到治安官的话，不消几分钟，这句话就会传遍全镇。

“我逮捕了你父亲。”

“我想见他。”戴尔芬的声音十分平静。紧接着，她询问了保释金的数额，霍克告诉她，这由镇上的法官罗兰·兹布鲁格来定，也就是切斯特的哥哥。他还说，她可以选择付这笔钱，将他保释出来，但罗伊在里面安顿得挺好的。

“哦，我知道他肯定像在家一样自在。”戴尔芬说着，声音已经变了调，饱含她力所能及可以表达的所有讽刺。紧接着她意识到自己需要表现出诚意来，便注视着治安官脸上像靠垫一样鼓起的腮帮子和尖鼻。“你知道不是他干的，”她突然脱口而出，“他是无辜的。”

治安官的脸上多了一丝警惕。戴尔芬的反应正中他的下怀，她理所当然地默认父亲受到的指控和地窖里的三具尸体有关。于是，他小心翼翼地防备着，以防她在这个错误的假定下出现疏漏，而这个小小的差错大概就需要他付出提供更多信息的代价。“根据我的经验来看，任何人，”他说，“在喝醉的情况下都不是完全无辜的。最好的办法大概就是请个好律师。”

“那你让我去哪里找钱，”戴尔芬这时用挖苦的语气说，“才请得起好律师呢？”

霍克治安官嘟起的嘴唇露出少女般的微笑，不自然地抽动了几下，然后双眼突然一亮，让戴尔芬觉得这在一位执法官身上出现，未免太阴险了些。

“我们的好朋友西普里安往北边跑了那么多次，手头怎么着也有几个钱吧。”治安官建议道。

此时戴尔芬满心希望小姑竖起的耳朵可以突然失聪，她好不容易才让自己看起来面无表情，实则内心波澜起伏。她将脸转向一边，装作听不懂他的话。“我不明白你在说什么。”她冷冷地说。接下来却没有写好的台词，没有想好的剧本。于是她又回到方才讨论的话题上来。

“我什么时候可以见我父亲？”

“随时可以。”

她强忍住自己习惯性道谢的冲动，转过身去，把围裙往柜台上一摔，好提醒小姑和菲德利斯这两个偷听的人。

“我知道你听到了，”她从小姑身边经过时，对她说，“闭上你的臭嘴。”

小姑噘起嘴，脸上夹杂着幸灾乐祸的愤怒变成了虚伪的痛苦。菲德利斯已经跟了上去，走在霍克身后。也许他能问出点别的情况吧，戴尔芬心想。走出后门后，在寒冷而灿烂的阳光下，戴尔芬使劲吸了几口气，又在脑子里细细过了一遍刚才的对话。她一直在证据这个环节上左思右想。到底是什么证据？从哪里来？谁提供的？如果他们有足够的理由把罗伊抓起来，那说明一定有目击者，或至少是可以呈堂的旁证。她慌乱之下，决定去找克拉丽丝。

戴尔芬走进地下的停尸房。正站在水槽边的克拉丽丝回过头来，容光满面地说："太好了，你来得正好！"

每当克拉丽丝的工作进展顺利时，心满意足的她都会神采奕奕、活力四射。她的皮肤洁白光润、晶莹剔透，连个雀斑的影子都见不到。她的嘴唇未涂唇膏，是自然的深红色，她的双眼在看到好友出现时闪烁着喜悦的光彩。

"我得再和你谈谈。"戴尔芬说。

克拉丽丝则欢快地手舞足蹈，挥舞着手臂指向她的工作区。

"我得让你看个人！"

"现在不行，克拉丽丝。有时候你会激动过头。"

"这是那些父母看到孩子的最后一眼，"克拉丽丝的表情严肃起来，回答说，"这是过头了吗？也许吧，嗯，当然，我会让态度柔和下来。我刚刚只是……"

"没关系，没关系。刚才是我的情绪太紧张了，罗伊被抓进监狱了。"

"是那个该死的霍克干的。"克拉丽丝说。她轻轻甩了下卷发，递给戴尔芬一杯刚刚煮好的咖啡。"不过，这么一想，你也得承认，那确实是他的地窖。而且事发当晚，他确实也醉得不轻，唉……"她摇了摇头，在表达同情的同时也没有牵连到自己。"哎呀，快看看你的样子。你得好好休息一下！眼睛下面都有黑眼圈了。"她握起戴尔芬的手，就像两人小时候在河边真心诚意地交谈时那样。"别担心，"她说，"我们一定能想办法救罗伊出来。"

戴尔芬几乎甩开了她的手。

“你果然以为是他干的！他是个酒鬼没错，但他绝不会故意做出这么残忍的事来。你知道他现在已经在认真戒酒了……”

“但他哪次不是故态复萌，让你失望？”克拉丽丝轻柔地问。

“一直都是。”戴尔芬说。

克拉丽丝一本正经地看着她，然后伸出手指，捏住自己的嘴唇。

“我知道你想说什么。”戴尔芬说。

克拉丽丝点点头，松开了手。

“我这么跟你说，戴尔芬，你应该离开这儿，别再过问他的烂摊子。去学习做文书，去做演员，随心所欲，坐上火车，去那些大城市。”

戴尔芬笑了。“哪来的钱？对了，”她压低声音，说，“我把你那件裙子埋在鸢尾花田里了。”

克拉丽丝的表情变得极为严肃，感谢她帮她藏了起来。“你是支持我的，”她说，“你一直都是支持我的。”

“当然，”戴尔芬说，“我只是希望知道真相。”

“什么真相？”

“谁把他们锁在了下面。”

“你就是需要相信不是罗伊干的，对吗？”克拉丽丝说。

戴尔芬点了点头。

“那就不是他。”克拉丽丝说。她探出身去，搂住戴尔芬，将她的头靠在自己的肩膀上。戴尔芬心里憋着的一股气在体内膨胀，最终吐了出来。她任凭自己瘫在好友身上，克拉丽丝浑身散发着福尔马林和痱子粉的味道，呼吸带着咖啡味儿，鞋子上有血迹。戴尔芬时不时会想，命运总是欺骗她，让她觉得这世上除了克拉丽丝，还有人与她一样亲近。后来，这个人会被拘捕，或死去，或消失，最后还是只剩下她们俩。两个古怪的女人，两个独特的姑娘，真是奇怪。

像霍克治安官这种体型的人，想躲起来不被人发现着实不易，但他早已熟练掌握舞台上乔装打扮的那套技术。他的车在空荡荡的大街上难免过于醒目，便从一个副手家的谷仓里借来一辆破旧的小马车，还征用了一匹疲惫的老马拉车。离开肉铺后不久，他就戴了顶农夫帽，穿了件破烂的帆布外套。然后他驾着马车，和戴尔芬保持一段安全距离进行观察，停在路边让老马吃草，把头埋在胸口。到这一步都轻而易举，跟踪戴尔芬没什么难度——在这个严格按照规划建设的小镇，他无须多想，就能预知她的动向，不须费事，就能在尘土飞扬的宽敞街道上盯紧她的行踪。看到她走进殡仪馆，并未出乎他的意料。他想象克拉丽丝穿着那件美得耀眼的红色紧身戏服的模样，有没有办法再让那样的画面重现？也许两人离得更近些，她才能看清他到底是个怎样的男人？他用手抚摸着脸颊，仿佛还能感受到那里曾经鼓起的肿块，是她在父亲喧闹的追思会上打的。对于镇上其他人来说，她一定太过狂野了，他想。他是唯一一个不怕她的人。他值得拥有她，他已经厌倦了她的逃避和拒绝，还有她各种各样的借口和严正声明。只要她可以把坚硬的内心敞开一点，哪怕一点！敲开外面那层坚硬的外壳吧！让爱流露出来！他十分确信，她心中对他一定有爱，这让他对她很是气愤。她也太固执了，浪费了太多宝贵时光。青春一去不复返啊！他们现在应该牵手漫步在杂草蔓生的河堤，共同规划他们的未来才对。霍克咬紧牙关，感到自己面部僵硬。每当这股强大的沮丧和失望情绪将他吞噬，他都想拼命摇晃她的双肩，直到把稀里糊涂的她唤醒；想冲她的脸大喊大叫，直到打破她的冷静；想把她紧紧抱在怀里，直到她痛苦地呼喊他的名字，听起来激情四射。

在关押父亲的牢房的铁栏外，戴尔芬获准坐在一把摇摇晃晃的小藤椅上。罗伊显得很忧郁："不过这里至少干净了。"他一边说，一边轻轻拧过凌乱邋遢的头，看了一遍刚擦洗过的地板、墙壁和床，床上已经铺好戴尔芬带来的床单。阿普尔·纽霍尔负责给囚犯分发饭食，内容参差不一，主要取决于她对囚犯的个人感觉。罗伊是她最喜欢的一个，所以他的晚餐就可以是一盘用番茄酱烤过的豆子、一大根啤酒香肠和半个甜洋葱。戴尔芬看着他吃起来，他粗糙的手掌伸进泡着豆子的深色酱汁里，用衰老松动的牙齿试探性地嚼了嚼。他不时停下来，叹口气，感慨一下自己落入罗网的戏剧性情节。他很想念明妮的照片、自己布置的祭坛，还一往情深地渴望拿到据他说是她编织的毛毯，之前被戴尔芬从如山的垃圾中拯救出来后，拿去河边浸泡干净了。自从他清醒过来，它就成了他离不开的安心毯。为什么偏偏是现在？戴尔芬心想。现在的他清醒而体贴，开始学着体面而正直地生活，偏偏又陷入人生最艰难的困境中。也许她的原谅来得太容易，也许是出于自我保护，她选择忘记以前的他是个多么失败的父亲。怜悯之情将她淹没，让她不知所措，她恨透了这种感觉。他形容枯槁的样子紧紧揪着她的心，她不想看到他这副模样——双手颤抖，走起路来拖着双脚，迈不开步子，经年累月的酒精已将他的身体彻头彻尾地击垮。

她握住他一只粗糙干瘪的手，对他说："爸爸，我知道不是你干的。你很快就会出来的，我会去请律师。"

"请律师干什么？"罗伊疑惑地皱起眉，费力地盯着她，"当然是我干的……大家都知道，他们都看见我了。我必须这么做。”

戴尔芬连忙惊慌地“嘘”了一声，示意他闭嘴。霍克此刻就站在不远处，能听到他们交谈的所有内容，还从她身后走近了些，脚步轻得让人难以相信是这么个大块头走了过来。戴尔芬马上就意识到他在偷听，看自己设下的陷阱是否如愿捕获了猎物，等待她接下来的话。而她则小心翼翼地说了句不痛不痒的话：“菲德利斯已经提出来，如果可以付保释金，他愿意帮你付……”

“菲德利斯第一时间就把事情经过告诉艾尔伯特了！伊娃当时必须用药，我说什么都得帮她弄到。我在乎那个女人，她是个善良仁慈的好人，”罗伊情绪激动地说，“给我做那么大的三明治，看得出我什么时候口渴。”

一听到伊娃的名字，戴尔芬脑海中的画面立刻被颠覆了，困惑了片刻才反应过来眼前斗转的剧情到底是怎么回事，思绪这才与吗啡失窃的事联系到一起。她迟疑了一下，然后转身望向霍克。“为什么等到现在？”她问道，用愤怒掩饰着自己的如释重负，“如果你想给他定罪，为什么当时没有逮捕他？”

霍克隐隐有些失望，用脚跟支撑着身体前后晃动了一下，还未来得及给药店店主萨尔·伯迪带话，就谎称萨尔之前是向州立警局报的案，后来伯迪先生十分后悔，但现在让大家都很厌烦的是，州立警局要求全面彻查此事。逮捕罗伊只是出于审判记录的需要，等所有手续完成后，就会把他释放。

“这只是走个过场。”霍克总结道，神情有些尴尬地走开了。

“走个过场?!”戴尔芬抬高嗓门，尽量掩饰住自己的宽慰，拿捏着表达愤怒的恰当分寸。但她此刻只想把脸埋在掌心里，深深呼吸，将之前脑海中不断盘旋的关于未来的打算、谋杀罪名会牵连的所有因素——律师、审讯、陪审团、法官……以及让她消沉失常的情绪统统甩掉。现在，她只是一动不动地坐着，又陪罗伊待了一会儿，听他嘱咐他养的鸡各自迥异的性格和癖好。“鸡群里有对罗密欧和朱丽叶，”他说，“是对悲情矮脚鸡，不要惊扰那两只住在一起的玫瑰冠黑鸡。至于那只吵闹的芦花纹鸡，你就算炖了它，我也不在乎。让那只小个子搞定那些大红鸡吧，它没问题。”罗伊一直喋喋不休，显然不想住嘴，不想面对戴尔芬起身离开，把他独自一人留在这里的时刻。他曾无数次在这里不省人事地睡觉，现在完全清醒后却头一次萌生了羞耻心。

由于持续数年干旱，牲畜越来越没有屠宰价值。母牛都瘦骨嶙峋，只能以绿蓟为食，或吃些烂碎的乱子草，甚至是棉白杨树苗的树皮。不过在过去这周，菲德利斯的工作量激增。他经常干到深夜，直至膝盖罢工，不得不戴上皮质的矫正器，那是希奇大夫之前设计好草样，从一个制作马具的工匠那里定制的。虽然他膝盖咔嚓作响，疼痛难忍，但菲德利斯依然相信，这副护具配合希奇大夫缝合伤口的高超技术，一定能帮他避免彻底变瘸，当然也能助他加班加点地干活。有时等到天色将晚，农夫才能把家畜赶回圈里。这样一来，他们就只能借着火把的光亮，跟小公牛斗智斗勇，把它们赶进屠宰槽，然后剥皮、分割，一直忙到接近破晓时分。一天早上，菲德利斯刚睡了两个小时，就慌慌张张把孩子们晃醒，催促他们起床上学。有那么一刹那，他呆呆地望着灰蒙蒙的天，回味着刚才还没做完的梦。在梦里，他跟着伊娃来到路德维希鲁村里一条他们都很熟悉的街道，跟她走进一家陌生的小店。

店里很狭窄，琳琅满目的各色商品堆满货架，从大头针、纺织品到一罐罐果酱，应有尽有。越往里走越深，一直延伸到一个山坡，走进一个地下墓穴，木制的走廊很昏暗，光秃秃的灯泡闪着幽幽的光。她穿着一件轻盈的紫红色绵裙，当她飞快转过拐角时，裙角会在她身后飘起。突然，他们走到一个狭促的走廊尽头。伊娃听到他的呼唤后转过身，露出惊喜的笑容，朝他走来，仿佛在说："你怎么来了？"然后他就醒了，虽然他浑身上下每个细胞都想继续躺着，一直睡下去，睡上几个星期，睡个昏天黑地，但他必须起来，叫儿子们起床。

他跌跌撞撞地走出房间，走进他们的卧室，一声不响地把弗朗兹晃醒，然后碰了碰马库斯，要唤醒马库斯，只需要碰碰他或他的床柱就行。埃米尔和埃里克则需要用点心，一不留神，他们就又会开始打盹儿。他走进卫生间，在水龙头下接了杯水，漱了漱口，解过小便，从门后的挂钩上拿下裤子。随后走进厨房，将一壶水放在煤气灶上，用来冲泡早上要喝的寡淡的热巧克力，再加到牛奶里。他用平底锅热了热牛奶，又往另一只盛着水的锅里倒进一些燕麦片，关上火，这样就不会溢出来。他的两只眼皮一直在打架。他又往咖啡壶里倒了些水，放进去一把磨好的咖啡粉和几只蛋壳[①]，蛋壳被他专门存放在一只碗里。然后他坐在桌边，用双手支着脑袋，睡着了。直到埃米尔走进厨房才把他吵醒，他脚上只穿着一只靴子。

"你那只靴子呢？"

"一定是昨天晚上被沙茨藏起来了。"

这是那只狗惹人恼火的坏习惯之一。

"找回来。"菲德利斯发出指令，站起身查看炉灶。下一个进来的是马库斯，说自己穿夹克时，把袖子扯掉了一半。这怎么可

① 煮咖啡时，在里面加一些蛋壳可以使咖啡澄清，味道甘甜。——译者注

能呢？菲德利斯检查了一下那件夹克，确实不可能。“你昨天打架了？”马库斯垂下头，不敢直视他的眼睛。菲德利斯把夹克扔给他：“罚你今天晚上干活，说谎的人一辈子都要比诚实的人辛苦两倍。”菲德利斯十分肯定，根据自己的人生经验来看，这话并不属实，但从他嘴里说出来，却像真理一样可信。他把马库斯推进卫生间：“快去洗漱。”

下一个是弗朗兹，没出什么乱子，不过他对于装扮自己的外表总报以极大的热情，任何人都不能打乱他的节奏。“我找到埃米尔的靴子了。”他说，显然想把小弟弟揍一顿，但他毕竟是个大人了，还要顾及一下面子，不跟他一般见识，所以只是挠了挠他的头发。

“吃饭。”

菲德利斯将煮了燕麦的平底锅、碗、红糖、牛奶和他的宝贝咖啡端到桌上。这时轮到埃里克上场，他穿着睡衣，睡眼惺忪地晃悠进了厨房。“大家都去哪儿了？”他刚才悄悄爬进浴缸又睡了一觉，没被任何人发现。

“回来，把衣服穿上！”

当然，他不知道衣服在哪里，也不知道任何东西在哪里。菲德利斯感觉心里有股怒火蹿了起来，但同情心也油然而生。他也和他一样，渴望多睡一会儿。如果他们俩能再爬回床上，裹着毯子缩成一团，呼呼大睡，鼾声如雷，直到伊娃来晃动床头板，像哼歌一样动听地叫着“懒虫”，把他们唤醒，给他们准备好早餐，那该有多好。昨晚脱下的衣服还揉成一团，隐隐有些酸臭，但他还是让埃里克都穿到身上，而且他的靴子没有失踪。等他再次回到厨房，咖啡的劲儿上来了，唤醒了他的脑细胞。

木然的睡意从他脸上消失。他拉伸了几下身体，打了几个哈欠，看着孩子们用书带绑好书，拎起装着午饭的猪油桶，那是戴尔芬前一天下午准备好的，里面有一个凉土豆、一片肉、一个苹果或一根胡萝卜。有时她会炸些很大的甜甜圈或做个厚厚的姜饼。他们裹上外套，窜出了门。他们出门时，菲德利斯正在喝第二杯咖啡。他已经学会调配出自己最爱的口味。他端着咖啡走进浴室，把杯子放在窗台上，滴入长长一丝福妮酿的高山花卉蜂蜜。然后在剃须杯里搅了些肥皂沫，用银质把手的野猪毛刷擦洗了脸，那是伊娃送他的新婚礼物，还有配套的梳子和剃刀。剃完须，他用一条毛巾拍了拍脸，在下巴和脸颊上涂了些月桂油，然后转身离开，走进店铺。

阳光透过沉重的窗户倾泻进来，洒在木桌子和木柜台上，长年使用后，木材上留下了道道岁月的痕迹，缝隙也早已发黑，但桌面却擦得干干净净。阳光将刀架上的刀具照得耀眼。他像往常那样，先挨个检查一遍，困倦无神地坚持仔细查看需要打磨之处。接下来，他从屋后的冷藏室里拿出几扇猪肉，都是昨天刚刚浸烫、开膛、悬挂起来的。随着他进入工作状态，干脆利落地落刀，精准得毫不浪费，大扇猪肉逐渐解体为完美的肉片、肉排和肉块。他感到手指上铅块般的沉重逐渐消失，胳膊上的肌肉更加灵活柔韧，将手里的刀运用得出神入化。他的身体按照自己的节奏移动着，脑袋却出于失去知觉的需求越发沉重，就这样一直干到 11 点，期间只短暂地休息过一次，最后不得不停手。沉沉的睡意侵袭着他的眼睛，攻势如此猛烈，他只好到外面院子里，在凛冽的空气中散散步才缓解了些。他再次驱逐走睡意，埋头于工作，一直干到傍晚，直到戴尔芬强迫他去躺一会儿。她说他双眼布满血丝，粗暴地将他赶走了。

“快出去，”她命令道，“这里我处理。”

菲德利斯在婚前的第一段人生中，只学会了读懂女人粗暴的指令，但伊娃却通过性爱引导他寻找更加细微的暗示。所以他明白，戴尔芬这么做，是不想流露丝毫同情，也不希望从她嘴里表达体贴，因为她不想两人之间产生任何完全不可能的情愫。而他和她打交道时也一板一眼，不掺杂任何个人感情。他们交流的每个字，要么和生意有关，要么和孩子有关。两人每天都在彼此身边工作，但就像两条平行线，是在各自轨道上生活的陌生人。他们之间竖起一道看不见的墙。菲德利斯明白，一定要保证它坚固无损，否则身边有些东西就会坍塌，波及所有人。他能感受得到，被他们的严于律己所压抑的那股力量十分强大，也努力克制着自己去探究这股力量的本质、形状和名称。它就是绝对不能去招惹的东西。他回到卧室，关上门，脱下鞋。一躺上床，就透过自己的身躯和肌肉，感受到了自己的骨头。绷紧的弦松了下来，他立即进入梦乡，睡得又深又沉，像死去了一样。

他睡了几个小时，然后像那天早上那样醒了过来，盯着天花板。只不过这次，他的身体轻飘飘的，沉浸在充分休息后让人兴奋的愉悦中。他在温暖的床单上流连，已经对这种放松后的快感感到陌生。这样的时刻若放在过去，他会向伊娃转过身去，和她一起柔缓地做爱，实践从彼此身上学到的技巧。这么多年来，他们私密的爱意越来越浓，他猜想，他们和别人不一样，别人只是将自己的需求解决了事罢了，其他男人会拿妻子给他们的时间开玩笑或抱怨——如果他们当天表现好的话，也许会久一点。每当男人们讨论这种话题，菲德利斯都默不作声，他知道，他和伊娃与他们不同，比他们讨论的内容更加美妙和神圣。然而，祸福总是相倚，当她死去，离开了人世，当她的棺材缓缓落入地下，他和儿子们先后在上面洒上第一捧土时，他觉得有一种浩瀚的美从他头顶经过，进入天堂，永远离开了他，只留他一人站在原地。他不愿离开，纹丝不动。在其他送葬人的眼中，仿佛看到一个脚下生根的人，安如磐石，呆若木鸡。他为自己出洋相感到难为情，强迫自己站到一边，但现在想来，他有一部分留在了那里，依然守在她的坟边。当时的感受依然清晰——心痛得滴血，脑子嗡嗡作响，拳头攥紧，指缝间残留的泥土渐渐变干。他茫然不知所措地继续活在人世，和伊娃截然不同的他被卷入琐碎的生活，有时连他自己都觉得是个奇迹。

戴尔芬想方设法让自己忙得团团转，好不去考虑向菲德利斯表达谢意这回事，也不必和他讨论将她父亲保释出来这件事。她把冷藏柜里的肉全都挪到另一个柜子里，然后用醋和水混合而成的刺鼻液体擦洗了空出的气冷式冷藏柜，又将所有肉制品在冷藏柜里摆好，在托盘间摆上精心布置的装饰，是用绿色的蜡纸剪的，用来区分猪排、香肠和牛排。等弄得差不多了，她又想了想还有什么活儿能干。她在心里一件件地列着，对自己的火气也越来越大。为什么不现在就去找他？她原本想洗洗抹布，再把玻璃和搪瓷擦一遍，于是把它拧干，搁在钢制柜台上，关上了推拉门。

“菲德利斯，”她站在他后面，他放下手里的活儿，扭过头来，“你帮我父亲交了保释金。”

他点了点头，在围裙上擦了擦手。

“对。”他承认了，想接着绞肉、调味，但她的话还没说完。

“我不会白要你的钱。”

“当然。”

“我会还给你，”戴尔芬说，“只要他……”

“但他不会走的。”

这样一来，他不得不把谈话继续下去，他很明白这一点，已经独自琢磨一上午了。但要对眼前这个女人说出心里话，对他来说依然很难。他深深吸了口气，尝试开了口：“你对伊娃的照顾，还有罗伊……”这已经达到他表达的极限。

“她是我的朋友，对我爸爸也很好，我这么做不是为了你。”戴尔芬决定直言不讳。

菲德利斯耸了耸肩，想说这并不重要，但她抢先发了话。

“你看，”她说，“我不希望别人有什么闲言碎语，尤其是小姑。”

“她不知道这件事。”

“但她迟早会知道，她给你记账啊，然后镇上所有人就都知道了。”

菲德利斯皱起眉，考虑了一下，依然执拗地坚持自己的观点。

“就算他们知道了，”他说，“也不会忘记你和罗伊是怎么对待伊娃的。”

“我不想让他们这么想，”戴尔芬尽量压低声音，但声调骤然升高，听起来尖利刺耳，“我知道他们早就这么想了，已经传到了我的耳朵里，我还知道你妹妹添油加醋地传播流言蜚语，我希望这些能结束。但我很高兴……”她顿了顿，接下来的话有些难以启齿。她有些羞愧地把声音低了下来：“谢谢你保释他出来，我以前从没见我父亲清醒过。这事他也很难接受，好不容易想诚心戒酒了，却又被抓起来，遇上那么大的麻烦。”

这是她在这边和菲德利斯交谈最久的一次，也是在店里以及伊娃家里与他单独相处最久的一次。之前在农场，在自己地盘上，向他吐露心声会容易得多。他们都转过身去，如释重负，疲惫不堪。戴尔芬想回家睡觉，菲德利斯则感觉胸口像压着块石头般沉重。那天有一段时间，他们无论做什么事，似乎都要付出比平日多一倍的气力，但随着他们逐渐忽略对方，只在无法回避时交流些只言片语，一切又恢复常态。若是不认识他们的陌生人走进店里，看到他们相处的状态，会以为他们讨厌彼此，但真实情况却是，两人都不敢表露任何正承受着和对方有关的巨大压力的迹象。所以，他们之间冷漠疏远的互动是他们可以平静共处的安全保障。

但在那次史无前例的有过完整句子的交流之后，很容易就能再次邂逅相似的境遇。比如，没过多久，戴尔芬就确信，伊娃的儿子们早晚会把性命断送在自己手里。她将她的担忧告诉菲德利斯，但他只是耸了耸肩，说："他们是男孩子。"她已经应对过他们夏日的疯狂和差点溺水身亡，还有那个该死的秋千，如果他们没能从上面及时跳下来，就会头朝下撞到树干上。现在树叶已经凋落，又还没到可以玩雪的时节，他们必然会设计出其他五花八门的方式，让自己命悬一线，比如从山坡上猛冲下来。她觉得他们除了把大拇指砸伤，从山坡上冲下来把自制的小车撞坏之外，似乎就没别的什么事可做。谢天谢地，幸好菲德利斯没钱给他们买枪。她完全预料不到，他们到底想出了什么主意，开始对什么着迷，又是什么支配了他们傍晚放学后的课余生活。她只是隐约感受到了他们正偷偷摸摸做什么事的紧张和兴奋。她一走进屋，他们先前争论和密谋的低语声就会戛然而止。一些工具会神秘失踪，她还在他们衣服的皱褶和口袋里发现了很多泥土。

Chapter 9

地下密室

母亲离世一年后，马库斯迷上了挖洞。对于某些年纪的孩子来说，未完工或已废弃的建筑工地具有强大的魔力。在肉铺后一两英里外，有片松树和橡树林，而树林另一端就有这么个地方，那里曾规划建造一栋富丽堂皇的豪宅，地基已经挖好，挖出的土在树林后堆起一座高大的土坡。豪宅开建不久，它未来的主人就因拖欠债务，无法将其继续下去。工地上连块标牌都没立，破烂的小棚屋也没拆除或拖走。马库斯是在一天外出打猎时，无意中发现了这里。他所谓的“打猎”，无非是拿着一把弹弓，口袋里装满石子，漫无目的地游荡。他做的第一件事自然是跳了下去，在黏土坑里走了走，爬上来时却遭遇了困难。接下来，他又盯上了那间屋顶已经残破的小棚屋，仿佛看到其中蕴含的神秘宝藏，无比欣喜。他低头钻了进去，踢了踢老鼠洞，戳了戳燕子窝，想看看会不会把燕子吓出来，但它们早就南飞越冬去了。他在地上发现一些锈迹斑斑的铁罐子，还有一把斧柄已经断裂的斧头。他如获至宝地捡起斧头掂了掂，拎着走了出去。沿着一段有车辙的小径，他发现了挖地基时挖出的土坡。土坡很高，土还很新，没有长满草，只是像秃头上冒出的发茬儿那样，钻出些野草尖。他手脚并用地爬上山坡，到坡顶后，把视若珍宝的斧头放在弹弓旁，躺下来，望着天空。

他看着空中几道淡淡的灰白色云彩，感觉身下仿佛有东西在移动，就像大地轻轻耸了耸肩。也许是土坡在整理自己，也许什么都没发生，但能感受到土地的生命让他很愉悦，他期待能再感受一次，却不再有任何动静。泪水莫名流了下来，连他自己都没意识到。过去一年，这种情况时常发生，让他深受困扰，很是恼火。在学校更要时刻注意，唯恐一不留神，就被其他男孩看到。有那么几次，他不得不装作要拉屎的样子，跑去屋外的厕所，好平复下情绪。此时此刻，他独自一人待在这里，没有一个旁观者，于是不再克制，任凭眼泪自然而然地从眼角沿着太阳穴流下来，直到不再流为止。等眼泪流完，他坐起来，抓起斧头和弹弓，想顺着光滑的杂草从土坡侧面滑下来。虽然他拽下来不少植物，在所经之处滑出一道粗糙的沟渠，却滑得并不顺畅。

滑到地面后，他背靠着土坡坐下，似乎又感受到它的振动，仿佛里面有个沉睡的巨人翻了个身，在他背后扭转。他突然好奇，它是否就像他听过的神话故事里的大山那样，是中空的。他转过身，把耳朵贴在背后传来声音的坡面上，却只听到自己的心跳撞击着坚硬紧实的土坡。但土坡需要他做的事似乎不止如此，于是他又坐了很久，脑子里没有任何清晰的想法，最后几乎是出于无聊，拿起斧头从一侧挖了起来。

他挖得越深，挖出的土越多，想象的画面就越具体和细致。起初，他也不知道自己要做什么，也不知道该想象些什么，但随着挖出的洞可以放下他的肩膀，然后是他的头，随着他的斧头往下砍，最终出现一个碗状的浅沟，他这才明白，他想挖一个可以钻进去的洞穴。

他身下的泥土很柔软，舒服极了。不过胃里开始难受，他知道自己饿了，但还是一动都不想动，于是决定下次出门时带点吃的出来，此刻他才意识到还会有下一次，这个工程，不过刚刚开始而已。

那一天，他在那儿坐了很久很久。泥土的气息将他包围，曾经困扰他的控制不住的眼泪再次毫无征兆地涌出。但这一次，他平静地任由它们滴落，还有些欢迎它们的到来。他在脑海中浮现自己的手，捧着一抔土，正要学着像父亲那样，撒在母亲的棺材盖子上。他看着自己的手和手里的土，在母亲坟边呆住了，望着白色的花束出神。他没松开手，而是把拳头攥得更紧了。弗朗兹转过身，把他的手拉到棺材上空，掰开他的手指，把里面的土抖动了下去，然后掸去他手掌上残留的土，拉着他的胳膊离开。于是他跌跌撞撞地离开了那神秘莫测的一幕。走远之后，弗朗兹才松开他的胳膊，一言未发。

从墓园回家的路上，所有人都沉默不语。从那以后，对于马库斯而言，这种沉默似乎更加深沉，笼罩着和母亲有关的一切。父亲对她闭口不谈，不谈她做过的事，甚至不提任何会让人想起她的东西。她拥有过的一切似乎都消失了——她的碎花水洗裙、她的鞋子、她镶着毛皮边的大衣。只有戴尔芬会说她的名字。这让人感觉母亲并不是消失了，那样至少还能看到她留下的东西，她更像是从未存在过。

但马库斯的感觉并非如此。在他心里，母亲比以往任何时候都更清晰。他倔强地私自珍藏着她说过的话、她的模样，回忆她的故事。也许其他人会忘记她，但他不会，这是他的选择。

泥土轻轻叹了口气，撒落在他的后背。土坡依然没有停歇，还在调整自己，让一粒粒尘埃落定，沉淀为最紧实的形状。马库斯闭上眼，思绪飘远，最后竟然睡着了。当他在这个浅显的洞里睡饱，还没睁开眼就苏醒过来，尚未反应过来身在何处时，就意识到这种感觉美妙极了，很像母亲生病前，每年过夏天、盼望圣诞节或生日到来的感觉。他不知道他期待的这个东西成形后会是什么样，但随着思绪渐渐浮出水面，他明白只要挖下去，就会知道答案。

一到家，他就忍不住把这一重大发现告诉埃米尔和埃里克，兴奋之情溢于言表。他一边表达，一边思考，加入的细节越来越多，描述也更加生动逼真起来——他们要挖掘的这个堡垒、这个隧道、这个大本营、这个洞穴，可以像一个真正的矿井那样，用废弃棚屋的木板条和树上砍下的树枝来加固。让大家宣誓入伙这个主意也是马库斯想起来的，他不希望谁都可以未经允许，就随随便便加入这个伟大的工程。男孩们进行保密宣誓后，庄严地将热蜡油滴在手腕内侧，偷偷拿出家里的铲子，拽下晾衣绳上的床单，去地道里拖运泥土，还悄悄藏起一条条面包、苹果、坚果、土豆、香肠，供同伴饥肠辘辘时享用。放学后，他们就在那片未完工的工地集合，埋头于秘密任务之中，一直干到天黑。天黑后，他们还要借着灯笼和蜡烛的光亮继续作业——灯笼是他们从自家谷仓里拿出来的，蜡烛有些是从母亲的五斗橱里拿的，有些则是镇上最调皮捣蛋的罗曼·希梅克从天主教堂的圣坛上偷来的。蜡烛的消失让克拉伦斯·马雷克大动肝火，进行了一阵愤怒的布道。

不过，沃尔德沃格尔家的儿子们从未听过这些和失踪的蜡烛有关的布道，因为他们不再去教堂了——母亲去世后，就没再踏入天主教堂半步；即便小姑三番两次向菲德利斯抗议，他们也没去过路德会教堂。但他们从其他孩子那里听说了布道的事，若放在以前，他们会心生忧虑，甚至觉得需要忏悔。现在他们却骄傲地嗤之以鼻，感受着罪恶在体内膨胀，趾高气扬。没了母亲，他们感到被上帝彻底抛弃，也就不再信奉他。既然上帝完全不把他们的祈祷放在眼里，如此轻易地夺走母亲的性命，为何还要信仰他？他们嘲笑着他，在手腕处滴上蜡油，舔一下生锈的斧头，誓歃为盟。菲德利斯对此一无所知，戴尔芬也只是起了一丝疑心而已。

一个周六，弗朗兹骑着玛兹琳的自行车，把她带回了家。随着车速缓缓放慢，她从车把上跳下来，走在他身边，看着他把车靠墙放好，站在一旁等着。她一直保持着脸上的微笑，凝视着他，以掩饰自己的紧张。弗朗兹的父亲让人望而生畏，她觉得他肯定不喜欢她。以前来店里时，菲德利斯从没和她说过话，也不和她开玩笑，不像其他成年男人那样，会向她投来欣赏的目光，而他就连不温不火的眼神都没有过。有时那些男人的眼光过于露骨，但不是她主动招惹来的。沃尔德沃格尔先生从未理会过她，这让她紧张不安。她犹豫了一下，跟着弗朗兹走进店里，看着他系上围裙。她听到菲德利斯的声音从屠宰间最远的角落传来，含混不清，没来店里招呼他们，顿时放了心。

“这是玛兹琳。”戴尔芬露面后，弗朗兹对她说。她正用毛巾擦手。

“你俩的名字都有个‘兹’呢。”戴尔芬说。

玛兹琳望着弗朗兹，被这突如其来的欣喜惊吓到了。虽然在学校时，她总在笔记本一侧随意涂写他们的名字，却从未特别在意过他们共有的这个字，而眼前这个女人却在她熟视无睹的信息中发现了全新的信息，兹。戴尔芬轻轻笑了笑，注意到了女孩眼中的喜悦。她转身走了，但心已变得柔软，因为她看得出，玛兹琳这个女孩——虽然穿着男孩子的鞋，只有一件属于自己的裙子，家里一贫如洗，自行车是唯一值钱的财产，从未还过欠店里的账，弟弟罗曼是个麻烦不断的小恶魔，但她爱弗朗兹。这有什么可奇怪的呢？会有哪个女孩不爱弗朗兹？千真万确，他就是那种很容易让女孩一见倾心的类型。有不少富家女追求过他，借着为母亲跑腿购物的名义来店里，探着脖子看他是不是正在屋后干活。戴尔芬知道，弗朗兹不会轻易付出类似的浅薄情感。自从她看到他带着母亲坐上飞机飞翔，然后抱着她回房间后，她能看得出他有多爱伊娃，从这件事上，她就明白，他对初恋投入的情感也会同样深沉，甚至还有可能给他带来危险。

戴尔芬暗自心想，她绝不会允许任何女孩伤害家里的男孩。伊娃死后，她见过太多他们伤心无助、无依无靠的模样。从那时起，她就已经觉得，不管一个女人做什么，都会在他们心中唤起和伊娃有关的悲伤和爱意。匆匆打量过玛兹琳后，她就主动邀请她来搭把手，干些杂活，想看看她的性子是否踏实。正好有笔订单需要把冷藏柜里的东西打包，于是戴尔芬便教她如何撕下大小合适的包装纸，如何包得整齐利落，然后拉下吊在天花板的挂钩上的线团，把包裹扎得紧实而美观。玛兹琳利索仔细地完成每一步后，问她还有什么事可以帮忙，戴尔芬便安排她擦干净门口的架子和上面的罐头食品，她照做了，然后又回来问还能干什么。

“玛兹琳，你饿不饿？”戴尔芬说。

“嗯，不饿。”她摇了摇手，却咽了下口水。她的回答略带迟疑，让戴尔芬意识到也许不该这么问。在这里吃东西，对于她来说大概会有些伤及自尊。

“来，跟我到后面来。”戴尔芬说，带着这个姑娘去了厨房。当她站在门口时，戴尔芬听到她惊讶地轻轻吸了口气。屋后的阳光透过窗户斜斜照进来，照耀着蓝色的面包碗，面粉箱的磨光铜边也熠熠生辉。水果图案的格子桌布刚刚洗过，铺在桌上，颜色明快而安宁。柳条筐里装着苹果。戴尔芬还记得她第一次走进伊娃的厨房时的情景，对玛兹琳感同身受的情绪立刻涌上心头。她做了个肉馅三明治，在盘子里摆上甜甜圈，旁边放了个苹果，又给姑娘倒了一大杯牛奶。

“不管饿不饿，都吃点吧。”她说。

十分钟过后，玛兹琳回到店里，又问自己还能做些什么。

“你是个不轻言放弃的人呢，对吧？”戴尔芬咧嘴笑了。

“对。”玛兹琳说。她的声音有些羞涩，但很坚定。戴尔芬想起坊间关于她父亲的传闻——四处游荡，以脾气暴躁著称。而她的母亲，虽然缺衣少食，体型却很肥胖，浑身松弛下垂，还患有严重的头痛，大家都说是懒惰神经过敏。姑娘大概知道她母亲在店里赊过账，这可能是她想有所补偿的方式。或者她只是想给弗朗兹留下好印象，或只是在他必须在店里干活时离他近一些。戴尔芬心想，也许收在楼上箱子里的那些伊娃的衣服，有些玛兹琳穿着会合身，但那样肯定会让弗朗兹心里不舒服。到了傍晚，她拿出烟熏的火鸡腿肉和熏猪肉，包在一起送给了她，还故意轻描淡写地悄悄告诉她，已经从她家账上扣过钱了。玛兹琳脸红了，然后抬起头，飞快地点了点头。

也许她有些东西是这姑娘能用得上的。她有双不太合脚的鞋，但玛兹琳穿着可能会很好看。看着她跟弗朗兹走出门，戴尔芬这才意识到，她已经开始出手拯救这个姑娘了。也许她在她身上看到了和自己类似的特质，也有自我牺牲的倾向，因而想要提醒她。我不能再这样下去了，戴尔芬心想。人家姑娘不见得需要你出手相救，更何况，她是有妈妈的，只不过不太理想而已。

在回希梅克家时，他们在半路停下，把玛兹琳的自行车藏起来，穿过高高的灌木丛，走进树林，沿着一个坡度不大的土坡来到他们的松树下。“我们应该带条毯子来。”弗朗兹说。

“想想那个画面，我们骑着自行车，后座上放着条毯子——你要怎么解释呢！”

弗朗兹开始吻她。他可以闻到她嘴里的苹果味，在她淡紫色的衣领上方，口腔里的凹陷处还粘着几粒糖。他舔下她口腔里的糖，她抬头望着树枝，尽力控制着自己。她不想成为那个先开口说“我爱你”的人，于是咬住自己的嘴唇。她感觉快憋不住时，就用力把他推倒，盯着他的眼睛看了一会儿。她缓缓向他靠近，刚好让自己的嘴轻轻擦过他的唇，然后她扭了他一下，好让他来抓她。她摔倒在地，展开四肢躺下，允许他趴在她身上，等他的呼吸变得急促而粗重，双眼还紧闭的时候，她翻个身，跑掉了，头发在空中飞舞，一边朝路边跑去，一边嘲笑着他。

父亲从监狱里释放后的一年里，对戴尔芬而言，以前的他好像从她记忆中被慢慢抹去。他从头到脚都瘦了一圈，皮肤柔软红润起来，视力却变得模糊。头发笔直地挺立着，就像灰白色的细软牙线，很是新潮。以前的罗伊消失了，现在的他外表看起来几乎是个假小子，变成了个瘦小的老男孩，那双目光茫然的陌生眼睛总会和蔼友善又沉默不语地打量这个世界。以前，酒精让他鲁莽冒失、喋喋不休。现在，他神情恍惚、迟钝健忘，经常平静得让人不安。

但他依然勤劳。每天上午，他都在肉铺里待着，做些力所能及的事。然后，他会拿着10美分的酬劳和一片香肠，奔赴下午的工作岗位。他开始帮“一步半”拾荒了，捡来镇上的废品，进行分类和搬运。两人一起在镇上来回搜罗，从家家户户的后院门廊上拖走被丢弃的物件。以前他游离于醉酒和清醒之间时，就偶尔会和“一步半”合作，现在则每天都要碰面。他们组成一个引人注目的奇怪组合——她身形瘦高，长着凶猛的鹰钩鼻，苍鹭一样骄傲，穿着她捡来的破衣烂衫，光彩夺目；而他伛偻着背，面色苍白，脸颊上点缀着红血丝呈现的玫瑰色红晕，像喝了陈年威士忌，除却紫色的葱头鼻，皮肤细腻剔透。他还开始为她提升装备。罗伊用破损的板条箱、废旧的五金件和自行车轮胎，打造出一个轻巧省力的小推车。两人在镇上的街道穿行时，会有一个人推，另一个则在旁边大喊大叫，收集所有能收集的东西，在那个年头基本上都是些破烂儿，除非能像“一步半”这样，认识银行家家里的厨师，还能获准进入富裕人家的后门，比如昔日地界延伸至小镇边境的富饶多产的农场主人，和小康家庭——只以最微弱的优势勉强维持运营的店铺老板。鉴于她在业内长期忠于职守的江湖地位，她在这些地方都颇受欢迎，现在罗伊·瓦茨卡也跟着沾光，受到了肯定。

“一步半”和罗伊的联手合作触怒了戴尔芬。她明白，父亲开始从事一门正当职业，她本应高兴才对。虽然出洋相的是“一步半”，但把自己和这么一个奇葩绑定起来，制造出更多成为别人话柄的机会，这确实很难让人高兴得起来。除此以外，戴尔芬确定“一步半”并不喜欢她，原因仅仅是从表面来看她取代了伊娃，站在柜台后的位置。

然而，有那么一天，“一步半”还是主动和她交谈了。一天上午，她像往常那样来店里提货，戴尔芬把零碎的香肠和边角料郑重地递给她。完成这一交接仪式后，她像往常一样，没有马上离开，而是运用敏锐的洞察力精挑细选一番，然后戴尔芬将她挑选出的东西包装整齐。她身上有股自命不凡的劲儿，戴尔芬心想，坚持要从最差的里面挑出最好的。为什么她还站在这儿？手里拿着包裹，瞪着眼睛，清了清嗓子，发出刺耳沙哑的声音？“一步半”身上有一股浓烈的樟脑气息，味道很冲但不算难闻。今天她戴了条青绿色的漂亮围巾，天鹅绒质地，很宽大，像头巾一样包在头上。

“捡到只猫。”“一步半”说。

“罗伊跟我说了。”

显然，她满满当当的小屋里又多了只小猫——一个长着小尖牙的灰色小毛球。也许她想要些牛奶，戴尔芬心想。她让“一步半”稍等，走到冷藏柜前，舀了些牛奶装进一个奶油瓶。

回来后，她把瓶子递过柜台。“一步半”接过去，只是半信半疑地轻轻点了点头，表示感谢，好像被戴尔芬的铺张冒犯了一样，但依然没有转身离开。她眯着眼睛，盯着菲德利斯那张装饰华丽的德国证书看了一会，好像在读上面的字一样。那张证书镶着沉重的雕花木框，就挂在柜台后的墙上，但上面的内容是用德语写的，而且字体很小，很难看清。终于，她低下项上顶着天鹅绒头巾的华丽头颅，直接对戴尔芬说：“他们要挖个地道，挖到中国去。”

戴尔芬吓了一跳，立刻意识到“一步半”是在胡言乱语地和她闲聊。

“他们在给自己挖坟墓，你最好让他们住手。”

“好，”戴尔芬谨慎地说，“我会看住他们，我也不想惹出什么麻烦。”

“一步半”向她投以赞许的眼神，表示同意，然后突然向柜台上探出身去，盯着戴尔芬的脸。

“我了解拉扎尔那家人，一群泼皮无赖。你在那个西普里安身边最好小心点，看好你的钱。”

“谁跟你打听他们了？”戴尔芬迷惑不解地说，“而且我可以告诉你，他的钱都在我手里。”她加上后面这句，想让这个女人哑口无言，但并未如愿。

“就你这么以为。”“一步半”说完，猛地转过身，身上的袍子发出唰唰的响声，脚上的男式靴子噔噔作响，她昂首阔步、大摇大摆地走出了门。

随着白天越来越短，每天晚饭时间，西普里安都会出现在店里，等待戴尔芬干完活儿，时常和菲德利斯喝杯啤酒。有时他们三人也会等孩子们回家后，一起吃饭。孩子们小脸通红，搓着皲裂的双手，跑得满头大汗，鞋子落下泥土。他们去洗澡时，戴尔芬就会清空他们的盘子，再盛些新的。然后三个大人就吃些戴尔芬当天来得及做的食物——土豆泥或匈牙利红烩牛肉，如果有鸡蛋的话，可能还有蛋糕。放不了太久又没卖出去的肉很快会坏，她就拿来做熟了吃。小姑经常来蹭饭。有时克拉丽丝也会来，有时还有罗伊和菲德利斯的很多朋友或合唱团成员。戴尔芬和西普里安通常会和菲德利斯或各种组合的人吃完饭后告别，除非他们还要排练，也就意味着会待到很晚。一个寻常的夜晚，正赶上戴尔芬盘货没盘完，有上百件零碎货物需要订货，在她脑袋里打转。于是饭后，她撇下两个男人——菲德利斯和西普里安坐在吃剩的腰子肉汁和土豆泥馅饼前，继续去忙了。他们面前没有任何能让他们分神的东西，只有手里的酒。

戴尔芬离开厨房，去了办公室，两个男人立刻感到紧张和不自在起来。许久后，菲德利斯打破沉默，说他想像弗朗兹那样，尝试下坐飞机飞行的滋味。西普里安则回答，有车开他就满足了。然后他们每人喝了口酒，很久没再说话。

“但我再也不想碰上龙卷风了。”西普里安说。

菲德利斯点了点头，却没有询问西普里安上次碰上龙卷风是什么时候的事。“龙卷风”立刻变成一个危机四伏、意味深长的话题，就好像讨论各种类型的汽车性能、罗斯福访问大福克斯、牛奶的价格、若旱灾持续是否还有牲畜可屠宰、酒税、隔壁镇上剧院起火等话题一样，无法继续下去。唯一一个安全话题，也是剩下的最后一个话题，似乎就是食物，于是菲德利斯说，这腰子还不错。

“还不错，”西普里安说，“这话什么意思？”

“我是说，她做得很好。”

“那当然。”西普里安说，那语气就像他赢了菲德利斯发起的这次挑战，远远凌驾于他，至少在口头上赢了他。菲德利斯的心里忍不住冒出一股火，噌噌地沿着后背直蹿上来。他喝了一大杯酒，西普里安也是，然后两人一起尴尬地笑了起来，好缓和他们之间突然生出的不快和别扭。

“你看到日食的消息了吗？”西普里安满怀希望地问，似乎天象是唯一一个可以拯救他们的话题。

“没有。”菲德利斯尽量让自己的声音听起来平静些，装作若无其事。

“应该会变黑。”西普里安咕哝着，其实他也一无所知。然后他似乎找到一条坦途，通向光明，不会轻易熄灭。“树上的叶子都凋谢了，”他说，“你在这儿还能弄到猎物屠宰吗？”

菲德利斯很轻松就接过了话：“大概有头鹿。还有格斯·纽霍尔在明尼苏达北边森林里射了头熊，还差点打死一个该死的印第安人。我听说，那个向导就在他前面，格斯兴奋过了头就开了枪，差点把向导的头打掉，然后……”

西普里安刚把酒送到嘴边，就愣住了。他缓缓放下瓶子，用乌黑的双眼盯着菲德利斯的浅色眸子。这是个危险信号，意味着他们暂时都无法将视线从对方身上挪开，也不能眨眼，谁先眨眼就代表谁被默默击败。菲德利斯不知道自己做了什么，引发了这一眼神对峙的僵局，但已身不由己地深陷其中。之前在战场上，他透过来复枪的准星瞄准前方时，练就了不眨眼的本领，这样就不会错过敌军一瞬间草率的暴露，或打乱自己用手指稳稳扣动扳机的节奏。西普里安在接受拳击手训练时，学会了不眨眼的技巧，因为这是两个拳击手开场时互相打量对方的方式——用双眼死死盯住对方。最厉害的拳击手可以趁对方眨眼的工夫，朝其喉咙挥出致命的一拳。于是他们继续盯着彼此，目不转睛，纹丝不动，呼吸越来越粗重。随着眼睛开始发干灼痛，鼻子发痒，两人之间的气氛越发紧张，显得荒唐可笑，最终让人难以承受。在戴尔芬走进来的那一瞬，菲德利斯的手捏碎了握着的啤酒瓶，仿佛警报声突然拉响。三人都惊愕地低头看着鲜红的血液喷射而出。这时，菲德利斯说：“那么西普里安，你在哪里遇上过龙卷风？”

西普里安的回答则像顺滑的法式丝绸派一样流畅：“贝洛森林。他们烧毁了麦田，但我们还是冲了上去，从树上轰击德国人。我们一直不停火，他们也阻挡不了我们。等那些狙击手全都倒地，我们的刺刀也终于派上用场。”

戴尔芬想从厨房里退出去，但还是拿起一瓶外用酒精，一边和西普里安说着话，一边轻轻拍在菲德利斯的手上。她淡定地将话锋轻轻拨转回来：“我以为他们早就宣布停战了呢，这又是怎么了？”

西普里安耸了耸肩。虽然心中的怒火让菲德利斯备受煎熬，但他还是笑了笑，在被酒精刺痛时做了个鬼脸。“当然，”他从容地说，突然觉得自己莫名其妙对西普里安恨之入骨的行为十分愚蠢，而在今晚之前，他还一直挺喜欢他，“我当时不在贝洛森林。战争已经结束了，画上了句号。”

“是的，”西普里安恢复了往日的温和，“都已成为过去，只留下这些美丽的印记。”他轻轻拍着喉咙处拧绕成绳索状的疤痕。

晚些时候，两人回到农舍，上床休息。戴尔芬疲倦地舒展四肢，盖着被子，把脚伸得很远。被子是伊娃身体好时给她缝的，上面有一个个邮票大小的色块。之前厨房里显而易见的紧张氛围让她难以忘怀，既担忧又好奇——早在她还未走进厨房时，就从那不同寻常的沉默中感受到了它的存在，然后伴随酒瓶刺耳的炸裂声，菲德利斯的手划伤了。而西普里安则泰然自若地坐在椅子上，好像他也准备好要随时爆炸一样。此刻，他正躺在她身边，安静地呼吸着，毫无睡意。

“你俩之前在争什么？”她问。

“你。”他说，声音中没有丝毫迟疑。

“那就太傻了。”戴尔芬说，突然觉得自己也很傻。

“也许吧。”

戴尔芬不自然地笑了，有些不悦。她很惊讶，既然他把她当成妹妹看待，竟然还会为她争风吃醋，又隐隐有些生气，气他竟然认为自己对她有控制和占有的权力。她默默强压了一阵怒火，这个念头刺痛着她的心。

“我觉得，”虽然尚未想清楚，她还是开了口，“如果你无法像爱一个女人那样爱我，我们还是不要再一起睡了，你说呢？”

他刚站起身，离开这张床，她就开始想念他躺在身边的重量，想靠在他的后背上，用双臂紧紧搂住他。只要她和他节奏一致地呼吸，她很快就能睡着。她焦躁不安地在寂静的黑暗中躺了一会儿，然后叹了口气，坐起来，裹上红袍子。她看到他正在厨房的餐桌旁坐着。“哎，管他呢，求你了，”她说，“回来吧。”于是西普里安跟她回到卧室，一起躺在屋里寂静的黑暗中。罗伊正在火炉旁打鼾。虽然他们像两个孩子一样，蜷缩着依偎在一起，但他们之间自始至终都存在着一个让人伤心的事实。西普里安明白，他无权发火，他也很清楚，戴尔芬因此觉得他很可怜。他该怎么办呢？戴尔芬躺在他身边，并未像自己期望的那样立刻睡着，而是再次陷入焦虑之中。手指上那枚伪装的婚戒，内侧涂的亮漆已经脱落，裸露的金属磨得手指发痒，怎么调整都不舒服。她转动它，扭动它，听着西普里安的呼吸进入平稳和缓的节奏，开始对它心生厌恶。他睡着后，她听着他平静的一呼一吸，清醒了很久。

那一夜，菲德利斯也久久未眠。儿子们不知因为什么事一直欣喜若狂，他不得不在厨房里大喊了三次，让他们安静下来，赶快睡觉。若放在以前，伊娃肯定能搞清楚是怎么回事，然后告诉他。菲德利斯是不会去问的，他们有自己的生活，他不想去打听他们私底下的秘密，而他们也不会主动跑来告诉他自己在忙活什么。菲德利斯和儿子们之间隔着一堵墙，而他也从未和父亲讨论过自己的私事，甚至长大成人后也是如此。

尽管时间不早了，菲德利斯还是匆匆翻了遍供应商寄来的一沓沓账单，考虑哪些先不回应，哪些再拖一拖，哪些需要立即支付。他把手头为数不多的那点现金分成若干份，算来算去，看能否分配出一个让所有人都满意的方案。算完后，他会从头再过一遍账单，把每张上面的金额减去一点，重新调整顺序，把一些放在最底下。

他不时用拳头抵住太阳穴，茫然地望着那堆纸，然后在心里再算笔账，把账单又调整为一种神秘的顺序。至于别人欠他的账，他已经把收款的任务交给了小姑，这种从秕糠里榨油的事，她更擅长。在那个人人缺衣少食的年头，讨债还债只能如此。

那个被他视为戴尔芬丈夫的人，原来是个结实勇敢、值得尊敬的男中音，现在对他的敌意依然困扰着他。对琐碎的计算感到厌倦后，他站起来，在厨房里踱步。从这头走到那头只需四步，然后转身，再走四步返回。屋里的狭窄让他沮丧，便考虑去走廊里走走，但又不想惊醒孩子们，他们好不容易才消停下来。于是他继续沿着厨房的地板，大踏步来回走着。走到屋子中央时，菲德利斯突然一下子停住了脚步，他用手拍了下脑袋，忍不住笑了。

原来如此！原来这才是西普里安的不同之处！他的确有与众不同的地方。他一直觉得这个男人有些不一样，却说不上哪里不一样。直到回想起之前那一幕，两个人面对面坐着，互相较劲，目不转睛地盯着对方的眼睛，菲德利斯这才发现蛛丝马迹。再加上他讲述格斯·纽霍尔猎熊那件事的语气，回忆起他们之间的眼神较量。这个男人的双眼，乌黑发亮，瞳孔和虹膜融为一体，放射出黑燧石般深邃的凝视。他又想到那个被枪声震聋的向导，这才明白过来。印第安人。西普里安是个印第安人。原来如此，自始至终，那种心神不定的感觉原来就和这个有关。一想到西普里安是个印第安人，事情就能理顺了。或者说基本算是吧，因为菲德利斯也明白，他们之间突然凭空产生的敌意和戴尔芬不在场，或在场，或仅仅存在有关，实在让人费解。

男孩们挖掘的泥土堡垒的入口已经颇为壮观，他们用一辆老旧马车的车厢底座进行了加固，用破败棚屋里找到的一小段横木做了个过梁，甚至还在上面钉了块马蹄铁。隧道的第一段也进行了加固，用的是从墙上敲下来的以及从树林中拖来的木板。有几个忠实分子从头至尾参与了整个建筑过程——马库斯、埃米尔和埃里克这对双胞胎、格利兹·莫里斯和罗曼·希梅克。其他人都半途而废，离开了团队，但几个核心成员并不在乎。他们已经进行到最让人兴奋的环节，到达了土坡中心，正全情投入地辛苦劳作，开凿他们的大本营、俱乐部、豪华会议室兼密室。

这段隧道大概 20 英尺长，是进入密室前吊人胃口的存在。密室的神秘内部起初极为狭小，马库斯先用他们的开荒工具——一把锄头的锄刃挖出一个比隧道稍微大一些的圆圈。罗曼·希梅克偷来一块很大的方形帆布，男孩们把铲出的土放在上面，再拖到外面去。马库斯干得最卖力，就算其他人坐在草地上休息或研究如何用报纸卷起锈褐色的植物，假装抽烟叶的时候，他也在一个人不断地挖啊挖，运啊运。他不会责怪他们，也不会警告或提醒他们，甚至不会在乎他们是不是在山坡外闲坐着。他全身心地投入其中，对他而言，其他人有没有参与并不重要。他猫着腰钻进威严的门洞，一直爬到土坡中最黑暗的中心，进入密室，里面安静得可以听到血液在肺部流动、心脏的舒张和收缩，耳旁嘶嘶响着让人惊心动魄的寂静，这给马库斯带来一种深刻甚至强烈的满足感。离开工地回家时，他会内心平静，还有点呆木，可以一觉睡到天亮，这在失去母亲后还是头一次。

没人发现他们到底在做什么。他们回到家后，也没比之前显得更脏，这自然是个奇迹。不过那时已是十一月初，天气干燥，所有沾在衣服和头发上的显而易见的泥土都可以掸去、拍掉或想办法掩盖。而且，他们回到家后的第一件事就是偷偷从父母身边溜过去。

对于马库斯和弟弟们来说，则是从戴尔芬身边溜过去。不过有时她也不在家，经常到了晚上下班的时间就走了。她会跟西普里安一起开车回家，把留给他们的晚饭放在烤箱里保温。父亲则正在店里或凌乱的办公桌前工作，或是和别人坐在厨房里喝啤酒，直到他们睡前洗漱完后才会注意到他们，而且其实并未真正注意他们。只要他们能跑能跳，能吃能喝能喘气，没有显而易见的痛苦或不快，在疲惫不堪的他看来，这就够了。

日子一天天过去，天黑得越来越早，泥土越来越凉，孩子们还是一如既往地奔赴山坡，像急于冬眠的囊地鼠一样，急不可耐地挖洞。渐渐地，他们一刨一铲，扩大了里面的密室，先是容得下一个男孩跪着，后来容得下他站起来，很快就能挤进去两个人、三个人。然后，雨来了。

这是一场十一月的阴冷的滂沱大雨，持续了三天，耗尽了天空的气力。雨水灌满了沟渠和镇上的下水道，河水泛滥，淹没了泥塘，街道变成流淌的溪流，孩子们挖掘的土坡前那栋尚未完工就遭废弃的别墅的黏土地基也变成了一个巨大的方形泳池。天空被清洗透彻后，突然就放晴了。太阳闪耀着柔弱的光辉，清凉的风吹干田地表层，黑土变成灰色。男孩们放学后，相约碰了头，一起匆忙跑到土坡去查看他们的工程是否受损，结果是必然的，但不像他们担心的那么严重。他们以前喜欢爬上土坡站岗放哨，现在坡上受到了侵蚀，里面几块板子也下陷变弯。但由于地道的延伸角度有些轻微上扬，所以地道内部，甚至最深处的密室都出人意料地保持着干燥，但这只是表象而已。上面的土层已经浸透了水，比他们最初开工时重了很多倍。

他们迫不及待地马上开始动手修复。

“把板子都拖到这里来，”马库斯命令道，“我们要重新加固。”他很喜欢“加固”这个词，这样听起来像个大人，于是说了好几遍。只有这样一个词才和他从事的工作相配，只有这样一个词听起来才足够专业。他从父亲的工具箱里拎出一根铁撬棍，还没被人发现。他们一起用它又从破棚屋上撬下几块板子，阳光透过墙壁上空出的板条的缝隙照了进去。雨后的空气清新如洗，孩子们干劲十足。他们明白在这样一个秋日的傍晚，日照时间只余下不过一个小时。木板掉落后陷进来的泥土已经结块，又湿又重。他们原本应该借此发觉有些不对劲，因为要把湿漉漉的东西拖出去要比干燥时难很多。但那天风很大，吸走不少湿气。他们从入口处开始清理，一直清理到密室，而密室只有一部分用薄弱的木板框架支撑着。

“天快黑了，”罗曼紧张地说，“我得走了。”

马库斯拖着一块板子，紧随其后：“再等一下，帮我把这块板子推进去。”

罗曼沿着地道，尽力把板子往里推，但里面狭窄的洞口每次只能通过一个孩子。马库斯拼命往前钻，钻进已经部分坍塌的地道，用头往前推进，先扭动一侧肩膀通出些空隙，再用另一侧使劲。如果他的双肩都能通过，那么整个身体也就不在话下了。他在黑暗中感受着自己的前进，双脚使劲往后蹬，双手死命拽着木板。他明白罗曼已经打了退堂鼓，突然闻到一股土坡内散发的潮气。他冲其他人叫喊着，让他们跟上，带上锄头和帆布，但他其实并不在乎他们有没有做到。他的口袋里有一小截蜡烛和火柴，原本是想给自己一点光亮，好有序摆放拖进来的木板。但他没有马上点燃蜡烛，里面的黑暗似乎亲密而友好，欢迎他的到来。寂静将他包围，纯粹又给人慰藉。他能感到四周的墙壁很干燥，便放下心来，暗自决定，他不需要光也知道该如何摆放。里面之前已有两块板子，靠着墙壁竖立，插入地下一英尺的深处，稳固牢靠。于是他便将手里的木板横着塞进它们上方的空隙中，这样也能固定好，下一块也打算如此。他又爬回去拿了一块，在地道中间从罗曼的手上接了过来。

“我要回家了，”罗曼气喘吁吁地说，“外面快天黑了，你快点！”

“好，”马库斯说，“我把最后一部分加固好就行了。”看，他又说了一遍。他一只手拿着板子，用肩膀左推右拱地穿过受损的地道，回到密室。他刚把这块木板也成功地横着塞进密室的顶部，土坡外的孩子们就目睹到一件奇怪的事。他们刚离开洞口，脚步沉重地走向棚屋的残垣断壁，想在回家前再撬下最后一块板子。这时却传来一股动静，无声无息却感知得到，像是大地能量的涌动，让他们禁不住转过身来，好奇地看向土坡。就在这一瞬间，随着土坡里传来一声与任何声音都截然不同的闷响，土坡彻底松塌下来。前一秒，它还是个高高耸立的圆丘，下一秒，坡顶就塌陷了。男孩们目瞪口呆地站了好一会儿，才想起马库斯还在里面。

凋落的松针在地面上铺成一层垫子，表面干燥，下面却是湿的。有好一会儿，玛兹琳和弗朗兹什么都没干，只是坐在离他们那棵树不远的岩床上聊天。最近由于经常踢足球，弗朗兹受到贝蒂·兹布鲁格越来越多的关注，这让玛兹琳心烦意乱，却又不愿承认。贝蒂每天都开父亲的车上学，每天都换一件不一样的裙子，配着长长的丝袜。她有一头金色长发，也许像有些女孩说的那样，金得有些夸张。她抹着鲜艳耀眼的猩红色口红，大家说那是她从明尼阿波利斯买来的。贝蒂会在学校走廊里拦住弗朗兹，主动邀请他放学后搭她的车。她想方设法和他接触，什么方法都试过了，玛兹琳的朋友们说，甚至达到了出丑的程度。迄今为止，弗朗兹并未做出任何回应，而玛兹琳的自尊心又太强，不肯开口和他讨论此事，至于他，则完全意识不到贝蒂的所作所为会给玛兹琳带来困扰。他透过松树投下的斑驳光影望着她。

"到这儿来。"他说着，缓缓躺在柔软的松针上。

"很潮的。"她摇了摇头。

"等回家时就干了，"弗朗兹说，"不用担心。"于是她也在岩石一侧躺下，蜷缩着依偎在他身边，看着头顶高大的松树，粗壮的树干往上逐渐变尖，高耸入云。弗朗兹俯过身来，拂去她前额的头发，她的发际线就像用细笔尖的钢笔细致地描画出来的，如此圆润自然地修饰着她脸庞的弧度。他亲吻着她棕色的睫毛——又长又直，和他的很像，然后用双手捧起她的脸，深深吻了她的唇，心脏在胸腔中剧烈地跳动。大雨过后，松树散发着清香，枯叶上的霉菌闻起来则像阴闷的泥土。她身上有学校刺鼻的肥皂味、纸的味道和身体的咸味。他向后仰去，小心翼翼地握起她的手，满心期望她能再次把他的手放在她的乳房上。这次他保证不会再粗鲁地转圈了，一定会温柔得多。但她没有。

接下来，她的一连串如鳗鱼般敏捷的窸窣动作却让他无法动弹，紧张刺激，目的明确。她从他的环抱中扭过身来，在他身边屈膝跪下，然后往前探出身子，缓慢、沉着而坚定地将他的腰带末端从第一个环里拉出来，微笑着看着他，把皮带扣拉开，朝自己的方向用力拽着。他不可思议地往后躺下。她把解开的腰带向两侧推开，揉搓着裤子最上面的纽扣。他咬住嘴唇，整个大脑都在恳切地呼喊"求你了"。她解开了那枚扣子。她带着嘲弄的眼神，细致温柔地把下一枚纽扣也从扣眼里解开，然后是下一枚，再下一枚。她解开他的裤子，躺在他身边，将脸颊靠在他内裤的薄棉布上，他充满热望地朝着她勃起。她用胳膊搂住他的屁股，他的手贴着她颈部的曲线，往下滑去，握住她的肩膀，埋在她颈后浓密的长发中，喃喃地说着只属于他们的悄悄话。她的脸贴着他，滚烫而炽烈，头发贴着他的胳膊，仿佛已经熔化。一阵轻柔的微风吹进松树林，沙沙作响。

这场及时雨让生意也红火起来，因为这场雨，农夫们有了来一趟镇上的理由。和菲德利斯打过交道后，不少人决定让他帮忙宰掉家里十几只年老的下蛋鸡，或不再产奶的母牛，甚至是一头膘肥体壮的猪或下个冬季不愿再喂养的小公牛。他有好几周都排上了满满当当的活儿，收入自然也多了。他想象着桌上那一沓沓账单快活地变少，能看到下面桌子上木材的纹理，也许还能给孩子们买几双新靴子过冬。一切看起来都如此乐观而光明。他去附近村镇的食品杂货店和百货店巡回送货时，也卖出了比平日更多的货品，而兹布鲁格也付清了他那笔数额不菲的账单。之前对于金钱的担忧让他不得安宁，内心一直涌动着一股暗流，一股让他的力量无处施展的逆流，现在渐渐弱了下来，从而对生活的方方面面感到一种久违的轻松和舒心。他和西普里安打了个招呼，后者正在院子里，懒洋洋地躺在莱索托的引擎盖上，等待戴尔芬。他邀请他进来休息会儿，喝杯啤酒，仿佛两人上次碰面时从未发生过任何别扭和不快。西普里安礼貌地谢绝了他，态度不温不火，表示更愿在车上等，其实菲德利斯这个时候就应该知趣地独自走开。

但这不符合他的个性。无论遇到什么场面，他都喜欢把其中蕴含的所有内容激发出来。通常来说，他只需逗趣就能达到目的。但这次他一点都不想开玩笑，动机也不同于往常——他只是心情很好而已。除此之外，虽然他不愿承认，但他想为上次讲述格斯・纽霍尔的故事时嘲笑了被震聋的印第安人一事做些弥补。他想让西普里安知道，他并未因为他是印第安人就对他抱有成见，若能坦诚相告，他甚至可以说对他这一面有浓厚的兴趣。他很好奇他们的生活方式——早在德国时就有所耳闻，来到这里却没怎么见识过。于是，他没有撇下他独自离去，让两人上次碰面时没有摆明的敌对情绪在日后的几天或几周里渐渐地自然淡去，而是从冷藏柜里拿出两瓶啤酒。他起开高高的琥珀色酒瓶上的瓶盖，每一瓶都飘出一缕冷雾，他拿着啤酒走到屋外。

"给，"他说着，把其中一瓶递给西普里安，"喝吧，喝不死人。"

西普里安接过啤酒，轻轻倒进嘴里，喝了一口，依然没有吭声。他发现自己正默默盯着交货场的地面上搅动过的淤泥，假装仔细查看那些泥土是怎么粘在沟槽里的。他也很奇怪，为什么就不能对菲德利斯说声"谢谢"，和他自在点相处。但他就是做不到。他胸口像压着一块沉重的大石头，喘不过气，即便是顺着喉咙流下去的啤酒也没起什么作用，味道还有些酸涩。他接下来的举动让自己都感到诧异——他看着自己的手把酒瓶倒过来，倒出一股连绵不断的水流，洒在了干硬的泥土上。啤酒花的醇香在两人之间的空气里弥漫了几秒钟，然后消失了。菲德利斯愣住了，把手里那瓶酒放在引擎盖上。现在说什么都晚了，一股被公然羞辱的怒火将他笼罩。他走进西普里安的视线中，同时往后退了退，以避开猝不及防的一拳，然后缓缓解开围裙。他把那块污迹斑斑的白布丢到一边，卷起袖子，堆在胳膊上。

西普里安依然望着地面，啤酒沿着纤细的沟壑流进泥土干硬的表皮中。他皱了皱眉，好像眼前的情景占据了他的全部思想。他知道，从抬头的那一刻起，一切就要开始了，现在还不必着急，整个人慢慢悠悠，不慌不忙。这一刻无可避免的感觉，加上心中长久酝酿的满满敌意让他暗喜，于是满意地嘟囔道："这是早晚的事。"

"既然你想要，那就满足你。"菲德利斯的声音很平静。

西普里安听到这些话，从引擎盖上下来，朝一边迈出步子，缓缓抬起头，再次望向那双浅蓝色的眼睛。他们的眼神锁定在一起。他摘下帽子，耸了耸肩，将夹克抖落在地，也把袖子卷了起来。这下两个男人都站了起来，双臂松弛，各据一方蓄势待发，一个皮肤黝黑，肌肉紧绷，身体带着渴望前倾，另一个则力大无穷、稳如泰山。他们是两股截然不同的力量，也相应进行了各自的打算，都想扬长避短，充分发挥自身优势，以压制住对方，但这些心思全都落了空。在同一天内，这已经是菲德利斯第二次打破自己的原则。一想到被浪费的啤酒，一种意想不到的愤怒让他变得冲动而盲目。他猫着身子，不顾一切地向前猛冲过去。他的想法很简单，就是直接抓住西普里安，把他摔在车上。但西普里安早就想好，绝不能让这个屠夫离他那么近。他也稍稍蹲下身体，突然伸手一记勾拳，从下往上打中了菲德利斯的下巴，还拐了个弯，扭了他的脖子。然后西普里安向后一跳，远远审视着他的伤势。

伤得不重。但这一拳给了菲德利斯轻率的怒火当头一棒，让他清醒过来，恢复了控制脾气的能力。他向后退了几步，眯起眼睛，琢磨着自己下一步的策略。两个男人绕圈走着，此刻他们之间的紧张局面稳定，与其说是剑拔弩张，不如说是审时度势——为了所有事，为了所有算不上事的事，为了不到结束就不愿承认的目的，为了这场较量带来的羞耻——为一个两人都没有资格拥有的女人而斗争的荒唐，或为了从一开始就愿意承认的目的。然而就在这时，就在菲德利斯挨了一拳还未来得及出下一招时，就在他们徘徊在一清二楚的目的和似懂非懂的冲动之间时，孩子们微弱而惊慌的呼喊声穿过田间的枯草，传进了他们的耳朵，如鸟儿的叫声般清晰。看到院子里有人后，他们的声音听起来更加急迫和尖利。

菲德利斯放下拳头，用提醒的眼神斜着望向西普里安。两人的注意力全都被呼喊声吸引，一听就知道显然出了大事，便大步朝孩子们走去。罗曼声音嘶哑，上气不接下气，埃米尔大喊着和土坡有关的内容，埃里克则脸色苍白，身体僵硬，就像一个纸板剪影，跟在后面拼命挪动着香肠一样粗胖的小短腿奔跑。走近些后，菲德利斯的直觉告诉他大事不妙，立刻拔腿狂奔起来。他跑到埃米尔身边，跪下来，旁边的孩子们七嘴八舌，想要告诉他事情经过——堡垒……土坡……塌陷……里面的密室……马库斯……但他刚开始并未听明白到底怎么回事，是西普里安理解了他们要表达的意思，说："铁锹，我们得带上铁锹。"也是西普里安嘱咐跟着跑来的戴尔芬，去叫些人来，越多越好。虽然菲德利斯没有听到，但还是西普里安对她说，动作要快，还要把医生请来，他觉得马库斯被活埋在土坡里了。

不过，土坡里的感觉并非如此。坡顶坍塌下来的冲击并未让他丧命，而是把他挤在了两块变形的木板之下。马库斯昏昏欲睡，好像被土坡攥在了拳头里。虽然无法动弹，但没有受伤，也并未奄奄一息。空气一丝丝渗入他的肺里，这是种催眠气体，他心想，困倦地进入孩子们疲惫后特有的酣眠状态，意识逐渐模糊。他感觉像是回到了小时候，有一次发高烧，妈妈用薄棉被把他裹起来，用手掌摸着他的前额，轻轻摇晃着他。他觉得此刻她的手也在那里，他正躺在她温暖舒适的怀抱里睡觉。他们躺在一艘小船里，在寂静的黑暗中轻轻荡漾着，驶向世界尽头。

天色已晚，户外的光亮刚好能让众人看清土坡的形状，辨认出被泥土掩埋的入口，发现已被封死。菲德利斯立刻扑上去，像疯了一样开始铲土，这时西普里安走上前，用手拉住他的胳膊，试图阻止他。他费尽全力才抱住他的双臂，让他住手。两人在昏暗中望着彼此，菲德利斯翻了个白眼，西普里安急迫又清晰地对他说："这样不行——你会把整个山坡都弄塌的，我们必须非常谨慎。"

他给他看了看孩子们用过的工具，将那把破锄头放在菲德利斯手里。他们一起跪下来，菲德利斯开始刨隧道里的土，动作又轻又快。西普里安把他刨出的土都弄到帆布上，再拖出去。吓得一声不吭的孩子们把土倒在别的地方，然后把帆布拉回来。掉进隧道里的土很好清理，但他们必须把入口挖得更大一些，才能容纳他们更宽大的身躯。等戴尔芬和救援人员打着灯笼赶到时，两个男人基本还在洞口外，完全没有进去，浑身已被汗水浸透。菲德利斯慢慢钻进洞口，用腹部发力，两只粗壮的胳膊拼命往前拉动身体，呼唤着马库斯的名字。

菲德利斯的叫喊声在隧道中回荡，打动了西普里安，但他内心却毫无触动。他听过战场上垂死挣扎的惨叫，也在一场血战之后，听过惨绝人寰的遍野哀号，但他都无动于衷。过往的经验告诉他，绝不能让绝望近身，于是就这么做了。但土坡外的人却没接受过这样的训练，合唱团的人都来了，却是一场毫无用处、胆战心惊的聚会。大家都帮不上什么忙，只能抱怨一下派不上用场的后勤队伍，从各个角度触摸一下土坡，看看有没有更好的方法把孩子救出来。每个人都惶恐不安，听着屠夫一声声声嘶力竭的呼唤，终于有人无法承受，哭了起来，有人转身走开，将前额抵在树干上，等待着消息。除了等待，大家确实束手无策，只能保证灯笼亮着，不抱希望地默默猜测。现在土坡里的两个人绝不会放弃，也绝不会接受他人的安慰。

孩子们之前铺在里面的木板可以引导方向。他们举步维艰地前进时，西普里安把木板扶直，重新竖起来，希望它们可以再次承受上面的重量。隧道的顶部一路摩擦着他们的背，若是彻底坍塌，他知道他们不会马上死去，而是感受着空气和生命渐渐被挤出身体。但他依然跟在屠夫身后，来到地下，进入一小段未受影响的完好通道。他们拼命硬挤过去，彻底钻进了土坡的中心。菲德利斯默默念了句“感谢上帝”，伸出胳膊，把整个身体使劲往前拉，终于摸到了马库斯的鞋底。

西普里安感到屠夫的身体陡然一震，便抓住了他的脚踝。“等等，”他说，“先等等。”小块泥土开始如雨点般落在他们周围，随时有塌陷的危险。孩子可能已经死了，也有可能整个身体都被掩埋在土里，如果屠夫继续用力拉他，就会扯坏里面脆弱不堪的整个木板结构。当然，孩子也有可能还活着，那样他们都会被埋在这里。“等一下，”西普里安说，“先摸一摸他的位置。”于是屠夫慢慢朝前挪动一点，又扒开一些土，清出一条狭窄的缝隙，好把颤抖的胳膊伸直。他伸出手，沿着孩子的身体，小心翼翼地暗中摸索着，最终长吁一口气，确定马库斯还有呼吸。

当屠夫意识到里面的木板随时可能断裂，西普里安感到震惊和恐惧传遍了他的身体。

隧道顶部已经压住西普里安的背，他打着哆嗦，满头大汗，全身都在泥土中湿透了。他深深呼吸，驱走了通过屠夫的身体，如电流般瞬间传来的恐慌。“慢慢来。”西普里安说。他的声音温柔中带着坚定，让自己也出乎意料。“慢点，别慌。”菲德利斯拉着马库斯的脚，用尽全力挪动双手，但也只是双手动了动而已。“我不知道。”西普里安听到屠夫用德语说。然后他听到自己依然用沉着又坚定得无法抗拒的声音告诉屠夫，他必须马上跟他退回洞外，再让他一个人钻回来。

“我以前这么做过。”西普里安说，平静地讲了一个善意而又合理的谎言，仿佛从一个土坡深处的裂缝里救出一个孩子是他每天都会碰到的稀松平常的事。他不知道自己为何听起来如此有信服力，但他明白菲德利斯只听得进去有理有据的观点，他不能给他留有辩驳的余地。“你块头太大了——如果你把他拽出来，他可能就没命了。我接受过这方面的训练，能把他弄出去。看在孩子的分儿上，现在就跟我出去吧，抓紧时间。”

菲德利斯那一刻就像被催眠了一样，无条件服从了。他们之间的敌意瞬间化解为一种强有力的忠诚。两个男人缓缓向后挪着，从通道里趴着退了出去，退进一片灯笼的火光里。当西普里安的靴子出现在众人的视线里时，大家纷纷冲上前去，想搭把手，而他则大声呵斥所有人后退。

听到他让人生畏的喊声，他们乖乖向后退去，围着入口蹲成一圈，盯着这个看起来无论如何都无法让两个成年男人容身的洞口，仿佛之前他们是被土坡吞了进去，然后像在肠道里蠕动一样传导到了它的中心。西普里安慢慢挪了出来，紧跟着，屠夫也一点点出现了。两个男人在亮如白昼的火光下跪着，浑身沾满湿泞的泥土，黑乎乎的，大口喘着气。西普里安让人拿绳子过来。

“我必须回去。”屠夫说着，又朝土坡冲了过去。他无法接受把孩子独自留在里面。西普里安从后面抱住他的腰，将他往后摔倒在地，大声喊道：“戴尔芬，戴尔芬，你跟他说。”他们四周火光闪耀，大风裹挟着雨点滴落下来，空气变得更加湿冷。

“西普里安做得到。”戴尔芬看到眼前的情形，镇静地说。她直视着屠夫的双眼："让他去吧。"

后来，据现场的人描述，西普里安突然就潜进土坡里，好像化身为一台软若无骨的吞土机、一条巨大的人形蚯蚓，瞬间钻了进去。他就这样消失了。菲德利斯震惊地摇了摇头，脸上的泥土结成一层硬壳，目瞪口呆地立在原地。他瘫坐在地上，朝周围的人猛然挥了挥手。他们立刻识相地纷纷后退，远离了他，把灯笼也带走了，如他所愿，把他一人留在黑暗中。只有戴尔芬对他毫无畏惧，没有离开他身边。他好像和土地混为一体，一声不响地等待着，呼吸声时有时无。虽然戴尔芬也因担忧和恐惧心如悬旌，顾不上考虑菲德利斯，但她很好奇他是否在祈祷。她从未见过他祈祷。虽然她将盘旋在脑海中的所有愚蠢、绝望和恳求的话都释放出来，虽然这些固然是她心中所想，但她明白这并非真正的祈祷。她后悔之前没有听从"一步半"的警告。现在她再如何乞求，都和被赶进屠宰槽里的母牛抗争的怒号一样无力，拿面前的土坡无可奈何。但她依然绝望地乞求雨能停下来，乞求泥土能结实地黏合在一起，乞求摇摇欲坠的隧道能再坚持下去。也许她喃喃自语的声音太大，屠夫探过身来，握住了她的手，像是想让她安静下来，或让自己安静下来，或者他自己也不清楚为什么要握住她的手，或者只是因为他们俩就像两个请愿的人一样，跪在洞口。

其实，这是件寻找平衡的事，只不过不是在空中，而是在土里。西普里安钻回去后，迅速往前冲进越来越窄的通道，希望可以借着这股劲儿，冲破半途中恐惧袭来、大脑一片空白、心跳加速的时刻。这种恐惧很正常，就像他一点点接近就要倒立其上的旗杆顶端时，要面临的寂静一样。那时的他会看到一片黄色的灯光，沉静地缓缓吸入半空中呼啸的风，控制着自己从战场上学来的本领，操纵着自己掌握的更加危险的特技。这是整个过程中会遭遇的第一次极限挑战。他可以判断恐惧何时会出现，也知道如何克服最初的身体不适和惊慌失措——将注意力全部放在当下的这口呼吸，然后是下一口，再下一口，就像在他心中的钢丝绳上保持着平衡，小心翼翼往前走。他就这样靠一口接一口的呼吸，穿越隧道中最狭窄的中间部位，爬得更深了些。终于，他来到菲德利斯刚才到达的地方，将手伸进那方狭小的空间。

孩子安然无恙。起初他充满惊恐地担忧，怕会失望地发现孩子已经死了。但他顺着马库斯的身体摸索过去，指尖触碰到他的嘴唇时，确定可以感到上面呼出的一丝温暖的气息。接下来，在和他的身体垂直的位置，他发现一小块空间，可以将他一点点抓起的土放进去。他也只能抓这些——这里小心地抓一把，那里谨慎地抓一点，这边蹭一下，那边拂去或挖掉一些，就像一位考古学家，在挖掘一处古老而易碎的宝藏。即便如此，还是有那么两次，他们四周的土地似乎都在颤抖。他不知道，那是预示暴雨即将来临的雷鸣。这场暴雨把围观的人群淋得湿透。菲德利斯松开戴尔芬的手，想重新钻进土里，冲上去十个人才将他扑倒在地。

西普里安将全部注意力集中在他刨出的每一点土上，别无他想，直到孩子的身体渐渐露出来，可以从卡住的地方挪动一分一毫，可以把他的腰轻轻弯下。随着渐渐推进，他发现只能把孩子对折起来，再从他卡住的地方拖出来。他在毫无光亮的黑暗中继续着，有条不紊地将他四肢旁的土一点点扒开，先是一条胳膊，再是一条腿，然后转过他的身体，把他的腰弯下去。最后，他将马库斯的胳膊折在胸前，用最轻柔的力量慢慢往外拉，穿过狭小的缝隙，拉进了隧道。

在孩子的身体解脱的那一瞬，上面的泥土砰然落下，其中一块木板坍塌在马库斯方才躺着的地方。西普里安用手挡住他的脸，以免泥土溅落上去。隧道并未完全倒塌，只是泥土再次裹住了他们。

好在孩子此刻不省人事。西普里安感觉得到他有只胳膊骨折了，天知道还有哪里受了伤。他担心若他被惊醒，会痛苦地剧烈挣动，于是用绳子将他的四肢绑起来，像包裹一样捆好，还留出个圆圈可以拉动。他用牙齿咬住这个圈，向后一点点挪，拖过长长的隧道，拖进外面的雨中。火光突然在他身边亮起，人群在他现身的一刹那沸腾起来。马库斯安静地暂时醒来，从狭窄的洞口出来重见天日后，他眨了眨眼睛，抖掉周围的泥土，看到的第一张脸就是戴尔芬，散发着一圈柔和的光辉。她解开他身上的绳子，把他抱进怀中。

弗朗兹和玛兹琳在松树下躺了很久，起身时有些恍惚，有些半梦半醒，在一种平静的喜悦中目眩神迷。他依然可以感受到她的脸在那里留下的印记，她呼出的气息在衣服布料的缝隙间渐渐平息。等到终于回到家，他的手依然仿佛触摸着她顺滑的长发。但一踏进家门，他就察觉有些不对劲。他知道今夜是合唱团在肉铺后练合唱的日子，但此刻家里只能听到屋外大雨传来的淅沥声，静悄悄的。肉铺的门没锁，屋里亮着灯，但空无一人。弗朗兹来到厨房，看到桌上摆着食物和一杯杯牛奶。他活动了一下双手，坐在餐桌边的椅子上，掀起盘子里一片已经变冷的肉看了看，好像下面有留言条一般。起初发现店里和家里都没人的震惊渐渐褪去，现在他已确定一定出了大事。但他不知道去哪里，也不知道该做什么，就连家里的狗都不见了。暴风刮进屋里，外面大雨滂沱。

弗朗兹无助地在屋里踱来踱去，然后去门前站了站，浑身湿透了，冷得直打哆嗦，便又退回来，屋里依然灯火通明。他慢慢踱着步子，一边回忆着家里出事时自己在干什么，一边在衬衫上摩擦着双手，想将玛兹琳秀发的感觉蹭掉。他深深担心起父亲，担心所有人，这种担忧掺杂着一种强烈的羞愧——他竟然丧失了责任心和时间感，搂着她迷迷糊糊地好像睡着了。他坚信，不管到底出了什么事，一定是他的错。他站在屋外，紧张得瑟瑟发抖，又围着屋子绝望地走了一圈。然后，他看到远处田野边摇曳的光辉渐渐靠近，便撒腿向他们跑去，一边跑一边喊。

Chapter 10

出土后遗症

马库斯自打被人从土坡下解救出来，就病倒了，不只是胳膊骨折而已。虽然希奇大夫说那是一种复杂得颇有趣味的骨折，但他的健康仍遭到一些说不清道不明的其他因素影响，他一直高烧不断、昏昏欲睡。戴尔芬把他的症状称为"出土后遗症"。按照她的想法，一定是地下的寒气侵袭了他的身体，即便出来了也没完全走出地下的阴冷，而那里长眠着他的母亲。有时他望向戴尔芬时，眼神如此平静而果敢，让她不敢直视。后来有一天，她突然意识到他的目光不过是一个新生儿那样好奇而探寻的眼神，便随他去了。她不再通过读诗来转移他的注意力，或和他玩游戏来逗他开心。她发现他需要思考，慢慢地，重新回归他的生活。他一双蓝绿色眼睛的瞳孔一直放大着，不过，若他的内心依然充满黑暗，那并不是被掩埋导致的死气沉沉，而是在通过一种奇怪的方式重新孕育，获得新生。

忽然有一天，她发现他更像菲德利斯了。那种渗透人心的静默，安然享受着独处。虽然他像彻底换了个人，也更加成熟了，但她觉得最好还是把他当成小孩对待。她会细致地照顾他一整个白天，接待顾客的间隙也会到屋后喂他喝浓郁的饺子汤，那是以前伊娃教她的，她会在孩子们生病时做给他们吃。有阳光时，她就让他去晒晒太阳。当毛茸茸的初雪落在待宰栏的横杆上，后院的花园覆盖上一层蓝色的冰霜，她会让他坐在窗边，感受这一景象。她觉得他需要光，源源不断的光，明亮的光。她觉得他吞噬了那座山坡下所有的黑暗。

玛兹琳正骑着自行车，贝蒂·兹布鲁格像以往无数次那样，开着父亲的豪车从她身边经过。只不过这次玛兹琳眯起眼睛，在她经过时从车窗望进去，看到了弗朗兹，弗朗兹也看到了她。贝蒂正往前倾着身子开车，他透过贝蒂背后看着她。他们的目光在那一刹那相遇，然后他就一闪而过。他的眼神没有传达出任何玛兹琳可以读懂的信息，他脸上不动声色甚至傻里傻气的表情让她震惊——她之前从没见过他犯傻的样子。

他转过身，沮丧地望向窗外。贝蒂看他分了心，就像不知道他之前在跟玛兹琳恋爱一样，说："那是玛兹琳·希梅克，她只有一件裙子。"

"不是这样的。"弗朗兹说，声音听起来窘迫而绝望。

自从在松树下度过的那天后，他就没再和玛兹琳说话。那一天，他莫名觉得自己该为土坡的坍塌负责，故而也就殃及了她。他将玛兹琳抛在脑后，不再去想沉浸在两人欢愉中的错误，就好像已经通过弟弟差点丧命这件事进行了判定。他望向贝蒂，她的脸稍稍上扬，目光越过方向盘，望向前方，这就使她突出的下巴呈现优美的弧度。她圆润的脸颊搽了粉和胭脂，嘴唇涂得鲜红光亮。弗朗兹很好奇亲吻涂着口红的嘴唇会是什么感觉，他也会满脸沾上口红吗？它看起来太闪亮了，就像未干的油漆，颜色像鲜血一样深。一想到脸上留下红色的印记，他隐隐有些兴奋，赶快晃了晃头，清空了大脑。

"你怎么了？"贝蒂说。

“车里有只蜜蜂。”弗朗兹说着，摇开了车窗。

“害怕被叮吗？”贝蒂的声音顽皮而挑逗。

弗朗兹不自在地耸了耸肩，一言未发。此刻，他很想握住贝蒂的手，把它从方向盘上拿开，让她立刻停车，然后吻她。但与此同时，他也明白，若她真的停车，他肯定会从副驾驶这侧的车门跳出去，仓皇奔逃。她的头发梳理得一丝不乱，让他很好奇她怎么睡觉，坐着睡吗？她抬起胳膊时，会散发一股刺鼻的汗液味，这是她隐藏不了的。这股野生动物般的气息让他心中一阵战栗，好像刚从狐狸的巢穴前走过。

“去我家吧，”她说，“我需要你教教我数学。”

她笑着看向前方的路，颠簸着越过地上一个大坑。弗朗兹润了润嘴唇，告诉她自己不能跟她回家，结结巴巴地解释还有活儿要干，而且现在就得去，其实他已经迟到了，父亲正在等他。一想到自己必须干活，他的内心立刻充满感激。贝蒂耸了耸肩，把车拐上送他回家的路。车刚在肉铺门口停下，他就跳了下去。一旦到了车外，他马上可以自然地笑着跟她道歉。后来，他还为此称赞了自己，竟然在如此渴望独处时还能坚持和她相处那么久。

汽车扬长而去，玛兹琳又骑上车，驶过地面上冻结的泥土，骑完了这段回家的路。她的头嗡嗡作响，但很平静，也没有流泪。母亲已经休息去了，她收拾好她留下的乱摊子，然后环顾四周，看看能做些什么当晚饭。一只松垂的袋子底部还剩几杯面粉，一只棕色旧罐子里还有点猪油，还有三颗肥硕的金黄色大头菜，阳光在上面洒下斑驳的紫色光影。她把它们带皮煮熟，削干净后用盐腌上，又用面粉和猪油做了些饼干。她给母亲留了片饼干，放在她的床头，然后坐在自家粗陋的小屋门前的台阶上，等罗曼回家。她细嚼慢咽地把自己那份晚餐吃完，把剩下的用一条干净毛巾包住，留给弟弟。她坐下后，才突然想起贝蒂·兹布鲁格的名字里也有“兹”这个字。一想到这点，她呆住了，望着院子一侧光秃秃又乱糟糟的小树苗，眼泪毫无征兆地夺眶而出，像两串珠子，沿着脸颊扑簌簌地落下来，滴在手背上。

格斯·纽霍尔有个表亲的妻子来自布劳赫家族，据说具有神秘的治愈能力。他说，那个女人掌握了家族中世代相传的一些强大有效的治疗秘诀，说服了菲德利斯，让她来给马库斯看看。伊娃生病时，也曾有人鼎力推荐过她，但她是绝不会留出时间来见这些从俄国移民过来的德国人的，绝不可能。“他们把女人累得半死。”伊娃说，然后会引用从他们在西部的定居地听来的谚语加以佐证：

> Weiberschterba，koi Verderba.
>
> Pferdeverrecka，des brengt Shrecke.

“也就是说，”她说，“女人死了，不是个悲剧。但若马匹死了，那才是真正的灾难。”

现在没人会否认，整个中西部地区最有声誉的诊所也没能挽救伊娃的性命。还有一点众人皆知，那就是布劳赫家在治疗孩子方面颇有一套。曾经就有一家人接受她的建议，给孩子肚子上绑了个鸡蛋，将疾病转移到鸡蛋上，然后把生鸡蛋放在火里烧掉。按照她的原话，这样就能将疾病凝固在燃烧的蛋黄中。她还精通测量术，在测量人体各个部位的尺寸后，通过结果来解读人体可能会患上哪些疾病，并能运用对症的家族咒语，来驱除各个身体部位会遭受的伤害。于是，他们就派人去请了这个女人。一天，她直接出现在肉铺门口。她和戴尔芬想象的完全不同，不像其他俄罗斯移民那样，戴一条黑头巾，或穿一件围裙一样的打裥裙，甚至就连身材也不肥胖。她只是个矮小结实、干净利落的女人，留着深褐色短发，面色红润，脸上有些雀斑。

“孩子在哪里？”她用德语问，直奔主题。

戴尔芬带她走进孩子们的卧室，马库斯正盖着毯子，躺在床上睡觉。菲德利斯也被她叫了过来，站在门口。女人从手提包里掏出一段蓝色绳子，缠在手上，然后掀开马库斯身上的毯子，轻轻叫醒了他。她细声细语地说了些德语，然后用英语告诉他，在给他测量身体时，请他躺着别动。马库斯还没完全从梦中醒过来，便乖乖地伸直胳膊，让她拿着绳子在上面比画。她忙活时，他双眼圆睁，脸上露出不可思议的表情。这个布劳赫家的女人把他浑身上下都量了一遍——躯体、大腿、脖子、手、脚和头，然后审视着他的脸，把绳子放回去，按照刚才的顺序又量了一遍，只不过这次每挪动一下绳子，都会用德语平静而坚定地念些咒语。这时，马库斯已经沉浸在极度的愤怒和恐惧中，肢体僵直，不过菲德利斯和戴尔芬都没注意他，他们全被眼前的戏剧性场面吸引住了。等她忙活完后，又将毯子拉到马库斯的颈部盖好，轻轻拍了拍他，然后转身离去。她往外走时，菲德利斯用一块肩肉火腿酬谢了她。戴尔芬也赶快忙着去招呼顾客，没再回去查看马库斯的状况，这时的他正躺在阴暗的房间里，陷入了沉思。

“嗨！”他突然出现在通往肉铺的走廊里，“我饿了。”这是几个星期以来他头一次说话。

他的声音有些模糊和迟疑，斜着眼望着戴尔芬，露出一种她看不懂的眼神。“你感觉好些了？”她问，对布劳赫的治疗起到如此立竿见影的效果感到惊讶。她带他回去，坐在餐桌旁。马库斯点了点头，沉着脸，十分戒备。他一勺接一勺，慢吞吞地咽下土豆汤，固执地用面包揩净。“我去上学了。”他宣布，然后用没骨折的那只胳膊拿起书。

戴尔芬拦住他，用手摸了摸他的额头。他透过她的指缝，仰着脑袋，对她怒目而视。

“你还是有点发烧。”

“我不在乎。”他把她的手甩到一边，强撑着自己的尊严，趾高气扬地从她身边走过。显然，他觉得自己被严重冒犯了，但戴尔芬完全搞不清楚原因，直到几天后，弗朗兹问她：“给马库斯量身做棺材是怎么回事？”

戴尔芬望着他，起初无言以对：“你在说什么？”

“他在学校跟所有孩子说，还到处吹嘘，他差点就死了，说殡仪馆的人来给他量过身了，要做棺材。”

戴尔芬本想告诉马库斯事实真相，但转念一想，又突然担心起来，若他听完后，干脆爬回床上该怎么办？以后彻底拒绝被唤醒该怎么办？不管怎样，这次布劳赫登门造访，激发了他心中愤怒而惊恐的能量，从而实现了他的瞬间改善，也算是疗效颇佳。虽然马库斯面带着一种自以为是的受伤神态走来走去，并对自己骨折的胳膊悉心照料，但他看起来确实痊愈了。又过了几个星期，她才把真相告诉了他。不过那时，他病因不明的症状早已彻底消失，他又恢复了活力，生龙活虎起来。

Chapter 11

圣诞节的日光

整个十二月，粉状小雪一直稀稀落落地下，地面上薄薄一层积雪并未让铁褐色的泥土看起来更加柔和。天空倒很晴朗，日复一日，太阳照常升起，还曾出现两次壮观的幻日[①]，四周环绕着倒挂彩虹状的光影和火焰般的寒冷光晕。地面上的积雪被吹走后，往日犁耕过的槽沟里冒出一茬儿粗短的小麦和玉米秆。田里一些庄稼已彻底枯萎，泥土堆在一棵孤零零的树或临时搭建的围栏旁，积得很久很深，不会轻易流失，会永远堆在那里，但生命力显然已消失殆尽。在地势更高处，饱受冲刷的土壤已呈贫瘠的灰白色，像老人苍老的白发，它们和雪混在一起，如砂砾般粗糙，把阿格斯房屋上刷的油漆磨光，还擦过小学生稚嫩的脸庞，让他们痛苦不堪。他们双手交叉着缩在胸前，倒退着走去学校，三三两两地靠在一起，轮流放哨看路。若一场大雪过后，天地苍茫，皑皑白雪像毯子一样覆盖大地，裹住温暖的气息，那便是上天的恩赐。这场雪却是个反例，它清晰勾勒出万事万物的轮廓，让小镇看起来更加破陋不堪、荒芜凄凉、

---

① 幻日（sun dogs）是大气的一种光学现象。在天空出现的半透明薄云里面，有许多飘浮在空中的六角形的柱状冰晶体，偶尔会整整齐齐地垂直排列在空中。当太阳光射在这些冰柱上，就会发生非常规律的折射现象，从而产生太阳的虚像，好像出现了多个太阳。——译者注

了无生趣，就像地球上的一个错误，而且只涂涂抹抹修改了一半。

小姑的战袍虽然辜负了她，她却没有放弃，也不能放弃——在战袍加身的当日就被车撞倒，她是如此，在镇政府办公室遭遇怒目而视和冷嘲热讽后也依然如此。她继续挨家挨户地寻觅，三天两头往银行跑，弄得里面的出纳员远远看到她走来就翻白眼。她甚至在转念之间，动过去找台球房老板的疯狂念头，问问他是否需要清洁工。其实她都走到后门口了，但里面传出的熏人酒气、汗液和尿液气味，以及想到要清理的垃圾中的不明物体实在让人作呕。她不知道到底会擦洗什么东西，却无法承受自己想象的恶心画面，于是她重返搜寻之路。值得称赞的是，她那身衣服确实经受住了考验，依然坚挺，编织的纤维既没有松垂也没有磨损。她整日穿着它，就像佩戴了一身护甲，四处奔波。纵然白天毫无收获，晚上拖着沉重的脚步，带着一些残羹冷炙回到家后，这套衣服又能让她重整旗鼓，坚定信心。一天夜里，她没有让自己饿肚子，而是径直去了哥哥家。走进肉铺前，她挺直腰杆，像以往那样神气十足地大踏步进去，目中无人地一把抓起食物，似乎它理所应当被她据为己有，因为她要么只能厚颜无耻地索要，要么干脆不开口，至少在戴尔芬——这个让她既依赖又憎恨的女人面前，她只能如此。

自从土坡事件之后，小姑发现菲德利斯越来越容易接受她把孩子们带回德国抚养的想法。她也总忍不住向他念叨，让他意识到孩子们给他埋伏了极大的安全隐患——谁知道接下来还会出什么事？没准儿更严重！他们可是男孩子，是天不怕地不怕、崇拜英雄、无法无天、爱好危险的男孩子，这一点已显而易见。只要能惹出些麻烦，他们一定不会闲着。小姑觉得她有责任和义务告诉菲德利斯，虽然白天有戴尔芬在，但他还是不能掉以轻心。他们并不安全，需要密切关注，他们四处乱跑，互相追打。他还要给外人付工资，这样一来，几乎连给孩子们买双新鞋都买不起——“你真该好好看看他们旧靴子里的报纸内衬。”她会一直这样唠叨，直到菲德利斯起身离开，但她看得出，有些话他听进去了。她成功利用了他的内疚之心，强调原本可能发生的最坏结果和差点儿就酿成的悲剧——马库斯被埋在土坡里，没有出来。

下午时分，阳光从她外套的表面擦过，里面的羊毛内衣温暖而舒适。小姑又开始满镇奔波，厚起脸皮面对意料之中一次又一次的拒绝。她走出门，她开口找工作，直到那么一天，还真就找到了一个。

那是家新开的店，却看不出做的是什么生意，起初很难说清楚里面卖的究竟是什么。屋外路边的人行道上散落着一堆杂乱的篮子和烟草罐，前面一扇宽敞的窗户旁放着一匹匹崭新的布匹卷和一沓沓裁剪整齐的旧布，有个很大的锡筛，上面有半月形的角雕把手，还有些手工制作的花边、荷叶边和缎带，以及一台崭新的缝纫机。门上的标牌只写着“缝纫用品”。小姑走近些，进了屋。在那扇一半油漆都已脱落的门后，有一架破旧的裁缝用木制人体模型和更多的布匹卷——各式各样，从毛料到印花布，应有尽有，还陈列着绚丽多彩的帽子花边、一筐筐染色羽毛、十多种机织花边和一条毛皮领。那条毛皮领若能缝在她那件黑色的旧大衣上，一定显得十分精美。墙角里还堆着些二手的玻璃食品罐、稀奇古怪的银制餐具和一卷卷铁丝网。再就是笋瓜、黄瓜和南瓜种子，还有碎纸片。出售的商品杂七杂八，是组合大胆而明快的大杂烩。小姑在这家狭小的店铺里走了一圈，随即冲柜台后一个看起来严肃又有条理的女人，直接提出了她的老问题——店里招不招人？女人挺着高耸的孕肚，从柜台后走出来，说道："让我喘口气。你会卖东西吗？"

"会！"小姑用低沉而浑厚的声音回答。

"那你等一下，"女人说，"我去叫老板。"

她走到一扇薄棉布帘后，和另一个人说了几句话，然后"一步半"就走了出来。

起初，小姑一下子没反应过来眼前是怎么回事，只是匆匆冲她投去让人恼怒的一瞥，骄傲地撇起嘴巴，流露出高人一等的意味，这已是"一步半"每次去肉铺索要残骨碎肉时，她能摆出的最好的脸色。她继续等待着老板出现，眼神掠过女店员，又回到她身上，再望向"一步半"，发现后者正饶有兴味地对她虎视眈眈。

"怎么着？""一步半"问。

"我是来见老板的。"小姑说着，四下打量着这个小房间。

"你已经见到了。""一步半"说。

小姑听到了这个回答。她猛地转过头，头上繁复的发髻也随之剧烈扭动。她觉得自己一定听错了，发出一声简短而犀利的笑。

"你这话什么意思？"

"这里是我的地盘。"

柜台后的女人不耐烦地鼓起腮帮子，吁了口气："呃，你刚才是说想找工作吧？"

小姑依然没能完全接受当下的情形，只是木然地点了点头，表示肯定。然后她清了清嗓子，温顺而茫然地说："是的。"

"你会卖东西吗？"此刻问这个问题的人换成了"一步半"。

说不清通过什么方式，小姑给出了肯定的回答。

"这些东西你懂吗？""一步半"抡了一圈胳膊，掠过店里琳琅满目的商品。以前收破烂儿时，她目空一切的高傲一直显得格格不入。然而，在她变身这家店的老板之后，在这些华丽的布匹卷前，在一堆堆经过精挑细选的二手货前——或挂在挂钩上精心展示，或热热闹闹地摆在架子上，让人眼花缭乱、赞叹不已，她的高傲却显得理所当然起来。

虽然小姑先前的震惊尚未完全褪去，却欣然接受了这一挑战："我太懂了！"

"还有，你身上那套玩意儿能脱了吗？"

"一步半"冲她的金属纽扣套装努了努下巴。小姑猛地往后一仰，双手抱在胸前，惊讶得张大嘴巴，又合上。得到这个工作的需求击碎了她的骄傲，并猛烈冲击着眼前这匪夷所思的一幕——衣衫褴褛却派头十足的拾荒人摇身一变，成为体面的生意人，甚至可能是她的老板。她脑海中的世界被彻底颠覆，社交中建立起的自信完全受挫，但这还可以忍受，让她无法忍受的是，她的着装，也就是她身上这套衣服，这套让她感到无限荣耀的衣服，遭到轻蔑，让她的忠诚受到了侵犯。

"这是上等套装，价格十分昂贵。"她告诉她。"一步半"听到这句硬邦邦的话，不耐烦地挥了挥手，抬脚踢了一下缝纫机。那是台黑色亮漆的"胜家"牌电动缝纫机，外形优美，气质典雅，镶着精致的金色花边，下面嵌着一个自选配置的漂亮木柜。

"你要是会摆弄这个东西，就能留在这儿做销售。"

"我会学的。"小姑承诺道。她目不转睛地盯着这台熠熠生辉的设备，它拥有流线型的机身，是最新的型号，却好似在哪儿见过。整个房间似乎只剩下这台机器，仿佛打开聚光灯一般，周遭的一切全都陷入黑暗，变得无关紧要，就连要在"一步半"手下做工这样严重的意外，都没能让小姑顾得上体会其中潜在的耻辱。此时此刻，这台小巧簇新的机器，它闪闪发亮的针以及铬合金的飞轮，就足以让她将需要着眼的未来和全局抛之脑后。它可以让她摆脱困境。小姑触摸着缝纫机上胳膊卡住布料处的曲线，好奇地用手抚过柜子的雕花橡木。

“坐过去吧，”“一步半”说，“克努森太太会教你怎么用。”

小姑坐到机器前，接受指导。即便镇上她最看不起的罗伊·瓦茨卡从旁边经过，她也差点儿没认出他来，他抱着一匹紫色毛毡，摆在了橱窗里。她正一心一意地学习穿针引线。

天气更加寒冷，雪却依然稀稀落落，虽然可以滑冰，却让期盼玩雪橇、盖雪堡的人大为沮丧。路面上的冰灰暗而清澈，透过晶莹暗淡的表层可以一眼看到冰冷的深处，看到打转的落叶和气泡被困在银灰色的缝隙中。弗朗兹早已答应过贝蒂·兹布鲁格，等学校一放圣诞假，就和她约会。假期第一天的夜晚，她开着一辆黑色的车来了，停在门外，没有熄火，也没有进门。弗朗兹摘下围裙，挂了起来。他已经跟父亲打过招呼要出门，却没说跟谁。菲德利斯若有所思地磨着一把刀，往窗外看了看，说：“那是兹布鲁格家的车。”

“是贝蒂。”弗朗兹说。

“怎么不进来？”

“她是来接我的。”

菲德利斯仔细盯着弗朗兹，盯得他脸都红了。他耸耸肩，穿上父亲那件老旧的夹克。“别喝多了。”菲德利斯提醒道，弗朗兹冲他摆了摆手，他不太会喝酒。他走出门，空中飞舞着雪花，明亮的雪片打在他脸颊上。他跳进车，将胳膊肘撑在车窗旁，握住副驾驶一侧的把手。贝蒂调转车头，车轮发出刺耳的摩擦声，急速驶向城外公路旁的一家酒吧，那家酒吧在禁酒期曾是个私酒铺。贝蒂在颠簸中停下车，笑着点燃一支烟。他们一起在车里坐了许久，只是望着窗外。

“你去过酒吧吗？”

弗朗兹耸了耸肩，他一次也没去过。那家酒吧是一幢低矮的木隔板屋，四周围着一圈单薄的门廊。贝蒂给他讲自己的家庭、去读护校的打算、姐姐们和她们的男友、父亲和他的难题。弗朗兹很想努力地用心听，心思却总禁不住飘向别处。最终，他们还是下了车，向酒吧门口走去。屋里传出手风琴的旋律，正有人演奏加拿大慢步华尔兹。屋里灯光明亮而温暖，几面墙上都贴满广告，木头桌椅陈旧而厚实。他们选了里侧的一张桌子坐下，这样就能看清门口进来的每个人，却又不会立刻被发现。他们点了两杯纯威士忌配啤酒。

啤酒的酒劲儿不大，威士忌却迥然不同。它凛冽而香醇，带着灼热的甘甜，直达弗朗兹的胃部，热烈释放出琥珀色的暖意。他望着贝蒂亮晶晶的湛蓝色双眸，纵情地冲她露出肆意的愉悦笑容。虽然她装扮成熟，像大人一样化妆、开车，模样却比玛兹琳更年轻。他默默等待着贝蒂开口，她显然要说一件非常重要的事——她表情急切，还将手指插进精致的金色发卷中，稍稍胡乱地揉搓了一下，于是原本贴合的发卷便凌乱成一圈圈发丝。第二杯威士忌下肚，一圈圈金色发丝变成模糊的冰冷光晕。贝蒂又喝了第三杯，但他没有再喝，然后他们一起回到车里。

屋外更冷了，他们的手和脸都被寒风吹得有些麻木。汽车设备很先进，打着火后没多久就变暖了些。贝蒂把车拐上一条不会被人打扰的僻静小道，尽头是一座去年春天因无法还贷而被银行收走的农场。弗朗兹记得，收走农场的人正是她的父亲。她停下车，关上车灯。他们的眼睛渐渐适应了车外积雪的微光，周围的世界陷入一种清晰的蓝，只有道道沟渠罩在黑色阴影下。透过防风林的薄雾，他们可以看到镇上闪烁的点点灯光，四周却极为宁静。贝蒂从后座上扯来几条毯子，说："我们谈谈吧。"

"谈什么？"弗朗兹说着，向她俯过身去。他温柔地轻抚着她的脸，就像想认真知道答案似的，但其实只是在逗弄她。贝蒂的态度却很认真。

"谈谈我们。"她说。

"哦，我们怎么了？"

"你到底想不想亲我？"贝蒂问，"我都开始怀疑你是不是有毛病了。"

"那好吧。"弗朗兹说完，将手指抚过她的唇，还用拇指擦去了上面的口红。他并非欲擒故纵，但这些小动作似乎已让她目眩神迷，把头向后仰去。他刚吻上她的唇，就立刻意识到自己犯了个严重的错误。他本以为会和亲吻玛兹琳的感觉相同，却全然不是一回事。她的唇丰满、圆润而湿软。她把嘴巴张得很大，弄得他也不得不张大了嘴，等触碰到她的舌头，他发现那是个僵硬、短小而又不甘沉默的舌头。他不喜欢她的舌头、牙齿和嘴里的烟熏味，虽然她身上散发的味道很有可能是价值不菲的香水，他也不喜欢。那股味道浓郁得过了头，和她有关的一切都过了头。他从她那侧驾驶座起身，有些眩晕。她却随着他一起向同一侧倒去，眨眼间他的手就进入了她的大衣，他惊讶地发现，她的裙子瞬间已解开，他的手在毫无征兆的情况下，就放到了她的乳房上。她的胸罩用一种光滑的布料制成，摸起来温暖而紧实。他把手从下面伸进去，将它掀起来，她的双乳便填满他的手掌。他发出不均匀的喘息声，双手不再挪动。他把她的胸罩拉下来，系上大衣扣子，坐起来，转过身去。

“我要下车，”他说着，打开了车门，“我得出去走一走。”

那年冬天雪很少，他明白自己可以径直穿越田地，走到玛兹琳的家。

走到希梅克家门前时，他快冻僵了。希梅克家的房子其实不过是个插着靴形锡烟囱的棚屋和屋后小巷附近的一个户外茅厕。那片区域被泥泞的小道分隔为一个个街区，虽然小道上的泥土此刻被冻住了，平日却布满泥泞或尘土。玛兹琳家周围是一圈稀疏散乱的树林，她母亲养着鸡和一头几乎不再产奶的老奶牛。在弗朗兹走来的一路上，沿途的狗接二连三地冲他吼叫，大部分都被拴在屋外。所以他满心确定，她早已听到他前来的动静，走到了门前。不过，这也许只是威士忌残留的效果，是一种错觉。弗朗兹一味沉浸在此次跋涉前来的目的和从贝蒂身边离开时的戏剧性画面之中，于是无比确信，虽然他和玛兹琳已有好几个星期没说过一句话，她肯定明白，并知道他一定会出现在自家门前。她一定在等他，她会明白发生过的一切。眨眼间，他们就会重归于好。当他走到几乎和地面齐平的未上漆的门前，敲了敲门，等待她的应答时，他的内心洋溢着一股马上就要得到拯救的兴奋。

开门的是她母亲，堵住了门口。她眯着眼睛看了看他，将脸上几缕灰褐色头发捋开，认出是他后，嘴里发出含混不清的咕噜声，但一言未发。她关上门，留他一人站在门外。过了会儿，他又敲了门。这次开门的是玛兹琳，屋里昏暗的光线只映衬出她的轮廓，她穿着夏天那条裙子，身材苗条，一头长发还是一如既往地光芒四射，搭在她的肩头，垂到胸前。她的脸完全笼罩在阴影中，但他看得出，她的五官很平静，好像还有些悲伤。

“你想干什么？”她问。

“想进去，”他回答，这才明白眼前的情形和他想象的并不相符，甚至大相径庭，“只待一会儿。”

玛兹琳向身后瞥了一眼，弗朗兹借着昏暗的光线，看到她母亲赤裸着的两条柱子般的白花花的粗壮大腿。希梅克太太拉起裙子，坐在一张木质餐椅上，望着门口。

“请你走吧。”玛兹琳说。

“我快冻僵了，”弗朗兹说，“我是穿过田野走来的，可能走了六英里。”

“那你出门干什么？”玛兹琳问。一阵微风吹来，严寒刺骨，卷起她肩头的头发。她却对寒风无动于衷，直直盯着他，等待他的回答。她闻得到他呼出的酒气，这个发现让她有些震惊，紧接着有些伤心，虽然不少男孩都喝酒，她却从不知道他也会喝。希梅克太太大喊起来，让女儿赶快把该死的门关上。玛兹琳想再次将弗朗兹关在门外，但绝望无助的弗朗兹不顾一切地往前迈步，她就不得不往后退了退，让他进来。这不是他第一次来她家，但不知为何，家里的境遇看起来似乎更糟了。也许她父亲确实像他威胁过的那样，坐着火车的货运车厢，离开了家；也许她母亲确实生了病。希梅克太太坐在那里，在那把窄小的椅子上显得莫名高大，用一种猫头鹰般机警而严肃的眼神望着他，复杂难懂。他这才意识到，家里只有那一把椅子，于是他只得站在原地，看着玛兹琳走到柴炉前，在里面翻了翻，又加了两片木头进去。

“省着点儿用。”她母亲说。

玛兹琳没理她，对弗朗兹说：“站到这边来。”她招呼他走到炉边。他这才感觉到，他不只是体表发冷，而是已经冻透了。他浑身拼命打着哆嗦，随着身体渐渐变暖，骨头也在身体里剧烈碰撞。方才穿过田地走来这遥远的一路上，喝下的威士忌给他带来一种虚假的暖意和气力。他脚步沉重地缓缓踏过钢铁般坚硬的土块，甚至奔跑着穿越寒风在地面上卷起的雪浪，如此细碎而坚硬，就像地面上精细的灰泥。此刻他体内的血液冰冷而稀少，待他佯装的勇气消退后，只感到迷惘和愚蠢。铁炉中的火焰变旺，热量终于渐渐透过他的衣服，渗入肌肤，渐渐传至全身，他甚至控制住了自己不再颤抖，但身体时不时还会打个冷战。他只是默默站在原地，等待着，等待着完全无法预料的未来。玛兹琳就站在他旁边，她母亲在椅子上坐着，看着他们。

玛兹琳在心里找到一个安静的角落后，便不再挪动。她很清楚，弗朗兹在这幢房子里出现，她却无动于衷，这并不寻常。她很好奇自己该有什么感受。如果她应该对他的回心转意感激涕零，她做不到，更何况他也没有这样表示。她感受不到快乐，也没有理所应当的怒气。朋友们都问她："难道你现在不恨他吗？"她不。即便最初的悲伤转化为无力的绝望，她的内心依然沉静，对朋友们热切的同情一笑置之。自从十一月那个下午，她和他一起躺下，她的脸颊紧贴着他，一次又一次转身，长久、温柔、流畅地亲吻过他之后，她就只能将他从脑海中抹除。她将与弗朗兹有关的一切思绪都关进一间冰冷的小屋，筑起铜墙铁壁。她告诉自己，他对她而言，已经无关紧要，因为紧接着，她就听说他和贝蒂在一起了。若回忆起松树下度过的那些午后，她早就因他的抛弃而羞愧至死。即便此时此刻，他就站在眼前，她也无法直视他的双眼。一切都时过境迁了，不是吗？不就应该如此吗？她把炉火拨旺了些，站在那里看着他，寻找着能让她清楚下一步行动的迹象。

两人相顾无言。屋里一片寂静，只能听到炉火燃烧时噼啪作响。

随着身上渐渐有了暖意，两人的静默无声也不再让弗朗兹感到如此恐惧不安。他感到自己能够迈动双腿时，便开口说了声“谢谢”，声音低沉。玛兹琳陪他往外走去，走到离门口只有几步的距离，他伸手去开门时，轻轻问了句：“你想让我回来吗？”

“不”字未加思索就脱口而出，她的声音就像这个简短音节上白色的划痕。

雪终于还是从天而降。所有人都一致认为，它来得正是时候。在一个无风的日子，那些就像印在风景明信片上的雪花扑簌簌地坠落。大家全都走到屋外，喜悦地欢呼。孩子们用舌头接住雪花，商讨开展重大计划，在雪堆里挖隧道、打雪仗。雪橇终于派上了用场，圣诞树终于有了背景，圣诞颂歌和教堂里耶稣诞生的场景也终于有迹可循。平原大地上难得像这样静寂无风，就连轻盈的雪花能堆起来都是个奇迹。篱笆桩都像扣了顶白色帽子，树枝的轮廓清晰可见，松树像围上了蓬松的披肩。这场瑞雪纷纷扬扬地飘落，落在汽车、犬舍、垃圾桶、枯萎的葡萄藤架，以及法院门口的雕像、台阶和装饰华丽的栏杆上。阿格斯的居民全都走到户外，只是为了感叹一下这场雪是如何奇思妙想地将寻常物件变成了古怪形状，令阿格斯瞬间变得可爱有趣起来，就像古老传说中的童话小镇。

克拉丽丝从殡仪馆后门走出来，双手插在编织的羊毛套袖里。在回家的路上，她萌生了一个念头。她想起了姜饼屋，在森林深处的那种，屋顶用裹了糖霜的手指饼干做成，用橡皮软糖镶边。她又想起在买给自己的巧克力的金属罐上，印着精致的瑞士小屋。她决定，等回到家，就做一大壶热巧克力犒赏下自己。她会烫热牛奶，在里面撒上糖，将巧克力切成薄片，放进平底锅，一直搅拌到熔化。家里那瓶在沃尔德沃格尔肉铺——从戴尔芬那里买来的奶油还剩一些，足够她打发出蓬松的奶盖。她现在需要考虑的问题是要不要邀请戴尔芬一起，也许还能让她多带些奶油过来。想着想着，她不知不觉走到了家门口。眨眼间，她就面临着一个新问题。在家门前的地面上，新的积雪上有一串足迹，大而清晰，是个男人留下的。一抬眼，那个人就在眼前，站在门廊上等她。

经过向兹布鲁格法官三番两次地申请，霍克治安官终于凭借自己强大的人脉，拿到了准许他搜查克拉丽丝·施特鲁布家的搜查令。他素来干净整洁，一举一动都心细如发。家中一尘不染，每一件物品无不分门别类地妥帖储存，衣服都整齐叠放在床头柜里，或悬挂在掸过灰的衣柜中，擦得锃亮的警徽装在一个木制小碗里，摆在床头旁。若有颗闪闪发亮的红色管状玻璃珠楔在他衣柜、地板的缝隙里，一定逃不过他的眼睛。有人问起的话，他也能立刻胸有成竹地作答。而克拉丽丝则完全相反，她工作时态度严谨，生活中却放飞自我，房间永远保持一种女性特有的杂乱无章。前段时间，戴尔芬从她衣柜里取走那件裙子后，她就清扫了地板，但没有像霍克警官现在这样，手持一台强光灯，用敏锐的目光细细扫描木板间的缝隙。

“用不了多久，”他用一种坚定甚至颇显仁慈的客套语气对克拉丽丝说，“我为侵犯你的隐私和给你带来的不便表示歉意。”

“我并非不尊重你的工作，但恕我直言，”克拉丽丝绝望地说，“你去死吧！”

“我生不如死，”霍克治安官抬起头来望着她，用死气沉沉的语调简洁明了地说，“都是因为你，克拉丽丝。”

“我不是故意的。”泪水逐渐模糊了她的双眼。她忍住眼泪，又转而决定不再克制，也许，他看到她的可怜模样，就会离去。“我也不想让你不好受……”

“这么说，”霍克放下手里的灯，内心燃起一股狂热的希望，猛地朝她转过身来，“你一定是有感觉的。”

克拉丽丝盯着他，四肢无法动弹，脑袋里嗡嗡作响，仿佛里面的电线刚刚接上，火花四溅。

“对我有感觉。”他穷追不舍。

“我一直觉得我们可以做朋友。”克拉丽丝感到自己的嗓音在情不自禁地越升越高，近乎尖叫。她努力呼吸，好不容易喘上一口气，却卡在喉咙处，几乎窒息。霍克治安官悲伤而严肃地摇了摇头，又将光束投向地面，克拉丽丝望着他，思绪翻涌。当然，他肯定能找出一颗珠子、一根线头或一块布条什么的，来证明她和案件有牵连。然后，他就会逼得她走投无路，她就不得不在他和谋杀的罪名之间做出选择，不是吗？

“你走吧，”克拉丽丝说，“这是我的房间，你给我出去。”

霍克站起身。虽然他并未走向她，她却能清晰感受到他的力量，一股来势汹汹、自命不凡的力量像汹涌的波涛朝她袭来，她不禁往后退了几步。霍克噘着嘴微微一笑，轻轻吹了个代表消除敌意的口哨，又转回身去。克拉丽丝双臂交叉在胸前，抿着嘴唇，倚靠在卧室门口，看着跪在地上的治安官屁股上紧绷的廉价斜纹棉布。他的腰带嵌进了肚腩里，躯体撑满整件衬衫，看起来却像填充了沉甸甸的棉絮，而不是赘肉。但里面确实是实实在在的肉体，一具身体，这自然毫无疑问！一具擅自决定拥有她的身体。克拉丽丝任凭自己思绪纷飞。为什么不干脆把他杀了？在那些填充着厚厚肉垫的肋骨间插进一把刀，简直不费吹灰之力。她扶在门框上的手指不禁轻轻颤抖起来。

"请你离开。"她轻声说。看他没什么反应，她便说了句母亲以前经常说的话："别逼我发火。"

霍克抬头瞥向她。"哦？那会怎样？"他的声音戏谑又挑衅。

"我也不知道，"她把身体转向一边，"我还没发过火。"

她能把他怎么样呢？把他塞进衣柜，然后跑路，任凭尸体腐烂？那她就不能继续在这里待下去了。现在正值假日，是每年她最爱的时节，并不是离开阿格斯最合适的时机。她一直很享受在平安夜走进教堂，参加午夜弥撒，想到她要因此被迫错过自儿时起就一直参加的仪式，就觉得很不公平。她的手指仍在颤抖，于是便活动了一下，搓了搓双手，好让它们静止。她眼睁睁地看着治安官用一只纤细的手在她的内衣裤中乱翻，这比把她的内裤全都扔出去更让她觉得受到冒犯，就好像在一丝不挂地接受检阅。

她必须克制自己，控制住心脏的狂跳，但出离愤怒的土壤过于肥沃，瞬间滋生出扭曲的毒草，迅速蔓延。她双手用力拧在一起，立即败下阵来。当她可以再次控制住自己时，她冷静地走出卧室，离开治安官的视线，沿着楼梯往下走，手一直扶着栏杆，以防跌倒。为什么她要成为那个摔倒在地的人？摔倒的也可以是他——霍克治安官。她想象他庞大的身躯脚下一滑，像风车一样旋转着腾空而起，在第一次着陆时摔成两半，最后在楼梯下面，像一头陶瓷小猪一样，摔成了碎片。想到这里，她差点笑出了声，精神也放松下来。也许她应该去屋外，吸一支很少碰的香烟，让自己冷静下来。说到底，他又能找出些什么呢？那件裙子已经不见了，埋起来了，巧妙处理掉了。她为此感到庆幸，然后记起那件该死的裙子曾被霍克撕破过，上面的珠子一颗颗坠落。她想起上面扯断的线，数不清的线头，胸中瞬间刮起一阵冰冷的旋风。

她四肢僵硬地沿着楼梯往下走，来到放香烟的地方——厨房里一个架子上的密封罐里，就在刀具的正上方。那些刀具，她一直稳妥地存放在抽屉里，就像别人家为了防止家里小孩的小手摸到那样。在这个家里，只有她是一双小手。突然，她发现自己并没有从罐子里取烟，而是打开了抽屉。她开始审视那把她最爱的刀——一把细长的切肉刀。它刀身漂亮，有轻微的弧度。克拉丽丝用拇指试了试刀刃，然后从抽屉里拿出一小块磨刀石，打磨刀刃是她一直以来的习惯，以保持刀具的锐利。她又试了下刀刃，依然没有被划出血。她停了一下，又专心磨起来，把刀刃磨得更锋利了些。她默默磨刀之时，心想那么多人，就连她最好的朋友戴尔芬，当然还有霍克治安官都低估了她，真是让人遗憾。她当然不会杀死他，但能把他吓跑，那样他就不得不离开，等他一走，她就把门闩上。她会去找个律师，但不能在兹布鲁格的地盘上找，得去找个正儿八经的律师，也许可以去明尼阿波利斯。虽然羞于启齿，但她会将事情真相向叔叔和盘托出，他们会一起向外界证明，施特鲁布家的人绝不会屈服于任何威胁，绝不会被任何人玩弄于股掌之间，不会被迫忍受他人侵犯自己存放内衣的私人抽屉。她只能把他——霍克治安官碰过的每件衬裙、胸罩和内裤都付之一炬。那都是些上好的衣物，她在上面花了不少钱，尤其是衬裙，都是真丝的。

她反倒希望那件红裙子还在。那次她穿上它，外面套了件肃穆的黑大衣，去参加追思会，觉得自己所向披靡。那件裙子给了她勇气，让她能勇于接受父亲已经离世的事实，那些血红色珠子互相摩擦的窸窣声陪伴着她向他告别。她轻轻摇晃着手中的刀，邪恶的霍克竟然在她父亲的追思会上，把她逼入墙角！也许，若他没有强吻她，她也不会那么用力地打他。他竟然想玷污她悲伤的纯粹，而没有人比她更清楚，真实的悲伤有多么神圣而珍贵。他假装想安慰她，好吧，也许连他自己都信了！她小心摆好刀，确信刀刃边缘没有微小的缺口——其实已经锋利得无可挑剔。她想到戴尔芬，又想到那部苏格兰戏剧里的台词："为我胆怯的内心涂上一层黑色的底漆。"她已经感受不到恐惧。她把刀磨得像大号剃刀一样锋利，想象它已经锋利到插进治安官体内，他却完全感觉不出。

她回到卧室里，再次让他离开时，她提前警告了他。她把刀藏在身后，声音里夹杂着几乎察觉不到的颤抖，说："我警告你，霍克治安官。如果你不离开，我就只能伤害你了。"

他站着没动。然后他竟然放肆地冲她笑了，想和她进行长久的注视，以突破她的心理防线。

"我会吹啊吹，把你的房子吹倒，"他轻柔地说，"我也警告过你了。"

他微微笑了一下，嘴唇轻轻噘起来说："为什么不能是我，克拉丽丝？我身上没有任何让人无法接受的地方，我有份好工作，甚至颇有声望。我不喝酒，我不和其他女人上床，以后也永远不会。看看你自己，你美丽得像个天使，但你是个殡仪员，男人都被你的职业吓跑了，但我不会。"

霍克伸开双臂，笑容却很凶残，双眼溢满愚昧无知的贪婪。克拉丽丝并未朝他走去，他便缓缓放下胳膊，把手伸进口袋，掏出一张折起来的纸，里面包着一枚红色的玻璃珠。

"我在这儿找到的，"他说，"犯罪证据。"

"犯罪证据？啊，老天爷，别胡说八道了，让我看看。"克拉丽丝用另一只空着的手去抢那张纸。

"哎，哎，哎。"他用令人生厌的口吻戏弄着她，最后，他把珠子放回纸包里，折好后塞进衬衫胸口的口袋中，然后敞开双臂，向前扑了过去。

她的胳膊不自觉地往前猛地一刺。

他不知道发生了什么，起初如此。他震惊地往旁边一闪，一个转身，却助了她一臂之力。他的身体猛地一扭，她可以在脑海中清晰地看到，锐利的刀刃在他体内随之划开，划穿了他的内脏。他体内溅出的东西会要了他的命，但那样就太慢了，还是越快越好，她心想。她的手完全顺从着大脑行动，大脑却一直沉着而理性，她必须像用锯一样去使用它。在他抬起手，想要挣脱之际，她用最快的速度把刀从左往右划穿他的腹部。她的手紧紧握着木把手，不停地来回左右摇晃身体。她必须双手齐用，避开他胡乱挥动的双手。他比她想象的还要强壮结实，但多年的工作已让她练就了大得惊人的握力。他看到那把刀飞速穿过自己的肚皮，划破衬衫上的丝线，他该有多惊讶。荒诞的语句在她脑海中冒出，她的想法奇怪而遥远。显然他笑不出来！她看得出，对于这样出其不意的情节发展，他也大惑不解。他的眉毛扭在一起，似乎一个字都说不出，只是迷惑地盯着她。毕竟这是他意料之外的，她有些同情他，他想不到她会给他带来惊奇，还是这样的大吃一惊。

“坐下吧，”她面无表情地说，“用不了多久。”

他向后重重摔下去，把她衣柜的合页震得嘎嘎响，血浸湿了她的丝绸衬裙，流进她的鞋里。她将最爱的几件从他身下迅速抽了出来。她沮丧而满意地发现，他之前已经用小折刀从地板的缝隙中撬出一颗红色玻璃珠。真是够了！她拔出那颗珠子，在他面前晃了晃，张开嘴吞了下去。此刻的他看起来迟钝呆滞，甚至愚蠢。过了一会儿，她检查了一下他的脉搏，已经微弱到极点，又谨慎地用临床眼光检查了一下，发现他的瞳孔已经停滞无反应。“家里没人。”她终于开口说话。这才意识到刚才几乎没喘一口气，她站在原地，一只手放在胸口，另一只按着腹部，就像在声乐课上练声那样，从丹田处缓缓吸气。她开始考虑怎么把他的尸体藏起来，不过就算把他立在衣柜里又能怎样呢？那也瞒不了多久。她开始发泄憋闷的情绪——边哭边放声呜咽着呻吟，连她自己都能从身外的某个地方听到，她的声响充斥着整个房间，让她感到惊恐。“现在闭嘴，”她劝告自己，“要不然就停不下来了。”她穿过走廊，打算洗个澡。

往浴缸里放水时，她把刀从治安官身体中拔出来，冲洗干净，然后用一张旧床单把他盖上，又从床底下拉出一只棕色的大行李箱。等清洗完毕，她就打包行李。

第二天就是圣诞节前夜，克拉丽丝泡着澡，考虑着下一步的计划。现在最重要的是采取行动，而不是感受。银行当然要白天去，而且她突然意识到，现在去取钱是个很好的时机，大家过圣诞节买些意料之外或奢侈的礼物自然要多花些钱。问题是，一到圣诞节，经常有人死去，会有突发的紧急工作需要她处理。不过，等过了圣诞节，通常行将就木的人会等到新年过后才咽气。“除你之外，”她冲过道那头的治安官喊道，“你就是等不及。”她想，等从银行出来，她要更有条理地安排一下，再带些行李，规划下路线。她颇为满意地意识到，如果她行动迅速，一切顺利，不出什么乱子，她就能像往年那样，照例参加平安夜弥撒，然后抓紧利用之后的几个小时睡上一会儿，一早便踏上远行的火车。

西普里安心里很清楚，他和戴尔芬不会走到最后，只是明白这一点也无济于事。圣诞节将这层窗户纸捅破，也在意料之中，反正他们二人早就达成共识，假期就是个陷阱。但更糟的是，西普里安却想把这个圣诞节过成有史以来最好的圣诞节。他一直想弥补戴尔芬童年时没过过圣诞节的缺憾，也许也是在弥补自己的缺憾。一直以来，他们的圣诞节都不过是让父母醉得不省人事的机会，没有团圆饭，没有小礼物，没有花环，没有纸星星，窗台上也没有蜡烛。陪伴孩子们的只有冰冷的炉灶，他们只能自己琢磨着添加柴火。没有学校可以分神，也没有会从自己的午饭提篮中拿出食物和他们分享的老师，只有嘴里咕咕哝哝的成年人，随时会踉踉跄跄闯进屋里，然后四仰八叉地躺在厨房地板上。

一切都历历在目。西普里安出门，从一个波希米亚农夫那里买来只鹅，鹅用谷物养得很肥。戴尔芬和孩子们一起做了一串串爆米花和纸环，还让弗朗兹带了把小短斧，去树林里砍来两棵小松树。她把一棵树装饰好，留给菲德利斯和孩子们，将另一棵绑在汽车引擎盖上，带回了家。她还准备了蜡烛，放在小小的锡铁烛台上，烛火后还有小小的挡风牌。每个孩子都能收到她的礼物，西普里安和罗伊也有。虽然西普里安尽量不去猜想戴尔芬是否也给菲德利斯准备了礼物，但还是没能忍住。他就是不由自主，神使鬼差般，几天前，他甚至还翻找了她的梳妆台，看看有没有包装好的可疑物品，但一无所获，只看到她随意叠放的衣服，再就是给他准备的礼物，好像是条围巾。他对自己的举动感到害臊。他一直认为自己绝不是那种会乱翻女人东西的人，这下却颠覆了自己的想象。他还专门为她出门，买了一枚奢华的红宝石戒指。

圣诞节前夕，他接她下班回家，一路上她心事重重，一言未发。

“你没事吧？”他问。

“累了。”她告诉他，所有人都拖到临关门前才来采购，买假期要吃的鹅、火鸡、猪排或其他各种各样的东西，还会提出五花八门的要求，要进行特殊切割或索要一些部位的零碎，还有各种最后关头的订单，而且她尝试做了个德式圣诞蛋糕，但失败了，给孩子们烤的饼干也烤煳了。他努力不往菲德利斯身上去想，那些饼干其实是烤给他的吧？不过无论如何，她的疲惫是可以理解的，而且乐观点想，这样一来，他为她准备的惊喜晚餐就会取得更好的效果。他提前把罗伊送到“一步半”商店的后门口，商店楼上还有个房间，也是她租来的。据坊间传闻，她用来租房的钱都是她常年藏在锡铁鼻烟盒里的钱，顺着她巡游的路线，埋在路边的岩石、树、标牌和栅栏桩下的泥土里，一直延伸到远方的平原。她几乎不怎么在店里露面，所以屋里变冷时，罗伊会经常去帮着生生火。这样，家里只剩下西普里安和戴尔芬两个人。

“你会喜欢我做的饭。”西普里安说。

“你做了饭？”

她的语气不失礼貌，却有气无力。西普里安望着她，她双臂交叉着，坐在他身边的座位上。这个夜晚，她看起来很娇小，甚至柔弱，但他很清楚，她身强体健，弱不禁风的外表不过是从她脸上划过的光线玩的把戏，是冬日的天空和大地映照在她脸上的清冷。她看起来很孤独，但他实在不清楚原因，他一直陪在她身边，随时给她做饭，唱她想听的歌，还要献上他买来的戒指——珠宝商卖给他时，惋惜地叹着气，说那是他最喜欢的一件，真不该就以这样的价格卖给他，但他也需要钱过节。

“开心点儿，”西普里安哄着她说，“我买了瓶好酒，年份很久了，我们来庆祝一下，过节了。”

“哦。”戴尔芬答应着，西普里安觉得她并不开心。“我们的未来。”她的语气中含有一丝轻蔑或嘲笑，像一把刀插进他的胸前。但他强迫自己忽略它，继续在脑海里盘算。他没有再说话，而是开始吹口哨，吹的是他隐约记得好像是圣诞节的老曲子。

“你为什么要吹这个？”过了一会儿，戴尔芬问。

“哪个？”

“《我的双眼看到了荣光》。”

他很伤心，一言未发。

“噢。”又过了一会儿，她才出声。她阴沉的心情连自己都感到惊奇，她也不明白怎么回事。一整天，她都在苦苦挣扎，想摆脱低落情绪的困扰，最终还是陷了进去。此刻，她再次尝试，努力温和地说话：“我想起来了……主降临的荣光。‘我的双眼看到了主降临的荣光’。耶稣诞生，确实应景。”

“对。”他简短回答，慢慢在路边停下车。这条路他早上刚用铁铲重新翻修过。他下了车，砰的关上门，用力稍大了些，深深呼吸着户外沉静清冷的空气。它的纯净刺激着他的胸口，他用力呼吸，直至恢复平静，想起自己尝试烤姜饼这回事。再怎么说，这肯定能把她逗乐。但她走进屋后，只是说了句：“天啊，姜饼烤煳了！”然后把手里的东西往地上一扔，踢掉脚上的靴子，嘴上发出哀怨的叫声，缓缓瘫倒在圣诞树对面的椅子上。

“我感觉老了，”她说，其实是在自言自语，“今天晚上，我觉得自己有一千岁了。”

“你只是习惯了一过圣诞就心烦，”西普里安说，“给。”他递给她一块石头般又硬又干的姜饼，烤煳的地方已经刮掉了，用一条干净的洗碗巾包着。他又冲炉子里的炉火吹了吹气，添了两根木柴，把它拨旺了些，然后把门关严，将烟道彻底敞开，这样里面的火苗很快就蹿了起来，发出令人舒适的噼啪声。他拿出火柴盒，将窗台和圣诞树上的蜡烛都点燃。他做这些时，她都没有发出任何声响。虽然没有回头看她，但他确信，一定是她终于开始欣赏他的付出，享受这个夜晚的安逸，可能正吃着姜饼，开始习惯他对她的照顾。然而，当他转过身，却发现她已经睡着了，膝盖上还放着原封未动的姜饼。

“噢！见鬼去吧！”他大声说，声音大到足以吵醒她，但她还是没醒。他吹灭所有蜡烛，走进厨房，去准备他满心希望味道能说得过去的牡蛎汤。趁着汤还热，他将乳白色的汤汁倒进一只浅碗，在里面插了一圈饼干，又撒了些胡椒，在表面放了块黄油，等它慢慢融化。他把碗端到她面前，放在地上，然后跪在椅子边，亲了亲她的脸颊，轻轻将她唤醒。待她睁开双眼，他才发现她并未真的睡着，而是在哭泣。这是他最不希望看到的，尤其是今夜。他把那碗汤端给她。

“谢谢，真好，”她至少还有道谢的风度，“你的呢？”

“正要去拿。”他回到厨房，舀出自己那份，一只手端着，另一只手拖了把椅子，这样就能坐在她身边。

“嘿，”虽然他知道很有可能并不讨好，但还是开口说，“你知道吃牡蛎是有说法的吧。”

她没说什么冷嘲热讽的话，让他松了口气。她的一句“味道不错”让他重燃希望。

他没开始喝，先把汤放下，迅速重新点燃了所有蜡烛。明亮的烛火摇曳着，映在墙上，在他眼中，整个房间都变得温馨而神秘。他在她旁边坐下，小口喝着热乎乎的咸汤，一言不发。也许，房间本身的安宁气氛能如他所愿，唤起他期望她拥有的心情。

“看，”他说，“那棵树怎么样？看到我装饰的金属亮片了吗？”

她没做回应。他心中的怒气逐渐升腾起来，感到丝丝寒意缓缓袭上心头，不禁打了个哆嗦。

“我正努力让你开心。”他的声音中透露着焦虑，好像随时会失控而喊叫起来，但她对于正逼他接近难以承受的极限似乎漠不关心。她只是耸了耸肩，望向别处。

他站起来，夺过她手里的汤，有些洒到了她的裙子上，把两只碗端回了厨房。“镇静。”他低声对自己说，眼睛却酸胀无比。头颅似乎紧紧压迫着大脑，头痛欲裂，像是扣着一顶紧紧裹住头部的帽子。他考虑片刻，觉得应该去外面漆黑寒冷的夜里走一走，但他没有，还是犯了个错误，径直走回房间，低头怒视着戴尔芬。

“那你怎么不干脆回去找他们？”他问。

“你这话什么意思？”

“你明白。去找他，找他们。”他的怒火几乎让他窒息。他很清楚，若说出那个男人的名字，他就会忍不住爆发，但他又无能为力，因为他没有爆发的权力。他从裤子口袋里掏出那个红绿色包装的小盒子，用带着一丝轻蔑的姿势，扔给了戴尔芬，这正是他最不希望将它给她的方式。“给，”他说，“我给你买了个礼物。”

那只小盒子落在她的大腿上，她没有拿起来，只是盯着它看了一会儿。他站在门口，用力喘着气，咬住嘴唇，不然可能会忍不住冲她大喊，让她打开。终于，她用一根手指，轻轻推了推它。

“很漂亮，”她说，“这是什么，戒指吗？”

“是。”他说，声音有些嘶哑，所有愤怒瞬间转变成一种渴望，这种渴望如此痛苦而真切，让他感到心脏缩成一团，滚烫炽热，仿佛打上了她名字的烙印。脸上的皮肤刺痛难耐，他多想一下子猛扑到她脚下。她依然坐在椅子上，腿上放着那只盒子，远远望着他。她狐狸般的脸庞在烛光中散发着光辉，眼睛里有烛火在跳动，头发散落在她温暖的红扑扑的脸颊周围朦胧的光晕中。她冲他笑着，但并不是他期望中的笑，而是一种疲惫的笑。他的身体垂下来，靠在门口，低头看着自己的脚。

至于戴尔芬，她坐在被西普里安寄予厚望的烛光中，腿上放着戒指盒，思绪回到了他们表演平衡杂技的场景中。这神秘的烛光引她进入一种谜一般的沉思，挥之不去。她仿佛看到自己再次穿着红色长裙，走到观众面前，身上放好茶盘，她又变成一张人肉桌子。只不过在她的脑海中，上面摆放的不再是一张张椅子，而是一个个男人。他们一个接一个地出现，在她燧石般坚硬的肚子上立起来，一摞男孩和男人——西普里安、菲德利斯、双胞胎埃米尔和埃里克、弗朗兹、马库斯，最后是她父亲。所有人都在她强壮结实的肚子上努力保持着平衡，摇摇欲坠，岌岌可危。而她只能撑在下面，会有什么想法，又能有什么感受？她能说些什么？一个字说出口，他们就有可能摔下来。一张口就能人仰马翻，所以她闭口不言，但四肢开始发抖。

“戴尔芬，”西普里安说，此刻他已平静下来，声音中毫无波澜和情绪，“要不然你上床睡会儿吧？”

但她依然低头看着那只盒子，她目不转睛地盯着它，仿佛可以透过包装纸，看到里面的天鹅绒戒指盒。于是，他把它从她腿上拿走，放回口袋里，离开了她。

西普里安钻进车里，坐了会儿，整理了一下思绪，然后猛烈发动引擎，一路轰鸣着疾驰到镇上。一进台球厅，他的心情就稍微好了些，直到把自己灌到不省人事时，心情已经舒畅许多。黎明尚未破晓，他离开台球厅，走进夜色中，感觉威士忌的酒劲儿开始消退。他开着车，很快就来到戴尔芬的好朋友克拉丽丝的家门前。他用力敲着门，其实是带着醉醺醺的愤怒，冲着房门一阵猛砸。

克拉丽丝从她睡着的沙发上跳下来，跑到门口，冲着外面的喧闹大声呵斥一番，让他安静下来。她疑惑地打开门，眨了眨蒙眬的睡眼，驱逐走睡意。她身上穿的是一件极薄的睡袍，冻得瑟瑟发抖，平日红润的脸庞此刻也苍白无色，嘴唇几乎冻得发紫。她打着哆嗦开了门，让他进屋。门旁的地垫上放着一只打包好的大行李箱，椅子上有一只时髦的红色帽盒。当他跺着脚搓着手时，她不慌不忙地从他身边走开，好像并不知道他透过她身上薄薄一层粉色材质，可以看到她的屁股和腿一样。她从沙发上拿起一条毛茸茸的蓝毯子，但直到走出他的视线，才把它裹上了身。

“进来吧。”她招呼他进了厨房，他在餐桌前坐下。她瞬间恢复了往日的光彩——看起来温暖而舒适。她的脸颊泛着红光，发卷乌黑发亮。她一只手拉着身上的毯子，转了个身，说要煮些咖啡给他。她把一切准备就绪，煮上了咖啡壶，等待煮开的工夫，她坐在他对面，用粉嫩小巧的拳头揉了揉眼睛。她随意打了个哈欠，晃了晃脑袋，像要把头发都晃到脑后，其实只是要挥洒一下发卷跳跃的魅力，然后噘起玫瑰色的嘴唇轻柔地说：“说吧，什么事？”

“圣诞快乐。”他一边说，一边从餐桌这边朝她轻轻推过去一只绿色的小盒。

孩子们一直等到圣诞节，才郑重其事地打开了“德国寄来的板条箱”，里面装的都是让人赞叹的好东西。给弗朗兹的是一件最优质的羊毛针织大衣，针脚漂亮，衬里是厚厚的缎子，是菲德利斯儿时记忆中的样子。几个小的每人都得到一双皮靴子，托小姑的福，他母亲在信中得知了他们的尺码，所以穿上都很合适。还有些小玩意儿——雕刻精美、五彩斑斓的陀螺，图画书《马克斯和莫里茨》《蓬头彼得》，以及可以跑的小马玩具。双胞胎收到一大堆摆着各种姿势的小兵和它们的装备，马库斯则收到一顶厚帽子和针织衫。小姑收到了一件刺绣披肩，但她假装那是条围巾，因为披肩是给上了年纪的人的礼物。菲德利斯收到的是海泡石烟斗和土耳其烟叶。所有东西都裹在一捆捆基本分文不值的旧马克纸币里——一美元能换一万亿，最上面盖着几张珍贵的报纸，菲德利斯和小姑一边吃着烤焦的饼干和甜果干面包，喝着浓咖啡，一边嬉笑着互相抢夺。

等所有礼物都打开，所有歌都唱完，蜡烛都熄灭，孩子们都沉浸在玩具里，小姑和菲德利斯依然一起坐着。他们聊起家人的日子过得多好，最后说到那座古老的小镇，画面在他们的脑海中展开，他们似笑非笑，眼神停留在半空中。他们忆起爷爷盖的那座砖砌的小楼，屋檐下有石刻的玫瑰花饰，总共三层，当时如此。

在北达科他州，报道德国的《德国自由报》和《时事评论报》都小心翼翼地刊登些无关痛痒的大众新闻，所以能在一份真正来自德国的报纸上，看到那些他们都熟知的名字，了解当地人的近况和动向——出生、死亡、结婚，这种感觉很好。他们开始为彼此大声朗读起来。菲德利斯点燃烟斗，嘴巴里充满烟草浓郁厚重的甜香，他提起，不知道能不能很快凑够路费，回家看看。小姑隐藏起自己机敏而警觉的反应，只是假装随意地提出，让孩子们回去看看爷爷奶奶会是件好事。让他们看看真正德国人的生活方式，在那里待上几个月，过些时候，没准儿还会说德语了。

菲德利斯将硕大的脑袋转向小姑，用蓝色的空洞眼神直视着她。他明白她这番话的用意，但也明白她的话不无道理。孩子们现在的成长方式和他小时候大相径庭——毫无管教、胸无点墨，而且对于拥有各种自由的权利抱有狂热的意识，而他以前压根儿都不知道它们的存在。即使现在，若他用母语说些长句，他们也不是每句都能听得懂，他也跟不上他们说英语的速度。就算他终于突破自己的沉默寡言，开口和他们交谈，说出的话也从未恰如其分，他们的回答也莫名其妙。他掌握不了他们的行踪，也不会买他们需要的东西，无法避免他们染上麻烦或疾病。要是有个老婆就好了，他很明白这一点。但对于他来说，没有合适的人选，至少没有单身的人选。有时，当戴尔芬和他大胆对视时，她金色的双眸中有一层他不敢解读的深意。他也没有那个勇气去仔细琢磨自己对她的吸引力，毕竟，她是别人的。她属于西普里安——他儿子的救命恩人。

“我这是发的什么神经？”圣诞节一早，戴尔芬这样问自己。她记起昨晚对待西普里安的态度，顿感羞愧。“也许，”她坐在圣诞树前，吃着一块燕麦饼干，自我安慰道，“也没什么，我只是厌倦了。”

真要怪的话，这棵圣诞树也有份。上面缠着一串串爆米花和蔓越莓，挂着从锡铁罐上剪下后涂成绿色和金色的小星星、有柔软绒毛翅膀的纸天使、覆着一层霜的乳草荚、蘸过银色漆的细树枝。这棵圣诞树实在太漂亮了，挂满这些细小精致的装饰。虽然此刻屋里晨光暗淡，映衬着苍白的天空，也没有点燃烛火，但这棵装饰一新的圣诞树却依然光彩夺目，让人感到平静而安心，让她不自觉地陷入一种宁静的沉思之中。她昨晚也是这么望着它，触怒了西普里安。

她又拿起一块饼干，咬了一口，这就是她的早餐。前一夜将她淹没的恼怒此刻让她感到羞愧，她看得出西普里安有多么用心良苦。她手里握着饼干，对着圣诞树打了个手势，说：“我应该爱他，对吗？你就是这个意思。但昨晚我累了，厌倦了那么辛苦地坚持，我想若是不爱一个人的话，就会有这种感觉吧。难道这是我的错吗？”她将剩下的饼干塞进嘴里，咀嚼起来。

“到头来，你站在这儿和一棵树傻头傻脑地说话，这才是你的错。”

戴尔芬打起精神，跳了两下，迅速套上厚衣服。她裹上外套，穿上靴子，准备走去镇上，带着送给克拉丽丝的礼物——一双昂贵的丝袜。戴尔芬知道克拉丽丝有多喜欢精致的丝袜，有多喜欢穿上它们来炫耀漂亮的双腿。她用一条印花头巾把丝袜包好，又用一条发带系起来，她觉得自己这个主意很不错，并非因为克拉丽丝喜欢戴孩子气的发带，而是她也可以用它来给其他东西镶边。戴尔芬把炉火关小，准备出门。她为西普里安和罗伊留了把钥匙，放在上面的门框上，也许他们会有谁比她先到家，她想，然后准备一起享用一顿迟来的圣诞晚餐。

克拉丽丝没在家，门也锁着，但戴尔芬知道她这个朋友会在靴子刮铲下面留一把备用钥匙。果然，她把那个沉甸甸的家伙挪到一边，就从下面取到了钥匙。她打开咯吱作响的镶着玻璃的后门，进了克拉丽丝的家。进门后有一小片泥地的门廊，门廊上散落着一些靴子和报纸，直通向厨房，这里比克拉丽丝的其他房间都要整洁得多。戴尔芬进门时，猜测她的朋友大概在睡懒觉，于是便从厨房里呼喊她的名字，然后她走到通向卧室的楼梯前，在最下面的台阶上又叫了她一声，依然没有回应。她考虑了一下要不要上楼，虽然她一度曾在这里随意进出，但还是未免冒失。我还是把礼物留桌上吧，戴尔芬心想，也许再在旁边留张字条。

她将礼物放在厨房里涂了白漆的台面上，去手提包里翻找笔和纸条，突然被一个东西吸引住了，厨房的桌子上放着一只打开的小盒子，白底条纹的缎带散在一边，里面一小块绵衬歪倒在糖罐旁。不知为何，一看到那只盒子，她就很难过。她又盯着它看了一会儿，这才意识到那正是西普里安想送给她的那个红绿相间的盒子，和它一模一样，就连那条白底条纹的缎带也是。不管里面装的是什么——她猜是个戒指，现在当然已经不见了，眼前只有躺在桌上的空盒子，四敞大开。她注视了一会儿，然后若有所思地掂了掂带给克拉丽丝的礼物，好像突然之间变沉了。

戴尔芬走出房子，锁上那扇脆弱不堪的门，将钥匙放回原处。她穿过屋后那片泥地，回到巷子里，这才看到她和西普里安共同拥有的那辆莱索托。它靠着巷子一侧停着，已经覆盖了一层薄薄的雪粉。一切都是白色的，一切都是静止的。街区的前后左右，没有一丝动静，所有房屋都笼罩在假日的静谧和温馨的歇息之中。一缕缕烟雾从烟囱中冒出，一格格窗户都展现冷冰冰的空白。戴尔芬从手提包的角落里掏出为数不多的几把钥匙，都被穿在一个小铜环上。她打开车门，坐进这辆老旧的车，用脚踩下油门，发动引擎，然后她开出了城，回到通向农场的路，把车停在一个任何人经过时都能看到的显眼位置。

回到屋里，她抖落大衣上的雪，挂在扶手椅上，把靴子整齐地放在门边。她将送给克拉丽丝的礼物又扔回圣诞树下。她给厨房里的火炉升起火，一边煮茶，一边暖手。她把双手不断在炉火边翻转，前思后想，才琢磨清楚到底是怎么回事。思来想去，只能有一种解释，那就是昨晚，西普里安在她这里受挫后，便开车去了她好朋友的家，把戒指送给了她。她得出这个结论后点了点头。戴尔芬倒了杯茶，放进去一大勺蜂蜜，搅拌了一下，又加进去一点稀奶油，便回到圣诞树前的椅子上坐下。她顺着自己的思路往下想，那么刚才车还停在巷子里，这意味着什么呢？片刻过后，她的脸滚烫起来，窘迫不已。她突然意识到，那辆车还在那里，是因为在她走进屋里的那一刻，那两个人——西普里安和克拉丽丝就在楼上，在她朋友那凌乱的卧室里，正躺在她有霉味的床单上，半睡半醒。他们听到戴尔芬在楼下的喊声后醒了过来，她眼前几乎可以浮现他们脸上的表情！她还能想象出他们听到她离开后的如释重负，她的嘴唇开始颤抖。戴尔芬最痛恨的感觉便是突然发现自己的愚蠢，紧接着，转眼间，她开始嘲笑起自己来。

如果可以客观看待这件事，这不正是最好的结局吗？若想摆脱昨晚她和西普里安陷入的僵局，这不正是她希望发生的吗？她并不爱西普里安，虽然他猝不及防的背叛让她震惊不已，但总好过他找上别人。这个思想负担算是解除了，她顿觉轻松许多。公园里发生的那一幕在她眼前闪过——那个男人和西普里安缠绕在一起，在黑暗中几乎看不清谁是谁。如果就这么发生了，她心想，那就这样吧。显然这已不再是她的困扰，这种心理甚至还包含某种报复的成分。戴尔芬很了解自己，她明白，虽然这样有些自相矛盾，她还是需要不时想一想克拉丽丝爱上西普里安·拉扎尔后要面对的难题，以安慰下自己，她还会想起那件缀满红珠子的裙子。反之亦然，她心想。

克拉丽丝丢弃的东西总有重大的回收价值，她会把它们随手塞进箱子或麻袋里，或直接用旧裙子一捆，在屋后门廊上杂乱地堆成一摞。"一步半"总会定期及时造访，带走堆放在那里的东西。有时，有些废弃品质量完好，她还可以卖掉，比如那件缀满红珠子的闪闪发光的裙子。她是前段时间发现的，用报纸包着、绳子捆着，裙子上有些土，就好像从地里挖出来的。尽管如此，经过"一步半"的清理——通风晾晒，拂去上面的泥土，用海绵和香皂清洗布料，它又变得光洁如新。“一步半”以三块钱的价格将它卖给了一个女人，她跟着回收废金属的丈夫出门，刚好途经此处。虽然“一步半”有时也怀疑从克拉丽丝那里拿来的一些东西——帽子、鞋子，甚至到头来她自己用的东西，很可能是克拉丽丝在施特鲁布家地下室里处理的死尸的遗物，但克拉丽丝确实总能让她收获满满，是会将值钱物件弃如敝屣的人。

天刚蒙蒙亮，“一步半”就又在后院门廊上发现了宝藏——锅碗瓢盆、一整套餐具和一把质量上乘的切肉刀。她收起自己的新发现，带回店铺后的小屋，那里是她给回收物分门别类的地方。她把切肉刀擦洗干净，放进自己的厨具中，然后把剩下的东西一一挑拣完毕，皱着眉头，用挑剔的眼光细致地检查把手是否结实，用手掂量锅盆的分量。等到对每件物品的归属都心中有数后，“一步半”决定好好犒劳自己一顿丰盛的早餐，她吃了鸡翅、几块压缩饼干和一只干瘪的胡萝卜。她一边嚼，一边打量着身边的布匹卷——印花棉布、绒面呢料、轻薄的和厚重的羊毛呢。她想送件礼物给别人，而且这个人要配得上这件礼物。

她一吃完，就起身拉出一段厚条纹棉布，摇了摇头，又放了回去。再三考虑后，她彻底离开了印花布的区域。不对，这些都不合适，羊毛才更好，更适合做裙子，穿着更暖和。亚麻布可以做件衬衫，还易于清洗，而且别人都说，亚麻布很耐磨。她用指尖捏了捏一种奶油色的厚布料，最终一匹淡蓝色布料的手感让她露出了笑容，那是十一月最苍白的无云天空会显露的那种水洗般的蓝色，只比灰色亮一点。棕色羊毛上有淡雅的格子花纹，蓝绿相间的编织中交织着一丝金色和黄色，会和玛兹琳的头发很配。她点了点头，将布料放在一张宽大的桌子上，桌子内侧紧紧钉着一把码尺。

寒冷的圣诞日光透过窗户照了进来，小屋里一只小型的大肚火炉持续不断地散发着热量，“一步半”在这里整理账本，记录新订单。作为镇上废弃物品的回收人，她有极其严苛，甚至吹毛求疵的个人习惯，其实去年罗伊入狱后清洁牢房的行为正是受她的影响，也是她给罗伊带来了如此判若两人的转变。和“一步半”在一起，罗伊就必须用一条正儿八经的手绢擤鼻涕，用餐巾纸擦嘴巴，在放屁后致歉。好在她睡觉也会打鼾，早已习惯伴着巨大的声响入眠。在她和罗伊睡觉的店铺里——他睡在地板上，她睡在简易的单人折叠床上，窗户会震得嘎嘎作响，但两人依然可以浑然不觉地酣然入梦。

此刻，“一步半”俯下头，用挂着鹰钩鼻的脸庞，犀利地审视着精美的布匹。她调整好布料的角度，拿起一把锋利的剪刀，握着上了漆的黑色把手，剪下第一剪，然后极为专注和平稳地剪下一截长度完美的布料。她将柔软的格子羊毛呢折好，又量了一下，截下两块淡色亚麻布。最后，她又凭着一股不计后果的劲头，骂骂咧咧地从供放着最珍贵材料的侧边柜上扯下一匹华丽的深蓝色绸缎，就连她自己都觉得无法抵抗。只要是走进店里的女人，都禁不住在它面前驻足，目不转睛地盯着它，她可以看得出，她们都在想象自己穿上一件用它做成的礼服的样子，一件晚礼服——可在这样一个镇上，哪有什么穿它的机会呢？那就做件睡袍吧。这样一种既温暖又清爽，既低调又奢华的存在，让人禁不住伸开手指，轻抚过它，在心里默默算笔账，然后再满怀遗憾地叹口气，不舍地离开。

“一步半”趁着自己还未后悔，迅速剪下一条裙子的长度，铺在柜台上，旁边摆上一些彩色的丝线，噘着嘴，将各种扣子放在亚麻布和格子毛呢上比画着，然后将它们一起放在一只小袋子里。最后，又放进去一些丝带，可以做女孩子的发带。她用褐色的牛皮纸将所有东西包起来，用细绳子捆好，然后裹上大衣。她戴上一顶皮毛衬里的男式皮帽，戴上手套，双脚塞进一双粗陋的靴子，把包裹夹在腋下，匆忙夺门而出。她嘴里咕哝着，恼怒自己为何没早点想起做这件事，哪怕早一天，她也能借着平安夜的由头和氛围，自然地送出去。

十二月难以察觉的冰雪消融变成了坚不可摧的寒冷，凛冽的寒风让每个走到户外的人都头痛难忍。戴尔芬的卧室远离暖炉，她盖上了家里所有的棉被，一出被窝，就立刻在裙子下套上一条羊毛秋裤，在家里也穿着大衣。此刻她站在暖炉旁，裹得严严实实，正在削土豆，打算做个土豆馅饼。她还考虑是不是烤一烤从店里带回家的一块香肠，如果洋葱没有都生芽，也许还能再做些洋葱。突然，门砰的一声被推开了，然后又在一股刺骨的冷风中关上。罗伊跌跌撞撞地走进了屋，脱下带衬垫的羊毛呢大衣，解开裹在头上的两条针织围巾。

“谋杀和故意伤人罪，”罗伊用一种惊骇的语气宣布，“真是可怕！克拉丽丝是嫌疑人。”他冲戴尔芬点着头，仿佛在表示，鉴于她是克拉丽丝的好友，就应该知道所有细节。然后他像宣读报纸头条那样继续说：“全镇震惊，治安官被刺身亡。”

罗伊目瞪口呆地坐在餐桌前，困惑不解地摇着头。“霍克。”他细细琢磨着，仿佛在努力说服自己，最终还是充满疑惑地重复了一遍，“霍克，是谁不行，偏偏是他。”

戴尔芬手里握着削皮器，震惊地愣住了。她盯着自己的父亲，仿佛他突然可以说一口流利的法语，或长出了一只蹄子。

“当然了，好好想想，”罗伊说，“我们如果说‘是谁不行’，通常想到的都是合理的受害者，但他可是治安官，他爱上了克拉丽丝·施特鲁布。他的尸体被发现时，裤子堆在脚踝处，显然打算侵犯的不只是她卧室里的隐私。”

戴尔芬痛苦地挥了挥削皮器，还是无法开口。

“他可是霍克啊，”罗伊受到惊吓后重新开始努力进行自我说服，“霍克，是的，是霍克，在施特鲁布家姑娘的闺房里丧了命。大家都说，是她这个职业害了她，逼她发了疯。”罗伊面色凝重起来：“我也这么觉得，可怜的孩子。她叔叔就不该让她接班，摆弄那些死尸，用醋替换他们的血液！她只是个年轻的弱女子啊，你听说谁家有女人当殡仪员的？”罗伊纠结地扭动着手指，双手紧扣在一起，就像在祈祷。他咬着手指的关节，轻轻感叹道：“一时失足。她把他像头猪一样开膛破肚。”

“她用的不是醋。她也不是个弱女子，不会被轻易打倒。”戴尔芬喃喃说着，转身离开父亲，开始在脑海中大幅修改自己在圣诞节清晨离开克拉丽丝家后编造的故事。

罗伊抬头瞥了眼女儿，摇了摇头，好像她的话大错特错。“她就是个可怜娃，”他坚持道，“霍克侵犯了她神圣的闺房，我完全没料到会这样，没把这事儿太当真。唉，霍克还给她写过歌，还试着唱给我们听，我还以为是个浪漫的爱情故事，结果，他借着查案子的由头，进行了搜查，还弄到了搜查令什么的。现在大家都觉得她……”罗伊冲着食品储藏室的方向探了探头，看着被封住的地窖门，说：“也是杀害他们的凶手。”

戴尔芬从父亲的举止中捕捉到了一种心绪不宁的感觉，一种不自在的状态，仿佛他突然灵机一动，演了场戏，但演技拙劣。不过，她将他笨拙的伪装归因为这些事件过于离奇，所有谜团都缠绕在一起——在罗伊地窖里丧命的一家三口、调查他们死因的霍克，再就是克拉丽丝。

“她没躲起来，她没必要啊，”罗伊说着，坚定地用手拍了拍膝盖，“毕竟她得证明自己的清白才行。这个世界太冷酷，人什么事都干得出来。有人看见她了，她拎着一只棕色的大手提箱和一个小圆帽盒，红的，一早搭上了火车，去明尼阿波利斯的车。”

“我猜他们会在那里把她逮捕，”戴尔芬说，此刻她坐在父亲对面，神情恍惚，有些眩晕，“他们会把她抓起来，然后呢？”

“别指望他们能找到她。”罗伊如未卜先知般，用一种热切的口吻说，“我太了解她的爷爷和两个叔叔了，都是滑头的家伙。一进大城市，她肯定就改头换面，藏起来了。她那么聪明，躲得过去。”

“你刚刚还说她是个弱女子。”戴尔芬说，有了些许争论的兴致。

“那也是不可招惹的带刺玫瑰，”罗伊说，“黑寡妇蜘蛛的八条腿又细又长，看着多柔弱，多迷人！母蝎子那带毒刺的尾巴，看着一碰即碎！还有蚊子，好像一口气就能吹跑，都算不上个活物，几乎没有重量，却能用疟疾让你毙命。”

罗伊继续沉浸在探寻雌性生物身上的自我矛盾之处，戴尔芬却不再充当他的听众，已回到自己房间，把所有被子盖在床上，钻进了被窝，这样既能远离罗伊，又能温暖地进行思考。

连续数日，整个阿格斯小镇都在震惊和诧异中度过。所有人议论纷纷的内容全都离不开这个话题——他们紧张兮兮、翻来覆去地分析每个细节，猜测各种可能。正如罗伊预料的那样，克拉丽丝就这样消失了。治安官霍克的尸体从施特鲁布家宅子里抬出来，用防水布裹着，全身密封，被车运送到法戈的验尸官那里去了，整个宅子大门紧锁。州政府指派来一位新警官，然后镇上的生活就像流水，围绕着坑坑洼洼又流动起来。旧事带来的恐惧会渐渐被日常生活的琐碎淹没，被窃窃私语日渐消磨，在街谈巷议中慢慢消失。议论和猜测会持续数年，最终，克拉丽丝衣柜中的血腥一幕只会成为小镇往事中的一抹红色。她就这样消失了，连同她的红帽盒、棕箱子一起，颇为神秘地消失了。她光明正大地逃之夭夭，直接坐着火车离开，显然在明尼阿波利斯下车，换了车，换了名字，也许彻底换了个身份，因为她消失得无影无踪，完全不知去向。

至于西普里安，没人看到他离开小镇。每每被问及她这个朋友，戴尔芬都不会主动提供她在圣诞节清晨发现的细节，也从未有人问起。没人发现西普里安的车曾停在克拉丽丝家附近，那天清晨降落的新雪掩盖了它的行踪，也没人看到戴尔芬把车开回家。虽然她有意把它停在从马路上就能看到的显眼角落里，但几个月来，甚至没人发现西普里安已经不再和她住在一起了，就连罗伊都以为西普里安忙着偷偷摸摸地走私而抽不开身，而且他只有在发现没有这个年轻人的陪伴，冬天有些漫长时，才会意识到他不在。有一次，菲德利斯曾故作随意地问戴尔芬，西普里安是不是退出了合唱团活动。戴尔芬耸了耸肩，告诉他："据我所知没有。"他就没再问别的。只有戴尔芬清楚西普里安和克拉丽丝之间存在着关联。有段时间，一想到这些，她的心里就会隐隐作痛，好像就在因治安官被谋杀而塌陷的黑洞旁，有个奇怪的地方，多了个伤口。她思考着，分析着，反复思考，反复分析，将自己淹没在对好友克拉丽丝的所有回忆和了解之中，最终依然只能浮出水面，拼命喘息。她失去了克拉丽丝，就像失去了一条腿或一只胳膊，她很难再埋头于工作中，孤独总让她分心。她会去探望奥里利厄斯和本塔，他们会坐在一起，喝杯咖啡，却没什么用。

每当戴尔芬想和克拉丽丝说说话，就会像疯了一样地看书，她觉得自己的人生仿佛有一个女人形状的缺口，通向一个神秘的地方。她的母亲，然后是伊娃，现在是克拉丽丝，都走进了那个缺口。她多希望自己能把胳膊伸进去，把她们都拽回来。

Chapter 12

梦火

屠夫的厨房里放着一个大大的陶制罐头瓶，戴尔芬会把不同季节的水果切碎放进瓶中贮存，比如樱桃、硬桃、树莓、葡萄干、香蕉、苹果和葡萄之类的水果。戴尔芬会给水果撒上糖，浇上定量的白兰地，再腌制一段时间，舀上几勺淋在做好的磅蛋糕或冰激凌上，便成了绝佳的周末甜品。男孩们也会在周末吃一些，因为到了周末，哪怕睡前吃到微醺也不打紧，大不了第二天晚点起。这种食物的名字大概就来源于此——“梦火”，男孩们也因此总喜欢在睡前吃。戴尔芬平时几乎不晚睡，也就完全不知道自己做好的“梦火”都被谁吃了，更不知道菲德利斯会让孩子们吃。在他们去芝加哥的前一天中午，戴尔芬正吃着一大碗“梦火”。她找了一块硬邦邦的甜面包，在上面浇上“梦火”，又抹了些奶油，以此来犒劳自己，因为她刚刚费了半天劲儿才把男孩们的衣物收拾妥当，打包整齐，放进要绑在车顶的行李箱里。不过让她心烦意乱的还不止这些，她边想边给自己又舀了一大勺水果，希望就此忘掉明天的事。

小姑最终成功说服了菲德利斯，他同意让小姑带走孩子们，不过考虑到弗朗兹即将完成学业，她就只带着其余三个回德国，孩子们寂寞的祖母会和小姑一起照料他们。小姑虽然没能带回一位丈夫，但她买了一台缝纫机准备带回去。现在又有男孩们相伴左右，这让她更是信心满满地准备荣归故里。她强调说这次回去并非永久之计，也就是让孩子们在那里待上一年、最多两年时间，然后由菲德利斯亲自把他们接回来。菲德利斯再也不用尽心竭力地照顾他们，这样店里的生意也会越来越好。到那个时候，孩子们都长大了，会更富责任心，也能独当一面了。

最终促使菲德利斯同意这件事的原因可能是那一沓未缴的账单，也可能是他负担不起戴尔芬的工钱，因为她总是超时工作。或是那次马库斯遇险的经历，或是埃米尔那被邻居家小孩用BB枪打得坑坑洼洼的脑门儿。要么就是那次埃里克从屋顶滚落下来，昏迷不醒了半小时。也可能是去年春天那次，男孩们用旧木材造了艘木筏，结果他们被河水卷到下游几英里外。还可能是菲德利斯已无力承担男孩们的衣物开销，他们的衣袖已经短得遮不住手腕了，长裤也穿成了短裤，这让马库斯颇为恼火。

他们一行人计划第二天开着迪索托去芝加哥。菲德利斯、小姑和戴尔芬坐在前排，三个男孩挤在后排。家中没人的这三天里，由弗朗兹负责照看店里的生意。他们需要赶在午夜时分出发，这样才能一早抵达，然后用两天时间去办理护照和其他烦琐的使馆手续。到第三天，小姑会带着孩子们，拖着行李坐上去纽约的火车。轮船会在第四天出发，他们已经预订好了一间带有小窗的包厢，包厢里额外加了一个地铺，电话里的中介称之为“比较实惠的奢华体验”。

戴尔芬又盛了一大勺水果，淋在湿答答的面包上。水果中的白兰地让她的肩膀放松下来，脸却开始变得滚烫，连太阳穴周围也开始嗡嗡作响。想到也是时候回家歇息了，戴尔芬盖上了陶瓶。这时她才发觉自己突然变得有千斤重，就像拖着身子在水下蹒跚。就在她倚着水槽清洗碗碟时，戴尔芬察觉到马库斯走进了厨房，然而她并没有转身。马库斯从她身后靠近，男孩们平时常趁她在灶台前忙碌时这样走近她。她这次也像平常一样，装作没发现他的样子，让他再走近自己一些。

“你在做什么呢？”马库斯问。

“洗盘子。”

他站在那儿，盯着戴尔芬的手，她的手在泡沫中有规律地晃动着。戴尔芬发现女人做杂务的样子和站在炉灶前的形象对男孩们来说有种特殊的魔力，这样的画面能让他们感到安心，男孩们似乎更愿意对着她的背影倾诉。在她炒菜做饭时，男孩们就会在一旁与她分享很多心事，而面对面坐着的时候就绝不会如此。马库斯尤其如此，他总在放学回来后和她分享很多，这时戴尔芬就会一直不停地搅拌锅里的汤，或尽量拖延着手中的活，让马库斯可以多说一会儿。有一次做土豆汤的时候，马库斯告诉戴尔芬，自己曾收到一张情人节卡片，而送卡片的人就是惨死在地窖中的女孩露茜。他还和她谈起过被困在土堆里的感受，还讲过自己做过的一些梦，还提起过内心深处对母亲孤寂的思念。他说起伊娃时，戴尔芬心中也会稍感慰藉。一次戴尔芬在盛团子汤的时候说：“这是你妈妈教我的做法，但我永远也做不出她的味儿。”

“不过你做的也很好吃。”马库斯说。

这句话让戴尔芬心头涌起一种强烈的情感，令她一时哽咽。她伸出手摸了摸他的头，甚至轻抚了下他的头发。

而此刻却要说再见了。

“我会把汤的做法写下来给你奶奶，就是你喜欢喝的团子汤。”她说。

“好啊。德国人也会做好吃的团子汤吗？”马库斯问。

“汤团很有可能就是那里发明的，”戴尔芬说，“那儿还有面条、鸡蛋面疙瘩，他们烤面包的方式非常随心所欲。你妈妈给我讲过，他们那儿的巧克力颜色深得发黑，还有橘子口味的呢。早餐时他们会给面包卷抹上低脂奶酪，还有各种各样的果酱，甚至有橘子酱。你吃过橘子酱吗？”

“橱柜上就有。”

“我不太喜欢吃，但你妈妈对橘子酱的美味深信不疑。她说那里做橘子酱用的是产自西班牙的橘子，不像咱们这儿产的可怜巴巴的橘子，皮厚籽多，还甜得齁人，西班牙的橘子吃起来就像撒了糖粉的苦涩艳阳。”

“听起来很好啊。”马库斯的声音发涩，仿佛快哭出来了。

“我知道说这些会显得我铁石心肠。你明天就要出发去德国了，我还在这儿说什么橘子酱，”戴尔芬边说边转过身看着他，“我心里其实很痛苦，只是不想让你看出来而已。”

她再次背过身去。马库斯把脑袋搭在她的手臂上，倚靠着她。她一动不动，厨房里一时间变得寂静无声。他再一次选择了她。就在这一刻，戴尔芬下定决心，马库斯是她的孩子，就这么简单，她不能眼睁睁看着他被带走。现在只需要想个好办法留住他，这次谁也阻挡不了她，哪怕是小姑也不行。

过了会儿，马库斯觉得有些难为情，就默默直起了身子，想说些什么，却找不到合适的话，他开始吃戴尔芬递过来的芝士三明治。想到自己马上就要失去这熟悉的一切，马库斯被这种无力的绝望感吞噬，开始一阵猛吃。他想告诉戴尔芬自己不想离开，甚至想祈求她把自己藏起来，或让她把自己带回家，哪怕做点什么使父亲回心转意，但他的舌头就像肿起来一样，木讷笨拙得完全说不出话来。三明治也是干巴巴、黏糊糊的，令人难以咀嚼。马库斯觉得自己就像一件行李，可以被随意地挪来挪去，这么无足轻重，仿佛一件任人摆布的玩偶，但这些话他不知道该怎么和戴尔芬说。

在漆黑的午夜，他们把行李装上车，准备出发。男孩们迷迷糊糊地爬上车后座，很快又昏昏沉沉地睡着了。第一个开车的菲德利斯坐上了驾驶座，小姑火急火燎地把戴尔芬挤到一边，自己坐在离哥哥更近的中间位置。后备厢里锁着她的缝纫机，被安稳地放在旅行箱里，箱子两侧还打上了木条，以应对旅途的颠簸。后备厢里还放着小姑的小旅行箱，里面装着她的衣服。她腿上安稳地放着一个大黑皮包。小姑为这次出行可做足了准备，她身上那套笔挺靓丽的套装是刚刚熨烫过的，她还用口袋装了五个鸡蛋，完全没把戴尔芬考虑在内，不过这会儿也没人会在意鸡蛋的事。戴尔芬专门为男孩们做了动物形状的甜饼干，她还带了些炸甜甜圈、香肠、面包、硬奶酪、苹果，还有一个装有啤酒的小保温盒。

戴尔芬穿的是很平常的套装和外套，其他衣服都装在她的绿色圆箱里，包括两套换洗内衣和一套时髦的羊毛收腰套装，和套装搭配的是一顶别着绿色羽毛的帽子，戴的时候可以巧妙地倾斜帽檐，把一只眼睛盖住，帽子内侧还有一面波点短面纱，放下面纱会显得别具风情。不过戴尔芬可没有这心思，她只想赶紧度过这糟心的几日。小姑和菲德利斯的任务是拿着所有文件和护照去审核，她的任务是带男孩们逛一逛芝加哥的主要景点。午饭过后，她和菲德利斯互换了位置，由她开车，只有开车才能让她心无旁骛，不用胡思乱想。车里的气氛非常沉闷，只有小姑会兴奋难耐地说笑几句，但戴尔芬觉得这种表现很病态。男孩们在后座上迷迷糊糊，忽睡忽醒。离目的地越近，戴尔芬越觉得自己的任务让人沮丧，在这样的情况下，她还要带男孩们去游览公园、膜拜地标、参观博物馆，没什么比这更令人伤感了。最终，她决定等一切安顿好后，就带他们去马戏团玩。

这样，在多年后，她就可以和马库斯一起回忆这次旅途：那次我们在马戏团玩了两天，还给该死的大象喂了花生。最终也确实如此，趁小姑和菲德利斯出去办手续时，他们几人真去了马戏团。出发之前，戴尔芬来到一家书店，在里面找了一本旅游手册，选择了几个值得参观且极具教育意义的景点，接着她让男孩们背了背景点介绍，就带着他们径直去了马戏团。上午他们看了杂耍表演，喂了猴子和大象，还和所有动物管理员攀谈了一番，他们有的躲在推车里，有的站在笼子旁，还有的待在表演台上，岗位都是由每个人的鲜明特色决定的。或许是由于晚冬的天气寒冷彻骨，马戏团没有多少看客。或许是由于男孩们完全被眼前的新奇事物吸引，或许是由于戴尔芬本就喜欢与人交谈，总之他们结识了很多新朋友。

他们认识了一个名叫小针的女人，她身形十分瘦削，仿佛侧身站立就会消失不见一样（然而并不是这样）。还有一位胖女士，她把腿摊开伸进了泳池，身子躺在一张熊皮毯上，看上去好像整个人融化了一半。海豹男是一个年轻男子，他手上戴着脚蹼，脚趾完全外翻。他很刻薄地嘲笑男孩们破旧短小的衣服，戴尔芬冲他喊道："还轮不到你说他们，你那倒霉鼻子最适合平衡红橡胶球。"海豹男猥琐地冲她笑了笑，还没等他说出更恶劣的话，戴尔芬就赶紧带着男孩们离开了。他们还和老虎先生聊了两句，老虎先生的皮肤真的是条纹状的，他让男孩们把条纹蹭掉，但是无论他们怎么蹭，老虎先生的条纹都完好无缺。他们还认识了"最强大脑"女孩，她的算术能力令他们目瞪口呆。戴尔芬好奇地问女孩："你这么厉害为什么还待在这里，不去上大学呢？”他们还认识了一个总是感到无聊的壮汉和一个不明性别的怪人，后者的肚子上长出了半个可怖的人。那里还有一条诡异的美人鱼，身上长了四个乳房。由于男孩们被禁止参观，只有戴尔芬进去看了一眼，出来后，她告诉男孩们美人鱼的上半身是货真价实的，但下半身绝对是橡胶皮套做的。他们最后见到的是读心者，这个神秘的人待在一个气氛肃穆的帐篷里，帐篷的位置也较其他人偏远一些。

不出所料，男孩们对于读心没什么兴趣。戴尔芬给他们买了些棉花糖，并叮嘱他们别跑远了，然后她付了 25 美分走进了帐篷。

见到读心者的那一刻，戴尔芬暗想：果然是个女人。读心者略显烦躁地抬起头来，她身旁放着一只小炭炉，她正拿着一根细铁棍翻动着炭火。读心者一言不发，只是突然伸出手，示意戴尔芬坐在对面的木椅上。她打开一个小袋，把袋中的粉末撒在了炭火上。粉末可能是一种香料，因为空气中顿时弥漫起一股馥郁的香气。这种香味令人身心愉悦，戴尔芬深吸了一口气，迷惑地打量起这个女人。

她头发雪白，但面庞年轻，大概没比戴尔芬大几岁。她似乎很柔弱，即便被一层层雾蓝色长袍包裹着，也依然看起来不太暖和。她嘴唇宽厚，双手很有力。她把纸牌以特别的顺序摊开在桌上，戴尔芬发现她手腕瘦削纤细，但那双手却能徒手开核桃。

“小姐，你看我倒看得仔细。”读心者说。

“我是在看你的手指，我在想——你竟然能徒手打开核桃。”戴尔芬笑了起来。

“徒手打开核桃，你这次想问的那个男人动动手指就可以做到。随你便，爱看我就看吧，”读心者边说边把纸牌收了起来，“别忘了你花钱是为了解读自己的内心”。

“那请开始吧。”戴尔芬说道，不过还是被开核桃那句话吓了一跳。

“你来这里办的这件事让你痛苦不堪。”读心者说。

“你说得很准，”戴尔芬回答道，“我来这里送这个男人的孩子，这个男人是我的老板。”

“他们要去德国。”

“什么？”

“你们是开肉铺的，”读心者说，“看你的手就知道了。”

戴尔芬的手干裂粗糙，有根手指的指尖部分还缺了一小块儿，留下一个白色切口。这双手经过碱液的浸泡，经过意大利香肠辣料的腐蚀，已经不再是从前的模样。她低头看着这双放在小铜桌上的手，仿佛在看陌生人。“我都没注意过。”她低声喃喃道。

“是啊，”女人附和着，“你走进来时都没想着要把手遮起来，这里的女士通常都会戴手套的。不过这也说明了一个问题。”

“什么问题？”

“你不会刻意隐瞒什么，”女人继续说，“有的人不诚实却装出诚实的样子，也有人真的很诚实，但你介于这两者之间，正在向后者转变。我听到了音乐声，哦，你喜欢这个男人。”

“不是的。”戴尔芬辩解道。她接着说：“他爱唱歌。”

“哦，这就对了。”读心者说道。她闭上眼睛，用手指掐了掐太阳穴，仿佛突然头痛不已。“但有种动物挡在了你的面前。哦，不会是这样的，”她自顾自地笑了起来，“我在你的脑海中看到一只大黑虫……瘦骨嶙峋地立在中间，好像是只蚂蚁。”

“你说的对，”戴尔芬感到又惊喜又好奇，“那是男孩们的小姑。”

“你如此厌恶她倒不无道理。”

“你也可以这么说。”

“但是她要走了。”

“她要……”戴尔芬如鲠在喉，痛苦地说，“她要把男孩们都带走。”

“但你爱这些孩子。”

“是的。”戴尔芬脱口而出。

“这个男人表面光芒万丈，令人无法直视，内心却深沉黯然，让人无法了解。他是鳏夫，嫁给他吧。”

“我不能嫁给他。”戴尔芬说，言语已有些愠怒。

“你并非胆小怕事之人，”读心者说，“那应该有别的原因。”她转过身，往火光跳跃的炭炉上又撒了另一种粉末，这次散发的是一股苦涩恬淡的玫瑰花香。“照顾他们已经让你身心俱疲，对吗？”

“是的。”戴尔芬说。

“那就放手让你舍得的孩子离开吧，她无论如何也不会让你把他们都带回去的。你既敌不过她，也无法让亲兄妹生嫌隙。”

戴尔芬从帐篷里走出来，把男孩们都找回来，然后一起离开了。临走时，读心者的一番话在戴尔芬脑海中回荡，她需要好好思量，只是刚刚帐篷里的烟粉香气让她有些头痛。男孩们下午还要去拍护照照片，他们几人已经约好先在旅馆碰面。

“过来把你身上的糖果条弄掉，”戴尔芬边说边掸着埃米尔的外套，掸掉了黏在上面的大部分糖果条，她又用手扯掉了他衣服上蜘蛛网般的粉色糖果细丝。马库斯正在帮埃里克掸着衣服，他帮弟弟拣出羊毛袜里的稻草，这些稻草是他们在大象窝棚里玩的时候粘上的。埃里克不好意思地咧着嘴笑了，露出两颗富有喜感的大门牙，他的其他牙齿还没长出来，有的牙只长了一半。

“这下子好多了。”戴尔芬说，但她的声音似乎还闷在胸腔，听起来就像被扼住了喉咙一样。

在回旅馆的路上，戴尔芬突然意识到必须和菲德利斯单独谈一谈，虽然内心并不十分情愿，但她必须这样做。不论小姑给她出什么难题，她都要在四个孩子上火车之前找到机会和菲德利斯好好聊一聊，因为依照现在的情形，男孩们真有可能会一去不复返。自德国 1934 年的清算行动之后，她就一直关注着那边的局势。恐怖主义渐露苗头，这些都在她脑海中挥之不去，她不会忘了那场血腥屠杀，她不会像菲德利斯和小姑那样，轻易就忘了萨尔区的回归和莱茵兰的重军事化[①]，他们关注的只是国家的繁荣昌盛和家族不断增长的资产。在明尼阿波利斯当地报纸最下方的国际版块里，有一小块内容曾报道了一起仇视犹太人的暴行，他们砸玻璃的举动让菲德利斯否定地摇了摇头，但过了一会儿，他又说“一直都是这样”，总有这样的毒瘤，总有些不安分的好事者。“约翰尼斯，他就是犹太人。”他有时会用德语这样说，但从不作翻译，也不作解释。到了这个关头，虽然戴尔芬觉得自己有把握说服菲德利斯，虽然她认为自己应该多想想男孩们的处境而不是和菲德利斯的关系，但她还是难免感到胆怯，光是想想就让她心跳加速，掌心冒汗。

这并不是为了争辩个人的不同政见，而是要谈谈那些未说开的事情。她担心的是自己内心深处压抑的情感，那些自己还没有梳理好的情感。戴尔芬心想，事情不会平白无故地发生，任何事情的发

---

① 指纳粹德国在 1936 年 3 月 7 日在《凡尔赛条约》规定的非军事区莱茵兰驻军的行为。——译者注

生都不是偶然，我去找读心者也事出有因，不管她有没有看透整件事，我只是想借机理理自己的思绪。我需要听到自己亲口说说这些事，我需要亲耳听到那些内心深处连自己都不知道的想法。我需要和那位白发女人坐在一起，把这些东西都说出来，来帮我看清全局。

他们几人一同走进一幢雄伟的石砌大楼，狭窄的走廊两侧有很多办公室，这里是审核他们出境资料的地方。办公室连接着阳台，阳台围绕着一个竖井电梯，电梯直通大厅，灰蒙蒙的阳光透过拱形的天窗投射进来，天窗上装饰着一些模糊朦胧的人像。男孩们伸长脖子向上看去，戴尔芬牵着他们，顺着宽阔的石阶向楼上走去。办公室门口就是拍护照照片的地方，人们已在走廊里排起长队，有的坐在地板上，有的斜倚着墙。排队的人很多，小姑等得有些疲惫，但她并没有倚墙而立，她那笔挺的套装似乎把她撑直了。她摆出一副极度恼怒的神情，并表示男孩们该吃点东西了。

戴尔芬趁机对菲德利斯说："我们去给他们买些三明治吧。"

小姑立即反驳道："别麻烦了，不用了，我们也没那么饿。"

"孩子们可什么都没吃呢。"戴尔芬说，这次语气更加坚定。

"他们饿不死的。"小姑粗暴地大声说道。她露出获胜的神态，随后从钱包里挤出几颗柠檬糖，糖衣上粘着钱包中的灰尘，已经融化的糖黏成一团。小姑在墙上轻轻磕下几块糖，给双胞胎一人分了一块，又给马库斯一小块。

"好了，"小姑总结道，"他们又能扛一会儿了。"

"吃这些会长蛀牙的，"戴尔芬对菲德利斯说，"要给他们吃点有营养的东西。"她睁大双眼直直地盯着他，朦胧的阳光透过天窗倾泻在她身上，戴尔芬嫣然一笑。

“你也能出去透透气，”她说，“走吧。”于是菲德利斯就和她一起出去了。

他们走出大楼，一起朝着两人目光所及的那家熟食店走去。戴尔芬急迫地先开了腔：“我也没什么怕的，我就直说了。听着，你不能让玛丽亚·特雷莎把他们带去德国，菲德利斯，这不合情理，你不能这样做。你自己也清楚，她压根儿不知道怎么照顾好他们。”

“等安顿下来，我妈妈会帮着照顾的。”菲德利斯说。

这时他们已经来到商店门口，马上就要进去了。戴尔芬的思绪愤怒地飞速旋转着，她不想让菲德利斯在这个时候分心去考虑三明治这种琐碎的问题。“我们再走走吧，我还有话要说。”

“木已成舟了。”菲德利斯说。

“不，还没有呢，这是你欠我的，你必须听我说。”

这句话让他无力反驳，虽然他并不喜欢亏欠别人，但她说的没错。他知道自从伊娃走后，是戴尔芬在竭尽全力地照顾自己的孩子，这些并非她的本职工作。于是他们没有走进熟食店，接着向前走去。

“在德国，”菲德利斯解释道，“他们能学会做事情的正确方式。”

“或许吧。”戴尔芬深吸了一口气，试图让自己保持平静，以便更有条理地据理力争，“那然后呢？你觉得他们会愿意回来，到你店里帮忙吗？你觉得小姑会让他们回来吗？”

菲德利斯低下头看着她，脸上的神情明显凝重许多。他显然也仔细考虑过这些问题，但他屏蔽了这些想法，或者是说服了自己。他顿了顿，淡然又坚决地说：“那样我就亲自过去把他们接回来。”

“报纸上说，新政府要禁止探亲的德国人再次出境。”戴尔芬说。虽然这个说法现在还只是传言，但确有可能成为现实，戴尔芬决定借此来说服菲德利斯：“要是男孩们……要是边境封锁了怎么办？

你最清楚战争是什么样的。”

这句话显然说得有些重了，菲德利斯的神色顿时严肃起来，他激动地说：“我确实经历过战争，但不会再有什么战争了！绝不可能！我相信希特勒正带领德国走向强大，走向和平，所以家里人的日子才会过得越来越好，他们会给孩子们买很多东西，他们很有钱。”

“钱！”戴尔芬强压着心头涌起的怒火说，“那是很好，可他们是你和伊娃的孩子啊！”

伊娃的名字就像铁砧一样砸在他们两人之间。

成败在此一刻，戴尔芬抛出那句酝酿已久的话。

“当年偷了吗啡的人是小姑，这事你一定知道。你怎么能让这个给伊娃带来巨大痛苦的人带走自己的儿子呢？至少也要让马库斯留下来！我会照顾他的！”

他们同时停下了脚步，两人在风中怔怔地看着彼此，菲德利斯面色凝重而苍白。戴尔芬仰着脸看着他，她的目光聚焦，眼神坚定，并露出几丝挑战的意味。她就这样看着他，她的眼睛像块磁铁，吸引着菲德利斯向她靠过来。菲德利斯点了点头，似乎已经完全任她掌控。这时的风好像在推着他向前，眼看就要站不稳了，菲德利斯急忙向右迈了一小步以保持平衡。他一时语塞，不知说什么好，因为她说的都对，小姑确实对马库斯不怎么好。他避开她的眼神，想到小姑有些话还是很有道理的，年幼的双胞胎最好还是送回路德维希鲁村，他们应该有家人的陪伴，而不是整天上山挖洞，下河漂流，还险些丧了命。

“我顾不上照看他们。”他对戴尔芬说。他把手插在口袋里，低下头盯着两人之间斑驳的地面。他心里还有话，但不想说出来：“我也没有更多的钱付给你。”

“这我知道，”戴尔芬不耐烦地说，“这没什么，我只想……”她说着说着也低下头，看向地面。两人想说的话都到了嘴边，但谁也没有说出口。他们在那儿站了许久，久到身体都要下沉到石板路里了，但想说的话太沉重。菲德利斯用手托住腮，打量着站在对面的她。一顶灰褐色小帽斜戴在她头上，小面纱遮住了她一侧的面庞，帽上还别着绿色的羽毛。突然，菲德利斯毫无预兆地把手探了出去，这一举动把他自己也吓了一跳。他碰了碰羽毛尖。她的唇色呈自然的暗色，而不是粉色，是偏棕的深红色。他急促地吸了口气。

“西普里安。”他说。

她凝视着他，嘴角闪过一丝笑容，露出逗号形状的酒窝和雪白的牙齿，还没等她开口，他就完全被这个表情迷住了。戴尔芬摇摇头，说道：“西普里安和我并没有结婚。”

他立刻领会了这句话的意思。这句话似乎意义非凡，又似乎无足轻重。他们继续肩并着肩，向前走去。两人一直默不作声，眼看就要围着街区绕完一整圈，菲德利斯终于想好要说什么。找到这些话真的很不容易，因为自打西普里安救了马库斯之后，菲德利斯就意识到一件事，但那个想法让他羞愧不已。在如释重负并心存感激的那一刻，菲德利斯突然意识到：他无论如何也无法向戴尔芬表明心迹了。他欠戴尔芬的男人一个人情，他欠他的对手一个人情，他欠西普里安一个人情。尽管他曾希望真实情况并非如此，但他从没想过戴尔芬他们的婚姻是真是假的问题。戴尔芬和西普里安的结合虽然有些令人意外，不过想想，这种事在小镇上也不算少见——两个年轻人假装在一起，才能堵住镇上居民说闲话的嘴。他早就发现她有很长时间没戴婚戒了。就这样，他们围着整个街区转了一圈，再次回到原点。

"你和他睡过了？"他冷不丁地问道。

"没有，"戴尔芬犹豫道，"有，也没有。他不能……"

菲德利斯停下脚步看向她，试图理解她的话。一瞬间，他以为自己明白了戴尔芬的意思。等反应过来，他却摇摇头，想甩掉有关戴尔芬的所有想法。原来这就是西普里安的软肋，凡是有关戴尔芬的事都会让他变得格外敏感，他的愤怒实际是为了自我保护。菲德利斯用手捂住双眼，想屏蔽掉眼前的戴尔芬。他决定要问最后一件事，那就是西普里安还会不会回来。

"他还会不会——"他开口问道。

这时，小姑从大楼里冲了出来。她身上的外套反着光，胸前明晃晃的，像挂了一面刮花的镜子。她满脸写着愤怒，嘴里骂骂咧咧的。她径直穿过马路，朝菲德利斯冲过去，孩子们紧跟在她身后。菲德利斯转过身，望着戴尔芬，眼神中充满迫切的哀求，似乎非常希望她替他说完刚刚那句话。

"他会不会什么？"戴尔芬问。可还没等到回复，她就向孩子们奔去了，带着他们过了马路。菲德利斯在路边抓住他妹妹的胳膊，把她拉到自己这边。

"来，小姑，我们找到个好地方，"他用手指向不远处开着门的熟食店，"我们进去吧，去坐一会儿。"

小姑开始埋怨他丢下他们，想知道他们买的三明治到底在哪儿，抱怨他害她错过了吃午饭的点，饿得她头昏脑涨。菲德利斯淡然地拉着她走进熟食店，他找了张大玻璃窗前的小桌子，安顿她坐了下来。戴尔芬招呼着孩子们，安排他们坐在小姑和菲德利斯身后的一张桌子上。她告诉孩子们可以点些什么，菜单上最便宜的几种里可以吃些什么，点完单之后，她和孩子们坐在了一起。这时，她看到坐在另一张桌子上的菲德利斯正忍受着他妹妹无休无止的埋怨。他时不时点点头，回应着小姑的抱怨，眼睛却若有所思地看着戴尔芬。

他们选了一家能住得起的旅店。卫生间在走廊尽头，整幢建筑都透着一种沉闷阴郁的气息，不过好在卫生状况还好，至少是干净的，其他旅客看起来也都非好事之人，屋里也没什么虫子。孩子们和菲德利斯住一间房，小姑和戴尔芬住一间房，这令戴尔芬非常头痛，她从未想过有一天还要与小姑同床共枕。

第一天晚上，两人都已疲惫不堪，很快就背靠背并排睡了，不过戴尔芬还是被小姑不安分的手给折腾醒了几次，小姑的手指在睡梦中时不时就在戴尔芬的鼻子下来回乱动。她把小姑的手推到一边，才继续睡了过去。第二个晚上，在吃完买来的食物后，她们准备早些就寝，因为第二天一早要赶火车。

小姑走进昏暗的房间，鼻子还在嗅着什么。

"有人进来过。"

她赶紧奔向自己的包，开始一件件地仔细查看，查一件念一件。戴尔芬坐在床上看着她，只见小姑蹲在棕色的牛皮箱前，小心翼翼地把衣物一件件地取出来，仿佛衣服会爆炸一样，然后又不放心地检查着每一样物品。她是怎么想的，戴尔芬心想，难道会有人溜进房间，试穿她的衣服，再叠好放回箱子吗？再说了，除了那台缝纫机，她的行李里面哪有什么值钱的东西。缝纫机已经寄存在酒店经理那里，妥善保管起来了，她就寝前还专门去看了一眼。

"我要洗漱去了。"戴尔芬说。

"好了，一切正常。"小姑神色严肃地说道。话音刚落，她又开始细致地将破旧的吊带衫、削薄的宽松内裤、新缝的裙子和崭新的衬衫再次叠好，然后整齐地摞起来。戴尔芬顺着走廊走到了卫生间，这个地方并没有那么糟，只是下水道很臭，发乌的凉水滴滴答答地落入小水槽里。不过她并不着急，非常耐心地梳洗着，洗好之后又往脸上和手上抹了些杏仁味的面霜。她不急不缓地收拾着，想给小姑充足的时间把东西收拾好，换上她的睡衣。前一天晚上她就搞得阵仗很大，不过好在当时戴尔芬也累得顾不上介意了。她心中的压抑和绝望已经快达到极限，但不想因此爆发，她要想办法再找个机会和菲德利斯聊一下。她把头发向后梳好，抚平了眉毛，往嘴唇上涂了唇油，直到实在没什么可做才向房间走去。

小姑把头发放下来的样子是很恐怖的。她解开一头错综复杂、东缠西绕的辫子和发卷，然后梳了梳，那一头灰棕色的头发蓬乱地披在肩上，头上满是各种镂空的鼓包。她已经换好了睡衣，是一件厚实的连衣裙，扎人的羊毛材质，硬得就像一块毯子。她往身上抹的是一种猪油和凡士林的混合物，散发着一种樟脑和橙花水的味道，但即便如此也遮不住那腐烂的哈喇味，一时间整个房间都弥漫着一股浓重的刺鼻味。戴尔芬进屋的第一件事就是将窗户都打开。她边开窗户边问小姑介不介意，回应她的是一个老女人透过羊毛围巾发出的闷声惊呼。

“如果着凉了，”小姑惊慌失措地说，“明天一早我会生病的。”

显然她刚刚往身上涂的是一种治疗或预防疾病的药膏，她担心自己会染上城市里的传染病。为了自身健康，她在睡觉前做好了万全的准备。她往脑袋上缠了厚围巾，用一条毛巾护住了脖颈，脚上套了双毛毡拖鞋，还像婴儿袜一样用绳子把鞋缠在了脚上。她在胸前涂了厚厚一层腐臭味的药膏，上面又铺了一块法兰绒巾，用来保存身体的热量。她蹒跚着上了床，身体僵硬得像是弗兰肯斯坦制作的怪物一样。她平躺下来，双手交叉着放在肚皮上。她闭上眼睛，用德语低声说了一大段祷告，然后就睡着了。戴尔芬躺在她旁边，只觉得这昏暗的房间里空气憋闷。

不知睡了一个小时还是两个小时，戴尔芬突然惊醒了，各种思绪如洪水般涌上来。在这喧闹城市的一角，这间长方形的小房间似乎越飘越高，飘向大地之上的虚空中。她想到人作为个体是多么孤独、多么渺小，好似一箱箱鲱鱼，被困在酒店里，一层压一层，一排又一排。这一天带给她的所有困惑都涌了上来，她首先想到那个穿着蓝色长袍的白发占卜师，她穿了一层又一层，如此层层叠叠，只为让自己看起来更神秘，不过她也确实够神秘的。她对戴尔芬说，男人是奇特的工艺品，他们本不完美，就算我们全力以赴地去爱或不爱，结果都是一样。戴尔芬又想到菲德利斯，他们在寒风凛冽的街道上一圈圈地走着。他的脸在冷峻的光线下显得很沉重，似乎有很多话想说，却又不能一吐为快。戴尔芬觉得自己知道他想说什么，也知道当小姑歇斯底里地从楼里冲出来时，他想问的是什么。她以为自己知道，可是她怎么能真的知道?

戴尔芬知道自己不是什么读心者。吃饭的时候，菲德利斯目光深沉地凝视着她，那似乎是一种警告：请勿靠近。或者他是用眼神告诉她，自己还沉浸在悲伤中，没办法做到和她心意相通。戴尔芬觉得父亲的酗酒问题导致她感受不到成年男子的爱，而自己之所以会考虑菲德利斯，是因为对他的儿子们的感情，孩子们就是她的软肋。

为了避免和小姑挨到一块儿，戴尔芬一直保持着固定的睡姿，这让她浑身酸痛。她小心扭动着身体，稍微调整了下四肢的位置，结果小姑的手一下子甩了过来，戴尔芬小心翼翼地把她的手放回她肚子上。

“没有，”小姑用德语说，“把你的手指头伸出来。”

她在梦中呓语，闷闷的声音从围巾下透出来。她说的是童话中巫婆对汉塞尔说的话，似乎是在警告着戴尔芬。戴尔芬深深吸了口气，让四肢放松，大脑放空，静待入眠。

本来将自己的想法告诉小姑是件令人头疼的事，结果这个难题被马库斯解决了。他夜里突发急症。对于马库斯来说，这是一次伟大而隐秘的胜利，虽然生病这件事并不是他有意为之，也不是他能预料到的，不过多年后，每当回想起来，他总觉得也许是自己冥冥之中已经预料到离开纽约、坐船去德国后会发生的种种。在准备启程的那个早晨，他双颊通红、目光呆滞。马库斯发了高烧，着急的菲德利斯天没亮就敲开了戴尔芬房间的门，想让戴尔芬陪在孩子们身边，自己出去买药。戴尔芬走进房间，挨着木床上的马库斯坐了下来。双胞胎迷迷糊糊地穿着衣服，边打哈欠边拉扯着袜子，她能感觉到他们心中按捺不住的兴奋。马库斯身上滚烫，嘴唇烧成了熟透的梅子色，他额头发白，呼吸急促。戴尔芬摸了摸他的手腕，脉搏跳动得急促且不均匀。他的脸痛苦地扭曲着。

戴尔芬顺手拿走男孩们的脸盆，将马库斯的头扶在脸盆上。马库斯吐了一会儿，感觉好受了些，于是戴尔芬端着脸盆去了卫生间。她一丝不苟地将脸盆洗涮干净，又往盆里接了些冷水，将水端回房间，浸湿了手帕，轻轻为马库斯擦了擦额头和他那瘦削高耸且布满雀斑的颧骨，还有他的脖颈，耳朵，纤细的手腕和手臂。戴尔芬细致且充满关切地打量着他，完全没料到他的病情会发展得如此迅猛，同时也担心会同样迅猛地传染给其他人，不过好在没有变得更糟。

服用过阿司匹林的马库斯开始说胡话。戴尔芬坚决表示马库斯不能走，这次没有人反驳她，反驳也只会是白费口舌，不过小姑不甘心马库斯的票就这样作废了，她决意要把那张票卖掉。马库斯不必跟他们去德国的结局让她如释重负，甚至懒得掩饰自己轻松的心情。她用手捂着脸，在走廊里和马库斯道了别。戴尔芬蹲下来，拥抱了双胞胎，抓着他们有些扎手的外套，迟迟不肯放开，然后低下头闻了闻他们满是尘土味的头发。她握着双胞胎粗糙的小手，两个孩子亲吻了她，她抚了抚他们的额头。双胞胎缓缓地挣开她，他们的眼中闪烁着激动的光芒，看得出对新生活充满了期待。就这样，双胞胎走了，彻底从她的生活中消失了。

下午一早，菲德利斯就把车开回了酒店，停在门口，他跑上去将发着高烧、踉踉跄跄的马库斯背到了大堂。戴尔芬跟在他身后，拖着仅有的行李。他们把大包小包都装进了后备厢，把马库斯放在后座上，给他盖了床毯子，他不安地问着“我们要去哪里”，一遍又一遍，问得他们都有些不耐烦了。

“我们要回阿格斯了，要回家了。”戴尔芬边说边为马库斯掖了掖盖在身上的羊毛长袍。他抬起头看着她，眼睛里透着喜悦的光，这让她感到惊讶，同时又有些忧心，担心他会烧得更厉害，怕他烧糊涂了。菲德利斯还在给酒店经理付小费，感谢他这几日的通融。戴尔芬再次仔细检查了马库斯，觉得他应该没什么大碍，才放下心来。或许马库斯和自己一样，只是有点儿饿得发昏，只是因情况好转而感到惊喜。

菲德利斯负责开车，戴尔芬负责指路，就这样开出了城，很快车便驶入了北上的高速路。好几个小时过去了，两人几乎没怎么说话，只是随便闲扯着，一会儿聊起沿途的农田，说让人想起了达科他，远处的地貌和明尼苏达那里更像；一会儿又聊起谷仓，说那谷仓有多大，打理得有多好，这一路看过来就好像大萧条已经结束了一样。天空飘来些乌云，他们又聊起乌云，预测马上有风暴来袭。后来风暴没有过境，他们就把注意力转移到了马库斯那里，中途停下几次，看了看他发烧的情况，又给他喂了些菲德利斯买的姜汁啤酒。马库斯睡得很熟，仿佛被药倒了一样。在夜幕降临之前，他们聊的都是些无关痛痒的话题，有时甚至完全不说话，只是轮流开车，轮流在座位上睡觉。随着夜幕降临，最后一丝阳光渐渐消散，影子被拖得越来越长，最终完全融入周围的黑暗中，他们之前强行伪装的努力全都白费了。两人默默不语，气氛也越来越尴尬难耐。寂静变成了等待，等待变成了焦虑。

白天的时候，内心的烦躁不安一点点地吞噬着戴尔芬，那些该说的话挠得她心里直痒痒，不把想说的话直说出来实在不是她的风格。这样一味地逃避和反复地斟酌让她倍感煎熬，她不喜欢环绕在菲德利斯身边的这条隐形的险路。于是她坚定地深吸了一口气，屏住呼吸，直到自己快憋不住的时候才呼出来，这个动作让她的心跳变缓，内心也平静下来。她决定不管菲德利斯想不想要一个解释，她都要说给他听。

“听着，”她脱口而出，“西普里安就像我的亲兄弟一样，我们没有结婚，我们也没有在一起做过什么，他不想。”

“不想？”菲德利斯手里的方向盘突然转了一下。他能想到的原因只是战争创伤夺走了西普里安的男子气概，他很难再想到别的原因。他不想？西普里安不想？她对这件事可以有自己的理解，但他能肯定西普里安并非如此。那样的话，西普里安还能用什么不失尊严的借口拒绝呢？菲德利斯摇了摇头，但深入讨论或继续追问这个话题不仅超越了他的英语表达能力，也超越了他的情感接纳程度，他只好直直地盯着前方的路。路上没有别的车，但他们的车速只有五十迈。他想说点什么让谈话继续下去，却又想不出来。

戴尔芬盘起腿，叉起手臂，耷拉着脑袋，像个闷闷不乐的孩子一样窝在座位里。方才的主动让戴尔芬有些难堪，于是决意暂且保持沉默。过了一阵儿，菲德利斯终于开口了。

“那又怎么样？”他声音低沉地说，“西普里安是马库斯的救命恩人，当时是他冒着生命危险把马库斯从土堆里拖出来的。”

戴尔芬细想了一阵儿，想搞清楚菲德利斯这句话背后的真实含义。如果菲德利斯只是单纯因为西普里安而隐藏了自己的真实想法，那就意味着他的内心深处是对她有好感的。可话说回来，菲德利斯一直没有表露心迹，有可能是因为西普里安，也有可能是因为他根本不想这么做。他可能觉察到她还是单身——虽然这一点连戴尔芬自己都不能确定，但还是毅然决然地放弃了这个想法，他认为关于男性荣誉的事会给他们之间带来嫌隙，放弃就能让他们免于直面两人之间的芥蒂。

“我猜他不会回来了，”她说，“即便回来，也不会和我一起住了。”

他细细咀嚼着这句话，就这样开出去好几英里，车灯将前方的黑暗劈开。她的回答不仅没给他带来任何安慰，还让影响整件事走势的决定权落在了他身上。这是不是意味着她愿意接受他？还是说她只是断了和西普里安的关系？如果西普里安不再爱戴尔芬，那么自己表露心迹算不算背叛了儿子的救命恩人？一时间他思绪万千，纠结不已。战争结束后，他回来找伊娃时，一切都是那么清楚明了。

无尽的杀戮和难掩的悲伤让心中所有疑问都变得简单，命运就这样被定好了，没有含糊不清，没有丝毫疑虑。他传达了朋友的死讯，她晕倒在他的臂弯。他相伴在她的左右，帮她渡过难关，安抚她的情感。在面对巨大变故的时候，一切是那么容易，他们被命运推到了一起，而现在的情形却是个谜题。在菲德利斯看来，这件事会牵扯太多的人。这让他突然意识到：这是一个轮回。戴尔芬是伊娃最好的朋友，就像他是约翰尼斯最好的朋友一样，现在伊娃和约翰尼斯都死了，历史又要重演，就像他当时拯救了伊娃和弗朗兹一样，戴尔芬是来拯救他和孩子们的。

他至少可以像讲故事一样，把这些讲给戴尔芬听，而现在就是告诉她的最好时机。如果把整件事都说了，或许就能找到解决眼前这件事的办法，在讲述中或许能找到内心的答案。

不知不觉，一层薄雾渐渐笼罩了前路，在强烈的车灯照射下，薄雾缭绕。车在暗夜中不断前行，菲德利斯觉得自己有必要把故事从头讲起，从他和约翰尼斯的故事开始。

子弹射穿菲德利斯的下巴，他疼得晕了过去，是约翰尼斯把他从死人堆里拖了出来，这是约翰尼斯第一次救菲德利斯。约翰尼斯第二次救他是因为他的枪卡壳了，约翰尼斯替他打死了朝他猛扑过来的法国士兵。就这样，约翰尼斯救了菲德利斯两次，而自己却死在了令人战栗的胜利号角中。事情发生在战争的尾声，菲德利斯和约翰尼斯在一幢贵族豪宅的断壁残垣中待了两天两夜。这里是疯狂大撤退中的临时庇护所，所有伤员和死尸都被丢弃在这样的地方。不远处的连续轰炸让墙壁整日整夜地震颤。每次炮轰的间歇都显得短暂而漫长，窗户被震得粉碎，残破的玻璃随着轰炸带来的冲击如风铃般优雅地摇曳着。

他们躲在了二楼。待在楼下地窖里的伤者只会被闷死，因为下面全是寻求庇护的幸存士兵和散发着腐臭的死尸，到处都是尖叫声、咒骂声、哀号声和狂叫声。在菲德利斯看来，让朋友伴着风雨，和着音乐离去算是比较好的方式了。他内脏外翻，喉部冒血，已经很难判断是什么要了他的命——腹泻、腐烂的伤口，还是弥漫在溃败士兵中的极度绝望和疲惫，都已不得而知。约翰尼斯气若游丝地说："老伙计，给我唱首歌吧。"在这间冰冷的房间，在这残破国土的一角，伴着玻璃碎裂的声音，菲德利斯唱了起来。之后，他把约翰尼斯放在地上，用母亲给他的代表着幸运的丝绸围巾蒙住了约翰尼斯的脸，但他没有勇气留下来将约翰尼斯安葬。就这样，菲德利斯离开了。一路上，他又看到更多的混乱不堪和死亡，他穿着那双大头靴走过这一切，走过他能走的一切，最终回到了有儿时的床、母亲、羽绒被罩、书、父亲、妹妹和伊娃的地方。他告诉伊娃，她肚里孩子的父亲是怎么牺牲的，然后……他对戴尔芬用德语说："就这么简单，我们就结婚了。"

"你选择结婚，"戴尔芬低声说道，"是为了让小弗朗兹有一个父亲。"

"是的。"他这样说，是因为这是个简单的答案。他认为这也是戴尔芬想听到的答案，但这并不是唯一的答案。在他们搞清楚自己的内心感受前，他和伊娃的身体就给出了诚实的答案。他们在第一次见面时就已坦诚相见。在黑暗中，菲德利斯的脸变得严肃起来，这些旧事勾起的回忆让他再次陷入沉重的感伤，此时胸口就像被绳子捆住了一样，他需要通过调整呼吸来放松自己的情绪。他自然没有办法将这种感受和坐在身边的这个女人分享。戴尔芬似乎没有注意到他的变化，她脱下高跟鞋，把脚放在座位上，蜷在那里陷入了沉思。她安静地坐在那里，像只小动物一样蜷缩着。他能感觉到戴尔芬的思绪已经被卷入一条他无法揣测的洪流里。过了很长时间，她总结道："如果我们结了婚，历史就再次重演了。"

"正是！"戴尔芬的领悟能力让他感到吃惊。只是她并未完全理解，至少不是他所理解的那样：这四个人的命运惊人地吻合。戴尔芬思索着，既然菲德利斯迎娶伊娃并不是出于爱，而是出于对未出世的孩子的责任，那他绝不会乐意让这样的事重演。这倒是可以理解的，戴尔芬平静地想，心里舒了口气。因为随着孩子的成长，谁能确保两个人一定合得来呢？这点她也不能保证，她甚至无法看清自己的内心。她爱的到底是这些孩子呢，还是父与子的这种组合？但至少在那一刻，在他们驾车划破漆黑的漫漫前路时，她承认自己也是爱着这个男人的。这时后座上的马库斯醒了，毛毯发出窸窸窣窣的声音，他探出身子，趴在前座上叫道："爸爸。"

他刚睡醒，声音有些沙哑，也有些痛苦："给我唱首歌吧。"

戴尔芬不知道菲德利斯在儿子面前还有这样无限温柔的一面，还有给他们唱歌的一面。在他们还小的时候，在他们睡不着的时候，在伊娃让他唱的时候，还有他们生病的时候，菲德利斯就会用有些克制的嗓音给他们唱德国民谣。每当房间里充满这种舒心的回响，孩子们就会感到踏实。他唱了一首马库斯最爱的歌，马库斯总让他一遍遍地唱，他也就一遍遍地唱给他听，"不知道什么缘故，我总是这么悲伤。一个古老的故事，它叫我没法遗忘"。

这首歌唱的是女妖罗蕾莱的故事，非常有画面感。女妖们坐在巨石之上，用金梳子梳着自己金色的长发。男人们被她们的歌声吸引而来，渐渐将船靠近，他们为罗蕾莱的美貌所倾倒，却因此卷入水流湍急的礁石群，最终葬送了性命。戴尔芬并不知道这首歌，听了几遍后才渐渐理解了歌词的大意。她困惑地看着他，这个菲德利斯，一个平时追鸡赶羊的男人，一个一气之下就宰光烧尽一群杂种狗的男人，一个因沉痛悼念亡妻更添几分平静的男人，可也是一个把这段无解关系变得更加错综复杂的男人，是一个给儿子唱歌的男人。不知不觉地，像马库斯一样，戴尔芬也沉浸在了他的歌声中，最终平静地坠入黑暗的梦中。

菲德利斯的歌声回荡在空中，他听着两人深沉的呼吸，缓缓地朝着前路点了点头，哼起另一首更简单的歌，以保持清醒。他和约翰尼斯会在喝醉犯迷糊的时候哼起这首歌，而现在他不但不迷糊，反而记忆更清晰。时间的巨轮推着他们向前，远离德国，来到美国辽阔的平原，这里的战争不属于他曾经熟悉的宿敌，这里的战争早已结束，伟大的牺牲早已停止，鲜血也早已深深浸入这里的土地。

Chapter 13

养蛇人

每当戴尔芬问起那个显而易见的问题，罗伊的回答经常是："我喝酒是为了填补空虚。"戴尔芬恨透了这句话。终于有一次，她将他用力推倒在椅子上，冲他大喊："喂！告诉你吧！大家都忙忙碌碌，谁不是为了填补空虚！"虽然不知道这话是真是假，但罗伊在得知众人都和他一样空虚后，心中甚是欣慰。他觉得自己似乎没那么特别了，虽然永失的挚爱在他心中留下了无法愈合的空洞，但和其他空虚的灵魂却感觉亲近许多。打那以后，他最爱的祝酒词就成了"敬伟大的空虚"。在伊娃去世后他戒酒的那段清醒时间里，他一直将戴尔芬那句话奉为金科玉律。他做每件事，都是为了填补空虚，遗憾的是，却没什么事比酒精的效果更好。

"干什么都填不满痛苦的深渊。"一天晚上，他对合唱团的酒肉朋友们说。男人们坐在旧板条箱和嘎吱作响的椅子上，头顶是破败的葡萄藤架，已被日渐沉重的葡萄藤压塌了一半。若菲德利斯在场，就秩序井然，他会组织大家一首接一首地唱，认真练习。若他不在场，就像现在这样，大家通常就开开小差，扯扯闲天，甚至自艾自怜地喋喋不休。

"什么都填补不了空虚，"罗伊继续高谈阔论，"除了爱情、酒精和伟大的宗教信仰。但我已经永远失去了明妮的爱，又缺乏想象力，不能信仰路德教会或天主教的上帝！我也没什么深刻思想，发明一个糟老头版本的万军之耶和华。”

大家纷纷点头，但无人回应，唯恐激发他想出新话题，开始没完没了的长篇大论。“什么都不行，”他说着，扯了扯鼻子，“上帝发明杜松子酒不是无缘无故的，而且原因只有一个。那就是他在我们身体里都留了个洞。是的，他用黏土打造人类时就留了个洞，一个酒杯形状的洞。然后他觉得我们可怜，就给了我们发酵的烈酒，能倒进酒杯里，填满这个洞。要不然为什么‘烈酒’和‘精神’会是同一个词呢？[①]”他情绪激动地环顾一周：“好好想想吧。”他们本就该料到，罗伊早晚会有旧态复萌的一天。

从几滴啤酒开始，逐渐过渡到开怀畅饮，罗伊坚持不懈地通过重拾旧爱来填补空虚。他经常跟女儿撒谎，说要跟着“一步半”出门工作，其实是到流浪汉聚集的丛林里，或坐在台球房后面的台阶上（他已被禁止入内）大喝特喝，或去其他地方，只要能喝得酩酊大醉。

为了不让戴尔芬察觉，同时避免再次遭到逝去灵魂的打扰，罗伊喝醉后会离家远远的，只要可怜的查弗斯一家的出事现场在他视线之外，他们的灵魂就不会在他眼前浮现。每周有那么两三天，他会醒醒酒，和戴尔芬待在一起，还会刻意表现，甚至有些过于关切。他会做重口味的早餐，洗自己的衣服，还会擦地板。他的偶尔消失和勤劳居家是她从未见过的一面，也正是这个原因将戴尔芬蒙在鼓里，瞒了她很久，直到她从芝加哥回来，开始找工作时才发现事情的真相。

---

① 在英语中，spirit 一词有“灵魂”之意，复数 spirits 则可指“烈酒”。——译者注

第二天一早，戴尔芬就急匆匆赶去“一步半”的店里。门口已被踩实的土地上，摆放着数个奶油搅拌器，一个挨一个，稍稍斜侧着摆放在一起，搅拌奶油的桨叶已在女人手中磨旧。她绕过洗衣盆、老旧的铁制衣服脱水机、缺损的玻璃罐、凹陷的锅，还看到陈列着的各种疏松的耙子、变钝的锄头、用秃的扫帚。街道上还散落着一些废品，“一步半”不会每天晚上都把它们收进屋里，而是有意为之，以吸引顾客。这一招却适得其反——这堆杂乱碍脚得很，要么会把人绊倒，要么会让人远远绕开。戴尔芬进屋时，还希望能得到小姑之前的工作，但当这位拾荒人从疤痕累累的木头柜台后探过身来，她不禁往后退了一小步。

“小姑的工作？我给她那个工作，是我看那个瘦皮猴可怜。你们这些肉铺的大人物都跑来找我做什么？”

戴尔芬交叉起双臂，说：“就当我没提！你这儿我当然可以搭把手，但别指望我会求你让我卖那些破烂儿。”

“这才像话！”

“一步半”笑了，往嘴里塞了根牙签，时下香烟越来越稀有昂贵。“达勒姆公牛”手卷烟也气味刺鼻，她是不会在珍贵的布料旁抽的，而是用嚼牙签替代，因为布料，尤其是羊毛呢，特别容易吸收异味。她开始将牙签咬碎，不时睁大一只眼，用好奇的眼神注视着戴尔芬。终于，她开口说话了。

“你不需要找工作，你就该离开那个该死的老酒鬼，让他自己烂醉如泥。你可以去任何地方，彻底摆脱他。整个镇上都觉得你是个可怜虫。”

“你知道些什么？”戴尔芬一下被激怒了。

“我知道的太多了，”“一步半”说，“昨天我才刚刚把他赶出去，醉醺醺的。”

“他戒酒了！”

“你还被蒙在鼓里。他就是个彻头彻尾的老酒鬼，戴尔芬，这种人不会变的。”

“会的，”戴尔芬说，“他变了，他这次说话算数了，你应该看看他现在的样子。”

“我看到了，也闻到了。”

“胡说。”戴尔芬依然嘴硬，却清楚自己听到的正是事实。她开始接受自己忽略了罗伊身上流露的迹象这一事实，逐渐被一股阴郁消沉的黑暗所笼罩。为什么她这样一个生活中方方面面都务实的现实主义者，一面对自己的父亲就屡屡失误呢？她一言不发地离开店铺，走回了家，一到家就钻进被窝，补上在芝加哥没睡足的觉。她醒来时，内心再次被阴云笼罩。她头昏脑涨，踉跄着走进厨房，煎了两个单面煎蛋。

“这么说，老头儿又堕落了。”她对着铲子咕哝着，对父亲的担忧很快就变成昔日熟悉的精疲力竭的愤怒。“我究竟还在乎个鬼啊！”她气愤地说着，用叉子直接从锅里叉起鸡蛋，塞进嘴里。独自一人的贪嘴和不安让她觉得丢脸，她放下叉子，郑重起誓：“我绝不会去找他！我要去看看马库斯！”她果断而匆忙地做出一锅饺子汤，当初马库斯从土坡下获救后就是靠喝这个恢复了生机。她用毛巾裹起汤锅，开车赶去肉铺。去的路上，她意识到自己名下只有十块钱了，既然指望不上罗伊有所贡献，也就肯定付不起月底的账单。如果她这周找不到新工作，她决定把车卖掉，这个决定安抚了她的惊慌。

店里弥漫着一股浓郁的蒜香。一定是菲德利斯在调制意大利香肠的肉馅儿，戴尔芬想，紧接着一连串细节映入眼帘——奶油没存好。“注意那个，”弗朗兹从侧边冷藏柜里出来时，她指给他看，“这样会变馊的。”也没人擦去玻璃罩上留下的指纹和污迹，戴尔芬抓起抹布擦起来，擦完把抹布扔到一边。

“马库斯呢？”她问。

弗朗兹指了指屋后的卧室。她撇下店里所有让人忧心的工作，向后面走去，看到马库斯还躺在床上，便有些担心，但发现他的病情至少没有恶化，又很欣慰。当然，他还没换下去芝加哥时穿的那身衣服，就连脚上的袜子也还是那双。

“天啊，臭死了！”

戴尔芬慢慢脱下他脚上的袜子。

“我感觉很好，我只是站不起来！我摔倒了！”马库斯笑着说。他是个头晕眼花却神情愉悦的小病号，回到家里很开心。戴尔芬决定留下陪他。他表情热切，浅桃红色的发卷乱蓬蓬的。戴尔芬在为数不多的干净衣服里翻了翻，找出一身已不合身的破旧却干净的衣服。他将它们抱在胸前，头晕目眩、摇摇晃晃地走去浴室换衣服。戴尔芬把他的床单扯平整，重新铺了铺。拍他的枕头时，她摸到廉价的羽毛中有些尖锐的东西，便伸手进去，掏出一捆露茜的纪念物，有卡片，有响片。她一一查看着，忽然意识到这是他的隐私，便又塞了回去。马库斯走进来，钻回被窝，闭上眼睛，好缓解头晕。

“把这汤喝了。”戴尔芬说。那些卡片底部写着的名字刺痛了她的心，他一定很爱露茜·查弗斯吧——孩子之间的那种爱，才会把她送的卡片藏在枕头里。她扶马库斯坐起来，想从手中的陶碗里盛一勺汤喂他喝。“我不是小孩子了。”马库斯说着，从她手里接过勺子，喝了汤，又伸出另一只手端着碗。他小心翼翼地把勺子送到嘴里，小口喝着汤，吃每个饺子时都会在嘴里含一会儿，仿佛心存感激，希望充分品味它的味道。戴尔芬望着他，深深呼吸，感觉一股静谧包围了他们。空气是静止的，店里的声响变得越来越远，最终消失。睡梦中的狗蜷在地板上，轻轻呜咽。勺子碰着碗沿儿，发出叮当声。他轻轻吞咽着，戴尔芬望着这个饥饿的生病男孩喝着可以治愈他的汤，希望这幅画面可以持续到永远，她可以一直这样看着他，完全不会介意，就像在目睹一场神圣的仪式一般。待他把碗端到嘴边，喝光最后几口，把勺子递给她时，她不禁有些遗憾。她晃了晃勺子："还要吗？"

他睡眼惺忪地摇了摇头，把碗也递给她，然后就缩进被子里。他闭着眼睛，如释重负般长叹口气。有好一会儿，他都用力呼吸着。他的脸红通通的，白皙的皮肤如娇嫩的玫瑰，睫毛浓密，浅色的头发有些微微泛红，在破旧的枕套上耸立着。戴尔芬依然坐在原处望着他，手里握着空碗放在大腿上。她把他的头发向后捋顺，但直到他睡着，才敢亲吻他，给他掖好被子。

她往外走着，从一些顾客身边经过时，无意中听到木料厂在招聘簿记员。走出店门，她心想，工作时闻着新鲜的锯末味总好过血腥味。回到家后，罗伊还是没回来——这也许是件好事。她锁上门，关灯就寝。第二天一早，她换上适合工作场合的衣服，戴了顶有些旧的帽子，穿上大衣。她不想打扮光鲜，也不想穿上最好的衣服——西普里安给她买的那些，那样并不合适。不管木料厂的人有没有听说过她什么，她都想给人留下一个正直体面的印象，而不是个戴着一顶显然自己买不起的饰有绿色羽毛的帽子的人。一个朴素的人，一个值得信赖的人，而非有个杀人犯好友，和一个杂技演员同居或有个喋喋不休的老酒鬼父亲的人。她希望人们说起她时，会说戴尔芬手脚利索得很，既稳重又可靠。

春风安静而持续地呜咽着，飞舞着。天空是浅紫色的，树木是柔和的灰色，光秃秃的，没有叶子，晨曦中饱含着水润的清新。戴尔芬走在路上，心情也跟着好起来。她一直很爱这个时节——叶子还没长出来，风依然狂野。而克拉丽丝就会以她引人瞩目的方式，做出完全不同的反应。她一直乖戾而神秘，总是一袭黑衣去学校，还会用烧过的火柴的烟灰画眼影，在脸颊上抹胭脂，有时涂成两个圆圈，看起来就像滑稽的结核病人。对于戴尔芬而言，迟疑的三月令人振奋。三月充满了希望，积蓄着力量，天气依然寒冷，却每天都稍稍变暖一些——是一年中最充满希望的时节。走在几乎空无一人的街道上，戴尔芬的思绪在平静中变得乐观起来。这是件好事，因为当一个不明生物从对面朝她踉踉跄跄走来时，她的心里可以有所准备。

灰不溜秋、赤身裸体、没有毛发——更像个可怕怪异的动物，而不是人。那个野人般的身影飞快转过药店的街角，从巷子里跳出来，号叫着摔在地上，用手使劲抓着地上冻僵的泥土。她从嘶哑的叫声中辨认出，那正是她的父亲。他跪在地上，费力地朝她爬过来，然后又像被一根绳子拽起来一样跳了起来。他就像个风滚草球般被吹到一家店门口，又旋转着滚下台阶，伸开四肢，摊躺在排水槽的细流里。戴尔芬朝他跑去，但他一看到她，便吓得打了个激灵，往后绊了一下，转身开始奔跑，像疯了一样在街道两侧来回乱窜。他四肢细弱，肚子却像青蛙一样，圆鼓鼓又白花花。他的睾丸就是下半身的小型紫色装饰，他懒得遮掩，似乎也丝毫没意识到自己正赤身裸体。他只是想跑，跑去哪里不重要。戴尔芬清楚，他神志不清时，动作敏捷，总是很难追上。

戴尔芬沿着主街追赶，他却跑到路德教堂后面。她一路追着他，围着教堂转了一圈，希望在牧师的院子里堵住他。他奔跑着穿过一片开得旺盛的连翘，差点撞倒奥兰·索文夫人，吓得她高举双臂，大声呼救。他们将她的叫喊声抛在身后，罗伊跳过一扇开满报春花的门，冲向河边的小花园。进去后，他双手撑起身体，跳过一张张野餐桌，绕着跑过秋千。幸好没有会受影响的孩子，不过还是有个学步儿童的妈妈捂住了孩子的眼睛，惊得下巴差点掉下来。"他不是坏人。"戴尔芬喊道。她气喘吁吁地追着罗伊，爬上蜿蜒的山坡。罗伊从那里猛冲向消防站，然后突然向北边跑去，大概是想去爬上水塔。戴尔芬逐渐跟了上去，她年富力强，又有毅力，却被脚上那双专门穿上去找工作的颇为体面的高跟鞋束缚住了手脚。他躲过她，绕过水泵，又回到主街上，望着眼前出现的幻觉，恐惧地啜泣。她不太情愿地脱掉鞋子，放在水泵附近，脚上只穿着袜子，一边追一边懊恼，最后一双长袜就这样毁了。在父亲跑向镇上的小学时，戴尔芬擒抱住他并将他摔倒在地。她把他控制在地面上，体育老师跑了出来，脖子上挂着条毛巾，坐在罗伊身上，先用毛巾挡住了他的下身，罗伊的双腿上粘着一道道污渍和粪便。一被抓到，他一下子就变得顺从起来。戴尔芬脱去大衣，和体育老师一起将他的胳膊塞进大衣袖子，然后将前面的扣子扣上。罗伊摇摇晃晃地站起来，乖乖地跟着她，一步步朝家里走去。小学生和老师们透过窗户看到了这一幕，全都惊得目瞪口呆。

一到家，戴尔芬就给父亲倒了杯水，撒了些糖和盐在里面，然后送他上床。虽然他很讨厌被束缚，她还是用床单将他卷起来，又用安全别针在他背后别住，让他侧躺着。她给希奇大夫打了个电话，他答应等看完诊便过去看看。待她确信罗伊已经熟睡后，她走去木材厂，得到的回复是那个工作“今天早上刚刚找到合适人选，非常抱歉。可以别再让您父亲在木材堆里睡觉了吗？我们担心他会带火柴到草垫子上，引发火灾，那就太危险了，希望您能谅解”。

“如果我们能用一把锋利的切肉刀给你开膛，”希奇大夫说着，沿着罗伊的腹部，用手指从腹股沟到胸腔画了条线，“然后把你的胃和肠子推到一边，握住你的肝脏……如果我们把它扯出来，给你看看这个还在跳动的可怜器官，你就能看出它是多么备受摧残，是如何被你粗暴虐待了。”

希奇大夫晃了晃一头油亮亮的银色长发卷，摸了摸眉毛，出于对肝脏的敬意，声音微弱得几乎听不见。他接着用一种低沉而轻柔的语气对罗伊说：“这个真挚而无辜的帮手让人怜悯，你的所作所为不可宽恕。它有部分已经溶解了，肯定发臭了，这里硬了，那边馊了。只是轻轻触诊……”希奇大夫皱着眉头，将手指从罗伊身体一侧按进去，在他腹部深处的某处抓了抓，痛得罗伊立刻尖叫起来，然后开始啜泣：“我确定你这个宝贵的肝脏彻底毁了。”

“放手，”罗伊呻吟着，将大夫的手推开，“老天爷知道我努力过了。”

希奇大夫鄙夷地“哼”了一声，转身注视着戴尔芬：“我听说你今天上午跑了个50码冲刺。”

“更像10英里，”戴尔芬说，“他能活下来吗？”

“他公然藐视所有物理定律，”希奇说，“我若胆敢做什么预测，就太傻了。但我搞不明白，他这样一具空壳怎么还有一息尚存。”希奇俯视着罗伊，突然他临床专业的克制变成了愤怒，开始大吼：“你必须得活下去！我在你这把该死的老骨头身上费了太多心思，在你能一直善待戴尔芬之前，你不能死。”他用一根手指戳着罗伊憔悴的脸："你现在还不能死！那就太无礼了！我不允许。"

"给他慢慢减量"，他对戴尔芬说，"这就不用我教你了。他要是咳嗽就给他喝这个。"他递给她一瓶很浓的樱桃味糖浆，然后将手在她肩膀上放了一会儿，用罗伊肯定能听到的声音对她说："他要是真断了气，把他装在板条箱里埋了，别给他办什么葬礼，把钱省下来自己花。"

并不是说人们不善良，戴尔芬心想，但当他们拒绝她时，是因为他们确实没有空缺职位，还是没有职位愿意给她？她不得而知，只能继续寻找，幸好最终如愿以偿。当她钱包里只剩两块钱时，她得到一份兼职工作。总喜欢吃"阳光"牌饼干样品的那个老头——坦西德·比恩，一定是知道她经常因他给的五分钱硬币多切给他一些香肠，替她美言了几句，于是她得到一份去镇政府大楼办公室里归档文件的工作。她在后面的档案室里工作，里面堆满箱子，装着年岁已久的土地协议和五花八门的投诉信。也不会有别人打扰这份工作的单调无聊——一个秘书负责接电话，终日埋头在她那台时髦的打字机前处理文件，考虑到自己的地位，她认为不必和一个档案管理员交谈，戴尔芬基本没什么机会和她打招呼，时间一久就忘记了她的名字。戴尔芬基本也没见到过镇政府官员——他们似乎都在其他地方忙着处理公务。这份工作极易昏昏欲睡。下班后，她会给罗伊服用糖浆和一些杜松子酒，她总是把酒随身携带，从未单独留给罗伊。他睡着后，就不再咳嗽，呼吸也很平静，甚至都不再打鼾。戴尔芬会给自己做些晚饭，然后也上床睡觉。

一切都蒙上了睡意，单调而柔软。雪花般的飞絮大片大片地从棉白杨树上飘出，落在草地上。戴尔芬缓缓穿过绿色春日的微风和宁静，像父亲一样沉醉于睡梦之中。每当她从温暖的被窝里爬出来，走过令人惊讶的春光，来到堆满枯燥乏味的文件的昏暗办公室，她都感觉远离了生活中的苦差事，就像进入冬眠一般，以为往后余生会如此这般持续下去。她逐渐喜欢上每天的平淡乏味，原本不会为了任何人放弃这种生活——但还有马库斯。除了他，在他之前或在他之后，她也说不清，还有菲德利斯。

在宽大的木头研磨板上磨碎卷心菜通常是马库斯的任务，那是只厚重的桨状木板，嵌着把锋利的刀片，架在木盆上很方便，是菲德利斯搅拌和发酵德国泡菜用的。以前他会让马库斯放学后磨上几个小时，但看到他从芝加哥回来都一个月了，脸色还很苍白，行动还很迟缓，便心生疼惜，让他卧床休息。晚饭后，他自己把这个活儿干完了。他从板条箱里掏出一棵卷心菜，轻轻在刀片上来回摩擦，用恰到好处的力量按压，卷心菜在他手里很快只剩下手掌和刀片之间如树叶般薄薄的一片。他将这片菜叶抛到一边，又拿起一棵紧致的浅绿色菜头，重新开始磨，磨到一半突然停了下来，感觉有一件重大任务尚未完成。他确信，这就是他心情烦躁的原因，但问题是，他完全想不起那个任务到底是什么。他又拿起卷心菜，心里那个念头却更加强烈，最终搅得他心烦意乱。他把围裙扔到一边，走到屋外。

他这才想起来，那不是个任务，但千真万确是一件没有完结的事。现在的问题是，这件事到底能不能画上句号？如果他再次接受，这次可以持续到永远吗？再说了，他有那个勇气吗？他敢去见她吗？

戴尔芬一边看书，一边打着瞌睡。她看的是“每月一书”读书俱乐部推荐的一本大部头小说，是从老师们开在政府大楼地下室里的公共图书馆里借来的。小说的情节是爱情故事，发生在英国，浪漫而圆满，是那种她确定看完后不会心碎多日的情节。她一直很爱看书，尤其在失去克拉丽丝之后，现在更是完全沉浸其中。她被一本又一本书中的人物和他们的故事吸引。她读过伊迪丝·华顿、欧内斯特·海明威、多斯·帕索斯和乔治·艾略特的作品，也会向简·奥斯汀寻求安慰。这种书虫般的生活——她觉得可以称为阅读人生，所带来的乐趣使她茕茕孑立的生活丰富而充实，甚至颇具颠覆性。她不断沉浸在令人欣慰或惊悚的人物之中，体味着他们的人生。她会阅读爱德华·摩根·福斯特、勃朗特姐妹和约翰·斯坦贝克的作品。一旦拿起书，她要不断给厨房火炉旁的床上躺着的父亲喂麻醉药，以及孤苦伶仃、无依无靠、穷困潦倒的生活都变得不再那么重要，她犯过的错误也随之消失，她凭借一股虚构的力量生活着。

每当读完一本小说，合上书页，她有些不太情愿地从那个世界抽身而出，有时也会设想自己的人生该如何书写。她幻想着自己担任主角的整个故事的来龙去脉，情节发展的种种可能和非同寻常。接下来她该怎么办？离开小镇？没有她，父亲就活不下去，这条故事线行不通。

没有她的照看，沃尔德沃格尔一家的生活也会继续，也就不会存在她是否参与其中的疑问。一个全新的故事会徐徐展开，一个只属于戴尔芬的故事。她能承受得住吗？也许她也能在这里把自己的故事写完。在这段埋头读书的日子里，她的内心也在悄然变化。一个接一个的人生在她眼前闪现，她却可以远离悲痛与不幸。登台表演的欲望也很容易满足，在家里即可，还不必受团体内其他成员的干扰。想要离开的念头逐渐变得不再强烈，她开始感到心满意足，她并不恐惧“心满意足”的状态，却一直隐隐觉得其中蕴含着些许失败的意味。永不满足的生活似乎才更丰富多彩、有滋有味，要闲不住，要努力奋斗，那样的画面才浪漫。实际上，她却逐渐发现，生活还是安宁些好。只要有书可以读，她永远不会厌倦这样的日子。她不介意和可怜年老的罗伊一起住在这个偏僻小镇上一个被遗忘的角落，头顶着这片随心所欲地惩罚或赐福人类的上天。满足，在她的心中，这个词本身就像这座小房子一样方正而踏实——虽然是罗伊的，她认为也属于自己。这座位于世界尽头的房子，四面都是地平线，只要踏出房门，就能看到它柔和而古老的轮廓。每晚向西望去，夜幕降临地越来越晚，天空中的云朵就像爆炸过一样，映着熊熊燃烧的火焰，只看得见一束束的火光和广阔而黑暗的田野。

她会望着夕阳落下，点亮台灯，拿起最近正在看的书。在沉浸到字里行间之前，她会坐在安静的屋里，环顾四面的墙壁。这是她每晚都要例行的仪式——读读书，打个盹，醒过来，恢复些精神，有点眩晕，起身倒杯浓茶，继续读下去，有时会一直看到凌晨三四点，白天在文件柜后小睡一会儿。每晚她都会细细观察几次周围的环境，看着一些细节心满意足。"一步半"莫名其妙塞给她的那座昂贵的台灯投射出粉色的光，映在淡黄色的墙面上。戴尔芬还从日历上剪下森林的图片，镶在桦木做成的相框里，挂在墙上。她凝视着那些树叶繁茂的印刷物，就会陷入一种安宁且熟悉的出神状态。罗伊从"一步半"那里拿来后修好的收音机播放着尖细刺耳的舒缓交响乐。屋里没有暖气，但她盖着伊娃给她做的被子，一直围到腰间，有时她会抚摸着好友缝下的针脚，产生一个奇怪的念头——还不如把那些针脚缝在自己皮肤上。她每天都会想起伊娃很多次，她身上依然有好友的品性留下的不可磨灭的印记，这对她来说是一种宽慰，会觉得她还活在身边。

伊娃也会喜欢这个房间，她想。这里有一张戴尔芬用来处理账单的小木桌，华丽而柔美。有只巨大的挂锁松木箱，用铁箍箍着，里面放着两床备用被子，用于在极其寒冷的夜晚取暖。纯色的木地板中央有一小块椭圆形的碎布毯，她相信可以给屋里带来一丝暖意。窗下摇摇晃晃的桌子上放着一只小狗雕像，她尚未决定它到底丑陋还是优雅，但这不重要。所有这些粗陋的物件都沐浴着台灯的玫瑰色灯罩映射的光辉。戴尔芬沐浴着柔和的光辉，在温暖的满足中凝望着它们，对于地下冰冷的咯吱作响充耳不闻。

是的，他们还在下面，查弗斯一家。不是他们的尸骨，是他们遗留下的绝望。有时，戴尔芬在半梦半醒间会和他们交谈，努力解释："我不知道，我不会这么做，很抱歉，快走开。"

当她听到敲门声响起，想到的第一个人就是露茜，她立刻让自己冷静下来，会这么想，只是因为家里从未来过客人罢了。虽然小镇上人越来越多，却很少有人来这边，更不必说晚上了。戴尔芬透过窗户向外看了看，看到菲德利斯站在门前，缩在羊毛大衣里。他用厚围巾将自己裹得严严实实，以抵抗初春刺骨的寒风，脚上穿着靴子，好走过泥地。他长途跋涉走来这里，不知是何故。戴尔芬立刻心头一紧，开始担心马库斯，赶快冲过去开了门。菲德利斯走进屋，一股夜晚的寒风吹了进来，她迅速在他身后关上了门。

"马库斯怎么了？"她问。

"在睡觉，"菲德利斯说，脱下脚上沉重的工作靴，"他没生病，就是没什么精神。"

他将靴子放在门边几张报纸上。

"我爸在厨房睡觉呢，"她解释道，"到这边来吧，坐这儿。"

他乖乖跟着她走到椅子前。他脚上穿着羊毛长袜，脚后跟和脚趾处都是亮红色，孩子气的幼稚模样。若不是戴尔芬在产生这个念头前就及时将它掐灭在萌芽之中，她会对他心生爱意。她没有询问他的意见，就给水壶盛上水，准备煮些薄荷茶，然后回到屋里和他一起坐下，等水烧开。菲德利斯告诉她，收到了德国寄来的信，孩子们开始上学了，还参加了一个政府开办的少年组织，据小姑说，入选的条件十分严苛。她还暗示说，虽然孩子们通过了一些严格的测试，她还是不得不用菲德利斯寄来的钱去贿赂政府官员。至于小姑本人，她起初想用千里迢迢带去的美国缝纫机展示缝纫技术，结果发现还没德国的缝纫机先进。

“够了，”戴尔芬说，“我对你妹妹不感兴趣。”她开始询问双胞胎的状况，他们有没有好好吃饭、好好洗澡，还有店里的情况。他允许赊账的那些人都还钱了吗？有的还了。显然不够。供应商开的价格公道吗？从他的回答可以明显看出，他并没花时间和他们讨价还价，以争取更大的利润空间，戴尔芬皱了皱眉。“这里差点，那里差点，我们的成败往往就差那百分之一二，”她说，“你早晚会明白的！”她使劲拍了拍椅子扶手，以掩饰自己的口误。我们？她在说什么？

“还是只有茶。”她看到他失望的神情，嘲笑道，“反正你喝的啤酒也太多了。”她站起身，走进厨房，在熟睡的罗伊身边走动着，在她沉重的棕色茶壶中的沸水里搅拌着薄荷叶。她拿出茶杯，每个杯子里都放了块方糖。她端着茶壶和两只茶杯，沉稳地回到起居室，将它们放在小狗瓷像旁。

“你见过这样的狗吗？”她问菲德利斯。

那只狗长着一对长长的黑色耳朵，耷拉下来，身上有黑白相间的斑纹，嘴巴向前突起，机警地坐在一只绿色瓷垫上。

菲德利斯拿起它，朝这边转转，朝那边转转，几乎是在把玩。“我觉得地球上不会有第二只这种狗了。”他终于表达了自己的观点，把它放了回去。

戴尔芬一言未发，她被他调侃的语气吓了一跳，他身上有种别扭的轻佻态度。听到他说出任何与店铺生意无关的话，她都会心生烦恼。换了更加安全的话题后，他们才得以顺畅而舒服地交谈了一阵子，然后菲德利斯突然毫无征兆地问她，她是否清楚西普里安还会不会回来。

“不会！”戴尔芬突然被迫讨论如此私密的话题，她的声音不太情愿地噎住了。

菲德利斯的身体向后仰去，直视着她，玫瑰色灯光照亮他的脸庞，让他整个人沐浴着一种和他不太协调的温柔。他的外套挂在身后的椅子上，只穿着衬衫。灯光凸显着他前臂上黄铜色的毛发，她有些眩晕地低头望着他粗壮的腰肢。他则瞥了一眼灰暗的厨房门，把椅子拉得离她更近了些。

“我给西普里安留的时间够久了。”他说。他的话铿锵有力，重重落下。这个声明听起来很好笑。但当他的身体前倾，戴尔芬闻到他身上散发的香料味道——白胡椒、姜和葛缕子，男人气息，衬衫的羊毛和亚麻味，还有味道浓烈的剃须水。她知道他会在牙齿上抹雪茄烟灰来亮白牙齿，然后用小苏打刷牙。她还知道他会用伊娃留下的法国紫丁香手工皂给络腮胡打肥皂沫。他身上这些小习惯她都了如指掌，因为自从他妻子离世，就是她在收拾他的房间，是她在照顾他的儿子们。一直以来，她都告诉自己，这些事都和他本人无关，和菲德利斯这个人无关，但他此刻就坐在眼前，完全没有亲密的亲人相伴。然而，她如此了解他的一切，他却连她的房间都没见过。他几乎对她一无所知，对她用哪种香皂这种私人问题一概不知。此外，她要怎么理解他那句话的意思，给西普里安留了时间？

“留给他？你这话什么意思，‘留’给他？”

“时间，”菲德利斯说，“回来的时间。”

“哦，好吧。”戴尔芬说。她渐渐明白了他的意思，一股难以对抗的力量攫住了她，她想给菲德利斯出点难题。为什么不能呢？凭什么他就可以轻而易举地来到这里，占据这间狭窄的淡黄色房间——她的私密小窝？于是她笑了起来，就好像他说了什么好笑的话，然后平静下来，喝了口茶。

“你是觉得他抛弃我了吗？”她绝不会透露他们分开的真实原因，也绝不会告诉别人，早在大家发现他消失之前，他就已离开。“这么想，也太大男子主义了。”也许她受到在起居室里看的那些小说的影响，里面的角色都会为爱情这样的话题产生争执，因为当她意识到自己当下的处境后突然开心起来——菲德利斯正在努力解释自己，而她则相信自己终于读懂了他的心。这么说，他一直在等她！

“菲德利斯。”她摇了摇头，棕色的发卷拍打着肩头，然后故意慢吞吞地抬起头，望着他的眼睛。当她看清他的脸庞，却发现他炽热的表情中写满绝望，她立刻将自己的小伎俩抛在脑后。

自从这次世纪大破冰后，似乎过去了好几个月。两座冰山缓慢地靠近，终于碰撞，合二为一。两个人都有点懵，对别人的反应也有些迟钝，还时常健忘。戴尔芬还在政府大楼里上班，但减少了工作时间，每天下午会到店里来招待顾客，这样就离菲德利斯近一些。她还像以前那样，在厨房里忙碌，若有空余时间，就把孩子们的衣服洗了，但不必给菲德利斯洗。之前在她离开后，他就开始运用军人的严谨学着自己熨衬衫了。

一天下午，她来到店里时，他就在熨衬衫。那天不知为何，整个店里都很安静，她走进铺着冰冷的混凝土地面的杂物间，水顺着墙上的管道流进一对皂石池里。他就站在那里，只穿着件背心，瑟瑟发抖，双臂在铺着衬布的木板上移动。他买了个时髦的电熨斗，正在熨烫一只袖子肩膀处上过浆的褶皱，嘶嘶作响。

看到这个大男人埋头做着通常是女人做的工作，戴尔芬的身体中仿佛有电流通过，她用手轻轻抚过他的上臂，手上还戴着手套。他放下熨斗，握起她的手，将手套从她手指上一根一根地摘下，始终用严肃而庄重的眼神望着她。摘掉手套后，他用双手捧起她的手，聚精会神地看着。他轻轻抚摸她的指关节，上面留着白色的疤痕，最后试探性地将她的手捧到唇边。他的嘴唇落在了掌心的边缘。

接下来的动作很快，是她不喜欢的一种方式——他以一种傲慢的姿态把她猛地一拉，想把她拉到身边。她往旁边跨了一步，躲开了他粗暴的动作，走出房间，却依然闻得到干净衣服被熨烫的焦味，令人陶醉。这是他们第一次发生肢体接触，或者说亲吻。虽然那算不上是个吻，却远比一个吻更意味深长。晚些时候，在走回家的路上，她回忆着他将她的手套摘掉时的眼神，不知不觉就走到了家门前。她这才意识到，这漫长的一路，她一直出神地走过来，对周遭的一切看都没看一眼，她已经完全不记得是怎么走到家门口的了。然而，尽管她总是情不自禁地重温对他的新感受，却一直躲避着他。当他们在彼此身边，整个世界的舞台就仿佛只剩下他们俩，所有布景都已撤下，只剩下他们彼此之间的吸引力，那么强烈。两人都以最谨慎的幅度，逐渐向彼此靠近。

几周过去了，他们依然没有接吻，没有触碰彼此的嘴唇。然而，有一天在积满灰尘和文书的办公室里，菲德利斯跪在戴尔芬面前，双手沿着她双腿内侧，一直抚摸到她厚厚的长筒丝袜的顶端，轻抚着钩住金属吊袜带的地方，在她裙子下面沿着袜带向上抚摸。她就坐在皮椅子上，他将她双腿分开，分得很大，让她很难为情，然后他亲吻了她的膝盖内侧。她用双手攥住他的头发，使劲往后拽，力气很大，肯定把他拽得很疼，但也只能低头看着他，看着他的脸在她双腿之间，一动不动。她用尽全力把他推开，拉下裙子。

“老天爷，”她说，“你想什么呢？”

“我不知道。”他沉闷而冷酷地站起来，用夸张的力气和动作使劲拍去裤子上的灰尘。

“在你身边，我就有这个念头。”他想努力找回自己的尊严，交叉起双臂，又放下，然后坐下来，在桌子上胡乱摸索着翻找香烟，最终也是徒劳，只得摊开双手，仿佛在说：看到了吧？我想要什么都得不到。戴尔芬终于笑了出来。

之后的很多天，他们都无法承受两人之间的紧张气氛，选择彻底忽视对方。他们定好在四个月后的一个日子结婚。起初，四个月似乎需要等待很久，然后戴尔芬开始觉得这段时间很短暂，也许应该再往后推迟一点。菲德利斯在镇政府办好了结婚许可证，故作轻松地拿给她看，然后他们就都淡定利索地在上面签了名。两人十分擅长合作——工作起来都利落、认真而高效。戴尔芬又接过记账和订货的活儿，开始给堆满灰尘和文件的办公室带来秩序和生机。

一天下午，弗朗兹和马库斯正在厨房里吃饭，戴尔芬把菲德利斯拉进去，推了推他的肩膀。“告诉他们吧。”她命令道。

弗朗兹愣住了，塞往嘴边的手停在半空中，等着父亲宣布。马库斯则继续吃着，平静地嚼着嘴里的食物，他一边点头，一边说：

“我已经知道你们要说什么了。”他又吃了一口，问出另一个重要问题：

“这是不是就表示埃米尔和埃里克要回家了？”

“我会给他们写信，也会寄钱过去，”菲德利斯保证道，“小姑会做好安排。”

“快告诉他们。”戴尔芬又说了一遍，摇了摇他的胳膊。

菲德利斯鼓起勇气，但还没等他开口，弗朗兹就抢先说话了。

“噢，我明白了，”弗朗兹说，“你们俩要结婚了。”他用叉子叉起半个烤苹果，全都塞进嘴里，嚼了起来：“既然我们在宣布消息，我也要宣布我加入空军了。我要入伍了。”

“不会打仗的！”菲德利斯低沉的嗓音由于用力过猛差点破音——他对此还抱有希望，而弗朗兹似乎并未察觉。

“不，会打的，”弗朗兹说，“你就等着瞧吧。我预料会打起来，等到打起来，我就……”他用手做了个滑翔的动作，就像飞机要起飞一样。他嘴里发出“嗡嗡”的响声，将手伸向广阔的蓝天，然后冲所有人咧嘴笑了，点着头，期待他们的赞许。菲德利斯痛苦地弓着背，离开了房间。

“你有必要这么兴奋吗？”戴尔芬问，原本为弗朗兹破坏了这次郑重其事的宣布而懊恼，突然又对他如此渴望战争感到骇然。

“我很兴奋，”马库斯说，“就好像你已经住在这里了。”

“哦，那件事啊，”弗朗兹说，“他有他选择的自由。”

“你知道我说的是哪件事！”戴尔芬说，“你至少可以去陪他坐一坐。”

“爸爸不会喜欢的。”弗朗兹从桌上的碗里拿出一只核桃，徒手捏碎了，就像菲德利斯那样。他将果仁往空中一抛，用舌头接住，吃进嘴里。“我会开喷火式战斗机！我们不会靠近德国领土的，我的敌人是其他飞行员，不是爸爸家乡的人。他知道的。”

“你对战争一无所知！”戴尔芬尽量压低嗓音，不想把他逼走，但他任性的无知让她禁不住情绪激动起来，“撇开我嫁给你爸爸这回事吧。你要现实点，弗朗兹，他们可能把你送去步兵团。”

“我？”他难以置信又充满同情地望着戴尔芬，“开轰炸机，倒有可能。但我不会去的，我要当战斗机飞行员。”他嘴里发出机关枪的声音，假装开枪射击马库斯，马库斯也回击了他。

“天啊，你真是个倔脾气！”戴尔芬大喊，败下阵来。

“你想要我怎样？结婚是你们的事。”弗朗兹闷闷不乐地说，“我的想法又不重要。”

“当然重要。”戴尔芬哄着他。

“那好吧，我的想法是我要离开，”弗朗兹说，“不要觉得是针对你，但我就是不愿去想这件事。”他站起来，慢慢悠悠地走开，将双手猛地插进身上那件破旧不堪的仿飞行员夹克的口袋里。他渐渐走出戴尔芬的视线，嘴里恶狠狠地骂着，踢着脚下的灰尘，双眼含泪。然后他讽刺地嘲笑了下自己，他的人生从未这般痛苦过。

每当弗朗兹经过松树下——那里曾是他和玛兹琳从街上猛一转弯，骑车拐去的秘密约会地点，他都会喉头一紧，心里揪成一团。之后的几个小时，他都会想着那棵松树，两肋僵硬，胸口发闷，喘不过气，还会突然莫名地深深长叹口气。食之无味，日渐消瘦，手腕处的骨头明显，颧骨更加突出。他的睡眠也不再香甜，梦中充满激烈的画面——湍急的水流将他从玛兹琳身边卷走，或将她拍倒在悬崖边，始终遥不可及。当事态逐渐明了，玛兹琳·希梅克的“不”字并非随口一说，丝毫没有和他和好之意，弗朗兹的状况便日趋恶化。玛兹琳穿了一套他从未触碰过的新衣服。

她现在会穿着一件质地柔软的褐色格子花呢短裙来上学——就连弗朗兹都看得出，它的裁制合身而精良。她走过时，裙子的下摆会在双腿边恰到好处地摆动着，会在她转身时轻柔地旋转。褶裙是棕色和金色相间，是那种曾在那棵茂盛的松树下洒落在他们两人身上的阳光的金色。她还穿着件干净挺括的衬衣，褶皱状的领口垂在锁骨间，胸口缀着耀眼的珠母贝纽扣。她还把头发编了起来，缠着一根厚厚的缎带——有时是蓝色，有时又是黄色。他情不自禁地在心里记住这些微小的细节——现在他对她的了解仅止于此。玛兹琳却从未对他的注视给予过任何回馈。她不和他说一句话，更不用说让他接过她夹在胳膊下的课本，然后绑在她的自行车上，骑车带着她，就像带着一个比他小很多的小女孩。他觉得，他最怀念的就是那幅画面，甚至甚于触碰她的肌肤。他怀念她坐在自行车前面，在他双臂间摇摇晃晃，怀念她努力想要坐稳时他控制车把的抖动和她的笑声。她越是疏远他，他就越明白一点——他爱玛兹琳，至死不渝，大胆点想，甚至超越生死的界限。

真是蠢透了！他用拳头捶打着太阳穴。到了晚上，他会苦思冥想，如何弥补对她的伤害，如何吸引她回到自己身边，会不断琢磨出各种方法又一一推翻。他可以乞求她的宽恕，或者半路拦截她，可以恳求她，给她买一支温室的玫瑰，晚上放在她的床头。她是需要他的，不是吗？所有人都看得出来，她过得不开心。你看她走过学校走廊时，那么安静，神情那么严肃。你看她曾经苗条优美的身姿如今瘦弱得令人担忧，还有她的头发，以前总会随着她的跃动打着旋儿，现在都呆板地编了起来。

唯一能让他分心的就是飞机了。有时，他看着在他身边工作的那些人，会好奇他们是否有过类似的感受。他怀疑他们没有过——没有谁看起来像是除了手里摆弄的机械还爱上过其他什么人或事。起初他很鄙夷这种过于平淡的人生，现在却发现了它的意义所在，能踏踏实实地修理一台精细易怒的引擎是一种解脱。所以每当菲德利斯允许他离开店铺，他都会去摆弄飞机，作为回报，噘嘴曼海姆开始教他开飞机。

每次起飞，弗朗兹都能感受到在轰鸣中挣脱地球表面的激动，就像他第一次在家后面的空地上，看到飞机起飞、越过防风林一样，让人着迷，只不过坐进驾驶舱的感觉会更好。等他学会如何控制飞行，读懂风向，明白大大小小的云朵透露的迹象，这种感觉就更妙了。到第八次飞行时，曼海姆开始让他亲自驾驶。接下来的几个星期，他们不断练习起飞降落，然后逐渐加入一些初级飞行特技，包括空中暂停、旋转、简单横转和翻跟斗。等到曼海姆终于允许他独自驾驶，弗朗兹感到一种令人震惊的轻盈，飞机仿佛和他融为一体，完全跟随他保持着灵敏精准的平衡，让他激动不已。他一直盯着镇上的谷物升运机，它变成地面上一个微小的点，然后冲着那个方向，缓慢进行翻转，又做了个更复杂的分段翻滚，打了个转，紧接着又来了个高难度的翻转。大地在他身下旋转，他需要高度集中注意力，不然就有可能玩完。一切都颠倒了过来。等到最终平安落地，他心静如水。从那以后，他开始觉得，只要能过上飞行的生活，也许就能挨过失去玛兹琳的日子。

没有宾客，没有蛋糕，也没有鲜花。她嫁给菲德利斯后，弗朗兹也离开家里，去参加空军招募的体检，戴尔芬的生活依然分为两部分——料理肉铺，回家照顾罗伊。她还保留了部分档案工作，还会读书，尽量维持着原本的生活习惯。然而，过去的恐惧、琐碎和没了结的纷扰依然会回来打扰她的生活。虽然已经结婚，但新生活似乎尚未完全展开，就像乱糟糟的舞台布景。她希望可以像归类档案那样，将过去的生活束之高阁。就在这时，西普里安回来了。

一天傍晚，他出现在戴尔芬家门前，戴着顶帽子，坐在台阶上。戴尔芬开着车驶进院子时，他眯着眼，歪着头望向路上，点了点头，冷静而沉默。然后他摘下帽子，戴尔芬看到他剃光了头。他看起来更有魅力了，更具有异域风情，就像一个来自史前时代的人，套上了裤子、衬衫和鞋子。他的光头让她联想到他赤裸的身体，不禁心跳加快。她停下车，透过挡风玻璃看清他后，深深吸了口气。他还是来了。她笑了，这是个下意识的反应，然后她想起了克拉丽丝，意识到她可以从他那里打听到克拉丽丝的下落。她笑的原因变了，笑容却依然停留在脸上。不管怎样，看到西普里安，她还是开心的。

她打开车门，跳出来，几乎是朝他跑去。戴尔芬惊讶地发现，自己心里突然产生一阵强烈的不适。菲德利斯在看着他们吗？她荒唐地扫视一周，然后耸耸肩，希望能像抖落披肩那样，抖落自己的不适，但心中的不安却挥之不去。她犹豫着和他打了招呼，在黄昏的斜阳下站在他面前。她转换着身体的重心，希望他不会跟她走进屋里。虽然她的行为没有任何不妥，却总觉得自己在做一件错事，这种感觉如此强烈，仿佛菲德利斯实实在在地存在，让人生畏。当她意识到自己正在顾虑一个男人的嫉妒之心，便心生愤怒。门廊下的安静草丛中，蚊子开始嗡嗡作响，西普里安把头轻轻歪向一边，用帽子扇走了蚊虫。他们在门廊的台阶上一起坐了下来。

“点根烟吧，驱走这些吸血虫。”她从西普里安手里接过一支烟，任凭它在指尖燃尽。

“我不会跟你说话的，”她终于低声说，“除非你告诉我克拉丽丝的下落。”

“我当时不知道霍克出事了。”西普里安坦白道。

“我知道霍克他妈的出事了，我问你克拉丽丝怎么样了。”

“她只跟我说了一句：我要去一个我的工作价值可以得到认可和欣赏的地方。”

“这确实像她说的话，”戴尔芬说，“我敢打赌她去了南方，新奥尔良……不，更远的地方，尤卡坦半岛，甚至可能更远，巴西。我看得到。”她叹了口气，抖动着肩膀。但她看不到。想念克拉丽丝依然是每天的习惯，就像喝咖啡或打开收音机一样。她不再突然停下手中的活，为克拉丽丝感到痛心，也不再去琢磨或为她担忧。她只是想念她，然后就此打住，继续做下一件事。这就是时间的仁慈，她想。

她看着西普里安：“那你当时不知道霍克出事了，是到什么时候才知道的呢？”

“等到她告诉我。”

“那是什么时候？”

“很快，在去明尼阿波利斯的路上。”

“那你难道没有想过，别人会把你们俩联系起来，觉得你也和这件事有关联？”

“当然想到了，”西普里安说，“这也是我和她分道扬镳的原因之一。”

“那你为什么回来？”

西普里安的帽子在手中转了一圈又一圈——那是一顶细腻的褐色软呢帽，绕着一圈棕色茜明宽绸，看起来价格不菲。他用手指捏着帽檐，小心而谨慎，斟酌着自己的措辞。

"我正好经过，"他终于开口，"但我必须得来看看你是不是爱他。"

"我当然爱他。"

"我他妈的就知道！"

突然他们转过身，双眼在愤怒中对视，凝视了彼此一会儿。他们的愤怒在同一个瞬间，如此相当而契合，不禁都觉得荒唐可笑。他们转过脸去，都不愿让对方看到自己的柔和和笑容。戴尔芬摆弄着手中的香烟，在台阶的木头上刮了刮烟灰，缓缓在周围晃动着，制造了一圈烟雾屏障。

"这么说，你回来时也不知道会不会被警察以谋杀罪逮捕，只是来看看我是不是爱菲德利斯。"

西普里安起初并未回答，然后低下了头："我说过了，还有其他原因。"他耸了耸肩，挑了挑眉毛，他的眼睛甚是迷人。

"进来吧，"她终于说，"罗伊在床上躺着呢，他需要好好开心一下。"

西普里安把帽子扣在头上，又摘了下来，跟着她走过光秃秃的门廊，来到屋里。进屋后，他握着帽子放在腹前，走进罗伊睡觉的厨房。西普里安坐在床边，等待罗伊醒来。很长一段时间里，罗伊都一动不动地躺着，手放在被子上，双眼紧闭。最终，他将一只眼睁开一条缝，看到了西普里安，然后又煞费苦心地控制着颤抖的眼睑闭上了眼。戴尔芬惊讶地发现，当她看到这一伎俩，看到老罗伊在故技重施，她竟然高兴起来，把她的椅子也挪近后坐下。

"哎，爸爸，"她轻轻说，"有人来看你。"

罗伊默不作声地躺着，在纠结中摇摆不定，不知道该放弃意识，还是和活生生的人交流攀谈。他皱着眉毛，下巴像在咀嚼一样微微抖动。最终，他像下定了决心一样，猛地全身一颤，眼睑抬起，露出圆睁的淡蓝色圆形虹膜。

“西普里安！光头西普里安！”

西普里安握住了罗伊鬼怪般长满老年斑、瘦骨嶙峋的手。一旦决定加入生者之间的对话，罗伊仿佛又被无限的可能性激活了般，活跃起来。

“噢，来杯啤酒吧，”他大喊道，“一小口杜松子酒，你能明白怎么让我解解渴吗？”

“爸爸……”

“我知道，我知道，当然啦，我知道有强有力的证据能证明它会要了我的命。”罗伊的手在空中挥舞着，像要驱走警告一样，“但稍微来那么一点点其实是有益处的，如果你愿意的话，就像预防疾病、接种疫苗一样。”

“我们给他减量到几个小时一两茶匙了，”戴尔芬说，“我想现在给你喂一勺也没什么坏处。”

“这才像话！”罗伊尖叫着说。他拍了拍西普里安的胳膊，说：“你想不想和我一起来一口？给他来一勺！”罗伊朝着一只小餐具抽屉，堂而皇之地挥了下胳膊。

“他可以来一整杯，爸爸。”她从腰带上解下一套钥匙，拿起一只玻璃杯，走到屋外的车前，先用一把钥匙打开后备厢，又用另一把钥匙打开里面一只用挂锁锁着的工具箱，最后端着盛满白兰地的玻璃杯回到罗伊床前。她从杯子里倒了一点到瓶盖里，然后又从瓶盖里滴到茶匙上。

“干杯！”罗伊张开嘴，然后含着勺子闭上了嘴。

西普里安斜着酒杯，朝面前的老头儿举了举。

“你现在在忙什么？”罗伊的声音很欢快，双眼却突然噙满泪水，泪光闪闪，“你在四处找工作，讨老婆吗？你回到这儿来，是像流浪的狗回到曾经喂养它的家庭一样吗？”

西普里安喝了一大口白兰地，罗伊则继续自顾自地猜测着：“这边当然总是有些农活可以干，但不光粗重，还得跟着季节走，我这可是经验之谈。现在主街上那些店铺倒是生意兴隆，顾客盈门，你可以学学理发。欧利·迈拉也老了，他的灯柱该刷新漆了！哈哈！他的灯柱要刷漆！我的灯柱——”他用胳膊肘轻轻推了推西普里安：“都有 26 年没涂漆啦！你的呢？”

西普里安望向戴尔芬。她挑起眉毛，却依然面无表情。

“我的油漆还没干呢。”西普里安说，“合唱团其他人都有什么消息？”

“曼海姆还在飞，”罗伊说，“菲德利斯娶了你抛弃的女人，那就是……”他满怀深情地冲戴尔芬点了点头，“尊敬的顽固女王殿下。她又开始照顾我，把我从死亡边缘拖了回来。我又一门心思扎进了酒精里，你懂的，给她丢了不少脸。但她还是爱她的老爸，她给我减少酒量来戒酒。是不是该喝第二勺了？”

“好好享受吧。”戴尔芬说。罗伊闭上眼睛，张开了嘴。她把勺子塞进他嘴里。

“我没有抛弃她，”西普里安说着，向戴尔芬投去意味深长的一眼，“我送给她一枚订婚戒指，非常好的戒指。她拒绝了我。”

“当心哦，”戴尔芬说，“我知道那个戒指最后去了谁手里。”

“啊。”罗伊倒吸了口气。他从戴尔芬的手里拿走勺子，像个快乐的小孩一样吮吸着它。“爱情带来的失望每年都会变得更加沉重。

时间不会，才不像那些哲学家痴心妄想的那样，时间不会治愈所有伤痛。若要爱，必深爱，”罗伊自豪地说，“在宇宙中心呼唤爱。”

“你把自己标榜为爱情的殉难者已经够久了，”戴尔芬说，“我受够了。你要知道她也是我的母亲，我才是受到最不公平待遇的人。到头来还要照顾你，你个酒鬼，这么多年！”

“不都是往日的美好时光嘛！”罗伊大喊。每当戴尔芬回应他开的玩笑，他都会更起劲儿，更开心。“我相信这么多年来我背负的神圣爱情就是把我卷入时间旋涡、宇宙中心的爱。在那里，我可是大开眼界啊，我的朋友，大开眼界！”罗伊的声音逐渐减弱，凝视着远方，仿佛在重温和回味着某种幻象。“不过多数时候，”他摇了摇脑袋，回过神来，“我看到很多烈酒都消失了。”

“爸爸把宇宙的中心弄错了，”戴尔芬说，“他以为是杜松子酒瓶瓶底的酒窝呢。”

“嗯，就算是这样吧。其实我来这里，”西普里安说，露出一种终于可以把事情说明白的表情，“是来表演的。”

“什么？”罗伊饶有趣味地张大嘴巴。

“是的，”西普里安说，“我不是来找工作的。我现在算是跑剧场的，在跟着耍蛇人巡回演出。”他把手伸进口袋，掏出一卷粉色的硬纸片门票：“你们想要几张？”

“耍蛇人？”戴尔芬莫名有些受伤，甚至还有点嫉妒，“他也兼做你的人肉桌子吗？”

“两个男人的话，”西普里安说，“不会产生同样的效果，不过我们也设计了一些其他的平衡技巧。他有自己的蟒蛇，会用带轮子的皮箱推上舞台。他还有各式各样的爬行动物，”西普里安顿了顿：“还有一只蜘蛛。”

“他叫什么名字？”戴尔芬问。

“绝世汤姆。”

“是个好艺名。”

“不，我说的是蜘蛛。我搭档叫维尔赫斯·加斯特。”

这么说来，戴尔芬心想，就是那样了。

“他是个什么样的人？”她问。

“嗯，和我很像，”西普里安说，“演员嘛，你了解的。他从立陶宛来到这儿，是个犹太人。起初他对我特别好奇，我带他一起回了老家，”西普里安笑了起来：“好家伙，把他吓得不轻。”

“怎么了？”

“保留地从没见过犹太人，要是说起来的话，我从小到大都没见过犹太人，就像他不认识印第安人。不过他确实知道我们的存在，还说他相信我们是以色列失落的部族之一，注定要四海为家，就像他们一样，永远处于边缘地带，被驱赶，被放逐。‘那好吧，’我说，‘那我们就一起云游四海吧。’我们就一起设计了这个节目，从那以后一直搭档表演。”

第二天晚上，戴尔芬和马库斯早早来到学校体育馆，坐在第一排嘎吱作响的折叠木椅上。众人一定会议论纷纷。他们会认出西普里安，而他剃光的头会招致非议，也有可能是嘲笑。街坊四邻、肉铺常客、昔日同学都会伸长脖子，观察戴尔芬。如果她坐在后排，就不得不忍受他们或遮遮掩掩或明目张胆的好奇，坐在第一排则可以背对他们，任凭他们毫无顾忌地盯着她看或交头接耳。戴尔芬会对这一切置之不理，她就是来欣赏节目的。

舞台上大幕拉开。西普里安和他的搭档身穿黑色紧身健身衣，光着脚踩在硕大的红色橡皮球上。他们双脚交替着蹬踩皮球，或背对背互相换位，或加速，直至赢得阵阵掌声，然后他们会跳到空中，在旋转的球上互换位置。维尔赫斯·加斯特无论是身高还是体型，都和西普里安很像，但相貌平平，还戴着一顶很丑的假发，每次身体移动时都会跟着晃动。

突然，加斯特站住不动，保持着完美的平衡，双手就像芭蕾舞演员那样高举起来，西普里安则用双脚夹着球，开始跳动。紧接着，他使出很大的力气，像猫一样跳离皮球，腾空而起，然后倒立着降落在维尔赫斯·加斯特的头顶上方，双手和他的双手扣在一起。加斯特摇晃了一下，每一块强壮的肌肉都绷紧，露出清晰的轮廓，看起来摇摇欲坠。但令人称赞的是，他们都调整好动作，直立起来，稳住了身体。

这下，加斯特踩着皮球在台上前前后后舞动起来。伴随着观众们的欢呼和笑声，他假装很吃力地把西普里安举在空中。他们尝试了单手和单腿平衡，然后奇妙又骇人的一幕发生了——维尔赫斯·加斯特头上那顶难看的假发慢慢脱离了他的头。在男孩们兴奋和女士们惊恐的尖叫声中，假发变成一只巨大的蜘蛛。面目可怖的它缓缓爬上加斯特的胳膊，又沿着他的胳膊爬上了西普里安的手肘，紧接着，随着西普里安放低身体，蜘蛛又抱住他裸露的脑袋，停住不动了。两个男人就这样直立着，神气活现地在舞台上走动着，高举着双臂，接受着观众们潮水般的掌声、尖叫声和口哨声。接下来，加斯特又从一个小托架上的盒子里晃出另一只更小一些但同样毛手毛脚的蜘蛛。观众席上立刻安静下来。他用一根羽毛逗引着它爬上他的胳膊，然后又帮助它往上爬到西普里安的喉部。蜘蛛不慌不忙地继续往上爬，沿着西普里安的下巴，爬到他的嘴上，最后蜷缩成一个黑色的方块，就像西普里安嘴唇上方的胡子一样，栖息在他鼻孔下方温暖的气息中。

西普里安在有两只蜘蛛在身的情况下，穿上一件燕尾服外套和锃亮的黑色皮靴，双腿依然裸露，很是滑稽。他此刻变身为阿道夫·希特勒，但是个肠胃胀气的希特勒。每次后台的大号吹响，西普里安紧实的屁股都会从西装的燕尾之间撅出来，四处舞动，笑着又蹦又跳，他的反应和那位原本严肃得可笑又擅于洗脑的德国元首大相径庭，彼时他煽动狂热人群的事业未竟。每一次他敬纳粹礼，大号都会发出响亮而刺耳的声音，他的屁股都会迅速抽动一下。不知怎的，两只蜘蛛就一直待在西普里安的头上。观众们很快发现，他们若是敬纳粹礼，也能让台上的元首放屁，便纷纷伸直手臂，兴奋地吵闹着，直到大号发出一声长长的呻吟声，希特勒像一只热锅上的跳蚤，在舞台上乱窜。幕布在欢呼与叫喊声中合上，上半场表演结束。

当大幕再次开启，观众席上潮水般的笑声尚未散去。台上出现一只大概八九英尺长的皮箱，有好几只把手，架在四个锯木架上。西普里安和维尔赫斯·加斯特上场了，他们头上包着饰有宝石的头巾，穿着一种奇怪却精美的透明布料做成的衣服，裤腿呈灯笼状，袖子会飘浮在空中，在他们走起路时跟在他们身后飘动。还有一只很小的留声机在播放异域风情的音乐。两人伴随着音乐，打开行李箱，向观众展示一种杂色的生物。它安静却蕴含着一股危险的能量，让观众屏住呼吸。两人引诱着巨蟒从箱子里爬到他们的胳膊上，宣布接下来的节目为“死亡之舞”。他们不断让蛇缠绕自己，又再松开，蛇变得警觉起来，试图将他们拉得更近，卷进自己盘绕的身躯中。他们的舞蹈是即兴的，看起来优美而平静。每一个观众都相信巨蟒有吞食二人之意，为眼前的景象深深着迷。西普里安和维尔赫斯·加斯特引领着巨蟒，沿着舞台中央的长台一路舞动，观众们可以触摸它干燥的表皮。所有人都能目睹它与巨型身躯并不相称的微小头部，一块楔状的凶恶肌肉。它敏锐、冷漠和邪恶的眼神让他们看得心惊胆战，所以当二人把蛇放回皮箱里，重新上锁后，所有人都松了口气。他们拿出两把银光闪闪、锯齿锋利的手锯，建议把巨蟒锯成几段。

“现场有屠夫在吗？”西普里安大喊。于是，皮特·科兹卡得以有资格来检查手锯，他宣布这些锯都锐利无比，没有猫腻。两人用锯锯断了巨蟒。它在手提箱里剧烈地翻滚，尾巴透过没上闩的后端露出，抽打着地面。他们点燃一种气味芳香的物品，假模假式地唱诵起来，然后在一个装着学校胶水的罐子上做了些手势，又将巨蟒重新粘到了一起。表演继续进行。他们收起巨蟒，玩起杂耍，抛接蜥蜴。他们展示出一只巨大的鬣鳞蜥，就像一座石雕一样一动不动，连眼睛都不眨一下。同时再次请出多才多艺的蜘蛛——“绝世汤姆”，也就是刚才扮演维尔赫斯·加斯特的假发的那位。他们用一只巨大的圆形糖果罐装着它，带它走下台，这样观众就能战战兢兢地近距离观察一下，再惊叹一声。他们还用头和鼻子顶着杯子、盘子和鞋尖弯曲的鞋子并保持平衡，表演了几个杂技动作后，便跳着离场，赢来热烈的掌声和要求返场的呼喊。他们返场时，都骑着独轮车，两个一模一样的希特勒现身，一边敬纳粹礼一边放屁，随着屁声越来越大，他们差点从车上摔下来。他们抛接燃烧着的万字符，抛接小斧头、剁肉刀和匕首，还会一边抛接苹果，一边用嘴巴迅速咬一口，直到最后只剩苹果核。两人的演出大获成功。

西普里安和耍蛇人离开后的好几个星期里，马库斯都把这次演出挂在嘴边。街上还不断有人拦住戴尔芬，他们羞涩地向她表示钦佩。作为一个认识，或者说可以接触到一个伟大艺术家的人，她得到了大家的敬重。他们对她毕恭毕敬，想要了解演出的细节和背后的秘密。

“那条巨蟒，它吃过人吗？”

“西普里安鼻子底下那只蜘蛛会不会让他想打喷嚏？如果他打了喷嚏，会发生什么？”

“他在哪里学的抛接杂耍？怎么会骑独轮车？”

“他还会回来吗？再回到这里来？”

除了最后一个问题，戴尔芬都无法作答。她凭自己的直觉回答了他们，日后证明她是对的。

“不会，”她说，“他不会回来了。”他确实再也没有回来。

每天大部分时间，罗伊都躺在火炉旁的床上，半睡半醒，专心履行着这项愉悦的任务。他对此似乎心满意足。希奇大夫开出这个长期卧床休息的药方，看似是为了缓解他的肝脏压力，防止他的咳嗽发展为肺炎。起初罗伊和戴尔芬都将他失去意识的每个小时视为正在治愈的表现，然而过了一段时间后，她才明白没那么简单。她看得出，罗伊的睡眠不一样，不是在恢复健康，而是临终前的过渡。他睡得如此投入，就像在练习长眠。她开始担心他在她工作时悄然逝去，每天回到家的第一件事，每天醒来的第一件事，都是用手碰一下他的脸。除了睡得昏天黑地，他还几乎粒米不进，喝几口汤，便又躺下，再次陷入昏睡中。她不得不随时守护在侧。他在萎缩，越来越虚弱，越来越安静。他会要求她拿来母亲明妮的照片，把它们放在搁调料和面粉的架子上，这样躺在床上也能看到。

戴尔芬曾要求罗伊跟她聊聊明妮。然而对于这样一个给他带来过毁灭性打击，让他陷入长期悲痛并以此为豪的人，他却出人意料地一无所知。她甚至没有可供人悼念的墓碑，而罗伊也说不出原因和她被埋葬的地点。他只说过一句话，那就是明妮是唯一一个能讲述那个故事的人。

“什么故事？”戴尔芬总会这么问，罗伊却闭口不谈。

现在由于可卡因的作用，他的嘴巴没那么严了，而且无聊得很。戴尔芬觉得如果运气好的话，她的问题也许可以得到答案。一天夜里，她坐在他身边，沉默无语，往炉子里添了点柴，陷入沉思。她逐渐意识到，她在等待着什么，却不确定是什么。也许罗伊今晚就会离开人世。她不带任何感情色彩地望着他，头脑冷静而清醒。可怜的罗伊，他看起来如此虚弱疲惫，皮肤脆弱松软，几乎呈半透明。前臂呈现蓝色的色斑，似乎是体内深层暗藏的淤青浮现了，仿佛他终于展现了一生中所有的磕磕碰碰。戴尔芬突然决定，不能让他就这样带着所有秘密离去，她完全有权利知晓。

“好吧，我想知道答案。她是哪里人？”戴尔芬指着明妮的照片问。

“她从那边来，”他把手往南边挥了挥，含糊地说，“然后来了这儿。”

还是老样子，戴尔芬心想，什么都不说。但当她盯着他看，说：“再说点，我想知道和她有关的一切。”他似乎重新考虑了一下，更加警惕地说：“其实，她的老家在北边很远很远的地方。”罗伊向上翻着眼球，直至露出眼白，然后皱着眉，专注地注视着戴尔芬。也许他明白，此刻的戴尔芬正是他完美的听众，他脸上昏沉的睡意顿时消失，就像接通了一根电线，老罗伊又回来了——那个讲着酒吧听来的故事，说着狼人的神秘语言，减轻了伊娃·沃尔德沃格尔临终前痛苦的老罗伊又回来了。戴尔芬弯下腰，离他更近了些，屏住呼吸，生怕错过哪个字。等到他热切地噼里啪啦说起来，她明白这才是故事的真相。

“你想知道？你当然想知道。我也会告诉你。那好，去吧，拿个本子记下来。把这些事记下来，给你的甭管是子孙还是后代看。明妮啊，她可不是寻常女子，不是你走在大街上会轻易错过的女子，她让人过目不忘。明妮绝不是那样的人，她和别人不一样——她传承了父系的血脉，也有母族的血统。我告诉你，那可是非同一般的血统，她可是伟大的印第安种族中的克里人和奥吉布瓦人与法国人混血的后代，而她是国王的直系后裔。没错，就是这样。她的曾祖父是太阳王本人的私生子，他们逃越大洋，过上以剥皮为生的清净日子。从南方来说，她是印第安英雄老‘疯马’家收养的远房表妹，或者原本可以是，不过她差点悲惨丧命。我给你交代这样的背景，是为了让你知道，无论从哪方面来说，无论从哪个角度来说，这个女人，你的母亲，各种不同的皇族血脉在她体内奔腾和碰撞。不，不要问我其他问题来转移我的话题，让我继续下去，让我表达出来。你接下来要听到的故事，我从未和任何人提起。我的理由很充分，这个故事太悲伤，太不可思议，我都不愿回忆，最好能将它忘却。这个故事能让你明白，她自从八岁后变成了一个什么样的人，以及她为什么会成长为一个永远不可能被老罗伊·瓦茨卡——我这样的人来喜爱和驯服的人。”

罗伊坐起来，用手势示意她拿些枕头垫在他身后，喝了一小口水，戴尔芬在里面加了点姜，好舒缓一下他的胃，也有助于加速血液向他的心脏流动。

“想象一下，在一望无际的平原深处，一个温暖舒适的乡村教堂里，正进行一场圣诞祷告，”罗伊在眼前伸开五指，眯起眼睛，盯着手背，好像在看预言水晶球一样，"一小撮饥寒交迫的拉科塔族'河畔农夫'部落，也就是外人说的苏族人，谦逊地轻轻敲响了这个基督教堂的门。他们正在逃亡，大部分是女人和小孩，还有几个精疲力竭的勇士，在勇猛抵抗过后被击败，已经半癫半狂。他们的酋长躺在一辆马车里，奄奄一息，他们用战死马匹的颈脊拖着马车前行。他们看到领袖'坐牛'投降，看到他们赖以为生的美洲野牛被大肆屠杀。他们觉得，可以通过舞蹈唤回往日生活，唱歌给逝去的先人听，他们听到后就能起死回生。他们很孤单，仅此而已。我懂孤单的感觉，只要问我就行了。他们希望能再见到深爱的人的脸庞。你要知道，那天可是平原上的圣诞节，这些可怜人只是来乞求些施舍，讨些恩赐。他们得到了吗？"罗伊愤怒地瞪着脑海中想象的画面："你觉得呢？"

"嗯，从你铺垫的风格来看，"戴尔芬说，"没有。"

"没有，"罗伊说，"千真万确，他们被拒绝了。"他的呼吸变得急促，讲故事的语气激动万分："在他们当中，有一个我已经提到过的印第安小女孩，是北方印第安人与法国人的混血。她爸爸是克里人，是被他们的族群派来学习能让死者起死回生的'鬼舞'的。他原本要回到自己的部落，向长者汇报这种舞蹈能否奏效——迄今为止，他还没目睹过有什么人复活。这次旅途中，他一直带着他最心爱的女儿，也就是最小的女儿。其他人都落伍了，小女孩和父亲首先到达'徘徊者'部落的营地，发现他们正要南迁，搬去驼峰酋长的村落。他们在那里碰到一伙'河畔农夫'部落的人，他们当时正想回家。两人就和这些残存不多的信徒走进那片不毛之地的深处——巴德兰兹。很快他们就断了粮，也没有住处，只能在一个叫'药根溪'的陡峭的悬崖峭壁上行走。就是在那里，他们遭遇了声名狼藉的美国第七骑兵旅和陆军少校塞缪尔·怀特塞德。他在一个叫作‘豪猪峰’的地方，说服他们跟随一面投降的白旗，走到一个叫‘拉科塔什么什么’，我念不出名字的一个地方，去找那里的军营。那个地方用英语说，叫‘伤膝谷’。”

罗伊停顿了很久，眯着眼睛望着屋里最黑暗的角落，舌尖在嘴唇上挪动着，像在寻找如面包屑般粘在那里的一两个词。然后他猛然鼓起一股劲儿，打起精神，继续说了下去。

“他们出发要去找的营地里是一支声称会保护拉科塔人，你也可以说是苏族人的军队，他们便十分迫切地想要早些抵达。他们的首领‘大脚’躺在马车车斗里，得了肺炎，奄奄一息。他们没有食物，主要出于饥饿，渴求得到保护。他们交出枪支，遵从命令在指定地点安营扎寨。明妮父亲的口袋里还有一块时日已久的燕麦饼，那是他们最后的食物。他分了一些给一个邀请他们住进她帐篷的女人，她身上绑着一个婴儿，身边没有男人。吃完那个饼，他们就没有任何食物了。但那个女人又拿出一块东西，是之前在教堂门前，里面会众的一个成员扔给她的。那是块坚硬的姜饼，形状是个只剩一条腿的小人。她将它掰成碎屑，和他们分着吃。他们以此为食，在她的帐篷里睡觉。第二天早上，女人支起一口锅，在里面盛上雪，架在细树枝点燃的火苗上。她又从裙子的束胸里掏出一捆树根，将其中一根放在锅里融化的雪水中煮起来。她悉心照看着那口煮着树根的锅，就像里面有什么珍贵的东西。她一边哄着孩子，一边认真地看着锅，时不时伸进去一根手指，检查一下煮到什么程度，然后拿出树根。最后她把那口小锅从火上撤下来，让里面的茶凉到刚好可以喝。然后她招手示意明妮喝下去，正当她喝着煮的茶，帐篷外响起了枪声。”

“如果你翻开描写历史的书，就能读到这一段，不过难得有哪本书会全面展现这些需要同情的人，也鲜有人信。明妮的父亲跑出帐篷，立刻中弹倒下。那意外的一枪之后，便是轰隆的炮声。噼里啪啦的声音汹涌而至，烟雾和硫黄味弥漫开来，子弹穿透帐篷，明妮跟着女人冲出帐篷，女人抓着她的胳膊，朝投降的白旗跑去。她们站在白旗下面，子弹从身边嗖嗖飞过，如雨点般呼啸而至。女人还在给孩子喂奶，孩子被她用披巾裹在胸前，咬着她的乳头。雷鸣般的炮火声再次袭来，哈奇开斯机枪直接瞄准了那些还未逃出帐篷的女人和孩子，以及投降的白旗。那个妈妈，她还在给孩子喂奶。即使被子弹击倒在地，她抱着孩子跌倒，孩子也还在喝奶，身上沾满妈妈的鲜血。而明妮的爸爸就在她旁边蜷缩着，她及时听到了他的遗言，眼睁睁看着他咽了气，明妮立刻起身离开，目睹着眼前的一切，迷惑不解。她沿着深谷往下爬，看到了一辈子都无法忘怀的一幕。她看到成人士兵骑着马践踏女人，将枪口直接对准她们射击，女人们把幼小的婴孩高举在空中。她爬过干河床，爬到铁丝网下。在那里，她看到一个成人士兵骑着马追逐一个瘦弱不堪、泪流满面、踉跄奔跑的小男孩。另一个扯去一个死去的女孩身上的花衬衫，让她变得赤身裸体。士兵们没有理会明妮，大概是因为她穿了条农妇裙子，戴着农民帽子，身上没披毯子，也有可能是看到她浅棕色的头发和比拉科塔人更白皙的皮肤，或看到了她跟法国人一样的眼睛。她离开那里，跟在其他奔逃的人身后拐来拐去，但被远远落在后面，看不到前面的人。他们的脚印拯救了她，她沿着那些脚印一直走，走到一个叫朱兹的老牧师开的布道所。就是这些，我全都告诉你了。”

戴尔芬颇为怀疑地盯着罗伊，她的头脑中霎时嗡嗡作响。罗伊给她讲了这个奇怪又可怕的故事，却又在画面刚开始在她脑海中徐徐展开时戛然而止，一下子让人有些难以承受。她好像听说过他提到的这个地方，但早就忘了那里发生的故事的前因后果。除西普里安外，她也不太认识印第安人，而如果她相信罗伊的话，现在他们或许就有了血缘上的联系。

戴尔芬半信半疑的反应让罗伊大失所望。他等待着戴尔芬会面露感激，赞赏他的无私分享，却只看到她一直眨着眼，望着他，用一根手指不停敲着嘴唇，犹豫着要不要相信这个故事，他便失去了兴趣，闭上嘴，转过身，望着明妮模糊不清的照片。他的眼神变得呆滞，神情变得祥和。

过了一会儿，戴尔芬明白，想再鼓起勇气问些别的已是徒劳。她的心里还隐藏着她真正想问的问题，很简单，不需要讲任何戏剧性的故事。明妮是个什么样的人？她有了女儿后开心吗？她爱她吗？爱罗伊吗？他和明妮在一起时，确实会像他说的这样，感受到无与伦比的快乐吗？为什么他要一直利用“失去幸福”这个拙劣的借口，虚度和浪费自己的生命不说，还给女儿的生活带来无尽的痛苦？他现在会依靠那些昔日回忆，心满意足地离去吗？那些回忆是否就是他现在麻痹自己的酒精？他说的是实话吗？

他没再透露半句信息。每当她问起他为什么那么爱明妮，她到底有什么好，能让他这么多年过去了还在看她模糊不清的照片，甚至问起她性格如何，他的回答都很笼统，没任何实质内容。也许是他太自私，也许他只剩下这些私密回忆，不愿与任何人分享，哪怕是她也不行。

不过，他还是有些想说的话。

时间一天天过去，他越来越虚弱，声音弱到只能去俯耳倾听。

为了听清他的话，戴尔芬每次都要靠得很近，能闻到他的呼吸，不是她一辈子都熟悉的酒臭味，而是一种孩子般的气息，一种纯净的奶香。他的注视就像猫头鹰一般，有些不知所措。他总想开口说些什么，话语却含混不清——时间线前后矛盾、主要情节缺失、人物突出却不提姓甚名谁。他似乎失去了叙事能力，仿佛这辈子喝的酒已侵蚀大脑中的每个细胞，让他的思维跳跃得像在播放一张有划痕的唱片。不过偶尔有时候，他也会发动大脑中完好无损的区域，说些清晰易懂的话。戴尔芬永远拿不准他每句话的下一句会是什么。

“别再看着我了。”一天下午他皱着眉，生气地对她说。

她原本背对着他，这下不禁朝他看去。

“我是说，”他叹了口气，“别再做出一副正看着我的样子。我不知道哪个对。我从没唱过你那部分，你知道的，查弗斯。关上那扇该死的门吧。”他平静地叹了口气，接着似乎又认出了戴尔芬：“我受够了他敲地板了。他一直敲啊敲，‘砰砰砰，砰砰砰’。我猜他在地底下等我过去呢。他，还有他那该死的一家子——我一直不知道他们在里面！”

罗伊的声音就像一个吓破了胆的四岁小孩的呜咽。

“我知道，爸爸，你当时醉得不省人事了。”戴尔芬有些不耐烦地说。她不想再让他沿着这个思路自哀自怜，不痛不痒地自我责备，这种哀叹她已经听过太多次了。但接下来他说的话却不再对劲，他的脸色严肃起来，继而狡猾且坚定：“虽然现在已经晚了，但我原本可以证明，这件事怪不得老查弗斯。”

“什么？”戴尔芬盯着他暗淡无神的水汪汪的蓝色眼睛，“可以证明？”

罗伊抓住她的手，急切地说：“我叫他去地窖里拿姜汁啤酒，他去了，到处找好酒。拿上一两根蜡烛，这样你才看得清那些法语标签！这个老家伙可能要找给国王喝的红酒。”

罗伊不自在地扭动着身体，龇牙咧嘴地闭上眼，继续闭着眼说话，也许是不敢看到戴尔芬听到这些话的反应：“谁知道他老婆孩子也跟着他下去了？”

戴尔芬俯下身，轻轻晃了晃他，但他的身体却像只衰老的狗一样重重摔落。于是她放下他，他继续呻吟着说了下去：

“那个孩子，露茜。我不记得发生了什么，但可能是我锁上了地窖的门！可能是我锁上了地窖。我记得我朝底下冲他喊：‘嘿，查弗斯，等你以后练歌时不再高过我的调，你再上来吧！’你知道吗？他唱歌时总是挺着胸脯，慢慢往前移，声音越过我。”

罗伊安静下来，全神贯注地盯着他们之间的空气。

“你离开了三个星期，长醉一场。”戴尔芬说，脸色僵硬。一股反感的质疑占据了她的头脑。

“更久。”罗伊用微弱得几乎听不见的声音说。然后就是长久的沉默，风呼啸着穿过梣叶枫，窗玻璃在窗框中微微晃动。他激烈地干咳了一声，清晰地说：“我回来后去地窖里拿酒，进去后看到了他们。从那以后，我就一直喝得烂醉，直到你回来，你和西普里安。”他抬头看着她，眼神里是绝望的恳切，看到她的脸后闭上眼，翻过身去，拉起毯子盖住头。

戴尔芬站起身，走出屋门，来到外面狭窄的门廊上。她坐在最高一级台阶上，交叉起双臂抱住自己。她时不时用手赶走蚊子，或抖落像轻柔的雪花一样飘落在头发上的树种，它们都是微小的珠子，裹着透而薄的褐色种衣。她轻轻拂去裙子上的树种，偶尔会感到被蚊子叮了个包，但不想回屋里去。她已经决定了，等罗伊一死，她就把房子卖掉。她会离开肉铺，离开菲德利斯，搬去大城市。去芝加哥，去剧院里找个工作，哪怕只是卖票都行。我不会考虑马库斯。露茜！她的手指抚摸着太阳穴，然后握起拳，用指关节揉按着前额。她想象着会搬进去的公寓，小却齐全。附近会有个公园，她可以散散步，还有个图书馆，或者艺术博物馆。她会多学习，充实头脑，当个老师。她会为报纸写文章。她想象自己坐在一台打字机前，手边燃着一根烟。她穿着清爽的白衬衫和紧身的灰裙子，踏着高跟鞋。或是没穿，脱掉了一只鞋，她在思考。

她在想象自己思考的画面。

我永远也做不到，她心想，我永远也不会真正思考。我现在就不是在思考，只是在幻想而已，这和在自由广阔的头脑中任意驰骋完全是两码事。她强烈感受到有什么东西从头脑中逃脱了，闪烁着银光。她想不起上一件记在脑子里的事，只记得它很清晰。不过，谁在乎呢，她继续幻想下去。过去发生的事已成定局，罗伊也得到应有的惩罚，我不该为他醉酒的罪过负责。再就是，是的，我是个已婚妇女。我很擅长做生意，讨价还价也很在行。我也擅长照顾小孩，哪怕不是我亲生的。她感到自己的思路磕磕绊绊，在寻找一个出路来摆脱愧疚和恐惧。她闭上双眼，脑海中浮现地窖里的尸骨，其中一个变成衣着干净整洁的小女孩，长着精明的嘴巴，吧嗒吧嗒地眨着眼。她戴着顶小圆帽，皱着眉站着，双手握拳搭在屁股上。她的眼睛微微睁开，好像注意到了戴尔芬正在看她，小女孩突然抬起下巴，用一种嘲讽而令人生厌的方式笑起来。她的笑中满是讽刺和挖苦，等她转过身来，戴尔芬看到她的肩膀、胳膊和腿上都缠绕着一条条的蛇。

“让我一个人待着。”戴尔芬轻声说。

你是一个人，浑身是蛇的孩子嘲笑她，比你意识到的还要孤独。你的丈夫来自一个遥远的国家，你没有孩子。你的父亲生命垂危，你连母亲的面都没见过。你特立独行，和这个小镇上所有人都格格不入。你觉得自己很聪明，读过很多书，事实却是你更觉得自己可怜。可怜的戴尔芬，可怜的波兰女孩，可怜的屠夫老婆！

可怜的我，可怜的我。戴尔芬开始哈哈大笑起来，这种感觉好极了，就连罗伊满怀希望地大喊着要求来一勺威士忌的时候，她也没有停下。

镇上的探访护士见到罗伊·瓦茨卡时，他已经死了。他死时依然清醒，坐在床上，盯着正前方的面粉橱柜上难以辨认的明妮的照片。她把包放在厨房地板上，打开，拿出听诊器，想听他的心跳。寻找未果后，她把它摘下来，折好后又放回包里。她摘下一支笔的笔帽，记下确切的死亡时间，又写下一两句尸体的状况和她对死因的推测。她记录下他临死前怪异而镇定的凝视，更加印证了他矢志不渝的爱。护士合上他的双眼，扶他躺下，摆正他的四肢，最后联系了戴尔芬。在等戴尔芬回家时，她通过电话将罗伊睁着眼睛死亡的消息播报给了整个小镇。

罗伊的葬礼出席者甚众。银行家和地主家的太太们都来了，大概都同样渴望对爱至死不渝的忠诚。教堂里有大簇看起来脆弱不堪的花朵，看得到许多挥舞的手帕，明妮的照片正面朝下摆放在棺材里，按他的嘱咐放在他的心脏处。随后在教堂大厅里会有晚餐，那里是个体育馆，前一夜这里还进行过一场篮球赛。

罗伊下葬后，戴尔芬便走了过去，站在体育馆的角落里。整个大厅隐隐残留着之前的兴奋、汗臭味和咸味爆米花的味道。为葬礼晚餐布置的餐桌上装饰着一些小盆栽——非洲紫罗兰、蕨类植物、红薯芽，是从教区各位女士家中的窗台上拿来的。餐食备了奶油鸡肉、奶油玉米和菠菜、加了黄油和奶油的土豆泥，还有配咖啡的纯奶油。馅饼和饼干摆在白纸剪成的衬垫上。整场晚餐都是一群来自各个不同教派的人组织准备的。戴尔芬生平头一次觉得，他们除了多管闲事也会乐于助人，除了爱看热闹，也会急于讨好，不知怎的还有些出于真情实感。但他们的关心热切得让戴尔芬有些无法承受，像得了幽闭恐惧症。

在食物和同情中不断打转后，戴尔芬突然和玛兹琳·希梅克站在了一起。

“跟我来。”她对那姑娘说。她们离开大厅，来到教堂厨房后一小块草地上。

“我要是还吸烟，就会来一根。”戴尔芬说着，拨开脸上的头发。她已经修剪并固定过头发，卷发却依然不听使唤，肆意弹向四面八方。她和玛兹琳的另一个共同点，就是都有一头无拘无束、难以梳理的头发。

玛兹琳说她为她感到难过。

“我也是。”戴尔芬喃喃地说，但其实已筋疲力尽，而且气得无可救药。她气他这么多年挥霍了自己的生命，浪费了她的感情。罗伊一死，她立刻重新感受到儿时对他愚蠢而深刻的爱。突如其来的泪水让她难以呼吸，她摆动着手，想把它们憋回去。几年来，她早已做好了失去他的思想准备，每每被他激怒时，甚至会期盼这一天的到来。她也无法解释自己为什么会有如此深刻、盲目而激动的情感。这不是悲伤，她告诉自己，不是对孤独的恐惧，甚至不是疲惫或解脱。这只是人之常情，她决定，然后挺直背，从这个决定中获得了勇气。玛兹琳就站在她身边，一只手扶着砖墙，耐心而谦顺。

“我想跟你说件事。”戴尔芬的声音恢复正常。其实她还不确定自己到底想说些什么，但有些话她迫切需要传授给这个年轻姑娘。虽然父亲的死被渲染了只是一厢情愿的浪漫，却足以让她明白这一点。“我们迟早都会死，”她听到自己已经对玛兹琳说，“弗朗兹爱你，你也爱他。为什么不给他写信？为什么不告诉他？”

几天后，戴尔芬正在彻底清理房屋，忽然听到熟悉的脚步声，便打开门。屋里透出一道光，落在门外的草地上，菲德利斯走到光下，拖着脚步来到门口，跺了跺脚，走进屋里。戴尔芬拿出啤酒，和他一起坐下。他在她读书的椅子对面的木摇椅上坐下。“我打算留着这个房子，”她说，“以后偶尔还会过来住。”菲德利斯松开拳头，又攥起来，一言未发。他们在沉默中坐了很久，听着屋外的风呼啸着扫过屋檐。树枝互相碰撞着，轻轻敲打着房顶。突然，菲德利斯站起来，把戴尔芬一下子从椅子上抱起来，走进她的卧室。

他小心地用脚后跟在他们身后关上门，把她放在冰冷光滑的金黄色床罩上。他原本也不知道会把她抱来这里，此刻她就躺在眼前，沐浴着床头灯的灯光，像只猫一样泰然自若地看着他，她的眼睛就和身后的布料一个颜色。梳妆台上有只小玻璃钟表，单调而坚定地嘀嗒作响。床头上方挂着一幅画技粗拙的画，画的是海浪击打岩石。床头桌上盖着一条橙色的天鹅绒围巾，床的木架最近刚擦过蜂蜡。他听到自己的血脉在偾张。他朝她俯下身去，可以闻到床单上阳光的味道。她稍稍朝他挪过来一点时，他可以闻到她温暖皮肤上的泥土气息。但她只是挪过来一点，突然又翻过身去，坐在床边。

“听我说，”她说，她感到自己的心脏跳得很快，“我得跟你说件事。”她的嘴巴变得很干，嘴里仿佛有铁锈的味道。她绞尽脑汁，紧张地想在脑海中搜索出别的内容来说，突然希望自己没想过要告诉他罗伊那回事。她之前早已仔细考虑过，想象过，在心里打过草稿。事到临头她却畏惧了，只能逼着自己脱口而出，尽管听起来像是在表演话剧时读错了一句台词：“我是个杀人犯的女儿！”

眼前气氛的突然改变让他有些困惑，他坐起来，起初有些错愕，猜想也许是英语这门语言又给他下了套，让他中了计，也许她说的完全是另外一回事。他等待着，紧接着就听她激动不已地解释并重现了罗伊临终前承认的所有细节，以及她在听到他透露的秘密后的反应。看着她一边说，一边苦苦思索和纠结着父亲脑子里存在和不存在的内容，希望承担过错，又再次拒绝，他脑子里也不由自主地冒出许多画面。

菲德利斯看到了死在他手上的人的脸，一个接一个，就像在看一本相册或死亡名单。一旦翻开，他就无法控制自己的大脑，会一直翻阅下去，就像不能阻止风吹过荒原。戴尔芬的声音在他耳边汹涌地奔腾，他躺在床上，闭上眼睛，想掩盖它们单一乏味的形式，但那些画面却侵入他眼前的黑暗，更加生动清晰。他睁开眼，认真盯着戴尔芬的脸，却听不到她说的任何一句话。他看到他射杀的第五个人，是个金发男人，长得很像嘶嘴曼海姆，他把手伸过沙袋，去拿……也许是一杯茶……是他朋友手里的一只锡制杯子。然后他张开嘴，仰起头，像要开始引吭高歌。他的子弹射穿了他的脸。现在菲德利斯就能看到那张脸，经常如此。金色的头发，鲜红色的黑洞，别无他物。他看到一个无脸人，他还活着。无脸人认识他，他从来都没死，一直活着，其他人也是。每次打开那本相册，他就能看到所有人。

菲德利斯有时会想象自己站在黑色的封面上，用当时经常穿的钉了平头钉的大头鞋用力踩住相册，这一招有时会奏效。现在他正努力用意识合上书，注意力高度集中，直到大汗淋漓。脏泥污物在他脚下缓缓渗出，他闻到了粪便和死亡的味道。他一直表现为一个战无不胜的冷血杀手，扛过敌方针对他和他身边每个人的复仇炮火，难怪其他人都痛恨他，或害怕他，只有约翰尼斯除外。

“你还好吗？”戴尔芬瑟瑟发抖地问。他明白，她向他透露了一些对她而言再重要不过的事，但她说的话他已经记不太清。他必须转移她的注意力，他用双手捧起她的脸，眼神热烈地注视着她的容貌。

“不在乎。”他用德语说，希望戴尔芬可以理解为对她最为宽慰的内容。然后他平复下来自己的心跳、呼吸和思维，朝她俯下身去，直到他的心脏有力地跳动着，他的呼吸穿过肺部，思维变幻为五光十色，轻柔地裂为点点碎片，像雨点一样落在他们身边，照亮他们。

很晚以后，大概半夜时分，菲德利斯离开那座小屋，走在星光璀璨的夜空下，他明白体内有些东西已经松动。他第一次感到身体中血液的流动，仿佛按捺不住的分子从头到脚缓缓沸腾起来。有那么几回，他就像喝醉了一般，差点没站稳。也有那么一刻，他莫名想要大声呼喊，于是他在黑暗里低鸣的风中大喊，收割后的黑麦麦茬在他身边绵延数英里，新出的麦苗正在成长。没任何东西能反射他的声音，没有回声，只有模糊不清的地平线。他想象自己的声音也许传遍了全世界，还未等他挪步，越来越弱的元音就弹跳回他的肩膀上，他笑了起来。直等到走进镇上郊区的灯火中，接近自家家门，他的呼喊、他的声音才让他反应过来自己这是怎么了。他失去了往日的镇静，失去了心如止水的能力，失去了减缓自己的心跳、只保持最微弱的呼吸的天资。这一切都被打破了，他再也回不去了，那个他已成为过去。不过这并不重要，他想，他再也没有必要去保持那种沉静，那种镇定，不必伪装自己并不存在，因为他不必再只求活命。

在菲德利斯和伊娃之前住的卧室里，墙上刷的是浅枫叶色的灰泥。伊娃去世后，小姑把她生前的衣服拿走，分发给了生活困苦的人。她自己则将伊娃的陶瓷塑像和首饰占为己有，甚至收走了一些不仅不值钱、过于私人甚至会被视为不祥的物品——伊娃的龟壳梳子，家人寄来的信件，几本夹着手写评论的书和印着天使、圣女、圣徒和天主教殉教者的宗教卡片等。这些东西清理完后，菲德利斯还一直在这个房间里睡觉。显然，他继续住在这里，继续忍受这样的折磨，是因为除此以外，他无处可去。他只在那里进入梦乡，醒来后对周围的环境毫不关注。那扇宽敞窗户的窗台上堆满汽车零件、啤酒瓶、破损的杯子、堆满烟灰的烟灰缸和失去生命的植物。

一天，趁店里不忙，戴尔芬彻底收拾了一下这个房间。她将废旧物品分为几类，以存放在合适的地方，或是丢弃。里面还有几件伊娃的遗物——一件夹克、一只遗落的鞋、一些搽脸粉、一抽屉的底裙，她将它们整整齐齐地收在一只纸板箱里。菲德利斯则把他和伊娃以前睡的旧床放进孩子们的房间，又买了张新的，更朴素些，配了个梳妆台，都是深樱桃红色。戴尔芬拿出买好的床罩，铺在了上面，床罩用红色和紫色的丝线编织而成，都是漂亮的深色。她往后站了站，看着整张床在房间中微微泛着光彩。她用杏仁油擦拭了新梳妆台的木材，擦亮镜子。然而，当她看到镜中的自己，她不禁怔住了。她坐在床边，呼吸变得局促，有些惊慌，和辛苦全无关系。她心跳加速，胸口收紧。她是太爱菲德利斯了，还是一点都不爱他？她的眼神看起来空洞无神，只剩贪婪。这样不会有什么好结果。她完全无法控制他会怎样对待她，会有怎样的结局。若是有一天他也死了——那就到了尽头！她的嗓子灼热发烫起来，眼泪刺痛眼眶。她用双手捂住脸，在手掌后的黑暗中呼吸。等她抬起头，她觉得也许应该告诉他，他们本不该结婚。她还是可以离开，是的，她可以直接从他的生活中消失！但她只是走出房间，走进稍长一些的走廊，沿着走廊朝肉铺走去。

她走在棕白色相间的瓷砖上，走向松木门，门将店铺和居所隔开。她有一种奇怪的感觉，仿佛两侧的墙壁稍微往里挤了挤，走廊也比往日里更长。沿着两侧的墙壁，放的都是和店铺经营有关的物品，挂在铁挂钩上，或塞在橱柜里——污渍斑斑的围裙，毛巾，装着螺丝钉、螺栓和多余钉子的木箱子，修理冰箱、打造新架子的工具，产品目录、宣传单和价目表，样品和品牌试用品，发票联和成卷的蜡纸。她在走廊中间最昏暗的地方驻足，深深吸了一口充满干涸血渍和陈年纸张的味道的空气。香料、发油、鲜奶、干净地板，一切都在其中。亲手打理的居所井然有序，透露着一股安宁和平和，她心中涌起一股喜悦。这时，前面店铺里的顾客铃响了起来，她赶紧朝那边走去，到柜台后忙活起来。

德国来的施密特一家人将姓氏改为美化的史密斯，布赫夫妇现在变成了布克先生和布克太太。德国移民都在家门口或窗前挂上了美国国旗，努力使用掌握的有限英语词汇。合唱团成员之间轻松戏谑的氛围开始掺杂了些许不安，大家都在菲德利斯家厨房后面的户外，围着晾衣绳下的草地上一张粗糙的木桌子坐着。一只镀锌的锡铁洗衣盆里装着冰和冰啤酒，还有只浅桶放着温啤酒。菲德利斯觉得喝冰啤酒对胃不好，要等到啤酒瓶彻底接受过阳光的拥抱后才肯喝。这会儿他一边听别人说着话，一边打开一瓶，切斯特·兹布鲁格正担心唱德语歌会被他人解读为一种叛国行为。

“并不是说这样确实就是犯罪，也不是说我们会被起诉！不过，我们也要考虑到镇上群众的情绪和看法。”

“那些德国佬把该死的波兰佬打得屁滚尿流，”纽霍尔说，“我不在乎你怎么看，他们就是战争机器。”

“他们就是一帮该死的屠夫。”菲德利斯话音刚落，众人便笑了起来。他想徒手捏碎一只核桃，指尖却打了滑，他试了三次，才剥开核桃的壳，把核桃肉扔进嘴里。他又打开一只核桃，这次用手指飞速压碎，但他没再说什么别的话。这时皮特·科兹卡走进了院子。

“看谁来了！”噘嘴曼海姆说。他用一只手递给科兹卡一瓶啤酒，另一只手和他握了握手，萨尔·伯迪拍了拍他的后背。纽霍尔高兴地点了点头，拉了把椅子出来。他们先是失去了查弗斯，然后是霍克治安官，罗伊·瓦茨卡也在不久前离开了人世。他们的队伍在不断减弱，有张老面孔出现，自然喜不胜收。大家清了清嗓子，找准自己的调子，喝着啤酒，顺畅地唱起了歌。他们专注地唱着，倾身靠近彼此，尽情沉浸在音乐之中。

清晨我站在窗前，
没有担心，也没有忧愁。
我和邮递员打着招呼，
他的笑毫无征兆，
对我说今天会是美好的一天。

草坪上飘过一缕温暖的微风，
他递给我一沓信中的一封，

他毫不知情地转身离去，

他给我带来一个黑边信封。

噢，母亲啊母亲，我要来了……

“我们能换一首吗？我觉得这首太病态了，应该唱点更令人振奋的曲子。”纽霍尔说。

“比如说哪首？”兹布鲁格说，“你说说有哪首振奋人心的曲子不是有黄色笑话的饮酒歌？”

“爱国歌。”菲德利斯说，又打开一瓶啤酒。他们把会唱的爱国歌曲都唱了一遍，但现在每次聚会都会翻来覆去地唱，已经开始感到厌烦。这时，罗伊留给他们的歌往往可以拯救他们，那是他之前从流浪汉聚集地学来的。这次他们唱的歌开头是“我单身的时候，口袋里丁零作响”。接下来是一系列讲述一个女孩被谋杀的叙事歌，用动人而忧伤的和声唱出来，给他们带来了巨大的满足，每次都能让戴尔芬笑出来。还未等到开始喝啤酒，罗伊教给他们的世界产业工人联盟歌曲就已全部唱完，他们便接着唱一首被罗伊称为波兰国歌，却已成为一首美国歌，而且是部队行军时最爱唱的歌——《把啤酒桶滚出来》，然后是西普里安教给他们的梅蒂斯人的华尔兹曲子《酒瓶歌》，他们唱时总会在热烈的气氛中反复模仿法式的翻白眼和虚伪的精明模样。

我是世界上最不开心的家伙，

我有个女朋友，却无法和她交谈。

我要离开，去隐秘的树林里度过余生，

躲在山洞里，有树篱和安静的春天。

那样我会很好。

啊！我的孩子，如果我懂得被爱的感觉，

我就会爱你的内心。

啊！朋友，让我们举起酒瓶，畅饮一番。

没有，没有人能预言爱情。

众人离去后，菲德利斯独自坐在院子里。随着夜幕渐渐降临，他喝完啤酒，唱歌给自己听，唱的都是只有他自己会唱的老曲子，都是德语歌。月亮爬上天空，明亮的金色圆盘渐渐失去光泽，变成银色，但随着越爬越高，也越加闪亮起来。他的声音逐渐变成低声哼唱。这个花园，这个伊娃的杂草丛生的花园，被戴尔芬照看着一部分，在他身边不断窸窣作响。蚱蜢的叫声高低起伏，时不时不知从哪里传来青蛙的呱呱叫声，嘶哑的声音透露着渴望，猪在待宰栏里低声咕哝。他想起了弗朗兹、马库斯、埃里克和埃米尔，回忆起第一次用双臂抱起每个孩子的瞬间。他的心一下子软了下来，抽泣揪紧了他的肺，眼睛灼痛。他声音颤抖着唱起《莉莉玛莲》，这是现在敌人们控诉战争的歌曲。他越唱越生气。他们是他的敌人，而他的儿子们会跟他们作战，来解救自己的弟弟们。“莉莉玛莲。”就连这首废话连篇的伤感老歌的曲调都让他羞愧难当，他突然迫切地想要见到父母的脸庞。他喝了一大口啤酒，小心翼翼地把这种感觉咽回了肚子里。

Chapter 14
银杉之军

一直以来，戴尔芬都觉得自己的身体可能无法孕育孩子，自看到父亲地窖中的那一幕后，这件事就更不可能了。好在她也不像其他女人那样需要孩子，因为她抚养着伊娃的孩子，其中马库斯受到她母亲般的关怀尤为多。戴尔芬发现，自那次从土坡里死里逃生后，马库斯就像变了一个人似的，他不再是那个只知道挖地道、沉迷打仗游戏、坐小推车撞树、从雪橇上滚落的冒失男孩了。在地下的那几个小时让他的心变得沉静，让他的血变得冷酷。他变得热爱阅读，他积累了很多知识竞赛方面的知识，还给自己买了一台电唱机。他的房间总会时不时地传出喇叭的吱呀声、萨克斯风的呜咽声和流畅的音乐声。有的老师常常对马库斯赞不绝口，而有的老师会嫌马库斯太傲慢，嫌他常常信口开河，总是喜欢批评或质疑别人，给班里制造混乱。

在马库斯小的时候，有一次他把手套弄丢了，戴尔芬因此斥责了他，不过又给他织了一副新手套。为了把马库斯喂胖，戴尔芬想尽办法，虽然最后都是徒劳。马库斯大一些的时候，她会给他辅导功课，有时他在学校获奖了，他们也会一起庆祝。在他不得不戴眼镜的时候，戴尔芬会安慰他，但也要求他坚持佩戴，她暗暗希望戴上眼镜的他可以免于入伍。但马库斯还是设法参了军，戴尔芬觉得他一定是在视力测试时作弊了。

他将这个消息告诉她的那天，她已有心理准备。

“马库斯，坐下和我说说话。”

他热切地在餐桌边坐了下来，神情中透着激动和自信，准备耐心听她说。戴尔芬知道他是不会听自己的话的，听了也不会相信，但她还是决意说出来，让他了解。

“马库斯，战场和电影不一样，电影里子弹只会打中肩膀，连死也是干脆利落的。但在真实的战场上，子弹会穿心而过，四肢会被炸飞，人会像纸片一样被撕碎。大部分时候，还会出现自己人误伤自己人的情况。马库斯，我求你了，看在伊娃和你父亲的分儿上，虽然我不是你的亲生母亲，但也请看在我的分儿上，无论如何也别把自己置于这样危险的境地。没有人会告诉年轻人战场上的真实情况，马库斯，战场上人会被炸成一团血肉模糊，但没有人会这样说。”

“血肉模糊！”马库斯既震惊又同情地看着她，“你从哪儿听来的？”

“看书读报，还有常识，”马库斯居高临下的态度让她既恼怒又绝望，“你觉得炸弹是用来做什么的？它会专挑德国人和日本人炸吗？落到我军这边的炸弹会区分敌友吗？会准确地于无形中炸死你吗？炸弹就是绞肉机。”

“妈，你冷静些。”马库斯说，好像眼前站着个疯子一样。

“把我们当一群傻子吗？”戴尔芬情绪激动地脱口而出。让她如此生气的甚至不是战争本身，而是这虚伪的现实，令人振奋的假象和弥天大谎。她抓起一本杂志，翻出一则牙膏广告，上面动员读者给远在前线的孩子们寄牙膏。“仿佛最糟的状况不过是没有牙膏用！

还有这个！”一则口香糖的广告声称随家书寄一条口香糖可以减少孤独感，甚至还能提升军队的侦察力。

“这个国家的人就是这样的，”她喊道，“战争倒成了口香糖的卖点！”她放下杂志，就快哭出来了。

“我知道，妈。”马库斯把手搭在她肩上，小心地拍了拍。他放下了自以为是的腔调，轻声说道：“我会小心的，我不会被任何人打中的，更不会变得血肉模糊。我和弗朗兹不一样，这你也知道。他参军时就已经是一名训练有素的飞行员了，而我呢……他们估计压根儿不会派我去海外战场的。”他语气温柔，试图安慰她，虽然戴尔芬感到很欣慰，但可以看出他内心的渴望与刚刚说的恰恰相反。

她把脸埋在手掌中，马库斯继续尴尬地轻拍着她。她知道马库斯此时希望自己能身在别处，她感觉自己的心就这样碎了。“去吧，出去吧，这是你在家的最后一晚，”她最后说，边说边用围裙擦着眼泪，“去镇里热闹热闹吧。”

“没有人能一起热闹热闹了，”他说，“我去散散步，再买份报纸，然后看一会儿就睡了。”

房间的各个角落里仍然摆着双胞胎的玩具兵，有些在衣橱最上面一格，有些在窗台上。马库斯长大后也不怎么爱玩了，不过他没有把它们拿下来。散步回来后，马库斯失眠了，于是他打算利用这离家前的最后一晚来精进一下自己的战术，即便这样做有些傻，还有些伤感怀旧。马库斯扶正了小战马，推倒了中尉，重新组织了一次进攻，并加强了防守。在一次次的摆弄中，他越发沉浸在这个男孩游戏中。他用木块和小树包围了一队由各色人物组成的侦查队，这些木块和小树还是双胞胎多年前从木材场的废料中锯下来的，他们给木块涂上了粗糙的树木颜色。他摆弄的装甲车上安有橡胶轮胎和小铁旗。小兵人的头上戴着小头盔，是可以被炸飞的那种。马和骑兵显然不是一套的，骑兵很容易向后翻倒，然后相互撞在一起。出于好奇，马库斯把他们自制的机关枪放在了前面，先进行了一轮扫荡，然后派出了坦克。用骑兵去对抗装甲师，这样的安排无疑是具有浪漫色彩的疯狂行为，就像布拉斯科维茨带领第八集团军向东逼近罗兹时波兰人的反应一样，但马库斯小心翼翼地把一名殿后的长官摆在了骑兵的队列前面。

戴尔芬和他父亲刚结婚的时候，马库斯有次躲在办公室门后偷听到父亲在讲电话。通过菲德利斯和戴尔芬之间隐瞒得比较拙劣的对话，他得知弟弟们不会回来了。也就在那时，他决定不把玩具兵收起来了，他永远也不会把他们收起来。他要把玩具兵摆在那里，时刻准备着，就好像没有了弟弟们的悉心照料，这套他们曾经爱不释手的玩具会用它本身的魅力和不完美的现状把弟弟们吸引回来。于是马库斯为步兵团擦去了灰尘，又给它们重新排了一个紧凑的编队。自那以后，他一直让玩具兵保持着精精神神的状态。此时的他向后退了一步，皱了皱眉头，用一根手指将一些小兵人扫倒在地，倒地小兵手里的步枪直冲着天花板。这个举动突然吓了他一跳，他迷信地将小人们扶了起来。

第二天，马库斯坐上了去斯内林堡的车。戴尔芬烤饼干烤到午夜，烤完后她坐在桌边，心不在焉地读着从镇图书馆借回来的一摞通俗小说，她一边读一边吃着烤好的饼干，这些饼干本要寄给马库斯，结果她自己先吃掉一半。夜里两点，戴尔芬又烤了一份饼干，然后才终于睡着了。多年来她第一次梦见死于地窖的那一家人，也是第一次梦见露茜，只见她朝着自己走过来，嘴里喷出一团团白色的飞蛾。

一缕流光照进来，戴尔芬醒了，她决定采取些非常措施来保持清醒和减少焦虑。考验已经开始，她需要对自己严苛一些。她已经三十五岁了，口中的儿子也已经长大离家，她不知道两个在德国的小儿子会经历些什么。她丈夫从她身上得到的是一种爱，但那终究不是爱情。曾经承载了他们所有感情的爱是那么沉重，好似铺在身下的床褥，而非盖在身上的羽绒。这份爱中充斥着日常琐事，每天都是买卖、屠宰和做针线活。他们一起睡得深而沉，可能两人都会打呼。他还是习惯亲手熨自己的衬衫。她买了瓶气味浓烈的法国香水，时不时地抱怨着他敏感的肠胃。他们的爱是包容和实际的，这在她看来颇为珍贵，因为这份爱没有像自己之前害怕的那样，给她带来过多的负担。

渐渐地，戴尔芬越发喜欢自己的工作：买菜、屠宰和整理账目，清点店里的物品可以满足细节控的她。另外，她还有了符合她身份的社会职责。令她迷惑不解的是，仅仅因为结了婚，开始按部就班地做事，专注于细节，不多管闲事，她就成为镇上最踏实最受敬重的女性之一。会有人向她征求意见，会有人借鉴她处理问题的方法。她处理小块肉的经验和她省钱的办法也受到众人推崇，她知道什么时候要花钱做广告和买工具，也知道什么时候要省钱或买战争债券。值得一提的是，她还有读书的习惯。人们跟风她的评价，看到书的封底内侧纸袋中的卡片上有她工整清晰的签名，就专门从图书馆借回来看。

可是最近她没有什么时间读书，其实是没时间做任何事。战争猝不及防地给店里的生意带来了巨大的变化，一时间，他们的订单多到完不成，也不知从哪里冒出来这么多顾客。连明尼阿波利斯的犹太教会都来找菲德利斯订货，向他定制犹太教食品。生意虽然日渐兴隆，但随之而来的是供给不足的问题，这让他们甚为苦恼。尽管菲德利斯拥有一辆人人艳羡的贴着C贴纸[①]的送货车，但车里的油总不够用。咖啡也买不到了。黄油都被政府从乳制品厂征收了，所以戴尔芬卖的都是用少量黄色色素染过的人造黄油。批发商也只能给她供应些最次的罐头食品，除此之外就没什么别的了，连鸡蛋也没有，因为鸡蛋被制成鸡蛋粉供应给士兵了，马库斯的信中提到他们早饭吃的主要就是鸡蛋粉。他每日就靠克拉克能量棒和手头的新鲜水果过活。他感到极度无聊，戴尔芬给他买了十几本“现代文库”的书，两本两本地寄给他，其中有多斯·帕索斯、福克纳，以及凯瑟的书。她似乎比以往任何时候都要忙，但是自马库斯离开后，这种烦躁不安的感觉就一直折磨着她。

戴尔芬既要和供货商讨价还价，又要争取多的配给量，还要设计有幽默感的广告词，比如上次那张奶牛的海报，上面的广告语是“唯一不满意的顾客”。她常常在店里长时间地工作，希望把自己累到筋疲力尽。可是每天晚上她都会在四点准时醒来，然后开始胡思乱想。有时她发现身旁的菲德利斯也是醒着的，他又在想双胞胎了。“他们还太小。”她千遍万遍地对他说。等他呼吸变沉，再次进入梦乡，戴尔芬却开始辗转反侧。她尝试过写作，写日记，但这个尝试让她更烦躁，甚至令她厌烦。有段时间她做起了针线活，但很快便对各种针法样式失去了耐心。后来，她每晚睡觉前会出去散会儿步。

---

① 二战期间，美国实施了物资配给制度，自1942年5月起，为每个公民配发一本管制物资配给簿。政府为车主发放汽油配给贴纸，A贴纸代表汽油配给的最低优先级，每周为3~4加仑，B贴纸向军工生产线工作人员发放，每周8加仑，C贴纸向对战争有重要意义者发放（如医生，卡车司机），X贴纸代表无限配给，向警察、神职人员、消防员、民防部门等发放。——译者注

等菲德利斯喝完第一杯高杯酒，戴尔芬便为他准备了热腾腾的泡脚水，水里加了艾普索姆浴盐。菲德利斯一边听收音机，一边泡脚，准备睡觉，而戴尔芬会趁这时到镇上走一走。在这冰冷的黑夜里，一切是那么静谧安详，经过一幢幢灯火通明的房子时，戴尔芬心想自己是不是已经练就了“一步半”那如难眠的苍鹭般的步伐。或许别人也会觉得她一样古怪，或许在这样的夜里，屋里的人听到她路过的声音，就会说：“老戴尔芬又过来了。”

经过父亲和伊娃的墓园时，她常常会走进去看看。即便是在夜里，这片立着一座座方形墓碑的墓园仍然是个舒适而平常的地方，丝毫没有因死亡而变得肃穆和狼藉。每一块墓地都是规规整整，万分精确的。霍克的墓碑是一块未加装饰的黑色花岗岩（这是他很久之前就选好的），不过是他可悲的好奇心罢了。罗伊的墓在她闻起来有一股淡淡的杜松子酒味。伊娃最终决定要埋在阿格斯，而不是被运回德国。但这个决定曾让她感到痛苦，因为这意味着她将永远待在异国他乡，远离父母，无依无靠。戴尔芬在伊娃的墓碑后面种了一棵小松树，她给小树预留了充分的生长空间。树根向下延伸盘绕，到现在估计已经能环抱着她的朋友了，每每想到此，她就倍感欣慰。一天夜里，戴尔芬不顾地上的寒凉，裹着自己的大衣坐在了松树下。她听着松针随风拂动的沙沙声，想象着声音顺着长长的根系传到地下，这样伊娃也能听到这美妙的声音。

“如果没遇见你，”她对伊娃说，“我可能早就放下一切，重新开始了。但是现在，奇怪的是，你带走了我曾经的野心，给我留下了你的生活。我现在过着你的生活，我继续打点着一切。”

菲德利斯买了一大块墓地，将来他会长眠于伊娃身边。尽管戴尔芬说过自己要躺在他的另一侧，但现在想想她更情愿让伊娃躺在他们两人之间。伊娃的不远处是罗伊的墓地。戴尔芬想，至少罗伊能永远伴着我，还能给我讲那些粗俗的笑话。但在那微凉的黑夜里，她仍会感到无尽的孤独，只有童年有过情感缺失的人才能体会到这样的孤独。失去母亲让戴尔芬变得坚强，但也给她带来了很严重的心理创伤，让她毫无希望地不断追寻着，她为人现实，心中却常含一丝失意。即便自认为已接近中年，也常常会想念母亲。她用手轻抚着伊娃墓地上冰冷的草叶，突然腾起一股冲动，想要躺下来贴着地面听一听，就好像能听见强烈的心跳一样，就好像能伴着母亲的低声哼唱恍惚间变成婴孩一样。

戴尔芬走进温暖的厨房，看到丈夫正坐在椅子上一边泡脚一边看报纸。她常会准备热水让他泡脚，水温是他刚刚能承受的温度。这时泡脚盆里的水已经完全凉下来了。她端详着他——他蓄起了胡须，胡须已经完全花白了，只有头发还是她初见时的那样，呈红黑棕混杂色，其中夹杂着岁月带来的白发。她摸了摸自己的头发，也变得有些黯淡稀薄，就算用了从供应商那儿买来的黑核桃营养洗发水也无济于事。好在她的容颜依旧，这是她从女顾客们那儿得知的。她们常常感叹于她那令人羡慕的容颜，但估计她们转过身就会带着优越感地可怜她，在她们看来，戴尔芬是因为怀不上孩子才显得青春靓丽，而以这样的方式保持青春可一点儿都不划算，因为她完全无法体会有孩子的乐趣。

戴尔芬搬了把小板凳，坐在了菲德利斯的面前，将他的脚放在腿上的毛巾上。菲德利斯的脚很白，也很重，重得像个瓷制水槽。屠夫看起来不堪一击，他的皮肤松软，背也驼了，脚趾看起来也很脆弱。戴尔芬拿着一个棕色的大瓶子，往手里倒了些桉树搽剂，接着不停地按摩她丈夫的脚，促进他的血液循环。接着她帮他修剪了脚指甲，又给他的脚抹了层粗糙的海盐，再次按摩了起来，帮他磨掉那些老茧。最后，她又往手里倒了些搽剂，更加用力地按摩起来。他放下报纸，随着她按摩的动作，放松地发出哼哼声。他略显窘迫地谢了她。这样的关怀总是让他感到有一丝尴尬，但又难以抗拒这种舒适的诱惑。战争留给他的陈年冻疮一直没有完全好，而近些日子绞痛和脚趾麻木带来的折磨也开始让他痛苦不堪。

等双脚被羊毛袜严严实实地包裹好后，菲德利斯又倒了一杯高杯酒，并给里面加了些朗姆。他正在试着适应这个口味，因为进口的威士忌越来越稀缺了。戴尔芬把泡脚水端到一旁，然后坐在他身边。她心想，我好久都没有对上帝祷告了。不过我仍然骗不了自己，我仍然认为上帝就是个醉鬼，自打创造了世界，就没怎么管过。我承认上帝从前是个天才，但他的确是最粗心大意的艺术家，随随便便将自己最杰出的画作、雕塑，以及栩栩如生的精致作品毁于一旦，任恶魔践踏。

“好好读读吧。”她把《法戈报》啪的一声放下，指着标题说道。瓜达尔卡纳尔岛战役，斯大林格勒战役。“什么神能任由如此可怖的战争发生？这算是哪门子上帝？”她问菲德利斯。

菲德利斯并没有接茬儿，他早已习惯看报纸时絮絮叨叨的她。每次看到北达科他的阵亡名单时，她都会发出痛苦的感叹。他从不介意她那些天马行空的想法，也不介意听她讲那些好笑或悲伤的事，亦不介意她无缘无故地冲他发火。但是对于上帝，他和她的想法是一致的，尽管如此，每天晚上他还是会为儿子们祈祷，就像当年自己在炮火中祈祷一样，虽然明知道这样做是徒劳，但也别无他法，只得求助上帝。他弯下了腰，吻了吻戴尔芬的额头，流露出难得一见的温柔。他的手滑下来落在她的颈间。他把脸转向一侧，再次亲吻了她，动作非常缓慢，最后才慢慢移开。戴尔芬直直地盯着他，脸颊两侧尖尖的酒窝随着笑容的绽放而变得越发深刻。他们站起身，他们的狗郑重其事地跟在两人身后。他们检查了屋里和店里的门锁，并熄灭了灯。在店门口，菲德利斯牵起了她的手。这两双经历过一次次创伤和愈合的手完美地契合在一起，就像能完美拼在一起的旧陶器一样。他们就这样牵着手从走廊走向卧室，随手关上了门。

白狗被撇在门外，这只老狗拖着痛苦迟缓的步子沿走廊走去，默默地蹲守在店铺灰暗的一角，狗的眼睛半瞎，鼻子顶得老高，敏锐地观察着，确保店里一切正常。对一切感到满意的它转过身去，面朝着走廊，用爪子慢慢地敲着油毡地板。它来到卧室门口，微微顿了顿，它的耳朵大大尖尖的，里面沉积着污垢。两只耳朵向前竖起，似乎在专注地听着什么，随后才放松下来。它回过头看了两次，最后在自己最爱的一块阴凉地上躺了下来，它侧躺着，飞快地伸了伸自己的四肢。

埃米尔的战争非常短暂。他根本无须为了参军而谎报年龄，因为军队急需增援，他所在学校的整个班级都参军了，包括老师们和排长们。在预备营里，埃米尔和埃里克就受到了高度赞许，他们表现突出，被当成做军官的好苗子。他们本打算一起加入武装党卫队下的希特勒青年团，然后肩并肩战斗到最后，只不过战争一开始，埃米尔就踩到了埋在牧场上的地雷。他的新军装直到被炸碎的那一刻依旧一尘不染。一抹绿色从他眼前掠过，他不敢相信自己在空中颠倒了过来，正俯瞰着草地。埃米尔落回地面前就已经咽气了。兜里小姑的照片被鲜血浸透，口中的蜂蜜糖慢慢变得冰冷。蜂蜜糖是奶奶非要让他带上的，因为她记得埃米尔的父亲就是带着这些糖熬过了那次伟大的战役，她希望这些糖也能同样保护他的儿子。

埃里克继续前进着，但他已经丢了一半的魂，那一半随着他的双胞胎兄弟一起被炸飞了。他曾发誓要战斗至死，在表决心的时候他也从不支支吾吾。而当轰炸持续不断，空空如也的肚子背叛了他的内心。他靠在沙袋上的手臂冻僵了，手指毫无知觉，紧紧地握成拳，无法伸直。那些曾经神圣的誓言和他信奉的战友情也无法为他挡住这片血雨腥风，到处都是被炸飞的肠子、脑子和无法分辨的肉块。有一次，他亲眼看见了一个男孩化成血蒸汽的场景。被逮捕的时候他已经四天四夜没有睡觉了，即便当那个缴了他武器的美国大兵说："这家伙还是个孩子，可能蛋上还没长毛呢！"他仍然本能地控制住了自己，没有让自己蹦出英语来，不过他会怎么回答他呢，他暗自思忖着，他会说这个大兵说得差不多是对的吗？

后来，他企图夺取美国大兵的步枪，结果却挨了一顿猛揍。他被打得立时在地上蜷成一团，美国大兵咒骂道："我真受不了这些乳臭未干的毛头小兵，就是一群小响尾蛇。"

"他们真他妈的有毒，"另一个士兵附和着，"我们真应该把他们宰了，一劳永逸。我们到底要把他们带到哪儿？"

第一个士兵向后退了几步，举起 M1 步枪，就在他要开火的瞬间，埃里克吓得尖叫了起来："上帝啊，先生，求求你别打死我。"

"他妈的搞什么？"

"我出生于北达科他，"埃里克呜咽道，"我爸爸还住在那儿。"

"我操，那你这个贱骨头在这儿干什么呢？"

"开战之前我被送到了这里。"

"那你他妈的到底是个什么玩意儿，该死的纳粹还是他妈的美国人？"

这猛的一声吼把埃里克吓得魂飞魄散："我不知道我他妈到底

是什么，先生，但是我蛋上没毛！”

美国人一时狂笑不止，同样被留下来的两个学校同学迷惑不解地看着埃里克，他们好奇地想，他是具备着隐藏至今的智慧呢，还是在战争的压力下已经丧失了心智。

或许马库斯离家前的排兵布阵真的奏了效，他果然把埃里克带了回来。当然埃里克并不知道这件事，他和其他两百多名战俘乘坐着简装的美国火车一路向北，这时他确实想起了他的玩具，想起了童年生活的点点滴滴。由于是在晚上，他只能大致猜测他们正向北行驶，可能正向五大湖附近驶去，或许是威斯康星州或密歇根州一带。他已经不记得美国地图了，他试图忘记脑海中关于美国的一切，继上一次因求饶而受辱后，埃里克决定隐瞒完全听得懂英语这一事实。他们那群人中有狂热的纳粹分子，他们发誓要打击那些和敌人合作的战俘。所以埃里克继续默不作声，摆出一副神秘孤僻的样子。火车横跨美国的这一路，他一直装傻充愣，呆呆地盯着窗外看，其余的人也是这样。他们都幸灾乐祸地等着看成片成片被炸毁的城市、被摧毁的村庄、焦黑的庄稼、死寂的农场，德国的广播一直是这样对他们宣传的。然而，任凭他们极目远眺，映入眼帘的仍是一片欣欣向荣、热闹非凡的祥和景象。战俘们悲戚地感叹着，困惑着，接着，一些人感觉受到了背叛，另一些人为国家捏造的假象寻找着借口。这两件事埃里克都没有做，他思绪万千，心中充斥着欢喜的回忆和无边的绝望。

他们一路向北行驶，最终驶入了一大片松树林。这里的景色给那些来自德国西南部的战俘带来一种回家的感觉，他们指指点点地看着巨大、黑暗、密密麻麻的银杉树，眼前的树木不断变换着，但都直直地耸立在这蓝色的薄暮下。火车驶向树林深处，森林从身后靠拢过来。火车停在了一个小站，他们陆陆续续地下了车，他们的手被铁链拴在了一起，一行人在泥泞的道路上徒步了好几英里。正值初夏，黑蝇出动，一个人伸手赶虫子就会牵拉着其他人的铁链，于是整条铁链不停地当啷作响，但蚊虫肆虐，大家都忍不住用手拍打虫子。

“这到底要把他们送去哪儿？”看守他们的一个美国士兵问道。看守他们的一共有六名士兵。“解开他们的铁链。”

“不行。”一位长官说，言语中也有些不确定。德国战俘在美国虽不会逃跑，但他们会在这里找到表亲，或以前的老邻居。他们在农场劳作，薪水待遇也还不错。周围的人不能与他们交流、给他们拍照或给他们吃的，甚至压根儿不会知道他们的存在，但是其实很多人都知道。

战俘排成一队向前行进，他们的铁链相互牵扯着，一路发出当当啷啷的声音，然而谁都没有说什么。一行人最终来到了树林深处的一个围场。营地的四周固定着松树干，树干深深地扎在地下，上面钉着不同粗细的铁丝，围场两头的地上摆着刺铁丝圈。所幸有周围树木和蓝色天空的映衬，这一切才没有显得那么令人望而生畏。他们住的是简易的营房，尽管心中充满困惑，尽管回忆带来不少压力，埃里克依旧释然地走了进去，这让他一时哽咽。他们排着队领取蓝色工作服，工作服上印着 PW[①] 这两个字母。他们每人都领了外套、鞋子、四双袜子及内衣内裤，外加一件羊毛衫和一件雨衣。另外还给他们每人发了两条毯子、几把牙刷、一块肥皂和一小块毛巾。埃里克一一接过所有物品，心中不自觉地感到一阵喜悦，这让

① 指战俘（prisoner of war，简称 PW 或 POW），二战期间，美国抓获了大量德国士兵，战俘需要从事繁重的体力劳动，因此换上了耐用吸汗的蓝色工作服，为了便于分辨，每件衣服上都印有白色字母 PW。——译者注

他不满地皱了皱眉。埃里克想，也许是这里的新鲜空气影响了自己，又或者是因为马上要做木工，这种不需要思考的工作正是他的身体所渴望的。他们每天干完活回到大木房都能立刻吃到饭，每天都有一大锅热气腾腾的食物等着，每个人都可以把饭盛在自己的铁盘里，这些食物吃起来有几分熟悉的味道。他们能吃到焗豆子，但里面没有糖浆的浓烈味道，芥末粉的辛辣口感和熏猪肉的油脂味，他长大以后就再没吃过这特别的配方，这让他突然想到了戴尔芬。尽管饿坏了，他却吃得很慢，吃完后又默默地用一片柔软的方形白面包片擦着盘底，心中感到既崇敬又羞愧。

他们平常吃不到什么肉，只有腌肥肉，但每个人都能分到一堆奶油玉米和一大块烤土豆，还能给每人盘子里浇一小块猪油。每人还有一块两英寸的白色方形玉米面包，上面浇着卡罗牌玉米糖浆。每个接过食物的人都瞪大了眼睛盯着盘子，仿佛那些食物会消失一样。有些人偷偷地将土豆揣在兜里，还有人使劲儿闻着甜玉米面包，甚至有人在走到餐桌旁之前就狼吞虎咽地清空了整个盘子。餐厅里的所有人都默默不语，房间里只有铁勺刮盘子的声音和动物般湿答答的咀嚼声。他们之所以如此沉默不仅仅是因为饿坏了，更是因为食物的品质和数量，这些食物能奇迹般地运到这样偏僻的地方，并发给他们吃，而他们只是些低贱的战俘，就在这一刻，他们意识到德国已经输掉了战争。

他们用横切锯来锯大树，用瑞典锯来修剪树枝，用拖链来运输那些很重的树干。那些较远的树要用两头驴来运，两头驴的名字分别是马克斯和莫里茨。其中一位监管的士兵勉强会说些德语，他还负责审查战俘攒出来的小报，报纸是他们用手持打印机打印的。多年前大家都觉得沃尔德沃格尔家的男孩中没有一人遗传了他们父亲的嗓音，但埃里克进入青春期后，他的嗓音才发育好了。有一天，他随意哼唱了起来，结果被自己迸发出的浑厚歌声吓了一跳，随即闭上了嘴巴。而现在，在这样一个美丽的地方，他开始用唱歌打发时间，很快其他人也跟着他一起唱起来，他们把语言转换成歌曲，用晚间的唱歌活动来调剂无聊的生活。

这些歌曲影响着他们的情绪，并伴随着他们进入梦乡。夜晚的工棚里，男人们做梦时发出的哭喊声、咳嗽声、放屁声、鼾声、呼吸声还有不成曲调的呻吟声夹杂在一起，融入这无尽的黑夜。埃里克常常失眠，他每晚一边听着这些声音，一边听着屋外的动静。松树轻柔的沙沙声，猫头鹰亦远亦近的鸣叫声，显得既神秘又空洞。他想回到路德维希鲁村，他不知道还能不能见到他敬爱的祖父，也不知道还能不能吃到家里的香肠，他过去常常半夜爬起来把香肠偷偷拿到床上和埃米尔一起吃。他还想到自己的哥哥，但心中没有激起半点儿涟漪。他让内心变得冷酷，不去想自己在这里的家人，若是暴露了身世或利用美国成长的经历去套近乎，可能会性命不保。有传言称有德国战俘被圣灵锯成碎末烧了，然后被撒在了附近的树林里，还有人说与美国人过分交好的战俘会莫名其妙地消失，但没有人真的知道或亲眼看到过，也没有人和知道真相的人聊过。一些年长的战俘以这种方式镇住了那些对德国不够忠诚的人。经过高强度的训练和多年的养成，埃里克俨然已经由内而外地变成了德国人，或者说他觉得德国人就是他这样的，他的童年经历被新的神圣信仰净化。他的心中只有信仰，只有誓死的忠诚和对懦弱的憎恶。他活着就只是为了践行那伟大且值得奉献一生的誓言。

玛兹琳从房屋的后门走了出去，倒掉了母亲的夜壶，再慢慢走进去，顺手将电镀桶放在了残破的楼梯上。未粉刷过的小房子有些塌陷，一丛丛的蓟和牛蒡在房屋四周郁郁葱葱地长着，不过也无伤大雅。杂草引来了很多叽叽喳喳的鸟儿——金喉莺、绿雀和褐麻雀。玛兹琳心想，就让房子塌了吧，又有谁在乎呢？她母亲当然不会介意，此时她正躺在床上虚弱地叫嚷着要喝水。玛兹琳没有理会她。摇摇晃晃的楼梯边上长着一丛紫丁香，这是许久前她亲手栽下的，原本是一小枝，现在已开出了一大片芳香的花。玛兹琳将花枝揽到面前，轻轻地呼吸着花香，这缕花香让她一时间追思无限。丁香花露顺着她的脖颈流了下来，阳光把草地照得暖烘烘的。玛兹琳不是特别会用榔头和钉子，但前天她把这两种工具翻了出来，现在她已经将被雪覆盖的木板固定好了，还使出浑身解数把冬季给房屋带来的破坏修得差不多了。她在这边用榔头叮叮当当地敲着，她母亲在那边不断地高声抗议，最后只得自己起来在厨房水龙头上接了杯水，可能还生了火给自己煮了些燕麦粥。

玛兹琳后来去了一所位于墨尔海德的教师培训学校，并取得了小学教学资格证。听到罗曼在战争中受了伤，领了勋章，她就回来了。看到母亲生病卧床不起，她选择留下来，阿格斯小学正好有个岗位需要她暂时顶替一下，她便接手了四年级的课程。现在已经过去六个月了，玛兹琳觉得母亲可能会一直卧床不起，直到房子塌了的那天。她仿佛可以看到有那么一天——老鼠啃食着破碎的墙壁，丁香一直长到母亲的床边，燕子和啄木鸟在她的头顶上方筑起了巢，它们不会像鸟一样鸣叫，而是学会了母亲的微弱叫声。“玛兹琳？玛兹琳？”那时连阳光都能透过破旧的墙板照进来。

她在房屋一旁找了一块突起的石块，用它垫稳了最低一级的台阶，然后便坐在了饱经风霜的木阶上。木板在阳光的照射下散发出一种味道，这让她想起了弟弟头发上咸咸的、布满灰尘的、带有夏日阳光味道的男孩气息。她揽过一把花深深地吸了口气。拜她懒惰的母亲所赐，丁香长得异常蓬勃，这是因为她母亲懒得走到屋外，总是将洗漱完的水直接从窗户倒出去。在春日暖阳的照射下，这股香气变得异常浓烈。玛兹琳碰了碰裙子的一边，只听到兜里的信纸发出簌簌的声响。

戴尔芬告诉我你回到了镇上，并且没有在外地漂泊时结婚，这样很好，因为我也没有结婚。我马上就要回家了，不管你愿不愿意，你都要见我，因为我没有忘记我们在一起的每一个瞬间，我依然爱着你。

弗朗兹

玛兹琳心想，我不能见他，我已经失去过他一次了，我不想再重蹈覆辙。然而，弗朗兹一定是把自己的想法和感受都写信告诉了戴尔芬，因为那天下午学校放学后，戴尔芬开着送肉的卡车来到学校门口。她下了车，朝操场走过来，而玛兹琳就站在那儿。她的裙子和头发随风而动，远远地笑看着做游戏的孩子们。

“他明天或后天就要回来了，”戴尔芬说，“我们接到了电话。”

玛兹琳丝毫没有装作不在意的样子，虽然自罗伊·瓦茨卡多年前的葬礼后，她们就再也没有谈及过弗朗兹。

“你看起来很漂亮。”戴尔芬略带点评意味地说，仿佛是替她的继子夸赞玛兹琳一样，她笑了起来，并挥手拂去自己审视的目光。评价自己孩子喜欢的女孩，这让她有些不好意思。她过去就不怎么喜欢那个兹布鲁格家的女孩，这样看来，她不认识弗朗兹在休假时认识的那个女人真是件好事。当然，她一直都很喜欢玛兹琳，不过她总觉得自己需要帮玛兹琳摆脱她母亲这一麻烦情况。可就在那时，戴尔芬突然意识到，父亲在世的时候，自己也拿父亲没有办法，而且看起来玛兹琳似乎还应付得不错。她没有剪短头发，也没有像现在好多女孩那样烫头发。她仍然留着一头厚厚的齐肩直发，在校园阳光的照耀下显得格外飘逸轻盈。小男孩们都很喜欢她这种老师。她和孩子们跑了一会儿，小脸泛起玫瑰花般的红色，她棕色的眼睛是那么漂亮有神，她已经不再是小时候那个可怜巴巴的瘦小女孩了。戴尔芬心想，虽然罗曼恢复得很艰难，这让玛兹琳倍感焦虑，但让她筋疲力尽的应该还是她母亲。

那只懒惰的大鼻涕虫怎么样了？戴尔芬想这样问，不过她最后说："我听说你母亲又卧床了。"

玛兹琳淡淡地点点头，面色平静，涉及母亲的名声，她还是比较敏感。她问弗朗兹是坐火车回来还是汽车回来，戴尔芬说火车，她还说如果自己是玛兹琳，她会在火车鸣笛离开后，就去专门找菲德利斯的车，弗朗兹开着的车。

戴尔芬用淡定的语气打趣道："他听起来激动得仿佛要跳起来，然后直接跑回来。"

阳光洒在河岸边，炙烤着灰色斑驳的树干，树枝在涌动的春水上空飘荡着。空气很干燥，被雪压实的陈年杂草在地上留下一块块灰扑扑的干草垫，玛兹琳定了定神，裹了裹身上那件宽大的棕色齐膝羊毛旧大衣。弗朗兹穿着他父亲借来的衣服，外面披着一件多年前从德国寄来的厚重的圣诞大衣，他坐在她身旁的硬草地上。他离她很近，完全碰得到她的手，但是他没有那样做。不过她很快将手指埋在了衣袖的褶皱里，她将视线从他身上挪开，看向了对岸。

越过这股暖流，可以看到树上爬满了去年的野生脆黄瓜藤，枝枝蔓蔓从枝丫上似头发般垂下来。岸边到处都是植物破土后留下的裂痕，春天来了，冰雪消融，树木长出新的枝丫，融冰将土地掘开，也仍有小块的脏雪未融化。乌鸦作为最早归来的鸟，在树枝间穿梭，并发出沙哑的叫声。它们像黑点一样从彼此身边飞快掠过，画出交错的线条，它们的鸣叫声似乎表达着某种迫切的含义。

“我觉得我们需要谈谈。”弗朗兹终于开口说道。

“好吧。”玛兹琳说。

“但是不代表我知道要从何说起。”他不自然地笑着说，他已经忘了她是一个如此安静沉稳的人了。见到他的时候，她看起来很沉重，这和他们分别时是一样的。她没有坐立不安，也没有摆弄头发、补涂口红或者试图寒暄，这让他感到很欣慰。不过他也有点想念这些其他女人会做的事，因为这些举动总能让他更容易轻描淡写地开启简单的对话。讲述自己的经历是一件令人为难的事，他的身上发生了那么多事情。从战场上归来后，他产生了巨大的陌生感和错位感，甚至产生了令人害怕的念头，他觉得自己就像一个监视着人间的鬼魂一样。

“我一直都在想你。”他无助地说。

她点了点头，眼睛却依然遥望着朦胧的树丫和啼鸣的乌鸦：“那你是怎么想的？”

“我错怪了你。”他有些踌躇不决，觉得自己应该先承认过去犯的错误并道歉，万一这是她所期待的话呢。

“不，没必要说这些。”她把手从衣袖里伸出来，摆了摆手，又放了回去，“那些都已经不重要了。”

他完全理解，确实如此，他们已经长大，那段时光已经可以翻篇了，但他以为自己需要为她之前受的委屈致歉，他以为她会羞辱他一下。要是别的女人就一定会这样做，他觉得别的男人也会，但她对此没有兴趣，他现在才明白。她并不在意过去的事，这一点让他很佩服，也让他很困惑。既然没法用时光倒流的方法来弥补过错，那他们该何去何从呢？

“你虽然写了信，”她说，“但并没说你究竟经历了些什么？你被派到了很多地方，你经历了很多。”她转向他，眼神是如此清澈，他不自觉地看向她的眼睛。“你认为我不想知道那些事，但其实我想，”她接着说，“你不告诉我，我就没法知道，我要是不知道……”

她顿了顿，声音在湿润的春风中变得有些颤抖，她的脸上写满了信任和镇定，而不是同情，这让他一时透不过气。“……我们要从哪开始讲起？”他们已经切入了主题，弗兰兹惊慌不已，一时难以回应。

“无论如何，我都不会去那些最糟的地方。”他最终对她说，他的嗓音很低沉，一度被冰河哗哗流过的声音所淹没。“我会去投放伞兵或滑翔机。我不再是一名战斗机飞行员了，也不会和重型轰炸机大队共赴战场了。我驾驶着一台 C-47，是运输机，我负责转移伤员，空投补给——食物、衣物、药品之类的东西。”

她点点头，让沉默填补着他们之前的漫长停顿，期待他能接着说下去。

“我被重新派遣了，”弗朗兹说，“我……”他想找一个合适的词，但没有什么词合适：“大概是太疲惫了。”

玛兹琳默不作声，她知道这并不是原因。她的呼吸平静，心中却一阵绞痛。她的皮肤灼热，不禁想象着自己扑进他的怀中，这让她感到眩晕，只得闭上眼睛，将视线转向别处。她就知道不该答应见他的。他的出现冲破了她自设的防线，让她可怜巴巴地重新有了渴望、念想和希望。

过了一会儿，她才语气平缓地说："我想听听你的经历。"她朝着河的下游，肉铺的方向指了指。"也只能从那里开始讲起，"她温柔地说，"我们俩都不再是从前的我们了。只是我的改变是因为一些小事、好事和能够应付的事，而你的改变是因为……一些我不知道的事。"

她凝视了他好一阵，她的眼神平静又温暖，弗朗兹转过头看向她。她张开手臂，微微地摇了摇他，动作轻柔却带有一丝愠怒。他大口喘着粗气，那些难以回忆的事让他的呼吸变得急促，他感到异常寒冷。颤抖的双手让他羞愧难当，于是他将手使劲压在双膝之间。他的嘴唇被自己咬成了树干般的灰褐色，与此同时，他努力控制着当下荒唐的冲动，那就是撕掉衣服，然后跳进尚未完全融化的不断上涨的河水里。玛兹琳看出来他正在克制自己强烈的逃跑冲动，于是就亲了他，希望能帮助他克服心中的恐惧，这是她唯一能做的。

"我有次被击落了，"弗朗兹突然说，仿佛刚才的吻拨动了他的舌头，"那是第一次，第二次我的发动机罢工了。最糟的情形是亲眼看着朋友死去——我的朋友舒马赫被吹到离科西嘉很远的黑色礁石上，他降落在错误的地点。还有一次，我看到汤姆·西姆斯……他的降落伞被高射炮击中，但他不知道，直到降落伞打开，在他头顶解体。他无助地蹬了两下，似乎要在空中跃起，接着他放弃了。那一定是做梦般的感觉，我不知道。"

玛兹琳拉过他的手，塞进自己的大衣衣袖里，让他取暖。他伸出另外一只手，顺着她的手臂，抓住她的衣袖，然后跪立在她面前，双手托着她的肘部，怔怔地望着她。"我希望那是做梦般的感觉。"她说。

他被这种悲痛之情包裹着，几乎要哭了出来，这让他很生气，喑哑的怒火伴着啜泣涌上来，但被他硬是咽了下去。他飞快地说着，不带有一丝感情。

“我能看到下面涌起的一簇簇火光，那是我第二次遇险，但也只能看到火光而听不到声音，我知道我被震聋了。我的腿不听使唤，我可能连解开安全带的力气都没有了，如果不是……”弗朗兹一时语塞，努力寻找着合适的词。

“如果不是什么？”

弗朗兹的呼吸变得沉重，他努力平复着自己的心境。即便面对的是玛兹琳，他也不敢讲出来。他听到一个女人的声音，这个声音让他浑身上下充满了绝对的安全感，那是伊娃的声音。他伸出手臂，触碰到面前的她，这并没有让他感到很意外。他收紧手臂，环抱着母亲的腰，他腾空而起，眼睛里浸满了鲜血，他什么也看不到，就这样抱着她。一边下坠，一边听她用低沉悦耳的声音数数，像他小时候那样用德语数着，先在他的手指上数，又在她的手指上数，直到他的伞包打开，地面一阵旋转，等待他们降落。

“命运使然。”他疲惫地说，瘫坐在一旁。

玛兹琳再次亲吻了他，小心地将他抱住，安抚他坐在自己身边，然后把身上裹着的像毯子一样厚的大衣一层层地裹在他身上。他们倚在一块大树根上，树根破土而出，好像受伤的脚。

弗朗兹抱着玛兹琳，呼吸着熟悉的松针气味和做早饭留下的纯真气息。我永远也闻不够她的味道，他心想，永远也不会闻得够。他闻着她身上的教师气味，混杂着蜡笔、崭新硬纸和蓝色皂粉的气味，那正是阿格斯学校水槽边皂液器里的皂粉气味。她身上混合着牛奶盒、粉笔灰和郁金香的味道。她让他想起学校的安全守则，让他想起要保持双手清洁和要对邻居友善礼貌。弗朗兹感觉自己慢慢沉入了梦幻般的半梦半醒状态。他靠着她，身体放松下来，她继续抱着他，轻抚着他的头发，她抬起头静静地听着他沉重的呼吸，伴着河水贪婪的冲刷声，乌鸦凌厉苦涩的争执声，他们在春枝的摆动中旋转着。

在戴尔芬看来，弗朗兹和玛兹琳在一起的样子显然就是一对恋人该有的样子。大多数人可能不会留意——他们在父母面前害羞得都不敢拉手。他们之间更多的是一种相知，他们仿佛是在房间里翩翩起舞的舞者，不管做什么，都相互倚靠在一起。他们相互倾慕，相互吸引，常常因笑得太快而上气不接下气，有时还会变得莫名的笨拙。弗朗兹离开后的第二天，玛兹琳来找戴尔芬。两个女人并排坐着，急迫地忙着手里的活，她们基本没有说话，晚上同样都会失眠。过了好几天，她们才终于敢提他的名字了。

马库斯写信说自己没通过视力测试，所以他很有可能要在候补军官学校做一些文职工作了，这个消息让戴尔芬如释重负。戴尔芬感到十分高兴，就好像老天终于让他们得偿所愿了，她终于可以睡好觉了。马库斯写信的频率是弗朗兹的十到二十倍，后来他还会聊到自己的工作，包括他写的其他信，那些幽灵写的幽灵信，写给幽灵的信以及关于幽灵的信。这些都是他要写的信。戴尔芬一直不知道马库斯说的这些是什么意思，直到他回到家。

马库斯变成了一个朴实、贴心，且具有学者派头的年轻人。他依旧那么乐观开朗，还是极具模仿天赋。她原本以为他会变得非常不一样。他衣着整洁，胸袋里露出一盒香烟，打扮得十分精致。他穿着熨好的裤子和衬衫，却没有显得刻板拘谨，他瘦削的面庞上写着疲惫，他的眼睛和伊娃一样，虽饱含着深邃的忧郁，却闪着十足的幽默之光。他朝着自己的父亲走去，两人没有拥抱，而是坐下开始喝啤酒。他们不时地发出几个简短而基本无意义的音。两个人就这样尴尬地交谈着，戴尔芬的缺席让他们手足无措，于是她拿着啤酒加入了他们的谈话，她问起马库斯写的那些信都是些什么信。

"那些都是牺牲士兵的信，妈妈，"他告诉她，"我因为擅长写吊唁信，所以指挥官就给了我一个名单，让我写信给他们的父母。当然了，我压根儿不认识这些人，不了解他们的生活，也不知道他们是什么样的人，更不知道他们是怎么死的。后来我编故事的能力变得日渐纯熟，也可以这么说，但是我很讨厌这样。"

他灌了一大口冰啤酒，桌上的三个人都陷入了沉默。马库斯猛地将酒瓶放下，说道："我回来其实还有另外一件事，我不确定应不应该告诉你们，因为这听起来可能有点疯狂。不过是这样的……"马库斯挺直肩背，双手放在膝盖上，他目视着桌面，皱起了眉头，不确定要不要说接下来的话。

"有一个人，"他最终说道，"我遇到一个人，他也来自中西部，伊利诺伊州的，于是我们就一起抽着烟聊起来了，他才从别处调过来。我们互相介绍了自己，当听到我的名字和姓的时候，他让我又说了一遍，然后脸上的表情就像是想起了什么。他猛地打了个响指说道，'我就觉得你看起来很面熟……还有你的名字，也很耳熟。我以前在北部的一个战俘营里做看守，里面有一个小子长得和你很像，他的姓里也有个沃尔德什么的'。他叫什么他不知道，他是一名战俘。"

菲德利斯缓慢而精准地将手中的啤酒放下，他摆弄着桌上的杯子，然后抬起了头。他疑惑地盯着马库斯，马库斯抬起头回望着他，他咬着嘴唇，微微地点了点头。菲德利斯把脸埋在手里。没有人说话，大家就这样沉默了许久。厨房里安静得有些不真实，只听到从院子另一头的野葡萄藤下传来的机器转动声和轰鸣声，那是冷藏柜发电机的声音。这时沙茨突然出现在门口，戴尔芬起身放它进来。他们就这样看着这只狗淡定地穿过房间，朝自己的地盘走去。马库斯又呷了一口啤酒，接着说："这个人还提到了一点……我得告诉你，他说这个俘虏……从不开口说话，只会唱歌，这个叫沃尔德沃格尔的家伙会唱歌。"

菲德利斯的手指紧攥，他点着头，眼睛呆呆地盯着前方。

"我搞到了通行证。虽然费了些功夫，但我拿到了需要的文件，"马库斯拍了拍胸前的衣袋，他轻声说，"我明天就出发去那儿。"

"我和你一起去，"菲德利斯说，"我们能让他们放了他吗？他还是个孩子。"

"我知道，"马库斯说，"但我猜他们不会放他走的。说实话，我知道他们肯定不会放他的。但是我们能去看他，爸爸，这已经不错了，非常不错了。爸——你不知道我为此费了多大功夫，托了多少关系。"

两人再没有说话，而是同时起身准备打烊。他们一起忙活着，清洗设备、检查冰柜、清点抽屉里的现金，并把钱妥善保管起来。

戴尔芬由着他们收拾，自己留在了厨房，然后开始收拾盘碟，洗刷盆盆罐罐。和往常一样，她一遇到烦心事就开始烘焙。为了分散注意力，她准备烤些饼干，她找出各种配料，接着开始筛面粉，就做些姜饼好了。称量和搅拌能帮助她思考。即使那人不是埃米尔或埃里克，她也不愿见到那样一个备受折磨的人，如果那人是他们之一的话，她也不愿见到那种境遇下的他们。相见的时间那么短，心里却有无数个疑问。他会变成什么样，他又是怎么幸存下来的？

他那么年轻是怎么参的军？他知不知道同胞兄弟的消息？她一边把饼干放进烤箱一边想，或许我只是为了保护自己。第二天她目送着马库斯和菲德利斯驶出院子，看着他们消失在路上，这个念头又冒了出来：她是为了保护自己。或许她的职责是坐在丈夫的身旁，一路握住他的手，但是她做不到。因为所有那些原因，还因为她脑海中有一个声音一直在问一个很小的问题，一个可怕的问题，一个隐秘的问题，一个她无法大声说出来的问题。到处都能听到那些消息，那些流传出来的谣言和骇人的事情，她想知道那些她在杂志和报纸中读到的事情是真是假，他们有没有杀害过……她想用的词是"无辜的人"或"平民"，但她心里想的是"犹太人"。

驶过平坦的北达科他大草原后，就进入了多沙的松林地和明尼苏达中部的波状草原，这段路需要开一整天。期间马库斯突然产生一种孩子般的冲动，他想让父亲在车里唱歌。他父亲抽着烟，他打开了侧面的窗户，让烟随着吹来的风飘散出去。马库斯想先唱起来，给父亲起个头，这样就不用亲口求父亲唱了，但是他的嗓音让自己有些难为情，他的嗓音单薄沙哑，不成曲调。他希望自己也能继承父亲的唱歌天赋，相反，他应该是继承了他母亲的奇思妙想，还有她的学习能力和异常敏感的天性。除此之外，多亏自己还学会了戴尔芬过人的口才和对烦心事视而不见的本事，要不然他可能还要费功夫去练习这些。他还从父亲的朋友们那儿学会了玩扑克，多亏有这项技能，他才能融入这场男人的游戏，否则他会被其他人欺负的。

车道很窄，一路上有很多路坑和被雨水冲毁的路段。他们二人缓慢地朝北驶去，然后再转向正东，一路驶入茂密的森林。那位战俘营的前任看守把地址路线画了下来，估计他画的时候也很犹豫。

马库斯知道自己要找的地方是什么样的，这不是什么大秘密，战俘营就安扎在国家林地的边界上，地图上有标注出来。另外，还有一条较为明显的火车轨道，高速公路有很长一段都与之同路。

他们在下午晚些时候到了那个地方，在驶过一条简陋的伐木路后，他们停在了安有铁丝网和木桩的大门口。只有一个人在值班，他穿着皱皱巴巴的制服，显得十分随意。他拦住他们，接着从马库斯手里拿走了那些文件，又问了他们几个问题。听说战俘中可能有美国人，他既惊讶又好奇地点了点头。

“你们要等一下了，他们去烧残留的树枝了。”他告诉他们。

于是马库斯和菲德利斯就坐在车里等，他们把车门大开着，呼吸带着松树气息的新鲜空气，嘴里吃着马库斯在军人服务社买的巧克力棒，这种巧克力棒不是随便在哪儿都能买得到的，他们最后留了一个没吃。他们克制自己不要吸太多的烟，也不要重复说太多次的“不知道是不是他们中的一个”或“可能不是”。他们努力想把话说得清晰易懂，但由于没有戴尔芬在场，他们想表达的内容变得夹缠不清，最后他们只好静静地坐在那儿，任由思绪驰骋，不断地点燃和捻灭手中的烟。

这时一队人慢慢走来，他们努力让自己不要激动地跳起来，但实在情难自抑。这队人远远地朝他们走来，他们站在车的两侧，仔细地在人群中搜索着。他们一下就认出了埃里克，他依旧很强壮，有着如牛般结实的胸膛，面色红润，棕色的头发仍然闪着金色的光泽。他上身穿着一件皱皱巴巴的旧制服外套，就是那件印有 PW 的蓝色制服，下身穿着一件洗得褪了色的工装裤。他被他们的叫喊声吓了一跳，随即也认出了他们。他们看得出他认出了他们，因为他眼中不自觉地透出难以置信的光，他挪开自己的视线，试图掩盖心中的震惊。埃里克直直地盯着营地大门的方向，他们朝着他奔去，他却留给他们一张僵硬的侧脸，连他们被美国看守拦下，他都没有回头。埃里克经过时，他们试图和他说话，喊他，叫他的名字，迫切地问他问题。但是他紧绷着脸，眯起了冷酷的双眼，双手插在兜里，这让他们气到发抖。

和菲德利斯一样，埃里克有着自己的固执，这让本来忧心忡忡的菲德利斯瞬间变得怒不可遏，他的怒火一瞬间喷涌而出，冲着渐行渐远的儿子破口大骂了起来，这样的爆发在埃里克小时候是常事。他最后的那句最狠的诅咒曾经总能让围观者驻足，让男孩们默默地蜷缩成一团："他妈的你这该死的畜生！"

有些战俘确实停下了脚步，有一两个被突如其来的熟悉感逗笑了，就好像听到了自己父亲的咒骂一样，但埃里克没有回头。他继续朝前走去，他的手紧握着，脸上嘲笑的神情令他的嘴角微微扭曲。他定了定神，整理了一下思绪：他才不会一时感情用事，把自己置于危险境地呢！何况他压根儿不是他们以为的那个人。他的父亲现在已经是个老人了，看起来不堪一击，又糊里糊涂的，跑到这里来找一个他以为是埃里克的人。那个曾经靠卖香肠一路卖到北达科他的男人，现在一副瘦骨嶙峋、手无缚鸡之力的样子，他变得不再英勇，甚至不再强壮。埃里克心想，他来这里不代表什么，他对于自己来说也不值一提。多么荒唐的威胁，他以为自己能威胁得了训练有素的士兵？不论是心理还是身体上，他都比父亲要更机智威猛些，埃里克觉得菲德利斯·沃尔德沃格尔可能一辈子都没有如此机智威猛过。菲德利斯还以为他的怒吼会震慑到自己似的，小时候家门后钉子上挂着的牛鞭曾让他感到很害怕，想到这儿他差点笑出来。现在想想牛鞭似乎都变得很好笑，甚至很亲切。父亲的臂膀曾经是一块滚烫的烙铁，父亲曾经用一个凌厉的眼神就能让他乖乖就范，父亲偶尔表现的温柔更是让他们无力招架。不会再这样了。埃里克大步向前，他们再次喊着埃米尔的名字时他也没有回头。他们还不知道埃米尔的事！埃里克愤怒至极，埃米尔死了，他就是被你们的地雷炸死的！去你妈的，他气得想大喊，是他们害死了他的同胞兄弟，是他们夺去了他身体的另一半，现在又想来干什么？但埃里克是经过训练的人，他不会将内心感受表现出来，他提醒自己，现在依旧是战争时期。和身边其他人不一样，埃里克并没有接受德国会战败的事实，丰富的食物、友善的周边居民以及会讲德语的美国看守都没能打动他。埃里克对政治的盲信取决于他无处安放的文化身份。他努力想成为一名德国人，即便被俘获也不能抹去他搬到路德维希鲁后所经历的一切。他现在的父亲是地图上的边界线，是对某首歌的感悟，是一小片树林，是一条街道；是像兄弟飞溅的鲜血一样绵延的浪漫情怀，是如同对菲德利斯的思念一样隽永的浪漫情怀，是如同战争之殇般持久的浪漫情怀，是支撑他挺过一道道监狱铁门的顽强意志。

菲德利斯沉默不语，马库斯将车倒到路上，掉了个头，顺着来时的方向驶去。他们朝南开去，一路穿过松树林，然后是一大片桦树、枫树以及层层叠叠的次生林。他们还穿过了一些小镇，每个小镇都有一条井然有序的主街，街上整齐地排列着教堂、邮局、杂货店、五金店和咖啡店。有那么一两次，马库斯想开口和父亲说点什么，但最终没有勇气，只能继续陷在沉默的伤感中，直到车没油了。

他停在了一个看起来较为喧闹的小加油站，加油站旁紧邻着一家小酒馆。加油站的人出来帮他们加油，马库斯和他父亲却把目光投向了酒馆。酒馆的大门是略显沧桑的红色，周围安了切割粗糙的鹿角作装饰，酒馆里没有窗户。

“我们去喝一杯。”菲德利斯说。

马库斯停好车后，和父亲一起穿过那扇布满“獠牙”的古怪大门，走进了黑漆漆的小酒吧，坐在了木质小隔间里。在这宁静的傍晚，蜡烛形状的小壁灯投射出琥珀色的光。他们一人点了一杯价格不菲的威士忌。菲德利斯仰起头一饮而尽，随即将杯子向前一推，要求再来一杯。马库斯点了一份火腿三明治，示意酒保给他父亲也来一份，菲德利斯皱着眉头，喝了自己的第二杯威士忌，然后又点了一杯便宜的啤酒，这才开始慢慢喝。对于这次的探访经历，他们仍是闭口不谈。马库斯想，或许他们不会再提这件事了。酒吧里的黑暗笼罩着他们，反而让人感到安心。店里没有其他客人，只听得到后厨传来的柔和舒缓的涮洗声。马库斯呆呆地看着父亲，然后挪开了视线。菲德利斯双手紧握着的杯子，在酒吧昏黄的灯光下，他显得异常苍白。马库斯注意到菲德利斯那双布满裂口、伤痕和红色老茧的手已经有点儿不受自己控制。他小心翼翼的，尽力不让自己显得笨手笨脚，竭力稳住放在桌上的手。有那么一下，他差点儿打翻了酒杯。还有一次，他心不在焉地去抓酒杯，结果抓空了——这让马库斯感到极为震惊，好在三明治及时到来，他暗自庆幸，终于有东西能占着他的嘴和手了。

这是一份完美的战前三明治。面包新鲜有分量，还是刚刚烤好的，美式乡村面包上涂满了厚厚一层货真价实的淡黄油。火腿被熏得刚刚好，是现切的，分量也很慷慨。旁边还配有一盘脆爽的莳萝味的腌黄瓜，每一块黄瓜都被切成了细细的绿色嫩芽状。他们满足地慢慢咀嚼着。菲德利斯说：“看见我们时，他一定以为自己疯了。”

“肯定是这样。”马库斯说。

“我们应该给他写信，让他先习惯习惯，”菲德利斯接着说，那些啤酒和威士忌渐渐抚平了他的情绪，让他变得乐观起来，“让他知道我们还会回来的。”

“我们还要回来？”

“他很固执，但我们要打破他的固执。”

此时的马库斯知道该说些什么了，他笑了笑，“他认为自己可以装得很固执，那好，我们也可以装得很固执”。

菲德利斯又点了一杯啤酒，这次是在轻松愉快的氛围下边喝边聊，谈话间他把儿子当成了同谋。

“我们要绑架那个狗崽子。”

“对极了。”马库斯附和着。

他父亲将剩下的啤酒一口气都喝掉了，然后他站起来，准备去厕所撒尿。移步出去时，他需要扶着隔间的桌子来保持平衡。马库斯注意到父亲一路走过去的时候，都要伸手去扶桌子旁边的椅背，就这样走到吧台的另一头。他先是一个踉跄，随即站稳脚跟，接着慢慢地向前走去，差一点就掩盖了自己已经喝醉的事实。

“弗朗兹写了不止一页的内容，这就说明他疯狂地爱着你。”戴尔芬对玛兹琳说，玛兹琳刚好来店里陪她坐坐，“事实上，是六页整。”

“其实是七页。”玛兹琳略带羞涩地说。她大腿上方的肚子高高隆起，肚子里的孩子已经七个月了，她穿着一件滑稽的印花孕妇裙衫，上面还扎着一个洁白的蝴蝶结。她一直上课到前一周，因为有些人说她这样的状况不能让大家看到，会给学生造成不良影响。他们不敢在嚼舌根的时候添油加醋地说出真实想法。当玛兹琳把怀孕的事情告诉戴尔芬后，她就把一切都安排妥当了。她在法戈的一家珠宝店给玛兹琳买了一枚尺寸合适的戒指，戴尔芬把戒指交给玛兹琳的时候说："这个能堵住他们的嘴。"随后弗朗兹也给玛兹琳寄来了一枚订婚钻戒，所以现在她一手戴一枚。她把两枚戒指都戴在手上，任由人们去暗自揣测，不过玛兹琳心想，在这样的战争时期谁又会在意这些，新生命的诞生难道不是件好事吗？

戴尔芬扬起了眉毛："你把最后一页放到了兜里。"

玛兹琳把弗朗兹写的长信拿给戴尔芬，只不过抽出了最后一页，因为那一页写的全都是他们两人的私密内容。弗朗兹知道玛兹琳会和父母一起读自己的信，因为他没办法经常写信。那些信常常要花好几个月才能寄到，等到来信的玛兹琳会爱不释手地看很多遍。

"战争马上就要结束了，"玛兹琳说，"我能感觉得到，仔细读读他的信。"

戴尔芬全神贯注地读着最新的来信，玛兹琳坐在她身旁，她的手放在隆起的肚子上。她瘦小的身躯竟能扩展出如此惊人的容量，这种变化虽然新奇，却也令人疲乏。女人们给她讲了很多恐怖的怀孕经历，她很庆幸自己只是有些许不舒服——一般的恶心、乳房胀痛、失眠和背痛。和身体上的变化相比，捉摸不定的情绪变化对她来说才更难应对，一旦掉入纠结的情绪中，她就会泪如雨下。说来就来的眼泪让她感到很难为情，所以她迫切需要独处的时间，她发现在小镇外围散步能让她放松下来，她常常静静地站在广袤无垠的天空下，观察着天象的瞬息万变。某天上午，一层层雷雨云黑压压地堆砌在地平线上，她可以看到远处的雨如水帘般倾泻而下，在西面的天空下腾起如烟般朦胧的水雾，但是镇上却没有下一滴雨。

玛兹琳摸了摸兜里的那张信纸。弗朗兹存在于她的每缕思绪中和她经历的每个情景中。她努力控制着自己的极端情绪，尽量保证每天只会屈服两次。只有在每天早晨和夜晚，她才会允许自己沉浸在锋利的回忆中，接着她会收起自己的胡思乱想，不去妄自揣测他的生死。她会幻想自己和他做爱，回忆表白时说的每一个字，回忆他们荒唐的争执，回忆他们痛苦而感性的告别。如果在其他时候想起了他，她会努力将注意力转移到其他事情上，比如家务活上、她母亲身上或面前的教室上，或者像现在这样，找戴尔芬一起坐在阳光下聊天。戴尔芬读着信，玛兹琳缓慢地用手抚着宽大罩衫上的花朵图案。肚子里的孩子在她的触摸下微微动了动，并用小拳头敲着她的心。

过了一阵儿，戴尔芬把信叠起来放回了信封，起身去冷藏柜里拿了半夸脱[①]牛奶，然后坐到了玛兹琳身边。她把牛奶罐放在了两人身边的桌子上，用手指了指。玛兹琳拧下盖子，咧开嘴朝戴尔芬笑了笑，接着像祝酒一样将杯子举了起来。

“你的呢？”她问，她指的当然是牛奶，但是她看到戴尔芬蜜金色的眼睛里闪过一缕阴霾，她惊讶地注意到戴尔芬由痛苦到好转再到平静的情绪变化，一切都发生在一瞬间。这样的变化本来很容易被忽略，所幸玛兹琳自己在那一刻也很投入，所幸她也密切关注着戴尔芬的情绪。她捕捉到了那转瞬即逝的黯然，那是种诚挚的坦白。

“我一直都很讨厌喝牛奶。”玛兹琳说。

戴尔芬只是点点头，看着她把牛奶喝了，照顾玛兹琳让她感到

---

① 1夸脱≈1.1升。——译者注

十分满足，但想到自己永远没有机会体会怀孕的痛苦，心里又是一阵凄凉。

弗朗兹被调到了第439运输大队，战士们身上的徽章上绣有老鹰、狼、狮子、闪电和断链等图案，弗朗兹所在部队使用的标志是愤怒的海狸。他在信里写道：

你肯定在想究竟是什么人想出的这些徽章图案——可能是像马库斯那样的人。我喜欢我的海狸，它看起来一副凶狠好斗的样子，肩胛上还长着一对运输翼。我们的飞行标志是海狸（它的右爪里抓着一枚导弹）。玛兹琳，我脑袋里总是一遍遍地想起很久之前的那次，你应该知道是哪一次。我真搞不明白自己。她对我来说什么都不是，这点你是知道的。这是你不能容忍的我的缺点。我猜你可以说这个男人现在变得更强悍了，最棒的一点是，他现在可以从高空中俯视大地了。这个世界是平静祥和的，不是充满苦难的。他已经完全屈服于自己的心。这是小男孩般纯真的爱，他最初认识你的时候还很小，那些让人沉醉的时刻总是会伴随着我的飞行。

现在我们即将要有自己的孩子，我们可以告诉他我们自学生时代就相爱了。

这里的战争已经结束，我们正在清理战场，所以不必担心，我们面临的最大的危险就是皮肤晒伤。

戴尔芬最早是从一名顾客那儿听来的，这名顾客是从上午的广播中听来的。那天晚上，他们拿到《法戈晚报》，报纸上的头条写着“原子弹袭击日本佬”。他们将报纸在餐桌上摊开，仔细阅读着所有头版报道。“恐怖导弹比巨型炸弹的威力大 2000 倍”“太阳能是爆炸的关键——丘吉尔称德国人仍有秘密武器”“梦想厨房成现实——结合洗衣机、洗碗机和土豆削皮机为一体的设备将于 1946 年面世”“四肢截肢者美国一等兵詹姆斯·威尔森使用人造假肢”“跳舞中途丈夫先杀妻再杀己”。戴尔芬读道：“杜鲁门于今日公布了这一伟大的科技成果，并对日本发出警告，他们正面临着‘从天而降的空前灾难’。”

菲德利斯坐在椅子中，身体向后倚靠着。“都读一下，”他说，“读一下上面所有的内容。”于是戴尔芬接着读：“杜鲁门先生称尽管炸弹的威力非常之巨大，但‘炸弹的实际尺寸其实及其微小，这是一枚原子弹，’他说，‘它运用的是宇宙中最基本的能量。’”

“这里还有，”戴尔芬说，“在这篇的旁边，听这段。家庭主妇的美梦成真——完美结合洗衣机、土豆剥皮机和洗碗机，附带黄油搅拌机和冰激凌冷冻机功能的机器——即将上市。”

“只是即将上市？”玛兹琳说。她正在按照准妈妈本能的晃动方式前后摇摆着，这一阵晃动让她感到有点眩晕：“你是说我们已经掌握了宇宙的能量，但还没能改良土豆剥皮机。”

“显然如此，”戴尔芬说，“听这段，他的朋友告诉警察，悲剧发生在迈克尔·沃伊齐克先生及太太家中昏暗的地下室，他们正在欢庆儿子埃德温回家，他是一名刚从英国回来的中士。其他客人称房子里传来两声枪声的时候，有三对夫妇正在跳舞。‘你被打到了吗，亲爱的？’有人听到泽斯苏科这么问。‘是的。’他妻子回答道。‘那我最好把事情办完。’他说着就朝自己的脑袋开了第三枪。”

“哦，老天爷，再读读有关导弹的报道。”菲德利斯说。

“一颗原子弹相当于 1228 磅 TNT 炸药，足以炸死法戈所有的男人、女人和孩子。”戴尔芬读着报道。

“别读了。”玛兹琳说。

“战争结束了。”菲德利斯柔和地说，言语中喷涌而出的情感让在座的都吃了一惊。

戴尔芬放下报纸，三个人坐在那儿，陷入了各自的沉思，他们认真地听着周围的声音。冰柜发出低沉的嗡嗡声，一只苍蝇撞击着门外的玻璃，水滴滴答答地滴在水槽中的滤网上，麻雀叽叽喳喳地在葡萄藤架上吵闹、忙活着。这些寻常的声音让戴尔芬的心情变得很好，这些声音仿佛都有寓意，包含着日常生活的密码，这是世界万物的书面象征。如果她能读懂它们之间的联系，如果她能发现更多，如果她能努力将这些联系串联起来，但她总是不安地处在恐惧和轻松之间。她觉得自己应该掩面而泣，她想要大声呐喊。她走出门，在井然有序的炎热花园里忙碌了很长时间，她将大把大把的豚草和苋草拔掉并堆起来，直到满脑子都充斥着根茎和草叶折断后散发出的新鲜酸性香气。她用手紧紧地抓住一丛旺盛的蒲公英的主根，手指似乎触到了一个突起，她觉得应该是一块骨头。骨头都还在这里，那些被狗藏起来的骨头，那些伊娃埋好的骨头，还有那些死在这儿的老鼠、蜗牛、鸟儿的骨头。所有小生物和大生物的死亡，所有生命之间环环相扣，相克相生。永恒的阿门，她一边想一边拔出挂着骨头的根。两者都是厚重的、污秽的、繁茂的、棕色的，她把拔起的根扔到了草堆上，然后继续干活儿，直到双手酸痛，脑海中响起疲惫的嗡鸣声。他们现在安全了，他们要回家了。

小时候，弗朗兹常常幻想自己会以英雄般壮烈的方式牺牲，如果必须要死的话，那就死在喷火式战斗机里。经过一场激烈的生死搏斗后，他被一架德国 Fw-190 击落，那是他最喜欢的敌方战机——那如闪电风暴般的深蓝色，日出般的苍白，鲜黄色的引擎罩，整架飞机都透着一种既致命又绚烂的气质。当然他同时也会击落德国 Fw-190，因为他会在最后关头靠自我牺牲来实现复仇。在盘旋下坠的过程中，他们互相致敬。这种幼稚的壮烈幻想始终在他心里占着一个角落。在战场上，这种幻想一直陪伴着他，陪他度过每一日的无聊、恐惧和枯燥。要是知道最终打败自己的是一次糟糕的时机，是一次令人痛心的机械失误，是一条断了的线缆，他一定会吃惊不已。

弗朗兹正朝着供给储物箱走去，那是一种巨大的金属柜，这时一架飞机在他身后起飞，结果地面工作人员忘记解开沉重的钢索，于是绳索随着飞机的上升而腾起。周围的人有的弯下身子，有的四散而逃。如果弗朗兹走得再快些或再慢些，那么他就能躲开像牛鞭一样摆过来的绳索。在飞机升空的瞬间，绳索正好打在了弗朗兹头部的一侧，像手指一样恰好划过他的太阳穴。他的手正在开门，但身体的其他部分还没能走进门。他的大脑一片空白，没来得及吃惊，没来得及反应，他的眼睛仍然盯着斑驳的钢制门框。

玛兹琳一向反感医院的味道，纽约州的医院也是一样。一走进医院大厅，就闻到一股沉闷的烟味，随之而来的还有一股刺鼻的酒精味。看到护士走到她面前，玛兹琳抱着怀中扭动的孩子猛地起身，她吃力地调整着孩子的尿布包，结果将手提包里的东西散落了一地，不过里面只有一管口红、一张火车票、一个整洁的钱包，还有一沓卡在梳子齿间的配给券。玛兹琳真不想在这个时候捡个没完。她试图让自己振作精神，但身体的每个部分都轮着在抖，先是手，后是膝盖，接着是心。戴尔芬陪着她坐火车一路赶来，帮她照看孩子，但此刻站在弗朗兹病房的双层门前，她却朝边上站了站，决定待在走廊里。

“你应该先进去看他。”戴尔芬边说边接过玛兹琳怀里的孩子，她的胸口因紧张而疼痛，这让她难以呼吸。“我一会儿再进去。”

戴尔芬向前推了推玛兹琳，她跟在繁忙穿梭的白衣护士身后穿过那扇门，朝着弗朗兹走去。沿路躺着一排男人，有的人被帘子遮挡着，有的人显得漫不经心，有的人则紧盯着她，玛兹琳发现自己一直屏着呼吸。她晕乎乎地喘着气，反而吸进去太多空气。里面的味道更糟糕，其中混杂着消毒剂和杀菌酒精要除去的一切所散发的气味：愈合中的伤口散发的腥臭恶心的气味，浓烈的尿骚味，绝望的汗臭味，无可奈何的凄凉醋味。但她知道这些都是得救了的人，这正是自己会在这里的原因，这些人都会活下来。这时护士检查了一下表格，停在了一张床前，她将围在床周的帘子拉开，示意玛兹琳走进这间临时的病房。

穿过弗朗兹床边的那层帘子时，她意识到自己将抛下过去、走向未来，她要抛下记忆和想象中的弗朗兹向前走去。在她真真切切地看到他之前，在她亲眼看到他受伤的情况之前，他仍然是那个完美的男孩和年轻男子。有了那些痛苦的妥协，他们才算真正进入成人的爱情世界里。她心想，我办不到。不过她知道自己办不办得到都没有意义。床上躺着的男人已经在药物的作用下彻底失去意识了，她的目光从掖好的被单底部慢慢地沿着被单下的人形向上移动，直到她再也无法避开他的脸。

躺在床上熟睡的男人仍然是她的弗朗兹，她坐在那里，如梦如幻，越发感到难以承受。即便如此，她也不能叫醒他。弗朗兹的呼吸是那么慢、那么轻，基本看不出他胸膛的起伏。他头部受伤的那侧被包扎了起来，深色的淤青一直延伸到他的脖颈间。医生说，目前无法预测病情会如何发展，也不知道他能恢复多少。玛兹琳握住弗朗兹的手腕，一阵紧握，一阵放松，仿佛她能把力量注入他身体一样。她呆呆地坐在那儿很久很久。围着他们的空白帘子就是一扇密闭的屏障，将他们困住，这比死亡更痛苦、更复杂，他们的未来就这样散落一地。

Chapter 15

屠夫大师合唱团

路德维希鲁村下午将要举行纪念碑的揭幕仪式，以纪念在大轰炸时失去生命的受难者。附近边远的村庄，甚至更遥远的城镇上的屠夫大师们都会聚集于此，一起唱歌。彼时已是 1954 年，所有战争受难者的尸骨已归于尘土。在回归故里探亲的这一个月里，菲德利斯一直在和依然在世的几个成员，也就是为数不多的幸存者一起练习。他忙着排练时，戴尔芬就出门散步，走过镇上以美景著称的公墓，或沿着单调乏味的街道溜达，两侧都是“马歇尔计划”援建的方方正正的商店和公寓，或逛一逛首饰店，感叹里面售卖的仿金盒式吊坠那么便宜，做工却如此精致。最后她走到丈夫儿时玩耍的公园，竖起的雕像就位于此，裹着帆布，用绳子小心捆扎好，好让镇上的官员拽一下绳子，就能顺利揭下幕布。

她坐在观众席中，旁边就是小姑，她朝着发言人的方向僵硬地伸长脖子，对她不理不睬。戴尔芬能看到的只有她的脚，线条依然优美，穿着一双做工精良的金色皮质高跟鞋。小姑另一边坐着菲德利斯的弟弟、弟妹以及他们两个成年的孩子，再往那边是埃里克和他的新娘。原本她和菲德利斯在策划这次回乡之旅时，将其视为一次迟到已久的蜜月旅行，没承想意外地偏离了计划。在前来的途中，菲德利斯的身体莫名感到疼痛，后来拍过 X 光才发现肝脏肿大，心脏也有犯病的风险。他们两人长期受到便秘的困扰，想通过吃大量的新鲜草莓来缓解症状也不奏效。他们噼里啪啦地交谈着，戴尔芬一个字都听不懂。她的嘴巴早就笑僵了，也厌倦了自己一个人亲切友好地点头，她的孤独变得沉闷无聊。不过一些亲戚看起来却对他们关怀备至——来自她丈夫过去的人生的人们，为他们安排好野餐、露营、森林徒步、山珍野味的丰盛大餐，送给他们手工制作的礼物，欣喜若狂地拥抱和亲吻菲德利斯。

然而，戴尔芬依然困惑不解，感到迷茫而无助。他们都是什么样的人？戴尔芬环顾着周围的人，他们都满怀期待地坐着。随着演讲持续不断地进行，一波又一波的陌生语言盖过彼此的声音，她观察着他们。女人都戴着小圆帽，穿着款式已过时的灰褐或棕褐色套装，脚上是粗跟鞋，腿上套着弹性很大的长袜，不戴手套。她们也会穿灰暗的印花布料做成的连衣裙——紫色和棕色，大腿上放着鞣革过后的柔软皮包，颜色柔和，微微发亮。她把手架在眼睛上方，以挡住阳光，观看风景。太阳在大团的云朵后躲躲藏藏，每个人都投下清晰可辨的影子，影子掠过女人们的脸庞，落在她们的手下，在她们的脚边投下一团团阴影。她们的皮包旁、椅子腿旁也都有阴影围绕。挂起的横条幅也投下阴影，笼罩住镇上的官员。德国就是光明与黑暗并存，有明亮的花朵，也有单调的轻薄华达呢套装。戴尔芬呼吸着甜美的温室栀子花香，是一些女人胸前佩戴的。会场后方有个移动香肠摊儿，传来嘶嘶作响的脂肪香味。在席卷全场的厚重德语中，她听到一种低语，似乎是一种小声的哼唱，好像是另一群人非同寻常的歌声。

那种低声吟唱变得几乎无法抵抗，屠夫们从前排座位上站起身，列纵队站上讲台，排好队形，开始演唱。他们中大部分都是大块头，但也有个别人消瘦却结实。他们的声音直冲云霄，震撼了人群。声音从他们宽阔的胸膛和腹腔中迸发，音乐就像一股释放的能量，从这些肌肉紧致的身体中喷薄而出。那些乐器和他们的声音，构建起一堵坚固的旋律之墙。戴尔芬看着他们，思维已飘远。很快，她就不再听得到歌声，只看到他们的嘴巴步调一致地一张一合，像在吼叫，就像动物园里的一群动物。不知为何，她看到了母亲模糊不清的照片，很大，闪烁不定，罩在眼前这欢乐的一幕前面。她想起这里发生过的一切——炮火、行军和她不曾经历过的深重灾难，让她产生一种强烈的陌生感，难以置信那些所作所为。然而，这些屠夫此刻就在眼前唱歌，他们的歌声悦耳动听，她丈夫的声音就飘荡在德国的上空。

戴尔芬的幻觉散去，她有些眩晕地眨了眨眼。一种不真实的感觉朝她袭来，所有声音汇聚成一股响亮的声音，然后她的双眼猛地睁开，看到了眼前的真实景象。幕布已经被扯去，矗立的雕像沐浴着怡人的阳光，屠夫大师们开口唱着歌。烟灰就像从烟囱中冒出那样，从他们的嘴中喷涌而出。他们的心中郁积着愤恨，她想，失去了方向。他们的五脏六腑在燃烧，他们的肺就像滚烫的风箱，然而，他们依然若无其事地继续歌唱。没有人指指点点，没有孩子哭泣，黑暗和忧郁继续从男人们烤箱般炽热的胸腔中旋转着上升。烟盘旋着，灰飘移着。最后他们终于唱完了。男人们喷出的所有阴暗都已破碎、消失，只剩阴影留下柏油般的残渣。她周围的人都在笑，点着头，他们坚定而热烈地鼓掌，掌声经久不息。疲惫的戴尔芬和众人一道鼓起掌来，心想，这么说来，唱着歌的屠夫们口中喷出一缕缕黑烟，喷到花园里清新的空气中是很正常的事，在这里目睹这样的景象再自然不过了。

戴尔芬的梦境中出现了敲门声。清晰，轻而快，然后变得更加急切，持续不断，就像从旁边一堵墙后传来的。是焦急的敲门声。等她醒过来，发现自己依然在德国，身边是丈夫，和她一起躺在一张狭窄的柔软羊毛床垫上。戴尔芬很熟悉这个声音，她知道是伊娃想见菲德利斯了。戴尔芬很快就要把他还给她了，她知道这个声音来自伊娃，是因为她以前听到过一模一样的声音。它上次出现在戴尔芬的梦境里已是多年前，那时她在阿格斯，醒过来后，她知道伊娃就要辞别人世。

这次戴尔芬在急切的敲门声中醒来后，她明白菲德利斯隐瞒了自己的病情。时间就像屠夫们登台那样列队前行，时间就像合唱团，唱出灰飞烟灭的音乐。戴尔芬靠近菲德利斯，抱住熟睡中的他，聆听着他均匀的呼吸，低鸣着流动的血液和心脏不规律的跳动。

在上一封她从欧洲寄往北达科他的信中，她给马库斯的信是这样写的：

> 他的情况不太好，我觉得应该找医生给他做个全面仔细的检查。请你关注一下我们新来的人手，注意他们的上班时间。我们已经吃得营养过剩了（不管去哪儿都有糖醋焖牛肉，要么就是森林里的鹿肉，还有我从没见过的各种油酥糕点），我迫不及待地想要回家了。请让玛兹琳替我亲亲约翰尼斯，不知他现在是不是学会站立了，再就是给她母亲服用木炭药丸治疗胀气。

走下“不来梅号”，汇入纽约乱哄哄的人群中，菲德利斯深受疲劳的折磨，这种感觉并不熟悉。在穿越海洋时，他就和这种感觉较量了一路，一口气睡 12 或 14 个小时，下午也要小睡一会儿。这种疲劳来得令人费解——感觉逐渐强烈，现在已经让他无法掌控。其实他的心脏早在十年前就开始衰竭了，只是他不知道而已。当他的儿子在明尼苏达州的树林里，坚定地在队列中从他眼前走过，在上锁的牢房和父亲之间选择了前者，菲德利斯就第一次感受到这一疾病会削弱他的健康的征兆，最终还将阻塞乃至摧毁他的心脏。当他收到告知他弗朗兹受伤的电报和后来埃米尔死讯的信件，他感到心脏仿佛碎成了千万片。他撕碎手中的纸，开始咆哮。等弗朗兹回到家，在不解的愤怒中静待生命凋零，菲德利斯有一部分就已离开，和他一起气愤着熄灭。但作为一个生来就力大无穷的人，虚弱只是一个陌生的谎言。菲德利斯绝不能接受他生病的消息，他对自己的身体置之不理，鄙视它的需求，保持着自己固有的习惯，好像这样就能恢复往日的力量。

就像现在，虽然他的肺憋闷而揪痛，他还是点燃了一支土耳其香烟，是在德国买的。他吐出烟雾，站在海关门口等待放行，跟在戴尔芬身后，拖着步子慢吞吞地朝海关官员的隔间走去。他想起多年前站在这里的情景，想起当时是如何回忆起父亲——父亲在很大的铜壶里煮香肠，他粗壮的前臂被熏得通红，拎着香肠在蒸汽中进进出出。父亲宽大的脸庞再次浮现在眼前，平静而克制，满脸都是汗水。他用厚厚的棉手帕擦了擦额头，活动了下双脚，这样就能继续站下去。其实他的步伐已经不稳，身体越来越沉重，开始有点头晕。他身上那件在路德维希鲁定做的外套在这个季节穿已经稍显厚重。过去和现在碰撞在一起，他第一次踏上美国的那一天直至今天的这些日子，就仿佛一副数不清的牌，摆放在一张巨大的桌子上，每一张都是预料之中的花色和颜色。它们突然被一只有力的手掌扫走，整齐地码了起来，塞进一只令人窒息的盒子里。日子就这样倒下了，一个压着一个。

香烟从他麻木的指间掉落。他的眼神追随着它掉落的轨迹，看着它从鞋上弹开，依然燃着。然后，不知为何，他闻到它燃烧的浓郁烟味，就在鼻子下面，而他正看着地面上污迹斑斑的棕褐色油毡布，朝各个方向无限延伸。就像他刚从战场回到家中那样，他再次听到了阳光演奏的音乐，它在地板尽头伴着歌曲的片段微微发光，那里无人能及，地板依然光洁如初。菲德利斯对那个音乐很好奇，是熟悉的声音在哼唱。他像动物一样跪在地板上，手和膝盖着地。动物崩溃的瞬间就是如此，不过，他疲倦地想，这是入境口，不是屠宰槽。他感觉自己站起来，拍了拍身上的尘土，往前走了几步，然后惊讶地发现，自己停在原地一动不动，依然低头盯着地板。

他这一辈子，每周都会有屠宰的日子，菲德利斯总会在场执行死神的命令。现在，他的大限也到了——当他看到脏兮兮的地板在打转时就已经明白了。那又是谁在他身上执行相同的命令呢？他双臂张开，双腿僵硬，直挺挺地摔倒在地。有人将他翻转过来，有人握起他的手。戴尔芬的脸晃进他的视线，她朝他俯下身，蹲伏在地，俯视着他，用他熟悉的方式动着嘴唇。他知道她在说什么，也想回应，却做不到。他惊讶地发现，他张不开嘴，他的双手无法移动，他身上任何一个部位都不听从他的使唤。戴尔芬的脸模糊不清。灯光暗了下去，歌声停止了。

Chapter 16
“一步半”

“一步半”上了年纪后，终于变得漂亮了，就像风沙磨蚀的岩石或漂白的鹿骨一样美。残酷的岁月暴露她原本隐藏起来的匀称的脸，年老却牢固的乳白色牙齿，优美的手，笔直的腿和胳膊。就连头发也白出一种非同寻常的纯净，还在她光滑的额头上隆起两缕波浪形的刘海。上了年纪，开了店，再加上依然饱受失眠困扰，她不得不经常陷入沉思，而这在忙碌时是可以避免的。来阿格斯之前，她一直沿着北达科他漫长的马路游荡，她睡在沟渠和河边的树木旁，偶尔睡在谷仓或走廊里。她永远在行走，没人知道她走了多远——她自己也不知道。她宽大的步幅每天能跨越二三十英里，走多远都不累，身处广阔的天地间才是抚慰她心灵的妙方。每到一处，她经常不记得到过那里。到达本身就是个悖论——既然无处可去，她又如何得知是否到达呢？然而从很久之前起，阿格斯就变成一个归处。随着造访的次数越来越多，后来又住到镇上，她就开始搜集起这里的真相来。

现在，每当她环顾四周街道上的人，都是从拾荒者的视角去看他们。她在小巷里看到他们焚烧垃圾，在他们屋后的门廊上看到他们——他们把废品遗弃在那里，而非收拾得干净整洁的前门台阶上。她了解他们，并非通过他们的衣着或展示给世人的假象，而是通过他们丢弃或抛弃的物品。她了解他们的垃圾，虽然一文不值，却讲述着他们的故事。

格斯·纽霍尔垃圾箱里的酒瓶，暴露了他在倒卖私酒的日子里，有关他收入来源的众所周知的秘密。布沙尔夫妇一吵架就喜欢摔盘子，他们家的垃圾箱是陶瓷碎片的重要来源，和他们早已支离破碎的婚姻相比，那些盘子修复好的概率反而要更大些。嘶嘴曼海姆一旦有一只袜子的脚趾处磨破了，就会把一双都扔掉。他是个单身汉，从未缝补过破袜子，也不会保留形单影只的袜子，这一点赢得了她的尊重。但他这种自尊心强且铺张浪费的习惯同时也让她觉得，他的生意早晚会倒闭。至于他母亲，大量的糖果包装纸暴露了她的不良习惯。虽然她身形还算苗条，牙齿却已脱落，“一步半”看到时毫不惊讶。她也发现过不好的东西——宠物尸体，被撕碎的情书，沾染了死亡、血液、疾病、秽物的床具。她也看到过不少好东西，如书和乐谱，虽然她不识字，还是会存起来。还有小朋友不小心丢失的玩具，她会清洗干净，放在窗台上。她还捡到过一只木头假手和一只玻璃眼球，还找到一罐奇怪的蓝色种子，她把它们都种在装满土的咖啡罐里，其中一粒发了芽，开出一朵硕大的白花，就像一顶滑稽的士兵头盔，散发着类似于肉桂的味道。还有能重新打磨锋利的剃刀、可以修补的轮胎、汽车零件，以及一摞摞可以当成破布重新出售的旧衣服，这些东西换来了被她做成面包的面粉，有时还能买些动物油脂当成黄油抹在上面。她还找到一只金色怀表，一台收音机，一只八音盒，会演奏几节让人难以捉摸的音乐。有次伊娃告诉她，那是莫扎特的曲子。她发现过一罐精心烹制的罐炖肉、一盒箔纸包着的巧克力、六条全新的粉色香皂。她还找到过胡椒薄荷糖、饼干和只是沾染了一点霉菌的精致枕头。她在垃圾堆、焚烧桶、河边、沟渠两侧、大街上、犄角旮旯发现这些东西。不过，毫无疑问的是，她最惊人而重大的发现，是从希梅克太太家户外厕所的坑洞里捞上来的。

她的这个发现界定了她的人生，限定了她游荡的范围，让她的想法变得清晰而具体，还产生了一种新感情，虽然她从未承认过，却是她一次又一次行动的依据。虽然这件事发生在四十年前，但当时戏剧性的情景却依然历历在目，后来的情节也仿佛在一个神秘的舞台上在她眼前上映。

多年前那个夜晚，寂静又寒冷。皓月当空，月光如洗。那年十月，天气早早就变冷了，但恶劣的天气一向对“一步半”造不成任何困扰。走路就能抵抗寒冷，身体通过这种方式产生热量，她也明白如何裹住身体就可以保存热量，抵挡寒风。她在阿格斯已经待得够久，很了解这里每年的时光流转。等到所有酒馆都关了门，镇上家家户户都大门紧闭，炉子里的炉火变弱，窗帘拉下，狗都安静下来，她就会出门。她恰好从希梅克家屋后经过。她几乎从不在这里驻足，因为这里只能看到煮得没味的骨头、团团毛发和脏兮兮的报纸。那一夜，若不是她听到从门扉紧闭、破烂不堪的户外厕所里传出一声呻吟，她就会像往常那样，只是经过而已。那个声音让她停下脚步，听着有些熟悉。她默默等待着。那个声音让她忐忑不安，却并未离开。类似的声音又响起四次，而且越来越响，像动物吼叫一样剧烈，她这才确定里面有人需要帮助。她刚刚下定决心，要擅自闯进那个简陋的棚屋，就看到希梅克太太面红耳赤地从里面夺门而出，一脸无关紧要的表情，像个喝醉的农夫一样，摇摇晃晃地离开。彼时她还是个大块头的年轻新娘，天真懵懂，是个人畜无害的愚钝女人。

“一步半”站在矮小的梣叶枫的阴影中，看着这个女人从眼前走过，走进她家黑漆漆的房子里。这时她原本可以松一口气，继续前行，却听到厕所里传来另一个声音——一声单薄刺耳又愤怒的啼哭。她打开屋门，借着依稀的月光看到里面的座位和地板上都是湿漉漉的血迹。希梅克太太的丈夫很懒，并未按照秋天的习俗，再挖一个更深的新厕坑，盖一间新厕所，为过冬做准备，这才造就了那一夜的幸运。“一步半”的胳膊刚好能伸进厕所的蹲坑，抵靠着内侧的木头，在尚未结冰的粪便中摸索，抓住了小婴儿的脚后跟。婴儿身上还连着脐带，拖着自己的胞衣。“一步半”用尖牙咬断脐带，用一根手指清理了一下婴儿的口腔。她往它脸上轻轻吹了口气，然后敞开大衣，脱下里面的针织背心，解开一层套一层的三件连衣裙的扣子。她将这个正在抽搐的小生命抱到胸前，紧紧贴着自己的皮肤，然后用裙子、针织背心把它盖上，紧紧抱住。她听到它哭出那一声后，嘴巴立刻就被哭声淹没。看着戴尔芬从小到大，这一生总是如此，她心想，这个姑娘总是差那么一点，得以逃脱一次又一次肮脏的命运。

只不过这都是后来的事了。等到“一步半”缓过神来，她立刻开始后悔，发愁该把这个孩子放到哪里。她自然别无他选，只能带她回到自己的住处，那里就像一只四处游荡的狼给自己找的暂时歇脚的窝。这几个星期，她都会来到这个在阿格斯边缘的谷仓，一个单身农夫家的门前。罗伊·瓦茨卡比她要矮将近半英尺，但他还是爱上了她。他宣称要娶她为妻。他做了各种各样的规划：他说要给她买一头奶牛和一枚金戒指；她会有辆四轮马车，一匹强壮的灰马拉车；他会建一间鸡舍，为小鸡和母鸡堆放好稻草；他会学弹手风琴，在冬日的夜晚逗她开心。但她不能再四处游荡了，他说，她得和他一起安定下来生活才行。

他当时描绘的那些安定生活的画面成功地欺骗了她，她第一个念头就是要把这个婴儿带去那里。往回走的路上，她感到孩子开始在她胸前蠕动，起初默默攥紧拳头，然后不知怎的，微小的肺里吸进一丝空气，发出一声更短促有力的啼哭，听起来那么悲伤，就好像她似乎明白，正如“一步半”发现的那样，她注定要活下来了。

等“一步半”回到那座用木板和沥青纸所搭建却扎实严密的房子，孩子已经确定无疑可以活下来，正迫切地寻找乳头。罗伊养了只山羊，她觉得可以喂她喝清淡的羊奶。她使劲敲了敲房门，罗伊开门让她进去，她让他去添些柴火，给山羊挤奶。他是被她吵醒的，正穿着宽松的乳白色秋裤，一脸茫然地站着，看着她解开大衣，掀开针织背心，在三层胸衣里摸索。她的发现总让他很感兴趣，有时会让他难为情，但这次却把他吓坏了。

“老天爷！”他大喊，拼命摆动着双手，然后用力拧在一起搓着，“你带回来个孩子啊，明妮。”

孩子和抱着她的女人都激动地看着他。孩子身上还留着一块块变干的污秽，散发着恶臭，而且因为屋里太冷，开始发抖和哭泣。被罗伊昵称为“明妮”的那个女人赶快又把孩子抱进怀里，用衣服盖上。

“快，她现在状况不太好。”

他往当成炉子用的桶里扔进两块木柴，套上裤子，拎着一只小桶就冲出门。山羊被他的突然袭击吓了一跳，起初睡眼惺忪地表示抗拒，最终还是放弃抵抗，疲惫地配合着他挤了奶。他回屋后，看到明妮正在一锅锅地烧水，一只锅里正煮着一块布消毒，另一只锅里的水烧热后好给孩子洗澡。她把布头拧成奶嘴的形状，蘸着羊奶一点点喂到她嘴里。完成这个单调乏味的过程后，她把小女婴擦干净，在她未脱落的脐带根部夹上一个晾衣夹，又用撕下的一块法兰绒枕套把她裹好。

“让我抱抱她吧。”罗伊说。虽然起初他觉得有点傻，笨手笨脚地尝试着各个抱她的角度，接下来却进展顺利。他甚至还有把摇椅，只不过各部分的连接处需要用胶再重新固定一下。他坐在摇椅上前后摇晃着，发出嘎吱嘎吱的尖利声音，摇椅下的地板也以低一度的音调随之嘎吱作响。他看着明妮在煤油灯的灯光中，脱下针织背心，褪去两层连衣裙，只穿着贴身的衬裙开始洗澡。

她清洗的过程一板一眼，有条不紊——打肥皂、擦洗再冲洗。她先洗脸，擦了脖子两侧和后颈，然后拧了拧毛巾，洗了洗耳朵。她擦洗了喉咙一侧和裙子衣领下方。然后她拧干毛巾，用肥皂洗干净，将裙子从肩膀处往下拉了一点，解开扣子，擦洗了双乳——那时他还没看到过，结果一辈子都没看到。她系好扣子，依然背对着他，把一条腿架在椅子上，脱下袜子。她清洗了这条腿的内侧，然后是两腿之间，又抬起另一条腿，脱下袜子，按照同样的顺序洗了那条腿。她将剩下的热水倒进地上的盆里，坐在他对面的椅子上，把脚放进去浸泡。她一动不动地坐着，看着他摇晃婴儿。她的眼神很专注，眼睛一眨不眨，像鹰一样镇定。他很好奇她在想什么，但他不敢问，担心她考虑的是再次离开。

他的担心果然应验了。他不明白——没人能明白。她把其他多数人都视为和自己不同的生物，她很确信，没人能理解她的内心感受。他们不必像她一样，在活着的每一天、后一天以及再后一天，都要拼命行走，好超越自己脑子里的念头。倘若停下脚步，驻足太久，她的眼前就会浮现那个婴儿，它双目紧闭，在被杀害的母亲怀里一心一意地吃奶。她可能就会看到一个还在学步的小男孩，他用双臂挡住脸，以为这样别人就看不到他，然而炮火将他击成两半。后来，她还听说有个婴儿只活了三天，经受住了暴风雪的考验，却在浸透母亲鲜血的床单上冻僵了。它戴着一顶小帽子，上面绣着闪亮的珠子，是美国国旗的形状。谁不会用尽一生努力走出这样的回忆？这就是她选择行走的原因——行走是将她记得的和不记得的一切都抛之脑后的唯一方法，行走在天地间也看不到人类的凶残，能让她稍感安慰。冷漠的天空、凛冽的寒风、寒冬酷暑和太阳的炙烤，她都可以接受。急劲的风灌进她的耳朵，淹没了在耳畔嘶嘶作响的拉科塔族语和另一种语言——是她的母语，用来和父亲交流。上年纪以后，父亲脸上意外的笑容依然能浮现在她眼前——他们在枪林弹雨中，躺在冷硬的雪地上，四目交汇，她听到他说："回家吧，孩子，告诉他们，一切都结束了。"轰鸣的烟尘盖过他下一刻的沉默和湿滑的隘谷里遍野横尸的冷寂。寒风在隘谷中咆哮多日，直至它也逐渐被大雪窒息。

换成谁不会去行走呢？谁会一直待在同一个地方？

从那以后，她就一直在走。罗伊无法期盼她的驻足和停留。她知道自己最终会把孩子留给他，但她不知道自己会不由自主地回来，一次又一次；不知道自己会把攒下的钱给他，好让孩子安全无忧，还会时不时笨拙地照顾一下这个一天天长大的小丫头。她还不知道罗伊偷偷给她拍了照，她几乎不知道照片是什么东西。她更不会明白，那时的她很漂亮，就像她上了年纪，回忆往事时这样，再次恢复美丽的容颜。

现在，在那座位于阿格斯一条小街上的小店后的房子里，她顶多在两个屋子间进进出出，走到窗前，很少会鼓起劲儿走去户外。

偶尔她也会去街上走走，让她日渐苍老和消瘦的一英里又一英里的路依然可以暂时缓解旧日伤痛的折磨，延迟她的沉思。在越来越多的时间里，她都在休息。每天下午，她都缓缓爬上楼，躺在床上小睡，盖着一条毯子——用她发现的品质最好的布料缝制而成，有厚天鹅绒、厚缎子和柔软的丝绸。她盖着这床集她的挑选和游荡寻觅之大成的独一无二的毯子，还没等进入梦乡，熟悉的场景就又浮现在眼前。她的脑海扰乱她的思绪，带她回到那些惊心动魄又生动清晰的瞬间——那些她经受过，以为自己已经在记忆中告别的瞬间。

她再次经过屠夫——菲德利斯旁边。记得很久以前，他走着来到镇上找工作，行李箱在双手间抛来抛去。她看他如此轻松的样子，以为箱子完全是空的，后来她才发现里面还装着他精致的刀具。行李箱还会再次装满，只不过装的不再是刀具或香肠，行李箱还会回到德国。她看到伊娃对儿子们的温柔和关爱，却意想不到地经历了丧失这个朋友的悲痛。她看到一个儿子从土坡下被解救出来，有个儿子飞上了天，然后爱上了戴尔芬的小妹妹。她看到了罗伊，庆幸他将她那些照片一同带进了坟墓，这样人间再也不会有她的任何东西逗留。她还记得，很久以前，他声称自己买醉是为了向她证明，自己没有她不能活。她回答说："真是屁话。"然后走出屋门。

"一步半"记得那一天，她从戴尔芬身边经过，她正在地上玩泥巴，堆起一个个小土堆。那时她还太小，肯定早已不记得这件事——她晃晃悠悠地跟在她身后，大声叫道："妈妈？"只叫过那一次。"一步半"记得，她的呼喊让她停下脚步，屈膝蹲下，以便直视她的脸。她那双漂亮眼睛让人不忍直视，面颊红润娇嫩，纯真无瑕。"一步半"的心在恐惧中紧紧揪起，然后她听到自己对这个孩子说："你妈妈死了。"她才刚开始明白死亡是怎么回事，笑容突然僵在脸上，然后又恢复常态，用和她如出一辙的无畏而机灵的幸存者的眼神直视着“一步半”，然后飞速伸出自己的小拳头，用尽所有力气，将指关节敲打在“一步半”的额头上。“一步半”揉了揉额头，说：“很好，强者才能生存！”

“我妈妈会回来的。”戴尔芬声明，就好像“死亡”就像“天堂”或“马路”那样，是一个地方，而她已说服自己，她妈妈还会回来。

好吧，现在看来，“死亡”确实是个触手可及的地方，但她不必用任何一种说法说服自己，“一步半”心想。戴尔芬的妈妈从未离开，就连现在，她都固执地停留在戴尔芬生活的那条街的尽头。她会一直活下去，像个干草堆一样邋遢，她的棚屋在广袤的天空下被垂下的云朵映衬出清晰的轮廓。但戴尔芬也会一直活下去，“一步半”想象着戴尔芬和她妹妹站在她们整修完的花店里的画面，甚是欣慰。两个上了年纪的卷发女人被温室树木、冷藏鲜花和牲畜围栏里的肥沃泥土培育出的花坛植物包围。盖着这床代表着阿格斯年年岁岁的被子，睡意朝她猛烈袭来。她最终放弃抵抗，投入梦境的怀抱。透过窗户，她可以看到一小块天空。她缓缓放松下来，任凭自己的身体陷入床垫里，随着梦境进入那片蔚蓝。被子上缝着的一块布料是很多年前，一个好心的苏族女人送给她的破旧衬衫，让她穿在大衣里面。

打那以后，“一步半”就一直留着一块那件“鬼衣”上的布，是有点发黄的薄棉布，边缘已经磨损起毛。她抚摸着上面褪色的乌鸦图案——明亮的眼睛、张开的喙，把脸贴在上面白色的月牙上。有人说，跳“鬼舞”的人相信，穿上这些“鬼衣”可以刀枪不入，但“一步半”明白，他们既不愚蠢也未被蒙骗。他们只是明白一些经常被人遗忘却只有风记得的道理。死亡距离每个人如此之近，只有一首歌的距离。在士兵们大开杀戒的前一夜，她听到他们大声唱起饮酒歌。有时磕磕绊绊，有时像威士忌一样顺滑流畅，他们的男音和声飘荡在天寒地冻的十二月天空，显得柔美而圆润。《欧拉·李》《友谊地久天长》《忠诚的卡尔普尼亚》……透过帐篷，她听到透露着悲伤的甜蜜的摇篮曲，母亲低声哼唱着，把脸埋进孩子们柔软乌黑的发丛中。不，舞者们只是明白到底发生了什么事，他们知道事实真相。穿上鬼衣就能见到逝者，从他们的歌声中寻求安慰。

此刻，盖着这床被子，"一步半"能听到他们的声音，就在屋外。有女人们悲痛的恸哭，有男人们在练声，尝试着高低不同的音阶的"啦啦啦"，还有和弦的雾号声。"艾德琳死了。她死了，被埋葬了。"（法语）"Ina' he' huwo' Ina' he' huwo'。""我不知道那是什么意思。"（德语）他们的歌声跨过田野，碰到电话线和树木。它穿越街道，绕过阿格斯的楼房。歌声在房顶上流动，猛冲进烟囱，困在小巷里，或用消音后走调的咆哮压弯树枝。有时又充满欢乐和怒号！傻乎乎的情歌、庄严的圣歌、德国水手歌、船工划桨歌、美国爱国歌，有时也会有克里族摇篮曲、汗屋召唤咒语、失传的鬼舞歌和雪的颂歌。我们的歌声传遍大地，我们唱给彼此听，没有一个音符丢失，没有一首歌是原创。它们都有同一个起源，都能追溯到只有石头在呼啸的时代。"一步半"在睡梦中轻轻哼唱着，逐渐沉浸在自己的曲调中——来自瘾君子的情歌、猎人的至理名言、流浪汉的言语。语言也许只是来自一株小草、一片云或可以占卜的猪脚骨。她伴着这个旋律，去了另一个世界。在那个世界里，屠夫大师们像天使一样歌唱。

致谢

在此致谢黛安·雷弗兰德、安德鲁·怀利、特伦特·达菲、特里·卡滕、丽莎·雷科德和珍·蒙特，最重要的是，要感谢我的父亲拉尔夫·厄德里克。

在和“伤膝谷大屠杀”有关的口述历史中，据说有两个来自北方的印第安民族——克里族人和齐佩瓦人，与“大脚”的人一起丧生。我一直都很想了解他们。

本书封面（此处指英文原书封面）照片中年轻的屠夫是我的祖父路德维格·厄德里克。在第一次世界大战期间，他曾在战壕中为德国奋战。他的儿子们则在第二次世界大战中为美军效力。本书中除了凉拌猪头肉、牛鞭和我祖母在杂技表演中担当人肉桌子的短暂经历，其余内容均属虚构。